W0408684

Knjižni dar Slovenske prosvetne zveze

UREDILA: IRENA DESTOVNIK

SLIKE NA OVITKU IN V KOLEDARSKEM DELU: TOMO WEISS

KOROŠKI KOLEDAR 2012

JE IZŠEL S PODPORO URADA VLADE RS ZA SLOVENCE V ZAMEJSTVU IN PO SVETU

IZDALA: SLOVENSKA PROSVETNA ZVEZA

ZALOŽILA: ZALOŽBA DRAVA V CELOVCU

OBLIKOVANJE IN TISK: TISKARNA DRAVA

VSI: A-9020 KLAGENFURT/CELOVEC

ISBN 978-3-85435-661-5

KOROŠKI KOLEDAR 2012

JANUAR

1	**NE**	**Novo leto** A SI
2	**PO**	**Makarij** SI
3	TO	Genovefa
4	SR	Angela
5	ČE	Simeon
6	**PE**	**Sv. 3. kralji** A
7	SO	Zdravko
8	**NE**	**Janez** SI
9	PO	Julijana
10	TO	Gregor
11	SR	Pavlin
12	ČE	Tatjana
13	PE	Veronika
14	SO	Srečko
15	**NE**	**Pavel**
16	PO	Marcel
17	TO	Anton
18	SR	Marjetka
19	ČE	Marij
20	PE	Boštjan
21	SO	Neža
22	**NE**	**Vincenc**
23	PO	Rajko
24	TO	Felicijan
25	SR	Darko
26	ČE	Pavla
27	PE	Janez
28	SO	Peter
29	**NE**	**Valerij**
30	PO	Martina
31	TO	Janez

FEBRUAR

1	SR	Ignac
2	ČE	Svečnica
3	PE	Blaž
4	SO	Andrej
5	**NE**	**Agata**
6	PO	Rotija
7	TO	Egidij
8	**SR**	**Slov. kult. praznik** SI
9	ČE	Polona
10	PE	Viljem
11	SO	Marija
12	**NE**	**Damjan**
13	PO	Gregorij
14	TO	Zdravko
15	SR	Jurka
16	ČE	Julijana
17	PE	Silvin
18	SO	Simeon
19	**NE**	**Konrad**
20	PO	Leon
21	TO	Pustni torek
22	SR	Pepelnica
23	ČE	Marta
24	PE	Matija
25	SO	Sergij
26	**NE**	**Aleksander**
27	PO	Gabrijel
28	TO	Leander
29	SR	Prestopni dan

MAREC

1	ČE	Albin
2	PE	Janja
3	SO	Marin
4	**NE**	**Kazimir**
5	PO	Gerda
6	TO	Nika
7	SR	Egidij
8	ČE	Dan žena
9	PE	Frančiška
10	SO	Viktor
11	**NE**	**Krištof**
12	PO	Gregor
13	TO	Kristina
14	SR	Matilda
15	ČE	Klemen
16	PE	Hilarij
17	SO	Jerica
18	**NE**	**Ciril**
19	PO	Jožef
20	TO	Srečko
21	SR	Benedikt
22	ČE	Vasilij
23	PE	Oton
24	SO	Katarina
25	**NE**	**Minka**
26	PO	Emanuel
27	TO	Rupert
28	SR	Bojan
29	ČE	Ciril
30	PE	Bogo
31	SO	Benjamin

APRIL

1	**NE**	**Cvetna nedelja**
2	PO	Frančišek
3	TO	Ljuba
4	SR	Izidor
5	ČE	Vinko
6	PE	Viljem
7	SO	Darko
8	**NE**	**Velika noč** A SI
9	**PO**	**Velika pon.** A SI
10	TO	Janez
11	SR	Stanko
12	ČE	Julij
13	PE	Ida
14	SO	Justin
15	**NE**	**Helena**
16	PO	Bernarda
17	TO	Rudi
18	SR	Konrad
19	ČE	Leon
20	PE	Neža
21	SO	Simeon
22	**NE**	**Leonida**
23	PO	Vojko
24	TO	Jurij
25	SR	Marko
26	ČE	Marcel
27	**PE**	**Dan upora proti okupatorju** SI
28	SO	Pavel
29	**NE**	**Peter**
30	PO	Katarina

MAJ

1	**TO**	**Praznik dela**	A SI
2	**SR**	**Praznik dela**	SI
3	ČE	Filip in Jakob	
4	PE	Florijan	
5	SO	Angel	
6	**NE**	**Materinski dan**	
7	PO	Stanko	
8	TO	Miha	
9	SR	Vinko	
10	ČE	Izidor	
11	PE	Žiga	
12	SO	Pankracij	
13	**NE**	**Servacij**	
14	PO	Bonifacij	
15	TO	Zofka	
16	SR	Janez	
17	**ČE**	**Vnebohod**	A
18	PE	Erik	
19	SO	Ivo	
20	**NE**	**Bernard**	
21	PO	Feliks	
22	TO	Milan	
23	SR	Željko	
24	ČE	Suzana	
25	PE	Urban	
26	SO	Zdenko	
27	**NE**	**Binkošti**	A SI
28	**PO**	**Bink. pon.**	A
29	TO	Magdalena	
30	SR	Ivana	
31	ČE	Angela	

JUNIJ

1	PE	Fortunat	
2	SO	Erazem	
3	**NE**	**Pavla**	
4	PO	Franc	
5	TO	Valerija	
6	SR	Norbert	
7	**ČE**	**Rešnje telo**	A
8	PE	Medard	
9	SO	Primož	
10	**NE**	**Marjeta**	
11	PO	Srečko	
12	TO	Janez	
13	SR	Anton	
14	ČE	Vasilij	
15	PE	Vid	
16	SO	Beno	
17	**NE**	**Dolfe**	
18	PO	Marko	
19	TO	Julijana	
20	SR	Silverij	
21	ČE	Alojz	
22	PE	Ahac	
23	SO	Zeno	
24	**NE**	**Janez**	
25	**PO**	**Dan državnosti**	SI
26	TO	Stojan	
27	SR	Ema	
28	ČE	Hotimir	
29	PE	Peter in Pavel	
30	SO	Emilja	

JULIJ

1	**NE**	**Bogoslav**
2	PO	Marija
3	TO	Tomaž
4	SR	Urh
5	ČE	Ciril in Metod
6	PE	Bogomil
7	SO	Vilibald
8	**NE**	**Evgen**
9	PO	Veronika
10	TO	Ljuba
11	SR	Olga
12	ČE	Mohor
13	PE	Henrik
14	SO	Kamil
15	**NE**	**Vladimir**
16	PO	Marija
17	TO	Aleš
18	SR	Miroslav
19	ČE	Vincenc
20	PE	Marjeta
21	SO	Danilo
22	**NE**	**Majda**
23	PO	Branislav
24	TO	Kristina
25	SR	Jakob
26	ČE	Ana
27	PE	Sergij
28	SO	Zmago
29	**NE**	**Marta**
30	PO	Julita
31	TO	Ignac

AVGUST

1	SR	Peter
2	ČE	Štefan
3	PE	Lidija
4	SO	Dominik
5	**NE**	**Ožbalt**
6	PO	Ljubo
7	TO	Kajetan
8	SR	Miran
9	ČE	Jaroslav
10	PE	Lovrenc
11	SO	Suzana
12	**NE**	**Klara**
13	PO	Lilijana
14	TO	Demetrij
15	**SR**	**Marijino vneb.** A SI
16	ČE	Rok
17	PE	Pavel
18	SO	Helena
19	**NE**	**Ludvik**
20	PO	Bernard
21	TO	Ivana
22	SR	Timotej
23	ČE	Filip
24	PE	Jernej
25	SO	Ludvik
26	**NE**	**Viktor**
27	PO	Monika
28	TO	Avguštin
29	SR	Janez
30	ČE	Roza
31	PE	Rajko

SEPTEMBER

1	SO	Tilen
2	**NE**	**Štefan**
3	PO	Dora
4	TO	Rozalija
5	SR	Lovrenc
6	ČE	Zaharija
7	PE	Regina
8	SO	Marija
9	**NE**	**Peter**
10	PO	Nikolaj
11	TO	Erna
12	SR	Gvido
13	ČE	Filip
14	PE	Rastko
15	SO	Nikodem
16	**NE**	**Ljudmila**
17	PO	Lambert
18	TO	Irena
19	SR	Suzana
20	ČE	Svetlana
21	PE	Matevž
22	SO	Mavricij
23	**NE**	**Helena**
24	PO	Nada
25	TO	Zlata
26	SR	Kozma in Damijan
27	ČE	Vincenc
28	PE	Venčeslav
29	SO	Mihael
30	**NE**	**Sonja**

OKTOBER

1	PO	Julija
2	TO	Bogumil
3	SR	Terezija
4	ČE	Frančišek
5	PE	Marcel
6	SO	Vera
7	**NE**	**Marko**
8	PO	Brigita
9	TO	Abraham
10	SR	Daniel
11	ČE	Milan
12	PE	Maks
13	SO	Edvard
14	**NE**	**Veselko**
15	PO	Terezija
16	TO	Jadviga
17	SR	Marjeta
18	ČE	Luka
19	PE	Etbin
20	SO	Irena
21	**NE**	**Urška**
22	PO	Kordula
23	TO	Severin
24	SR	Rafael
25	ČE	Darja
26	**PE**	**Nacionalni praznik** A
27	SO	Sabina
28	**NE**	**Simeon**
29	PO	Narcis
30	TO	Alfonz
31	SR	Volbenk SI

NOVEMBER

1	**ČE**	**Vsi sveti** A SI
2	PE	Verne duše
3	SO	Silva
4	**NE**	**Karel**
5	PO	Elizabeta
6	TO	Lenart
7	SR	Engelbert
8	ČE	Bogomir
9	PE	Teodor
10	SO	Andrej
11	**NE**	**Martin**
12	PO	Emil
13	TO	Stanislav
14	SR	Nikolaj
15	ČE	Leopold
16	PE	Jerica
17	SO	Gregor
18	**NE**	**Odon**
19	PO	Elizabeta
20	TO	Srečko
21	SR	Marija
22	ČE	Cecilija
23	PE	Klemen
24	SO	Janez
25	**NE**	**Katarina**
26	PO	Konrad
27	TO	Virgil
28	SR	Jakob
29	ČE	Radivoj
30	PE	Andrej

DECEMBER

1	SO	Marijan
2	**NE**	**Bibijana**
3	PO	Franc
4	TO	Barbara
5	SR	Sava
6	ČE	Miklavž
7	PE	Ambrož
8	**SO**	**Brezmadežna** A
9	**NE**	**Valerija**
10	PO	Smiljan
11	TO	Danijel
12	SR	Aljoša
13	ČE	Lucija
14	PE	Dušan
15	SO	Kristina
16	**NE**	**Albina**
17	PO	Lazar
18	TO	Teo
19	SR	Urban
20	ČE	Evgen
21	PE	Tomaž
22	SO	Mitja
23	**NE**	**Viktorija**
24	PO	Adam in Eva
25	**TO**	**Božič** A SI
26	**SR**	**Štefan / Dan neodvisnosti** A SI
27	ČE	Janez
28	PE	Nedolžni otroci
29	SO	Tomaž
30	**NE**	**David**
31	PO	Silvester

Uvod

Irena Destovnik

V Koroškem koledarju 2012 objavljamo dvajset prispevkov šestnajstih avtoric in avtorjev iz avstrijske Koroške in Slovenije, ki jih lahko strnemo v več tematskih sklopov.

Med prispevki, povezanimi s književnostjo, najprej objavljamo dva članka, ki sta ju v spomin na pravkar umrlega koroškega pisatelja, esejista, dramatika in prevajalca Janka Messnerja napisala njegova nekdanja učenca in pozneje sodelavca, Vida Obid in Peter Wieser. Lilijana Burcar, docentka na Oddelku za anglistiko in amerikanistiko na Filozofski fakulteti Univerze v Ljubljani, v svojem članku na primeru knjig o Harryju Potterju piše o ponovnem obujanju in utrjevanju konservativnih družbenih in spolnih ideologij. O ozadju nastajanja gledališke predstave Zala je v intervjuju spregovoril vodja teatra trotamora in režiser Marjan Štikar, univerzitetni profesor Vladimir Wakounig pa o terapevtskem delu s skupino slovensko govorečih; članek, ki ga je o izkušnjah z vodenjem skupine nemško govorečih napisala Silvia Jelinek, objavljamo v slovenskem in nemškem jeziku. V tem sklopu objavljamo tudi članek Ljudmile Kofler in Mihe Vrbinca o rezultatih literarnega natečaja Volbankove ustanove Promlad. V literarni sklop sodi tudi članek maturantke Slovenske gimnazije, sedaj študentke primerjalne književnosti in slovenščine na Filozofski fakulteti Univerze v Ljubljani, Nine Kompein, ki na primeru romana Erice Fischer *Aimée in Jaguar* piše o značilnostih ustnega pričevanja, forme pisemskega romana, homoseksualnosti in konstrukcije družbenospolne identitete.

Članek Nine Kompein je dokaz, da (Slovenska) gimnazija res pripravlja na študij, kot je svoj članek naslovil njen ravnatelj Miha Vrbinc. V tem sklopu objavljamo še intervjuja z ravnateljem Višje šole za gospodarske poklice iz Šentpetra pri Šentjakobu v Rožu, Štefanom Schellandrom, in ravnateljico Dvojezične zvezne trgovske akademije iz Celovca, Majo Amrusch-Hoja. Članku o trgovski akademiji sledi skrajšana diplomska naloga Darje Ovsenik z naslovom Geografska in sociolingvistična analiza identitete koroških Slovencev: Primer dvojezične trgovske akademije v Celovcu; Darja Ovsenik je prejemnica nagrade Urada Vlade RS za Slovence v zamejstvu in po svetu v letu 2010. Tudi naslednji članek z naslovom »Vsaj malo po vaško pohavžvamo!«, ki ga je napisala Štefka Vavti, se ukvarja z mladimi koroškimi Slovenci in z njihovim odnosom do slovenskega narečja. Sklop, namenjen mladim, končujejo intervjuji, v katerih so štiri maturantke – Ana Sticker, Antonija Ana Wieser, Ajda Sticker in Irina Urbajs pripovedovale o svojih izkušnjah s prostovoljnim delom na različnih koncih sveta.

Olga Voglauer v svojem članku predstavlja rezultate ankete, ki jo je Kmečka izobraževalna skupnost leta 2010 izvedla med slovenskimi kmeticami in kmeti, in na podlagi rezultatov načrtovane razvojne možnosti. Glavni namen prispevka doktorja krasoslovja, Janeza Turka, pa je na enem mestu zbrati vse slovenske toponime v Karnijskih Alpah med Ziljsko in Kanalsko dolino, ki jih je v svojih razpravah objavil Viktor Vovk.

V zadnjem sklopu objavljamo prispevke o zgodovini in položaju slovenske narodne skupnosti na Koroškem in zunaj Republike Slovenije ter o položaju nemško govoreče etnične skupine prebivalcev v Sloveniji. Avguštin Malle v članku z naslovom Boj za javnost in usmeritev: nepretrganost in prelomi piše o slovenski periodiki v tridesetih in štiridesetih letih 20. stoletja, Bojan-Ilija Schnabl pa v prispevku z naslovom Dvojezična ustava Koroške in deželni glavar Janez Nepomuk Šlojsnik o nekaterih novih spoznanjih, do katerih je prišel pri pisanju gesel za *Enciklopedijo slovenskega jezika in slovstva na Koroškem od začetkov do leta 1938*. Zgodovinarka Brigitte Entner svoj članek z naslovom Nov začetek ali igra na čas posveča med drugo svetovno vojno izseljenim koroškim Slovencem. Sledita prispevka dveh sodelavcev z ljubljanskega Inštituta za narodnostna vprašanja. Vera Klopčič piše o Slovencih, ki živijo v novih državah – nekdanjih jugoslovanskih republikah, Danijel Grafenauer pa o nemško govoreči etnični skupini prebivalcev v Sloveniji. Sklop končuje intervju z državnim sekretarjem na Uradu Vlade RS za Slovence v zamejstvu in po svetu v letih 2008–2011, Borisom Jesihom.

Kot vsako leto je Koroško bibliografijo, tokrat za obdobje 2010/11, pripravila Meta Domej iz Slovenske študijske knjižnice v Celovcu.

Fotografije Kornatskih otokov, objavljene na ovitku in v koledarskem delu, je posnel Tomo Weiss.

JANKO MESSNER (13. 12. 1921–26. 11. 2011)

Janko Messner, koroški pisatelj, pesnik, esejist, dramatik, prevajalec in pedagog se je rodil 13. decembra 1921 v Dobu pri Pliberku, umrl pa 26. oktobra 2011 v Celovcu. V nadaljevanju objavljamo besedili, ki sta ju ob njegovem slovesu napisala in na pogrebu prebrala njegova nekdanja dijaka in pozneje sodelavca, Vida Obid in Peter Wieser.

Draga žalujoča družina Messner, dragi žalujoči sorodniki, prijatelji in prijateljice, sopotniki, tovariši in tovarišice! Dragi Janko!

Ni mi lahko stopiti pred vse vas in pred krsto človeka, s katerim se čutim povezano skoraj petdeset let. Z Jankom ima vsak svoje izkušnje, takšne ali drugačne. Tako tudi jaz. Marsikdo meni, da je Janka poznal in ga zato lahko oceni ali ceni, sodi ali obsodi. Osebno pa želim povedati le nekaj besed o človeku, ki se je svoje žive dni boril za »svoje koroške zasramovance« pa tudi za zasramovance po svetu. Včasih je v tej svoji borbi mahnil tudi mimo in koga po krivem prizadel, ampak življenje tudi njemu ni prizanašalo. Bil je globoko ranjen in travmatiziran človek.

Jankova razburkana življenjska pot, ki se se je začela 13. decembra na kmetiji pri Petru v Dobu pri Pliberku, se danes mirno končuje v domačem kraju. Dihati je prenehal prav 26. oktobra, na dan avstrijskega nacionalnega praznika, ki ga je solidarnostno gibanje za pravice koroških Slovencev v sedemdestih letih izbralo za svoj praznik.

Jankovi starši so med hudo gospodarsko krizo skrbeli za to, da so se njihovi otroci šolali. Bil je to čas trdega dela in odpovedovanja vsemu življenjskemu udobju. Za to velikodušnost je bil Janko staršem hvaležen. Če je bil razburjen, žalosten ali kako drugače prizadet, se je iz Celovca odpeljal iskat uteho na grob svoje matere.

Še pred maturo je bil novembra 1941 iz gimnazije vpoklican v nemški vermaht, kjer je po arhivskih podatkih zbolel za malarijo, bil v lazaretu in nato na zdravljenju v Karlovih Varih. Dvakrat je doživel živčni zlom, bil nato spet vpoklican in v začetku leta 1945 težko ranjen. Od marca do 22. maja 1945 se je zdravil v lazaretu v Hannovru. Njegovi poskusi, da bi ga mobilizirali partizani, niso uspeli.

Takoj po vrnitvi domov se je vključil v narodno delo. Pri zgodovinskih raziskavah za na žalost tudi že rajnega univerzitetnega profesorja Stuhlpfarrerja o koroških partizanih sem v Arhivu Slovenije med drugim našla zapisnik prve pliberške občinske seje z dne 2. julija 1945, kjer pod točko IV. piše, da je »zgleden borec Janko Messner« organiziral pri Petru v Dobu dobro obiskan miting. Prav tako sem v Arhivu Slovenije našla lastnoročno podpisan rokopis na 29 straneh z naslovom »Morišče Dravograd: Dokumenti o ubijanju in mučenju koroških Slovencev po avstrijskih gestapovcih«, datiran z 18. septembrom 1946. To gradivo je Janko zbiral, potem ko so ga za nekaj dni zaprli Angleži in ko je zbežal z doma v Gospe Sveti v Jugoslavijo. Domnevam, da je bil med pripovedovanjem zgrožen nad tem, kako je v domovini divjala vojna, medtem ko je bil on po sili vojak.

To so pričevanja posameznih oseb, ki so trpinčenja preživele ali pa so bile njihove priče. Janko je pričevanja zbiral že v letih, ko to še ni bilo »*in*«, ni bilo plačano in tudi ne dobrohotno sprejeto. Prav nasprotno, s tem si je nakopal silno sovraštvo. Storilci so se spet »integrirali« v vsakdanje življenje, medtem ko so partizane kriminalizirali, in kljub spominskim ritualom v prid žrtvam se danes dogaja revizija zgodovine. To je ozadje, da se je Janko vse svoje življenje tako strastno zavzemal za mir in odstranitev nekdanjih nacistov in njihovih pomagačev, ki svoje zmote niso vsaj uvideli, iz javnih služb, predvsem iz šolstva. Tu je bil zares neizprosen.

Včasih se je zdel kar donkihotovski, ko je mahal na vse strani in se angažiral proti vojnam in imperialističnim intervencijam ZDA v Južni Ameriki, se zavzemal za revolucionarje v Nikaragvi, ki jih je obiskal, v Celovec pa povabil celo ministra in duhovnika Ernesta Cardenala, da mu je predal zbrani denar z avkcije slik za Nikaragvo. Ni je bilo stvari, ki ga ne bi vznemirila – zato tudi nikoli ni miroval in je navsezadnje dobrega zdravja skoraj do konca dosegel častitljivo starost.

Po študiju slavistike in romanistike v Ljubljani in poučevanju na gimnaziji na Ravnah na Koroškem, kjer si je medtem ustvaril družino z makedonsko tovarišico, mlado in lepo partizanko Olgo Jordanovsko, se je leta 1955 z njo in s sinovoma Mirkom in Jožekom vrnil v Celovec, kjer je bil dolga leta brezposeln. Olga in Janko sta kruh za družino služila na celovški tržnici, z inštrukcijami, s kuhanjem za dijake, pospravljanjem pri bogatih meščanih, ipd. Šele družinski dobrotnik Erwin Pabst, socialdemokrat ter vplivni dvorni svetnik, in njegova žena sta Messnerjevi družini pomagala tako, da se je Janko zaposlil na Slovenski gimnaziji.

Verjetno je Deželni šolski svet Messnerja Slovenski gimnaziji vsilil. Saj se še dobro spomnim govoric, po katerih sem imela občutek, da Janka Messnerja že poznam – še preden je jeseni leta 1963 v četrtem razredu Slovenske gimnazije postal moj učitelj slovenščine. Iz tako imenovanih dobro obveščenih krogov slovenske koroške »izobražene« srenje, ki sem jo spoznavala z vstopom v Slovensko gimnazijo, torej pred 50 leti, sem izvedela, da je nepreračunljiv in malo zmešan, menda je bil celo na psihiatriji, politično sumljiv in dejaven za vse mogoče jugoslovanske ali celo ruske tajne službe.

Ker takrat slovensko-koroške folklore obrekovanja še nisem poznala – zrasla sem namreč na jezikovnem obrobju – so me te govorice kar precej prestrašile. Bila je hladna vojna, družina moje mame pa je bila iz Jugoslavije pregnana zaradi kolaboracije s sovražnikom. Govorice so prihajale z vseh strani – z leve in desne, od zgoraj in spodaj. Bala sem se in upala, da ga naš razred ne bi dobil za profesorja. Prav to pa se je zgodilo. Bil je moj profesor slovenščine do mature. Predsodki so se globoko vtisnili v mojo dušo, do danes jih nisem pozabila.

Mešteja, kakor smo ga krstili, sem se nekaj časa, kadar se mi je približal s svojim strogim pogledom in orlovskim nosom, celo bala. Zdel se mi je neizprosen kot kaka ptica ujeda. Nisem bila dobra učenka, s pismeno slovenščino sem se precej borila, saj sem v gimnazijo vstopila kot slovenska analfabetka, pa še z nekoroškim maminim narečjem, brez dvojine in skoraj brez sklonov in raznih drugih fines slovenske slovnice.

Meštej se je, ker je imel razvit socialni čut in v letna spričevala ni zapisoval petic, zavzel za vsakega dijaka in za vsako dijakinjo. Do lastnih otrok ter vnukov in vnukinj je bil manj prizanesljiv. Sama sem do osmega razreda visela med štirico in petico. Za štirico je navsezadnje zahteval le urejen literarni dnevnik, kar pomeni, da sem morala vsak mesec prebrati vsaj eno slovensko knjigo in napisati vsebino. To se mi je zdelo genialno, saj sem rada brala in tako povezala konjiček z dolžnostjo. Ta dnevnik je skrbno pregledal in popravil napake – in vstop v naslednji razred je bil zagotovljen. No, ta jezikovna šola se je obrestovala, naučila sem se toliko slovenščine, da mi je v vsakem oziru v korist. Navduševal nas je za slovensko literaturo, se ubadal z našimi napakami, ki jih je kdaj pa kdaj tudi narisal na tablo, kar je bilo zelo zabavno.

Za ilustracijo, kako nevedna je ostala naša generacija v avstrijskem šolstvu, naj povem le, da smo v zgodovini končali s prvo svetovno vojno in da smo šele od Mešteja izvedeli, kaj sploh pomeni NSDAP, SA, SS. OF in partizani takrat tudi na Slovenski gimnaziji niso bila častna imena. Za te se je zavzemal le prof. Messner, kar so mu očitali kot pristransko, če ne že kar zločinsko dejanje, saj so bili v središču takratnega pojmovanja zgodovine povojni uboji in odvedenci, kot da bi bila OF začela vojno. Tudi s to tematiko se je Janko spoprijemal in nam svetoval, naj beremo roman *Strah in pogum* Edvarda Kocbeka ter njegov partizanski dnevnik *Tovarišija*, ki se ukvarjata prav z zlorabo oblasti in poboji ter etičnimi vprašanji med vojno in po njej. Imel nas je za dovolj zrele, da se soočamo s tako kompliciranimi zadevami.

Na srce nam je položil tudi Kardeljev *Razvoj slovenskega narodnega vprašanja*; ta nam je razkril ozadja in pomen slovenske kulturne in literarne zgodovine. To so bile njegove ponudbe, ne prisila. Tu pa tam je pa le kdo pokukal v predlagano literaturo in si širil obzorje. Upam si trditi, da je Janko v tem vprašanju oral ledino ne le na Koroškem, če ne kar v vsej Avstriji. K sreči se je to le nekoliko spremenilo.

Vse to so seveda nekateri profesorji opazovali precej skeptično, da ne rečem odklonilno. Poučevanje na Slovenski gimnaziji za prof. Messnerja prav gotovo ni bilo posebej prijetno. Včasih je gospod profesor pavzo presedel kar v razredu, saj so bila vrata v konferenčno sobo zanj zaklenjena. Celo zjokal se je pred dijaki zaradi izključevanja s strani kolegov in kolegic. Težki vojni travmi se je pridružila še povojna zavrnitev njegove osebe med slovenskimi izobraženci. Doživljal je vrsto razočaranj, med drugim tudi, da se socializem v Jugoslaviji – tako kot drugje na svetu – ni razvil po Jankovih upih in sanjah ljudi, ki so se borili za osvoboditev od okupatorja in za pravičnejši svet. Kljub temu pa Janko ni obupal. Ostal je, kar je bil:

krščanski socialist ali komunist, a nikakor ne v institucionalnem pomenu. Janka v svojih vrstah ne bi prenašala nobena stranka, obratno pa tudi ne, saj sta mu bila tuja vsaka strankarska disciplina in enoumje.

Zato ga je zelo razveselilo, ko smo se študentje na avstrijskih univerzah začeli zbujali. S simpatijo je spremljal izdajanje časopisa *Kladivo* na Dunaju, verjetno ga je vsebinsko spominjalo na njegove lastne poskuse skupaj z dr. Pavlom Zablatnikom in dr. Luko Sienčnikom, da naj glede narodnih pravic vsi vlečejo skupno vrv, in to ne glede na politično usmerjenost. V osebi Pokržnikovega Lukana, neke vrste *vox populi*, je postal zvesti sodelavec *Kladiva*. Gotovo je prav Luka s svojimi hudomušnimi prispevki zmobiliziral številno slovensko podeželsko prebivalstvo na demonstracije okrog 26. oktobra, tako da jih narodni predstavniki niso mogli ignorirati.

Dolga leta je bil tudi aktivni sodelavec revije *mladje*, ki bi brez njegovega angažmaja verjetno usahnila že prej. Ves čas je sitnaril, da *mladje* ne sme umreti in je pri takratnem ministru Zilku zbezal nekaj denarja. Prepričeval me je, naj se potrudim in pomagam, da *mladje* spet zagleda luč sveta, saj bi bilo škoda vrniti denar avstrijski republiki. To je bil argument. No, *mladje* je izhajalo vsaj še deset let. A ker človekova potreba po ustvarjalnosti in pisanju nikoli ne miruje, je pognalo tudi novo »rastje«, tudi brez Janka.

Janko je bil mnogoplastna osebnost, izbrala sem le tiste kamenčke iz mozaika, ki so imeli opravka z mojim življenjem. Moj odnos do profesorja Janka Messnerja je bil vse kaj drugega kot netežaven, vedno je bil napet, včasih sva bila kar v Kregistanu; a bil je produktiven. Naučila sem se argumentirati, se prepirati, diskutirati, prevajati.

Janko, gotovo si še opazil, da se mladina vsepovsod po svetu ponovno upira in ni pripravljena še naprej živeti v krivičnem sistemu, polnem korupcije in zlaganosti, ki ga vodijo mednarodni koncerni in banke. Zame si koroški slovenski Jean Ziegler, saj si med poukom že v šestdesetih letih napovedal, da tako ne bo šlo naprej in da se bodo narodi takrat t. i. tretjega sveta, ki jih prvi svet izkorišča, uprli. Prav to se dogaja. Še toliko bomb pod krinko humanitarne pomoči ne bo preprečilo, da se pravica ne bi uveljavila – saj je to interes 99 odstotkov ljudi.

Dragi Janko, za vse to, tudi za svoj optimizem, se ti danes zahvaljujem. Mislim, da lahko tudi v imenu tvojih nekdanjih dijakov in dijakinj, predvsem »kladivarjev«, povem, da je bil tvoj pouk vse prej kot dolgočasen. Radi smo te poslušali, predvsem tvoje zgodbe, ki si nam jih pripovedoval med poukom. Bil si sijajen pripovedovalec, včasih kar teatraličen. Za nekdanje maturante Slovenske gimnazije je bilo, če jih je slovenščino učil prof. Messner, to znak kakovosti. Iskrena hvala, bil si učitelj, ki mu ni para!

Končala pa bi s Handkejevim pozivom, naj ljudje berejo knjige koroških slovenskih avtorjev in avtoric, ki jih je zdaj že kar veliko:
»LESEN SIE GEFÄLLIGST!«

Adijo Janko, lepo se imej in drugubart druč!

Spoštovana gospa Zofka, dragi Mirko, dragi Jože,
dragi svojci, spoštovani žalujoči!

Avtorju in človeku, ki je dodobra zaznamoval literarno, kulturno in politično življenje naše generacije, se poklanjam v imenu Založbe Drava in Slovenske prosvetne zveze, ki je skupaj z Zvezo slovenskih organizacij lastnica Drave. Z njo je bil povezan zadnjih 30 let, s Slovensko prosvetno zvezo pa na takšen ali drugačen način še veliko dlje.

Že v Slovenski gimnaziji nam je profesor Messner skušal zabičati: »Bodite kritični, vedno vprašajte: zakaj?« Janko Messner je vse svoje življenje posvetil postavljanju tega vprašanja. Na gimnaziji nam je uspešno posredoval čut za slovenski jezik in kulturo, dobili smo podlago, od katere še danes živimo. Odkar je prišel na gimnazijo, od leta 1963, je bil moj učitelj slovenščine. Iz tega leta sta mi živo ostala v spominu dva njegova prevoda: lužiškosrbska povest o *Mojstru Krabatu* in Prežihovi *Samorastniki*, ki jim je v nemščini dal naslov *Wildwüchslinge*. Dvajset let pozneje sem se s to knjigo ponovno srečal, ko je v predelani obliki izšla kot prva Messnerjeva knjiga pri Založbi Drava. Nas, zagnane in študentovsko razgibane študente, so zaznamovala predvsem Messnerjeva sedemdeseta leta: Ob začetkih *Kladiva* leta 1970 sem ga doživel, kako se je prelevil v Pokržnikovega Lukana, ki je ostal njegov *alter ego* do današnjega dne. Leto navrh so v nemščini pri slovenski založbi Obzorja v Mariboru izšle *Razglednice / Ansichtskarten von Kärnten*, kmalu nato pa pri isti založbi v slovenščini še *Skurne storije*. To je bilo kar senzacionalno doživetje v tedanjih časih dvojezičnega dopolnjevanja krajevnih napisov.

Najino občasno sopotništvo se je razvijalo v razmaku desetletja ali dveh. Tako sem njegovo ustvarjanje v solidarnostnih sedemdesetih letih spremljal iz Ljubljane: *Ekstremist Matija Gubec*, napisan skupaj s Florjanom Lipušem, je med drugim iz tega časa, pa *Pogovor v maternici koroške Slovenke*, polemični *Zasramovanci, združite se* in predvsem znameniti film *Vrnitev* z Marjanom Sriencem, njegovim dijakom in našim sošolcem v glavni vlogi. Podobno kot *Razglednice* devet let prej je leta 1980 tudi *Kärntner Heimatbuch* izšel v nemščini pri slovenski založbi, tokrat pri ZTT – Založništvu tržaškega tiska v Trstu. Doživel je širok odmev po Avstriji in zunaj nje, pozneje pa je izšel še na Dunaju in v Celovcu.

Ko je ob začetku osemdesetih let Drava zaživela kot založba, je Janko Messner kmalu postal njen avtor. Leta 1983 se je začelo nadvse plodno sodelovanje, ki je poleg prevoda *Wildwüchslinge* rodilo še 17 knjig in eno zvočno kaseto in je trajalo vse do današnjih dni. Med temi 17 knjigami so nikaragvanske pesmi, med njimi je dnevnik iz let 1938 do 1941, več izdaj njegovih pesmi, njegova dramska besedila, *Gorše storije, Dnevnik Pokržnikovega Lukana*, izbrano delo v slovenščini v enem zvezku in naposled 2007 *Mein Korotan moj. Moj Kregistan mein.* Za izdajo knjig je dolga leta skrbela Helga Mračnikar, za njo pa Thomas Busch in Franz Marenits. Treba pa je dodati še Izbrano delo Janka Messnerja v nemščini v sedmih zvezkih, katerih izdajatelj je Jozej Strutz. Prvi in drugi zvezek

Janko Messner. Foto: Gerhard Maurer, 2008

sta izšla leta 2009, sam sem ponovno prišel k Dravi lansko leto, ko je bilo treba izdati peti zvezek, šesti in sedmi pa sta izšla letos septembra.

Še konec aprila smo mu v Hačku pripravili literarni večer. Na njegovo željo sta mu zaigrala in zapela koroška godca Tonč Feinig in Jožko Kovačič, Kristijan Močilnik pa je bral njegove tekste. Janko je bil priseben, duhovit, sporen in hudomušen kot v svojih najboljših časih.

Žena Zofka ga je vozila k nam na Tarviserco, čeprav mu je nagajala sapa in je težko hodil. Prinašal je tekste in korekture in se pogovoril s Slavkom Stickerjem v tiskarni ali z menoj, vedno v skrbi, da bi zadnja dva zvezka le pravočasno izšla. Zadnjič sva se rokovala nekje avgusta meseca na našem dvorišču. Sredi septembra sta obe knjigi prišli iz knjigoveznice, prav ko so ga morali prepeljati v bolnico, pa mu jih je žena Zofka zanesla na bolniško posteljo. Smrt kot da je počakala, da smo skupaj z Jozejem Strutzem zaključili delo na izbranem delu.

Janko ni bil vedno enostaven človek, kako bi bil enostaven v tej deželi kregistanski? Bil je pristaš plodnih konfliktov, sploh ni bilo težko spoprijeti in sporeči se z njim. Znal je zagrmeti, v naslednjem trenutku pa te je spet ljubeznivo ogovoril ali se ti hudomušno nasmehnil. Dragi Janko, kdo nam bo zdaj bral kozje molitvice?

Za Janka Messnerja je veljalo, da je neizprosen v svoji misli, neupogljiv značaj in mnogim trn v peti, pokončen koroški upornik, borec, mož značaja in drže. To vse je bil. Toda mislim, da je bil predvsem še nekaj: prijateljski učitelj.

Slava njegovemu spominu!

Lilijana Burcar[1]

O MITU NEDOLŽNEGA OTROŠTVA V MLADINSKI KNJIŽEVNOSTI

Uvod

Za vsa literarna besedila je značilno, da nastopajo kot oblika diskurza, kar pomeni, da z idejami, ki jih posredujejo, in razmerji moči, ki jih snujejo znotraj besedilnih svetov, neposredno sodelujejo pri vzpostavljanju in potrjevanju določenih družbenih predstav in ureditev. Pri tem gre lahko za nereflektirano ali premišljeno zrcaljenje, ponavljanje in potrjevanje družbeno-simbolnega reda, temelječega na konstruktih ne-enakosti, hierarhičnosti in podrejenosti ter iz tega izhajajoče naturalizacije ozko zamejenih subjektnih pozicij ali pa za preizpraševanje tovrstnega materialno-simbolnega reda, razklepanje njemu podpornih demagogij in razgradnjo enoznačnih in omejujočih identitetnih pozicij, iz česar lahko izhaja tudi vzporedno ponujena drugačna, transformativna vizija medosebnih odnosov in procesov umeščanja in izgradnje posameznice ali posameznika ter širše družbe. Prav s preizpraševanjem ali pa potrjevanjem omejujočih simbolnih redov, katerih sledi in vpisi so neobhodno vtkani v književna besedila, slednja implicitno delujejo tudi kot oblika regulativnega diskurza. Na podlagi preizpraševanja ali pa potrjevanja omejujočih simbolnih redov namreč ne sodelujejo le pri soustvarjanju in opomenjanju zunajbesedilne realnosti, saj do nje vedno vzpostavljajo določeno razmerje, temveč tudi pri procesih literarne socializacije, ki so povezani s samim širjenjem ali ožanjem načina samogledanja in samorazumevanja beročih posameznikov. Povedano drugače, s snovanjem besedilnih svetov, ki temelji na razklepanju in premoščanju ali pa utrjevanju denimo hierarhično poustvarjenih konstruktov moči in ozko, premočrtno zastavljenih identitetnih okvirov, literarna dela neposredno sodelujejo pri vzpostavljanju tega, kakšne vrste samopredstav in posledično možnosti delovanja v realnem svetu naj bi bile posredno dovoljene in še na voljo neki skupini posameznikov in posameznic. Vse to pa velja tudi za književnost, pisano za mladino, ki v nasprotju s splošnim prepričanjem o mitu nedolžnega otroštva seveda ni izvzeta iz polja ideoloških mehanizmov.

1 Lilijana Burcar, doktorica literarnih ved, je po študiju angleškega jezika in književnosti na Oddelku za anglistiko in amerikanistiko Filozofske fakultete v Ljubljani, kjer je danes docentka, najprej magistrirala s temo anglo-ameriška mladinska književnost, pravljice in feministična teorija ter nato še doktorirala s temo imaginarij otroštva v britanski otroški in mladinski književnosti. Ukvarja se z literarno teorijo in s sodobno anglo-ameriško književnostjo, feministično teorijo in politiko spola, postkolonialnimi in z neokolonialnimi študijami, družbeno-politično kritiko in s politiko družbene pravičnosti. Leta 2006 je pri Založbi Sophia v Ljubljani izdala knjigo z naslovom *Novi val nedolžnosti v otroški literaturi: Kaj sporočata Harry Potter in Lyra Srebrnousta?*

Najbolj temeljito razčlembo pokrčenih načinov umeščanja bralstva in s tem povezanega tvorjenja in privzemanja omejujočih identitetnih okvirov (glej npr. Hourihan 1997) sta v sedemdesetih letih prejšnjega stoletja prinesla družbenokritični realizem in pozneje postmodernistično pisanje osemdesetih in zgodnjih devetdesetih let. Za te pristope je značilno, da otroka obravnavajo v luči njegove vpetosti v sheme družbenih neenakosti, socialno-ekonomskih in drugih oblik razslojevanj, s tem pa tudi v luči jezikovno-materialnih praks in spremljajočih oblik identitetnih naslavljanj, ki so sestavni del otrokove realnosti. To pomeni, da znotraj najrazličnejših žanrov tega pisanja otroški in mladinski junaki niso apriorno slikani kot nedolžni in torej postavljeni za vir nedotakljive čistosti in sentimentalnosti, temveč so v prvi vrsti prikazani kot izrazito kompleksne in večplastne psihološke in telesne modalnosti. Pri tem je pomenljivo, da ti pripovedni postopki vedno kažejo, da se te modalnosti vzpostavljajo v navezi z zgodovinsko specifičnimi družbenimi procesi in kulturno pogojenimi praksami tvorjenja subjektivitete. Otrok torej obstaja tukaj in zdaj, kar pomeni, da je otrokova identiteta vedno že večplastna in kompleksna, saj od vsega začetka nosi vpise tako razrednih, rasnih, spolnih in etničnih kot tudi drugih, npr. geopolitičnih diskurzov, kot sta kolonialni in neokolonialni diskurz. Hkrati pa je ta identiteta razumljena kot vedno dialoška; je torej sama, kot izpostavlja Richard Flynn, izpogajana in torej odvisna tudi od načina odzivanja, gibanja in delovanja samega otroka v tako ponujenem svetu (Flynn 2002: 160). Prav zaradi tega pa je sploh mogoče, da je pri teh zvrsteh pisanja znotraj mladinske književnosti osrednje mesto namenjeno zasledovanju ustroja in načina delovanja obdajajočega jezikovno-simbolnega reda, iz katerega izhajajo subjektne pozicije in družbene norme, in na katerem temelji njihovo povratno prevzemanje ali zavračanje ter seveda kritično preizpraševanje in konstruktivno preoblikovanje. V skladu s tem je osrednja književnost, namenjena mlademu bralstvu, v drugi četrtini prejšnjega stoletja dokončno utrdila obstoj t. i. »vedočega otroka« (Higonnet 1998: 12), ki ni niti nedolžen niti skorumpiran, temveč v prvi vrsti skuša ali zna predvsem preživeti (najhujše), pri čemer vedno opazuje svoje okolje. Otroci torej niso ograjeni od realnosti, ampak živijo z realnostjo in so del nje, pa čeprav besedilo to realnost podaja navidezno paradoksalno skozi takšne zvrsti pisanja, kot je npr. magični realizem (glej Burcar 2007: 1–16).

V globalno trženi književnosti za mlado bralstvo se od konca 20. stoletja vršijo premiki v načinu vzpostavljanja in utrjevanja kolektivnega imaginarija otroštva, ki ponovno težijo k obujanju in vzpostavljanju romantične ideologije o nedolžnosti otroštva in z njo povezano idealizacijo ikone nedolžnega otroka. Tovrstna ikonizacija otroka, kot dokazujem v nadaljevanju, temelji na ponovnem vpeljevanju in spremljajoči naturalizaciji izrazito konservativnih in rigidno zastavljenih družbenospolnih shem. Tako imaginarij nedolžnega otroštva, čigar pripovedno ozadje napajajo konservativne družbenospolne politike, ponovno prihaja med nas preko svetovno trženih komercialnih uspešnic za otroke, njihovih prevodov in filmskih priredb, med katerimi poleg Pullmanove *Njegove temne tvari* prednjači prav serialka *Harry Potter*, in sicer v času, ko se je zdelo, da so progresivna literarna, feministična in druga gibanja skorajda že dosegla predrugačitev bivanjskih možnosti, ki pa jih protiprogresivna reakcija ponovno krni. Komercialno naravnane uspešnice, ki slonijo na ponovnem oživljanju romantične predstavnosti o nedolžnosti otroštva in ki vse bolj tudi izrinjajo preostalo vrsto književne produkcije za mlado bralstvo ali pa jo vsaj marginalizirajo, s seboj tako ponovno prinašajo družbeno dematerializacijo in simbolično obstranjenje otroka kot subjekta; imaginarij otroštva, ki ga pri tem snujejo, pa je le navidezno nevtralen in prav tako le navidezno univerzalno isti za vse njegove literarne protagoniste.

Kajti, kot pokažem v nadaljevanju, ideološkost tovrstne literature se kaže v tem, da na eni strani skriva in briše razgled nad družbeno specifičnostjo otroka, po drugi in komplementarni strani pa s tem manevrom otroka hkrati postavlja za odlagališče in skrito varovalo konservativnih spolnih shem. S tem pa se ponovno utrjujejo in naturalizirajo togi dualizem in hierarhična organiziranost konstruktov maskulinosti in femininosti, deškosti in dekliškosti, kar vodi v notranje razdvajanje in tiho diferenciacijo navidezno nevtralnega otroštva nedolžnosti na dvoje hierarhično organiziranih kategorij. V moči tovrstne literature je, da konstrukte maskulinosti in femininosti ponovno priponudi in naturalizira kot domnevno neproblematične in neoporečne danosti prav na račun promocije odraslemu pogledu všečne nedolžnosti, tj. navidezne nedotaknjenosti in domnevno samoumevne čistosti otroštva.

Romantična ideologija nedolžnega otroštva

Za romantični imaginarij nedolžnega otroštva je značilno, da briše razumevanje otroka kot družbeno umeščenega subjekta. To doseže tako, da otroka diskurzivno ogradi od obdajajočega sveta, s tem da ga prestavi v za ta namen posebej ločeno in vsebinsko preoblikovano polje narave. Znotraj humanistične ekonomije pomenov, ki jo je prineslo razsvetljenstvo in jo je kasneje na svoj način prevzela romantika, je narava odvojena od kulture in osmišljena kot posebna vrsta bivanjskosti, ki naj bi jo zaznamovala kaotičnost, neracionalnost in hkrati iz teh projekcij izhajajoča posebna vrsta statičnosti oziroma nespremenljive stalnosti. Zato naj bi narava stala nasproti racionalni in urejeni kulturi, pa čeprav je v resnici z njo soobstoječa in prepletena, saj obe umetno ločeni kategoriji izhajata druga iz druge, tvoreč eno in isto bivanjsko enoto. Narava v tej dihotomiji pomenov nastopa kot utelešenje povsem ločene vrste bitnosti oziroma družbene nezaznamovanosti, pristnosti in hkratne nespremenljivosti. Prav s prestavljanjem otroka v polje narave je romantična ideologija dosegla to, da je otroka na ta način ne le opremila s posebnimi naknadno projeciranimi lastnostmi, temveč ga je v prvi vrsti na ta način tudi lahko osmislila kot tistega, ki ne obstaja tukaj in zdaj. S tem, ko je namreč otroka prestavila in izenačila z umetno odvojenim in vsebinsko na novo zapolnjenim poljem narave, ga je lahko hkrati in retorično navidezno neproblematično iztrgala iz obstoječega družbenopolitičnega prostora in kronološko zgodovinskega časa. Prav s prestavljanjem, enačenjem in zaklepanjem otroka v za to posebej preosmišljeno polje narave, je otrok v romantični ideologiji nedolžnega oziroma družbeno nezaznamovanega otroštva preosmišljen kot hkrati odvojen od in obstoječ zunaj sveta odraslih (Wallace 1995: 285–302) ter postavljen za nezaznamovano in s tem idealizirano nesnovno obliko statične in univerzalno iste pojavnosti, ki naj bi jo odlikovala sentimentalna čistost in moralna neoporečnost, saj naj bi ta izhajala iz družbene nedotaknjenosti otroka.

Ikona nedolžnega otroka, ki so jo izumili romantični pesniki za potrebe lastne promocije, v svojem jedru tako skriva dvojen paradoks: na eni strani gre namreč za uprizarjanje otrokove prisilne izpraznjenosti, ki se kaže v obliki desubjektivizacije otroka, tj. razlaščanja in končnega odvzema otrokove družbeno-zgodovinske umeščenosti, njegovih osebnostnih potez in različnih sposobnosti dojemanja in zaznavanja okolice, ki ne pritičejo konceptu nedolžnega otroka; po drugi strani pa gre, kot izpostavlja Jo-Ann Wallace, za hkratno vnazajsko uprizarjanje posebne vrste napolnjenosti, tj. ekcesa, ki se kaže v obliki nevprašljive naravne prezence in prvobitnosti otroku naknadno pridanih lastnosti, povezanih s poljem narave (ibid.: 291). S tem ko je romantični diskurz nedolžnega otroštva tega konceptualno premestil in zlil s poljem narave, ga je namreč tako kot naravo opremil z vrsto posebnih projeciranih človeških lastnostih, kot so čustvenost, senzibilnost in domišljijskost (Pifer 2000: 20). Na ta način je otroka, kateremu je nadel poustvarjene lastnosti narave, hkrati tudi izenačil s statusom plemenitega divjaka, ki lahko najbolje uspeva zunaj primeža civilizacijskih oziroma socializacijskih posegov, torej le, če je prepuščen samemu sebi. V vanj projicirani čistosti in ustvarjalno domišljijskem naboju pa je bil tak otrok postavljen ne le za od sveta odraslih ločeno in povsem drugačno bitje, ampak tudi za posebno vrsto samozadostnega bitja. Imaginarij nedolžnega otroštva, ki se je zajedel v vse pore družbenega življenja šele v drugi polovici 19. stoletja, so namreč ob koncu 18. stoletja vzpostavili angleški pesniki z Wordsworthom na čelu z namenom, da bi s pomočjo na novo ustvarjene podobe nedolžnega otroka utrdili lasten položaj, pomen in vlogo, ki naj bi jo kot pesniki in misleči posamezniki zasedali v družbi.

Romantična ideologija nedolžnega otroštva je s seboj prinesla konstrukcijo transcendentalnega in izoliranega otroka, ki lebdi zunaj družbenih vplivov in vpisov. Takšna konstrukcija otroka pa je v prvi vrsti rabila tudi utrjevanju prepričanja o domnevni samozadostnosti, samoizvornosti in genialnosti uma romantičnih pesnikov, ki se je rešil vpetosti v lastno telo in spon zunanjega sveta. Romantični pesniki so namreč na osnovi tako posebej prikrojene in poustvarjene kategorije idealnega otroka tudi sebi nadeli status ustvarjalnega genija, ki naj bi bil sposoben povsem ločeno in neodvisno od obstoječe družbe tvoriti univerzalno sliko sveta in podajati njeno pretanjeno, objektivno razumevanje (Plotz 2001: 24). Na podlagi Rousseaujevih idejnih izhodišč so podobo idealnega otroka zasnovali tako, da so ga sicer označili za izvorno nedolžnega, a hkrati tudi samozadostnega posameznika, ki je pogreznjen v poseben in sebi lasten, domišljijsko produktiven in ustvarjalen svet narave. Pri tem je še zlasti pomembna sposobnost holističnega mišljenja ali celovitega dojemanja sveta, ki so jo romantični pesniki pripisali v naročju narave počivajočemu in v osami delujočemu samozadostnemu otroku. Nedolžni otrok naj bi potemtakem izkazoval sposobnosti neokrnjenega in primarnega razumevanja sveta kot celote. Te lastnosti pa so si romantični pesniki tudi prisvojili in jih utemeljili prav s tako preoblikovano kategorijo idealiziranega otroka. Trdili so namreč, da tako moč holističnega in vsestranskega razumevanja sveta kot tudi sposobnost instinktivnega tvorjenja zaokroženih pomenskih sklopov pripada v otroštvu vsem, v odraslosti pa le nekaterim izbranim ljudem (ibid.: 15). Romantična kategorija z naravo zlitega nedolžnega otroka, kjer je otrok postavljen za sebi lasten vir misli in idej, je romantičnim pesnikom omogočila, da so torej vzpostavili in utrdili pozicijo romantičnega pesnika kot utelešenja avtonomne misli. Ta naj bi bil za razliko od drugih sposoben homogenega zaznavanja in holističnega miselnega obvladovanja sveta. Iznajdba nedolžnega, z naravo izenačenega in vase domišljijsko pogreznjenega, a samozadostnega in transcendentalnega otroka je, kot izpostavlja Allan Richardson, torej nadaljevanje »maskulinističnega razsvetljenskega projekta«. Če nadgradimo Richardsovo misel, se to kaže prav v širjenju iluzorične predstave o avtonomni zavesti, transcendentalni in samozadostni individualnosti posameznika, ki naj bi bil sposoben razmišljati neodvisno od družbenih procesov in njihovih vplivov, pa čeprav je v resnici sam njihov produkt in skriti podaljšek (Richardson 1999: 28).

Romantični diskurz nedolžnega otroštva je vzpostavil konstrukt otroka, ki je povsem oklešćen kakršnegakoli pridiha ali znamenja otrokove vpetosti v družbene procese, skozi katere dejansko poteka njegova subjektivizacija. Kot smo pokazali, je to lahko dosegel le tako, da je otroka načrtno predelal v ikono popolne brezsubstančnosti oziroma družbene nezaznamovanosti, s tem ko je otroka simbolično-retorično prestavil v za to posebej preoblikovano in ločeno polje narave in ga na ta način označil za obstoječega zunaj prostora in časa, v katerem se nahajajo vsi preostali, tj. odrasli. Romantična ideologija nedolžnosti otroštva tako načrtno odmika pogled od zavedanja in razumevanja »načinov, na katere je otrok vpet v zgodovinske okvire določene družbeno-politične, kulturne in ekonomske matrice«, saj ga na tej točki s prestavljanjem v polje narave načrtno izvotljuje in hkrati za nazaj naknadno zapolnjuje s projecirinami lastnostmi, ki pritičejo poustvarjeni čutnosti, senzibilnosti in statičnosti narave. S tem manevrom pa ustvarja svojevrstno slepoto za razumevanje položaja dejanskega otroka v družbi,[2] kar ni naključje. Obujanje romantične predstavnosti o nedolžnosti otroštva namreč deluje kot oblika uspavala in terapevtskega odmika od sedanjosti, kjer se z globalno ekspanzijo in hkratnim prestrukturiranjem kapitalistične politično-ekonomske ureditve povečujeta revščina, neizobraženost, sistemsko izkoriščanje in možnost preživetja tako odraslih kot otrok, kar med drugim izhaja tudi iz vedno večje privatizacije in posledične nedostopnosti osnovnih dobrin javnega značaja. Tako obujanje in promocija nedolžnosti otroštva, ki poteka na ravni globalno trženih komercialnih uspešnic za mladino nastopa kot depolitiziran govor o otroštvu in v širšem prostoru sovpada z nastopom in okrepitvijo ideologije neoliberalizma v 90. letih prejšnjega stoletja. Ideološki vpisi nedolžnosti otroštva, ki vztrajajo na brisanju otrokove družbene tukajšnosti in zdajšnosti, so odsev zahtev specifičnega politično-ekonomskega sistema po nevtralizaciji kategorije otroka, ki temelji na odpravi gledanja na otroka kot še enega subjekta, ki je torej neprestano izgrajujoč in zato vpet v najrazličnejše procese ideoloških naslavljanj in identitetnih postajanj, med katere seveda spadajo tudi politično-ekonomski diskurzi.

Zato tudi vsakršno ponovno obujanje in vračanje koncepta nedolžnega otroštva v kolektivni imaginarij otroštva ni le poskus vtihotapljanja zgolj nostalgičnega gledanja na otroštvo, ampak tudi vztrajanje pri koncipiranju posebne predstave o identiteti otrok. Namesto zavedanja, da je subjektivacija kompleksen, večplasten in spremenljiv proces, vsakokratno ponovno oživljanje romantične ikone nedolžnega otroka vtihotaplja zahtevo po koncipiranju identitete otroka (in s tem tudi odraslega) kot izvorno preproste, enovite in vedno že stabilne pojavnosti. To pa je mogoče doseči prav in samo s simbolično prestavitvijo otroka v polje raztelešene brezsnovnosti, tj. v imaginarno polje nedolžnosti, sentimentalne čistosti in družbene nezaznamovanosti, kjer je mogoče tudi uprizarjati fikcijo nečesa, kar je, kot bi rekel Derrida, »[...] preprosto, nedotaknjeno, normalno, neoporečno, standardno, samoidentično [...] (Pace 2002: 327)«. To uprizarjanje neproblematično preproste in povsod iste identitete otroka je torej mogoče šele v primeru, ko diskurz otroštva gradi na upodabljanju otroka kot ahistoričnega, tj. obstoječega zunaj aktualnega časa in prostora. Na ta način je otroštvo odraslemu ponovno približano

2 O tem nenazadnje pričajo prav romantični pesniki, ki denimo pri snovanju svoje ikone nedolžnega otroka niso hoteli prisluhniti pozivom za pravičnejši in manj kruti svet otroštva, kakršnega so v takratnem in kasnejšem viktorijanskem času poleg otrok rudarjev in tovarniških delavcev najbolj nazorno utelešali tudi otroci dimnikarji (v Plotz 2001: 94). Romantični pesniki, ki so seveda svoja dela in filozofijo osrediščali okoli nanovo vzpostavljenega koncepta nedolžnega, tj. z naravo zlitega in družbeno nezaznamovanega otroka, so ne le trdovratno zavračali obstoječo realnost mezdnega otroškega dela, ampak so se z izjemo politično aktivnega Williama Blaka namerno izolirali od kakršnekoli druge obravnave realnega sveta otrok. Pri tem je pomenljivo, da so romantični pesniki, denimo s Charlesom Lambom na čelu, trdo življenje otrok dimnikarjev ne le odmislili, ampak so delavskemu otroku, ki ga ni bilo mogoče povsem neproblematično pretopiti v zaželjeni filozofski okvir nedolžnega otroštva, preprosto odvzeli status otroka. Vztrajali so namreč pri tem, da katerikoli otrok, ki se ga dotakne roka družbe in zgodovine, ne more biti pravi otrok in zato tudi ne more živeti kot otrok (v Plotz 2001: 106).

kot vedno že nesporno preprost, zlahka dosegljiv in domnevno nedolžen, neproblematičen pojav. S tem retoričnim zasukom postane otroštvo umetno ločeno od konkretnih diskurzov identitetnih naslavljanj in družbenih umeščanj, za katerimi stojijo politično-ekonomske prakse proizvajanja ne-enakosti, ki gradijo na ustvarjanju, reproduciranju in poglabljanju razrednih, spolnih, rasnih in etničnih konstruktov drugosti.

Harry Potter: primer globalnega oživljanja romantične ikone nedolžnega otroka in vtihotapljanje preživelih konservativnih družbenospolnih shem

Za serialke *Harryja Potterja* je značilno, da jih ves čas obvladuje ponovno oživljanje in vzpostavljanje ikone nedolžnega otroštva, kar poteka preko obujanja in utrjevanja družbenospolno konservativnih shem. Imaginarij nedolžnega otroštva je v knjigah o *Harryju Potterju* povezan z vzpostavljanjem posebne vrste nedolžnega otroka, tj. junaško nedolžnega otroka – dečka. Ta je aktiven in hkrati odrešiteljski lik, ki se zaradi svoje moralne nepokvarjenosti in nedolžnosti – ki pa jo lahko poraja le popolna izvotljenost zunajdružbeno osmišljenega oziroma brezčasnega otroka, ki ga ne obremenjuje svet družbeno-materialnih praks – vedno postavlja na stran in v bran silnic dobrega. Kot posebej zaznamovani otrok Harry s svojo nedolžnostjo, tj. družbeno nedotaknjenostjo oziroma čistostjo in iz nje izhajajočo samozapriseženostjo silnicam dobrega v maniri triumfalne maskulinosti uspešno nastopa kot simbolični obrambni zid, varovalo in ščit odraslega sveta pred zlomom v njem samem. V moči tega otroka je, da zgolj s pomočjo svoje nedolžnosti in ker je bil »zaznamovan z nečim dobrim« (Rowling 1997: 197), zaradi česar ne bo »nikoli prestopil na stran temnih sil« (ibid.), uspešno brani svet pred silami zlega, pri čemer se postavlja tudi na stran in v bran svojih paternalističnih pokroviteljev, ki bdijo nad njegovimi dejanji ali pa ga celo po tihem usmerjajo. Zaradi svoje nedolžnosti Harry nastopa kot posebej izbrani varuh in odrešitelj celotnega človeštva, kajti v njegovi moči je, da v imenu in v dobrobit odraslega sveta uspešno premaguje zlo, ki ga ustvarja odrasli svet sam. To pa je seveda mogoče le pod pogojem, da otrok ostaja nedolžen, zato se tudi njegov nabor izkušenj vedno za nazaj razveljavi. Nanovo pridobljene izkušnje osrednjega protagonista se namreč v izteku vsakega od prvih štirih delov vedno izničijo, tako da pripovedi izbrišejo otrokov spomin; otroka samega pa preko bolniške postelje povrnejo v naročje vsakdana. Tako je osrednji protagonist *Harryja Potterja* vsakokrat poslan nazaj v polje romantične ikonografije nedolžnega, tj. izkustveno nezaznamovanega in posledično izvotljenega otroka.

Pri tem je za zgodbe v knjigah o *Harryju Potterju* značilno, da dosledno ustvarjajo obrobno pozicijo edinega osrednjega dekliškega lika Hermione, na račun katere obenem izgrajujejo centralno pozicijo deških protagonistov. Serialka tako dekliške like simbolno pripušča v imaginarij otroštva in jedro pripovedi, a le zato, da bi jih skupaj s sopostavljenimi

Hermioni je dovoljeno, da svoje znanje in spretnosti izkazuje le v zakulisju osrednjega dogajanja.
Vir: http://www.hermionegrangerswand.com, 8. 11. 2011

ženskimi liki v istem hipu tudi že diskvalificirala in tako iz tega besedilnega sveta ponovno izvrgla. S pomočjo različnih diskurzivnih prijemov, kot bom pokazala v nadaljevanju, jih zvaja na raven manka, kaosa, nezadostnosti, odklonskosti in motečnosti ter posledičnega nesovpadanja z jedrom družbe, medtem ko deški lik in njegove paternalistične pokrovitelje hkrati postavi v središče kot aktivno, enovito in glavno osebnost. Izgradnja navidezno avtonomno delujočega, samozadostnega in herojčnega otroka, ki sam brani celo človeštvo pred moralnim razkrojem v vlogi univerzalno nedolžnega otroštva, sloni torej na simbolni pripustitvi in hkratnem izgonu edinega vidnega dekliškega lika iz jedra imaginarija otroštva, kot ga snujejo besedila. Kajti pri tem serialka Hermiono, ki nastopa kot utelešenje vedočega otroka na osnovi aktivizacije stereotipov femininosti in maskulinosti nenehno onemogoča in onesposablja v njenem delovanju, da bi jo dokončno vzpostavila zgolj za nem in v ozadje umaknjeni ali pa deškim protagonistom v podporo oblikovani lik. Pri tem besedilo neprestano briše, smeši in razveljavlja razpon in dejansko vlogo njenega znanja, ki pa je ključnega pomena za junaško delovanje in uspešnost nedolžnega otroka – dečka. To je še zlasti izstopajoče, ko ti dve komponenti ne ostajata neopazno in izrecno vpeti v okvir podpore in utrjevanja hegemonične maskulinosti, beri: junaškosti in avtonomnosti prvopostavljenega Harryja in drugih deških likov.

Pri tem gre za načrtno krčenje in odvzemanje edine prave moči, ki jo premore Hermiona. Za ta dekliški lik je značilno, da iznajdljivo črpa iz ogromne zakladnice entuziastično pridobljenega znanja o urokih in tudi izjemno vešče upravlja s svojo čarobno palico. Operacija krčenja Hermionine moči doseže vrhunec logične neskladnosti že v prvem napetem dogajanju v prvi serialki, *Kamnu modrosti*, ko Hermiona nastopi kot vzorna učenka, ki tudi z lahkoto izvede najtežje vaje iz čaranja. Mimogrede poduči še nejevoljnega sošolca Rona o skrivnostih pravilnega rokovanja s čarobno palico in izvajanja urokov, kot je denimo prav tisti, s katerim jo bo Ron kasneje rešil iz kremplјev nevarnega trola. V naslednjem zapletu, ki kliče po naglem ukrepanju zunaj šolskega razreda, pa zgodba Hermioni ne dopušča, da bi odlično znanje, ki jo v očeh Rona in Harryja dela za pravo važičko in tečnobo, dejansko tudi uporabila. Ob soočenju s pretečo nevarnostjo v podobi kot gora velikega, nasilnega trola se Hermiona le nebogljeno tresoč stiska ob steno, dokler se od »od strahu ne sesede na tla«, medtem ko se Harry »pogumno in neumno obenem« zakadi v orjaka, Ron pa »iz plašča potegne svojo palico« ter zakriči »prvi urok, ki mu pride na misel: ›Wingardium Leviosa!‹« (ibid.: 131). V tem klasičnem prizoru, ki ga izpostavljajo vse kritične analize *Harryja Potterja* (glej Heilman 2003: 221–239; Burcar 2002: 134–140 in 2003: 246–266), iznajdljivi, znanja polni in obvladovanja čarovniške palice vešči Hermioni ni dovoljeno, da bi se v soočenju z nevarnim trolom s svojim širokim znanjem postavila sebi v bran. Namesto tega avtorica od nje zahteva, da svojemu znanju in veščinam navkljub ostaja pasivna in se opre na domnevno bolj iznajdljive, racionalne in pogumne deške protagoniste.

Deška protagonista Harry in Ron sta tako v vseh delih odločna tako, da z včasih nekoliko nespametnimi, a vselej drznimi dejanji v končni fazi razrešujeta nevarne situacije in uganke čarovniškega sveta. To pa lahko med drugim počneta na podlagi okoriščanja z znanjem, ki si ga po tihem izposodita ali se ga priučita pri Hermioni, ter dejansko tvori podstat njune junaške iznajdljivosti, premetenosti in samostojnosti. Pri tem si lastita vse zasluge, pa čeprav je njuno prilaščanje in utrjevanje osrednje pozicije odvisno od skritega priliva Hermioninih dobronamernih naukov in koristnih podatkov. Če je torej pri Hermioni izposojeno znanje deških protagonistov v diskurznih prijemih zgodbe preosmišljeno in posledično prikazano tako, kot da bi bilo lastno dečkoma samima, pa je taisto znanje hkrati razvrednoteno in v izjavah obeh – pa tudi drugih – deških protagonistov označeno kot piflarsko, drugorazredno znanje. Hermiona je namreč v svoji zavzetosti za učenje in želji po razumevanju sveta večkrat opisana, kot da se pri odgovarjanju na zastavljena vprašanja v razredu ali podajanju obrazložitev zunaj razreda oglaša lajnasto naučeno, in govori, kot da bi »požrla učbenik« (Rowling 2000: 78). Podcenjevanje in smešenje Hermioninega znanja se kaže tudi v posamičnih izjavah Rona in Harryja, ki Hermionina prizadevanja, da bi razvozlala detektivske skrivnosti, sprevračajo v ironično posmehljivost: »Mislim, da hoče še pred božičem prebrati celo knjižnico« (Rowling 1998: 189). In čeprav to vedno bolj prezirano znanje rabi kot osnova junaškemu delovanju in uspehu predvsem osrednjega deškega protagonista, je Hermionino izkazovanje tega znanja vedno prikazano kot moteče ambiciozno, vsiljivo in ukazovalno ali pa po nepotrebnem razkazovano in nadležno, zaradi česar naj bi dekliško protagonistko njena okolica upravičeno zavračala ali grajala in skušala utišati:

> *Hermiona je zavihala rokave plašča,* prefinjeno zamahnila s palico in rekla: »Wingardium Leviosa!«
> Pero se je dvignilo z mize in se ustavilo kakšen meter nad njunima glavama.
> »Prekrasno!« je kriknil profesor in zaploskal. »*Poglejte, Hermioni je uspelo!*«
> Ron je bil na koncu ure zelo slabe volje.
> »Nič čudnega, da je nobeden ne mara,« *je rekel Harryju, ko sta se prebijala po nabito polnem hodniku.* »*Vsi vedo, kakšna* zoprna važička je« (Rowling 1997: 129).

V svetu *Harryja Potterja* zato Hermionino razvrednoteno in domnevno neuporabno papirnato znanje dobi etiketo drugorazrednosti in nepomembnosti tudi v izjavah deklice same. V tej vedno bolj skrčeni in na obrobje umeščeni vlogi vedočega otroka Hermiona osrednjega deškega protagonista naslavlja z izjavami, kot so: »Pomisli, kaj si že vse storil! ... *Harry, izjemen čarovnik si, veš*« (Rowling 2003: 281). Medtem ko sama zase pravi: »Jaz samo veliko berem in mogoče sem tudi bistra, ti pa si tako ... pogumen« (Rowling 1997: 220). Zgodba Hermioni tako odreka vso avtoriteto in jo dela nemočno in odvisno od drugih akterjev. Prav in zgolj na ta način pa jo tudi končno pripusti v Harryjev in Ronov prijateljski krog. Tej navezi deških protagonistov se namreč deklica lahko pridruži le pod pogojem, da bo vedno govorila s »šibkim« ali »krotkim glasom« (glej Rowling 2003: 293) in kot taka nastopala in delovala v senci drugih deških akterjev na čelu s heroično nedolžnim Harryjem.

Vsakokrat, ko se edina dekliška protagonistka v *Harryju Potterju* loteva razreševanja problemov na lastno pest ali ko želi udejaniti lastne odločitve neodvisno od mnenja in potreb deških junakov, doživi polom. Tako na primer v *Dvorani skrivnosti* na svoji zadnji, ključni raziskovalni nalogi, ki jo popelje v knjižnico, Hermiona doživi srečanje z Mrlakensteinovo kačo, v katerem okameni. Medtem ko negibno leži v bolniški postelji, njene oči pa so široko odprte in steklene, iz njene v pest stisnjene dlani moli listek neprecenljive vsebine, na katerem je jasno zapisana rešitev problema, ki ga mora Harry samo še izbezati iz njenega prijema. Čeprav rešitev uganke v resnici pripada Hermioni, je Harry tisti, ki mu je v nadaljevanju podeljena oblast nad razumevanjem in s tem ravnanjem z uganko. Ko namreč v prisotnosti okamenele Hermione glasno prebere rešitev, je ta prikazana kot Harryjeva končna domislica, na račun katere prevzema pobudo in hiti reševat svet pred prihodom zlih sil: »Pod tem sta bili s Hermionino pisavo napisani samo dve besedi. Vodovodne cevi. Harryju je vse postalo jasno. ›Ron,‹ je dahnil, ›to je tisto. Pošast v dvorani je bazilisk, velikanska kača! ...‹« (Rowling 2000: 238–239). Hermionin doprinos, ki je rezultat njene bistrosti, trdega raziskovalnega dela in pridobljenega znanja, je v končni fazi odmišljen kot ničen, sama pa dokončno potone v dogajalno ozadje, ki ga prinaša pasivnost bolniške postelje. Še več, Hermiona ni le preprosto pretvorjena iz deklice, ki se sprva neodvisno poda v lastno avanturo, v osebo drugotnega, obstranskega pomena, ko eden izmed njenih redkih samostojnih podvigov propade. V izteku pripovedi Hermiona ponovno nastopi v utišani in podporni vlogi osrednjemu deškemu protagonistu, saj zmagovitemu Harryju priteče nasproti z vzklikom: »Rešil si uganko! Rešil si uganko!« (ibid.: 278). To dokončno naturalizira zamenjavo vlog, saj Harryja ponovno potrdi kot edinega nespornega akterja, ki hkrati poseduje domnevno njemu lastno znanje, za katerega pa vemo, da si ga po tihem izposoja pri razvrednotenem in v ozadje porinjenem dekliškem liku.

Če torej za lik Hermione velja, da je odrinjen na rob dogajanja, ko skuša prevzeti pobudo in nastopati samostojno, velja zanj prav isto tudi tedaj, ko nastopa v navidezno enakovredni avanturistični navezi z osrednjima deškima protagonistoma, Harryjem in Ronom. V teh primerih je Hermionina vloga namreč zasnovana tako, da mora deškima protagonistoma slej ko prej odstopiti prednost, najpogosteje tako, da zaradi nerodno ali nepravilno uporabljenega znanja kar sama poskrbi za lastno odstranitev s prizorišča osrednjega dogajanja. Ne gre pozabiti, da taisto znanje deluje brezhibno, v kolikor je najprej vgrajeno v dejanja deških protagonistov. Deklici tako ni pod nobenim pogojem dopuščeno, da bi lastno znanje in organizacijske pobude obračala sebi v prid in se zato skupaj z deškimi protagonisti neposredno udeleževala avanturističnih podvigov. Namesto tega je skozi vrsto upovedovalnih prijemov dekliški lik vedno znova umaknjen v ozadje, od koder nemočno opazuje razvoj dogodkov, ali pa svojima junakoma še naprej nemo in požrtvovalno stoji ob strani.

Hermiona tako nastopa zgolj kot pomočnica, ki skrbi za razvoj Ronovih in Harryjevih avantur (Heilman 2003: 224), sama pa je že v naslednjem trenutku izločena in potisnjena na obrobje. Kako v zgodbah o Harryju Potterju poteka snovanje te drugorazrednosti dekliškega lika, je razvidno denimo iz primera, ko Hermiona v *Dvorani skrivnosti* pripravi zahteven čarobni napoj, s katerim poskrbi za Harryjevo in Ronovo uspešno telesno preobrazbo (pretvori ju v nasprotnika iz Malfoyevega tabora). Tako jima omogoči, da se v vlogi klasičnega detektivskega para, s Harryjem kot prvopostavljenim in Ronom kot njegovim zvestim pomočnikom, odpravita razreševanju naloge naproti. Pri tem pa ji spodleti njena lastna metamorfoza, saj se po nesreči spremeni v mačko, kar jo spravi v neutolažljiv jok in spet v bolniško posteljo.

Hermioni je torej dovoljeno, da svoje znanje izkazuje samo v zakulisju osrednjega dogajanja, in sicer le, če ga namenja napredovanju in samopožrtvovalni oskrbi deških protagonistov oziroma utrjevanju njihove pozicije avtonomnosti, junaškosti, moči in avtoritete. Povedano drugače, dekliški protagonistki je naloženo, da samostojno deluje edino še v nevidnem zakulisju, torej izključno v ozadju deškemu nedolžnemu otroku pripadajočega osrednjega dogajanja; tu dekliški lik s svojim znanjem poslej po tihem napaja podporne stebre napredovanja drugih. Iz tega ozadja lahko občasno izstopi zgolj ob privolitvi ali na zahtevo deškega protagonista – torej takrat, ko ji Harry in Ron to dobrohotno dopustita ali izrecno odobrita, najpogosteje z vzklikom »Hermiona, napravi [vendar] že kaj« (Rowling 1997: 200–201). V tem odseva širši vzorec vzpostavitve Hermione kot dekliškega subjekta znotraj paradigem maskulinosti in femininosti falocentričnega simbolnega reda, pa tudi kot utelešenja vedočega otroka, čigar pojavnost zaznamuje nepretrgano diskurzivno postavljanje na raven obrobnosti in drugorazrednosti (Burcar 2002: 135). Hkrati pa ta postavitev na način freudovskega *Unheimlich* razkriva nevzdržnost mita družbeno nezaznamovanega in zunajčasnega, nedotakljivega nedolžnega otroka, kot se kaže predvsem v skriti odvisnosti deških protagonistov s Harryjem na čelu od dotoka informacij s strani razvrednotene dekliške protagonistke.

Potiskanje dekliške protagonistke iz središča dogajanja v njegovo zakulisje pomeni tudi postavljanje novih pregrad in določil, s katerimi zgodbe serialke *Harry Potter* še dodatno zamejujejo prostor in slabijo možnosti dekličinega samostojnega nastopanja. To pomeni, da je na obrobje umaknjeni in poslej v ozadju deških dejanj tiho ždeči dekliški protagonistki dopuščeno, da uporablja svoje znanje in sposobnosti, vendar tako, da jih samožrtvujoče in skrito pogledom drugih usmerja v prid uspešnosti in napredovanju osrednjih deških protagonistov, zlasti Harryja. To je denimo med drugim razvidno iz prizora v *Kamnu modrosti*, ko požrtvovalna Hermiona neopazno izvede protiurok, s katerim med tekmo *quidditcha* na lastno pest onesposobi enega od profesorjev:

> Hermiona se je prebila na tribuno, na kateri je sedel Raws, in je zdaj tekla po dolgi vrsti za njim. ... Končno je prišla do Rawsa, počepnila in zašepetala nekaj dobro premišljenih besed. Iz njene palice je na Rawsov plašč švignil moder plamen. Ko je Raws ugotovil, da je njegov plašč v plamenih, je minilo že skoraj pol minute. Po vrišču, ki ga je zagnal, je Hermiona sklepala, da ji je uspelo. Hitro je ukazala plamenom, naj se zberejo v kozarec, ki ga je potegnila iz žepa in stekla nazaj – Rawsu ne bo nikoli jasno, kaj se mu je zgodilo. To je zadostovalo. Harry je že uspel splezati nazaj na metlo (Rowling 1997: 142).

S tem dejanjem dekliška protagonistka reši Harryja, mimogrede pa mu še pomaga, da ujame srebrni zviz, s čimer prisluži svojemu moštvu zmago in bleščeče zaključi tekmo kot nesporni športni junak.

V podporno ozadje prestavljeni dekliški protagonistki zapleti zgodb občasno sicer dovolijo, da za kratek čas izstopi iz obrobnega in zoženega maneverskega prostora, vendar le, ko ji Harry ali Ron izrecno dopustita – to pa se zgodi vedno v primeru, ko njuna lastna prizadevanja ne obrodijo zaželjenih sadov, oziroma ko jima poide še poslednja trohica moči, s katero bi lahko zadovoljivo obvladovala nastale situacije; denimo, ko se v enem od stranskih prizorov želita znebiti neposlušnega Nevilla:

> »Neville!« se je razjezil Ron. »Spravi se spat in ne bodi tak osel!«
> »Nisem osel!« se je raztogotil Neville. »V vaše dobro bi vas rad ustavil! Sploh pa si sam rekel, da ne smem pustiti, da drugi hodijo po meni!« [...] Harry se je obrnil k Hermioni. »Napravi že kaj,« je rekel obupano. Hermiona je stopila proti Nevillu. »Neville,« je rekla, »res mi je zelo, zelo žal.« Dvignila je čarovniško palico. »*Petrificus totalus*!« je vzkliknila in palico usmerila v Nevilla. Dlani so mu tlesnile ob stegna. Noge so mu skočile skupaj. Popolnoma je otrdel, se zamajal, potem pa treščil na nos (ibid.: 200–201).

V takšnih situacijah, ki so za razvoj dogodkov drugotnega pomena, deška protagonista Hermioni kot zanesljivemu, čeprav že razvrednotenemu in vedno manj priznanemu viru znanja dobrohotno namenita zanju odrešujočo vidnejšo vlogo, ki izhaja iz njenega koristnega poznavanja in obvladovanja urokov. Na ta način pa dekliška protagonistka v celotni seriji *Harry Potter* in spremljajočem imaginariju otroštva nastopa kot tiho vezivo, ki Harryju in njegovemu prijatelju Ronu omogoča premagovanje nepričakovanih nevšečnosti; s tem pa, pomenljivo, medvrstično podaljšuje in krepi njuno vzajemno tovariško vez, tudi potem, ko se zdi, da so njune zmožnosti skupnega in učinkovitega delovanja že zdavnaj izčrpane. Sama pa pri tem ostaja ne le izključena ter natančno kontrolirana osebica obstranskega pomena; zanjo (še) dopusten način pojavljanja je namreč natančno odmerjen in zamejen znotraj koordinat obnašanja, ki je podporno in samožrtvujoče v prid deških junakov.

Za prisotnost glavne dekliške protagonistke v knjigah o *Harryju Potterju* je torej značilno diskurzivno prestavljanje v polje nadzorovane obrobnosti in zakulisnosti. V ozadje potisnjena Hermiona lahko stopi v ospredje v vlogi vpoklicane dobre vile, ki z zamahi prasketajoče čarobne palice deškim akterjem v danem trenutku voljno priskoči na pomoč in poskrbi za ugoden razplet problema, ta pa ji hkrati že zapoveduje takojšen umik v ozadje. Iz ozadja, v katerega jo prestavlja zgodba, dekliška protagonistka torej občasno izstopi, da bi se zopet neizbežno pogreznila vanj. Od tam pa lahko deluje zgolj anonimno in okrnjeno, v duhu usmiljenosti in nudenja pomoči drugim, da bi s tem pripomogla k njihovemu napredovanju, uspehu in končni slavi. V tem performativnem krogotoku razvrednotenja in izrinjanja vedočega dekliškega lika na raven blede in neme pojavnosti zato še zdaleč ni naključje, da Hermiona v eni ključnih epizod *Kamna modrosti* (glej zgornji odlomek o Rawsovi onesposobitvi) rešuje in ohrani Harryja pri življenju prav z nabito polne gledalske tribune, torej skrita v anonimnosti, ki jo omogoča množica. To njena dejanja simbolno dokončno postavlja v ozadje osrednjega dogajanja – ki ga v tem primeru ponazarja tekma *quidditcha* na igrišču – jih poriva v nevidnost in dela zlahka spregledljive, medtem ko Harryja ponese v višave vsesplošnega občudovanja in športne slave.

Dekliška protagonistka je tako priključena deški družbi kot drugorazreden, zgolj spremljevalni in obrobni lik, nikakor pa ne kot enakovredna partnerka. V tem oziru je razpon njenega (še dopustnega) udejstvovanja strogo omejen in nadziran, saj besedilo od nje zahteva, da svoje znanje anonimno in v senci osrednjih deških protagonistov razdaja v korist njihovih junaških uspehov. V tej navezi pa lahko nastopa povsem samoiniciativno samo pod pogojem, da odigra vlogo negovalke. V ospredje neovirano in uspešno stopi, ko v katerem od stranskih prizorov za deškimi protagonisti predano popravlja in odstranjuje škodo, skrbi za njihovo zdravje in polne želodce ali pa za njihovo splošno korist. To je denimo razvidno iz naslednjega dogodka:

> V tistem trenutku se je v dnevno sobo prekucnil Neville. Nikomur ni bilo jasno, kako mu je uspelo priti skozi luknjo. Nekdo mu je namreč z urokom zvezal nogi. Vsi so se začeli krohotati, razen Hermione, ki je skočila pokonci in izvedla protiurok (ibid.: 161).

Hermiona kot vedoči otrok je v odnosu do deških likov tako zreducirana na izključno oskrbovalno in zato izstopajoče podporno in podrejeno vlogo. Njeno znanje in vešče rokovanje s čarobno palico dokončno dobita obrise obrobnosti in simbolične vključenosti Hermione kot vedočega otroka v imaginarij romantično-nedolžnega heroičnega otroštva del iz serije *Harry Potter*. Simbolična pripustitev deklice kot vedočega otroka v jedro imaginarija nedolžnega otroštva v teh avanturistično shematičnih besedilih izhaja iz ponovnega obujanja konservativnih družbenospolnih shem femininosti, na katere se lepijo diskurzivni postopki sprotnega izključevanja in razvrednotenja vedočega otroka.

Diskurzivno odrivanje dekliške protagonistke na obrobje imaginarija otroštva, ki poteka prav skozi onemogočanje in predrugačitev pomena njenega znanja ter posledično načinov njenega udejstvovanja, pa je v zgodbah še dodatno podčrtano z zavračanjem pomena in tehtnosti njenih izjav. V tretjem in četrtem nadaljevanju *Harryja Potterja* se odrivanje Hermione na margino – še zlasti ko podaja svoja mnenja – vedno bolj opazno veže tudi na procese, ki ne upoštevajo ali pa zanikajo vrednost njenih izjav in s tem odvzemajo slišnost in prepoznavnost njenemu glasu. Pri izražanju svojih stališč je namreč Hermiona (1) največkrat prekinjena ali grobo zavrnjena (npr. »Hermiona je začela vročekrvno razlagati, vendar so se njene besede izgubile v vrvežu«) (Rowling 2000: 210); (2) za njene izjave se drugi namenoma ne zmenijo (»Ne!« je kriknila Hermiona. »Učiteljica nam je prepovedala leteti. Vsem boš nakopal težave.« [Harry se] ni zmenil zanjo. [...] Sedel je na metlo, se trdo obrnil in poletel navzgor in še višje«) (Rowling 1997: 112); (3) največkrat pa ji je v Harryjevi in Ronovi prisotnosti kar naravnost zaukazano, naj umolkne (»Nehaj,« je Ron ostro zaukazal Hermioni, ki je že odprla usta ... Hermiona ga je ubogala in obmolknila«) (Rowling 2000: 202).

Tovrstne obravnave deški in moški liki v serialki *Harry Potter* vsekakor niso deležni. Osrednji dekliški lik pa se v vlogi vedočega otroka kaže kot vedno bolj utišan, kajti brž ko ni postavljen v izključno oskrbovalno in podporno vlogo, je označen za nadležno, motečo in po nepotrebnem brbljajoče bitje. Osrednja dekliška protagonistka je v *Harryju Potterju* torej predstavljena kot oseba, ki se po nepotrebnem in moteče vriva in vmešava v procese presojanja in oblikovanja odločitev, ki v besedilnem svetu pripadajo le moško-deškim združbam. Besedilno vračanje in utrjevanje pozicije nedolžnega otroka je v *Harryju Potterju* torej tesno povezano s hkratnim utišanjem, postopno razveljavitvijo in izbrisom ali pa uničenjem vedočega otroka pod pogojem, da je ta najprej postavljen kot feminini subjekt. Dekliški protagonistki je tako dovoljeno, da svoje znanje potihoma izkazuje le v zakulisju osrednjega dogajanja, in sicer tako, da ga vgrajuje v napredovanje ali požrtvovalno oskrbo deških likov, s čimer oblikuje in utrjuje njihovo pozicijo avtonomnosti, moči in avtoritete. Njene poskuse, da bi uporabila znanje sebi v prid, zgodba spodnaša, tako da jih obrača proti njej ali pa jo v tovrstnem početju preprosto imobilizira. Hermionino izkazovanje znanja je, namesto da bi ji prineslo lastno napredovanje, ovrednoteno kot moteče, pretirano ambiciozno in samodestruktivno, kar velja tudi za maloštevilne profesionalne ženske tega besedila, ki so prav tako opremljene s predznaki animaličnosti[3] ali pa so diskvalificirane tako, da so vse po vrsti – v kolikor delujejo neodvisno od svojih superiornih moških avtoritet – označene za vir nesposobnosti in destruktivnega kaosa. Na podlagi redukcije dekliško-ženskih likov na raven simbolične odvečnosti, manka ali kaosa, besedilo s pomočjo tovrstnih diskurzivnih prijemov deški subjekt v vlogi junaško nedolžnega otroka izgnete in postavi za obliko aktivne, enovite in osrednje pojavnosti.

Otrok – deček v teh delih tako nastopa kot ekskluzivni nosilec univerzalnega otroštva, dekliška protagonistka pa kot tista, ki nemo sledi njegovim vragolijam, kršenju in razveljavljanju pravil ter hkratnemu izkazovanju racionalnosti in sposobnosti razreševanja perečih vprašanj. Slednje pa v celoti zavisi od razvrednotenja dekliškega znanja, njegove pripojitve k osrednjemu deškemu protagonistu in pretvorbe dekliške protagonistke v obrobno in podcenjeno figuro. Na tovrstnih diskurznih manevrih v serialkah *Harry Potter* tudi temelji izgradnja samozadostnega in avtonomno delujočega maskulinističnega subjekta oz. nedolžnega otroka – junaka, ki rešuje človeštvo pred silami zlega. Prav v tem pa se tudi skriva past romantične ideologije nedolžnega otroštva: s tem ko otroka postavlja za nezaznamovano, zunajdružbeno in torej izvotljeno, sentimentalno čisto bitje, ga v resnici pretvarja v mejno in simbolno figuro. Ta romantična ikona otroka, ki naj bi bila domnevno izvzeta iz družbenih procesov in razlaščena kakršnihkoli konkretnih materialnih specifičnosti, kvečjemu nastopa le še kot simbolno odlagališče projiciranih želja in nostalgičnih videnj odraslega sveta. V tem pa se skriva tudi bistvo ponovnega oživljanja ikonografije nedolžnega otroštva, ki seveda ni nevtralna in nedolžna. V istem zamahu namreč rabi ponovnemu obujanju, reprodukciji in naturalizaciji preživetih hierarhičnih konstruktov maskulinosti in femininosti, kot tudi odvračanju kritičnega pogleda od dejanskih procesov družbeno-političnih umeščanj in naslavljanj otrok.

3 Te ženske like besedila iz knjig o Harryju Potterju portretirajo kot nesposobne ali nezadostne Druge, ki povzročajočo kaos; oblepljajo pa jih z najrazličnejšimi živalskimi oznakami. Za profesorico Temyno velja, da izgleda kot žaba, ki govori z zavajajoče sladkim, otroškim glasom. Na druge sicer obstranske, a še vedno znotraj patriarhalnega simbolnega reda nevarno samozadostne in zato nezaželjene ženske pa besedilo lepi diskvalifikatorne oznake insektov, kar velja za učiteljico vedeževanja ali novinarko Rito Brentsell. To so oznake bestialnosti in drugosti, ki jih v tem besedilu ni mogoče nikoli zaslediti med moško-deškimi navezami, zagotovo pa ne med tistimi, ki zasedajo pozicije moči in izkazujejo karakteristike hegemonične maskulinosti.

Viri in literatura

BURCAR, Lilijana: Od čarobne palice *Harrya Potterja* k mitskim razsežnostim imaginarija otroštva. *Otrok in knjiga* 54, 2002: 134–140.
BURCAR, Lilijana: Splashy comeback of fantasy genre in children's literature – reinventing the myth of the »Eve woman«. *Interlitteraria* 9, 2003: 246–266 (najprej predstavljeno kot prispevek na konferenci »Genre of the novel in contemporary world literature: A leap or a standstill?«, 30. 9. 2003, Tartu, Estonija.
BURCAR, Lilijana: Fantazijska mladinska književnost na prehodu v 21. stoletje: Primer britanskega prostora. *Primerjalna književnost* 30(2), 2007: 1–16.
FLYNN, Richard: »Affirmative Acts«: Language, Childhood, and Power in June Jordan's Cross- Writing. *Children's Literature* 30, 2002: 160.
HEILMAN, E. Elisabeth: »Blue Wizards and Pink Witches: Representations of Gender, Identity and Power«. V: E. Elisabeth Heilman (ur.), *Harry Potter's World: Multidisciplinary Critical Perspectives*. New York in London: Routledge Falmer, 2003, 221–239.
HIGONNET, Anne: *Pictures of Innocence: The History and Crisis of Ideal Childhood*. London: Thames and Hudson, 1998, 12.
HOURIHAN, Margery: *Deconstructing the Hero: Literary Theory and Children's Literature*. London in New York: Routledge, 1997.
PACE, Patricia: Staging Childhood: Lewis Hine's Photographs of Child Labor. *The Lion and the Unicorn* 26, 2002: 327.
PIFER, Ellen: *Demon or Doll? Images of the Child in Contemporary Writing and Culture*. Charlottesville in London: University Press of Virginia, 2000, 20.
PLOTZ, Judith: *Romanticism and the Vocation of Childhood*. New York in Basingstoke: Palgrave, 2001, 15, 24, 94, 106.
RICHARDSON, Allan: Romanticism and the End of Childhood. V: James Holt McGavran (ur.), *Literature and the Child: Romantic Continuations, Postmodern Contestations*. Iowa City: University of Iowa press, 1999, 28.
ROWLING, Joanna Kathleen: *Harry Potter and the Philosopher's Stone*. London: Bloomsbury, 1997, 197.
ROWLING, Joanna Kathleen: *Harry Potter: Kamen modrosti*. Ljubljana: Epta, 1997, 112, 129, 131, 142, 161, 200–201, 220.
ROWLING, Joanna Kathleen: *Harry Potter and the Chamber of Secrets*. London: Bloomsbury, 1998, 189.
ROWLING, Joanna Kathleen: *Harry Potter and the Goblet of Fire*. London: Bloomsbury, 2000, 202, 210.
ROWLING, Joanna Kathleen: *Harry Potter: Dvorana skrivnosti*. Ljubljana: Epta, 2000, 78, 238–239, 278
ROWLING, Joanna Kathleen Rowling: *Harry Potter and the Order of Phoenix*. London: Bloomsbury, 2003, 293.
ROWLING, Joanna Kathleen: *Harry Potter: Feniksov red*. Ljubljana: Epta, 2003, 281.
WALLACE, Jo-Ann: Technologies of »the child«: Towards a theory of the child-subject. *Textual Practice* 9(2), 1995: 285–302.

Irena Destovnik

ZALA KOT POLITIČNI MANIFEST

V teatru trotamora, ki deluje že poldrugo desetletje, je njegov ustanovitelj in vodja, režiser Marjan Štikar, sprva združeval ljudi iz Šentjakoba v Rožu in okolice, zdaj pa sodelavci prihajajo tudi iz širše okolice. Med slovenskimi gledališkimi skupinami so se prvi začeli odpirati nemško govoreči publiki in prevajati svoje predstave. Njihove predstave si včasih ogleda več nemško kot slovensko govoreče publike. Po mnenju Slavka Pezdirja[1] je »teatr trotamora gledališče, ki že vsaj dobro desetletje uveljavlja multimedijsko govorico. Že zelo zgodaj so začeli uporabljati video, vidni so vplivi sodobne pop-kulture, plesa in giba. Gre za teater, ki je izredno čuten in čustven ter poln estetskih pa tudi političnih, socialnih in še kakšnih drugih provokacij. Le malokdo bi pričakoval, da se na Koroškem v nekem manjšinskem gledališču lahko zgodi kaj takega. Vse njihove predstave so bile vedno po eni strani močno zakoreninjene v lokalnem prostoru, obenem pa zelo univerzalne.«

Sredi septembra sem se o nastajanju in učinkih njihove zadnje predstave Zala pogovarjala z njenim režiserjem Marjanom Štikarjem, ker pa sta se zaradi v njej prikazane problematike formirali tudi dve skupini – slovensko govorečo je usmerjal Vladimir Wakounig, profesor s celovške univerze – se nama je pri razgovoru pridružil tudi on. Silvia Jelinek, ki je usmerjala nemško govorečo skupino, je o svojih izkušnjah napisala svoj prispevek, ki ga objavljamo v obeh jezikih.

Dekonstrukcija Sketove igre

Ker je najnovejša postavitev Miklove Zale dekonstrukcija Sketove igre, me je najprej zanimalo, kdaj in kako sta se moja sogovornika med svojim odraščanjem srečala s tem starim koroškim mitom. Marjan Štikar, rojen leta 1962, je v Šentjakobu v Rožu odraščal v obdobju, ko Miklove Zale niso več igrali tako pogosto, kot še nekaj let pred začetkom njegovega dojemanja sveta, mit pa je kljub temu še živel. Doma je poslušal zgodbe o njenem uprizarjanju in številu gledalcev. Zalo je enkrat igrala celo njegova mama, oče pa se je preizkusil kot režiser. Sam je leta 1978 kot sedmošolec igral Turka v predstavi, ki jo je v šentjakobskem farovžu na oder postavil njegov brat Peter, duhovnik, ki se je igre lotil precej tradicionalno. Že to, da je izpustil nekaj besed iz izvirnega Sketovega besedila, je v Šentjakobu povzročilo »celo katastrofo in neskončne diskusije«. Spominja se, da so s to predstavo gostovali tudi v ljubljanskih Križankah. Zad-

1 Misel je Slavko Pezdir, novinar v kulturni redakciji časopisa *Delo* in gledališki kritik, izrekel 16. marca 2011 na tiskovni konferenci v ljubljanski Drami.

Marjan Štikar in Simone Schönett na tiskovni konferenci v ljubljanski Drami.
Foto: Irena Destovnik, Ljubljana, 16. 3. 2011

njo Miklovo Zalo je v začetku osemdesetih let na Svatnah na prostem in s songi Janka Messnerja postavil režiser Peter Militarov; tudi ta predstava, ki Marjana Štikarja ni preveč navdušila, je v Šentjakobu povzročila precej razburjenja.

Že odkar se ukvarja s teatrom, pa so domačini tudi njega nagovarjali, naj se je vendar že enkrat loti. Nekateri so imeli v mislih tradicionalno predstavo, uprizorjeno tako kot nekoč na farnem dvorišču, drugi so pričakovali bolj kritičen pristop. Prepričan, da ni več ljudi, ki bi se je bili pripravljeni lotiti, jim je odgovarjal, naj se je kar lotijo, on pa jim bo pomagal. Nekakšen povod, da je o Miklovi Zali sploh začel resno razmišljati, je bil tudi predlog zdaj že pokojnega igralca teatra trotamora, Hanzija Wuzzele, »naj že enkrat razbije ta mit«.

Vladimir Wakounig, rojen leta 1947, ki je odraščal v Mlinčah v Podjuni, pa svoje prvo dojemanje Miklove Zale datira v gimnazijsko obdobje, ko so pri profesorju slovenščine Janku Messnerju brali Sketovo igro in o njej diskutirali. Že takrat so se njihova mnenja precej razhajala, in čeprav so sošolci iz Roža Miklovo Zalo dojemali kot nekaj svojega, za Podjunčane in Ziljane pa je bila že bolj oddaljena, so vedeli, da je na Koroškem nekaj svetega: predvsem kot simbol narodne zavednosti in kot lik »prave« Slovenke. »Ker mi je ime Mirko, ta pa je v knjigi precej ambivalenten lik, ki ni ve, kako naj se odloči, sem se pri tem precej slabo počutil.« Gimnazijci so z Messnerjem diskutirati predvsem o v knjigi močno poudarjeni temi, o antisemitizmu. Še danes ga preseneča, da so že v šestdesetih let zmogli na Miklovo Zalo pogledati tako kritično.

Bolj osebno pa se je Vladimir Wakounig z Miklovo Zalo srečal leta 1972, ko je bil leto dni kaplan v Šentjakobu. Takratni župnik Andrej Karicelj, ki je Zali pripisoval združevalno funkcijo in jo videl kot simbol slovenstva, jo je na prigovarjanje domačinov želel spet postaviti na oder. Vendar pa je takrat prišla v ospredje druga tema, postavljali in podirali so se dvojezični krajevni napisi. Je pa kljub temu šel na Svatne; tam so mu kmetje radi pokazali domačije, kjer naj bi se zgodba dogajala.

Tudi njega predstava z začetka osemdesetih let ni prepričala. V odboru Slovenske prosvetne zveze, kjer je aktivno deloval, in ki je takrat pripravljala tako imenovane gledališke masovke, debata o drugačnem gledališču nikakor ni stekla. S šentjakobskim župnikom je debatiral o antisemitizmu v Sketovi igri: župnik ga sploh ni opazil in je vztrajal pri izvirni verziji. »Takrat je bil antisemitizem med duhovniki kar močan; tudi danes najbrž ni drugače. Že takrat sem zgodbo o Miklovi Zali razumel kot odraz koroške mentalitete: Almira, tujka, želi Mirka zvabiti na svojo stran in se polastiti njegovega imetja. Oziroma: ko se na Koroškem nemčurka oženi na slovensko kmetijo, gre ta ›zugrund‹«.

Antisemitizem v Miklovi Zali

V čem je po njunem mnenju Miklova Zala v času svojega nastanka odigrala pozitivno vlogo oziroma s čim je združevala ljudi? Marjan Štikar je raje kot pozitivno najprej poudaril njeno najbolj negativno vlogo, da je Sket za sovražnika Slovencev postavil Juda in mu dal celo slovensko ime – Tresoglav. »V Svatnah res obstaja hišno ime Pr'Tresoglavu. Sket je namreč zgodbo napisal na podlagi v Šentjakobu znanega verza in je najbrž v obdobju porajajočega se antisemitizma želel biti aktualen. Gledano z današnjega stališča pa je bila zgodba v določenem času prikrita kritika in odraz realnosti rastočega nacionalsocializma. V lastni družini sem doživljal, da si ljudje dolgo niso upali na odru prikazati predstave, ki bi odražala realnost. Vedno so morali o njej govoriti pod krinko neke druge zgodbe. In živeti v takem času je bilo gotovo mučno. Leta 1978 sem bil kot mladenič zelo oster do tako imenovanih vindišarjev. Že to, da so prišli na predstavo, sem težko razumel, da pa so tam jokali, pa sploh ne. Zdaj vem, da je bila zanje to nekaka katarza.«

Tudi Vladimirja Wakouniga zanima, zakaj je Sket v zgodbo vpletel Juda. Pri svojem ukvarjanju z judovstvom na Koroškem je ugotovil, da je bilo na Koroškem precej zakoreninjeno in da so živeli tudi drugod po Avstriji. Prihod Judov v neko homogeno katoliško okolje je spodbujal močan antisemizitizem, kar dokazuje tudi zgodba o judovski družini v Železni Kapli.[2] Pripombo o tem, da so bili Judi »tudi v naših krajih«, je ob

2 Glej Werner Koroschitz in Lisa Retl: *Tu smo bili doma: O judovski družini Scharfberg v Železni Kapli / Wir gehörten hierher: Über die jüdische Familie Scharfberg in Eisenkappel* (Celovec in Železna Kapla: Drava in Slovensko prosvetno društvo »Zarja«, 2008).

neki priložnosti izrekel tudi njegov oče, v svojem okolju pa je doživel tudi svetopisemsko razlago odpora do njih. »Če se poskušam vživeti v Sketa, gre po moje pri njem za odraz takrat aktualnega nacionalnega gibanja. V taki situaciji je moral ustvariti vsaj dva sovražnika, ki sovražita tako slovenstvo kot katolicizem. Po mojem mnenju naj bi mit Miklove Zale pri koroških Slovencih ohranjal in utrjeval predvsem vero in narodnost, kar lepo potrjuje na Koroškem znani izrek: ›Kdor vero zapusti, narod zapusti‹. Miklova Zala je, ne da bi ljudje o tem veliko debatirali, postala mit z vsebino: mi držimo skupaj, mi smo Slovenci. Če reflektiram izjavo Marjana Štikarja o vindišarjih, ki so ob predstavi jokali, močno dvomim, da so se ob tem zavedali, da je predstava predvsem kritika njih samih in njihovih odločitev. Meni je župnik Karicelj takrat zelo odkrito rekel, da je treba Miklovo Zalo postaviti na oder, da se ohrani slovenstvo.«

Rojevanje nove Zale

Kako se je rojevala ideja o novi Zali? Marjan Štikar pripoveduje, da so člani teatra trotamora ob 90-letnici koroškega plebiscita na podlagi še vedno živega mita o Miklovi Zali in največjega brambovskega spomenika na Koroškem, ki stoji v Šentjakobu v Rožu, želeli naredili nekaj povsem lokalnega, v nasprotju z njihovimi prejšnjimi bolj univerzalnimi predstavami. Temeljna ideja je izhajala iz ugotovitve, da na Koroškem zelo malo ljudi govori slovensko. »Čeprav smo izhajali iz Sketovega besedila, smo se teme lotili na novo. V skupini smo najprej brali izvirni tekst, se ob tem smejali in se držali za glavo. Nato smo se odločili, naj bo Miklova Zala le nekakšno izhodišče.«

V skupini so celo razmišljali, da bi se besedila lotili sami, kar pa zaradi pomanjkanja časa ni bilo mogoče. Štikar nadaljuje: »Vsi slovenski koroški avtorji so me zavrnili. Potem pa smo se spomnili, da v sosednji vasi živi Harald Schwinger, nemško govoreči avtor s slovenskimi koreninami – tipičen Korošec, katerega starši še znajo slovensko, njega pa niso naučili. Poklical sem ga in skupaj s partnerko Simone Schönett sta se za idejo takoj ogrela. Tudi ona namreč izvira iz ene od romskih skupin, kar pomeni, da je tudi sama na lastni koži doživela ta tako imenovani propad jezika: njena babica je jezik še znala, nje pa niso več naučili. Prebrala sta Sketovo povest in na podlagi predpostavk gledališke skupine v mesecu in pol napisala besedilo v nemškem jeziku. Besedilo smo najprej prevedli v slovenščino oziroma rožanščino. Velik del predstave je namreč v nemščini, na začetku celo v turščini; po Zalini vrnitvi pa v rožanskem dialektu.« Po navadi eno predstavo pripravljajo leto dni. Tokrat so bili pod močnim časovnim pritiskom zaradi subvencije, ki so jo morali porabiti do marca. Besedilo so od avtorjev dobili ob božiču 2009, premiera je bila 18. marca 2010.

Že prvo branje besedila nemško govorečih avtorjev, ki na koroške Slovence gledata z drugačnimi očmi, je pri članih teatra trotamora spodbudilo spontan aplavz; navdušenje so izpovedovali tako s solzami kot smehom. Besedila skoraj niso spreminjali, njihova izhodišča so bila od vsega začetka podobna. Štikar poudari, da »bi bili prav gotovo odzivi drugačni, če bi bila avtorja koroška Slovenca«. In kakšne zahteve je postavil avtorjema? »Prvič, naj Zala ne bo jokava, ampak sodobna, emancipirana ženska, ki sama odloča o svojem življenju, in ne obratno, da pride nazaj iz Turčije in na Koroškem ni več slovenščine, predvsem pa, naj bo v ozadju brambovski spomenik, njegovi liki pa naj bodo kot nekakšni klovni, ki kot da so vstali od mrtvih. Avtorja sta pustila žive.«

»Mi smo mi« in »Vi ste vi«

Kako in zakaj sta hkrati nastali dve »terapevtski skupini«, o katerih se je toliko govorilo? Marjan Štikar nadaljuje, da se debata članov teatra o načrtovani predstavi kar ni in ni hotela končati: iz nekaterih je kar vrelo. »Iz mojih igralcev, za katere se mi je zdelo, da vsi o vseh vemo vse. Potem so začeli pripovedovati, kaj se je zgodilo njim, pa njihovim sosedom, družini ... iz njih je samo vrelo, jaz sem samo sedel in gledal. Govorili so, pa to bi še morali povedati, pa to in to zgodbo. Potem sem se malo ustrašil, najbrž pa tudi drugi, nekdo pa si je vse izrečeno začel zapisovati kot gradivo za predstavo.

Po drugem sestanku sem rekel, da tako ne bo šlo, da rabimo pogled od zunaj, saj bomo drugače, ker se ves čas vrtimo v krogu, še znoreli. Tako je nastala ideja, da naše nemško govoreče prijatelje – že od začetka smo rekli, da nas naši popolni nasprotniki ne zanimajo – povabimo, da nam povedo, kako nas vidijo oni. Hkrati pa se nam je za delo s skupino ponudila Dunajčanka Silvia Jelinek, ki pri Klausu Ottomeyerju na celovški univerzi študira psihodramo. Povabil sem jo na naslednji sestanek, tam pa so zaradi njene prisotnosti vsi začeli govoriti nemško. Ker se ob tem nihče ni dobro počutil, smo se odločili, da se razdelimo v dve skupini. Nemško govorečo skupino, tako imenovane ›anonimne Slovence‹ – vsi so namreč iz slovenskih družin, v katerih se niso naučili slovenskega jezika – je usmerjala Silvia Jelinek, slovensko pa Vladimir Wakounig. Skupini naj bi se ločeno srečevali na temo konflikta med slovensko in nemško govorečimi Korošci. Njihova reakcija je bila zanimiva zato, ker so rekli: končno smo lahko nekje izrekli vse, kar mislimo, tudi svoje predsodke. Na koncu smo se srečali in se čudili eden drugemu ter našim predsodkom o njih in njihovim o nas. So pa ti pogovori trajali predolgo, da bi jih avtorja lahko vključila v predstavo. Kljub temu pa so bili s predstavo zadovoljni.«

Vladimirja Wakouniga je vabilo za vodenje skupine presenetilo; ni pa niti dobro vedel, v kaj se spušča. To je izvedel šele konec novembra, ko sta avtorja besedilo že pisala. »Presenetilo me je tako število ljudi – bilo jih je 16, starih med 30 in 65 let – kot tisti med njimi, ki so se že takrat, ko sem bil tam kaplan, začeli odmikati od slovenske skupnosti. Začel sem

Vladimir Wakounig (levo) in Marjan Štikar.
Foto: Irena Destovnik, Celovec, 16. 9. 2011

se spraševati, kaj se je v teh letih v teh ljudeh zgodilo? Ali je to povzročil teatr trotamora ali so posredi kakšni drugi procesi.« Na prvem srečanju še ni vedel, kam jih bo vse skupaj odpeljalo in si je samo zapisoval cilje, ki naj bi jih s srečanji dosegli. Predvsem, da bi se ti, ki so se imenovali »zavedni Slovenci«, bolje razumeli s tistimi, ki so se imenovali »anonimni Slovenci«. In da bi vsi skupaj bolje razumeli razloge, ki so pri posameznikih povzročili asimilacijo. »Tudi sam s težavo razumem, zakaj se je nekdo asimiliral, in spraševal sem se, ali si je mogoče privzgojiti toliko tolerance oziroma uvidevnosti, da asimilacijo lahko razumeš. Osrednje vprašanje je bilo, kako potekajo ti procesi in zakaj nekdo vztraja, drugi pa ne.«

Terapevtska vloga teatra

Vladimir Wakounig nadaljuje, da se je prvič zavedal, kaj lahko iz ljudi naredi teater. »Je nekakšna terapija, ki ljudem pomaga k samoozaveščanju in samorazumevanju. Najbrž sem na sodelovanje pristal tudi zato, ker sem bil takrat mentor študentki, ki je pisala diplomsko nalogo na temo gledališke pedagogike. V njej je obdelala Augusta Boala,[3] ki sem se mu takrat tudi sam bolj posvetil. Že pred tem me je to področje zanimalo in sem prebiral tekste ameriške literarne zgodovinarke Gayatri Spivak, med

3 Augusto Boal (1931–2009), brazilski gledališki režiser, pisatelj in politik, ustanovitelj Gledališča zatiranih.

drugim njeno knjigo *Can the Subaltern speak German / Spricht die Subalterne Deutsch*. Ob tem sem spoznal, da se nekatere stvari, o katerih piše, dogajajo tudi pri nas na Koroškem. Predvsem ta, da večina ljudi celotno odgovornost, pa naj bo to politična ali kakšna druga, prepušča svojim zastopnikom. Le redko kdo ne dopušča nikomur, da ga zastopa. Če gledališče razumemo tako, kot ga razume August Boal, ugotovimo, da se v gledališču dogaja nekaj drugega. Človek mora namreč tam zastopati samega sebe in le tako lahko spozna krivice in zatiranja. V skupini sem doživljal nekaj podobnega, opazoval sem proces samoozaveščanja in hkrati spoznaval, da je težko razumeti samega sebe, še mnogo teže pa je razumeti, zakaj se je asimiliral nekdo drug, hkrati pa razumeti še to, da je bil do določene mere zatiran. In tudi razumeti, da nekateri ljudje do določenih spoznanj pridejo prej, drugi pozneje, predvsem pa, da to ni enostaven proces. Sicer ne vem, ali danes člani obeh skupin bolje razumejo drug drugega, ampak res me je fasciniralo, da ljudje nočejo plavati v lastni ›župi‹, ampak želijo pogledati tudi čez lastni rob.«

Wakounigu se je zdelo pomembno, da sta se skupini razdelili. To je omogočilo odprtje prostora, v katerem se lahko nekdo tudi izbruha, pove, kaj mu gre na živce in mu ni všeč, lahko se tudi na koga razjezi. »V pedagogiki vedno, kadar gre za koedukacijo, naletim na podobne situacije. Sam sem velik kritik prisilne koedukacije, ker mislim, da je treba najprej ustvariti določene prostore, v katerih se fantje in dekleta lahko najprej povsem ločeno pogovorijo. Ko so skupaj, je dinamika namreč povsem drugačna. Ta večno prisotna korektnost je lahko tudi problematična. Če prav razumem Augusta Boala, je stalna politična korektnost, tako propagirana v Južni Ameriki, v glavnem samo zatirala.«

S tem se strinja tudi Marjan Štikar, skupina »anonimnih Slovencev« je namreč rekla prav to: da jim je dobro delo, da so v skupini lahko končno povedali vse, kar jim je ležalo na duši, pa če je to bila še taka traparija. Če bi to povedali javno, bi bili takoj obtoženi protislovenstva. Ali še huje: tistim, ki res tako mislijo, sicer nočejo dati prav, sami pa bi prav tako radi izrazili svoje misli. In namesto dveh načrtovanih srečanj so jih izpeljali sedem. Skupaj so celo obiskali Ljubljano in tam nosili majice s slovenskim napisom »Mi smo mi« in »Vi ste vi«. »Obe skupini sta se srečali dan pred vajami. V pogovoru so nam ›anonimni Slovenci‹ očitali nekatere reči, zaradi katerih smo bili tudi užaljeni. Spoznali smo namreč, da gre – ampak to je zgolj moja interpretacija – po navadi za zelo osebne stvari oziroma povsem človeške težave, ne pa za nekaj, kar bi bilo povezano z narodnostjo ali pa s tem, kako se počutiš kot pripadnik enih ali drugih. Eden od argumentov je bil, da se koroški Slovenci preveč zapiramo medse. Mi imamo prav nasproten občutek, da je namreč v Šentjakobu vse že ves čas dvojezično. Povedal sem, da me moti, da se to, če sem jaz nekomu nesimpatičen, prenese na vse koroške Slovence. Moram reči, da mi je te odgovore težko strniti. Bolj se spomnim vprašanja nekoga, ki ga je zanimalo, ali je lahko, ker ima slovenske korenine, ne zna pa slovensko, koroški Slovenec? Nekaj časa smo se gledali, eni so rekli ja, druga so rekli no ja, marsikdo pa si je mislil: če se s tabo ne morem pogovarjati slovensko, je malo huda, da si koroški Slovenec. On je pa odgovoril: ›Jaz pa hočem biti‹.«

Wakounig nadaljuje, da se je njihova skupina srečala dvakrat. Na podlagi prvega pogovora je zanje za drugo srečanje pripravil kratek uvod kot izhodišče za razgovor. Že kmalu je doumel, da se o vsem ni mogoče pogovarjati, ker so se že kmalu zapletli okoli pojmov, kot sta na primer identiteta in zavedanje. »Glede na to, da naj bi ljudje ne razumeli samo svoje, ampak tudi drugo skupino, sem jih vprašal, na podlagi česa ljudje razvijejo svojo zavednost, oziroma zakaj nekdo je zaveden, nekdo drug pa ne. Ugotovili so, da so ljudje vključeni v različne skupine, med drugim tudi v delovno, ki lahko izvaja določen pritisk. Pomembno je tudi vedeti, katera vrednota je za koga v resnici vrednota, ali je za nekoga narodna zavest vrednota ali ni. To je na Koroškem zelo občutljiva tema. Tukaj človek težko reče, da so zanj pomembnejše druge vrednote, kot na primer odprtost ali toleranca ... V določenih slovenskih strukturah je narodna zavest daleč najpomembnejša vrednota in vse druge kar nekako izginejo. Pri drugem pogovoru sem dobil sicer nedorečen vtis, da je z asimiliranimi dobro sodelovati, ampak s ciljem, da jih pridobimo na svojo stran, da bi bili spet Slovenci.«

Wakounigu se je porodila »ideja, ki pa je takrat ni bilo mogoče realizirati, da bi napisali nekakšen skupni manifest o tem, kaj hočemo. Najprej vsaka skupina zase, nato pa skupaj. Učinki tovrstnega skupinskega delovanja bi lahko bili veliki. Ta skupina je lokalno zasidrana in je na noge postavila nekaj, kar ni odmevalo samo lokalno, ampak tudi nadregionalno. Zdelo se mi je škoda, da bi skupina ne nastopila z javnim manifestom, kar bi lahko imelo tudi velik politični učinek.« Wakounig Boala razume prav na ta način: delo v teatru ni samo izobraževalno, temveč tudi politično. Politično v smislu ameriške literarne zgodovine, čemur Gayatri Spivak pravi: s takim manifestom govorim v svojem lastnem imenu. In še enkrat doda: »Mene ni treba zastopati, politično se sam deklariram. Če sem malo bolj polemičen: zastopniki vedno govorijo v lastnem imenu, ne v imenu tistih, ki jih zastopajo. In zato pripisujem teatru, kot je trotamora, tako veliko moč.«

Vladimir Wakounig si je Zalo ogledal s 13-letno hčerko, ki se je v zgodbo tako vživela, da je hotela oditi ven. »Tudi sam sem jokal; nekaj scen sem res težko prebavil. Po ogledu sem doumel, da je po takšni predstavi vsaka diskusija odveč. Bolje je dati ljudem možnost, da se razjočejo ali pa da vsak zase prepaden odide iz dvorane. Hčerka je prepoznala vse v igri predstavljene politične figure, doma pa je nato prebrala še izvirno *Miklovo Zalo*. Avtorjema je neverjetno dobro uspelo Miklovo Zalo vzeti iz nekdanjih okovov in jo s postavitvijo v današnji kontekst popolnoma dekonstruirati.«

Kaj pa odzivi ljudi, ki ne poznajo lokalne scene? Režiser je dobil številne zelo navdušene kritike iz Ljubljane, v smislu, »da niti ne vemo, koliko navijačev imamo tam in da jih je predstava zelo prizadela. Premiero si je ogledalo nekaj Haraldovih in Simoninih prijateljev iz Nemčije. Najbolj me je presenetila njihova izjava, da bi to predstavo lahko igrali povsod, ker se povsod dogaja kaj podobnega. Pravzaprav smo želeli narediti nekaj lokalnega, ko se je bližala premiera, sem razmišljal, da bomo mogoče lahko gostovali le tja do Pliberka. Dogaja se prav nasprotno. Gostovali smo v Ljubljani, na Jesenicah, v Celju, Mariboru in Kopru. Ni bilo povsod veliko ljudi, Slovenije naši problemi ne zanimajo. Res pa je tudi, da je mlajše naslov asociiral na Miklovo Zalo, tako da so na naše predstave v glavnem prihajali starejši.«

Na koncu Wakounig doda, da ima zanj brambovski spomenik v Šentjakobu še dodaten pomen. Čeprav je bil v Šentjakobu kaplan samo eno leto, je spomenik doživel dvakrat: enkrat ob 10. oktobru, drugič pa dan pred 10. oktobrom, ko je v farovžu v kapelici med mašo kar naenkrat zaslišal nenavaden hrup. Skupina, ki je takrat podirala dvojezične krajevne napise, se je, ko se je peljala mimo, ustavila pri spomeniku. Zaradi hrupa je moral mašo prekiniti. »Te občutke sem v predstavi ob figurah na odru še močneje podoživljal. Sedaj jih lahko doživljam tudi kot norce, ki se stalno vtikajo v dogajanje.« Štikar doda: »Predvsem Šentjakobčani so mi rekli, da se mimo peljejo samo zato, da se lahko smejijo.«

In reakcije bolj tradicionalnih med domačini? »Pričakovanega razburjenja ni bilo. Tudi zagovorniki tradicionalne Zale so bili čisto tiho oziroma so iz dvorane odšli s solznimi očmi. Slovensko govorečo publiko pa je predstava čustveno močno prizadela.« Odzivi nemško govorečih pa so režiserja presenetili, ker ljudje predstave niso dojeli kot nekaj, kar bi izhajalo iz regionalnega konflikta, po njihovem mnenju je predstava uspela ta konflikt preseči. »Rekli so, da smo jim končno pokazali, za kaj nam gre oziroma za kaj v tem konfliktu sploh gre.«

Jeseni si je Zalo ogledal tudi Peter Turrini. Predstava ga je tako navdušila, da je v celovškem Mestnem gledališču tako dolgo gnjavil, da jo bomo 13. novembra 2011 tam tudi uprizorili.[4] Za režiserja je Zalo igrati v Celovcu predvsem politični dogodek. »Najprej so nam gostovanje skušali odpovedati, ampak Turrini je toliko časa vztrajal, da je na koncu uspel.«

4 Pogovarjali smo se sredi septembra 2011.

Silvia Jelinek[1]

»MI SMO MI« IN »VI STE VI«

Ideja, da bi usmerjala razgovore med nemško govorečimi Korošicami in Korošci, me je zelo razveselila. Že dolgo me namreč zanimajo tako življenjske zgodbe drugih ljudi – iz tega izvira tudi moje izobraževanje za psihoterapevtko – kot tudi zapletena zgodovina obeh narodnih skupnosti na Koroškem. Čustveno razpoloženje tukaj živečih ljudi dobro poznam, ker že okoli petnajst let živim v Rožu in se družim z obema »stranema«.

Prvo večerno srečanje s približno 15 udeleženkami in udeleženci sega v oktober 2009. Pri mnogih sem opazila tako živahno zanimanje, da je bilo jasno, da želimo s temi pogovori nadaljevati. Srečali smo se sedemkrat in na teh srečanjih smo včasih do poznih ur izmenjavali mnoge osebne izkušnje in mnenja o »koroški problematiki«.

Lepo je bilo tudi, da je Kulturno društvo »Rož« poskrbelo tako za kraj – srečevali smo se v farovžu – kot hrano in dovolj piva. Srečanja, na katera je po navadi prišlo osem do deset ljudi, so bila zelo intenzivna in živahna. Usmerjala sem jih empatično, včasih naredila kak povzetek, v redkih primerih posredovala s psihološkim znanjem, zavirala pa samo, če se je pogovor preveč oddaljil od osebne ravni in zašel med politična dejstva in razprave. Pri vseh udeleženkah in udeležencih, razen pri eni, ki ni bila iz Koroške, je bila v generaciji staršev ali starih staršev vsaj ena oseba, ki je znala domače slovensko narečje. Nekateri so se znašli v klasični južnokoroški konstelaciji: starši so med seboj pogosto govorili slovensko, z otroki pa samo nemško.

S svojim zagotovilom, da nič od tu izrečenega ne bo prodrlo navzven, sem podpirala zaupno in odprto vzdušje, v katerem je bilo mogoče kdaj pa kdaj čez Slovence tudi zabavljati. Poleg pripovedovanja o dogodkih iz lastne družinske zgodovine so udeleženci razmišljali o tem, »kdo pravzaprav smo«, dotaknili pa so se tudi razdvojenosti med hrepenenjem po neki pripadnosti in odporom proti temu, da se moraš kot nekaj priznati.

Posebnost skupine je bila, da so se v njej našli ljudje, ki jim je bila skupna negotovost glede pripadnosti in identitete, prišli pa so z namenom, da bi govorili prav o tem. Na Koroškem je sicer običajno, da se ljudje zbirajo zato, da bi s praznovanjem in prepevanjem podkrepili pripadnosti bodisi

1 Silvia Jelinek, rojena leta 1960 na Dunaju, je zdravnica in mati treh otrok, starih 25, 16 in 12 let. Trenutno se izobražuje za psihoterapevtko, smer psihodrama, in piše nalogo na temo »Koroška«. Živi v vasi Gora/Berg na kmetiji s kozami, kokošmi, z racami, s psom in z mačkami. Zaposlena je na Reha kliniki za duševno zdravje v Celovcu.
Silvia Jelinek wurde 1960 in Wien geboren. Sie ist Ärztin und Mutter von drei Kindern (25, 16 und 12). Sie macht derzeit eine Ausbildung zur Psychotherapeutin, Fachrichtung Psychodrama, und schreibt dabei eine Arbeit über das Thema »Kärnten«. Sie lebt auf einer Landwirtschaft in Berg/Gora mit Ziegen, Hühnern, Enten, Hund und Katzen und arbeitet in der Reha-Klinik für Seelische Gesundheit in Klagenfurt.

nemški bodisi slovenski strani, vendar pa tam ni ambivalence v smislu »tako eno kot drugo«.

V skupini je bilo jasno čutiti zanimanje za drugega, vsem v skupini je bila skupna neka načelna odprtost do Slovencev, tja do solidarne politične drže. Nekateri pa so se vendarle spraševali: »Ali nas ti sploh marajo?« Tisti, ki so si prizadevali, da bi se naučili slovenščine, so poročali o bolj skromni pozitivni podpori s slovenske strani in bolj o posmehljivih, razočaranih komentarjih, češ, ali še vedno ne znaš ...

Večina je obžalovala izgubo slovenskega jezika v lastni družini, marsikdo pa je omenjal, da doživlja Slovence v skupini kot trmoglave, kot ljudi, ki se zapirajo in zakopavajo v svoje vrste, da pa so na Dunaju ali v individualnem stiku precej drugačni, bolj dostopni. Vsi si želijo, da bi se fronte zrahljale, ker bi za obe strani pomenilo večjo živahnost, če bi se stvari nekoliko premešale. Nekateri so si želeli, da bi bili skupaj politično aktivni. Diskusije so nas spodbujale k bolj poglobljenemu ukvarjanju z zgodovinskimi ozadji. Razčistili smo vprašanje, kaj *windisch* v resnici je. Spričo vedno večjega medsebojnega zaupanja je bilo mogoče govoriti o zelo osebnih čustvih pa tudi o tematskih željah. Tako je bilo slišati na primer take in podobne stavke: »Nočem se več počutiti kot odbojnik.« »Nočem se več čutiti krivega, saj nimam nikakršne ›dedne krivde‹.« »Tudi v družinah, kjer slovenskega jezika niso več posredovali naslednji generaciji, je bilo mnogo gorja.«

V skupne pogovore s Slovenci v farovžu je skupina »Mi smo mi«, kakor se je medtem poimenovala, šla dobro pripravljena in s posebej izdelanimi majicami, na katerih je spredaj pisalo »Mi smo mi«, zadaj pa »Vi ste vi«. Skupino »Mi smo mi« sem doživljala kot aktivno in prizadevno, »Slovenci« pa so bili nekaj časa previdno rezervirani, s časom pa so pokazali več sebe. Bili so tudi manjši konflikti in žalitve. Naslednjo izjavo so gostitelji sprejeli nadvse pozitivno:

> Razumemo, da se zapirate sami vase, toda tudi mi trpimo zaradi tega. S tem da ste se omejili od nas, ste ohranili del slovenske kulture in jezika. Razumemo, da ste se kot skupina zaprli, da bi zaščitili sami sebe. Tako je lahko preživelo nekaj, kar bistveno prispeva k raznolikosti Koroške. Za to bi se vam radi zahvalili.

Nato je marsikdo srečanje imenoval »neke vrste začetek«. Po dveh letih sem skupino »Mi smo mi« prosila za *feedback* o tem, kaj jim je skupina prinesla. Eden od odzivov je bil: »Zdaj imam boljši občutek, če govorim nemško, po skupnem pogovoru Slovence bolje razumem.« Seveda so ostala tudi mnoga odprta vprašanja, zato že načrtujemo novo srečanje. Tovrstne pogovore bi morali ponuditi v kar največ občinah na južnem Koroškem, je dejal marsikdo, ki sem mu o tem pripovedovala.

Rada bi napisala tudi nekaj o tem, kaj me je pri tej tematiki tako prevzelo in me še prevzema. Veliko sem razmišljala o okoliščinah, ki privedejo do tega, da ljudje opustijo svoj jezik in svojo kulturo in nato razvrednotijo ljudi, ki pri tem vztrajajo in jih imajo celo za nasprotnike;

zakaj ljudje dopuščajo, da jih hujskajo drug proti drugemu, in kako bi se bilo mogoče temu upreti.

Da bi o tem izvedela čim več, sem o tej temi prebrala nekaj knjig, med drugim knjige Klausa Ottomeyerja in seveda knjigo Maje Haderlap *Angel pozabe*. Vodenje skupine »Mi smo mi« mi je omogočilo, da sem izvedela nekoliko več o ljudeh, ki se nimajo več za Slovence, se morda kot taki tudi nikoli niso »priznavali«, v njihovih družinah pa so prej govorili slovensko. Da bi razširila svoje razumevanje problematike na dvojezičnem ozemlju, sem se v svoji soseščini pogovarjala tudi z nekaterimi Korošicami in Korošci s slovenskimi koreninami. Ukvarjala sem se z vprašanjem, kaj se sproža v otrocih, če starši *poleg njih* govorijo v jeziku, ki ga otroci ne razumejo, *z njimi samimi* pa v drugem jeziku; in kakšen je pozneje odnos otrok do jezika, v katerem so starši govorili *o njih* takrat, ko otroci nečesa niso smeli razumeti.

Mislim, da morda te izkušnje lahko prispevajo k razumevanju, zakaj je mnogim Koroščem tako težko govoriti v jeziku, ki so ga poslušali od malih nog. Morda sta med dejavniki, ki prispevajo k odporu proti uporabi jezika tudi kaka žalitev pa morda bojazen, da bi rekli kaj »neumnega«, ker mislijo, da jezika ne obvladajo dovolj in se pred drugimi nočejo osmešiti.

Nasprotno pa imam tudi pri Slovencih občutek, da včasih, ko se ne spomnijo takoj neke nemške besede, občutijo hud pritisk. Izkušnja razvrednotenja, ker ne znaš »pravilno« govoriti, je pri vseh globoko zasidrana. Tudi pri teh, ki so zdaj »Nemci« – govoriti so se učili od staršev, ki z njimi niso govorili v lastni materinščini.

Razmišljala sem tudi o tem, kaj se zgodi z ljudmi, kadar se pod zunanjim pritiskom odpovejo svoji materinščini, če se »podredijo« ali »obrnejo«, da bi se izognili nevarnosti ali gospodarski škodi. Ali je tedaj morda laže verjeti, da to, kar si opustil, tako in tako ni bilo nič vredno? Tako se izogneš žalovanju za izgubljenim ter jezi in sramovanju zaradi doživete lastne nemoči. Podobno velja za ljudi, ki so podlegli skušnjavi ideologije, da nemščina prekaša slovenščino. Kdo pa rad prizna, da je nasedel prevari?

V teh pogovorih sem izvedela podrobnosti o tem, zakaj se v posameznih družinah ne govori več slovensko. Pri tem imajo svojo vlogo tako nasilje, doživeto med vojno s strani nacistov in s strani partizanov, kakor tudi družbeni in gospodarski položaj družine. Isto velja za način ravnanja drug z drugim in za »jezikovno konstelacijo« v družini: nemško govoreči očetje so pogosto prepovedovali, da bi slovensko govoreče matere s svojimi otroki govorile v svojem jeziku.

Moj cilj v teh pogovorih je bil, da bi udeleženke in udeležence podprla pri tem, da bolje dojamejo in razumejo svoj položaj, svoje počutje kot ne (več) slovensko govoreči Korošci. Izmenjava z ljudmi s podobnimi izkušnjami, občutek pripadnosti neki skupini in priložnost pogovora o lastnem stališču naj bi prinesli več gotovosti v lastni vlogi kot samo nemško govoreči. Moje intervencije v skupini so poleg tega skušale previdno vabiti k temu, da bi se vsaj nekoliko vživeli v položaj drugih.

Ta korak, ki je za premagovanje konfliktov skoraj vedno nujen, doslej med »narodnima skupnostma« na Koroškem skoraj ni bil mogoč. Za to je namreč potrebna zadostna gotovost in stabilnost lastne pozicije. Če se skušaš vživeti v položaj nekoga drugega, to lahko povzroči nelagodno negotovost, predvsem kadar lastni položaj oziroma lastna pozicija nimata dovolj zanesljive podlage. Zanesljiva podlaga je prav pri travmatiziranih ljudeh, in teh je po vojni mnogo, tisto, kar večini manjka.

Pri vživljanju v položaj drugega se pod vprašaj postavi vse tisto, kar smo doslej mislili in govorili o drugih. Na to temo smo v skupini »Mi smo mi« igrali skupinsko igro. Kot se je izkazalo, so vsi udeleženci razen edine Nekorošice in mene poznali nekaj slovenskih molitev, ki so jih kot otroci v cerkvi molili z drugimi, ne da bi jih razumeli.

Kako se počuti skupina, ki postopoma izgublja svoje člane? Kako se počutijo člani neke skupine, ki zapuščajo to skupino in se priključijo drugi? Ideja te igre je bila, da se tem vprašanjem približamo na čustveni ravni:

> Nekorošica in jaz sva stali v enem kotu sobe in recitirali Očenaš v nemščini. Drugi so v skupini na drugem koncu sobe deklamirali Očenaš v slovenščini. Nato so eden za drugim prihajali od slovensko govoreče skupine k nemško govoreči, dokler nista pri »Slovencih« ostali samo še dve osebi, drugi pa so molili z nemško skupino. Najprej je bila seveda glasnejša slovenščina, nato pa nemščina. Udeleženke in udeležence sem nato prosila, da si v prostoru med slovenskim in nemškim polom poiščejo mesto, kjer se počutijo najbolje. Nato smo skupaj reflektirali zaznana čustva in misli.

Sčasoma sem vedno bolj spoznavala, kako pomembna je za Slovence povezanost v skupini, najprej zato, da se ne bi povsem »izgubili«, nato pa tudi zato, da bi bili laže kos doživetim travmam.

> *Dokler ne bo* v zavesti relevantne večine koroškega prebivalstva zasidrano ...
> da so *najprej* Hitler in nacisti – s podporo dela prebivalstva – zagrešili zločine v nepojmljivem obsegu in da so ...
> šele tedaj ...
> in zaradi tega ...
> partizani, med katerimi so bili Slovenci na Koroškem še zlasti številni, ob smrtni nevarnosti šli v odpor (in so nekateri zakrivili tudi zločine), ...
> dokler tega ni ...
> *morajo* Slovenci drugim vedno znova priklicati v spomin, kaj je bilo storjeno ljudem iz njihove narodne skupnosti.

Iz terapije travm je znano, da travme ne zastarajo, da jih ne more prerasti trava. Premagovanje travm in njihova integracija sta možna samo, če prizadeti travmo priznajo. Predvsem dejstvo, da so mnogi nekdanji aktivni nacisti po vojni spet zasedli pomembne položaje, je bilo za žrtve nacionalsocializma ponižujoče in zastrašujoče. V šolah in na mnogih delovnih mestih se je diskriminacija nadaljevala, kar je še več ljudi pripravilo do tega, da so slovenskemu jeziku predvsem v javnosti obrnili hrbet. Slovenščino so tako rekoč uporabljali kot neke vrste udobno domačo obleko, ki je za v družbo ali za na cesto ne oblečeš. Zame je razumljivo, da je pri

Prizor iz Zale. Foto: Arhiv SPD »Rož«

Slovencih izzvalo žalitev, nerazumevanje in jezo posebno to, če so tisti, ki so se sami imenovali »vindišarji«, označevali koroškoslovenski dialekt kot nekaj, kar »ni pravi jezik«.

Če se nekdo sramuje tega, da je takšen kot tisti, ki je ponosen na to, da je prav takšen, potem to med njima povzroči hud konflikt. To reakcijo razumem še bolje, če se spomnim, kako se počutim, kadar se ženske sramujejo svojega telesa in se prilagajajo normam, se podvržejo bolečim depilacijskim postopkom, ipd. Jeza me zgrabi zlasti zato, ker ženske v svojem prilagajanju ne zaznavajo samozaničevanja in izgube svobode.

Vedno znova skušam predvsem v svoji soseščini previdno opozarjati ljudi na njihove slovenske korenine. Nekako jih hočem podpreti pri tem, da bi opustili svojo pogosto nezavedno bojazen, svoje sramovanje zaradi tega, da spet »prihajajo na dan s tem«. Skušam jih zvabiti v zgodbe o Slovencih, tako da jim recimo domov prinašam roman Maje Haderlap *Angel pozabe*.

Slovenci so v svojem odporu postali močni, po pravici se zaznavajo kot tisti, ki so »takrat« stali in se borili na pravi strani. Po mojem mnenju pa je pomembno tudi to, da tiste, ki ne govorijo več slovensko, podprejo pri tem, da spet najdejo stik s slovenščino in svojo družinsko zgodovino. Da se to ne bi dogajalo samo na neki folklorističnі ravni, pa je potrebno postopno približevanje dogodkom iz času nacizma in kritično spopadanje s politiko v povojnem času. Politika se po navadi izogiba temu, da bi ljudi spodbujala k vživljanju v položaj drugega. Razdvojenost prebivalstva in ohranjanje predsodkov pripomoreta k temu, da desničarske stranke pridobivajo na moči. Sočutje je tako rekoč prepovedano, ker če se ljudje solidarizirajo, so močnejši in jim ni mogoče tako lahko vladati.

Ker so se priznavali k svojim slovenskim koreninam, so Slovence prikazovali kot »izdajalce« dežele Koroške, partizane pa na splošno kot zločince. O podrobnostih strahot, ki so jih doživljali v času nacizma, o njihovem prispevku k odporu proti nacističnemu režimu se šele v zadnjem času več govori. Če ljudje poznajo te zgodbe, morda tudi bolje razumejo, zakaj si nekateri Slovenci po vojni niso želeli, da bi južna Koroška ostala na avstrijskem Koroškem.

Zdi se mi, da se je Slovencem prav tako težko vživeti v položaj tistih, ki ne govorijo več slovensko in jih marsikdaj obsojajo kot »izdajalce« skupnega slovenskega porekla. Ob poslušanju zgodb drugih se povečuje možnost, da bi se počasi razvila večja mera medsebojnega razumevanja. Pri »Nemcih« več razumevanja za to, zakaj je Slovencem uporaba njihovega jezika tako pomembna, pri »Slovencih« pa za to, zakaj so ti, ki so zdaj »Nemci«, pač »Nemci«.

V zadnjem času procesi vodijo k bolj diferencirani drži, ki omogoča, da si en prizor ogledaš z več vidikov. S poznavanjem zgodb »drugih« je mogoče dosedanja prepričanja videti še v drugi luči in jih morda spremeniti.

Napisanih je že nekaj knjig z življenjskimi zgodbami koroških Slovencev. Toda zgodb tistih Korošcev, ki ne govorijo več slovensko, skoraj ni: so le kaki izseki oziroma poročila o tistih, ki so jih odvedli in umorili partizani. Vsekakor ne poznam knjige, ki bi tematizirala doživljanje tistih, v katerih družinah jezika niso posredovali otrokom.

V zadnjih dveh letih se je ob pripravah za postavitev spomenika rožeškim žrtvam nacionalsocializma razvilo sodelovanje med »Slovenci« in »Nemci«. V Rožeku so ustanovili društvo »Erinnern Rosegg/Rožek se spominja«, kjer so v predsedstvu ljudje obeh jezikov. Na proslavi ob odkritju spomenika je dobilo društvo zelo angažirano podporo slovenske gledališke skupine trotamora iz Šentjakoba v Rožu.

Pri prireditvah v farovžu je opaziti vedno več prekoidentitetnih stikov. Identiteta samo deloma zaznamuje etnično poreklo človeka. Tako kot mnogi drugi si tudi jaz želim, da porekla ne bi več zlorabljali za razdvajanje ljudi. Pripadnost je temeljna potreba, toda morda jo posameznik sme sooblikovati.

Tako recimo obstaja ideja, da je mogoče biti prepričan Slovenec, ne da bi znal slovensko. Sama bi bila celo za prelivajoče se kreativne identitete, npr. med koroško Slovenko in slovensko Korošico ali celo nemškokoroško Slovenko, kajti čistokrven na Koroškem tako in tako ni nihče, ne slovenski ne nemški.

Iz nemščine prevedel Peter Wieser

Angetrieben von einer in mir so wie in vielen anderen bemühten Menschen schlummernden Lust mich zu engagieren freute ich mich über die Idee, Gesprächsrunden mit deutschsprechenden Kärntnern und Kärntnerinnen zu moderieren. Eine prinzipielle Neugierde für Geschichten anderer Menschen, darum auch meine derzeitige Ausbildung zur Psychotherapeutin, und ein besonderes Interesse an der verworrenen Geschichte der beiden Volksgruppen in Kärnten besteht bei mir schon lange. Da ich seit rund 15 Jahren im Rosental lebe und Kontakte zu beiden »Seiten« habe, bin ich schon seit längerem mit den Gefühlslagen der hier lebenden Menschen vertraut.

Wir starteten mit unserem ersten abendlichen Treffen im Oktober 2009 mit ungefähr 15 TeilnehmerInnen. Dabei zeigten viele so lebhafte Anteilnahme, dass klar war, wir wollen »weiterreden«. Ungefähr sieben Treffen waren es dann, bei denen oft bis in die späte Nacht hinein viele persönliche Erfahrungen und Meinungen rund um die »Kärntner Problematik« ausgetauscht wurden.

Schön war dabei auch, dass vom Kulturverein Rož sowohl die Örtlichkeit, nämlich der Pfarrhof, als auch Verpflegung – ausreichend Bier – zur Verfügung gestellt wurden. Die Sitzungen, an den zumeist acht bis zehn Menschen teilnahmen, verliefen sehr intensiv und lebendig. Ich moderierte einfühlend, brachte manchmal Zusammenfassungen, selten psychologisches Wissen ein, und bremste nur, wenn die Gespräche zu sehr von der persönlichen Ebene hin zu politischen Fakten oder Diskussionen abwichen. Alle TeilnehmerInnen außer einer Person, die so wie ich nicht aus Kärnten stammte, hatten in ihrer Eltern- oder Großelterngeneration zumindest eine Person, die den hiesigen slowenischen Dialekt gesprochen hat. Bei einigen bestand die in Südkärnten klassische Konstellation: Die Eltern haben untereinander oft slowenisch gesprochen, mit den Kindern aber nur Deutsch.

Mit meiner Zusicherung, dass von dem hier Gesagten nichts nach außen dringt, unterstützte ich die vertraute offene Atmosphäre, in der zwischendurch einmal auch ein bisschen über die »Slowenen« gelästert werden durfte. Neben dem Erzählen von Ausschnitten aus der eigenen Familiengeschichten, machten sich die TeilnehmerInnen unter anderem Gedanken darüber, »wer sind <u>wir</u> eigentlich«, weiters wurde die Zerrissenheit zwischen der Sehnsucht, »wo dazugehören zu wollen«, und der Abneigung dagegen, »sich zu etwas bekennen zu müssen«, angesprochen.

Das Besondere an der Gruppe war, dass sich Menschen mit der Gemeinsamkeit der Unsicherheit bezüglich ihrer Zugehörigkeit und Identität zusammengefunden haben, um genau *darüber* zu reden. Sonst ist es in Kärnten üblich, dass sich Gruppen zusammenfinden, um ihre Zugehörigkeit entweder zur »deutschen« oder zur »slowenischen« Seite durch Feiern und Gesänge zu bestärken, und da gibt es dann kein Sowohl-als-Auch, Ambivalenz ist nicht erlaubt.

Das Interesse an den »Anderen« war in der Gruppe deutlich spürbar, eine prinzipielle Offenheit den Slowenen gegenüber bis hin zu solidarischer politischer Einstellung brachten alle in der Gruppe mit. Manche stellten sich allerdings die Frage: »Wollen die uns überhaupt?« Manche, die sich bereits um den Erwerb der slowenischen Sprache bemühten, berichteten von eher wenig positivem Zuspruch von slowenischer Seite, sondern von spöttischen, enttäuscht-ungeduldigen Kommentaren: »Könnt ihr's noch immer nicht ...«

Der Verlust der slowenischen Sprache in der eigenen Familie wurde von den meisten bedauert. Vielfach wurde angemerkt, dass die Slowenen in ihrer Gruppe als starr, als sich abkapselnd, als einzementiert erlebt werden, dass sie aber in Wien oder in Einzelkontakten ganz anders, nämlich viel zugänglicher seien. Alle wünschten sich, dass die Fronten aufweichen, weil eine Durchmischung für beide Seiten mehr Lebendigkeit bringen könnte. Manche wünschten sich, gemeinsam politisch aktiv werden zu können. Die Diskussionen regten uns zu einer intensiveren Beschäftigung mit den geschichtlichen Hintergründen an. Die Frage, was »windisch« nun wirklich ist, wurde geklärt. Durch das sich entwickelnde Vertrauen untereinander war es möglich, sehr persönliche Gefühle, aber auch Wünsche bezüglich der Thematik anzusprechen. Es wurden zum Beispiel Sätze geäußert wie: »Ich will mich nicht mehr als Prellbock fühlen.« »Ich will mich nicht mehr schuldig fühlen, ich trage doch keine ›Erbschuld‹.« »Es hat auch in den Familien, die die slowenische Sprache nicht mehr weitergegeben haben, sehr viel Leid gegeben.«

In die gemeinsame Gesprächsrunde mit den Slowenen im Pfarrhof gingen die »Mi smo mi«, wie sich die Gruppe in der Zwischenzeit nannte, gut vorbereitet und mit extra angefertigten T-Shirts hinein (vorne »Mi smo mi« und hinten »Vi ste vi«). Die »Mi smo mi« erlebte ich dabei als aktiv und bemüht, die »Slowenen« einige Zeit als abwartend, reserviert, mit der Zeit aber mehr von sich hervorkehrend. Es gab auch kleine Auseinandersetzungen und Kränkungen. Eine Aussage, die bei den Gastgebern spürbar positiv angekommen ist, war:

> Wir verstehen dass ihr euch abkapselt, aber wir leiden auch darunter. Dadurch, dass ihr euch abgegrenzt habt, habt ihr noch einen Teil der slowenischen Kultur und Sprache bewahrt. Wir verstehen, dass ihr euch als Gruppe nach außen hin abgeschottet habt, um euch zu schützen. Dadurch konnte etwas überdauern, das zur Vielfalt in Kärnten wesentlich beiträgt. Dafür möchten wir uns bei euch bedanken.

Danach wurde das Treffen von manchen als »ein Anfang« bezeichnet. Ich habe die »Mi smo mi« nach zwei Jahren um Rückmeldung gebeten, was ihnen die Gruppe gebracht hat. Ein Feedback war: »Ich habe nun ein besseres Gefühl, wenn ich Deutsch rede, ich verstehe die Slowenen nach der gemeinsamen Gesprächsrunde besser.« Natürlich blieben noch viele

Szene aus Zala / Prizor iz Zale. Foto: Arhiv SPD »Rož«

Fragen offen, weshalb wir bereits eine weiteres gemeinsames Treffen ins Auge gefasst haben.

Solche Gesprächsrunden sollte man in möglichst vielen Gemeinden in Südkärnten anbieten, befanden einige, denen ich davon erzählt habe.

Im Folgenden möchte ich nun noch manches von dem niederschreiben, was mich bei dem Thema so bewegt hat und es noch tut. Einerseits machte ich mir viel Gedanken darüber, welche Umstände dazu führen können, dass Menschen ihre Sprache und ihre Kultur zurücklassen, und sie dann die Menschen, die noch daran festhalten, abwerten und sogar als Gegner betrachten, wie Menschen sich gegeneinander aufhetzen lassen und wie man dem entgegenwirken könnte.

Ich habe einige Bücher dazu gelesen, um mehr Einblick in die Thematik zu bekommen, unter anderem solche von Klaus Ottomeyer und natürlich auch das Buch von Maja Haderlap. Durch das Leiten der »Mi smo mi«-Gruppe brachte ich vor allem über jene Menschen in Kärnten mehr in Erfahrung, die sich »nicht mehr« zu den Slowenen zählen, sich vielleicht auch nie dazu »bekannt« haben, in deren Familien früher jedoch Slowenisch gesprochen wurde. Ich führte in der Nachbarschaft auch Gespräche mit einigen KärntnerInnen mit slowenischen Wurzeln, um mein Verständnis über die Problematik im zweisprachigen Gebiet zu erweitern.

Ich beschäftigte mich mit der Frage, was es in Kindern auslöst, wenn die Eltern *neben* ihnen in einer Sprache miteinander reden, die die Kinder nicht verstehen, und *mit* ihnen in einer anderen Sprache. Wie geht es Kindern später mit der Sprache, in der *über sie* geredet wurde, die von den Eltern benutzt wurde, wenn die Kinder etwas *nicht* verstehen sollten?

Ich glaube, diese Erfahrungen tragen vielleicht zur Klärung dessen bei, warum es vielen Kärntnern so schwerfällt, in einer Sprache zu sprechen, die sie von klein auf gehört haben. Vielleicht ist eine gewisse Kränkung ein Faktor, der zum Widerstand gegen den Gebrauch der Sprache beiträgt. Ein anderer ist die Angst, etwas »Blödes« zu sagen, weil man glaubt, die Sprache nicht gut genug zu beherrschen, und sich nicht vor »den Anderen« blamieren will.

Umgekehrt habe ich auch bei den Slowenen das Gefühl, dass sie manchmal, wenn ihnen ein deutsches Wort nicht gleich einfällt, ziemlich in Stress geraten. Die Erfahrung der Abwertung, weil man nicht »richtig« sprechen kann, sitzt glaube ich bei allen tief, auch bei den jetzt »Deutschen« – sie haben von Eltern sprechen gelernt, die nicht in ihrer eigenen Muttersprache mit ihnen geredet haben.

Weiters habe ich überlegt, was es mit Menschen macht, wenn sie unter Druck von außen auf den Gebrauch ihre Muttersprache verzichten. Wenn sie sich »fügen«, sich »wenden«, um Lebensgefahr oder wirtschaftlichen Nachteil zu vermeiden. Ist es dann vielleicht leichter, daran zu glauben, dass, was man zurückgelassen hat, eh nichts wert war? Man erspart sich damit die Trauer um das Verlorene und die Wut und die Scham ob der eigenen erlebten Ohnmacht. Gleiches gilt für die Menschen, die der Verführung der Ideologie erlegen sind, die das Deutsche als dem Slowenischen überlegen angesehen hat. Wer gibt schon gerne zu, auf einen Betrug hereingefallen zu sein?

Ich habe in diesen Gesprächen Details darüber erfahren, warum in den verschiedenen Familien nicht mehr Slowenisch gesprochen wurde. Dabei spielen im Krieg erlebte Gewalt durch die Nazis, aber auch durch die Partisanen, ebenso eine Rolle, wie die gesellschaftliche und wirtschaftliche Position der Familien, weiters die Art miteinander umzugehen und die »sprachliche Konstellation« in der Familie: Deutschsprechende Väter z. B. bestimmten als Familienoberhaupt häufig, dass slowenischsprechende Mütter mit ihren Kindern nicht in ihrer Sprache sprechen durften.

Mein Ziel für diese Gesprächsrunden war es, die TeilnehmerInnen dabei zu unterstützen, ihre Lage, ihre Befindlichkeit als »Nicht-(mehr)-Slowenisch-Sprechende« in Kärnten umfassender wahrzunehmen und zu verstehen. Der Austausch mit Menschen mit ähnlichen Erfahrungen, das Zugehörigkeitsgefühl zu einer Gruppe und das Über-den-eigenen-Standpunkt-reden-Können sollten zu einem Mehr an Sicherheit in der eigene Rolle als »Nur-Deutsch-Sprechende« führen. Meine Interventionen in der Gruppe zielten weiters darauf, vorsichtig dazu einzuladen, sich ein Stück weit in die Lage »der Anderen« hineinzuversetzen.

Dieser für eine Konfliktbewältigung fast immer notwendige Schritt ist zwischen den »Volksgruppen« in Kärnten bisher nur wenig möglich gewesen. Dafür braucht es nämlich ausreichend Sicherheit und Stabilität in der eigenen Position. Sich in die Lage eines Anderen zu versetzen, kann unangenehme Unsicherheit verursachen, vor allem wenn die eigene Lage, die eigene Position keinen sicheren Boden bieten. Ein sicherer Boden ist genau das, was traumatisierten Menschen, und das sind viele Menschen nach einem Krieg, meist fehlt.

Bei dem »Sich-in-die-Lage-des-Anderen-Versetzen« kommt es wahrscheinlich zu einer Infragestellung dessen, was man bisher von den Anderen gedacht und gesagt hat. Dazu ist mir mit den »Mi smo mi« ein kleines Gruppenspiel eingefallen. Wie sich herausgestellt hat, konnten alle Teilnehmerinnen bis auf die einzige Nichtkärntnerin und mich einige slowenische Gebete, die sie als Kinder in der Kirche mitgebetet haben, ohne zu verstehen, was sie sagten.

Wie geht es einer Gruppe, der nach und nach ihre Mitglieder abhanden kommen? Wie geht es Mitgliedern einer Gruppe, die diese verlassen und sich einer anderen Gruppe anschließen? Sich diesen Fragen auf einer Gefühlsebene anzunähern, war die Idee diese Spiels:

> Die Nicht-KärntnerIn und ich standen in einer Ecke des Raumes und sprachen das »Vater unser« auf Deutsch. Die Anderen bildeten in der anderen Ecke des Raumes eine Gruppe und sprachen das »Vater unser« auf Slowenisch. Und dann wechselte eine nach der anderen von der slowenischsprechenden Gruppe zur »deutschen«, bis bei den »Slowenen« nur mehr zwei blieben und die Anderen bei den »Deutschen« mitbeteten. Zuerst war natürlich das Slowenische lauter gewesen und zuletzt das Deutsche. Dann bat ich die TeilnehmerInnen noch, sich im Raum zwischen dem slowenischen und dem deutschen Pol dort aufzustellen, wo es sich für sie richtig anfühlte. In einer Nachbesprechung wurde über die wahrgenommenen Gefühle und Gedanken geredet.

Ich habe mit der Zeit immer mehr verstanden, wie wichtig der Zusammenhalt in der Gruppe für die Slowenen ist. Einerseits, um nicht ganz »verlorenzugehen«, andererseits aber auch, um mit den erlebten Traumen besser fertig zu werden.

> *Solange es nicht* im Bewusstsein einer tragfähigen Mehrheit der Kärntner Bevölkerung gut verankert ist dass …
> … *zuerst* Hitler und die Nazis – mit Unterstützung eines Teils der Bevölkerung – Verbrechen in unvorstellbarem Ausmaß begangen haben …
> und dann erst
> und deshalb
> … sich die Partisanen, unter denen die Slowenen in Kärnten besonders zahlreich waren, zum Widerstand unter Lebensgefahr erhoben haben, manche auch Verbrechen begangen haben,
> solange dies nicht der Fall ist
> *müssen* die Slowenen es »den Anderen« immer wieder ins Bewusstsein rufen, was Menschen aus ihrer Volksgruppe angetan worden ist.

Aus der Traumatherapie weiß man, dass ein Trauma nicht verjährt, dass man nicht Gras darüber wachsen lassen kann. Traumaverarbeitung, Integration ist nur möglich, wenn das Trauma anerkannt wird. Vor allem, dass nach dem Krieg viele ehemalige aktive Nazis wieder in maßgeblichen Positionen arbeiten durften, war für die Opfer des Nationalsozialismus demütigend und beängstigend. In Schulen und auch an manchen Arbeitsplätzen ging die Diskriminierung weiter, was weiterhin Menschen zur Abkehr von der slowenischen Sprache vor allem in der Öffentlichkeit bewegte. Das Slowenische wurde von ihnen wie ein bequemer, alter Hausanzug verwendet, sehr angenehm zu tragen, aber man zeigt sich damit nicht in Gesellschaft oder auf der Straße. Es ist für mich nachvollziehbar, dass besonders die Bewertung des kärntnerslowenischen Dialektes als »keine richtige Sprache« seitens jener, die sich selbst als »Windische« bezeichnen, Kränkung, Unverständnis und Wut bei den Slowenen hervorruft.

Wenn sich jemand dafür schämt, dass er/sie so ist wie andere, die darauf stolz sind, genau so zu sein, verursacht das einen schweren Konflikt zwischen den beiden. Ich kann diese Reaktion noch besser verstehen, wenn ich nachspüre, wie es mir damit geht, wenn sich Frauen für ihren Körper schämen, sich an Normen anpassen, schmerzhafte Enthaarungsprozeduren u. ä. über sich ergehen lassen. Es macht mich wütend, besonders weil die Frauen die Selbstverachtung, den Freiheitsverlust in ihrer Anpassung, nicht wahrnehmen.

Ich nehme immer neue Anläufe, besonders in meiner Nachbarschaft, die Menschen vorsichtig auf ihre slowenischen Wurzeln hinzuweisen. Ich möchte sie irgendwie dabei unterstützen, ihre oft unbewußte Angst, ihre Scham darüber zu verlieren, dass sie wieder »rausrücken« damit. Ich verlocke sie zu den Geschichten der Slowenen, indem ich ihnen z. B. den *Engel des Vergessens* ins Haus bringe.

Die Slowenen sind in ihrer Widerständigkeit stark geworden, nehmen sich selbst zu Recht als diejenigen wahr, die »damals« auf der richtigen Seite gestanden sind und gekämpft haben. Es ist glaube ich aber auch wichtig, die »Nicht-(mehr)-Slowenisch-Sprechenden« dabei zu unterstützen, wieder Kontakt zum Slowenischen und zu ihren Familiengeschichten zu finden. Um dies nicht nur auf einem folkloristischen Niveau passieren zu lassen, braucht es auch eine schrittweise Annäherung an die Vorgänge in der Nazizeit und eine kritische Auseinandersetzung mit der Politik in der Zeit nach dem Krieg. Von Seiten der Politik wird es zumeist vermieden, die Menschen dazu anzuregen, sich in die Lage der Anderen hineinversetzen. Die Aufspaltung der Bevölkerung, die Aufrechterhaltung von Feindbildern, verhilft rechtsgerichteten Parteien zum Machtgewinn. Mitfühlen ist quasi verboten. Solidarisiert sich das Volk, ist es stärker und nicht so leicht zu regieren.

Die Slowenen wurden als »Verräter« des Landes Kärntens dargestellt, weil sie sich zu ihren slowenischen Wurzeln bekennen, die Partisanen pauschal als Verbrecher diffamiert. Über Details ihrer während der Nazizeit erlebten Schrecken, ihres Beitrages zum Widerstand gegen das Naziregime, wird erst in letzter Zeit mehr geredet. Kennt man diese Geschichten, wächst vielleicht auch das Verständnis dafür, warum sich einige Slowenen den Verbleib bei Kärnten nach dem Krieg nicht mehr wünschten.

Für die Slowenen, scheint mir, ist es ebenfalls schwer, sich in die Lage der »Nicht-mehr-Slowenisch-Sprechenden« hineinzuversetzen, die manchmal pauschal als »Verräter« an der gemeinsamen slowenischen Herkunft wahrgenommen werden. Die Geschichten der Anderen anzuhören lässt die Chance wachsen, dass sich langsam ein zunehmendes Maß an gegenseitigem Verständnis entwickelt, bei den »Deutschen« mehr Einsicht, warum den Slowenen der Gebrauch ihrer Sprache so wichtig ist, und bei den »Slowenen«, warum die jetzt »Deutschen« »Deutsche« sind.

In letzter Zeit ist eine Entwicklung zu einer differenzierten Haltung spürbar, die es ermöglicht, eine Szene aus verschiedenen Blickpunkten zu betrachten. Mit dem Wissen um die Geschichten »der Anderen« können bisherige Überzeugungen unter einem anderen Licht gesehen und vielleicht verändert werden.

Es gibt bereits einige Bücher über Lebensgeschichten der Kärntner Slowenen. Es gibt jedoch meines Wissens kaum niedergeschriebene Geschichten der »Nicht-(mehr)-Slowenisch-sprechenden« Kärntner, allenfalls Ausschnitte daraus, nämlich die Berichte über die von Partisanen Verschleppten und Ermordeten. Aber ich kenne zumindest kein Buch, in der das Erleben der Menschen, in deren Familie die Sprache nicht weitergegeben wurde, zum Thema gemacht wurde.

In den letzten beiden Jahren hat sich durch die Vorbereitungen für das Denkmal für die Rosegger Opfer des Nationalsozialismus eine Zusammenarbeit zwischen »Slowenen« und »Deutschen« ergeben. Es wurde in Rosegg der Verein »erinnern Rosegg/Rožek se spominja« mit Menschen beider Sprachgruppen im Vorstand gegründet. Bei der Denkmalenthüllungsfeier wurde der Verein sehr engagiert von der slowenischen Theatergruppe Trotamora aus St. Jakob unterstützt.

Bei den Veranstaltungen im Pfarrhof merkt man nun vermehrt identitätsübergreifende Kontakte. Identität wird ja nur zum Teil durch die Herkunft eines Menschen geprägt. Wie viele andere Menschen auch wünsche ich mir, dass der Faktor Herkunft nicht mehr dazu verwendet wird, um Menschen auseinanderzudividieren. Zugehörigkeit ist ein grundlegendes Bedürfnis, aber vielleicht darf sie vom Einzelnen mitgestaltet werden.

Es gibt zum Beispiel die Idee, dass man überzeugter Kärntner Slowene sein kann, ohne Slowenisch zu können. Ich wäre auch für fließende kreative Identitäten, z. B. zwischen Kärntner SlowenIn und slowenischer KärntnerIn und vielleicht sogar deutschkärntner SlowenIn, weil reinrassig ist in Kärnten sowieso fast niemand, weder deutsch noch slowenisch.

Ludmilla Kofler & Miha Vrbinc[1]

NATEČAJ Z BESED(IL)O(M) NA DAN

Utrjevanje pisanja v slovenskem jeziku

Volbankova ustanova Promlad je v sodelovanju s Krščansko kulturno zvezo in Slovensko prosvetno zvezo sprejela pobudo delovne skupine (Reinhard Schinner, Peter Svetina, Miha Vrbinc s krogom sodelavk in sodelavcev) za utrjevanje slovenščine z natečajem pisanja. Zamisel je bila naslednja:

> Razpis Pisana promlad »Na dan z besed(il)o(m)« je namenjen izboljšanju znanja slovenskega jezika. Sodelujejo lahko učenke in učenci, dekleta in fantje, ki se učijo slovenščine, in sicer v eni od starostnih kategorij, pri čemer morajo upoštevati izbrane besedilne vrste: Za te sta v starosti med 8 in 11 let besedili opis živali ali jezikovna igra (3–5 pesmic, izštevank ...), za te med 12 in 15 let poročilo o izletu ali (sodobna) pravljica, za te med 16 in 20 let ocena filma/gledališke igre/koncerta ali kratka zgodba (do 800 besed) ali sonet. Natančni razpis z vsemi pogoji in termini je bil objavljen februarja 2011; med nagradami so objave poslanih besedil v posebni prilogi *Nedelje* in v izboru Društva slovenskih pisateljev v Avstriji, dobropisi za knjige, literarna delavnica (iz besedila natečaja).

Gre torej za (novo) obliko podpore učenju slovenščine, ki omogoča mladim talentom nastop v javnosti. Slovenščina se ob tem prikaže v vsej svoji širini, od literarnega jezika in književnega ustvarjanja do sporazumevalnega jezika in pisanja stvarnih besedil. Namen pobude pa ima seveda trajnejši značaj – in zato je že v pripravi nov razpis za leto 2012. Delavnica pisanja za učiteljice in učitelje kot program nadaljnjega izobraževanja je bila že razpisana – prvo srečanje je bilo 11. oktobra 2011 na Pedagoški visoki šoli v Kaufmanngasse v Celovcu.

Pri natečaju »Na dan z besed(il)o(m)« je po razpisu februarja in oddaji v začetku maja sledilo odgovorno delo strokovne komisije v sestavi Maja Haderlap, Anita Hudl, Jerneja Jezernik, Theodor Domej, Martin Kuchling in Peter Svetina. Iz prispevkov 350 sodelujočih je določila nagrajence. Največ udeležencev je bilo iz prve kategorije – torej v starostni skupini med 8–11 let.

Mnogo učiteljic in učiteljev je z veseljem spodbujalo šolarke in šolarje k pisanju, hvalevredna pa je tudi samozavest vseh tistih, ki so osebno oddali svoje prispevke. Letošnji natečaj pisanja so zaključili s slavnostno predstavitvijo nagrajenih besedil. Nagrade so podelili 15. junija 2011 v Musilovi hiši v Celovcu. Odziv na pobudo je bil izredno razveseljiv, saj sodelujoči obiskujejo 33 različnih izobraževalnih ustanov na Koroškem.

1 Mag.[a] Ludmilla Kofler je sodelavka Volbankove ustanove in organizacijska koordinatorka Pisane promladi. Profesor slovenščine in nemščine, dr. Miha Vrbinc, ravnatelj ZG/ZRG za Slovence v Celovcu, je kot vodja delovne skupnosti za slovenščino na koroških gimnazijah sodelavec natečaja pisanja »Z besed(il)o(m) na dan«.

Prejemniki nagrad na obisku v Ljubljani.
Foto: Arhiv Promlad, 29. 6. 2011

Na prireditvi, ki jo je moderiral dr. Fabjan Hafner, so bili prisotni sodelujoči na natečaju pisanja v slovenskem jeziku, in sicer iz vsake šole en/a udeleženec/ka in en/a učitelj/ica, organizatorji, zastopniki strokovne komisije in partnerji.

Po razpisu literarnega natečaja Promlad je bila za učenke in učence, ki so želeli sodelovati, pomembna podpora učiteljic in učiteljev. Šlo je namreč za utrjevanje slovenskega jezika, pisanja in literature, učiteljice in učitelji pa naj bi spremljali pisanje učenk in učencev vseh starostnih stopenj, pri čemer je za delo z mladimi temelj lastno kreativno pisanje. Vzporedna ponudba Pedagoške visoke šole Viktor Frankl v Celovcu v sodelovanju z Univerzo Alpe-Jadran so bile Delavnice pisanja, namenjene učiteljicam in učiteljem. Tim Sabina Buchwald, Nadja Schellander in Peter Svetina je oblikoval srečanja z besedili (npr. analiza stilov pisanja, besedilnih vrst), s kreativnimi nalogami (npr. besedne igre, besedila ob slikah) in z ustvarjanjem lastnih besedil. Sabina Buchwald je o delu povedala:

> Eden pomembnejših ciljev vaj, ki jih v kreativni delavnici izvajamo v skupini ali posamezno, je sprožitev asociativnega procesa. Tako se prav vsakomur porodijo ideje, ki jih je naposled treba spraviti le še na papir. Pravzaprav jih niti ni treba »spravljati«, ob sproščenem razpoloženju se besede kar same zlijejo v pesmi, dialoge, kratke zgodbe, ... Ustvarjanje v delavnici omogoča medsebojno izmenjavo izkušenj in misli ob pisanju ter preko odziva drugih piscev nudi možnost kritične presoje napisanega.

Volbankova ustanova in soprirediteljici Krščanska kulturna zveza in Slovenska prosvetna zveza želijo s pričujočo iniciativo podpreti otroke in mlade, ki govorijo in se učijo slovenščine, obenem pa učiteljice in učitelje pri njihovem delu. Da je to zaželeno, dokazuje število sodelujočih partnerjev, ki so projekt podprli. To so: društvo ABCČ, Alpen Adria Universität / Univerza v Celovcu, kulturna revija *Die Brücke*, Založba / Tiskarna Drava, Društvo slovenskih pisateljev v Avstriji, knjigarna Haček, ilab crossmedia, Kärntner Landesschulrat / Koroški deželni šolski svet, šolska revija *Mladi rod*, Mladinski dom, Mohorjeva knjigarna, Mohorjeva založba, Musil-Institut / Musilov institut, verski tednik *Nedelja*, tednik *Novice*, ORF – Slovenski spored, Pädagogische Hochschule / Pedagoška visoka šola, Slomškov dom, dom Sodalitas Tinje, Slovenska študijska knjižnica, Strokovno pedagoško združenje, Dvojezična ZTAK, Višja šola Šentpeter, Založba Wieser-Verlag, ZG in ZRG za Slovence v Celovcu.

Rezultati literarnega natečaja

Žirija
Martin Kuchling, Anita Hudl (prva starostna stopnja)
Jerneja Jezernik, Theodor Domej (srednja starostna stopnja)
Maja Haderlap (najvišja starostna stopnja)
Peter Svetina (predsednik žirije)
Prva starostna skupina (8–11 let), nagrajena besedila
Prva nagrada: Jakob Gutownig, Mohorjeva ljudska šola, 4. razred, za opis živali: »Bil sem pes«
Druga nagrada: Harald Jan Semmelrock, ZG in ZRG za Slovence, 1. razred, za jezikovno igro: »Ti loviš« in Andrej Marko Zerzer, ZG in ZRG za Slovence, 1. razred, za jezikovno igro: Rime I.; Rime II.
Tretja nagrada: Jana Markelj, LŠ Šentlenart pri Sedmih studencih, 3. razred, za opis osebe: »Naš učitelj«
Posebno (knjižno) nagrado je žirija podelila 3.a in b LŠ 24 v Celovcu, 4. razredu LŠ Globasnica in 4. razredu LŠ Bilčovs.

Srednja starostna skupina (12–15 let), nagrajena besedila
Prva nagrada: Simon Rustia, ZG in ZRG za Slovence, 4. razred, za sodobno pravljico: »Sam in mali medved«
Druga nagrada: Mirjam Kuchling, ZG in ZRG za Slovence, 3. razred, za sodobno pravljico: »Čarobna verižica«
Tretja nagrada: Jasmin Tabaković, ZG in ZRG za Slovence, 3. razred, za sodobno pravljico: »Seme sreče«
Posebno (knjižno) nagrado je žirija podelila Klaudii Kajtna iz GŠ Šentjakob v Rožu, 3. razred, za poročilo o izletu: »Izlet«.

Najvišja starostna skupina (16–20 let), nagrajena besedila
Prva nagrada: Nina Zdouc, ZG in ZRG za Slovence, za poezijo: »Visoko me ni«; »Pišem, torej sem«
Druga nagrada: Aljaž Robič, VŠ za gospodarske poklice v Šentpetru, za kratko zgodbo: »Srečanje«
Tretja nagrada: Amina Majetić, Univerza Alpe-Jadran Celovec, za kratko zgodbo: »Pomladna obljuba«.

Žirija je vse prejemnike nagrad nagradila z obiskom Literarne delavnice v Ljubljani, ki so jo v Knjižnici Otona Župančiča pripravili 29. junija 2011. Mlajše nagrajence je na Literarnem sprehodu po Ljubljani vodila Ida Mlakar, starejšo Peter Svetina, delavnico pisanja pa je vodil Andrej Rozman Roza. Posebno nagrado za razred in učiteljico/učitelja, ki so poslali največ prispevkov, je pripadla 3.a razredu Ljudske šole Ledince. Za nagrado so si 28. junija 2011 ogledali razstavo EXPI na Kočuhi, kjer so imeli možnost z razstavljenim tudi eksperimentirati, zanje pa so pripravili tudi literarno branje Dorli Hammerschall.

Nina Kompein[1]

POPIS USTNEGA PRIČEVANJA, FORMA PISEMSKEGA DOKUMENTA IN KONSTRUKCIJA DRUŽBENOSPOLNE IDENTITETE OB PRIMERU KNJIGE »AIMÉE IN JAGUAR«

Avstrijska pisateljica Erica Fischer[2] je leta 1994 objavila knjigo z naslovom *Aimée in Jaguar*. Med bralci zelo priljubljena knjiga je prevedena v dvajset jezikov, po njej pa je nemški režiser Max Färberböck leta 1999 posnel tudi film. To za čas nacionalsocializma nenavadno in resnično ljubezensko zgodbo o dveh zanimivih ženskah sem vzela kot izhodišče za razmislek o popisu ustnih pričevanj, o značilnostih forme pisemskega romana in o konstrukciji družbenospolne identitete.

Življenjska zgodba Lilly in Felice

Kmalu po tistem, ko sta se nacistka Lilly in Judinja Felice med drugo svetovno vojno spoznali in se zaljubili, se je Felice vselila k Lilly. Ko je Felice Lilly izdala svoje poreklo, je ta še bolj vdano skrbela zanjo. Avgusta 1944 so Felice deportirali in po nekajdnevnem čakanju v zbirnem taborišču v Berlinu se je zanjo začela odisejada po taboriščih Terezin, Auschwitz, Groß Rosen oziroma Kurzbach in Bergen-Belsen. Korespondenca med zaljubljenkama se je prenehala decembra 1944, Lilly pa je še dolgo po koncu vojne upala na ponovno snidenje ter skušala priti do informacij o Felicini usodi. Neka nekdanja ujetnica je v svojem pismu materi omenila, naj ne žaluje ob izgubi hčerke, saj so med nacistično torturo umrle še mnoge druge, med drugim tudi Felice. Felice je bila za mrtvo uradno proglašena leta 1948.

Naj bo kratka vsebina podlaga za nadaljnje spoznavanje zgodbe dveh neobičajnih žensk. Lilly Wust (1913–2006) je bila žena nacističnega vojaka in mati štirih sinov. Bila je vdana gospodinja in dobra gostiteljica, v njenem stanovanju so se nenehno izmenjavali prijatelji in znanci. To, da jo je mož varal in imel nešteto afer, je ni prizadelo. Ko se je pri njej zaposlila Inge, ki je bila kot vse mlade ženske v tretjem rajhu dolžna eno

1 Nina Kompein, roj. leta 1989, je leta 2008 maturirala na Slovenski gimnaziji v Celovcu. Je študentka 4. letnika primerjalne književnosti in slovenščine na Filozofski fakulteti Univerze v Ljubljani. Njena področna naloga z naslovom »*Človeško življenje ni bilo nič vredno*« – *Pomen pričevanj preživelih holokavsta in druge svetovne vojne za kulturo spominjanja*, ki jo je v šolskem letu 2007/08 v 8. razredu slovenske gimnazije napisala pod mentorstvom prof. Štefana Pinterja, spada med najboljše področne naloge. Ker je bila v obliki povzetka že objavljena, tokrat objavljamo skrajšan referat, ki ga je januarja 2011 napisala pri Vajah iz literarne teorije pri prof. Vanesi Matajc.

3 Erica Fischer je avstrijska pisateljica, novinarka in prevajalka. Leta 1943 se je rodila v Veliki Britaniji, kamor so se leta 1938 njeni starši umaknili pred nacizmom. Leta 1948 se je družina vrnila na Dunaj. Je soustanoviteljica dunajske knjigarne »Frauenzimmer« in feministične revije *AUF – Eine Frauenzeitschrift*, v sedemdesetih letih pa je bila med ustanovnimi članicami dunajskega novega ženskega gibanja.

leto opravljati gospodinjska dela, je Lilly spoznala tudi njene prijateljice, z njimi pa nov družbeni in mišljenjski svet, soočila pa se je tudi s protinacistično držo in homoseksualnostjo.

Poskusov zbližanja s Felicine strani se je sprva ustrašila, vendar pa je že kmalu spoznala, da ji čustva vrača. Felice jo je spodbujala k intelektualnemu početju, poleg tega pa je Lilly z njo doživela svoj prvi orgazem. Preden ji je Felice izdala svoje judovsko poreklo, je Lilly brez razmišljanja ponavljala nacistične fraze, in čeprav je pozneje predvsem iz navezanosti na Felice zavzela protinacistično, protinemško in projudovsko držo, so bile v njenem pričevanju še vedno opazne antisemitske izjave. Tako beremo, da ji nikoli »ne bi prišlo na misel, da je [Felice] Judinja. Ni bila videti kot Judinja, le v tistih dneh v mesecu je bila videti judovsko« (Fischer 2007: 61).

Felice Schragenheim se je leta 1922 rodila judovskima zobozdravnikoma. Še preden se je pri enaindvajsetih letih vselila k Lilly, je izgubila oba starša, zamudila priložnost, da bi s sestro ali z mačeho pobegnila v Veliko Britanijo oziroma Palestino in doživljala grozo ob zavrnitvah njenih prošenj za vizo za ZDA. Delala je kot novinarka in se je kljub svoji mladosti včlanila v neko podtalno judovsko organizacijo, kjer so ponarejali listine, ki so Judom zagotavljale status arijcev in so bile nujne za njihovo preživetje, ter vzpostavljali stike za načrtovanje pobegov iz vse bolj ogrožujoče nacistične Nemčije. Čeprav je bila ujetnica svoje lastne domovine, je kljub preteči nacionalsocialistični nevarnosti očitno ni hotela zapustiti, še več, skrivala je rumeno Davidovo zvezdo (zaradi česar bi jo takrat lahko ubili) in hodila v kavarne, v katerih je mrgolelo esesovcev. Ne preseneča, da je bila v razmerju z Lilly prav Felice gonilna sila, ki je kljub temu, da je bila od nje osem let mlajša, izžarevala zrelost, življenjsko modrost in moč, mogoče tudi kljubovanje, in da je s svojo odločnostjo zlahka osvojila Lillyino srce. Njena inteligenca se je izražala v reakcijah, odločitvah in v sobivanju z Aimée (nenazadnje pa tudi v njeni poeziji, ki jo je začela pisati že v mladih letih). Aimée je ljubkovalni vzdevek, s katerim je Felice že od začetka njunega poznanstva klicala Lilly; tudi ta je izražal njeno razgledanost, ki je izhajala iz gledališke igre *Aimée ali zdrav človeški razum* Heinza Coubiera, v kateri je Aimée predstavljena kot mlada dama, »ki razmišlja navidez nelogično, vendar se za tem skriva veliko razuma« (prav tam: 157).

V ljubezenskem pismu, ki ga Felice leta 1943 naslovila na Aimée, se je prvič podpisala kot Jaguar. Predvsem jima je to ime prišlo še kako prav po Felicini deportaciji, saj sta v svojem pisanju tako lahko zabrisali svoji identiteti in se kljub izražanju najglobljih čustev izognili rabi zgolj slovničnega ženskega spola. Srečno naključje ali poplačana predvidljivost in previdnost? Kakorkoli že, raba tovrstnih vzdevkov je odražala prav tisto kreativnost, ki ji je vse do njenega konca omogočala napisati številne zanimive pesmi.

Ljubezenska zgodba, ki se je spletla med Lilly in Felice oziroma Aimée in Jaguar, ne preseneča toliko zaradi doživljanja lezbične ljubezni med nacionalsocializmom, temveč zaradi doživljanja lezbične ljubezni med dvema tako različnima osebama prav v tem času. Na eni strani imamo

Vir: http://www.goggle.si/imgre?q=aimee+intjaguar8hl=sl8sa=x8biw=12808bih=7058te, 14. 11. 2011.

življenja polno Felice, ki v ljubezenskem razmerju deluje zelo izkušeno, saj je imela, kot se zdi, kljub mladosti že bogato zgodovino ljubimk. Ni bila verna, po poreklu pa je bila Judinja, kar je bilo v takratnem času usodno. Na drugi strani pa se nam izrisuje podoba ženske, ki sicer še vedno pozdravlja s tradicionalnim »dober dan« namesto s »Heil Hitler«, vendar je kot žena nacista vsaj nezavedno prevzela mišljenje, ki ga je propagandni minister Goebbels tako spretno širil. Potemtakem je bila povprečna, a kljub vsemu ugledna nacistka.

Kako je sploh mogoče, da sta se sredi druge svetovne vojne spoprijateljili in celo zaljubili nacistka in Judinja? Jaguar je namreč zanimalo, kakšna je delodajalka njene punce, ki je bila gospodinjska pomočnica pri Lilly, in je pritiskala nanjo, naj ji jo predstavi. Gotovo pa ni bilo nepomembno niti to, da se je tako kot njeni prijatelji zavedala, da ni nikjer tako varna kot prav pod streho ugledne nacistke.

Sčasoma je Felice spoznala, da je Lilly vredna zaupanja in ji je izdala svoje judovsko poreklo. Povsem nepričakovano je to priznanje Lillyino naklonjenost do Felice še okrepilo. Presegla je (domala) vse, kar je do takrat vsrkala s propagando, in dopustila, da je ljubezen premagala politiko. Za od nacistične propagande zaslepljeno Lilly je bilo nenavadno, da svoje punce tudi po priznanju ni degradirala zgolj na element judovstva, temveč jo je še naprej dojemala kot ljubezen svojega življenja.

Morda poleg nenavadne ljubezni med tako različnima ženskama preseneča tudi to, da je bila deportirana samo Felice, ne pa tudi Lilly. Judje niso bili edina žrtvena skupina nacionalsocializma. Poceni delovna sila, poskusni zajčki za krute poskuse (nečloveški splavi brez narkoze, »kontrolirane« zastrupitve najrazličnejših delov telesa, različne tehnike ubijanja, ipd.) in dobesedno objekti za usmrtitveno industrijo nacionalsocialistov so bili namreč tudi komunisti, Sovjeti, Jehove priče, Romi in Sinti, prizadeti in – homoseksualci.

Toda glede homoseksualcev in kriterijev za njihovo aretacijo ter deportacijo nacionalsocialisti niso bili prav »iznajdljivi«. Skoraj brez sprememb so prevzeli paragraf 175 nemškega kodeksa kaznivih dejanj iz leta 1871. Ta zakon ni omenjal ženske homoseksualnosti, moško homoseksualnost pa je enačil s sodomijo (spolnim občevanjem z živaljo) in jo klasificiral kot kaznivo dejanje. V Vzhodni Nemčiji je zakon nespremenjeno veljal do leta 1950; od leta 1968 je bilo kaznivo le moško homoseksualno razmerje z mladoletnikom, leta 1988 pa so zakon dokončno odpravili. V Zahodni Nemčiji je paragraf 175 veljal celih šest let dlje, razveljavili so ga šele štiri leta po združitvi obeh Nemčij (prim. Wikipedia, Paragraph 175).

Na podlagi omenjenega paragrafa so nacisti mučili in usmrtili številne moške homoseksualce, vendar le malo lezbijk (v dokumentarnem filmu *Paragraph 175* iz leta 2000 govorijo o približno desetih interniranke, ki so bile zaprte prav zaradi svoje spolne orientacije).

Dolgo so verjeli, da so ženske tako rekoč neobčutljive za spolne dražljaje. V mnogih kulturah je poleg tega veljalo, da je le spolni akt s penetracijo dejanski spolni akt. Ohranjenih je kar nekaj zgodovinskih virov o moških homoseksualnih dejanjih (in seveda tudi o heteroseksualnih), zelo pičle pa so informacije o lezbičnih razmerjih – največ seveda zaradi patriarhalne družbene ureditve, v kateri je ženski že *a priori* namenjeno manj pozornosti, poleg tega pa lezbična spolna dejanja niso bila smatrana kot taka. Ali je to za naciste igralo kakšno vlogo? Mogoče. Odločilni razlog za toleranco lezbičnih razmerij pa je bil vsekakor – kot je to za nacionalsocialistično politiko značilno – skrajno gospodarske narave. V ženskah so namreč videli predvsem potencialne roditeljice »arijskih« otrok in s tem nove generacije čvrstih in hrabrih, umsko in telesno zdravih nosilcev nacionalsocialistične ideologije (prim. Epstein in Friedman 2000).

Zgornje informacije o vsebini in zgodovinski podlagi naj bodo izhodišče za nadaljnje razpravljanje o delu *Aimée in Jaguar.*

Zgradba romana

Erica Fischer je pri pisanju pričujoče knjige upoštevala številne vire. Njeno besedilo je namreč sestavljeno iz pesmi, dnevniških avtobiografskih zapisov, pripovednih biografskih odlomkov, popisov ustnih pričevanj, ki imajo avtobiografski ali biografski značaj, in pisemske korespondence med Lilly in Felice, ki pa je v glavnem avtobiografske narave. Posamezne oblike podajanja informacij si sledijo vsebinsko smiselno, tako da bralec zlahka verjame v resničnost pripovedi. V knjigi je objavljenih kar nekaj pesmi, ki jih je v svojem kratkem življenju napisala Felice. Pri pisanju se ni omejevala na družbenokritične teme; zelo lepa je tudi njena Lilly posvečena ljubezenska poezija. V tem smislu so pesmi tako zgodovinski dokument kot umetniško avtobiografsko besedilo, saj neposredno odražajo Felicino notranje življenje. Pesmi navdajajo mladostna svežina, nenavaden občutek za jezik in intelektualna globina.

Dnevniških zapisov v *Aimée in Jaguar* mrgoli predvsem v zadnji tretjini besedila. Tudi ti so proizvod le ene osebe, toda tokrat je avtorica Lilly. Največ jih je na mestih, kjer Erica Fischer ponazarja trpljenje obeh ljubimk zaradi Felicine deportacije. Pomenljivo je, da je Lilly večino svojih dnevniških zapisov pisala, kot bi bili namenjeni ljubici – ne preseneča, da se pravzaprav berejo kot ljubezenska pisma. V njih nagovarja njo in govori njej, ne dnevniku. Treba se je zavedati dejstva, da »[d]nevnik sledi svoji potrebi po zgodbi, po fabuliranju, ki je močnejša od želje po objektivnosti« (Kralj 2006: 146). Iz tega razloga je treba opise različnih vsakdanjih in drugih dogodkov jemati z rezervo. V zapisih, ki so pravzaprav neodposlana ljubezenska pisma, avtorica (Lilly) torej ne teži k objektivnosti.

Glede na to, da je pisateljica ustvarila eklektično besedilo in glede na izbor in selekcijo (različnih) virov, bi lahko trdili, da gre za besedilo izpod peresa Erice Fischer, ki se sicer drži dejstev, a je hkrati podvrženo tudi njeni avtorski interpretaciji. Na kar nekaj mestih v *Aimée in Jaguar* je zato opazno, da njene simpatije veljajo Felice, ne pa Lilly. Prvi pokazalnik je že takoj na začetku knjige; ta je namreč posvečena Felice.

Značilnosti ustne zgodovine

Na poseben način se obnaša ustno pričevanje, ki je vedno podano v prvi osebi ednine (včasih pa tudi množine):

> Za Lilly so bile Felicine stvari neverjeten zaklad. To, da so si ljudje prilaščali judovsko lastnino, je bilo nekako v duhu časa, (sic) Kradli so jim, jih ovajali, in to samo zato, da bi se polastili njihove lastnine. Pri tej kraji so sodelovali skoraj vsi, od najmlajših do najstarejših. Ta država je bila prava država kradljivcev. In ta pohlep se je prenesel tudi na nacistične ženske [...] Zelo dobro se spominjam gnusa, ki ga je pokazala Felice pred menoj, ker jo je Lilly neprestano preganjala zaradi teh stvari, ki jih pravzaprav sploh nista potrebovali (Fischer 2007: 235).

Gornji odlomek je iz pričevanja Elenai Pollak, ene od Felicinih zelo dobrih prijateljic. (Erica Fischer je v svojem delu navajala tudi pripovedovanja preživelih, ki so le posredno – ali niti to ne – povezana z Lillyino in s Felicino zgodbo.) Ti delci besedila so izredno zanimivi in pri bralcih vzbujajo občutek, da berejo najbolj objektivno, avtentično in nepopačeno poročilo o preteklosti, kar ga jezik premore, saj naj bi zapisovalec prevzemal od prič časa navidez nespremenjeno besedilo. Vendar pa to ne drži. Drži, da priča takratnega časa, v tem primeru preživeli/preživela druge svetovne vojne, s tem, da je te dogodke sama doživela, deluje avtentično. Kdo bi lahko bolje poročal o stvareh kot ljudje, ki so jih tako rekoč sooblikovali?

Težava – in hkrati pomembnost – tovrstnih pričevanj pa tiči v tem, da pridejo do naslovnika skozi dvojno interpretacijo. Priča časa rekonstruira in artikulira dogodke tako, kot se jih sama spominja, kot si jih je sama skonstruirala – poudarja njej sami pomembne posebnosti, izpušča določene njej nepomembne stvari, vrednoti s pomočjo pridevnikov, z izbiro besed in nasploh z rabo jezika. Doživeto tako rekoč pošlje skozi cenzurni filter, ki pa se ga seveda ne zaveda, ker je to povsem običajen psihološki pojav. Zato je takšno pričevanje (kot tudi vsako drugo besedilo) nujno subjektivna interpretacija. Od ustaljenega zgodovinopisja se razlikuje v tem, da je »objektivno« zgodovinopisje podvrženo stalnemu ponovnemu branju in popravljanju s perspektive množice (ki je ali doživela določene dogodke ali pa se je o njih poučila iz obstoječih in praviloma uveljavljenih virov), to pa skladno s tem, kako si zmagovalci, torej tisti na oblasti, prikrojijo zgodovino – skladno s prevladujočim javnim diskurzom. To pomeni, da je tudi objektivno zgodovinopisje nujno subjektivno in v tem smislu skonstruirano, le da so se številna subjektivna poročila seštela, iz seštevka pa se je skristaliziralo neko povprečje, ki je obveljalo kot objektivna resnica o določenih zgodovinskih dogodkih.

Pričevanju ene osebe potemtakem manjkata seštevanje ocen z različnimi drugimi o istem dogodku in »izračun nekakega povprečja« različnih ocen. Zato je tako pričevanje praviloma bolj subjektivno od pričevanja ustaljenega zgodovinopisja, vendar zaradi ekskluzivnosti vsebine (če o nečem lahko poroča le majhno število ljudi, to načeloma pomeni, da je bilo le majhno število ljudi udeležencev nekega zgodovinskega dogodka, o katerem se zdi pomembno pripovedovati) tem bolj zanimivo – tudi zato, ker je nekako dopolnilo zgodovine. Gre za zgodovino, pisano od spodaj.

Reprezentacija ustne zgodovine (zgodovina je tu lahko razumljena na dva načina: v smislu konstrukta o preteklih dogodkih ali pa označimo za zgodovino vse preteklo, tudi to, kar je bilo napisano ali izrečeno pred trenutkom, ki ga postavimo za ločnico med preteklostjo in prihodnostjo) je potemtakem podvržena subjektivni interpretaciji priče časa, hkrati pa gre, zato ker priča svoje besedilo govori, še skozi drug, dodaten filter poslušalčeve/poslušalkine in s tem avtorjeve/avtoričine osebe. Tudi če oseba, ki zapiše ustno pričevanje na papir, napiše vsako besedo, ki jo je izrekla priča, bo tako nastalo besedilo le interpretacija tega, kar je priča povedala. Manjkata namreč pomenljiva mimika in gestika, še pomembnejše pa je verjetno to, da se kot zapisovalci slišanega mnogokrat znajdemo pred dilemo, katero ločilo naj kje uporabimo. Zdi se namreč, da je v določenih primerih primernih več različnih ločil, ki pa imajo seveda različne pomenske odtenke. V tem smislu so izbrana ločila verjetno najpomembnejši indikator za avtorjevo/avtoričino odločitev, da določenemu pomenu daje prednost pred drugimi. To pa pomeni interpretacijo že prej interpretiranega konstrukta (zgodovinskih) dogodkov.

Popis ustne zgodovine med drugim pomeni tudi prevzem dikcije (načina govora) vsake posamezne osebe, kar se v delu *Aimée in Jaguar* zelo lepo pokaže prav zato, ker je Erica Fischer vključila pričevanja zelo različnih oseb. Tako že na podlagi pripovedi lahko sklepamo na približno stopnjo izobraženosti oziroma razgledanosti posamezne osebe. Razlike se pojavljajo na ravni izbire besed in socialne zvrsti jezika. Nekateri tako uporabljajo manj tujk in več mašil, drugi več tujk in manj mašil, nihanja pa so tudi v stopnji zbornosti oziroma pogovornosti. Tovrstne finese se v prevodu žal v veliki meri izgubijo. Za bralčevo percepcijo pa je vendarle pomembno, ali je popis ustnega pričevanja nepopačen in podaja besedilo točno tako, kot ga je intervjuvanec/intervjuvanka izrekel/izrekla, ali pa to ni tako. Neknjižna oziroma knjižna varianta seveda prispeva k temu, kako bralec dojame pripovedujočo osebo.

Popis ustne zgodovine se morda res zdi banalen problem, toda to ne drži. Podajanje informacij na ta način deluje še kako nedolžno, vendar v sebi skriva velik potencial. To je treba nenazadnje upoštevati tudi takrat, kadar se popis ustnega besedila pojavlja v političnih in podobnih besedilih, saj ga ni prav težko uporabiti v propagandne namene. Te namene pa je mogoče z rabo te tehnike zlahka zabrisati.

Forma pisemskega dokumenta

Tudi forma pisemskega dokumenta se nam dozdeva avtentičen biografski, avtobiografski ali zgodovinski vir, dejansko pismo pa manj popačena aktualizacija preteklega. Prvič zato, ker med doživetim in pismom praviloma ni tako velike časovne ločnice kot med doživetim in popisom ustne zgodovine, drugič pa zato, ker je opisano, preden pride do bralca, podvrženo le eni interpretaciji in ne dvema, kot to velja za popis ustnega pričevanja.

Oseba doživi nekaj, kar se ji zdi vredno posredovati v obliki pisma. Pismo (ali njegov prepis) lahko preberemo desetletja in več po njegovem nastanku, ne da bi se pogledi in drža avtorja/avtorice pisma spremenili. Seveda se avtor/avtorica skozi čas lahko dokoplje do povsem drugačnih mnenj, vendar to ne bo vplivalo na pismo samo in na to, kako ga bo bralec dojel, saj je to, kar je črno na belem, praktično neizbrisljivo in s tem pravi (zgodovinski) dokument. Tudi prepis pisma ne popači, saj vključuje vse tisto, kar je tudi v izvirniku. Na ta način posredovano besedilo vsebuje, kar je pisec v neki obliki doživel in shranil v spominu ter v nadaljevanju zapisal kot subjektivno realnost, kot lastno interpretacijo dogodkov. Interpretacija posrednika pisma ne igra nobene vloge, saj je za bralca nevidna, neopazna, s tem pa je tako rekoč ni. Branja ljubezenskih pisem izpod peres Lilly in Felice v *Aimée in Jaguar* potemtakem ne »moti« posredovanje avtorice Erike Fischer. Le izbor določenih pisem in neupoštevanje drugih je neke vrste avtoričina interpretacija, ki pa za bralca/bralko tako rekoč ne obstaja, če hkrati ne preverjata virov, iz katerih je pisateljica črpala.

Pisemski roman

Da zgodovino v sodobnem času tako množično širimo tudi s pomočjo pisemskih dokumentov, je nemara povezano tudi s tem, da je v zadnjih nekaj stoletjih neverjetno priljubljenost med bralci doživel pisemski roman. Pisemski roman ima zelo mnogovrstne pojavne oblike, deloma odvisne od avtorjevega namena. Različne tehnike privedejo do različnih učinkov in s tem sooblikujejo, če ne celo določajo recepcijo. Koncept pisemskega romana deluje, če bralec pismu verjame. Efekt pisma je torej avtentičnost – v fikcijskem besedilu vprašanje sloga, v nefikcijskem besedilu upravičena bralčeva domneva.

Erica Fischer v *Aimée in Jaguar* z vključevanjem Lillyinih, Felicinih in nekaterih drugih pisem gotovo ni nameravala doseči estetskega učinka, saj je pisma prevzela in vključila v svoje delo točno taka, kot so jih napisali njihovi avtorji (v prvi vrsti Lilly in Felice). Pisma je navajala zaradi zaželene avtentičnosti svojega dela; Felice posvečeno besedilo je tako podkrepila z dokumenti v pravem pomenu besede.

Bralec zgodovinskega dokumenta, v tem primeru dela *Aimée in Jaguar*, se torej ne srečuje z že dvakrat interpretirano preteklostjo, kot to velja za ustno pričevanje, temveč je preteklost interpretirana le enkrat. Hkrati pa je pismo zanj tako rekoč poziv, da kot naslovnik dogodke interpretira po svoje; ustvari naj si svojo lastno perspektivo. Medtem ko popis ustnega pričevanja od bralca ne zahteva aktivnega mentalnega sodelovanja – bralčeva naloga je omejena na vlogo pasivnega sprejemnika – pa oblika pisemskega dokumenta proizvede aktivnega bralca. Počuti se nagovorjenega in ob zelo intimnih odlomkih – ki se seveda vrstijo zlasti v ljubezenskih pismih, ki sta si jih pošiljali Lilly in Felice – se lahko zgodi, da se sam sebi zdi vsiljivec.

Pravzaprav bi razmišljanje o knjigi Erice Fischer *Aimée in Jaguar* na tem mestu lahko končali. Spoznali smo zgodbo o tragični usodi ljubezenskega para, ki je imel smolo, da se je srečal prav med drugo svetovno vojno. Spoznali smo dve zanimivi osebi, ki sta ne glede na nevarnost živeli – ali vsaj skušali živeti svojo ljubezen. Ogledali smo si različne postopke, s katerimi je operirala avtorica, da je ustvarila avtentično, kredibilno, koherentno in tekoče berljivo besedilo v spomin na prezgodaj umrlo Felice.

Homoseksualna ljubezen

Kaj je torej treba še omeniti? Odgovor je: homoseksualnost. Pravzaprav je to tema, ki v današnjem času sploh ne bi smela več igrati nikakršne vloge, toda zdi se, da istospolna ljubezen buri duhove bolj kot kdaj prej v zgodovini. Homoseksualnost danes spada med najbolj prekerne družbene probleme, in zdi se, da se celo fizične bitke proti njej še dolgo ne bodo umirile. Še zdaj so mnogi prepričani, da je homoseksualnost bolezen, ki jo je treba zdraviti. Spet drugi, da so homoseksualci kriminalci, ki jih je treba aretirati, prenekateri pa, da sicer proti njim ni treba ukrepati, toda dobrega mnenja o njih zato še zdaleč nimajo. Pripisujejo jim razne stereotipne lastnosti in jih zasmehujejo ter žalijo.

Erica Fischer je v svoji knjigi subtilno poudarila problematiko lezbične ljubezni, s tem pa tudi homoseksualnost v širšem smislu. Zgodovinsko ozadje, v katerem se je odločila zgodbo predstaviti, je nacionalsocializem, ko je bila moška homoseksualnost navidez veliko večji družbeni problem kot ženska homoseksualnost.

Kako pa so homoseksualnost sprejemali pred v knjigi opisanim zgodovinskim obdobjem? Nekatere stare kulture – in tudi nekatere današnje – so spermi pripisovale »svetost in moč«, ponekod drugod pa menijo ali so menili, »da seme v moškem telesu ne nastaja naravno in ga je zato treba vsaditi v dečkovo telo« (Kuhar 2001: 12, 13). V nekaterih kulturah je mogoč prehod iz ene spolne vloge v drugo; ti transvestiti nato »popolnoma prevzamejo značilnosti, stil in življenjski slog nasprotnega spola« (prav tam: 13) in so tudi v ljubezenskih in drugih razmerjih sprejeti kot pripadniki tega spola. Če se določene spolne vloge naveličajo, pa lahko ponovno postanejo tisto, kar so bili pred zamenjavo spola (prim. Kuhar 2001: 13).

V antični Grčiji so bila moška homoseksualna dejanja nujni del življenja vsakega dečka in pozneje moškega. Od dečka se je pričakovalo, da si najde nekakšnega osebnega učitelja. Z njim naj bi stopil v prijateljsko razmerje, to pa naj bi vključevalo spolna dejanja. Deček je moral prevzeti vlogo penetriranega, učitelj pa vlogo penetrirajočega. Za odrasle moške je bila vloga penetriranega sramotna, poleg tega pa se niso smeli znajti v homoseksualnem razmerju, ne da bi bili poročeni z žensko. Prepovedano je bilo tudi razmerje med dvema odraslima moškima, razen, če je bil eden od njiju suženj; slednji je moral biti nujno penetrirani partner (podobno ureditev so poznali tudi v Egiptu). Šlo je skratka za zelo zapleten družbeni sistem s strogimi pravili (prim. prav tam: 15–21). O lezbištvu v antični Grčiji je le malo virov, najpomembnejši je gotovo Sapfina ljubezenska lirika (prim. prav tam: 21).

Tudi o homoseksualnosti v rimski kulturi je veliko napisanega. Med drugim so razglabljali o njenih pozitivnih in negativnih posledicah, ipd., postopoma pa so jo začeli prepovedovati. Obtožba spolnega občevanja s človekom istega spola je celo postala pripravno sredstvo za »odstranitev nezaželenih ljudi« (Kuhar 2001: 29).

Srednji vek na evropski celini do homoseksualcev ni bil nič kaj prizanesljiv. O sodnih postopkih proti istospolno usmerjenim je ohranjenih le malo podatkov. Iz njih izvemo, da so bili prenekateri čarovniški procesi in sežigi na grmadi kazen za homoseksualnost oziroma homoseksualna spolna dejanja (prim. Kuhar 2001: 39). Oblasti so se takrat soočale s še mnogo bolj perečimi problemi (epidemije, množična romanja, roparski vitezi, ipd.), ki so jim morali posvečati pozornost, toda za zastraševanje podložnikov in prisiljevanje k pokorščini so vladarji uporabili malodane vse ponujene možnosti.

Potem ko se je v renesansi napeta drža do spolnosti nekoliko zrahljala, so sledila stoletja molka. Foucault je v prvem delu *Zgodovine seksualnosti* postavil tezo, da se v 17. stoletju ali celo že proti koncu 16. stoletja ni začelo obdobje molka o spolnosti, temveč prav nasprotno. Takrat naj bi se razvila njena stalna prisotnost, to pa naj bi po Foucaultu privedlo do povečanega govora o spolnosti. Po njegovem so se mnogi različni diskurzi razvili zato, ker je bila spolnost v govoru ves čas prisotna, hkrati pa ni bilo več vseeno, kako se ljudje o njej izražajo. Posameznik je zato moral uporabljati družbeno sprejemljive diskurze in se držati ustaljenih norm. Govorjenje o spolnosti in ozaveščanje o njej naj bi bilo potemtakem že od 17. stoletja bolj raznoliko kot kdajkoli prej (prim. Foucault 2000: 21, 22). »Okoli 18. stoletja se je rodilo politično, ekonomsko in tehnično spodbujanje, naj se govori o spolnosti« (Foucault 2000: 27). Začelo se je govoriti o seksualnosti otrok in vlogi vzgojiteljev pri tem, o spolnosti delavskega razreda, ipd.

Vsekakor je bilo spolno občevanje z istospolnim partnerjem v minulih tisočletjih vedno dovolj pomembna tema, da so ljudje o njej pisali. Nekako v 19. stoletju so homoseksualnost začeli dojemati kot medicinski, psihološki in/ali kriminalistični problem, ki ga je treba reševati. Medicinske razprave niso bile nič bolj objektivne kot psihološke ali tiste, za katere je bila homoseksualnost delikt. Vsi trije diskurzi so bili problematični v tem smislu, da so istospolno usmerjenost obravnavali kot deviantnost, in to na podlagi in z upoštevanjem predsodkov o njej, s tem pa so prispevali k njihovi dodatni okrepitvi v javni zavesti (prim. Foucault 2000).

Razni nasilni ukrepi proti homoseksualcem so bili pozitivni v tem smislu, da so geji in lezbijke spoznali, da niso edini in da tako čutijo tudi drugi. To jim je omogočilo, da so se povezali in z združenimi močmi polagoma začeli boriti za svoje pravice, s čimer je spolnost v vseh svojih pojavnih oblikah stopila v območje politike, kjer je danes zasidrana kot vselej prisotna, vendar nikoli dovolj upoštevana tema obravnave (prim. Kuhar 2001: 68).

Gejevska in lezbična gibanja so se začela povezovati s feminističnimi (potem ko so slednja spoznala svoje zmote oziroma lastne predsodke o istospolni ljubezni; tudi feministke so bile namreč nemalokrat heteroseksistične oziroma sovražne do homoseksualnosti). Hkrati s tem so se začele razvijati teorije o družbeno konstruiranem spolu. (Zanimivo je, da niti gejevska in lezbična gibanja sprva niso nastopala skupaj, saj tudi ta vsaj v začetni fazi niso uspela prekoračiti meja patriarhalne družbe.)

Resnica kot konstrukt

Človek je bitje, ki z okoljem komunicira z rabo jezika. Z jezikom poimenuje stvari in obdajajoče pojavnosti. Poimenovanja so nekake klasifikacije, ki označujejo splošnost posameznega in so potemtakem posploševalna. Lahko bi torej trdili, da je v človekovi naravi – in za njegovo preživetje nujno – da vse, kar ga obdaja, posploši, poenostavi in popredalčka. V tem smislu so poimenovanja konstrukti. Do poimenovanj se seveda ne dokoplje vsak posameznik sam. V procesu odraščanja se »učimo« od drugih in hkrati z učenjem govora prevzemamo tudi mišljenjski svet in konstrukte, ki nam jih posredujejo naši sogovorniki in jih vsebuje in prenaša jezik.

V tem smislu preseneča, da čeprav se obstoja tovrstnih konstruktov zavedamo, obče »resnice« tako brezpogojno in nekritično sprejemamo. Še več, zdi se nam absurdno, da naj ne bi obstajale neke za vsakogar enake obče resnice. Le težko sprejmemo in ponotranjimo tezo o tem, da je »resnica« lahko konstrukt. Vprašanje je, ali bi bilo sploh mogoče živeti, če bi se dejansko potikali po svetu ob stalnem zavedanju tega, saj bi to pomenilo, da moramo nenehno in povsod v vse (po)dvomiti.

Da je »resnica« lahko tudi konstrukt, pa se je kljub temu dobro zavedati. Tako namreč lahko prepoznamo ustaljene stereotipe in predsodke, ki so za določene družbene plasti ali posameznike celo nevarni in zatiralski, nanje pokažemo in se proti njim borimo. Boj jim je treba napovedati najpozneje takrat, ko ogrozijo integriteto nekega človeka ali neke skupine. Med njimi so tudi ženske, ki se morajo še danes boriti za svoje pravice in proti predsodkom, ki jih vzdržujeta tako družbeno kot biološko konstruirani spol. Temu v različnih delih sveta različnemu zatiranju še ni videti konca.

Družbena konstrukcija spola

Kaj je družbena konstrukcija spola? Družba človeku glede na njegov biološki spol pripisuje določene lastnosti (agresivnost, racionalnost, spretnost naj bi bile značilne za moške, nežnost, intuitivnost, čustvenost pa za ženske). Biološki spol so fizične značilnosti, kot na primer primarni in sekundarni spolni organi in hormoni – ki niso univerzalni in ne upoštevajo vseh možnosti, kar najbolj potrjujejo hermafroditi oziroma dvospolniki; nenazadnje zato je upravičeno govoriti tudi o biološko konstruiranem spolu (prim. Keating 2002). Da bi se prepričali, kako globoko je takšno binarno in stereotipno dojemanje človeka zakoreninjeno v naši percepciji, zadostuje, če pomislimo na stalne besedne zveze, kot na primer »ženska intuicija« ali na fraze, kot je na primer »fantki ne jokajo«. Dokaz, da so to le predsodki, so prav predsodki sami, saj niso univerzalno veljavni. »Argument proti biološki determiniranosti spolne identitete so tudi medkulturne raziskave, ki so zavrgle absolutnost moških oziroma ženskih spolno značilnih karakteristik, saj so te kulturno pogojene in kot take lahko v eni kulturi pripadajo skupku moških, v drugi pa skupku ženskih lastnosti« (Kuhar 2001: 127).

Nemajhna težava je v tem, da ljudje, ki sprejmejo tovrstne predsodke in konstrukte, ravnajo in živijo skladno z njimi. Če torej vidimo žensko, ki ne zna parkirati, je to nedvomno povezano s tem, da je stalno konfrontirana s predsodkom, da ženske tega ne znajo. Ker to mnenje ponotranji – saj je praktično prisiljena h konformnemu sprejemanju družbenih vlog – se ne bo niti potrudila in si bo mislila, da tega ne zna, ker je ženska. Torej ne gre za neko naravno neusposobljenost, temveč za dejansko obstoječo neusposobljenost z družbenim izvorom.

> Vsak posameznik poseduje spoj tistega, kar danes imenujemo družbenospolne karakteristike. Preseči je treba povezovanje posameznih karakteristik z enim ali drugim spolom in doumeti, da so človeške osebnosti veliko bolj kompleksne, kot jim to dovoljujeta koncepta moškosti in ženskosti. Svet je sestavljen iz moških in žensk in številnih drugih, ki niso niti moški niti ženske (prav tam: 134).

Glavna težava družbeno konstruiranega spola je, da se človeku vsiljuje ali vloga moškega ali vloga ženske in da se pričakuje, da se bodo posamezniki tudi ravnali skladno z njim dodeljeno vlogo. Ta vključuje tudi »primerno« izbiro spolnega partnerja: moški naj se združi z žensko, in obratno. Vse preostale izbire partnerja so razumljene kot ne- oziroma protinaravne. Dejansko se večina ljudi, ki se jih da umestiti v binarni sistem moški : ženska, v veliki meri prilagodi njim dodeljenim vlogam. Binarnega sistema moški : ženska pa ne prevprašujejo zgolj hermafroditi, temveč tudi homoseksualci, biseksualci, transseksualci, transvestiti »poženščeni« moški in »moške« ženske (prim. Kuhar 2001: 127).

> Bistveno pri oblikovanju spolne identitete je, kako družba prepozna posameznikov spol: če okolje posameznico obravnava kot moškega, se tako do nje tudi obnaša, s tem zanemari biološki spol, posameznica pa razvije moško spolno identiteto. Ločevanje zgolj dveh spolov je torej stereotip, saj posamezniki, ki kromosomsko ne ustrezajo nobenemu od obeh spolov, prevzamejo tistega, ki jim je glede na zunanje spolne organe ob rojstvu pripisan. Iz tega logično sledi, da sta tudi ženskost in moškost kot skupek po spolu diferenciranih lastnosti zbirka stereotipov, naučenih v procesu socializacije (Kuhar 2001: 127).

Prav patriarhat in podobne seksistične družbene ureditve omogočajo sprejemanje določenih družbenih vlog. Tako se je od moškega pričakovalo, da bo služil denar, ženska pa bo skrbela za dom. Življenja posameznikov so bila vnaprej določena, to pa je hkrati omogočilo izobraževanje moških in poneumljanje žensk. Moški so pisali literaturo za ciljno skupino žensk in s tem potrjevali ter še dodatno krepili spolne vloge. Pojavile so se kategorije ženskih oziroma moških opravil in pozneje ženskih oziroma moških poklicev. Moškim so bile vse poti odprte, medtem ko so bile ženske priklenjene na hišna opravila. Zato je bilo za moške naravnost škandalozno, ko so se v 19. stoletju v vsej svoji aroganci znašli pred zahtevo, da naj bo tudi ženskam dovoljen univerzitetni študij. Toda sufražetke in pozneje feministke ter vse tiste ženske, ki so si priborile mesto v zgodovini, so dokazale, da se jih preprosto ne da zreducirati samo na element ženskosti in da tudi one v družbi lahko zavzamejo vodilne pozicije. To pa še zdaleč ne pomeni, da je proces emancipacije končan.

Slavni izrek Simone de Beauvoir, da se nihče »ne rodi kot ženska, temveč to postane«, da se človek torej ne rodi kot ženska, ampak da ga za žensko naredi družba, je še vedno aktualen. Družbena konstrukcija spola torej implicira tudi družbene predpostavke o spolnosti. Različne nenormativne spolne prakse in »vmesni« spoli naj bi bili nenaravni, bolni in nesprejemljivi. Takšno dojemanje spolnosti pa je seveda skrajno diskriminirajoče do vseh, ki se za ohranitev svoje integritete ne podrejajo zahtevi po »normalnosti«, s tem pa družbeno konstruiranemu spolu.

Sklepne misli

Vse kaže, da Lilly in Felice nista razmišljali o morebitni nenormalnosti svoje zveze. Lilly je na nekem mestu za nazaj ugotavljala, da je že v mladosti čutila večjo naklonjenost do oseb istega spola in da je to staršema delalo hude preglavice. Zanju naj bi bilo pravo olajšanje, ko je njuna hči začela hoditi s fanti. Toda prav zaradi poznavanja njenih nagnjenj v otroških in najstniških letih nista bila presenečena, ko jima je Lilly povedala za ljubezenski odnos s Felice. Za takratni čas morda nenavadno sta zvezo med mladima ženskama nemudoma sprejela in po Lillyinem pričevanju sodeč sta Felice toplo sprejela in hitro vzljubila (prim. Fischer 2007: 149–152).

Poleg tega v knjigi *Aimée in Jaguar* skoraj ni eksplicitne problematizacije homoseksualne ljubezni. Povsem neupravičeno bi bilo na tej podlagi sklepati, da se avtorica problematike ni dovolj zavedala. Če bi bilo tako, se delo ne bi odlikovalo s takšno tankočutnostjo, s katero se je avtorica lotila pripovedovanja te nenavadne ljubezenske zgodbe.

Lahko bi trdili, da je družbeno in biološko konstruiran spol v tej knjigi presežen prav s tehniko neeksplicitne tematizacije in problematizacije. Pisateljica lezbične ljubezni ni prikrivala, kaj šele zamolčala, a prav tako je ni po nepotrebnem poudarjala do te mere, da bi z njo zasenčila vse drugo v knjigi. Preprosto se je izognila pompoznim formulacijam o homoseksualnosti. Te preprosto niso potrebne, kaj šele nujne, saj nam ta lepa, toda žalostna ljubezenska zgodba med drugim podaja sliko o tem, kako netežavno bi bilo življenje, če bi se spolno »drugače« usmerjenim in spolno »drugačnim« priznalo vse pravice, ki veljajo tudi za druge državljane, in če bi se končno nanje nehalo gledati kot na nekaj nenormalnega, kar je treba normalizirati. Da pa je to v prvi vrsti ljubezenska zgodba, nam pove že sam podnaslov knjige.

Viri in literatura

EPSTEIN, Rob in Jeffrey Friedman: *Paragraph 175*; film.Velika Britanija, Nemčija, ZDA, 2000.

FISCHER, Erica: *Aimée & Jaguar: Eine Liebesgeschichte, Berlin 1943*. Köln: Kiepenheuer & Witsch, 1994[1], 2. natis 2010[4].

FISCHER, Erica: *Aimée & Jaguar: Ljubezenska zgodba, Berlin 1943*. Ljubljana: Založba ŠKUC (Zbirka Lambda; 62), 2007.

FOUCAULT, Michel: *Zgodovina seksualnosti 1: Volja do znanja* [*Histoire de la sexualité. 1, La volonté de savoir*]. Ljubljana: Založba ŠKUC (Zbirka Lambda; 15), 2000.

KEATING, Ann Louise: Gender. V: *An Encyclopedia of Gay, Lesbian, Bisexual, Transgender, and Queer Culture*, http://www.glbtq.com/literature/gender.html, 13. 1. 2011.

KRALJ, Lado: Literarna kritika v pisateljevem dnevniku: Dokument ali fikcija? *Primerjalna književnost* 29, 2006: 145–152.

KUHAR, Roman: *Mi, drugi: Oblikovanje in razkritje homoseksualne identitete*. Ljubljana: Založba ŠKUC (Zbirka Lambda; 22), 2001.

WIKIPEDIA: *Paragraph 175*, http://en.wikipedia.org/wiki/Paragraph_175, 11. 12. 2010.

Miha Vrbinc[1]

GIMNAZIJA PRIPRAVLJA NA ŠTUDIJ

Področna naloga oziroma predznanstveno delo kot del zrelostnega izpita

Zrelostni izpit ali matura, tudi diplomski izpit, je zaključek izobraževalne poti na poklicno- in splošnoizobraževalnih višjih šolah v Avstriji. S tem izpitom pridobi maturant/ka razne pravice, med katerimi je treba posebej omeniti pravico do študija. Na (realno-)gimnazijskem maturitetnem spričevalu piše: »S tem je absolvent/ka na podlagi Uredbe o dostopnosti univerz dosegel/a/ pravico do študija na visokih šolah.« Sprejemni izpiti na umetnostnih akademijah (za glasbo, slikarstvo, kiparstvo, arhitekturo, igralstvo) so že ustaljen pogoj za vpis na želeno študijsko smer, za medicino pa so na poti v študentsko življenje tudi že postali rutina. Univerze v Avstriji so v zadnjih letih sprejemne pogoje spremenile na podlagi svoje avtonomije.

Oblika zrelostnega izpita na splošnoizobraževalnih višjih šolah (gimnazijah) je urejena po odredbi ministrstva za pouk, ki se pri tem sklicuje na ustrezni zvezni zakon. Zdaj veljavni predpisi temeljijo na osnovni odredbi iz leta 1990 (s spremembami v letih 1992, 1998, 2000, 2004 in 2008) in zakonu iz leta 1986/1990 ter obsegajo naslednje modele zrelostnega izpita:

Predizpit	Glavni izpit	
Strokovno področno delo (= področna naloga)	Pisne naloge (klavzure)	Ustni (delni) izpiti
	tri pisne naloge	trije ustni izpiti, od katerih je eden predmet področne naloge
	ali: tri pisne naloge ali: štiri pisne naloge	štirje ustni izpiti, od katerih je eden težiščni izpit Trije ustni izpiti, od katerih je eden težiščni izpit

Iz preglednice je razvidno, da se morajo učenci in učenke za obliko zrelostnega izpita odločiti do predvidenega roka. Ker je področna naloga po svojem ustroju delo, ki naj ga opravi kandidat/ka doma (= poleg rednega pouka), je časovni rok za odločitev ob koncu tretjega letnika višje stopnje, za prijavo pa ob začetku zadnjega, četrtega letnika. Cilj naloge je, da »pokaže kandidat v samostojnem delu ob primerni tematiki, da je usposobljen za težiščno razumevanje situacij in problemov, njihovih vzrokov in povezav, za natančno opazovanje in odkrivanje, za logično in kritično razmišljanje, jasno oblikovanje pojmov in smiselnih vprašanj, za diferen-

1 Dr. Miha Vrbinc je profesor slovenščine in nemščine. Od septembra 2003 vodi ZG/ZRG za Slovence v Celovcu.

cirano pisno izražanje, za iskanje ustreznih informacijskih virov in njihove uporabe in za rabo osnovnih učnih in delovnih tehnik« (Odredba o zrelostnih izpitih v SVŠ, § 7, 2. odst.). Pri tem delu ga z napotki in nasveti spremlja mentor/ica. O delu morata kandidat/ka in spremljevalec/spremljevalka delati zapiske in protokol priložiti k dokončni nalogi, ki jo je treba oddati do konca prvega tedna po semestrskih počitnicah. Naloga se nato pregleda, predlagana ocena pa se oblikuje na komisijski konferenci (predsednik/predsednica mature in spremljevalec/spremljevalka področne naloge). Ob negativni oceni mora kandidat/ka izbrati drugo obliko zrelostnega izpita z drugim težiščnim predmetom; v prvem roku lahko opravlja izpit iz predmetov, ki niso povezani z na novo izbranim predmetom, izpit iz na novo izbranega izpita pa lahko opravi šele v naslednjem izpitnem roku.

Ob pozitivni oceni je področna naloga preko predmeta, iz katerega je njena tema, del ustnega izpita, na katerem jo kandidat/ka predstavi, odgovarja na vprašanja o njeni tematiki in na še eno vprašanje iz učne snovi predmeta. Na ZG/ZRG za Slovence od prve mature štirijezičnih Kugyjevih razredov 2006/07 teče šolski poizkus, ki pri zrelostnem izpitu predvideva upoštevanje vseh štirih jezikov, ki se jih učijo učenke in učenci od 1. do 8. razreda – slovenščine, nemščine, italijanščine in angleščine. Kandidatke in kandidati, ki si izberejo področno nalogo, tako napišejo povzetke v omenjenih jezikih in področno nalogo predstavijo v jezikih, ki jih niso izbrali za kak drug pisni ali ustni izpit.

Po omenjenem modelu je mogoče maturirati od leta 1992/93; od takrat so maturanti in maturantke napisali 64 področnih nalog, in to v naslednjih predmetih:

Verouk	8	Zgodovina	12	Informatika	2
Slovenščina	2	Zemljepis	8	Psihologija/Filozofija	9
Nemščina	3	Biologija	11	Glasbena vzgoja	3
Angleščina	1	Fizika	4	Likovna vzgoja	1

Naloge so zbrane v šolski knjižnici, njihovi naslovi pa so od šolskega leta 1998/99 objavljeni v Letnem poročilu. Tam sta bili podrobneje predstavljeni dve nalogi iz zgodovine: Mirjam Malle: Antisemitizem in koroški Slovenci (2004/05) in Natalja Hartmann: Foltej Hartmann – kulturni ustvarjalec med koroškimi Slovenci (2009/10).

S področno nalogo kandidat/ka dokazuje vrsto sposobnosti, saj mora svoje delo poleg rednega učenja in pouka opraviti v »prostem« času. Kandidat/ka si mora znati razdeliti delovni čas, da v mesecih od septembra do februarja obdela izbrano tematiko. Ob tem mu/ji je v pomoč stalni stik s spremljevalko oziroma spremljevalcem. Obliko področne naloge določa na šoli izdelan predpis; v njem so navodila o obliki naslovnice, kazalu, zgradbi naloge, citiranju in navedbi uporabljenih virov. O svoji delovni samostojnosti mora kandidat/ka na koncu naloge s podpisom podati častno izjavo.

Od šolskega leta 2003/04, odkar dijakinje in dijake na njihovi poti k zrelostnemu izpitu spremljam kot ravnatelj, sem videl in spoznal različno kakovostne področne naloge, skupen pa jim je bil trud kandidatk in kandidatov spoprijeti se z izbrano temo in o njej napisati ustrezno besedilo, ga oblikovati in v primerni obliki pravočasno oddati. Presenečen sem bil nad veliko vnemo večine, ki se je svojih tem tako zavzeto lotila že zaradi zavesti, da delajo na posebnem projektu, ki naj pokaže njihovo stopnjo zrelosti. Zaradi tega menim, da bi bila zanimiva kaka temeljitejša analiza opravljenih področnih nalog z različnih – pedagoških, didaktičnih, predmetnih – vidikov.

V sedanjem trenutku avstrijskega šolstva in njegovega razvoja vemo, da se izobraževanje temeljito spreminja. Glede na obravnavano temo s tem v zvezi omenjam novo maturo, katere uradni naziv je Standardizirani zrelostni in diplomski izpit. Če pa želimo biti povsem natančni, potem je treba maturo poimenovi delno standardizirani, na kompetencah osnovani zrelostni izpit (na splošnoizobraževalnih šolah) in diplomski izpit (na poklicnoizobraževalnih šolah). Do prve nove, prenovljene mature je sicer še nekaj časa, vendar bo matura v letu 2014 slonela na delu v tistih oddelkih višje stopnje, ki so letos začeli izobraževalno pot v petih razredih oziroma prvih letnikih – in v to delo smo se vključili ob sodelovanju v delovni skupini za pripravo standardiziranih nalog v višjih šolah slovenske, gradiščansko-hrvaške in madžarske narodne skupnosti v Avstriji.

Projekt nove mature se (še bolj) usmerja v trajnostno znanje, v kompetence, zmožnosti, v uporabo znanja in veščin – ob tako imenovanem predznanstvenem delu, pisnih nalogah in ustnih izpitih nove mature. Iz zgoraj predstavljenega modela se preselimo v nov model, ki obsega tri obvezne dele; model je mag. Andreas Schatzl ravnateljicam in ravnateljem koroških gimnazij predstavil 13. decembra 2010, vanj sem vnesel slovenske izraze ob za ZG/ZRG za Slovence veljavni modelni obliki (glej graf na naslednji strani).

Iz področne naloge, ki so si jo kandidatke in kandidati lahko izbrali kot eno od mogočih oblik zrelostnega izpita, je nastalo tako imenovano 'Predznanstveno delo PZD' (*Vorwissenschaftliche Arbeit – VWA*), ki je obvezni sestavni del mature za vse bodoče maturantke in maturante.

Na 36. Slavistično-pedagoškem seminarju od 1. do 5. julija 2011 sta dr. Gabriele Fenkart in dr. Christian Pichler predstavila zamisel predznanstvenega dela in časovni potek priprav do prve realizacije v šolskem letu 2013/14. Že leto poprej bodo učenke in učenci morali poiskati in določiti temo svoje naloge, si poiskati profesorico oziroma profesorja, ki jih bo spremljal/a pri izdelavi besedila v učnem jeziku ali angleščini v dolžini 45.000 do 60.000 znakov in ga v digitalni in tiskani obliki oddati do začetka drugega semestra februarja 2014.

Pri izdelavi predznanstvenega dela kandidat/ka dokazuje svoje zmožnosti branja in razumevanja prebranega, pisanja: pišem, potem ko sem

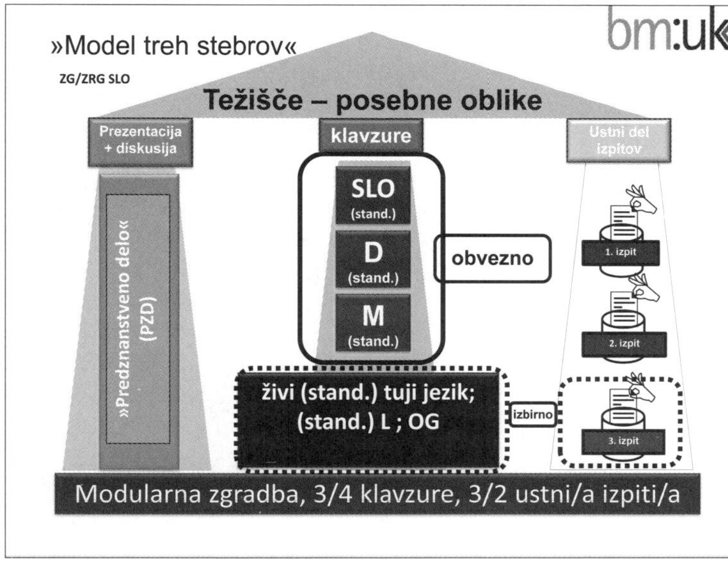

nekaj prebral, opazovanja in dokumentiranja. Samostojnost dela naj se izkazuje v izboru literature, strukturi naloge, argumentih, primerjavi virov, temi in zastavljenih vprašanjih. V prvi vrsti gre za uporabo (pred)znanstvenih metod pri soočanju z izbrano tematiko. Ministrstvo za šolstvo je pripravilo tudi priročnik, ki je objavljen na spletni strani www.bmukk.gv.at/medienpool/20130/reifepruefung_ahs_vwa.pdf.

V predznanstvenem delu imajo učenke in učenci ZG/ZRG za Slovence, kjer je slovenščina učni jezik, predvsem možnost pokazati jezikovno usposobljenost v slovenskem jeziku, seveda pa tudi v drugih jezikih, saj so bile že področne naloge priložnost združiti strokovno znanje in vedenje z ustrezno obliko predstavitve. Seveda pa temeljijo sposobnosti, ki naj bi jih pokazali maturantke in maturanti, na ustreznem pouku in pripravah na predznanstveno delo skozi vso višjo stopnjo, z nekaterimi elementi pa že na nižji stopnji.

Projekt Nove mature je seveda tudi odprt proces v tem smislu, da se preizkušajo novosti, prilagajajo zahteve in oblike nalog – naša naloga je, da budno sledimo temu procesu in se tako pripravimo na nove pedagoške izzive. Zagotavljam vam, da se profesorice in profesorji naše šole aktivno vključujemo v omenjene spremembe, se ob njih učimo in tako spremljamo mlade ljudi, ki nam jih zaupajo, do zaključka šolanja – to pa le potrjuje dejstvo, da je vsaka šola organizacija, kjer se učimo vsi.

Irena Destovnik[1]

ŠOLA S STOLETNO TRADICIJO ZA DANAŠNJE ČASE

Slovensko šolsko društvo, ki ga je leta 1908 ustanovil šentjakobski župnik Matej Ražun (1865–1943), je leta 1908 v Šentpetru pri Šentjakobu v Rožu ustanovilo trirazredno ljudsko šolo s slovenskim učnim jezikom oziroma narodno šolo, kot so se takrat imenovale ljudske šole. Matej Ražun se je namreč dobro zavedal pomena izobraževanja za preživetje in razvoj slovenske narodne skupnosti. Takratna utrakvistična šola kljub temu, da je bila v avstrijski ustavi iz leta 1867 enakopravnost narodnosti in jezikov zapisana, te ni omogočala. Ustanovitev šole so s finančnimi sredstvi podprli farani, Mohorjeva družba in drugi dobrotniki iz številnih slovenskih krajev takratne avstro-ogrske monarhije, prevzele pa so jo slovenske šolske sestre, ki so v Šentpeter prišle iz Maribora.

Ravnatelj Štefan Schellander poudarja, da je Zavod šolskih sester zgodovinsko gledano za koroške Slovence zelo pomembna ustanova,[2] za šolske sestre, ki Zavod upravljajo, pa, da so bile vedno napredne in so sledile vsakokratnim družbenim in gospodarskim zahtevam. »V Rožu, Podjuni ali na Zilji skoraj ni bilo družine, v kateri se nihče ne bi šolal v Šentpetru.«

Narodni šoli je v Zavodu šolskih sester med obema svetovnima vojnama najprej sledila sirotišnica za otroke, nato pa so v njem – že župnik Ražun je razmišljal o ustanovitvi gospodinjske šole – pripravljali gospodinjske in šiviljske tečaje. Že leta 1946 so v Zavodu odprli prvi dvojezični vrtec na Koroškem, ki še vedno deluje; danes ga obiskuje okoli 50 otrok. Leta 1955 so pravico javnosti dodelili Kmečko-gospodinjski šoli, iz nje pa se je, glede na vsakokratne družbene in gospodarske potrebe, najprej razvila Strokovna šola za ženske gospodarske poklice – pozneje so jo lahko obiskovali tudi fantje – nato pa leta 1989 dvojezična petletna Višja šola za gospodarske poklice, poklicno izobraževalna šola s poudarkom na gospodarstvu in gastronomiji.

Višja šola za gospodarske poklice v Šentpetru je dvojezična katoliška zasebna šola, ki jo vzdržuje Konvent šolskih sester sv. Frančiška Asiškega. Poleg splošne izobrazbe in jezikovnega znanja dijakinjam in dijakom ponuja tudi znanje iz gospodarstva, turizma in gastronomije, prehrane, informacijske tehnologije ter kreativnosti in jih tako usposablja za poklicno delovanje v alpsko-jadranskem prostoru. Široka izobraževalna ponudba je prilagojena današnjim gospodarskim in družbenim razmeram in zahte-

1 Članek je nastal na podlagi razgovora z ravnateljem Višje šole za gospodarske poklice Štefanom Schellandrom in spodaj citiranega Jubilejnega zbornika.

2 O zgodovinskem pomenu Zavoda šolskih sester glej: Teodor Domej, Nastajanje »Narodne šole«, in Hanzi Filipič, »Podlaga vsake resnične sreče je dobro vzgojeno srce, ne pa učena glava!«, oboje v: *Jubilejni zbornik: Ob 100-letnici izobraževalne ustanove Konventa šolskih sester v Št. Petru / Festschrift: 100 Jahre Bildungseinrichtung des Konvents der Schulschwestern in St. Peter* (Konvent šolskih sester v Šentpetru pri Šentjakobu, 2008), str. 30–34 (Filipič); str. 36–43 (Domej).

vam. Med bistvene izobraževalne cilje so zapisali: oblikovanje osebnosti, sposobnost poklicne mobilnosti in fleksibilnosti, kreativnost, konstruktivna in pozitivna kritika, socialni angažma, sposobnost komuniciranja v učnih in tujih jezikih ter pripravljenost za nadaljnje izobraževanje.

Ustanovitev dvojezične Višje šole za gospodarske poklice je omogočila, da so dijakinje in dijaki šolanje končali z maturo oziroma zrelostnim izpitom. Pred ustanovitvijo omenjene višje šole so morali namreč dijakinje in dijaki, če so hoteli maturirati, oditi na Dunaj, saj je bila tudi Dvojezična zvezna trgovska akademija v Celovcu ustanovljena šele leta 1990. V več kot dvajsetih letih je na Višji šoli za gospodarske poklice maturiralo že okoli 300 absolventk in absolventov. Med njimi je večina deklet, razmerje med fanti in dekleti je še vedno 1 : 4. Se pa na šolo, odkar ni več poudarek samo na gostinstvu, temveč tudi na gospodarstvu in informatiki, vpisuje vedno več fantov; še zlasti jih zanimajo izbirne ponudbe, kot sta programa za someljeje in barmane, za katera se lahko odločijo s 16 leti. V šolskem letu 2000/01 so ustanovili tudi enoletno Strokovno-gospodarsko šolo, ki ponuja šolanje v 9. razredu in je nekaka alternativa politehničnemu letniku.

Ravnatelj Štefan Schellander, ki je na Zavodu šolskih sester zaposlen od leta 1989, mesto ravnatelja Višje šole za gospodarske poklice pa je zasedel leta 1998, pripoveduje, da se šola, ki jo vodi, od drugih na Koroškem kar številnih podobnih šol razlikuje po tem, da je dvojezična, kar pomeni, da enakovredno poučujejo v slovenščini in nemščini, prav tako pa dijaki v obeh jezikih opravljajo tudi maturo. Kot na Slovensko gimnazijo in dvojezično Trgovsko zvezno akademijo se tudi k njim vpisujejo dijakinje in dijaki, ki so »idealno« dvojezični in takoj usposobljeni za spremljanje pouka v dveh učnih jezikih, in dijaki, ki bolje obvladajo ali nemščino ali pa slovenščino. Večina dijakinj in dijakov prihaja iz glavnih šol v Šentjakobu v Rožu in okolice, pa tudi iz drugih krajev v Rožu in Podjuni ter z Zilje. Skoraj tretjina učencev je iz Slovenije, med njimi številni z Jesenic, s Šentjakobom v Rožu pobrateno občino. V naslednjih letih bodo učenci prihajali tudi iz tako imenovanih novih srednjih šol, ki so pravzaprav reformirane glavne šole, v katerih poučujejo učitelji z univerzitetno izobrazbo. Na dveh novih srednjih šolah, v Šentjakobu v Rožu in v Bekštanju, poučujejo tudi njihovi trije profesorji. Prav s teh šol pričakujejo v naslednjih letih večji vpis.

Dijakinje in dijake šola na poklicno življenje pripravlja s praksami in skupnimi projekti šole z zunanjimi partnerji. Dijakinje in dijake pripravljajo za poklicno pot v alpsko-jadranskem prostoru tudi z udeležbo pri raznih evropskih projektih, med njimi Comeniusu, Leonardu, itd.

Sodelujejo s srednjimi šolami za gostinstvo v Radovljici, na Bledu, v Ljubljani in Zagorju. »Z omenjenimi šolami v Sloveniji, ki so po programu podobne naši, že dolgo sodelujemo, do izmenjav prihaja tako med učitelji kot dijaki. V gastronomiji so za nas izmenjave pomembne predvsem zaradi strokovnih izrazov. Kolegice, ki pri nas poučujejo te predmete, so se namreč šolale na avstrijskih univerzah in jim manjkajo slovenski strokovni izrazi iz gastronomije. Dve leti je pri nas poučevala tudi kolegica iz Radovljice.«

Pomembna obogatitev šolskega življenja so tudi tako imenovana šolska partnerstva. Za učitelje so pomembna zaradi izmenjave informacij s kolegi iz drugih šol, mladi pa vedno radi sklepajo nova prijateljstva z mladimi iz drugih držav. Šolsko partnerstvo se je začelo s Srednjo šolo Zagorje v Sloveniji, se nadaljevalo z drugimi šolami iz Slovenije in tudi s šolami iz Češke, Madžarske, Italije, Anglije, Bosne in Hercegovine in celo iz Afrike.

Primer družbene angažiranosti je sodelovanje s partnersko šolo v Zambiji, kjer že desetletja sodelujejo z misijonarji. Dobiček vsakoletne misijonske tombole, ki jo pripravijo dijaki tretjega letnika – v letošnjem šolskem letu bo že 36. po vrsti, z njo pa zberejo okoli 9.000 evrov – je namenjen izobraževanju revnih otrok na partnerski šoli. »Vsota ni majhna, če vemo, da letno šolanje za enega učenca stane okoli 200 evrov. Leta 2003 smo jih učitelji, starši in dijaki obiskali. Presenetilo nas je, da se tam šolajo tudi 30-letne ženske, ki prej te možnosti niso imele, pa tudi to, da so šele tri tedne pred našim obiskom v šolo napeljali elektriko.«

Ali se lahko njihove dijakinje in dijaki v splošnem znanju primerjajo z učenci, ki maturirajo na gimnaziji ali trgovski akademiji? »Če primerjamo število ur, imajo gimnazijci več ur tedensko jezikovnega pouka, ker imamo mi, tako kot trgovska akademija, več strokovnih predmetov. Tudi pri nas je velik poudarek na učenju tujih jezikov: poleg nemščine in slovenščine sta obvezna jezika tudi angleščina in italijanščina, dijakinje in dijaki pa si lahko izberejo še učenje latinščine, ruščine in hrvaščine.«

Tudi na Višji šoli za gospodarske poklice morajo dijaki in dijakinje pred maturo izdelati projektno nalogo, in sicer morajo v petem letniku izdelati tako imenovano težiščno nalogo; tako se imenuje, ker morajo biti naloge obvezno povezane z enim od obeh predmetov, s prehrano ali z gospodarskim poslovanjem. Naloga, ki naj bi vsebovala tudi krajšo samostojno izvedeno raziskavo in jo pišejo pod mentorstvom enega med učitelji, mora imeti najmanj 25 strani. V obeh jezikih napisano težiščno nalogo morajo oddati do konca marca, pri ustni maturi pa odgovarjajo na ne vnaprej pripravljeno vprašanje, povezano z v nalogi obravnavano temo. Pri maturi odgovarjajo še na dodatno vprašanje iz predmeta, iz katerega so izdelali nalogo. Že leta 2013 pa bodo morali, tako kot Slovenska gimnazija in dvojezična Trgovska zvezna akademija, po smernicah Evropske unije izdelati diplomsko nalogo.

Ker dijakinje in dijaki izobraževanje končajo z zrelostnim izpitom, jih ta usposobi tako za univerzitetni študij kot samostojno podjetništvo oziroma takojšnjo zaposlitev v trgovini, obrti, industriji, upravi, turizmu in gastronomiji. Poleg mature si pridobijo tudi poklicno kvalifikacijo; po tretjem letniku namreč opravljajo 12-tedensko obvezno prakso v tujini ali doma, po četrtem letniku pa gredo lahko še na štiritedensko neobvezno prakso. Znanje iz informacijske tehnologije si pridobijo v šolskem testnem centru, multimedijskem prostoru in v sodobno opremljeni računalniški učilnici, na poklicno življenje pa se pripravljajo tudi v učnem podjetju »Marketing tromeje«. Učno podjetje je bilo ustanovljeno v šolskem letu 2001/02. V njem so se odločili, da bodo za šole in narodne skupnosti v alpsko-jadranskem prostoru izdelovali učne pripomočke v vseh treh jezikih; med drugim so izdelali trijezični poslovni slovar.

Že nekaj let lahko dijakinje in dijaki na šoli opravijo izpite za ECDL – European Computer Driving Licence in za ECDL-Advanced. Pridobljeni mednarodni certifikat oziroma evropsko računalniško spričevalo je dokaz pridobljene po vsem svetu primerljive računalniške pismenosti, ECDL-Advanced pa dokazujejo znanje uporabe računalniških aplikacij. Izpita se opravljata samo v nemškem jeziku.

Redni del pouka so tudi projekti, pri katerih se dijakinje in dijaki preizkusijo v timskem delu, izvedbi zastavljenih ciljev, praktičnih sposobnostih in predstavitvi. Profesorji so pri svojih predmetih z dijakinjami in dijaki izpeljali številne projekte, nekatere tudi kot partnerji drugih šol.

Katere učne vsebine so v ospredju v posameznih letnikih? Ravnatelj razloži, da dijakinje in dijaki prvih letnikov pouk začnejo z intenzivnim jezikovnim tednom. Korošci ga preživijo na Filozofski fakulteti Univerze v Ljubljani, slovenski državljani pa na tečajih nemščine na celovški univerzi. V drugem letniku jim med športnim tednom ponudijo več športnih dejavnosti; teden dni preživijo v kraju Mondsee v zvezni deželi Salzburg. V tretjem letniku spoznavajo znamenitosti glavnega avstrijskega mesta in teden dni preživijo na Dunaju. V četrtem letniku je ponovno na vrstni intenzivno jezikovno izobraževanje, pri čemer lahko izbirajo med angleščino in italijanščino. Kadar se razred odloči za angleščino, gredo v London, kadar pa se odloči za italijanščino, gredo v Firence. V začetku petega letnika jih na povabilo Zavoda za šolstvo Republike Slovenije čaka štiridnevna obvezna strokovna ekskurzija po Sloveniji, kjer spoznavajo predvsem tiste kraje, kamor se sami najbrž ne podali. »Na šoli vsako leto gostuje tudi angleško gledališče z Dunaja. Pred njihovim prihodom skupaj naštudiramo besedilo, da predstavi brez težav sledijo. Tudi sami imamo zelo močno odrsko dejavnost, v katero se vključujejo dijaki vseh letnikov in tudi dijaki in dijakinje enoletno gospodarske šole. Skupino vsa leta vodi domačin, režiser Marjan Štikar. Vsako leto maja pripravijo prireditev oziroma predstavo. V zadnjih letih so pripravili Cankarjevega *Martina Kačurja* in Schillerjeve *Razbojnike*.«

Koliko njihovih absolventk in absolventov nadaljuje študij na univerzi? »Približno polovica se jih takoj zaposli, ker so naši absolventi kljub krizi predvsem zaradi svoje dvojezičnosti zelo iskani, druga polovica pa študij nadaljuje v najrazličnejših univerzitetnih programih. Nekaj naših absolventk je zelo uspešnih v gastronomiji in prevzemajo vodilne funkcije v prestižnih evropskih hotelih. V njih naši dijaki opravljajo tudi obvezno prakso.«

V šolskem letu 2011/12 je na šoli 124 učencev. Ravnatelj pove, da na šoli nimajo paralelnih razredov, ker Konvent nima namena šole širiti, kar pomeni, da vsako leto lahko izbirajo med večjim številom prijavljenih učencev.

Irena Destovnik[1]

TRGOVSKA AKADEMIJA PRIPRAVLJA NA ŠTUDIJ IN POKLIC

Junija 2010 je Dvojezična zvezna trgovska akademija v Celovcu, ustanovljena leta 1990, praznovala 20-letnico, junija 2011 pa je na njej maturirala že 17. generacija maturantov in maturantk; skupno število vseh dijakinj in dijakov, ki so končali šolanje, se je tako povzpelo že na 405.

Kot je razvidno iz smernic Evropske unije za maturo leta 2013, morajo dijaki poklicnih višjih šol v Avstriji poleg mature, kot jo imajo gimnazije, izdelati tudi maturitetno projektno nalogo in diplomski izpit, kot to nalogo poimenujejo najnovejše smernice. Tim največ petih in najmanj dveh dijakov mora na približno 80 straneh znanstveno obdelati izbrano temo, v njej pa s podpisom jamčiti, da so jo izdelali sami. Naloge se naj ne bi lotil en sam dijak, ker se dijaki ob skupnem delu urijo tudi v timskem delu. Z gospodarstvom povezano temo, ki si jo izberejo sami, morajo dijaki strokovno obdelati, napisati v zunajšolskem času, vsak dijak pa naj bi zanjo porabil najmanj sto ur. Temo, naslov in člane projektne skupine morajo dokončno potrditi do konca septembra, čas za predstavitev nalog pa je formalno sicer do konca šolskega leta, vendar pa v praksi priprava zgleda tako, da si dijaki teme okvirno izberejo že konec četrtega letnika, jeseni pa steče formalni postopek, tako da lahko nekaj dela opravijo že med počitnicami. Dijaki petega letnika imajo poleg dela na projektni nalogi še precej dela z učenjem nove učne snovi in s ponavljanjem za maturo, zato naloge predstavijo do konca februarja, saj je drugi semester namenjen predvsem pripravi na maturo. Maturitetne projektne naloge oziroma po novem diplomske naloge dijakinje in dijaki izdelujejo s pomočjo mentorjev, nosilcev predmeta PMPA – Projektni management.

Konec septembra TAK na Deželni šolski svet v uradno potrditev pošlje za vsako posamezno nalogo pridobljen projektni nalog. Projektni nalog dijaki pridobijo z žigom podjetja, v katerem nameravajo raziskovati, in s katerim podjetje potrdi, da se strinja s temo načrtovane naloge. Če se Deželni šolski svet s čim ne bi strinjal, bi na šolo takoj poslal uradno sporočilo.

V razgovoru z ravnateljico Dvojezične zvezne trgovske akademije, Majo Amrusch-Hoja, sem izvedela, da se nove smernice Evropske unije, določene že za maturo leta 2013, skoraj ne razlikujejo od sedanjih. Novost je le v tem, da maturitetnih projektnih nalog po novem ne bo ocenjeval le spraševalec, temveč tudi maturitetna komisija, in to preden so dijaki prepuščeni k maturi.

Brez izdelane in pozitivno ocenjene diplomske naloge dijaki k maturi sploh ne morejo pristopiti. Ravnateljica opozori, da so do sedaj dijaki lahko napredovali v naslednji razred z eno negativno oceno, od letošnje-

1 Članek je nastal na podlagi razgovora z ravnateljico Dvojezične zvezne trgovske akademije, Majo Amrusch-Hoja, in na podlagi Letnega poročila za šolsko leto 2010/11.

Vse trgovske akademije v Avstriji so zelo dobro opremljene z računalniki.
Foto: Arhiv TAK, Celovec

ga šolskega leta pa v naslednji razred lahko napredujejo celo z dvema negativnima ocenama. Tudi k maturi so do sedaj lahko pristopali z eno negativno oceno, od sedaj pa tudi to ni več mogoče. Isto velja tudi za diplomsko nalogo. Po novem torej lahko maturo opravljajo samo dijaki brez negativnih ocen in s pozitivno ocenjeno diplomsko nalogo. Ravnateljica pravi, da »sedanja možnost prehajanja v višji razred s kar dvema negativnima ocenama in novi pogoji za opravljanje mature za dijake gotovo niso olajšanje, ker bodo možnost prehajanja v višje razrede pred maturo gotovo na nek način podcenjevali«.

Pri temah za diplomske naloge se dijaki odločajo med dvema strokovnima smerema: gospodarsko in informacijsko tehnologijo ter športnim in kulturnim managementom; zadnja smer je bila uvedena šele v šolskem letu 2008/09. Za strokovno smer izobraževanja se morajo dijaki odločiti v tretjem letniku. Lanski maturanti so imeli prvi možnost izbirati tudi med obema novima smerema. Ti maturanti – tudi tisti, ki so se odločili za kulturni management – so poleg maturitetnega spričevala prejeli tudi certifikat Zveze športnih organizacij v Avstriji; pri obeh, tako športu in kulturi, pravzaprav ne gre za vsebino, temveč za idejo, produkt ter organizacijski, finančni, marketinški in reklamni načrt, to pa je za obe področji enako.

Dijaki naj bi tudi ne imeli težav z iskanjem podjetij, ker so ta zadovoljna s konkretnimi nalogami, ki jih ti zanje opravijo, pa naj gre za anketiranje o zadovoljstvu z določenimi produkti, bančnimi uslugami ali pa, kadar dijaki zanje izdelajo spletne strani ali marketinški koncept; vsako leto nastanejo številne zelo kreativne naloge. Šoli še nikoli ni bilo treba iskati podjetij v imenu dijakov, pa tudi izbranega podjetja do sedaj še nihče ni zamenjal. Prav tako se še ni zgodilo, da bi kakšen tim razpadel, »saj se v štirih letih dovolj dobro spoznajo, da si znajo, glede na močne strani posameznika, razdeliti naloge«.

V šolskem letu 2011/12 se je 39 dijakinj in dijakov petega letnika odločilo za enajst tem; 45 odstotkov se jih je odločilo za sklop gospodarske in informacijske tehnologije, 55 pa za sklop športnega in kulturnega managementa. Ravnateljica poudari, da si mladi radi izbirajo zelo konkretne in predvsem njim samim bližje teme.

Diplomske naloge morajo biti napisane dvojezično, povzetek pa večjezično. Najprej naloge predstavijo skupinsko, pri maturi pa mora pri tako imenovanem kolokviju vsak od partnerjev odgovoriti na eno ne vnaprej pripravljeno vprašanje o nalogi. To je le en del ustne mature, drugi del je sestavljen iz vprašanj o gospodarskem poslovanju.

Spremljajo poklicno življenje svojih maturantov? Ravnateljica pove, da so naredili že več evalvacij uspešnosti absolventov. V Avstriji je brezposelnost mladih zelo nizka, ker jih šole, kot so trgovske akademije, dobro pripravijo za poklic. Izobraženi so tako dobro, da se lahko tudi takoj po maturi zaposlijo. Prav ta dvojna zmožnost v Avstriji znižuje stopnjo brezposelnosti mladih; s šolanjem na TAK-u si dijaki namreč pridobijo tako splošno kot poklicno izobrazbo. Tisti absolventi, ki nadaljujejo študij – teh je približno dve tretjini – pa si po maturi ne izbirajo samo gospodarsko usmerjenih študijev: študirajo tudi medicino, pravo, jezike. Zaradi dvojne kvalifikacije se lahko zaposlijo tudi med samim študijem. »Danes gospodarstvo zaposluje ljudi z dobrim znanjem, s prakso, komunikativne ljudi, ki znajo nastopati, se predstaviti, napisati prošnjo, ipd. Prav zato na šolo vabimo ljudi iz gospodarstva, da dijakom povedo več o tem, kaj naj absolvent obvlada; to dijake močno zdrami.«

Ker pa se žal po študiju na univerzah tudi absolventi trgovskih akademij na Koroškem težko zaposlijo, jih veliko ostane v kraju študija, nekaj se jih zaposli tudi v tako imenovanih globalnih firmah v večjih mestih. Čeprav je bančništvo na Koroškem vedno potrebovalo dvojezične absolvente, pa se je v zadnjih letih spremenilo tudi to. Kaj pa možnost zaposlitve v alpsko-jadranskem prostoru? »Največ dijakov iz Slovenije se zaposli v Sloveniji, iz Italije pa v Italiji; le peščica se jih je v zadnjem času zaposlila v koroških bankah.«

O strukturi dijakinj in dijakov ravnateljica pove, da iz Slovenije letno prihaja okoli 20 odstotkov dijakov, pa tudi številni v avstrijskih podjetjih zaposleni Slovenci svoje otroke pošljejo na TAK. »Zaradi slovenščine, ki jo govorijo ti dijaki, vsi v razredu precej pridobijo. Tega, da so dijaki iz različnih kulturnih in jezikovnih okolij pet let skupaj, ne more nadomestiti noben jezikovni tečaj.« Šola v zadnjem času ponuja še dva jezikovna izbirna predmeta: hrvaščino in ruščino. Pri pouku tujih jezikov sodelujejo asistenti – *native speakerji* iz Slovenije, Italije in Anglije ali ZDA. Ti tako imenovani asistenti so v razredu skupaj s profesorji in se posvečajo individualnemu delu s skupinami dijakov.

Prvi letniki vseh treh slovenskih oziroma dvojezičnih višjih šol na Koroškem se vsako jesen udeležijo osemdnevnega jezikovnega tečaja na Centru za slovenščino kot drugi jezik v Ljubljani, ki ga organizira Ministrstvo za šolstvo in šport Republike Slovenije. Dijake prvega letnika po

Dijakinje in dijaki četrtega letnika se vključijo v učno firmo, ki je nekakšna simulacija poslovanja v pravem podjetju.
Foto: Arhiv TAK, Celovec

testiranju jezikovnega znanja razdelijo v skupine. Vse trgovske akademije že tretje leto testirajo tudi začetno znanje angleščine in matematike, kar je hkrati *feed back* za šole, iz katerih dijaki prihajajo. Na podlagi diagnostičnih testov nato izdelajo individualne načrte in organizirajo dodatne ure. Testiranje ponovijo v drugem semestru.

Pogoj za vpis na TAK je končana osma šolska stopnja. Večina dijakov prihaja iz Slovenske gimnazije in glavnih šol iz Podjune, Roža in Celovca, nekaj tudi z Zilje, nekaj posameznikov, ki še ne znajo dobro slovensko, pa tudi iz gimnazij z nemškim učnim jezikom. Gimnazijci nimajo sprejemnih izpitov, vsi drugi pa morajo opraviti sprejemne izpite iz matematike, angleščine in nemščine.

V Celovcu so bile tri trgovske akademije, poleg TAK še nemški HAK 1 in HAK 2, ki pa sta zdaj združeni v eno šolo. Maja Amrusch-Hoja doda, da je vpis na TAK kljub demografskim spremembam v zadnjih letih naraščal. Kaj pritegne dijaka, ki ni pripadnik slovenske narodne skupnosti, da se vpiše na dvojezično TAK? »To, da znajo po končanem šolanju en jezik več, kar je tako za gospodarstvo kot upravo na tem območju velika prednost. Učni programi so na vseh trgovskih akademijah isti, le da sta na naši še dvojezični pouk in slovenščina, zato imamo več obveznega pouka kot na šolah z nemškim učnim jezikom. Letos se je na šolo vpisalo 31 dijakov, v 5. letniku jih je 39, 4. in 5. letnik sta paralelna, imamo pa po en močan 1., 2. in 3. letnik. Na TAK razred deli šele 37. dijak. Imamo pa možnost delitve dijakov pri nekaterih predmetih, tako pri jezikih razred deli 26. dijak, pri delu z računalniki pa 16.« Ravnateljica še poudari, da na šoli nimajo disciplinskih težav, kar je najbrž posledica majhnega števila dijakov, vsi se namreč med seboj dobro poznajo, tako dijaki, profesorji kot starši.

Vse trgovske akademije v Avstriji so zelo dobro opremljene z računalniki, saj morajo svoje izobraževalne vsebine in metode stalno prilagajati splošnim družbenim potrebam ter vedno hitrejšemu razvoju informacijske tehnologije, spremljati pa morajo tudi za napredek gospodarstva pomembne inovacije. »Na šoli imamo cca 80 računalnikov za 163 dijakov. Prav letos smo kupili nove računalnike in računalniške programe, nakup pa je financiralo avstrijsko Ministrstvo za pouk.« Načrtujejo tudi gradbeno prenovo, ki bo omogočila kooperativno odprto učenje, kar pomeni, da se bodo prostori uporabljali kar se da mobilno. Razredi ne bodo statični, temveč se bodo lahko vsak trenutek spreminjali ali za rabo v manjših ali večjih skupinah ali za frontalna predavanja. Osemnajstmesečna gradnja, med katero se bo prenovila celotna hiša, tudi prostori Slovenske gimnazije, naj bi se začela 2. aprila 2012. »Močna postavka je tudi izobraževanje učiteljev. Danes lahko dijaki znanje pridobijo na več mestih, tako da bi moral profesor biti nekakšen *coach*, ne pa zgolj posredovalec snovi.«

Na vseh trgovskih akademijah tako v Avstriji kot tudi Sloveniji se dijaki 4. letnika vključijo v učno firmo, ki je nekakšna simulacija poslovanja v pravem podjetju. V prostoru, ki se imenuje gospodarsko-poslovni center in je zelo moderno opremljen, deluje pet oddelkov, od nabave, prodaje, računovodstva, do marketinga in tajništva, v katerih so dijaki fiktivno zaposleni. Vse deluje kot v pravem podjetju, le blago in denar sta fiktivna.

Iz letnega poročila za šolsko leto 2010/11 je razvidno, da so dijakinje in dijaki tudi v tem šolskem letu izpeljali številne uspešne projekte s področja gospodarstva, kulture, medijev in športa. Šolske predmete so dopolnjevale še številne druge zunajšolske dejavnosti, kot so ekskurzije, jezikovni in športni tedni, gledališke predstave, dnevi odprtih vrat in predstavitve projektov, pripravili pa so tudi koncert in maturantski ples. Vse naštete dejavnosti so z obveznimi šolskimi predmeti gradile temelje za nadaljnjo poklicno in življenjsko pot maturantk in maturantov Dvojezične zvezne trgovske akademije.

Prav tako so v preteklem šolskem letu pripravili tudi nekaj strokovnih predavanj. Mag. Massinger, vodja kadrovskega oddelka podjetja LKW Walter iz Kufsteina, je dijakinjam in dijakom tretjega letnika predaval o tem, kako pravilno napisati prošnjo za zaposlitev in kako jih pošiljati po spletu. O nastajanju in poslovanju slovenskega podjetja Studio Moderna je dijakinjam in dijakom predaval eden najuspešnejših slovenskih podjetnikov, soustanovitelj podjetja, Sandi Češko, predstavniki Kärntner Sparkasse pa so dijakinje in dijake seznanili z namenom rabe čekov, s pisanjem prošenj in z odgovornim ravnanjem z denarjem.

Od šolskega leta 2008/09 dijakinje in dijaki na začetku četrtega letnika pri predmetu PMPA – Projektni management – izdelajo poslovne načrte in jih v mesecu novembru v delavnicah na tako imenovanem »Dnevu mladih podjetnikov« preverijo s povabljenimi strokovnjaki iz prakse, kot so na primer davčni svetovalci, predstavniki gospodarske zbornice, podjetij in bank. V preteklem šolskem letu so dijaki pod strokovnim vodstvom mag. Sabine Zwitter-Grilc napisali, uredili in izdali tudi šolski časopis *TAK e that*, ki je izšel kot priloga tednika *Novice*.

Darja Ovsenik[1]

OD MILKE IN BANAN DO KOMPLEKSNOSTI IDENTITETE

Avstrijsko Koroško sem spoznavala – tako kot verjetno veliko Slovencev – z očmi otroka, ki so mu izza meje, »kjer je bilo vse boljše«, nosili banane in »ta boljšo« čokolado. Da ni ostalo pri tej podobi, so poskrbeli čas in nove geopolitične silnice, nekaj pa gotovo študij geografije in slovenistike na ljubljanski filozofski fakulteti. Zanimanje za manjšine je rodilo idejo za interdisciplinarno diplomsko delo pod mentorstvom profesorjev dr. Jerneja Zupančiča in dr. Marka Stabeja z naslovom Geografska in sociolingvistična analiza identitete koroških Slovencev: Primer dvojezične trgovske akademije v Celovcu. Za učenim naslovom se skriva predvsem raziskovalna žilica, ki me je neustavljivo potegnila na »odprto morje« študijskega preučevanja, kar je kot posledico prineslo spoznanje in končno tudi skromno priznanje, da je raziskan le delček mozaika kompleksnosti identitete in dela našega narodnega telesa, o katerem v času Evropske unije niti ne moremo več reči, da biva na drugi strani meje. Ali pač …

Vse se začne pri teoriji

Tako kot vsako študijsko delo se je tudi moje začelo pri spoznavanju teorije, brskanju po literaturi in iskanju ljudi, ki so pristojni za dajanje informacij s preučevanega področja. Na prvi pogled bi kdo morda izrazil celo začudenje, kako je sploh mogoče združiti tako različni vedi, kot sta geografija in lingvistika. A že s površinskim pregledom polja preučevanja dobimo odgovor, da se del družbene geografije ukvarja tudi s problematiko manjšin, jezikoslovje pa ne le z jezikom samim, ampak širše z njegovo rabo, vlogo in funkcionalnostjo, vse skupaj pa sem postavila pod (v današnjem času morda še posebej) izredno občutljiv skupni imenovalec identitete. Občutljiv predvsem zato, ker jezika ne moremo postavljati nad vse druge elemente, ki opredeljujejo identiteto nekega naroda, pa čeprav je morda zaradi pojavljanja problematike v javnosti večkrat mogoče dobiti tak občutek.

Geografija v svojem mnogoplastnem raziskovanju družbenih procesov (demogeografija, politična, ekonomska in geografija manjšin, manjšinska politika, idr.) posveča pozornost jeziku kot sredstvu sporazumevanja in

1 Darja Ovsenik, nagrajenka Urada Vlade RS za Slovence v zamejstvu in po svetu v letu 2010, je po izobrazbi profesorica geografije in slovenskega jezika. Svojo izobrazbo s pridom izkorišča pri svojem novinarskem delu, saj se pri enem od vodilnih spletnih medijev v Sloveniji, Planetu Siol, posveča predvsem problemom s področij geografije in slovenskega jezika ter kulture. Še bolj kot izobrazba pa sta jo izoblikovala dolgoletno vodenje skavtskih skupin ter učenje plesa, ki je še danes njen način življenja in hobi.

tudi identifikatorju (narodne) identitete, kar pa je z vidika sociolingvistike prav tako eno od področij raziskovanja jezika. Njeno polje raziskovanja je široko, hkrati pa sega na mejo med znakovnimi in družbenimi vedami. Svojo pozornost med drugim posveča preučevanju jezikovnih skupnosti in navad, jezikovni normi, jezikovni kulturi, jezikovni politiki, vplivu družbenih dejavnikov na izoblikovanje vrednostnih meril za jezikovno delovanje, jeziku in narodni identiteti, prostorskemu in socialnemu jezikoslovju, jezikom v stiku in tudi boju za pravice jezika slovenskih manjšin.

V prvem delu sem se lotila predstavitve fizično- in družbenogeografskih značilnosti naselitvenega območja koroških Slovencev, pravne ureditve položaja in socialnoekonomskega statusa manjšine ter njene poselitvene dinamike, nato pa različnih znanstvenih pristopov pri preučevanju narodnih manjšin, opredelitev dvojezičnosti, rabe jezika, teorij izbire in ohranjanja jezika znotraj dvojezičnega okolja. Ker sem se odločila za empirično delo znotraj manjšinskega šolstva, ki je pomemben motor jezikovnega dogajanja v manjšini, sem predstavila tudi njegovo zgodovino ter takratno organiziranost in delovanje.

Večjezičnost hkrati blagoslov in pokora

Pri tem se na raziskovano temo najbolj navezujejo teoretične opredelitve in iskanja v smeri jezika kot enega najoprijemljivejših (vsekakor pa ne izključno pogojujočih) elementov identitete, ali kot ugotavlja Zupančič: »Ker sodita jezik in jezikovna komunikacija med najpomembnejše in obenem tudi najoprijemljivejše elemente identitete, je ugotavljanje komunikacije ključnega pomena pri ugotavljanju pogojev ohranjanja narodne oziroma etnične identitete.« Na kompleksnost pa opozarja Stabej: »Simbolna, identitetna razsežnost jezika je zmeraj večplastna in ni povezana samo z nacionalno identiteto,« ki jo aktualno umesti še v evropski kontekst: »Večjezičnost je hkrati blagoslov in pokora, hkrati uganka in rešitev. Večjezičnost je evropsko dejstvo in evropska vrednota, toda kompleksna in problematična.«

Je identiteta sploh merljiva?

Ob ugotovitvah tako geografov kot jezikoslovcev se zelo hitro porodi vprašanje, ali je identiteta sploh merljiva oziroma ali jo je mogoče na prekrivnem področju z jezikom sploh »ujeti« v znanstveno raziskovanje. Zadržki se pojavljajo že ob analizah gradiva, ki je bilo do sedaj zbrano s statističnimi popisi (ob katerih še vedno burijo duhove že same kategorije tako imenovanega in slabo opredeljenega občevalnega jezika vindiš in različnih jezikovnih kombinacij) in terenskimi zbiranji podatkov, ki so doživeli kritike na račun njihove znanstvene rabe. Zupančič je identiteto razčlenil na kulturno-jezikovno, zgodovinsko (izvor), gospodarsko-socialno in politično komponento, od katerih sta prvi dve najpomembnejši, kar se izkaže tudi na primeru slovenske manjšine v Avstriji, katere obstoj se nanju preživetveno naslanja: »Manjšinska skupnost se mora zaradi ogroženosti objektivnih prvin gospodarske in politične komponente narodne identitete dodatno naslanjati na jezik in kulturo ter vzgojo zavesti pripadnosti, če hoče etnično preživeti.« Kako jo torej meriti?

Teren ali kako teorijo najti v praksi

Pravo delo, ki prinaša nove rezultate in pritrjuje/nasprotuje teoriji ter neizogibno odpira nova vprašanja, se je s pripravo sodelovanja, vprašalnikov za dijake in vodenih intervjujev z vodstvom Dvojezične trgovske akademije v Celovcu ter navezovanjem kontaktov šele začelo. Marsikateri vidik manjšinskega šolstva je pomagal osvetliti starosta poznavanja manjšinskega šolstva in šolski inšpektor dr. Teodor Domej, vsekakor pa je k dobri pripravi in izvedljivosti pomembno prispevala sama ravnateljica šole, mag. Maja Amrusch-Hoja, ki mi je zaupala že izvedene raziskave na šoli, publikacije, predstavila delovanje in odprla vrata raziskovanju.

Statistični vzorec raziskovanja je tudi z njeno pomočjo obsegal visok odstotek dijakov šole, tj. 149 ali 92 odstotkov vseh dijakov, ki so Dvojezično trgovsko akademijo obiskovali v šolskem letu 2008/09. Njihovo sodelovanje je bilo kljub razmeroma dolgemu in mestoma težko razumljivemu vprašalniku (predvsem za dijake, ki jim znanje slovenskega knjižnega jezika dela nekaj težav – večinoma se je to kazalo v prvem letniku) dobro in učinkovito.

Geografsko zaledje šole: mnogo širše od avstrijske Koroške

Dvojezična trgovska akademija že v svojem osnovnem poslanstvu nakazuje svojo alpsko-jadransko usmeritev: »Naša izobraževalna ponudba odpira naši mladini poklicne možnosti za prihodnost in jim omogoča vstop v večjezični delovni svet alpsko-jadranskega prostora …« Da je njena ciljna publika pestro zastopana, so pokazali tudi rezultati zaledja šole: 71 odstotkov jih prihaja iz Avstrije, 21 odstotkov iz Slovenije, en dijak ima stalno prebivališče v Italiji, 7 odstotkov dijakov pa ni želelo posredovati odgovora o državi stalnega prebivališča. Dijaki tako prihajajo iz treh različnih držav, večina iz Avstrije (največ iz avstrijske Koroške – Celovca in južnega dela dežele). Preseneča predvsem dejstvo, da zaledje šole v Sloveniji še zdaleč ne dosega le bližnjih (statističnih) regij, kot je Gorenjska, temveč tudi Osrednjeslovensko, Savinjsko, Pomursko, Obalno-kraško in Koroško regijo. Če prištejemo še dijaka iz Italije, lahko zaledje šole geografsko in tudi jezikovno označim za široko, predvsem pa sem bila zaradi tega prisiljena pri sami metodologiji in statistični obdelavi upoštevati dejstvo, da ne gre le za koroške Slovence in nanje vezane pojave.

Državljanstvo dijakov razkrilo več od pričakovanega

Glede na to, da so vzorec sestavljali nepolnoletni mladostniki, ki si državljanstva niso izbrali sami, je vprašalnik vseboval tako vprašanje o dijakovem kot državljanstvu staršev. S tem sem (poleg še nekaterih drugih vprašanj) dobila bolj popolno sliko o tem, od kod izvirajo družine, prav tako o zakonih ali partnerskih skupnostih staršev (po državljanstvu homogeni ali t. i. mešani zakoni). Postavljanje vprašanja o narodnosti dijakov in staršev, ki bi nam dala uporabne podatke za povezavo med narodnostjo, jezikom in identiteto, so mi namreč zaradi zaščite osebnih podatkov v Avstriji odsvetovali.

Največ dijakov je imelo avstrijsko državljanstvo, tisti iz Slovenije večinoma slovensko, dijakov z drugimi državljanstvi pa je bilo zelo malo, a prav ti (bosansko, hrvaško, srbsko, italijansko, armensko) so razkrivali, da gre za posebno skupino, ki ne pripada avtohtoni slovenski manjšini. Po zgodovinskih podatkih, ki jih je potrdilo tudi vodstvo šole, gre večinoma za družine, ki so se v Avstrijo preselile zaradi političnih nemirov na Balkanu v devetdesetih letih prejšnjega stoletja. Njihovi otroci – dijaki šole so bili v času selitev še zelo majhni ali pa so se rodili po prihodu staršev v Avstrijo.

Socialnoekonomski status staršev dijakov drugačen od tistega v poročilih

Po izobrazbeni strukturi pri starših dijakov prevladuje srednja poklicna, sledi pa visokošolska izobrazba (tu ni bilo razlik med starši iz Slovenije in Avstrije). Rezultat je pokazal, da struktura staršev dijakov trgovske akademije po izobrazbi ne odseva ugotovitev poročila o Koroški (Reiterer idr. 2004: 229–261), v katerem ugotavljajo, da je na visokokvalificiranem področju z akademsko izobrazbo delež slovenskih zaposlenih dvakrat večji kot pri večinskem prebivalstvu.

Ker pa se izobrazbena struktura ne odraža vedno tudi na poklicni in s tem povezani dohodkovni in statusni ravni, je sledilo vprašanje o zaposlitvenem položaju staršev. Z njim smo želeli preveriti, ali lahko govorimo o t. i. socialni eliti, ki določa novo podobo manjšine v primerjavi s starejšo generacijo, ki jo je zaznamovala stigma socialne šibkosti nasproti večini in z njo povezan status v družbi. Tudi to se na vzorcu staršev dijakov ni izkazalo: največjo skupino (okrog tretjina) je predstavljal delavski razred, sledili so nameščenci in uradniki. Zanimiv podatek kaže, da je med starši dijakov, ki prihajajo iz Slovenije, četrtina takih, ki prihajajo iz vrst samostojnih podjetnikov ali delavcev. Stanje kaže na to, da je med starši na eni strani precej oseb z dobrim socialnim statusom (podjetniki in nameščenci), ki jih lahko uvrščamo v zgornji ali srednji socialni razred, hkrati pa ravno tako velik delež tistih, ki za gospodarske družbe delajo kot delavci (nižji ali nižji srednji razred).

Zupančič meni, da je pri statusu manjšine pomembna slojevitost manjšinske družbe, saj tisti, ki so nižje na socialnoekonomski lestvici, prispevajo k ohranjanju jezika in dela kulture, tisti, ki so višje, pa prispevajo k ugledu, vplivajo na politični položaj, pri čemer vedno obstaja bojazen, da se ta sloj začne identificirati z večino, kar jim da novo identiteto.

Materni jezik staršev

Rezultati o državljanstvu ne morejo dati podatkov o narodnostni in jezikovni identiteti družin dijakov, zato sem jezikovno ozadje družin poskušala izluščiti iz vprašanja o maternem jeziku staršev. Pričakovano (glede na sklepanje, da dvojezični starši vpišejo otroke na dvojezične šole) je materni jezik več kot polovice staršev slovenščina (okoli 58 odstotkov), sledi nemščina (18 odstotkov), za 7 odstotkov pa so to hrvaščina, bosanščina, nemščina in slovenščina (oba kot materna jezika vsaj enega od staršev), srbščina, za odstotek staršev pa še madžarščina, armenščina, srbohrvaščina (kot posebna kategorija po navedbi dijaka) in italijanščina.

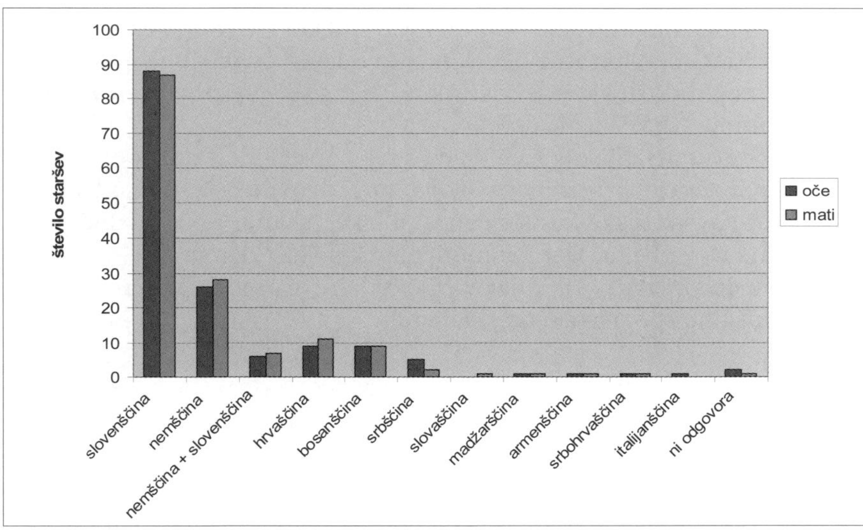

Graf 1: Materni jezik staršev dijakov
Vir: Valnik za dijake Dvojezične trgovske akademije v Celovcu, 2009; N = 149

Znanje jezikov dijakov po samoocenjevalni lestvici Sveta Evrope

Jezikovne usposobljenosti dijakov zaradi načina izvedbe in pravne podlage nisem mogla preverjati, zato sem se odločila za uporabo t. i. samoocenjevalne lestvice Evrope, po kateri so dijaki sami (subjektivno in s pomočjo opisnih kategorij) ocenili svojo jezikovno raven. Pri oceni znanja nemščine je največ dijakov ocenilo svoje znanje na najvišji stopnji usposobljenega uporabnika, za slovenščino pa so bili rezultati že nekoliko slabši – delež usposobljenih uporabnikov je bil sicer še vedno najvišji, a je bil delež samostojnih uporabnikov (stopnja nižje) višji kot pri odgovorih za nemščino. Rezultati dijakov, ki prihajajo iz Avstrije, so primerjalno s slovenskimi pokazali, da se je za znanje na najvišji ravni odločilo skoraj 60 odstotkov, kar je visok delež glede na to, da živijo v Avstriji, po drugi strani pa nizek, kot bi morda pričakovali glede na dvojezično usmeritev šole, torej da je to eden od učnih jezikov (in ne predmetov) pri pouku. Med njimi jih več kot tretjina prihaja iz družin, v katerih je materni jezik obeh staršev slovenščina.

Čas in okolje usvajanja slovenščine

Rezultati o začetku učenja slovenščine ob sopostavitvi v časovni okvir z nemščino kažejo, da se je skoraj polovica dijakov slovenščino učila že pred nemščino, a če iz vzorca izvzamemo dijake iz Slovenije, za katere je rezultat pričakovan, in tiste, ki niso označili države stalnega bivališča, je delež le še 36-odstoten, torej se jih je le nekaj več kot tretjina z jezikom manjšine spoznala pred jezikom večine. Manj kot tretjina vseh dijakov se je slovenščino učilo hkrati z nemščino, 17 odstotkov pa jih je naprej znalo nemščino. Malo dijakov (8 odstotkov) se je s slovenščino prvič spoznalo z vpisom na trgovsko akademijo.

Skupni rezultati dijakov kažejo, da se je največji delež dijakov slovenščine naučil znotraj primarnega okolja, torej družine – največ od staršev (velja tako za avstrijske kot slovenske dijake), sledilo je usvajanje preko starih staršev, v okolju, kjer živijo in v ljudski šoli, kjer se je je učil predvsem velik delež avstrijskih dijakov. Od njih jih je precej označilo tudi, da se s slovenščino spoznavajo na akademiji.

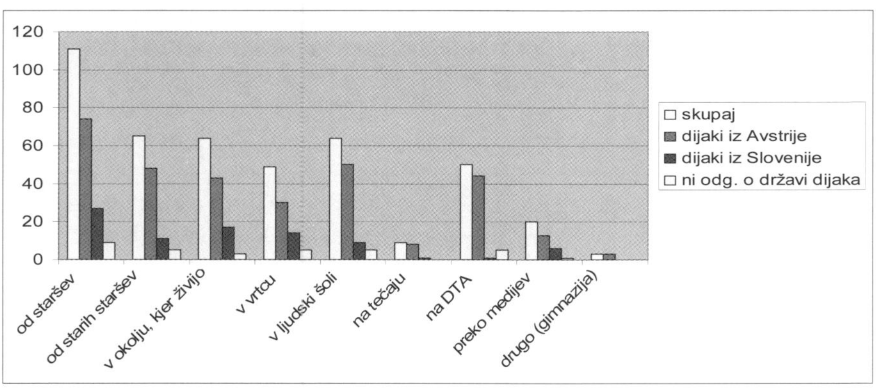

Graf 2: Okolje učenja slovenščine
Vir: Vprašalnik za dijake Dvojezične trgovske akademije v Celovcu, 2009; N = 149

Le slovensko samo še s starimi starši

Podatki kažejo, da je več družin, v katerih se dijaki s starši pogovarjajo večinoma ali samo v slovenščini, s svojimi brati in sestrami pa jih je več, ki se pogovarjajo mešano (slovensko in nemško). Odstotek uporabe mešanega jezika je najmanjši pri sporazumevanju z očeti, največji pa pri sporazumevanju s prijatelji (44 odstotkov). Jezikovna podoba sporazumevanja s starimi starši kaže, da se jih kar 56 odstotkov pogovarja zgolj ali večinoma v slovenščini, malo pa v nemščini, kar pomeni, da je kljub jezikovno pestri sestavi družin dijakov veliko takšnih, ki so s slovenstvom povezani preko rodu (odstotek starih staršev, s katerimi se dijaki pogovarjajo v slovenščini, je večji kot delež staršev). Kljub temu pa razlika ni tako velika, kot se pokaže pri sporazumevanju s prijatelji.

Ne glede na to, iz katere države dijaki prihajajo, rezultati kažejo, da je jezikovna sestava sporazumevanja v najbližjem, primarnem okolju dijakov pestra, velik delež pa zavzema slovenščina, ki jo največ uporabljajo pri komuniciranju s starimi starši, najmanj oziroma najbolj mešano z nemščino pa s prijatelji. Dijaki tako slovenski jezik večinoma ohranjajo znotraj tistih družin, ki so kljub poskusom asimilacije očitno uspele slovenščino ohraniti in jo tudi posredovati mlajšemu rodu. Med drugimi jeziki, s katerimi se dijaki sporazumevajo z očeti, so hrvaščina in nemščina (mešana raba), bosanski jezik, sicer pa so dijaki navajali še naslednje jezike za sporazumevanje z družino in s prijatelji: bosanski in nemški, hrvaški, hrvaški in slovenski, srbski, srbski in slovenski, srbohrvaški, slovenski in srbohrvaški, italijanski, italijanski in slovenski, slovaški, nemški in slovaški, armenski, en dijak pa tri od navedenih jezikov.

Glede na predhodne podatke o državljanstvu staršev je to vprašanje še dodatno poglobilo uvid v narodni izvor družin, ki je narodnostno pester in celo več kot alpsko-jadranski, saj sega na širše območje regije (dijaka z armenskimi in s slovaškimi koreninami).

Jezik med poukom

Za uporabo jezika med poukom je vprašalnik predvidel dva dela: z učitelji in s sošolci. Največ se jih z učitelji v šoli pogovarja mešano, samo in večinoma slovensko, drugi pa mešano nemško-slovensko (rezultat se pri avstrijskih dijakih ni bistveno razlikoval). Zunaj šole se z učitelji avstrijski dijaki največ pogovarjajo v slovenščini ali dvojezično, kar povezujemo s tem, da so večinoma vsi učitelji s slovenskimi koreninami, zaradi česar se verjetno tudi dijaki večkrat odločajo za sporazumevanje v slovenščini (niso pa zavezani k temu, saj zunaj šole ne veljajo šolska pravila).

Zanimiv rezultat glede rabe slovenščine je tudi, da raba glede na neformalnost položaja raste – zunaj šole in med odmori se več dijakov odloči za slovenščino kot med poukom, za nemščino pa velja enako: več dijakov iz Avstrije se zunaj šole odloči za komunikacijo v nemščini (a delež nemščine ostaja manjši glede na slovenščino). Povezave podatkov posameznih dijakov glede na govorni položaj (med poukom, odmori in zunaj šole) kažejo, da se večina dijakov podobno sporazumeva povsod –

malo je takih, ki v položajih, povezanih s šolo, bistveno spremenijo izbiro jezika, kar še posebej drži za komunikacijo s sošolci.

Dijaki se s svojimi vrstniki v šoli sporazumevajo drugače kot z učitelji – predvsem uporabljajo več nemščine in mešanega jezika. Pri prostovoljni izbiri jezika dijaki več posegajo po nemščini, saj jim je komunikacija v njej očitno lažja. Pri dijakih iz Slovenije pa povečan delež pomeni, da se pri komunikaciji z vrstniki bolj prilagodijo večini (nemško govorečim), a kljub temu velja, da več kot polovica vseh dijakov uporablja slovenščino ali vsaj mešano nemščino in slovenščino. Tudi po stikih z dijaki petega letnika in ob vtisu s hodnikov v šoli sem prišla do ugotovitve, da je izbira jezikov večinoma mešana, zagotovo pa ne le slovenska ali le nemška.

Sporazumevanje v okolju bivanja

Glede na formalnopravno zagotovilo možnosti uporabe manjšinskega jezika na dvojezičnem območju se na tem mestu osredotočam na avstrijske dijake: približno polovica je odgovorila, da v okolju stalnega bivanja na uradih uporablja zgolj nemščino, tretjina večinoma nemško, malo pa slovenščino, te največ uporabljajo pri zdravniku. Ob tem se porajajo pomisleki, ali formalnopravno omogočena raba obeh jezikov tudi zares obstaja, če je realnost glede na odgovore dijakov pravzaprav drugačna. Uporaba slovenščine pri nakupovanju pa kaže na ekonomsko vrednost jezika – prilagajanje prodajalcev na potrebe trga je dovolj močno prisotno, da dijakom daje možnosti in spodbude, da se odločijo za uporabo manjšinskega jezika.

Drugi sklop vprašanj sporazumevanja v okolju se je nanašal na okolje prostočasnih dejavnosti: kulturnih, športnih, društvenih in cerkvenih. Avstrijski dijaki največ slovenščine uporabljajo, ko se udeležujejo prireditev slovenskih društev, najmanj pa pri športnih dejavnostih, kjer jih skoraj polovica kot prevladujoči jezik uporablja nemščino. Rezultat je pričakovan ob dejstvu, da avstrijski dijaki večinoma prihajajo iz krajev z avtohtono slovensko poselitvijo, kjer se še posebej pri kulturnih prireditvah lahko sporazumevajo v slovenščini, saj v društvih, ki so v prvi vrsti namenjena Korošcem s slovenskimi koreninami, tudi najdejo sogovorce.

Izbira jezika v neformalnih položajih mladih

Zanimala me je tudi jezikovna izbira dijakov v precej neformalnih položajih, kot je svetovni splet, ob srečanjih z vrstniki na zabavah in v barih. Ameriški profesor komunikacije Howard Giles (Novak Lukanovič 2003: 38–62) to področje obravnava na podlagi akomodacijske teorije ali teorije prilagajanja, ki izhaja iz domene, da so posamezniki v družbeni interakciji motivirani, da prilagodijo ali spremenijo svoj govorni stil ali jezik glede na sogovorca, z namenom, da bi dosegli enega ali več ciljev – da bi izzvali poslušalčevo priznanje, da bi zmanjšali ali pa poudarili svoje jezikovne (in posredno tudi družbene) razlike, dosegli sporazumevalno učinkovitost med udeleženci interakcije ali ohranili pozitivno družbeno identiteto. Glede na teorijo govorci spreminjajo svojo izbiro jezika ne zaradi konteksta (vsebine), ampak največkrat zaradi osebe, na katero naslavljajo govor.

Rezultati so pokazali, da avstrijski dijaki na svetovnem spletu skoraj ne uporabljajo slovenščine, ampak nemščino, skoraj tretjina pa vendarle mešani jezik ter seveda angleščino kot globalni jezik. V okolju gostinskih lokalov so rezultati zelo podobni uporabi na spletu: več kot polovica jih uporablja nemščino, tretjina oba koda, je pa hkrati večji delež (11 odstotkov) tistih, ki se večinoma odločijo za slovenščino. Če smatramo zasebne zabave za tisti najbolj neformalni položaj, se tam dijaki v primerjavi s prejšnjima dvema nekoliko več odločajo za sporazumevanje v slovenščini, a se jih podoben delež odloča le za nemščino ali uporabo obeh hkrati.

Slovenska narečja v družini, nemška s prijatelji

Po raziskavah poročila o Koroški (Reiterer idr. 2004) v mlajših družinah in bolj urbanem okolju starši z otroki ne govorijo več večinoma v narečju, temveč v slovenskem knjižnem pogovornem jeziku. Pomemben razlog za to je zagotovo socialnoekonomska preobrazba znotraj narodne skupnosti, upočasnitev asimilacije in višja jezikovna usposobljenost, ki je povezana z višjo izobrazbo, ter tudi izoblikovanje podobnih socialnih struktur in podobnih trendov kot v večinskem prebivalstvu. V vprašalnik sem vključila tako vprašanje o slovenskih kot nemških koroških narečjih. Izbira se je izkazala za pravilno, saj so rezultati izkazali številčno večjo aktivno uporabo koroških nemških kot slovenskih narečij: kar 82 odstotkov avstrijskih dijakov razume in govori nemška in 60 odstotkov slovenska koroška narečja.

Vzroke za takšno stanje so dali naslednji rezultati o tem, s kom jih uporabljajo. Med dijaki, ki enega od narečij aktivno govorijo, so prevladovali taki, ki ga uporabljajo v sporazumevanju z družino in s prijatelji. Dijaki z znanjem katerega od nemških koroških narečij pa so v večini zapisali, da jih uporabljajo s prijatelji/znanci in manj v družini. Tako lahko tudi za nemška koroška narečja po rezultatih sklepam, da so prisotna v vsakdanjem življenju dijakov in ne predstavljajo tiste zvrsti jezika, ki bi jo uporabljali le v točno določenih okoliščinah, v določenem krogu ljudi ali ob določenih priložnostih.

Odločanje za slovenščino glede na sporazumevalne položaje

Dijaki so se v vprašalniku srečali z vprašanjem pogostnosti uporabe glede na to, ali besedila v slovenščini slišijo, berejo ali so njihovi aktivni tvorci. Najzanimivejše ugotovitve se naslanjajo na podatke, da slovenščino večinoma slišijo v šoli (razumljivo, saj naj bi učitelji polovico učnih vsebin posredovali v slovenščini) in domačem okolju, kar pomeni, da je še vedno stalno prisotna v njihovem najbolj primarnem okolju, a jo tam redkeje uporabljajo kot svoj jezik sporočanja. Pri branju časopisov in revij so deleži dijakov po pogostostnih skupinah zelo enakomerno razporejeni, največ jih bere občasno, iz česar sklepam, da so jim tiskani mediji v slovenščini dostopni, sicer se ne bi v tako velikem številu opredeljevali vsaj za kategorijo občasno, in jih tudi uporabljajo kot vir informacij, sprostitve, ipd., ne morem pa trditi, da jih večina ta besedila zelo pogosto bere. V primerjavi s slovenskimi dijaki avstrijski slovenska besedila berejo le v določenih okoljih, kjer jih imajo priložnost srečevati ali se z njimi vsakodnevno srečujejo ravno zaradi izbire dvojezične šole, sicer bi bil ta delež verjetno bistveno nižji. Za redno tvorjenje slovenskih besedil sta najbolj plodovita spet šolsko okolje in družina, rezultati pa so še pokazali, da se dijaki večkrat znajdejo v vlogi sprejemnikov kot tvorcev slovenskih besedil.

Ali mladi na Koroškem razvijajo svoj jezik?

Dijaki za sporazumevanje s svojimi vrstniki največ uporabljajo enega od koroških narečij. Ta delež je pri avstrijskih dijakih precej večji (73 odstotkov), medtem ko skoraj vsi vrstniki iz Slovenije uporabljajo sodoben slovenski jezik mladih. Zaradi omejenosti pri dolžini in podrobnosti vprašalnika nisem dobila odgovora, za kakšen jezik dejansko gre – za sleng ali le pokrajinski pogovorni jezik (neknjižna zvrst). Med pogovori z dijaki in opazovanjem medsebojnega sporazumevanja sem imela priložnost opaziti, da avstrijski dijaki nekaterih slengovskih besed mladih iz Slovenije pravzaprav ne poznajo, nismo pa opazili, da bi razvijali svoje v slovenskem jeziku, torej o razvoju slenga, ki bi lahko nakazoval razvoj slovenščine pri mladih na avstrijskem Koroškem, ne morem govoriti. Pri opazovanju pogovorov je bilo slišati predvsem intenzivno mešanje sporazumevanja v slovenskem in nemškem jeziku.

Dijaki iz Avstrije, ki se med poukom večinoma pogovarjajo nemško ali mešano, so mi povedali, da uporabljajo (tako slovenska kot nemška) koroška narečja, ki jih slovenski dijaki težko razumejo, kadar pa pride do sporazumevanja med njimi, se jim trudijo približati z izbiro slovenskega knjižnega ali pokrajinskega pogovornega jezika. Gre za pojav konvergence ali primikanja, ki je strategija, kjer se posamezniki prilagodijo drug drugemu v komunikacijskem obnašanju v širokem nizu najrazličnejših oblik (tako jezikovnih kot neverbalnih). Giles je teoriji dodal koncept komplementarnosti, ki pomeni, da jezikovni strategiji primikanja in odmikanja lahko simultano delujeta na različnih jezikovnih dimenzijah (simultano se odmakniti od jezika in se premakniti proti jeziku drugega). Teorija je bila razširjena na podlagi empiričnih raziskav in tudi interdisciplinarno nadgrajena (Novak Lukanovič 2003).

Večina občasno na kulturnih prireditvah

Po mnenju večine raziskovalcev je udeležba v organizacijah določene narodne skupnosti spodbujevalec pripadnosti kulturi, jeziku, pravzaprav identiteti. Za obstoj in razvoj narodne skupnosti, ki živi znotraj druge (večinske) narodne skupnosti, je pomembno, da ji je omogočeno svobodno združevanje v svoje organizacije in primerno udejstvovanje, ki krepi pripadnost določeni narodni skupnosti.

Največ dijakov je označilo, da se občasno udeležijo katere od kulturnih, najbolj redno pa športnih aktivnosti (redno 23 odstotkov vseh dijakov). Za aktivno članstvo v slovenskih društvih, skupinah, ustanovah in organizacijah na avstrijskem Koroškem se jih več kot polovica (66 odstotkov) ne odloča. Med tretjino tistih, ki pa to vendarle počnejo, se jih največ ukvarja s kulturnimi, sledijo še športne in cerkvene dejavnosti.

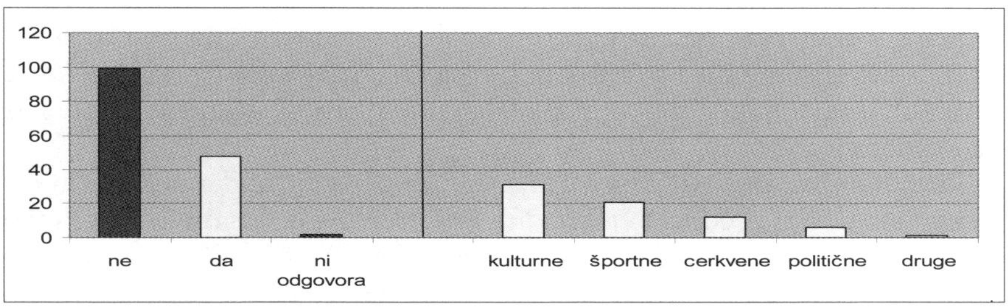

Graf 3: Ali so dijaki člani katerega od slovenskih društev, skupin, ustanov ali organizacij na avstrijskem Koroškem?
Vir: Vprašalnik za dijake Dvojezične trgovske akademije v Celovcu, 2009; N = 149

Predvidena raba slovenščine po koncu šolanja

Glede na to, da je usmeritev šole trgovska, gospodarska in tudi alpsko-jadranska, me je zanimalo, ali še zlasti dijaki višjih letnikov vidijo svojo dvojezičnost kot uporabno dobrino, torej kot nekaj, kar jim bo v prihodnosti koristilo na njihovi življenjski poti, bodisi pri nadaljnjem šolanju bodisi v poklicu. Med avstrijskimi dijaki je prevladovala skupina, ki meni, da bo slovenščino uporabljala le včasih, v skoraj enakem številu pa sledijo tisti, ki jo nameravajo uporabljati redno in pogosto. Rezultat kaže na to, da dijaki znanje slovenščine vidijo kot dobro priložnost, a za zdaj v tem ne vidijo nujno neposredne povezave za svojo uspešnost na nadaljnji izobraževalni ali poklicni poti.

Motivi za vpis na šolo: dvojezičnost ni na prvem mestu

Da bi raziskali, ali je glavni dejavnik za vpis na dvojezično šolo znanje jezikov, so dijaki odgovarjali na vprašanje o motivih za vpis na šolo. Največ jih je odgovorilo, da so se zanjo odločili zaradi dobre poklicne izobrazbe, ki jo bodo pridobili na šoli in ker v tem vidijo dobre možnosti za poklicno kariero ter dobre zaposlitvene možnosti. V prvi vrsti so tako izpostavili strokovno usposobljenost na področju trgovstva, ki jo pridobijo z obiskovanjem šole, saj v njej vidijo dobro podlago za uspeh v poklicnem življenju. Dvojezičnost se je kot motiv za vpis znašla šele na četrtem mestu (manj kot polovica dijakov), pred njim pa je bilo učenje več jezikov.

Kljub temu sem naredila še nekaj povezav med dijaki iz avstrijske Koroške, ki so se za vpis na šolo odločili iz tega razloga, in ugotovila, da jih večina vsaj z enim družinskim članom govori večinoma ali samo slovensko. Podatek potrdi domnevo, da dijakom s slovenskimi koreninami dvojezični pouk pomeni pomembno vrednoto ter ustrezno obliko ohranjanja in učenja slovenščine, oziroma rezultati kažejo na to, da se dijaki iz družin, v katerih se ohranja slovenščina, tudi odločajo za vpis na dvojezično šolo.

Zanimivo je tudi dejstvo, da je med avstrijskimi dijaki, ki jim dvojezična usmeritev šole pomeni vrednoto, tudi 20 odstotkov takih, ki v svojem družinskem okolju govorijo zgolj ali večinoma nemško in tako znanja slovenščine niso prinesli iz svojega najožjega okolja, ampak so ga pridobili bodisi na nižjih stopnjah šolanja bodisi so z učenjem začeli šele na akademiji.

Ravnateljica Maja Amrusch-Hoja tudi dodaja, da veliko nekdanjih dijakov izpostavlja prednost šolanja na šoli v Celovcu, da jim je šola preko stikov, ki so jih navezali v letih šolanja, dala dobro podlago za iskanje poslovnih priložnosti v Avstriji. Prav tako pa si dijaki tudi v celotnem alpsko-jadranskem prostoru laže poiščejo nove poslovne priložnosti prav zaradi med šolanjem vzpostavljenih kontaktov.

Tudi za koroške Slovence s tem slovenski jezik postaja več kot le eden od regionalnih jezikov, saj tistim, ki so dvojezični, ponuja dobre možnosti za sodelovanje tako na trgih Slovenije kot tudi širše – na območju Alpsko-jadranske regije, ob tem pa spreminja tudi status in »uporabno« vrednost jezika.

Sklepne misli: interdisciplinarno, kompleksno

V empiričnem delu sem z analizo rezultatov vprašalnikov za dijake šole skušala potrditi, zavreči ali spremeniti delovne hipoteze in odgovoriti na temeljna vprašanja, ki se na stiku geografije in sociolingvistike pojavljajo ob aktualnih in dinamičnih procesih znotraj dela slovenskega narodnega telesa, ki živi in deluje na avstrijskem Koroškem. Preko pogovorov z dijaki in osebjem šole sem imela priložnost marsikaterega od kvantitativnih rezultatov tudi dodatno vsebinsko osvetliti ter izpostaviti nekatere vidike rabe jezika, ki se kažejo v življenju sodobnega manjšinca in niso vedno prekrivni s splošnim mnenjem ali sliko stanja, ki jo pogosto zasledimo v medijih.

Glede na teoretične osnove prvega dela lahko izpostavim Zupančičevo (1992: 331) ugotovitev, da se v strukturi slovenske manjšine izrazito kaže značilna generacijsko pogojena sestava – starejša generacija, v kateri prevladujejo kmečki in delavski poklici in je prostorsko manj mobilna, ter mlajša generacija, ki je mobilna, integrirana v strukturo večine, z njo v stalnem stiku in s tem po eni strani bolj izpostavljena asimilaciji, po drugi pa dobro izobražena v obeh jezikih. Izgubo komunikativne vloge slovenščine kompenzira z večjo dejavnostjo in vključenostjo v kulturno življenje manjšine, s čimer vzdržuje svojo narodno identiteto, pa čeprav je prisotnost rabe slovenščine relativno nižja kot včasih. Žal jezikovne usposobljenosti zaradi formalnopravnih okvirov ni bilo mogoče preverjati, so pa rezultati obširno zastavljenih vprašalnikov pokazali na nekatere vidike spreminjanja vzorcev pri opredeljevanju identitete preko interdisciplinarnega pristopa, kjer sta se srečali geografija in jezikoslovje, hkrati pa v delu ugotovitev potrdili raziskave.

Znanje slovenščine je poleg nemščine »dobrina« predvsem za dijake, ki prihajajo z območja avstrijske Koroške in v družini ter ožjem okolju ohranjajo sporazumevanje v slovenščini, saj jim dvojezični pouk ponuja stalen stik z manjšinskim jezikom in večanje znanja jezika, ki so ga prinesli iz svoje družine, hkrati pa odpira pot v kulturno delovanje znotraj svojega okolja v slovenskem jeziku (npr. v slovenskih društvih).

Dijaki akademije, ki bivajo na avstrijskem Koroškem, aktivno uporabljajo slovenski jezik predvsem doma in v šoli, kjer sporazumevanje večinoma poteka tako v večinskem kot manjšinskem jeziku, ki pa večinoma ostaja na ravni narečja ali knjižnega jezika (predvsem ko gre za pojav konvergence v šolskem okolju). Sodeč po opazovanju govorice dijakov med odmori lahko hipotezo razširimo na vprašanje za nadaljnjo analizo, ki bi se lotila raziskave govorice mladih na avstrijskem Koroškem, predvsem z vidika funkcijske razvejanosti – ali je slovenščina tudi t. i. »jezik čustvovanja« dijakov in ali lahko govorimo o pojavu mladostniške dvojezične govorice.

Poleg hipotez so vprašalniki zajeli še nekaj drugih raziskovanih področij, od katerih lahko izpostavimo še uporabo jezika v družinskem in družbenem življenju dijakov. Pri dijakih iz slovenskega družinskega okolja pri dejavnikih družbe in subjektivne presoje o svoji vlogi v družbi opazimo izbirno odločanje za enega od jezikov na dvojezičnem ozemlju. Dejavnik nemščine je po rezultatih vprašalnikov močno prisoten v sporazumevanju s prijatelji, zunaj šole, slovenski pa znotraj družine (s starši, z brati in s sestrami ter intenzivneje tudi s starimi starši), pri udejstvovanju znotraj manjšinskih organizacij in v šoli, ki dijake v dvojezično situacijo s svojo dvojezično usmeritvijo pravzaprav »sili« (podatek obligatorno velja vsaj znotraj spremljanja pouka in to tako za slišana, brana in tvorjena govorna in pisana besedila). Priložnosti za rabo slovenščine ima tako dijak več, kot če bi obiskoval avstrijsko enojezično šolo in bi se za sporazumevanje v slovenščini zaradi pomembnega vpliva sovrstnikov in družbe verjetno redkeje odločal.

Rezultati vprašalnikov so že pri opredelitvi državljanstva dijakov in njihovih staršev ter pogovornega jezika med dijaki in starši dali slutiti, da naša vprašanja in preverjanje hipotez ne morejo vzdržati le sklepov o Slovencih na avstrijskem Koroškem in šolajočih se dijakov iz Slovenije, ampak se rezultati nanašajo na dijake in njihove družine, ki prihajajo vsaj še z južnoslovanskega območja. S tem so bili odgovori na zastavljene hipoteze potrebni dodatne razčlenitve, a sem ob tem prišla tudi do podatkov, ki manjšinsko problematiko precej razširijo. S tem pa se jezik kaže v novi luči – ne le kot prezentacija jezikovne pripadnosti, ki bi jo enačili z narodno, temveč tudi z vidika jezikovne funkcionalnosti in ekonomske ter kulturne dobrine, ki v pomensko polje identitete vnašata novo sestavino. Tako je precej bolj tvegano oziroma celo nepravilno rezultate navezovati zgolj na slovensko identiteto, temveč se še toliko bolj kaže funkcija jezika, ki ni več le notranje narodnopovezovalna, ampak tudi ekonomska, celo poslovna, če izhajamo vsaj iz trgovske usmeritve šole.

Rezultati in posploševanja pridobljenih podatkov seveda pomenijo tudi delno anomalijo raziskovalnih parametrov, a dajejo neko osnovno sliko o statistični populaciji, za nadaljnje raziskovanje preučevanih področij pa bi bilo smiselno metodologijo osnovati bolj kvalitativno preko vodenih in spontanih intervjujev, ki bi dala poglobljene rezultate o kvantitativnih rezultatih raziskave, ter oblikovati podrobnejše analize komunikacijske produkcije in posredno tudi jezikovne kompetence preiskovane populacije.

V primerjavi z drugima dvema manjšinskima srednjima šolama, Slovensko gimnazijo in Višjo šolo za gospodarske poklice, Dvojezična trgovska akademija izobražuje predvsem kader, ki se bo predvidoma zaposloval v gospodarstvu in trgovini, po spremljanju nadaljnjega šolanja nekdanjih dijakov pa tudi nadaljeval šolanje na visokošolskih ustanovah, a ne nujno na gospodarskem področju, s čimer se po strukturi visokošolsko izobraženih pripadnikov manjšine približa vzorcu tistih, ki šolanje končajo na Slovenski gimnaziji. V grobem lahko rečemo, da z delovanjem vseh treh srednjih šol manjšina pokriva izobrazbo in s tem nadaljnje zaposlovanje na družbenih področij tako gospodarstva, trgovine kot turizma, pomanjkanje pa čutijo predvsem na področju naravoslovja in tehnike, s čimer pa se že odpirajo nova področja raziskovanja in vprašanja, ki bodo morda predmet drugega raziskovanja.

Ob tem naj končam z mislijo filozofa Ludwiga Wittgensteina: »Meje mojega jezika so meje mojega sveta.« Ali so res ali ne, prepuščam posamezn, želim si lahko le, da bi dvojezičnost dijakov Dvojezične trgovske akademije pripomogla k njihovemu brisanju meja starega in aktivnemu zarisovanju novih premikov, ki bi odpirali nove poti za sodelovanje in predvsem sprejemanje različnosti kot prednosti in ne ovire. Teh je (bilo) v zgodovini vedno preveč!

Literatura

NOVAK LUKANOVIČ, Sonja: Jezikovno prilagajanje na narodno mešanih območjih v Sloveniji. *Razprave in gradivo* 42, 2003: 38–62.

REITERER, Albert F. idr.: Koroška. V: *Manjšine in čezmejno sodelovanje v prostoru Alpe-Jadran*. Trento: Delovna skupnost Alpe-Jadran, 2004, 229–261.

ZUPANČIČ, Jernej: Vpliv socialnogeografske preobrazbe na položaj slovenske manjšine na avstrijskem Koroškem (magistrska naloga). Ljubljana: Oddelek za geografijo Filozofske fakultete Univerze v Ljubljani, 1992, 331 str.

Štefka Vavti[1]

»VSAJ MALO PO VAŠKO POHAVŽVAMO!« Mladi in njihov odnos do slovenskega narečja

Uvod

V svoji študiji o etničnih identifikacijah mladih koroških Slovenk in Slovencev, ki sem jo opravila med letoma 2009 in 2011 na Slovenskem znanstvenem inštitutu v Celovcu, sem poleg identifikacijskih tipov, ki sem jih razvijala ob zbranem materialu (prim. Vavti 2011), obdelala še druge teme, ki so jih načeli mladi v svojih življenjskih zgodbah in o katerih zato domnevam, da so jim (bile) pomembne v konkretnem življenjskem kontekstu. V pričujočem prispevku predstavljam eno med njimi, in sicer pomen slovenskega vaškega narečja v biografijah mladih, predstavila pa jo bom ob številnih primerih iz intervjujev z mladimi.

Odraščanje brez narečja kot primanjkljaj

V svojih biografskih pripovedih so mladi pogosto tematizirali lokalni, domači dialekt. Narečje je bilo obširna tema zlasti pri tistih, ki se ga v svoji jezikovni socializaciji niso naučili. To velja zlasti za mlade, ki so odraščali v Celovcu in jim starši zato niso posredovali narečja, temveč samo pisno slovenščino. Zanimivo je, da so vsi mladi to pomanjkanje dialekta razumeli kot izgubo in primanjkljaj, ki jih je izločal iz socialnih situacij in skupin, in to predvsem v srednješolskem času, ko so obiskovali Zvezno gimnazijo za Slovence ali kakšno drugo dvojezično šolo, kjer so nekatere skupine med seboj govorile podjunsko, rožansko ali ziljsko narečje.

Opisane izkušnje kažejo, da ima lokalna identifikacija pri mladih[2] pomembno mesto. Lahko bi interpretirali celo takole: v času globalizacije

1 Dr. Štefka Vavti živi v Celovcu. Po maturi na Slovenski gimnaziji je na Dunaju študirala novinarstvo in politologijo. Ukvarja se z narodnimi manjšinami, identitetami in identifikacijami ter s kvalitativnimi in z biografskimi raziskavami. Med drugim je sodelovala v študiji Oblikovanje etnične identitete v slovenski manjšini na Koroškem, ki je potekala na Inštitutu za sociologijo celovške univerze in v študiji Ogrožanje etnolingvistične raznolikosti v Kanalski dolini, ki je potekala na univerzi v Innsbrucku; prispevke o oblikovanju identitete in njeni ogroženosti tako pri koroških Slovencih kot Slovencih v Kanalski dolini objavlja v znanstvenih revijah *Razprave in gradivo* ter *Europa Ethnica*. Novembra 2009 je pri Založbi Peter Lang na Dunaju izšla monografija z naslovom »*Wir haben alles in uns …*«: Identifikationen in der Sprachenvielfalt: *Beispiele aus Südkärnten (Österreich) und dem Kanaltal (Italien)*. Pri svojem delu na Slovenskem znanstvenem institutu v Celovcu se posveča raziskavi identitete slovensko govorečih mladostnikov na južnem Koroškem. Pri celovški Mohorjevi sta leta 1998 in 2003 izšli njeni knjigi *Samozavestne ženske ljubijo drugače* in *Vsak je svoje sreče kovač.*

2 Primerjaj Vavti (2009: 101–103); tukaj ob primerih iz Kanalske doline.

postaja vse bolj pomemben življenjski prostor, ki je simbolično povezan z narečjem.

Študent, ki tačas živi na Dunaju, kar na začetku svoje pripovedi tematizira vsa tri koroška narečja in poudarja, da nobenega ne zna, ker mu je mati v nemško govorečem okolju večjega mesta posredovala samo pisno slovenščino. Mlad fant o tem govori kot o problemu oziroma barieri, ki jo je neznanje dialekta predstavljalo v kontaktu s starimi starši. Čeprav je bil tesno povezan z njimi, mu je – kot nam pravi v naslednji izjavi – nekaj manjkalo: čustvena bližina namreč, ki bi lahko nastala samo ob uporabi skupnega družinskega ali vaškega narečja. Pomanjkanje občuti kot neke vrste neprebrodljivo distanco, ker se dialekta pozneje ni mogoče pravilno naučiti. O podobnih pojavih pripovedujejo tudi drugi mladi.

> Ena stvar je tud, da . narečja ne govorim . ne rožansko, ne podjunsko, ne ziljsko ... (mhm), ker . moja mama pač ni, . me je v pisno slovenščino učila oziroma smo govorili . po večini. . In to je tudi mogoče taka bariera bila, kar se zdaj starih staršev tiče, ker . ja . ker so pač iz Podjune ... ja . tud tako .. narečje .. tudi če ga sam razumem . mi ni možno, da ga govorim (int. 3: 1–2).[3]

Ob raziskovalnem delu in analizi intervjujev me je presenetilo, da so o manjkajočem znanju dialekta spregovorili brez izjeme vsi mladi in postadolescenti, ki so bili jezikovno socializirani samo v pisni slovenščini. Obenem so bile to povečini osebe, ki so s svojimi slovensko govorečimi družinami odraščale v večjem mestu, na primer v Celovcu. Zakaj jim starši niso posredovali domačega narečja? Na to vprašanje so mladi skušali najti odgovore. Neka študentka je družinsko pomanjkanje narečja tematizirala zelo čustveno:

> Eh .. jaz sem, also moji starši so pravzaprav bolj pismeno z nami govorili, pač na eni strani čez to potem, ker so .. zmeraj hoteli pismene besede uporabljat, namesto Woschmaschine so pač rekli pralni stroj ali kaj takšnega in potem so bolj avtomatično bolj v slovenščini govorili, also v pismeni slovenščini (ja) .. in skoz to se (ime) in jaz nisva tako dobro naučili dialekta in potem sva v puberteti enkrat vprašali: »Zakaj ne znava?« (se zasmeje). Iiiin, potem so že, me je že malo jezilo in potem sem se že malo naučila dialekta, ampak nikoli ni tako avtentičen, kot če se bi ga od začetka nanaučila (int. 9: 2–3).

Na tem mestu torej študentka prevzame argumentacijo staršev in opiše, zakaj so v zgodnji jezikovni socializaciji svojih otrok uporabljali pisno slovenščino namesto domačega narečja. Želeli so preprečiti mešanje z nemškimi izrazi in so se zato odločili za pisno slovenščino kot družinski jezik. V tej zvezi je zanimivo javno mnenje, da je slovenski dialekt (ali pa »vindiš«) manjvreden (ali da ni pravi jezik) zato, ker so koroška slovenska narečja pogosto pomešana z nemškimi izrazi.

V tem primeru mladostnica posredno kritizira starše – saj pravi, da se je jezila, ker ji niso posredovali domačega narečja. Pozneje se ga je začela

3 Vsi biografski podatki so v navedkih zakriti, napake pa namerno niso popravljene. Vsaka pika stoji za sekundo pavze, neverbalni izrazi kot smeh, jeza, ipd. pa so zapisani v oklepajih.

učiti in v tem sklopu poudarja, da se ga ni mogoče naučiti avtentično, če se ga nisi naučil v zgodnjem otroštvu. V nadaljevanju pa opisuje (socialne) probleme, ki so bili v njeni retrospektivi povezani z neznanjem narečja:

> Ker se potem tudi nisem tako prav s sošolkami upal govorit slovensko .. ja, ker so zmeraj tisti problemi, ja govorimo slovensko, ampak nekateri ne razumejo in .. in potem pismeno slovensko sploh ne znajo oziroma nočejo govorit (mhm) in potem pa avtomatično drugače govorijo, če govoriš z njimi v pismeni slovenščini, kot če bi govoril v dialektu .. (...). To je, predvsem je to blo med sošolkami .. jo, ker-ker pač določeni, ... ker Podjunčani so vedno med seboj govorili slovensko, ampak potem, če je nekdo iz Roža bil, potem pa niso govorili, ampak al .. samo nekateri, ne vem, ali se niso upali, to mi tudi ni čisto jasno . kaj .. ali (se zasmeje).. jaz mislim, če niso hoteli, jo ... upam, mislim, da je to bila kombinacija od tega. Zdaj sem se malo naučila dialekta, da se lahko čriez švindlam (se zasmeje) .. eh tako rekoč (ja) .. Ampak jaz ne morem reč, da znam dialekt (vasi) kot eden od tu, .. ki je od začetka . znam malo, bolj rožansko kot podjunsko, še zdaj ne tako (se zasmeje) (ibid.: 3).

Mlado dekle opisuje komunikacijske probleme med sošolci in vaščani, ki se pojavljajo, če ne govoriš njihovega narečja. Različna narečja pa so poleg tega pogosto razlog za uporabo nemščine v skupini 'sovrstnikov' (*peergroup*).

V skupini sovrstnikov je pisna slovenščina tabu

V naslednjem odlomku mlada ženska tematizira pomanjkanje dialekta z naslednjega zornega kota: vidi ga v tesni povezavi z dejstvom, da s sošolkami in sošolci raje govori kar nemško. Poleg tega skuša utemeljiti odločitev staršev za uporabo pisne slovenščine kot družinskega jezika: govorila sta dva različna dialekta in se želela izogniti germanizmom ter nemškim izrazom. Mladostnica vsekakor obžaluje neznanje vaškega narečja in poudarja, da se zvokov in melodije narečja pozneje ni več mogoče naučiti:

> Ampak mi smo vedno pravzaprav nemško govorile. Tud zaradi tega, ker jaz ne znam dialekta. Jaz sem doraščala, da sem pravzaprav pismeno govorila, tak mav ene besede mav vmešavala .. ampak drugače pravzaprav vedno pismeno. To se pravi tudi v Celovcu najprej in moj oče je tle iz (vas) in moja mama je (druga vas). Tak da sta tudi mav različen dialekt imela. Ampak-ampak nam sta vedno rekla, da je vzrok pravzaprav bil, zakaj sta se odločila za pismeno govorit, da nista hotla germanizmov v jeziku. Ja, pravzaprav mi je mav žal, da ne znam dialekta, ker si mislim, pismeno slovenščino se lahko vedno naučiš, ne, kakor v šoli itak se naučiš, ampak dialekta nekako, zvokov in tako ne morm tak .. imam drugačno melodijo in to ni enostavno in to mi je žal (int. 10: 8).

Na koncu pa povzame, da je zaradi neznanja dialekta ostala zunaj vaške družbe, ker gre pri skupnem narečju tudi za pripadanje k neki skupini in za izločevanje iz nje, če narečja ne govoriš:

> Ja. Jaz sem to kot bariero občutla, ker .. pravzaprav me je potem vedno malo, se nisem dobro počutla, če so oni z mano v dialektu govorili in jaz sem pač pismeno odgovorila. Ker so potem pravzaprav so vsi (poudarjeno) dialekt znali, če so . zelo velikokrat tisti, ki so iz Celovca bli, ker so starši iz Podjune ali ne vem kje in so kljub temu (poudarjeno) dialekt znali. In zame je pač nekako čudno blo (poudarjeno), da jaz dialekta na znam, oni pa že. In to je blo nekako zame bariera, pravzaprav ni bila bariera, ampak za mene osebno je bila bariera, ker se pač potem nisem tak upala. Ker je enostavno nekako drug jezik bil ... iin tak da smo potem največkrat nemško govorili. Ampak je mogoče tud samo en izgovor, jaz ne vem (se smeje). Mogoče je enostavno bolj bequem blo v nemščini govorit in tako, ker smo navajeni bli (pavza). Ampak jaz to tudi točno vem, da je za mene osebno nekako včasih čudno blo, da jaz tega ne znam. Da-da je potem luštno za druje, kak jaz to govorim (se smeje) in bi se rada naučila pravzaprav, ampak tak zdaj, pozneje skušat se dialekt učit, ne vem, če je to, če .. če prideš do te točke, da res tak govoriš tvoj način govorjenja (se smeje) prepozno (ibid.).

Mlajša dijakinja, ki je odraščala v Celovcu, obžaluje neznanje narečja. Vzrok za ta primanjkljaj vidi v dejstvu, da njena stara mama prihaja iz Slovenije. V kontaktu z drugimi mladimi, ki so iz Podjune, Roža ali z Zilje, pa rada prisluhne različnim koroškim slovenskim narečjem. Vendar je prepričana, da večkrat enostavno »nemško govoriš, če ne znaš dialektov«:

> Je pač že tako navada, da s tem nemško govoriš in z drugim pa slovensko, hal, in potem se pa tako pomujaš in potem eni znajo en drug dialekt .. to je spet tako, na primer s Sel, ali Podjune, to se meni tudi fajn zdi, ker slovensko govorimo, da tudi druge dialekte spoznam, ker jaz sama ne znam ... nobenega dialekta, kar se meni tudi zelo škoda zdi (poudarjeno) .. jo in to se mi zdi fajn, jo . eh (int. 7: 4).

Tudi naslednji izjavi poudarjata bariero in socialno izločevanje, če ne znaš in ne govoriš narečja:

> Jo .. tud spet tisto z dialekti in šolarji, ker enostavno .. en misli, če ta ne govori mojega dialekta ali vsaj podobnega dialekta, potem ne morem govoriti z njim .. to je tudi določena meja v glavi, to je tud pri meni sami tako blo, .. da sem pač mislila, če ne znam dialekta tud ne morem prav z njimi govorit, .. ker-ker .. ne vem zakaj (se zasmeje), . ker pač ni tako eh, .. ker pač ni tako podobno in oni mislijo, da me ne razumejo in da pač .. ne pač tako čisto pripadam k njim, mislim to je tudi en takšen, en tako, kar se tiče pripadnosti, regijah in eni vasi kaj takšnega (mh) ... to tudi potem z jezikom pokažejo oziroma z dialektom. .. Jaz mislim da je to tudi en vzrok, da eni med seboj govorijo in drugi pa ne, ker eni to že od doma (int. 9: 8).
>
> Zato me to tudi včasih, tako sem čutil, da je zanje nekaj manj vredno, . če se ne znaš tako lepo izražat ali pa ne vem. Al pa .. in tudi včasih rečejo, da ne govoriš po našem in to-to je tud kaj drugega, če govorim narečje to je boljbolj rožansko in ziljsko tako mešano, zaradi tega od kod sem (poudarjeno). . Ja to je nekako žalostno (int. 27: 6).

Globoko zakoreninjena mlada Slovenka pa povsem drugače vrednoti in razlaga znanje oziroma neznanje različnih narečij:

> In to se mi je vedno fajn zdelo ... spoznati druga narečja in ja, kar tedaj sploh nisem razumela, da so se prijatelji, s katerimi smo se včasih na kakih prireditvah, da so se pogovarjali slovensko, ampak da so, so se, če so bili v šoli, v slovenski gimnaziji, da so se tam nemško pogovarjali. Ker je pač to od prvega razreda tako bilo in so se (mhm) sramovali svojih dialektov .. in so se potem rajši nemško pogovarjali . to je bilo zame, to se še zdaj spominjam, kar sploh nisem mogla razumet (int. 2: 3).

Iz zgornjega primera je razvidno, da pomen narečij tematizirajo tudi tisti mladi, ki so z njim odraščali. V naslednjem odlomku mlada ženska uporablja za narečje izraz »po domače«,[4] kar vsebuje neko čustveno raven domačnosti. Šele v Celovcu so se njeni jeziki pomešali, ker je našla prijatelje, ki niso znali slovensko ali pa so govorili druga slovenska narečja. V tem sklopu tematizira še problem prilagajanja večinskemu jeziku, kadar nekateri sogovorniki ne govorijo slovensko:

> No ke-er, ko sem obiskala ljudsko šolo v (vas) tam je itak tko in tko en slovenski kraj, slovensko govoreči kraj, skoraj da lahko rečemo 99 odstotkov govori slovensko (poudarjeno) in tko tud moji sošolci tedaj smo vsi govorili slovensko oziroma po domače no, tko v dialektu smo se pogovarjali eehhhm, potem na gimnaziji seveda je pa, ko sem prišla v Celovec je, sem spoznala tudi druge prijatelje, je pa seveda bilo malo pomešano tko (int. 11: 3–4).

Nekatera narečja so (bila) stigmatizirana

Mlad fant govori o problemu, da je bila na Zvezni gimnaziji za Slovence nemščina glavni pogovorni jezik. Izjeme so bile v retrospektivi pripovedovalca zaznavne samo tam, kjer so vsi sošolci v neki druščini prihajali iz iste vasi ali istega okolja: tedaj se je namreč uveljavilo skupno domače narečje. Poleg tega tematizira še stigmatizacijo nekaterih dialektov: v šoli so se posmehovali sošolcem, ki so govorili kak poseben dialekt. Tudi če se mu ne zdi prav, da dijaki slovenskih ali dvojezičnih šol govorijo med seboj nemško, pa njegova izjava implicitno vsebuje razlog za to: z nemščino se v skupini sovrstnikov zaradi različnih in drugače zvenečih dialektov izognejo posmehovanju, nemščino pa uporabljajo tudi v pogovornih situacijah, kjer bi se sicer med seboj pomešala različna narečja:

> Recimo zdaj v gimnaziji . tle je pa včasih že bolj nemščina bla tudi pogovorjalni jezik, če se dobro spominjam no. ... Recimo zdaj v (ime šole) tle je že večkrat bla sloven- ne nemščina pogovorjalni jezik med sošolci, no. Razen, razen npr. če je, . če je govoril z enim iz tvojega oko- eeh s tvoje vasi, to je potem avt- no tle že govoriš tvoje narečje, bolj narečje. Če pa zdej nap- če pa bi zdaj z nekim drugim govoril, mislim da smo šli kar hitro v nemščino . eh v nemščini, ker je to pač, .. kako bi rekel (se smeje) nemščina tak univerzalni ali ne vem. In potem maš pri slovenščini maš različna narečja, seveda smo se, eem smo se potem tudi šalili recimo s Selani, kaj imajo ti za narečje in tako. In potem smo pa ne vem, smo res, res smo že govorili nemščino tudi. Pravzaprav velikokrat, ja (pavza). Seveda se mi to ni zdel prov (int. 13: 5–6).

4 Primerjaj situacijo v raznih vaseh v Kanalski dolini in pomen narečja. Tam pravijo tudi, da govorijo »po našem« (primerjaj Vavti 2009).

V nadaljevanju izpostavlja nemščino kot jezik, ki ga na Koroškem vsak razume, ker je državni jezik in jezik medijev ter javnosti.

Tudi dijak iz Podjune tematizira stigmatizacijo različnih narečij in s tem tesno povezanega nemškega pogovornega jezika:

> Tukaj večina še govori malo slovensko in v šoli tudi, seveda ... tisti z drugačnim narečjem, tisti se sramujejo, a ne (se smeje) .. za dialekt, jaz si to na vsak način mislim in potem govorijo samo še nemško ... tukaj imam enega, s katerim stanujem v eni sobi, ta govori z menoj samo nemško in to sem mu tudi rekel: »A se sramuješ svojega dialekta, da samo nemško govoriš?« In potem nič ni rekel, ni rekel kaj proti .. potem .. nato .. je malo govoril slovensko .. in potem spet nemško. Ampak jaz govorim z njim slovensko. ... Jo jaz mislim, da je to največji vzrok, da se dialekta sramuje, ker govori en tak pliberški dialekt (posnema narečje), tako govorijo in mislijo, da je to en bolj grd dialekt kot drugi in potem se jim posmehujejo in tako: »Ta pa govori tako in tako«, ta govori ziljski dialekt ali rožanski in potem ... potem govorijo raje nemško (int. 24: 3).

Podjunčani govorijo svoja narečja

Analiza intervjujev pa potrjuje večje prisotnosti tistih narečij, ki imajo več govornikov in govornic. Naslednji odlomek ponazarja, da Podjunčani največkrat govorijo v svojem dialektu in zato v večji meri kot drugi sošolci med seboj govorijo slovensko:

> Drugač pa .. v gimnaziji je pač tudi en problem, ker se med seboj vedno več nemško govori .. pogovarjaš, če so iz nemških družin tud, tud če znajo slovensko ali tako ... je pač že tako navada, da s tem nemško govoriš in z drugim pa slovensko, al, in potem tudi zarad drugih dialektov . drug dialekt .. to je spet tako, na primer s Sel ali Roža pač precej drgač zveni, zato se pa potem raje po nemško. . Mi Podjunčani pa še bolj slovensko govorimo, tud v vlaku in tk, jo ... koj še? (int. 14: 8).

V opisanem primeru mlado dekle spregovori o vrsti razlogov za uporabo nemškega jezika v šoli ter v skupini sovrstnikov: vedno več je namreč takšnih sošolcev in sošolk, ki ne govorijo slovensko in se šele v dvojezičnem šolskem okolju učijo slovensko. Pozneje pa naniza še problem stigmatizacije nekaterih dialektov: dijaki se posmehujejo Podjunčanom, ker med seboj govorijo v podjunskem narečju. Pri tem razlikuje med sošolci, ki se sramujejo narečja, prišteva pa se k tistim, ki se ga ne sramujejo.

Vse kaže, da se znotraj manjšine ponavlja in zrcali problem, ki je zaznaven med večinskim narodom in manjšino: medtem ko je bila v javnem diskurzu slovenščina v zgodovini manjvreden jezik, se zdaj v družbi najstnikov in najstnic ta problem projicira v razlikovanje med pisnim jezikom in domačimi narečji ali pa v razlikovanje narečij v tiste, ki jih večina sprejema, in one, ki drugim zvenijo smešno.

> Jo, so pač taki, .. če eden od nas, mi smo jo bolj samozavestni . Podjunčani in več slovensko govorimo .. in potem: »Hahahaha, kaj pa je to za en jezik!« se neumno smejijo. Koj naj rečem . pravzaprav se nam un smejijo! In meni je vseeno, ampak nekaterim pa ne . pravzaprav že eni raje potem nemško go-

> vorijo, ker se pač nočejo blamirat, tk bi rekla ... kot rečeno, meni je vseeno, naj se smejiju! (ibid.).

Vsekakor lahko povzamemo, da je za mlade poleg pisne slovenščine pomemben tudi vaški dialekt, ki vsebuje neko kolektivno identifikacijo z domačo vasjo oziroma s širšim lokalnim prostorom (mi Podjunčani, mi Rožani, itd.). Kljub temu so nekatera narečja stigmatizirana, kar pri mladih negativno vpliva na identifikacijo z njimi.

Tudi če so mladi v drugih kontekstih izpostavljali svoje kozmopolitstvo in svojo odprtost v svet in ob tem kritizirali majhen koroški slovenski »svet«, pa so v pripovedih izjave, ki so izraz tesne identifikacije z domačim narečjem in prostorom. V to smer kaže naslednja izjava mlajšega moškega:

> Jo tudi, če-če je kdo tukaj na primer oziroma tle na Koroškem, potem se vedno kaj ehh zmenimo oziroma, da gremo kaj spit skupaj ali na kakšno kavo . vsaj malo po vaško (poudarjeno) pohavžvamo (se zasmeje) (int. 15: 4).

Sklep

Izsledki raziskav kažejo, da med mladimi na dvojezičnem Koroškem vaški dialekt ali narečje neke dvojezične doline igra pomembno vlogo. Tisti, ki se narečja med jezikovno socializacijo iz kateregakoli razloga niso naučili, občutijo pomanjkanje ali celo bariero v kontaktu z drugimi oziroma glede pripadanja k neki (vaški) skupnosti. Vendar pa so nekatera narečja stigmatizirana in se jih mladi zato sramujejo. Tukaj se zrcali problem, ki je bil v zgodovini v koroškem javnem diskurzu prisoten med večvrednim nemškim jezikom in manjvrednim manjšinskim narečjem. V skupini sovrstnikov pisni jezik nima prostora: če mladi ne govorijo istega slovenskega narečja, se pogosto kot pogovorni jezik uveljavlja nemško narečje.

Raziskave pa potrjujejo še, da je lokalna identifikacija z neko vasjo ali dolino in narečjem pomembna zlasti mladim kozmopolitom, ki svojo prihodnost vidijo nekje v širnem svetu. Ob tem bi lahko povzeli naslednje: v času globalizacije, ko se posamezniku odpira svet z raznolikimi možnostmi in priložnostmi (Gergen 1996), sta vse bolj pomembna tudi domači prostor in narečje, ker mladi v njima doživljajo neke vrste domačnost in etnično zavetje, preko skupnega narečja pa še pripadnost k neki simbolični ali imaginarni »vaški družini«.

Viri in literatura

GERGEN, Kenneth J.: *Das übersättigte Selbst: Identitätsprobleme im heutigen Leben.* Heidelberg: Auer, 1996.

VAVTI, Stefanie: *»Wir haben alles in uns ...«: Identifikationen in der Sprachenvielfalt. Fallbeispiele aus Südkärnten (Österreich) und dem Kanaltal (Italien).* Frankfurt/Main: Peter Lang Verlag der Wissenschaften, 2009.

VAVTI, Štefka: Med angažmajem in odhajanjem: Identitetni tipi pri mladih Slovencih in Slovenkah na dvojezičnem avstrijskem Koroškem. V: *Razprave in gradivo* 64, 2011: 8–35.

Irena Destovnik

PROSTOVOLJSTVO KOT NAČIN PREVZEMANJA ODGOVORNOSTI

Mlade Evropejke in Evropejci radi potujejo. Kot popotniki, manj kot turisti, vedno več pa je med njimi takih, ki se odločijo za prostovoljno delo daleč od doma. Prostovoljke in prostovoljci sodelujejo pri neprofitnih socialnih in ekoloških projektih in pri varovanju naravne in kulturne dediščine; največ projektov je namenjenih depriviligeranim družbenim skupinam. Organizacije, ki organizirajo prostovoljno delo za mlade na vseh kontinentih, ob družbeno koristnem delu, ki ga opravijo mladi, poudarjajo zlasti pomen navezovanja novih prijateljstev, spoznavanja drugih kultur, načinov življenja in vrednot.

Pogovarjala sem se s štirimi mladimi koroškimi Slovenkami, Ano Sticker, Antonijo Ano Wieser, Ajdo Sticker in Irino Urbajs. Vse so takoj po maturi kot prostovoljke za dalj časa odpotovale v bolj ali manj oddaljene kraje. Izkušnjo, ki je vsako po svoje zaznamovala in za nobeno med njimi ni zadnja te vrste, bodo na tak ali drugačen način vpletale v svoje nadaljnje življenje, vse pa povezuje skupna značilnost: vsaka želi po svojih najboljših močeh nekaj malega prispevati k bolj pravičnemu svetu tudi za najbolj zapostavljene ljudi.

Ana Sticker: »Drive Aids Away«

Ana Sticker, rojena leta 1992, doma v Ločah ob Baškem jezeru, je leta 2010 maturirala na Slovenski gimnaziji, sedaj pa na dunajski univerzi študira mednarodni razvoj in orientalistiko. Odločitev, da kot prostovoljka za eno leto odide v tujino, je v njej dolgo zorela, saj je že kot majhna deklica najraje poslušala zgodbe o Afriki, Orientu in drugih oddaljenih deželah. Čeprav je vedela, da bo po maturi ta odločitev že dovolj zrela, da lahko odide in se potopi v drug svet, pa še dolgo ni vedela, kam naj bi odšla. Najprej se je odločila za Istanbul in si tam preko Landesjugendreferata, Evropske prostovoljne službe, organizirane pri Deželi Koroški, poiskala projekt v Turčiji; ta je žal padel v vodo. Kljub tej izkušnji ideje o odhodu v tujino ni opustila. Stvar je vzela v svoje roke in primerne ponudbe iskala na internetu. Ker Avstrija na žalost premalo podpira prostovoljno delo v tujini, je kmalu spoznala, da bo morala sama plačati stroške poleta, prenočišča in prehrane. Ko je našla organizacijo Travel Works, ji je ta ponudila možnost prostovoljnega dela v Gani. Takrat se je spomnila številnih doživetij in pogovorov z Afričani, ki so v njej ustvarili pozitivno podobo o Afriki, tako da se je takoj odločila, da sprejme ponudbo. Začele so se dolgotrajne priprave: pridobitev vizuma, cepljenje in učenje jezika ter branje knjig o zgodovini in tradiciji Gane.

Kmalu ji je njena sprejemna organizacija sporočila, kaj bo v Gani delala: tri mesece naj bi pri nevladni organizaciji KAWDA (Kaleo Area

Women Development Association) delala z okuženimi z virusom aidsa. »Moja družina in moj prijateljski krog sta bila dovolj vznemirjena že zato, ker sem se odločila za Afriko, ko pa so izvedeli, kaj bom delala, so bili vsi še bolj šokirani, kajti strah pred okuženimi z aidsom je v naši družbi še zelo močan. Večina ljudi ni hotela razumeti, da vsakdanji stiki z okuženimi niso nevarni. Kljub temu me je ta odnos vznemiril, saj tudi sama do tedaj še nikoli nisem bila v stiku z okuženimi.«

Pripoveduje, da so ji vsi svetovali, naj si v Gani izbere drugo delo – ponudili so ji namreč tudi poučevanje v šoli in delo v sirotišnici – in naj sama sebe ne spravlja v nevarnost. »Prvo noč po tistem, ko sem izvedela, kaj bom delala, iz strahu pred okužbo in drugimi nevarnostmi sploh nisem mogla zaspati. Odšla sem v center v Celovcu, ki se ukvarja z aidsom, in se tam pogovarjala s specialisti s tega področja, po internetu pa sem si naročila knjige o aidsu. Informacije o dejanskem stanju in medicinska dejstva so me – hvala bogu – naredili močnejšo.«

Prav reakcije ljudi in njihova mnenja so ji pokazali, da je treba v boju proti aidsu še zelo veliko narediti, ljudem pa nenehno pojasnjevati in tako spreminjati njihovo mnenje o okuženih. »Če že v Evropi, na kontinentu, ki je v naših očeh prosvetljen in napreden, večina diskriminira okužene, kako je šele v Afriki? Prav to, da so me ljudje na začetku strašili, me je prepričalo, da sem bila v pomembnost svoje odločitve vedno bolj prepričana. Z njo sta se počasi sprijaznila tudi moja družina in prijateljski krog. Uvideli so, da je zame pomembno, da pomagam ljudem, ki so izobčenci celo med izobčenimi.«

Ne samo to, kar je delala, celotno potovanje v Afriko je bilo zanjo velik osebni izziv. Pogovarjala se je tudi z nekdanjimi prostovoljci, od katerih je dobila še dodatne informacije in praktične nasvete o vsakdanjem življenju na drugem kontinentu. Po enomesečnih pripravah je odhod v Gano že nestrpno pričakovala: 21. novembra 2010 je odšla tja dobro pripravljena in brez občutkov strahu.

Sprejemna organizacija, ki ji je posredovala delo, jo je že vnaprej posvarila, naj z letališča ne hodi z nikomer, ki se ne bi dokazal kot njihov sodelavec oziroma sodelavka. Na letališču v Akri, glavnem mestu Gane, se je res ogromno število ljudi zgrinjalo k belcem in jim ponujalo svoje storitve. Med njimi je takoj odkrila sodelavca svoje organizacije in skupaj z drugimi prostovoljci so jo za en teden namestili v hostel.

»Zunaj letališča pa neverjeten kaos, promet, ki se odvija brez vsakih pravil, povsod sredi noči budni otroci, brezdomci in dojenčki, speči sredi hrupa in umazanije glavnega mesta, poleg njih pa še koze, piščanci ..., nihče med njimi nima svojega posebnega prostora, vsi in vse je povsod ... Na to, na kar sem tam naletela, sem bila pripravljena, presenetilo me je, da ni še huje. Hitro sem dobila občutek, da v vsem tem kaosu vlada nek nenapisan in samoumeven red, a ta se mi je razkril šele pozneje. Po samo pol ure v Afriki sem bila polna novih vtisov.«

V hostlu je spoznala še šest drugih prostovoljcev iz Švice, Avstralije in Nizozemske; takoj so se dobro ujeli. Prvi teden jim je njihova skupna sprejemna organizacija pripravila številne oglede: spoznali so Kwame Nkrumah Memorial, čudovito plažo, nenavadne krste, poslušali so njihovo tradicionalno glasbo in plesali nanjo, si ogledovali tržnice, jedli mango, ananas in kokosove orehe – skratka, poskusili so razumeti in občutiti Gano.

»Kmalu sem spoznala, da sta tako ameriški kot evropski vpliv v Gani že tako močna, da se njihov tradicionalni način življenja vse bolj izgublja. Skoraj vse ženske nosijo lasulje, čim bolj podobne lasem belk. Le še maloštevilni Ganci se oblačijo tradicionalno, predvsem mladi nosijo ponaredke znamk, kot so Converse, Lacoste ali Dolce Gabbana. Najbolj pa me je presenetilo, da veliko ljudi, da bi nam bili čim bolj podobni, uporablja kreme za beljenje kože. V drugem tednu se je večina prostovoljcev že razkropila po raznih krajih po celi Gani. Jaz in še ena prostovoljka sva še en teden ostali v Akri in se tam udeležili bobnarskega in plesnega tečaja. Čeprav sem bila novih poznanstev vesela in sem z vsemi ostala v stiku, pa nam je bilo vsem jasno, da se med Afričane želimo podati sami, ne pa kot skupina belcev.«

Po dveh tednih bivanja v milijonski Akri ni mogla verjeti svojim očem, ko je na poti proti svojemu novemu domu občudovala džungle v prečudovitih barvah, kakršnih še nikjer nikoli ni videla, in prave afriške vasi. Po prihodu v Kumasi v regiji Ashanti, ki je drugo največje gansko mesto, jo je njena afriška mati Evelyn že čakala na avtobusni postaji. Družina, ki jo je gostila, je prostovoljcev že vajena, tako da je bil sprejem povsem običajen. »Z Evelyn sva odšli na Central Market, največji trg v Zahodni Afriki, kjer me je posedla k svojim prijateljicam, ki so tam prodajale začimbe, kjer naj bi počakala nanjo. Kot belka sem bila že v Akri nekaj posebnega, a na tej tržnici so se ljudi zbirali okoli mene kot muhe. Bila sem atrakcija dneva, z vsemi sem izmenjala nekaj stavkov v lokalnem jeziku Twi in dve uri prodajala začimbe. Rekli so mi, naj vpijem: ›Kupite pri mami, kupite, kupite!‹ Pridno sem upoštevala njihova navodila, ne da bi vedela, kaj govorim. Vsi so umirali od smeha in trgovina je cvetela. V zahvalo sem dobila nešteto vrečk soli, popra, paprike in še česa. Kadar sem šla v Kumasi, sem vedno obiskala svoje prodajalke začimb.«

S *trotrojem*, 'zbirnim taksijem', sta se z Evelyn odpeljali domov v pol ure oddaljeni Ofoase/Kokoben. Ano je presenetilo, da je družina živela ob robu vasi, v nekakšnem katoliškem rezervatu. Albert, njen afriški oče, je namreč upravnik centra. Za afriške razmere so živeli zelo dobro, saj so imeli tekočo vodo in celo elektriko. To ji prve dni, ker je daleč presegalo običajni ganski standard, sploh ni bilo všeč in si je želela oditi v pravo afriško vas.

Albert in Evelyn pa nista bila samo njena »nova starša«, temveč tudi ustanovitelja in vodji neprofitne organizacije KAWDA, ki sta jo ustanovila leta 2002, da bi pomagala predvsem ženskam. Najprej sta pripravila kampanjo opismenjevanja, nadaljevala z razdeljevanjem hrane in oblačil, s finančnim svetovanjem in z načrtovanjem družine. Ko sta ugotovila, da povsod najbolj trpijo prav okuženi z aidsom, sta se osredotočila nanje. Delajo tako uspešno, da jim je ganska vlada že odobrila finančno subvencijo, a je žal dolgo niso prejeli.

V Gani je namreč skoraj 400.000 prebivalcev okuženih z virusom aidsa. Ti bolniki ne trpijo le zaradi hudih bolečin, ob tem so tudi socialno izolirani. Večina vaščanov namreč verjame, da se lahko z aidsom okužijo že z dotikom obolelega. Na cedilu jih puščajo tudi njihove družine, tako da so bolniki običajno sami, brez podpore in pogosto tudi brez zdravil. Čeprav njihova vlada načeloma krije 95 odstotkov stroškov za nakup zdravil, se pogosto zgodi, da bolniki nimajo niti 2,50 evra za doplačilo nakupa mesečne doze zdravil.

Ko je prišla, je bila organizacija ravno sredi nove kampanje proti aidsu. Z njimi je obiskovala šole in vasi, kjer so predavali o aidsu in ljudi svarili pred okužbo in jim delili kondome. Hkrati pa so jim tudi pojasnjevali, da okuženi za svoje okolje niso nevarni in da je diskriminacija okuženih zelo nepravična. Obiskovali so tudi okužene člane organizacije, ki so jih vedno spraševali o naslednjem mesečnem srečanju, saj so bila ta za marsikoga včasih edina možnost, kjer so lahko odprto spregovorili o svojih fizičnih in psihičnih težavah.

Ana je že v Akri spoznala Švicarko Selino Stucki, ki je prišla v Gano, da bi poučevala otroke. Druga drugi sta bili v veliko pomoč, pogosto sta se klicali, se druga drugi izjokali in druga drugo spravljali v dobro voljo. »Povedala sem ji o svojih načrtih, da bi rada s pomočjo prostovoljnih prispevkov za organizacijo KAWDA kupila minibus. Ob božiču me je obiskala, tudi zato, da bi spoznala mojo družino in delo pri organizaciji. Tudi njo je šokiralo ne le trpljenje ljudi, obolelih za aidsom, temveč predvsem diskriminiranje drugih vaščanov. Odločili sva se, da bova skupaj na noge postavili projekt ›Drive Aids Away‹, s ciljem, da zbereva denar za nakup minibusa, s katerim bi lahko vozili obolele v bolnišnico, na preglede in mesečna srečanja. Dodatno bi ga lahko uporabljali kot *trotro*, ki je v Gani najpogostejši način transporta, in s tem dodatno zaslužili.«

Njuna akcija je obrodila bogate sadove, ki jih na začetku nista pričakovali niti v najlepših sanjah. Tako v Švici kot Avstriji sta s pomočjo prijateljev, družine in znancev ter z močno medijsko podporo zbrali 10.000 evrov in kupili mali, 15-sedežni avtobus. Takoj so ga začeli uporabljati tudi kot taksi, kar bo organizaciji letno lahko prineslo nekaj tisoč evrov dodatnega zaslužka.

Še po njeni vrnitvi v Avstrijo ji Evelyn in Albert sproti poročata o svojih novih uspehih. Projekt »Drive Aids Away« se je šele zdaj prav razcvetel. Vlada je organizaciji končno nakazala obljubljeni denar, k čemur je gotovo prispevala tudi njuna donacija. Z denarjem, ki so ga dobili od vlade, in tistim, ki ga prinaša novi *trotro*, Evelyn in Albert že pripravljata nov projekt: načrtujeta gradnjo centra za okužene z aidsom, v bolnici namreč primanjkuje tako strokovnjakov kot finančnih sredstev.

Ana Sticker na koncu razgovora poudari, da bi zaradi v Gani pridobljenih izkušenj tudi v prihodnje rada razvijala nove projekte v boju proti aidsu. »S Selino Stucki že načrtujeva novo potovanje v Afriko. Seveda se bova oglasili tudi pri Evelyn in Albertu in jima pomagali pri gradnji novega centra.«

Antonija Ana Wieser: »Pozanimajte se in pojdite v svet!«

Antonija Ana Wieser, rojena leta 1987, doma v Čahorčah pri Kotmari vasi, je obiskovala dvojezično ljudsko šolo v Celovcu, po štirih razredih Slovenske gimnazije pa se je vpisala na Dvojezično trgovsko akademijo, kjer je leta 2006 maturirala. Študij, smer management naravnih virov, je nadaljevala na dunajskem BOKU – Universitat für Bodenkultur. Naslednji dve šolski leti bo v Gradcu za pridobitev naziva master študirala globalne študije in trajnostni razvoj.

Takoj po maturi je devet mesecev preživela na Poljskem, kjer je v evropskem letu prostovoljcev v mednarodni hiši srečanj delala v različnih projektih (Interkulturelle Jugendbegegnungsstätte Mikuszewo http://www.mikuszewo.org/) v organizaciji Jugendbegegnungsstätte, ki se poleg organizacije izmenjav in srečanj med mladimi iz Poljske in Nemčije ukvarja tudi z mednarodnimi projekti. Pred kratkim pa se je po šestih mesecih vrnila iz Latinske Amerike, kjer je štiri mesece preživela v Boliviji.

Kdaj je začela razmišljati o odhodu v tujino? »Že dolgo sem vedela, da po maturi ne bom šla takoj študirat, ampak da bom najprej nekaj časa kot prostovoljka delala v tujini. Zelo rada namreč spoznavam nove kraje in ljudi, zato sem možnosti bivanja v tujini aktivno iskala že v zadnjem letniku višje šole. Najprej sem si želela v Afriko, ko pa sem v celovški pisarni Deželne vlade, ki se ukvarja s prostovoljstvom v Evropi oziroma z EU Programom Youth in Action, našla projekt, ki se je izvajal na Poljskem, me je ta takoj pritegnil.«

Kakšni so občutki mladega človeka, ko gre prvič od doma? »Kljub želji po odhodu je hkrati čuden občutek prvič preživeti dalj časa v tujini, v državi, kjer ne znaš niti jezika. Takrat sem bila stara 19 let, živela sem blizu Poznanja, v vasi Mikuszevo v zahodni Poljski, kjer živi le okoli 60 ljudi. Ker pa sem ga že dolgo načrtovala, sem se bivanja v tujini hkrati zelo veselila. Ko se ozrem nazaj, lahko rečem, da sem šla tudi skozi proces ločevanja od družine in prijateljev; seveda sem jih pogrešala. Pomagalo mi je, da je bilo na Poljskem zame vse novo. Z domačimi smo se slišali po telefonu, pisali smo si elektronska pisma, skypa pa takrat še ni bilo. Precej so pomagali tudi nova okolica, novi prijatelji, s katerimi sem se družila, in seveda množica ljudi, ki je prihajala na projekte in seminarje, veliko pa sem po Poljski tudi potovala. To, da nisem znala jezika, ni bil poseben problem, saj sem bila v krogih, kjer je veliko ljudi govorilo zelo dobro nemško. Včasih je prav to bila skoraj ovira za učenje jezika. V teh mesecih sem se kar dobro naučila poljsko, ker pa jezika ne uporabljam, sem na žalost veliko pozabila.«

Na vprašanje, kaj je delala na Poljskem, pove, da je živela v starem s parkom obdanem plemiškem dvorcu, ki je pod spomeniškim varstvom. V njem so potekale tako prireditve, namenjene domačinom in širši regiji kot prireditvam v sklopu izmenjav med Poljsko in Nemčijo. Te Društvo Mikuszewo s sedežem v Poznanju organizira s finančno pomočjo nemškega društva in Deutsch-Polnisches Jugendwerk, ki ga financirata obe državi – Nemčija in Poljska. »Največ sem se ukvarjala s tako imenovanim projektnim managementom s poudarkom na mladih in različnih, po navadi nemško-poljskih pa tudi mednarodnih projektih.« Nadaljuje, da je v timu skupaj z drugimi skrbela, da je vse teklo po načrtih. Imela je različne zadolžitve: od kuhanja, skrbi za prihajajoče skupine, organizacije njihovih dejavnosti, spremstva pri izletih, pripravi iger in samoorganizacije, ipd. Različne skupine so prihajale tako iz Nemčije kot iz drugih držav, in to od mladih, učiteljev, malih otrok, do šolarjev in ljudi s posebnimi potrebami, v dvorcu pa so ostali teden ali dva, največ tri tedne. Velik poudarek je bil tudi na integraciji namenjenih projektih. »Spominjam se gradbenega projekta, ko je skupina nekdanjih odvisnikov v sklopu izobraževanja za zidarje obnavljala hišo, v kateri smo živeli.«

Česa se je naučila v teh mesecih na Poljskem? »Na eni strani predvsem samostojnosti, na drugi strani pa se je moj horizont zelo razširil. Spoznala sem veliko ljudi s cele Poljske in Nemčije in si o obeh od Avstrije in Slovenije veliko večjih državah ustvarila povsem novo podobo. Zadovoljna sem, da nisem šla takoj študirat in da nisem iz enega sistema padla v drugega, temveč sem se preizkusila v nekem povsem drugem sklopu.«

Ji je šolanje na Dvojezični trgovski akademiji, ki podpira samostojno delo dijakov, pri tem kaj pomagalo? »Ja, seveda, saj sem že med šolanjem sodelovala pri vseh mednarodnih projektih – s Slovenijo, Italijo in s Hrvaško – učila sem se tudi hrvaški jezik. Vse te možnosti so me že od nekdaj zanimale.«

Kaj ji je po vrnitvi na Koroško najbolj padlo v oči? »Vrnila sem se le za kratek čas, zelo hitro sem šla študirat na Dunaj. Predvsem me je fascinirala razlika v velikosti Avstrije in Poljske. Na Poljskem mi je bil všeč občutek, da živim v tako veliki državi. Ne vem zakaj, morda zaradi večje anonimnosti. Po moje se drugače počutiš in imaš drugačen položaj v svetu, če si eden od 60 milijonov ali pa eden od šestih milijonov ljudi. V Avstriji, predvsem pa na Koroškem, si povezan z velikim številom ljudi, zato mi je občutek anonimnosti na Poljskem še toliko bolj ustrezal; na Koroško in dom sem lahko pogledala z več distance in od zunaj. Počutila sem se kot nekdo, ki je po dolgem času prvič iz neke majhne vasi odšel v svet. Tako preko družine kot šolskega sistema sem namreč močno povezana s Koroško. Tudi na Dunaju, ki ga imam rada in mi je všeč in kamor bi še rada šla, sem bila veliko v koroških in koroško-slovenskih krogih; a tudi tam sem rada spoznavala nove ljudi, ki temu krogu niso pripadali.«

Tri leta in pol po vrnitvi iz Poljske je za štiri mesece odšla v Bolivijo oziroma za skoraj pol leta v Latinsko Ameriko. Sprva je načrtovala izmenjavo v programu Erasmus, nato pa je to izmenjavo prestavila v naslednje izobraževalno obdobje. Ker je po diplomi in med master študijem želela narediti krajši odmor in si v tujini ogledati nekaj, povezano z njenim študijem, se je tokrat odločila za Latinsko Ameriko. Prakso na enem od univerzitetnih inštitutov v La Pazu – ki se ukvarja z biotehnologijo in molekularno biologijo – je njej in njeni študijski kolegici pomagala najti

BUDONDO
P.O. BOX599 IGANGA
"TO PROVIDE QUALITY EDUCATION &

profesorica z BOK-a, sicer domačinka iz La Paza. Praksa na omenjenem inštitutu je bila prostovoljna in samofinancirana in ne del nekega programa, saj je bilo omenjeno delovno področje zanju nekaj povsem novega in je imelo le malo opraviti z njunim študijem. Na začetku prav tako ni znala špansko, pomagala si je z italijanščino, iz katere je na TAK-u tudi maturirala.

Kaj v Boliviji se ji je najbolj vtisnilo v spomin? »Tam nisem delala kot prostovoljka, ki v neki manj razviti državi pomaga drugim, ampak sem delala skupaj z izobraženimi, za Bolivijo precej bogatimi ljudmi. Bilo je zanimivo opazovati delovanje inštituta, ki je del državne univerze in kot tak tudi zelo slabo financiran ter s stalnim pomanjkanjem denarja in instrumentov. Vsak dan sem opazovala njihovo improviziranje in pri tem spoznala, kako nujno je njihovo medsebojno tesno sodelovanje; nekatere stvari, ki jih potrebujejo, si morajo izmenjevati in dobro koordinirati, marsikaj pa smo si organizirali tudi preko zasebnih poznanstev. Res bi rada naredila primerjavo s kakim dobro opremljenim avstrijskim laboratorijem. V Boliviji nekatere stvari, ki jih v Avstriji opravijo že stroji, še vedno delajo ročno. Ročno smo na primer izdelovali hranilne ploščice za gojenje bakterij, ki jih v avstrijskih laboratorijih izdelujejo že strojno. Čeprav so na inštitutu delali ljudje, ki so v Boliviji zlahka preživeli, pa imajo, če jih primerjam z našimi ljudmi, povsem drugačen odnos do revščine in drugih ljudi v stiski. Dobro se zavedajo, da gre drugim slabo, in ker so vsak dan soočeni npr. z ljudmi, ki živijo na cesti, so zato nekako bolj solidarni. Morda pa je to samo moj osebni občutek, ker je bila naša profesorica zelo solidarna predvsem z bolj revnimi indigenskimi skupnostmi.«

Na praksi sta nameravali ostati štiri mesece, pa sta jo po treh mesecih končali in nato še en mesec in pol potovali po Boliviji in Peruju. »Naučili sva se vse, kar nama je bilo pomembno, zato sva odšli.«

In kako se je sama soočala z revščino ljudi, ki živijo na cesti in se je z njimi vsak dan srečevala? Pravi, da je bilo deloma zelo težko, ker sprva ni vedela, kako naj kot tista, ki ima v primerjavi z njimi dovolj denarja, sploh ravna. »Tudi če nekomu daš denar enkrat, to zanj dolgoročno nič ne spremeni, smiselna je predvsem dolgoročna pomoč.«

Je razmišljala, kako bi k temu lahko prispevala sama? »Za zdaj sem hotela samo videti, kako ljudje živijo, kako pa lahko sama k temu kaj prispevam, pa še ne vem. Zdaj bom na graški univerzi s stališča različnih disciplin študirala o globalizaciji in njenih posledicah. V tem sklopu razmišljam, da bi se aktivno lotila nečesa, nisem pa še našla svoje poti.«

Se je njen odnos do sveta po vrnitvi iz Bolivije spremenil? »Prav bistveno ne, ker sem o vsem tem že prej razmišljala, se ob študiju zavedala težav in se z njimi ukvarjala v zvezi z okoljem, s socialnimi problemi in z razlikami. Zavedam se, da je treba dobro razmisliti, kako pomagati drugim, saj zaradi delovanja številnih dejavnikov ni enostavnih rešitev. Kar se tega tiče, je za vse, tako pri nas kot drugje, gotovo zelo pomembno izobraževanje in pa to, da se na druge ljudi ne gleda kot na manjvredne, ampak da se jim poskuša pomagati na isti ravni in z vsem spoštovanjem. Pomoč v smislu, da si lahko pomagajo sami.«

Kako in kje vidi svojo prihodnost? Ker namerava poleg globalnih študij v Gradcu interdisciplinarno študirati še trajnostni razvoj, se za zdaj vidi po svetu, v prihodnje pa bi pri svojem delu rada Koroško in Avstrijo povezovala s svetom, pri čemer jo na eni strani zanima izobraževanje, na drugi pa projekti, povezani s socialnim podjetništvom.

Zanima jo tudi sodelovanje z organizacijami, ki se ukvarjajo s prostovoljnimi aktivnostmi na primer na ekoloških kmetijah (WWOOF – World Wide Opportunities on Organic Farms): vsak, ki želi, lahko za določen čas prostovoljno pomaga na izbrani ekološki kmetiji. Povsod po svetu se lahko organizirajo tudi tako imenovani delovni kampi, v katerem se za določen čas in z namenom določene naloge zberejo ljudje s celega sveta. »Na Irskem sem delala na biokmetiji, v Belgiji pa sem ljudem s posebnimi potrebami pomagala obdelovati vrt. V projektih, kot je Umweltbaustelle, v Avstriji in na Koroškem prostovoljci sadijo drevesa in pomagajo kmetom. Vsak, ki ga to zanima, bo že našel način, da si pridobi čim več informacij.«

Antonija Ana Wieser na koncu doda, da se ji zdi zelo pametno, da vsak mlad človek odide tudi kam drugam in si ogleda še druge kulture in tamkajšnje življenje, saj povsem drugače in z določeno distanco pogleda predvsem na tisto, kar je doma tako samoumevno, da skoraj ne opazi več. »Ob tem vedno pomislim na koroška jezera, kamor sem lahko odšla, kadar se mi je pač zahotelo. Ker jezer na Poljskem in na Dunaju, sploh pa ne tako lepih kot na Koroškem, ni bilo veliko, sem nehala govoriti, da na Koroškem nimam kam iti in da je dolgočasno – vsaka regija ima pač svoje dragocenosti. Potem tudi doma opaziš lepe in dragocene reči, in spoznaš, kako dobro nam gre tukaj, da pa se ljudje tega na žalost sploh ne zavedajo. Če pa se tega že zavedajo, pa ne vedo, kaj naj naredijo za tiste, ki vsega tega nimajo. Jaz bi že rada našla način, kako aktivirati tako druge kot sebe, da bi se lotiti reševanja določenih globalnih izzivov, saj je te treba reševati na lokalni ravni. Že zdaj je povsod po svetu kar nekaj dovolj zanimivih iniciativ, samo da večina ljudi zanje sploh ne ve. Pozanimajte se in pojdite v svet!«

Ajda Sticker: Med glasbo, prostovoljstvom in novinarstvom

Ajda Sticker, rojena leta 1986, doma iz Šentpetra pri Šentjakobu v Rožu, je leta 2005 maturirala na Slovenski gimnaziji v Celovcu, leta 2011 pa diplomirala na Visoki šoli za socialno delo (FH Campus Wien für Soziale Arbeit) na Dunaju.

Že kot gimnazijka je v Celovcu čuvala deklico s težavami v razvoju, po maturi pa je v Bilbau v Španiji delala z odvisniki in ženskami, žrtvami moškega nasilja. Po teh izkušnjah je bila prepričana, da je zanjo prava izbira študij socialnega dela in da želi temu posvetiti svoje poklicno življenje. Čeprav je že kmalu spoznala, da je socialno delo povezano s preveč birokracije in da ga ne želi opravljati, je študij končala. Med študijem je na Kanarskih otokih tri mesece kot praktikantka delala z begunci in migrantkami, o protislovju med masovnim turizmom v Evropi in begunci, tako imenovanimi »ljudmi v čolnu«, je posnela svoj prvi kratki film »All-inclusive. Ohne-Geld-zurück-Garantie. Film je bil spomladi 2011 prikazan tudi na gledališkem festivalu Spectrum v Beljaku. O študiju pravi: »Čeprav v tem poklicu ne bom delala, sem se kljub temu naučila veliko uporabnih reči in mi ni žal, da sem študirala.«

Trenutno dvajset ur tedensko kot novinarka dela na Radiu Agora. »Delo mi je zelo všeč, po skoraj šestih letih bivanja na Dunaju pa se ne želim za stalno vrniti na Koroško. Zdaj sem dva tedna na Koroškem, dva pa na Dunaju, kjer se ukvarjam z glasbo, pojem v svoji glasbeni skupini Lokomotiv, zanjo pišem besedila, tam živijo tudi moji prijatelji.«

Prvič je kot dijakinja šestega razreda Slovenske gimnazije za dalj časa odšla od doma že pri petnajstih letih, in sicer si je preko AFS American Field Service uredila enoletno šolsko izmenjavo v Ekvadorju. Tja je odšla, kot pravi sama, nekako nepripravljena in brez znanja španskega jezika, in niti sanjalo se ji ni, kaj jo tam čaka. Naučila se je živeti brez staršev in bratov ter socialne mreže, v katero je bila vpeta doma. Naučila se je špansko, ker pa so takrat učitelji v Ekvadorju stavkali, je pouk obiskovala le tri mesece, ves preostali čas pa je državo spoznavala na svoj način, kar pomeni, da je veliko potovala.

Kakšni so njeni spomini na prvo obdobje, ki ga je preživela daleč od staršev in doma? Pripoveduje, da je veliko prejokala. Čeprav je bila njena mama proti temu, da gre tako daleč od doma že pri petnajstih letih, je kljub temu vztrajala in jo prepričala. Šele tam je razumela, kaj pomeni biti sama in kako se počutiš, kadar nikogar ne poznaš in se na nikogar ne moreš opreti. Prva dva meseca je bilo precej hudo tudi zato, ker je živela pri sicer bogati družini, ki pa je pretepala svoje otroke, njo pa poskušala pretirano ščititi, česar od doma ni bila vajena. Prepovedovali so ji druženje z ljudmi, ki jih sami niso sprejemali. Ko se je pritožila na AFS, so ji rekli, da v Ekvadorju starši pač pretepajo svoje otroke; kljub temu so jo nato namestili k ločeni samohranilki s tremi otroki, s katero se je zelo dobro razumela. »Malce me je poskušala spodbujati, da bi se bolj dekliško oblekla in da ne bi toliko odhajala ven, v bistvu pa sem lahko počela, kar sem hotela.«

Šele po vrnitvi je tudi na Koroškem opazila kaj pozitivnega. »Po eni strani je to družina, po drugi pa to, da doma poznaš pravila družbenega obnašanja za ženske, pa tudi to, da smo ženske tukaj mnogo bolj svobodne. So pa ljudje v Ekvadorju zelo, zelo odprti, s teboj se pogovarjajo tudi med čakanjem na avtobus ali posedanjem v kavarni, tako da tam nikoli nisem bila sama. Včasih je to tudi neprijetno, ko pa sem se na to navadila, sem nekatere stvari enostavno spregledala in spoznala, da se jim pač zdim zanimiva.« Na Koroškem jo je po vrnitvi zelo motilo, da se ljudje ne brigajo eden za drugega in da vsak živi v svojem svetu. O revščini, s katero se je v Ekvadorju srečevala na vsakem koraku, pa potrdi, da je ta res huda. »Na začetku mi je bilo ob opazovanju vseh teh revnih ljudi zelo hudo, še zlasti na podeželju, kjer sem srečala ljudi, ki so živeli le od tega, kar zraste v naravi. Tudi večina mojih sošolk je bila iz zelo revnih družin in so s številnimi družinskimi člani živele v zelo majhnih stanovanjih, po navadi brez staršev, ki so odšli v Španijo s trebuhom za kruhom; do leta 2006 državljanke in državljani Ekvadorja za Španijo niso potrebovali vize. Neverjetno je, da se mi je že kmalu vse, kar sem tam videvala, zdelo povsem običajno. Tudi v hiši, kjer sem živela, nismo imeli tekoče vode za tuširanje in smo se umivali v veliki plastični kadi z mrzlo vodo. Šele po vrnitvi domov sem spoznala, kaj vse človek zdrži, če mora.«

Že po vrnitvi iz Ekvadorja je vedela, da bo po maturi čim prej spet odšla. Pred naslednjim odhodom je najprej dva meseca delala v piceriji – odpovedala se je tudi maturitetnemu izletu – in tako zaslužila nekaj denarja. Najprej je poskušala v Španijo oditi preko organizacije, ki se v Avstriji ukvarja z organizacijo prostovoljstva. Ponujali so ji delo v psihiatriji, ker pa je to ni zanimalo, si je vse uredila sama preko zasebnih poznanstev. Pri tem ji je pomagala odvetnica, ki v Madridu dela z odvisniki in brezdomci. Že kmalu je odpotovala v Bilbao, kjer je živela pri lezbičnem paru, ki sta jo lepo sprejeli, za sobo jima je mesečno plačevala 100 evrov. Delala je v hiši, ki jo je zgradila socialna delavka in politologinja iz Kolumbije, da bi v njej namestila emigrantke, ki so iz Afrike in Latinske Amerike pobegnile pred nasiljem, in narkomane, od katerih je družba dvignila roke. Društvo je delno subvencioniralo mesto Bilbao, v glavnem pa so se preživljali s prostovoljnimi prispevki. V pritličnih stanovanjih so živele emigrantke, ženske, ki so se iz Afrike in Latinske Amerike umaknile pred nasiljem, v drugem in tretjem nadstropju pa narkomani, ki so pred prihodom v hišo živeli na cesti; sistem jih je izvrgel, ker se niso prilagodili pogojem zdravljenja. Tam so ti ljudje, stari med 35 in 74 let, živeli vsaj človeka vredno življenje in jih niso silili v zdravljenje.

V Bilbau je kot prostovoljka delala pet mesecev. Na začetku je stanovalke in stanovalce spremljala k različnim opravkom, nato pa je delala z ženskami, ki so bile zaradi vsega prestanega precej duševno otopele in depresivne. Niso si upale zapustiti hiše, ves dan so ostajale v njej in gledale televizijo. »Ker sem vedela, da pri depresiji pomaga telesna dejavnost, sem nakupila DVD-je in z njimi vadila aerobiko, včasih pa sem kuhala skupaj z narkomani, ki so za vse v hiši pripravljali obroke. Ker so bili med narkomani tudi HIV pozitivni, sem se veliko naučila tudi o ravnanju z ljudmi z aidsom. Tako sem morala vedno vse, kar so uporabljali, prekuhati v vroči vodi, diabetičarki z aidsom pa sem morala inzulin vbrizgavati z rokavicami.«

Po vrnitvi na Koroško je dva meseca na tekočem traku delala v tovarni Infineon v Beljaku. »Več nisem zdržala, po dveh mesecih sem bila povsem uničena, izključila sem možgane, preden sem šla delat, in jih vključila po prihodu domov – sem pa dobro zaslužila.« Prvega sprejemnega izpita na FH Campus Wien für Soziale Arbeit ni naredila, zato je eno leto študirala sociologijo, v tem času kot prostovoljka delala z begunci, denar pa si je služila z delom s težje telesno in duševno prizadetimi odraslimi. Drugi sprejemni izpit na Visoki šoli za socialno delo je uspešno opravila.

Načrti za prihodnost? »Želela sem študirati publicistiko, pa je študij predrag, zato sem misel nanj za zdaj opustila. Za zdaj bom 20 ur tedensko delala na Radiu Agora. Med študijem smeri, ki me ni zanimala, sem spoznala, da ni treba študirati nečesa, kar rad delaš. Delo na radiu mi je zelo všeč, opažam pa, da mi manjka znanje slovenščine, nič pa mi ne bi škodovalo več teoretičnega znanja o novinarskem delu.«

Načrti v smeri prostovoljstva? Glede na to, da je diplomirana socialna delavka, bi se s tem načinom pomoči ukvarjala poklicno, čeprav se zaveda, da večina organizacij, ki se ukvarja s posebnimi skupinami prebivalstva, pri svojem delu potrebuje prostovoljce. »Delati kot prostovoljec je smiselno, ko si mlad, da si malo potolažiš vest. Prav slaba vest, da gre meni dobro, drugim pa ne, je bila pri meni največji motiv za odločitev, da bom prostovoljka. Zdaj sem dovolj stara, da vem, da za revščino nisem kriva jaz, temveč je to družbeni problem, da pa si kljub temu lahko prizadevam za družbene spremembe; to pa lahko počnem tudi kot novinarka. V prihodnje bi se rada ukvarjala s starejšimi ljudmi, ker opažam, da jih vedno bolj zanemarjamo. Na Dunaju je to še mnogo večji problem kot pri nas na podeželju. V mestih se z njimi res dela, kot da bi bili najbolj nepomembna skupina ljudi na svetu. Zaradi tega mi je res hudo in ne morem si predstavljati, da bi z mano, ko bom starejša, kdo ravnal tako grdo. »Zadnjič sem v Hoferju, kjer imajo majhne in ozke blagajne, opazovala starejšo gospo, kako težko je sledila hitri blagajničarki, kako težko je vse nakupljeno pospravila v vrečko in poiskala drobiž.«

Na koncu sva spregovorili še o tem, da se s prostovoljnim delom ukvarjajo predvsem dekleta. »Najbrž zato, ker gredo fantje po maturi za šest mesecev v vojsko ali pa osem mesecev opravljajo civilno službo. Tudi v tujini sem povsod srečevala le dekleta. Sem pa na svojem zadnjem potovanju po Kambodži in Laosu tam naletela na društvo, ki gradi šole, v katerih Evropejci prostovoljno poučujejo angleščino. Med učitelji je bilo največ fantov, ne maturantov, bili so malce starejši. Tudi na študiju socialnega dela je bilo med stotimi študenti le 20 fantov. Po moje so jih tudi sprejeli zato, ker so moški, in ne zato, ker bi tako dobro opravili sprejemni izpit.«

Irina Urbajs: Vrtec za revne otroke

Irina Urbajs, rojena leta 1985, doma v Žopračah, je ljudsko šolo obiskovala v Vrbi, maturirala pa na Slovenski gimnaziji v Celovcu. Po maturi je najprej eno leto kot prostovoljka preživela v Boliviji, poldrugo leto pa je na dunajski univerzi študirala Znanost o negi. Ker si je želela delati z ljudmi in ne za ljudi, se je prepisala na študijski program Delovna terapija na ljubljanski Zdravstveni fakulteti. »S tem študijem sem zelo zadovoljna, delo je kreativno in posega na več področij. Naučila sem se delati z ljudmi s psihičnimi težavami, z odvisniki, ljudmi po možganskih poškodbah, s starostniki, z otroki s posebnimi potrebami in z ljudmi po nesrečah. V Španiji, kjer sem bila eno leto na študijski izmenjavi, sem delala z dojenčki z razvojnimi težavami in z ljudmi po delovni nezgodi.« S katero skupino ljudi bi najraje delala? »Po diplomi, ki je moj prvi cilj, bi najraje delala z otroki ali pa odvisniki.«

Že v zgodnjih najstniških letih je razmišljala, da bo po maturi eno leto kot prostovoljka delala daleč od doma. Sprva je hotela v Afriko, o vsem je bila z nunami iz ene od koroških katoliških organizacij v Vernberku že domenjena. Ko pa so nune, ki so v Tanzaniji vodile sirotišnico, izvedele, da ni verna katoličanka, so v Vernberk poslale sporočilo, da pri njih ni zaželena.

S pomočjo Iris Gomez in latinskoameriškega inštituta s sedežem na Koroškem je že jeseni odpotovala v vzhodno Bolivijo, v kraj San Ignacio de Velasco, velik približno toliko kot Celovec in od Santa Cruza oddaljen devet ur vožnje. Ko je v Santa Cruzu izstopila iz letala, je bila stara 18 let in ni znala niti besede špansko. »Moje prvo srečanje z Bolivijo je bila deveturna vožnja po makadamski cesti v avtobusu z lesenimi sedeži.«

Delala je v celodnevnem vrtcu, ki ga je za najrevnejše otroke s pomočjo prostovoljnih prispevkov zgradila skupina izobraženih domačink, ki so se imenovale Taneneka (v jeziku quechua = 'sončni vzhod'). Največ prostovoljnih prispevkov je bilo zbranih prav v Avstriji, saj je med skupino pobudnic tudi ženska, doma s Predarlskega. Najrevnejše družine imajo veliko otrok in že tri- ali štiriletni otroci morajo, ko so starši v službi, paziti na mlajše. Ljudje živijo v majhnih ilovnatih kočah ob zajezitvenem jezeru Guapamo, kjer mrgoli komarjev. Bogatejši živijo v drugem delu mesta. »To sta dva povsem različna svetova. Opazila sem tudi, da večina žensk sama skrbi za otroke. Pripovedovale so mi, da se moški po rojstvu otrok po navadi umaknejo in za otroke ne skrbijo. Ti moški so kot sezonski delavci delali na večjih posestvih zunaj mesta.« V vrtcu zaposlene ženske so mesečno zaslužile 40 evrov, kar bi bilo dovolj za preživetje ene osebe, ne pa tudi za vzdrževanje enega ali več otrok.

Med svojim bivanjem v San Ignaciu de Velasco je imela Irina Urbajs v vrtcu tudi sobo in hrano. Za vse drugo je morala poskrbeti sama. Nekaj denarja je prihranila, nekaj so prispevali starši. Kako se spominja začetkov? »Najhuje je bilo, ker nisem znala špansko. Zaradi odpovedi poti v

Afriko nisem imela časa, da bi se naučila vsaj nekaj osnovnih besed. Prvi mesec je bilo res težko, otrok nisem razumela, ves čas sem iskala besede v slovarju, še ponoči. Moji učitelji španščine so bili pravzaprav otroci, ki so se zaradi tega na moj račun neskončno zabavali, v smislu ›še tega ne veš‹, a so kljub temu imeli z menoj zelo veliko potrpljenja.«

Kaj je počela z otroki? V delo jo je uvedla mlada domačinka, ki je postala tudi njena najboljša prijateljica. Ko je ta odšla, so ji zaupali skupino desetih štiri- in petletnih otrok. Pripravljala jih je na malo šolo, z njimi risala, jih učila pisati, skupaj so peli, pripravljali igre in plesali. »Z vsakim sem delala po njegovih zmožnostih, saj so nekateri novinci v rokah prvič držali svinčnik.« Da bi se otroci v vrtcu še bolje počutili, je s prijateljicama s Predarlske poslikala stene, kar je lepo razvidno z ene od fotografij.

»Najbolj pa me je presenetilo, da niti oni niti nihče drug ni pazil na okolje, zato je Bolivija močno onesnažena in so povsod kupi smeti. Takoj ko sem se naučila jezik, sem od otrok zahtevala, da so smeti metali v koš.« Neprijetno jo je presenetilo, da so številne mame teple otroke, predvsem punčke. »Pri eni družini smo celo posredovali in jim zagrozili z odvzemom otrok. V najrevnejših družinah je tudi veliko alkoholizma in prostitucije. Mladi niso poučeni o spolnosti in kontracepcijskih sredstvih, rojevajo celo 13- do 16-letne deklice, v družinah se rojeva veliko število otrok. Prav zato so nekateri za starše le številke.«

V mestu ni bila edina prostovoljka iz Avstrije, dve medicinski sestri s Predarlske sta se ji po dveh mesecih bivanja pridružili tudi v vrtcu. Poleg prostovoljk so bile v vrtcu tri domačinke, ki so bile redno zaposlene. »Z vsemi sem se dobro razumela, predvsem s kuharico, ki je bila od mene starejša le pet let, pa je kljub temu zelo materinsko skrbela zame. Kljub mladosti je bila samohranilka s tremi otroki, ki so vsi obiskovali vrtec. Z njo žal nimam rednih stikov, saj si ne more privoščiti interneta.«

Kako se počuti 18-letno dekle ob prvem odhodu od doma? »Na začetku sem bila zelo, zelo osamljena in sem strahotno pogrešala predvsem mamo. In ona mene, kljub dvema starejšima bratoma sem prva šla tako daleč od doma. Ob najinih zelo čustvenih pogovorih po skypu sva prvi mesec obe jokali, tako da so me ljudje v kavarni začudeno gledali.« Že po enem mesecu, ko je že znala več španskih besed, se je počutila bolje, tudi zato, ker so tamkajšnji ljudje zelo odprti in prijazni. Pozneje je spoznala tudi druge prostovoljce z vsega sveta in se skupaj z domačini z njimi veliko družila. »Pogovarjali smo se špansko. Po treh mesecih mi je jezik že bolje stekel.«

Praznike in počitnice je v Boliviji izkoristila za avtobusna potovanja po zelo raznoliki državi, kjer si je mogoče ogledati vse od džungle, Andov in slikovitih mest do slanih jezer. »Prevozi so za tujce zelo poceni. Prav tako hrana. Tam te vprašajo: ali boste jedli meso ali piščanca?« V tem času je potovala tudi po sosednjih državah Čile, Peru in Brazilija.

Se je bilo težko vrniti na Koroško? »Čeprav sem se odhoda po enajstih mesecih že malce veselila in sem si želela videti družino in prijatelje, pa sem imela po vrnitvi težave. V Boliviji so vsi ljudje vedno nasmejani, vsak se pogovarja z vsakim in te jemlje takega, kot si. Le to mi ni bilo všeč, da sem včasih pri kakem domačinu opazila, da se druži z menoj zaradi denarja.« Kmalu po vrnitvi je odšla študirat na Dunaj. »Šla sem iz toplih krajev z nasmejanimi ljudmi, kjer se ljudje veliko družijo, na Dunaj z odtujenimi ljudmi, kjer vsak živi zase. Tega, da tukaj ljudje drug drugega niti ne opazijo, nisem bila več vajena in sem se kar prestrašila. Dolgo je trajalo, da sem se spet navadila na življenje tukaj.«

Kaj od pridobljenega v Boliviji je ohranila? »Precej bolj varčujem z vodo, še vedno me prav zaboli, ko vidim, da kdo z njo razsipava. Tam je voda onesnažena in sem jo morala prekuhavati.« Kaj pa v odnosu z ljudmi? »Gotovo sem bolj odprta in tudi samozavestna ter laže spoznavam nove ljudi. Se je spremenil tudi njen odnos do denarja? »Denar mi nikoli ni bil najpomembnejši. Res pa je, da bi se rada čim prej zaposlila, da bi si zaslužila za potovanja in da bi bila čim bolj neodvisna.«

Od enoletnega bivanja v Boliviji je minilo sedem let. Zdaj je stara 25 let, pred kratkim se je vrnila s študijske izmenjave, med katero je eno leto preživela v Španiji. »Tudi v Španiji sem se zaradi odprtosti ljudi zelo dobro počutila. Morda še bolj, saj se tam nihče ne druži s tabo zato, ker naj bi imel kot Evropejec veliko denarja.« V Španiji je stanovala v zasebnem stanovanju skupaj z drugimi študenti s celega sveta.

Leta 2010 se je s sestrično med trimesečnim potovanjem po Latinski Ameriki ustavila tudi v San Ignaciu de Velasco. »V samem kraju so izboljšali ceste, v vrtcu pa je tako, kot je bilo. Žal nisem srečala ›svojih‹ otrok, saj je večina s starši odšla delat na večje farme zunaj mesta. Nekaj jih je, ker jih starši ob bolezni zaradi pomanjaknja denarja niso odpeljali k zdravniku, tudi umrlo, med njimi tudi komaj enoletna hčerka njene prijateljice, kuharice, Huanita Irina. Irina Urbajs je s pomočjo svojih prijateljev zbrala nekaj denarja in ga poslala v Bolivijo, da so deklico sploh lahko pokopali. Tudi prof. Andolšek, ki na Slovenski gimnaziji poučuje verouk, je še v času, ko je Irina delala v vrtcu, tja večkrat poslal na Koroškem zbrani denar. Zadnjo tja poslano vsoto je namenila za nakup oblek, torb, copat, barvic, knjig, igrač, zdravil in za odpravljanje uši v vrtcu in v družinah otrok.

Bi v prihodnje še delala kot prostovoljka? »Vedno ko slišim za kakšno prostovoljno delo, razmišljam, da bi šla. Še raje pa bi prostovoljstvo povezala s svojim poklicem.« In nadaljuje: »Najpomembnejša izkušnja je, da se doma po vrnitvi zaveš, da imaš možnost izbire. Tukaj se nam vse zdi tako samoumevno, še zlasti možnost šolanja in študija. To dvoje bi res lahko bolj cenili. V Boliviji sem srečala nekaj zelo inteligentnih otrok, ki so se tako radi učili, pa vem, da se nikoli ne bodo mogli šolati.« Sama je v enajstih mesecih spoznala več Bolivije kot njeni prijateljici, ki vse življenje živita tam in sta od nje starejši le tri leta. »Ves čas sta sanjali, da bosta v petih letih prihranili toliko denarja, da bosta lahko potovali po bližnji Braziliji. Ob njiju in še marsikaterem drugem sem se vseh svojih možnosti, ki jih imam v življenju, celo rahlo sramovala.«

Olga Voglauer[1]

RAZVOJ KMETIJSTVA NA JUŽNEM KOROŠKEM S POUDARKOM NA SLOVENSKIH KMETIH IN KMETICAH

Kmečka izobraževalna skupnost (KIS), ki redno raziskuje sestavo in organiziranost kmetij na južnem Koroškem, je leta 2010 na slovenskih kmetijah izvedla že tretjo anketo. Na podlagi dobljenih podatkov KIS načrtuje razvoj svojega delovnega področja; slovenskim kmetom in kmeticam želi ponuditi aktualne izobraževalne programe in njihovim potrebam prilagojene razvojne projekte.

Zakaj posebna anketa za južno Koroško?

Na številnih kmetijah na južnem Koroškem, kjer živijo koroški Slovenci, se je ohranila domača slovenska beseda. Ker kmečke družine zaradi napredujoče asimilacije postajajo za ohranjanje slovenščine na podeželju vse pomembnejše, postaja pomanjkanje višjega strokovnega kmetijskega izobraževanja v slovenskem jeziku vedno bolj pereč problem. Kmečki otroci se namreč lahko šolajo na treh obstoječih višjih šolah v slovenskem jeziku, nimajo pa možnosti strokovnega kmetijskega izobraževanja v slovenskem jeziku.

V času, ko je slovenski gospodarski prostor vedno pomembnejša razvojna možnost južne Koroške, se tudi kmetijstvu na tem območju odpirajo nove razvojne možnosti, med njimi npr. strojni krožki, prodaja kmečkih proizvodov, izmenjava delovne sile, sodelovanje na področju gozdarstva in trženja lesa.

Načrtovanje ukrepov za zadovoljevanje omenjenih potreb zahteva dobro poznavanje sestave kmetij koroških Slovencev; le na tej podlagi lahko vodjem kmetij ponudijo njim primerno gospodarsko in jezikovno izobraževanje ter razvojne projekte. Številne možnosti v korist obeh strani ponujata tudi povezovanje in medsebojno spoznavanje slovenskih kmetov in kmetic z obeh strani meje.

Pri uspešnem razvoju kmetijstva bo v prihodnje pomembno vlogo igrala tudi povezanost med južno Koroško in Slovenijo na izobraževalnem področju. V Sloveniji se namreč slovensko govoreči mladini iz Avstrije

1 Dipl. inž. Olga Voglauer se je leta 1980 rodila v Celovcu. Leta 2008 je na dunajskem BOK-u – Universität für Bodenkultur končala študij agronomije, smer agrarna ekonomija, s poudarkom na razvoju podeželja. Kot dijakinja Dvojezične trgovske akademije v Celovcu je bila predsednica Koroške dijaške zveze, med študijem na Dunaju pa je dve leti opravljala funkcijo podpredsednice študentske organizacije. Po vrnitvi z Dunaja sta si z možem ustvarila družino; z dvema majhnima otrokoma živita v Bilnjovsu in skupaj z njenima staršema upravljata biokmetijo, specializirano za pridelavo ekološkega mleka. Trenutno je še zaposlena pri Kmečki izobraževalni skupnosti, v prihodnje pa se na Koroškem namerava posvetiti regionalnemu razvoju in razvoju podeželja, zanima pa jo tudi politično delovanje.

odpirajo široke izobraževalne možnosti, in to vse od višjega (v Sloveniji srednjega) do univerzitetnega in doktorskega zaključka izobraževalne poti.

Pričujoče poročilo podaja natančno stanje slovenskega kmetijstva na južnem Koroškem ter opisuje razvojne niše za uspešno kmetijstvo tudi po letu 2013.

Starostna struktura na slovenskih kmetijah

Na podlagi starostne strukture vodij kmetij lahko sklepamo, da je v zadnjih letih prišlo do bistvenih sprememb. Delež mlajših kmetov se je povečal, starejša generacija je kmetije predala v roke svojim naslednikom. Trenutna povprečna starost kmetov, ki vodijo tako imenovane čiste kmetije kot svoj glavni poklic, je 49 let, prav tako pa se je v zadnjih petih letih podvojil delež mladih kmetov do 30 let.

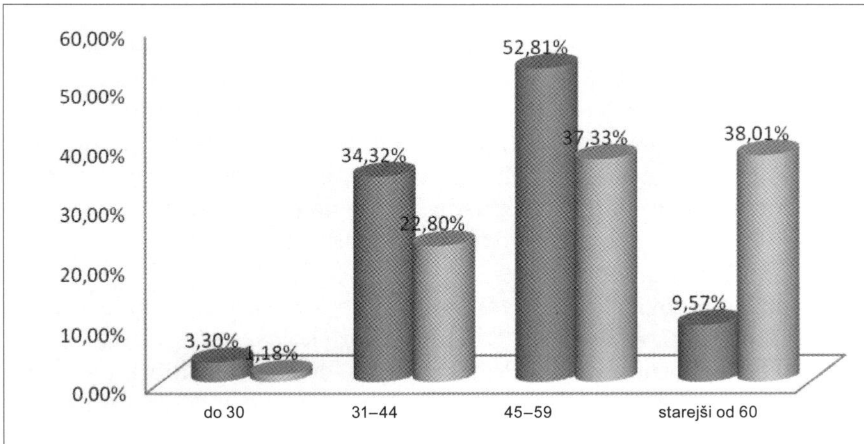

Graf 1: Starostna struktura vodij kmetij – primerjava med letoma 2010 in 2005

Stopnja izobrazbe na kmetijah

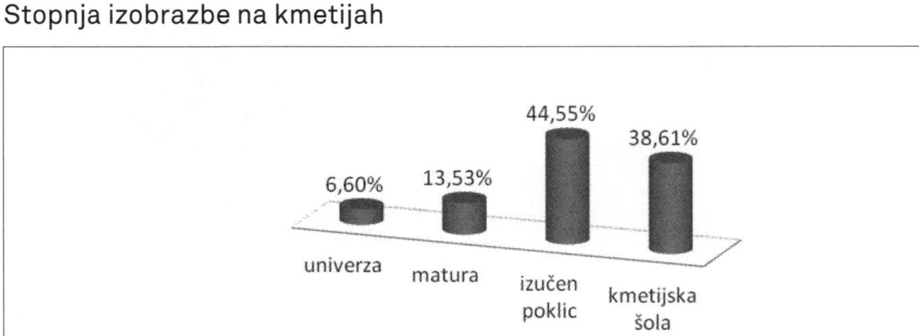

Graf 2: Stopnja izobrazbe vodij kmetij leta 2010

Rezultati o stopnji izobrazbe na kmetijah kažejo, da se delež strokovno izobraženih vodij kmetij povečuje. Leta 2005 je bilo strokovno izobraženih 26 odstotkov vprašanih, leta 2010 se je ta delež povzpel na 38,61 odstotka vseh vprašanih.

Ženske vodijo skoraj polovico vseh kmetij

Anketa KIS kaže, da kar na 47 odstotkih kmetij njihovo vodenje ali pomembne naloge na kmetijskem obratu prevzemajo ženske. Čeprav je predvsem na dopolnilnih kmetijah vodenje kmetij ženska naloga, se zaposlovanje žensk zunaj kmetijstva povečuje. Delež zunaj kmetij zaposlenih žensk je bil leta 2010 17-odstoten.

Struktura kmetij

Anketirane so najprej vprašali, ali obdelovalne površine obdelujejo sami ali so jih oddali v zakup. Iz grafa je razvidno, da je kar 33 odstotkov lastnikov vso svojo obdelovalno površino oddalo v zakup. Ta rezultat je enak rezultatu ankete KIS-a iz leta 2005. Na njegovi podlagi lahko trdimo, da se trend prenehanja ukvarjanja s kmetijstvom sicer ni zaostril, kljub temu pa napreduje. Strukturne spremembe v kmetijstvu so tudi na južnem Koroškem opazne predvsem pri lastnikih kmetij z manj kot 10 hektarji obdelovalnih površin.

Na več kot polovici kmetij zemljo obdelujejo na konvencionalen način. Število kmetij, ki se usmerja v neformalno ekološko pridelavo, se je v zadnjih letih znatno zvišalo. Prav tako se je delež ekoloških kmetij z 10 odstotkov leta 2005 zvišal na 14 odstotkov v letu 2010. Rezultat ustreza splošnemu trendu v Avstriji in na Koroškem.

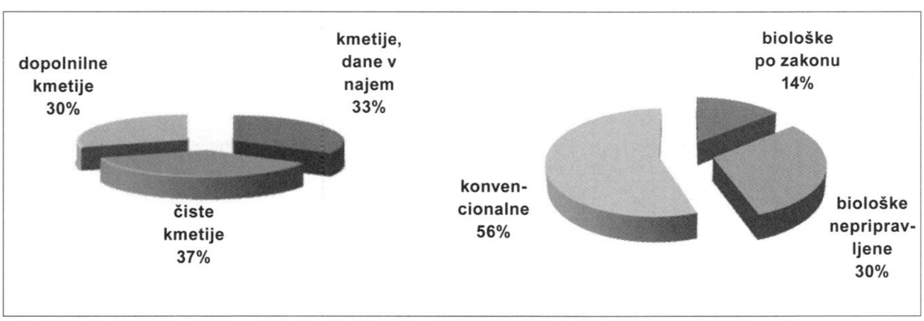

Graf 3: Delovanje kmetij leta 2010

Leta 2005 so na 385 kmetijah izjavili, da sami obdelujejo svoje površine; leta 2010 so tako odgovorili na 303 kmetijah. Število tako imenovanih čistih kmetij, na katerih ljudje kmetovanje opravljajo kot glavni poklic, se je v primerjavi z letom 2005 povišalo za skoraj 10 odstotkov. Vzroki za to so najbrž gospodarski, saj kmetije omogočajo zaposlovanje delovne sile, ki je pred tem kmetovanje kombinirala z zaposlitvijo zunaj kmetije. Tako se lahko med gospodarskimi krizami dopolnilne kmetije ponovno spremenijo v čiste oziroma v kmetije s kmetovanjem kot glavno zaposlitvijo.

Prav tako raste delež kmetij, ki se same odločijo za biološko kmetovanje in ne pridobijo javnega statusa. Te kmetije skladno z ukrepom popolne odpovedi umetnim gnojilom delujejo v okviru avstrijskega programa za sonaravno kmetijstvo »ÖPUL«.

Živinorejske panoge na južnokoroških kmetijah

Iz ankete je razvidno, da se na 90 odstotkih vseh anketiranih kmetij ukvarjajo z živinorejo, ki jo po navadi kombinirajo s poljedelstvom. Le na 37 kmetijah so navedli, da se ukvarjajo samo s poljedeljstvom in posebnimi kulturami.

Kakor že leta 2005, je tudi leta 2010 veliko kmetij, ki se ukvarjajo z različnimi živinorejskimi produkcijskimi panogami. Specializirane kmetije, ki bi bile usmerjene le v eno produkcijsko panogo, kot so npr. prireja mleka, govedoreja ali prireja plemenskih svinj v prašičereji, so redke.

Zelo majhno je tudi število kmetij, ki gojijo perutnino ali drobnico. V preglednici so navedene le kmetije, ki se poklicno ukvarjajo z navedeno produkcijsko panogo. Kmetije, ki npr. kure ali drobnico gojijo le za lastno porabo ali užitek, v preglednici niso zajete. Isto velja za prašičerejo, kjer so v preglednici navedene le kmetije, ki se s svojo panogo preživljajo.

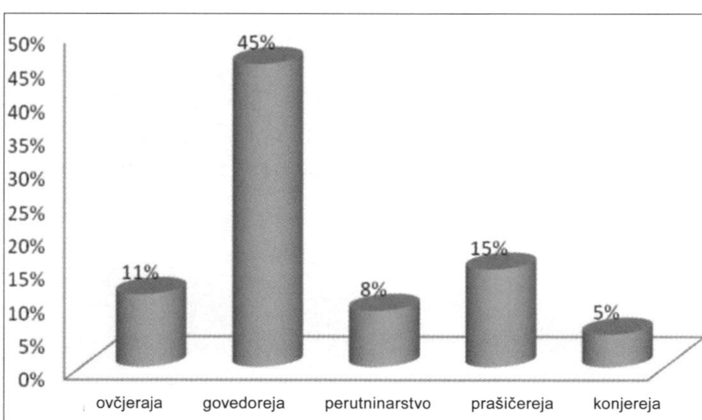

Graf 4: Pregled živinorejskih panog

Iz zgornjega grafa je razvidno, da je govedoreja glavna produkcijska panoga na južnem Koroškem. Poklicno ukvarjanje s prašičerejo nazaduje, pri čemer se kmetije glede na število prašičev večajo. Geografsko je 80 odstotkov vseh prašičerejcev v okolici Pliberka in Globasnice, kar je na teh območjih razložljivo tudi z naravnimi danostmi in močnim poljedelstvom.

Velikosti kmetij

Glede na socio-ekonomski tip kmetijskih gospodarstev so kmetije na južnem Koroškem v glavnem mešane, v nekaterih občinah in predelih pa predvsem gorske in hribovske. Poljedelske kmetije so geografsko močno koncentrirane na okolico Pliberka in Globasnice, manj pa jih je v Rožu in na Zilji.

Zelo jasen je trend povečevanja obdelovalnih površin. Delež kmetij z več kot 20 hektarji poljščin se veča in je leta 2010 dosegel 20-odstotni delež vseh poljedelskih kmetij. Deloma se kmetije povečujejo z nakupom kmetijske površine, predvsem pa z najemom površin od tistih kmetov, ki so prenehali kmetovati.

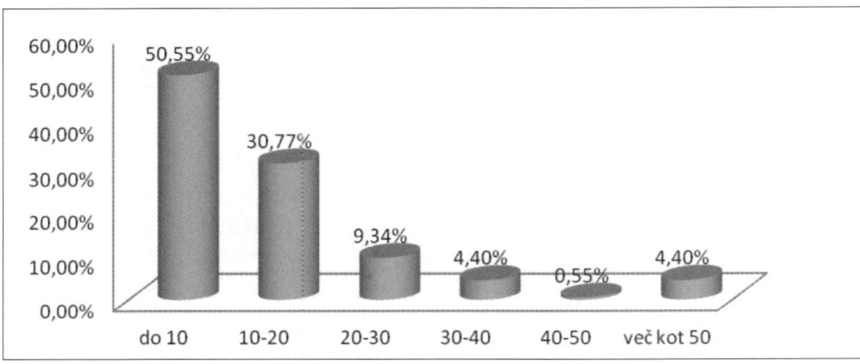

Graf 5: Velikost njiv v hektarjih na kmetijo leta 2010

Skupno se 36 odstotkov vseh kmetij, na katerih obdelujejo svoje površine, ukvarja samo s travništvom. Ta delež v glavnem zajema gorske kmetije iz občin Sele, Šmarjeta v Rožu, Borovlje, Šentjakob v Rožu ter Železna Kapla. 90 odstotkov teh kmetij ima do 20 hektarjev travnikov. Kmetij z več kot 20 hektarjev je le malo; v glavnem so to kmetije, ki imajo v lasti planine.

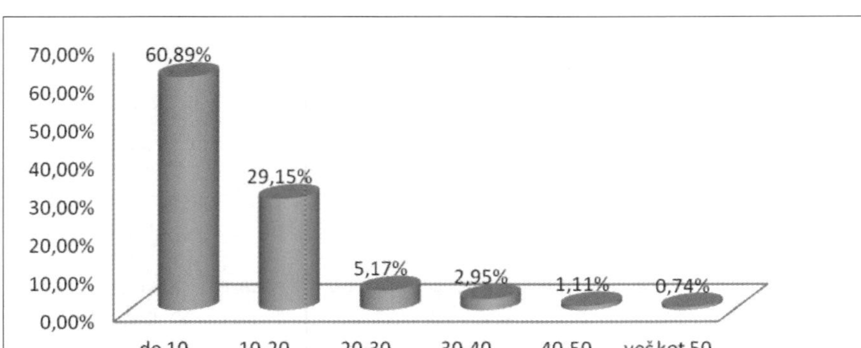

Graf 6: Velikost travnikov v hektarjih na kmetijo leta 2010

Travništvo je povezano z govedorejo, zato so te površine temu primerno majhne. V primerjavi z letom 2005 je razvidno, da se število kmetij z več kot 20 hektarji travnikov stalno povečuje, do leta 2010 je s petih odstotkov naraslo na skoraj 10 odstotkov. Omenjeni trend je mogoče razložiti tudi z intenziviranjem v prireji mleka in s povečanjem števila mlečnih kmetij.

Razvoj sadjarstva na južnem Koroškem

S sadjarstvom se poklicno ukvarjajo na 32 kmetijah. Te kmetice in kmetje svoje sadje in izdelke iz sadja prodajajo doma. Na vseh omenjenih kmetijah je sadjarstvo le dopolnilna dejavnost živinoreji in/ali poljedeljstvu.

V zadnjih letih je KIS ponujala številne tečaje in predavanja iz sadjarstva, predvsem o obrezovanju in predelavi sadja. Zaradi močnega povpraševanja in v smislu ohranjanja in nege obstoječe sestave sadnih dreves se bo izobraževalna ponudba na tem področju ohranila v dosedanjem obsegu. Dodatno se bo treba osredotočiti še na področja, kot so pridelava sadnih sokov, mošta in kakovostnega žganja.

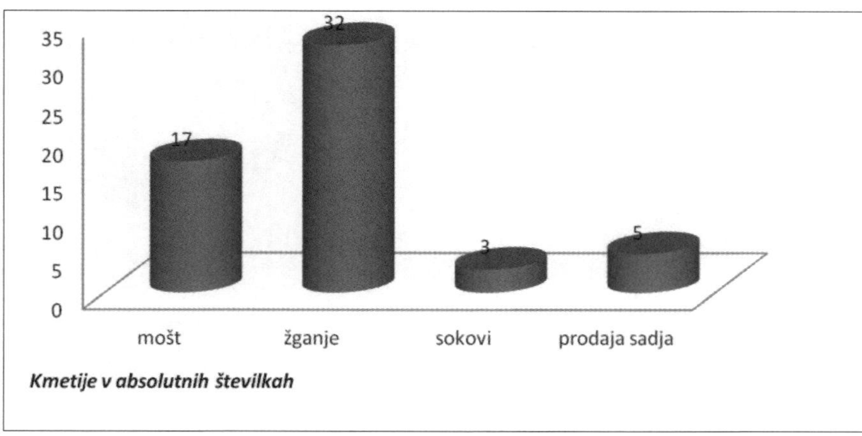

Graf 7: Predelovanje sadja na kmetijah

Trženje domačih proizvodov

Trženje lastnih domačih proizvodov se na južnem Koroškem močno osredotoča na suhe in predelane mesne izdelke. Iz grafov je razvidno, da poleg mesa največ kmetij trži sveža kurja jajca, nato jedilna olja in domači kmečki kruh.

Trženje svežega sadja ni bistvenega pomena. Kot posebno dejavnost je treba navesti žganjekuho in pridelavo jabolčnega mošta, ki se ga sicer pogosto pripravlja, trži pa ga le nekaj kmetij. Razlog za to je treba verjetno iskati v davčnih predpisih in pomanjkanju tržnih znamk. Anketirane so vprašali, ali želijo, da bi njihove proizvode tržila skupna organizacija. Željo po tem so izrazili na nad 50 kmetijami, kjer svoje izdelke prodajajo doma.

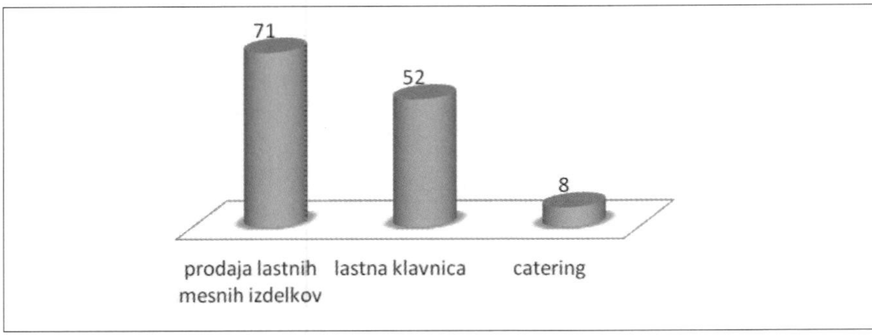

Graf 8: Predelovanje mesnih izdelkov na kmetijah

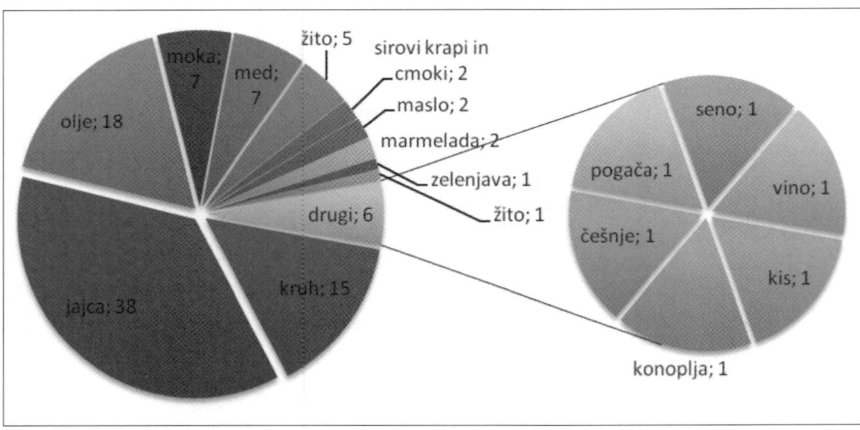

Graf 9: Neposredna prodaja drugih kmečkih izdelkov (kmetije v absolutnih številkah)

Turizem na kmetijah

Prvič je anketa o sestavi kmetij na južnem Koroškem vsebovala tudi vprašanja o turističnih aktivnostih. Večina kmetij v turističnih apartmajih in/ali sobah ponuja nočitve z zajtrkom. Med lastniki kmečkih točilnic[2] je le nekaj koroških Slovencev. Številne med ljudmi zelo priljubljene kmečke točilnice so v lasti nemško govorečih sodeželanov.
Pogled na ponudnike »počitnic na kmetiji« kaže, da jih je največ v okolici turističnih območij južne Koroške – predvsem ob Klopinjskem, Vrbskem in Baškem jezeru. V ponudbi, imenovani »počitnice na kmetiji«, zakonodaja omejuje število postelj, zaradi česar je marsikatera kmetija prijavila

2 'Kmečke točilnice' (nemško: *Buschenschank*) na Koroškem ponujajo mrzle kmečke malice z domačimi kmečkimi dobrotami. Med pijačami lahko ponujajo le domače sokove, žgane pijače in mošt. Obratovalni čas je omejen.

tudi turistično obrt, ki dovoljuje ponudbo večjega števila turističnih postelj oziroma apartmajev.

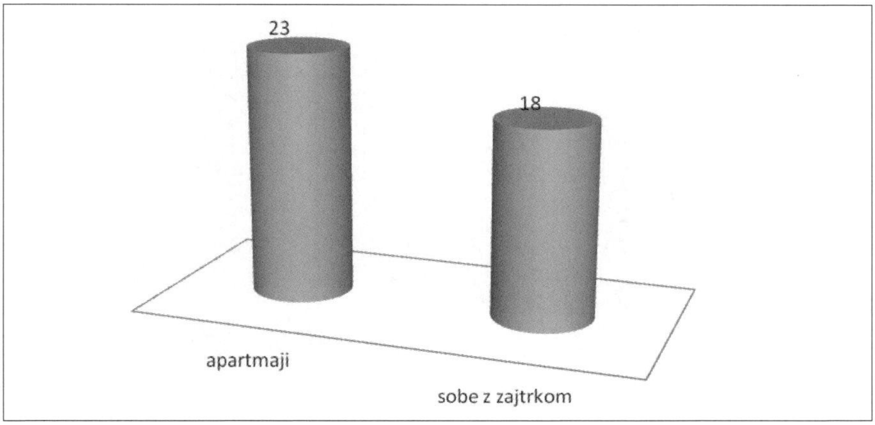

Graf 10: Število kmetij, ki ponuja apartmaje ali sobe

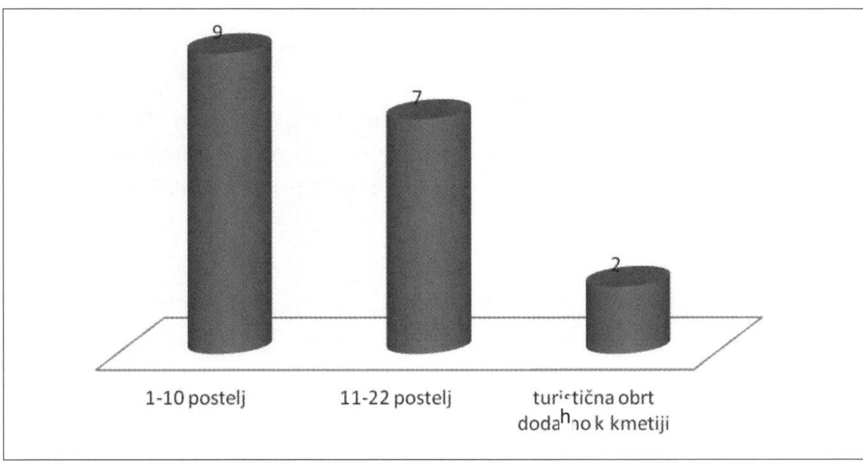

Graf 11: Število postelj na kmetijah – ponudba prenočitve z zajtrkom

Gozdarstvo

Več kot tretjina vseh čistih in dopolnilnih kmetij ima med 10 in 20 hektarjev gozda. Kmetije, ki dohodek pridobivajo skoraj izključno iz gozdarstva, so maloštevilne, še največ jih je v Karavankah v občinah Sele in Železna Kapla. Lahko bi rekli, da so kmetije s 100 hektarji gozda in več le posamezni pojav med koroškimi Slovenci.

Od čistih in dopolnilnih kmetij jih ima več kot 97 odstotkov tudi gozdne površine, ki prav tako prinašajo določen del letnega dohodka. Ta podatek pojasnjuje, da ima južna Koroška skoraj izključno mešane kmetije, ki dohodek pridobivajo iz kmetijstva in gozdarstva.

Pomembno mesto zavzemajo tudi gozdno-gospodarske skupnosti, ki skrbijo za redno izobraževanje svojih članov in skupno gospodarjenje v gozdu. Te skupnosti so predvsem zaradi skupne rabe gozdarske mehanizacije zanimive predvsem za manjše kmete.

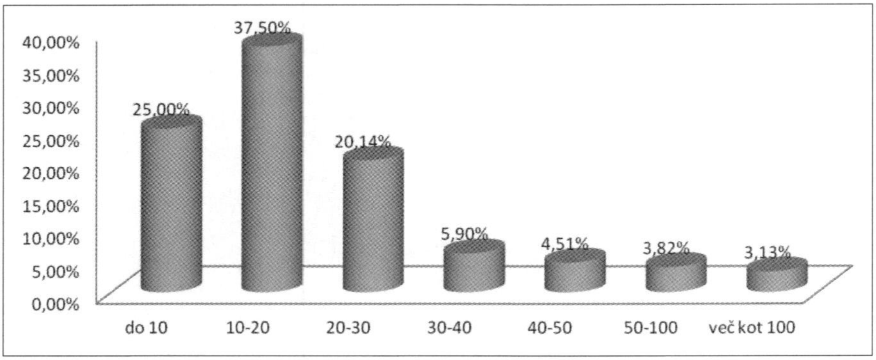

Graf 12: Velikost gozda na kmetijo

Razvojne možnosti

Na podlagi rezultatov anket je mogoče nove razvojne možnosti, ki se v prihodnosti ponujajo na južnem Koroškem, čim bolj izkoristiti. V nadaljevanju navajam področja z največjimi razvojnimi možnostmi za razvoj južnokoroškega kmetijstva.

Stopnja izobrazbe na kmetijah

Iz rezultatov ankete je razvidno, da se povečuje število vodij kmetij z maturo ali s končano višješolsko izobrazbo. Konkurenčnost v kmetijstvu zahteva, da so vodje kmetij ne samo dobro strokovno izobraženi, temveč da imajo tudi široko ponudbo dodatnega izobraževanja za odrasle. Za Kmečko izobraževalno skupnost pomeni to še tesnejše povezovanje s kmetijskimi izobraževalnimi ustanovami v Sloveniji, ki geografsko zelo blizu ponujajo pridobitev višje kmetijske izobrazbe ter možnost univerzitetnega študija v Ljubljani.

Socialna vprašanja na kmetijah

Na vprašanja o družinskem omrežju vodje kmetij na njihovem domu jih je 56 odstotkov odgovorilo, da na kmetiji živi več generacij skupaj, večinoma pod skupno streho. Visok, kar 30-odstoten, je tudi delež vodij kmetij, ki živijo sami.

Izkušnje iz delovanja Kmečke izobraževalnes skupnosti kažejo, da je družinam, v katerih živi več generacij skupaj, treba omogočiti posebno informativno ponudbo, in to v zvezi s pravnimi vprašanji pri predaji kmetij in zaposlovanju družinskih članov. Poleg tega te družine potrebujejo tudi informacije o socialnem pravu in socialni oskrbi starejših družinskih članov. Že v preteklosti je KIS redno organizirala informativne večere za družine s starejšimi družinskimi člani, ki jih je treba negovati. Za to ciljno skupino se je tudi pri Koroški kmetijski zbornici in Zavodu za socialno zavarovanje že razvila zelo široka svetovalna in rekreacijska ponudba.

Skupno trženje domačih proizvodov in povezovanje s turizmom

Nad 16 odstotkov kmetij je izrazilo željo po skupnem trženju domačih dobrot. Novost pri skupnem trženju bi bila možnost nakupa po spletu. Izkušnje drugih regij v Avstriji kažejo, da je trženje dobrot s podeželja na ta način mogoče zelo dobro organizirati tudi na južnem Koroškem in tako hkrati opozarjati na kulturno bogastvo naselitvenega območja koroških Slovencev. To možnost izkoriščajo tudi aktualni čezmejni turistični projekti, v katerih obstoječo ponudbo bi lahko vključili tudi kmečke dobrote.

Zaključek

Poleg zgoraj opisanih možnosti je za obstoj kmetijstva na južnem Koroškem pomembna tudi gospodarska spretnost kmetov in kmetic in pripravljenost hitro se prilagajati razvoju posameznih kmetijskih panog.

V kmetijstvu se v naslednjih letih pričakuje nadaljevanje trenda opuščanja kmetij in zaostritev položaja na svetovnih trgih, ki bo zelo hitro vplival tudi na razvoj cen kmetijskih proizvodov. V prihodnosti se bodo morale predvsem male kmečke enote hitro prilagajati tržnim izzivom in si z iskanjem tržnih niš razvijati ekonomsko podlago za ohranitev lastne kmetije.

Janez Turk[1]

SLOVENSKI TOPONIMI V KARNIJSKIH ALPAH MED ZILJSKO IN KANALSKO DOLINO

V prispevku povzemam slovenske toponime v Karnijskih Alpah med Kanalsko in Ziljsko dolino na Koroškem. Slovenske toponime v Karnijskih Alpah je preučeval dr. Viktor Vovk (1893–1968). Razprave o vzhodnih Karnijskih Alpah je v letih 1960–1965 objavljal v *Planinskem vestniku.* Podobno kot Henrik Tuma v Julijskih Alpah (Tuma 2000) je tudi Viktor Vovk podatke zbiral na terenu, povpraševal domačine, prebiral literaturo in na podlagi ugotovitev skrbno beležil slovenska imena gora, potokov, planin ter druga krajevna imena na Koroškem in v Karniji. Viktor Vovk ima velike zasluge, da so bila ta imena rešena pred pozabo. Vovk je bil po poklicu advokat (doktor prava) in vsesplošno razgledan izobraženec. V *Planinskem vestniku* je objavljal razprave, povezane z zgodovino in etnografijo slovenskih krajev, predvsem goratih predelov, ter toponomastične in filološke razprave. V svojem času je bil eden največjih poznavalcev Julijskih in Karnijskih Alp ter slovenskega prostora nasploh (Orel 1968; Zorzut 1968; Wraber 1999).

V prispevku sem po literaturi zbral in povzel vse slovenske toponime v Karnijskih Alpah, ki jih navaja Viktor Vovk v svojih številnih razpravah, med letoma 1960 in 1965 objavljenih v *Planinskem vestniku.* Poleg na Vovka se ponekod opiram tudi na Luko Kravina in ga tudi ustrezno citiram. Luka Kravina se je rodil leta 1891 v Žabnicah, pozneje je kot sodnik živel v Jugoslaviji. Umrl je leta 1978 v Ljubljani (Gariup 1991). Leta 1956 je v *Planinskem vestniku* pod psevdonimom L. Višarski objavil prispevek z naslovom Kanalska dolina.

Toponime na obravnavanem območju sem primerjal še z nekaterimi zemljevidi, kot so Zemljevid slovenskega ozemlja iz leta 1921, italijanska planinska karta Tabacco in deloma z Atlasom Slovenije (1992); vendar zahodnega dela Kanalske in Ziljske doline s Karnijskimi Alpami Atlas Slovenije ne vključuje. Kjer se navedba v Atlasu Slovenije razlikuje od navedbe Viktorja Vovka, na to tudi opozorim, vendar pa v takšnih primerih smatram Vovkove navedbe za bolj verodostojne. Zemljevidi in atlasi namreč zgolj prepisujejo vire iz starejših kart, če so ti viri napačni, prihaja do ponavljanja napak.

Italijanska imena obravnavanih krajev sem preveril na planinskem zemljevidu Tabbaco. O Kanalski in Ziljski dolini ter o gorah nad njima so pisali tudi Platan (1904), Melik (1954), Ilešič (1931, 1939) in drugi. Ti

1 Dr. Janez Turk, po izobrazbi geolog, dr. krasoslovja, rojen leta 1980, živi v Ljubljani. V letih 2005–2011 je bil zaposlen na Znanstvenoraziskovalnem centru SAZU. V svojem prostem času veliko pozornosti posveča krajem zunaj državnih meja Slovenije, kjer živijo ali pa so nekdaj živeli Slovenci. Še zlasti ga zanimata zgodovina in kulturno izročilo krajev, kot so Pustriška dolina in Dolomiti, Karnija, Koroška, Rezija ter Beneška Slovenija. Je avtor več prispevkov o Slovencih v Beneški Sloveniji in Kanalski dolini ter o gorah Julijskih in Karnijskih Alp. Objavljal je v *Mohorjevem koledarju*, tedniku *Družina* in *Planinskem vestniku*.

avtorji poleg slovenskih uporabljajo tudi velik del nemških toponimov, za slednje je Viktor Vovk pozneje našel prvotne slovenske toponime.

V nadaljevanju podajam seznam slovenskih toponimov, ki sem jih zbral po literaturi. Vsakemu slovenskemu toponimu sledi italijanski ali (in) nemški toponim, ki je danes v rabi (vir planinska karta Tabbaco). Pomagal sem si tudi s staro nemško literaturo iz obdobja Avstro-Ogrske, na katero se je skliceval že Viktor Vovk. Vsakemu toponimu sem dodal opis, ali gre za goro, planino, senožet, itd., in kje se kraj nahaja.

Tablja (tudi Pontablja) – Pontebba (it.), Pontafel (nem.) | Mestece na stičišču Kanalske doline in doline Bele. Po pripovedovanju L. Višarskega, domačina iz Žabnic, so prebivalci slovenskih vasi v Kanalski dolini (Žabnice, Ukve, Ovčja vas) Tabljo imenovali Maftablja (Vovk 1964a).

Tabeljski potok (tudi Pontabeljski potok) – Torrente Pontebbana (it.) | Potok, ki se pri Tablji izliva v Belo, je bil do leta 1918 mejni potok med Italijo in avstro-ogrsko monarhijo.

Studena – Rio Studena (it.) | Jugozahodni (desni) pritok Tabeljskega potoka.

Dolenja Studena – Studena bassa (it.) | Vas v dolini Tabeljskega potoka.

Gorenja Studena – Studena alta (it.) | Vas ob potoku Studena nad dolino Tabeljskega potoka.

Slémenca – Slenza (it.) | 1685 m visoka gora nad Gorenjo Studeno; na njenem pobočju tudi istoimenska planina (Casera Slenza).

Čez Kladje – Sella di Cereschiàtis (it., furl.), Aupa Sattel (nem.) | 1066 m visok prelaz (preval) med dolino potoka Studena in dolino Avpo.

Mokrine – Passo di Pramollo (it.), Nassfeld (nem.) | Cestni prelaz med Kanalsko in Ziljsko dolino povezuje Tabljo s Šmohorjem.

Gumišče (tudi Gumnišče) – Gamiscen (it.) | Senožet nad Tabljo, zahodno od ceste, ki vodi na Mokrine.

Bombaš – Rio Bombaso (it.), Bombaschgraben (nem.) | Potok Bombaš, ki priteče izpod Mokrin; pred Tabljo se izlije v Tabeljski potok.

Mali vrh – Monte Malvueric (it.), Malurch (nem.) | 1899 m visoka gora južno od prelaza Mokrine.

Stan v Podne – Stampoden (it.) | Gozdnat svet na severni strani Malega vrha.

Dolnji Mali vrh – Casera Malvueric bassa (it.) | Planina na južnih pobočjih Malega vrha; na zemljevidu Tabacco označena le kota 1530 m in simbol za stajo.

Gornji Mali vrh – | Planina na vzhodnih pobočjih gore Mali vrh; na zemljevidu Tabacco označena le kota 1600 m in simbol za stajo.

Jelenje brdo – Monte Cervo (it.) | 1365 m visoka, deloma skalnata vzpetina v južnem masivu Malega vrha.

Prihod (tudi Privod) – Rio Pricòt (it., furl.), Prihat (nem.) | Hudourniški potok v južnih pobočjih Malega vrha.

Prihod (oziroma Pricòt) je tudi bližnja planina v istoimenski krnici (Conca di Pricòt – it., Hochkar Prihat – nem. po Geyerju 1898) | Nad planino je kota 1410 m – Monte Pricòt in kota 2252 m – Creta di Pricòt.

Prikotič – Pricotič (furl.) | Planina zahodno od planine Prihod; Viktor Vovk domneva, da je planina dobila ime po nekdanjem lastniku. Prikotič je tudi potok, ki teče v bližini planine.
Konjski špik – Rosskofel (nem.), Monte Cavallo di Pontebba (it.) | 2239 m visoka gora zahodno od Mokrin.
Prídol – Sella della Pridola (it.) | 1644 m visoko sedlo med Konjskim špikom in Malim vrhom.
Koritnica – Tröglbach, Trögelbach (nem.) | Potok, ob katerem poteka prehod iz Ziljske doline na prelaz Mokrine.
Repa – Reppwand (nem.) | Dolomitsko skalovje vzhodno nad dolino Koritnice; Ivan Platan (1904) piše Repška stena.
Lónice – Passo del Casón di Lanza (it., furl.), Lanzenpass (nem.) | Prelaz zahodno od Tablje, prehod v Paularo v Karniji (*lonica* = 'kopica, kup sena na senožeti').
Krniške skale – Gartnerkofel (nem.) | 2195 m visoka gora severovzhodno od Mokrin; v celoti na avstrijskem ozemlju.
Veliki Koritnik – Creta di Aip (it., furl.), Trogkofel (nem.) | Najvišja gora v vzhodnih Karnijskih Alpah, 2279 m; italijansko in nemško ime sta prevod slovenskega.
Straniški vrh – Monte Cordin (it.), Stranigerkopf (nem.) | 1839 m visoka gora nad Lónicami; gora se imenuje po vasi Stranje (Stranig) v Ziljski dolini.
Guge – Gugel (nem.) | 1691 m visok vrh v severnem grebenu Straniškega vrha.
Bajdeški vrh – Waidegger Horn. (nem.) | 1962 m visoka gora nad Ziljsko dolino; imenuje se po vasi Bajdek (Waidegg) v Ziljski dolini.
Bajdeška planina – Waidegger Alm (nem.) | Planina tik pod vrhom Bajdeškega vrha, 1745 m visoko.
Strmica – Sternitzer Alm (nem.) | Planina v bližini Bajdeške planine.
Visoki vrh – Hochwipfel (nem.) | 2186 m visoka gora nad Lónicami; v celoti na avstrijski strani.
Plečeta – Creta di Lanza (it.), Schulter (nem.) | 2057 m visoka mejna gora, z grebenom povezana z Visokim vrhom.
Stranjska planina – Straniger Alm (nem.) | Planina na višini 1479 m, v lasti pašne skupnosti Stranje (Stranig).
Stranjski potok (tudi Stranica) – Stranigbach (nem.) | Potok, ki izvira na močvirnati Stranjski planini.
Radnjaveška planina – Rattendorfer Alm (nem.) | Planina na višini 1531 m med Velikim Koritnikom in Plečeti; v lasti vaščanov Radnje vasi (Ratna vas; Rattendorf).
Dáber – Doberbach (nem.) | Potok, ki izvira na Radnjaveški planini med Dropoljami (Tröpolach) in Radnjo vasjo (Rattendorf), se izliva v Ziljo.
Vrh Radnjaveške planine – Sella di Val Dolce (it.), Rattendorfer Sattel (nem.) | 1781 m visok mejni preval med Velikim Koritnikom in Plečeti.
Débrnica – Doberbach (nem.) | Potok, ki izvira pod Visokim vrhom, se v Ziljo izliva pri Debrnicah (Döbernitzen).
Krniška gora – Garnitzenberg (nem.), Monte Carnizza (it.) | 1950 m visoka mejna gora vzhodno od Mokrin.

Pogled iz Lužnic v Kanalski dolini proti Prednjemu Ščitu in Breznjaku.
Foto: Janez Turk, 4. 9. 2002

Guge (tudi Na Gugah) – Gugga (nem.) | 1928 m visoka kota, severni predvrh Krniške gore.

Koren – Monte Corona (it.), Kronalpe (nem.) | 1815 m visok mejni vrh.

Črni vrh – Schwarzwipfel (nem.) | 1497 m visok vrh severno od Krniških skal in Vočič (Watschig).

Vrh Krnice – Garnitzen Sattel (nem.), Sella Carnizza (it.) | 1674 m visok gorski prehod v grebenu Krniške gore na meji med Avstrijo in Italijo.

V Pečeh – Casera Forno (it.) | Planina pod sedlom Vrh Krnice na italijanski strani; višina planine je 1614 m. *Forno* je prevod besede 'peč' (za gretje), mišljena je 'peč' (skala).

Skovška vratca – Kühweger Törl (nem.) | Gorsko sedlo med Krniškimi skalami in koto 1955 m (njeno nemško ime je Kammleiten); imenuje se po vasi Skovče (Kühweg) v Ziljski dolini.

Skovška planina – Kühweger Alm (nem.) | Planina severno pod Skovškimi vratci; v lasti vaščanov Skovč.

Vočiška planina – Watschiger Alm (nem.) | Planina južno pod Skovškimi vratci; v lasti pašne skupnosti Vočiče (Watschig).

Vrh Vočiške planine – Gartner Sattel (nem.) | Sedlo med Krniškimi skalami in Krniško goro (1950 m).

Vočiška jezerca (tudi Jezerca v Podne) – Bodenseen (nem.) | Jezerca na nadmorski višini okoli 1100 m nad vasjo Vočiče (Watschig).

Zelenica – Schlanitzen Alm (nem.) | Planina na višini 1395 m; planina se nahaja na travnatem hrbtu zahodno od doline Koritnice. Na zemljevidu Slovenske matice (1921) napačno označena kot Slaniška planina.

Zelenica – Weißandlbach (nem.) | Potok v bližini istoimenske planine.

Rudnik – Rudnigbach (nem.) | Potok na severni strani Konjskega špika; Rudnik je tudi planina.

Zeleniška grapa – Schlanitzengraben (nem.) | Sotočje potokov Zelenica in Rudnik.

Krnica – Garnitzenbach (tudi Garnitzengraben) (nem.) | Potok vzhodno od Krniških skal.

Krnica – Garnitzen Alm (nem.) | Planina na vzhodnih pobočjih Krniške gore na višini 1649 m.

Javornik – Auernig (nem.), Monte Auernig (it.) | 1863 m visoka mejna gora vzhodno nad Mokrinami.

Javornik – Malga Auernig (it.) | Planina pod istoimenskim vrhom na višini 1609 m.

Modrinjska planina – Möderndorfer Alm (nem.) | Planina na višini 1507 m v lasti pašne skupnosti Modrinja vas (Möderndorf).

Modričji vrh – Cima Madrize (it.), Madritschenkopf (nem.) | 1842 m visoka travnata gora zahodno nad Mokrinami.

Modričje – Monte Madrizze (it.), Madritschen (nem.) | Travnato sleme (1818 m) v bližini Modričjega vrha.

Koširjeva planina – Casera Cossier (it.) | Planina pod sedlom Vrh Krnice na višini 1433 m; planina se imenuje po nekdanjem lastniku.

Kot – Winkel Alm (nem.) | Planina na severni strani Konjskega špika tik pod Mokrinami (na višini 1470 m).

Kótnica – Rio del Winckel (it.), Winkelbach (nem.) | Potok, ki izvira na severni strani Konjskega špika in teče skozi planino Kot.

Trate (Na Tratah) – Malga Tratte (it.), Tratten (nem.) | Planina med sotočjem Bombaša in Kótnice na višini 1184 m.

Voglov graben – Vallone degli Uccelli (it.) | Soteska, glej naslednji toponim.

Vogel (tudi Dobje) – Rio degli Uccelli (it.), Vogelbach (nem.) | Potok, ki teče skozi sotesko Voglov graben; Nemci so ime ohranili, vendar z drugim pomenom (*Vogel* = 'ptič'), od tod novejše italijansko ime *Rio degli Uccelli* ('Ptičji potok').

Breznjak (tudi Breznik) – Monte Brizzia (it.) | 1540 m visoka gora nad Tabljo.

Bruka ? – Monte Bruca (it.) | Gora severno od Breznjaka, kota 1583 m; prvotno slovensko ime je neznano? Viktor Vovk (1964c) piše Bruka, in poudarja, da je to ime zgolj popačenka.

Glava – Kopf, Skalzerkopf (nem.) | 1498 m visoka kota med Breznjakom in Bruko; na planinski karti Tabacco je vrh označen zgolj z višino, brez imena.

Sedóvca – lis Sedóncis (furl.), lis sedónchis (it.) | Zelenica, travnata rama na zahodni strani Breznjaka, višina približno 1240 m.

Staje na Skalcah – Stavoli Scalzer (it.) | Planina na Sedóvci; pod planino je kraj Skalce.

Čofnigova planina – Ciofnik (it.) | Planina na južnem pobočju Breznjaka.

Zavrh – | Obsežen svet (nekdaj travnat) pod vrhom Breznjaka, obsega tudi Čofnigovo planino; na italijanski karti (Tabacco) toponim ni označen.

Šinavc – Monte Scinauz (it.) | 1999 m visoka gora nad Kanalsko dolino, Schinauz na nemški karti iz leta 1890 (Siegl 1890); na zemljevidu Slovenske matice (1921) je gora zapisana z imenom Žinovec.

Konjski špik, 2239 m, s planine Glazzat.
Foto: Janez Turk, 17. 4. 2006

Gozdec – Monte Ghisniz (it.) | 1927 m visoki vrh v masivu Šinavca.
Veliko Klobišče – Monte Pin (it.) | Kota 1506 m, pod Gozdecem.
Malo Klobišče – | Na zemljevidih (Tabacco) ni označeno.
Planja – Plania (it.) | Južno pobočje Šinavca tik nad Depaljo (Lipaljo) vasjo; verjetno nekdanja senožet ali pašnik.
Brajdov graben – Sabreida (it.) | Na vzhodni strani omejuje zgoraj omenjeno Planjo nad Depaljo (Lipaljo) vasjo.
Flikerjev graben – | Na zemljevidu Tabacco graben in potok nista označena z imenom; na zahodni strani omejuje zgoraj omenjeno Planjo nad Depaljo (Lipaljo) vasjo.
Prednji Ščit – Monte Cit (it.) | Kota 1416 m nad Depaljo vasjo v masivu Šinavca.
Zadnji Ščit – Monte Cit di dentro (it.) | Kota 1555 m nad Depaljo (Lipaljo) vasjo v masivu Šinavca.
Kopa – | Sedlo med Prednjim in Zadnjim Ščitom; na zemljevidu Tabacco nima imena.
Luknja – | Sella di Barizze (it.), tudi Sella della Busate (it.), Quellsattel (nem.), Lochsattel (nem.) | Gorski prehod nad Voglovim grabnom; Viktor Vovk ime Barizze razlaga s slovensko besedo *barice* – 'majhne luže ali majhna močvirja'.
V Luknji – la Buca (it.), la Busate (it.), Im Loch (nem.), Loch Alm (nem.) | Konta pod sedlom Luknja; verjetno je bila tu nekoč planina. Slovensko ime je potrdil domačin Kovač iz Depalje (Lipalje) vasi (njegovo ime ni navedeno), ki je vodil dr. Lojza Dolharja (1902–1969) po hribovju nad Kanalsko dolino. Dolhar, ki se je v Kanalsko dolino preselil iz Trsta in se tu poročil, je želel raziskati pomen popačenih krajevnih imen (Vovk 1964). Dolhar je bil eden pomembnejših Vovkovih informatorjev.
Monte Čerkijo ? – Monte Cerchio (it.), Zirkelspitzen (nem.) | Slovensko ime 1802 m visoke gore neznano, Čerkijo je zgolj popačenka italijan-

skega imena gore. *Il Cerchio* = *il circo* = 'obroč, obkrožen prostor'. Podoben pomen ima nemško ime.

Beli potok – Rio Bianco (it.), Wießenbach Graben (nem.) | Potok, ki teče skozi istoimensko dolino med Šinavcem in Kukom.

Poludnik – Poludnig (nem., it.) | 1999 m visoka mejna gora. Ziljani ji rečejo narečno Pudnik (Möderndorfer 1957) oziroma Pudenk (Vovk 1960).

Planja – Plagna (it.) | Kota 1719 m.

Monte Zille di Mezzodi (it.), Zielkofel (nem.) | 1824 m visoka gora; v literaturi nisem našel slovenskega imena.

Veliki vrh – Monte Acuto (it.) | Kota 1783 m; v Atlasu Slovenije (1992) in na zemljevidu Slovenske matice (1921) označen kot Špik.

Cima Gail (it.) | Kota 1709 m v grebenu Velikega vrha; po Vovku (1960) sklepam, da gre za goro Špik?

Croda dei Cacciatori (it.) | Kota 1652 m; v literaturi nisem našel slovenskega imena.

Krsnica – Sella Chersnizze (it.), Kersnitzen Sattel (nem.) | Preval pod Planjo, 1542 m.

Pri Grádešci – Sella del Poludnig (it.), Eggeralpensattel (nem. – Vovk 1960), Schloßhüttensattel (nem. – Tabacco) | 1451 m visok preval med Poludnikom in Planjo.

Kladje – Sella della Caldiera (it.), Kesselwald Sattel (nem.) | 1477 m visok mejni prelaz.

Stare Kluže – la Chiusa (it.) | Svet ob razpotju poti za Krsnico, Pri Grádešci, Veliki vrh; višina okoli 1300 m.

Brška planina – Egger Alm (nem.) | Planina na višini 1422 m; v lasti pašne skupnosti Brdo (Egg).

Brško jezerce – Egger Alpen See (nem.) | Jezero pod Poludnikom, 1407 m.

Brška gora – Egger Kanzel (nem.) | 1595 m visoka vzpetina nad Brškim jezerom; na zemljevidu slovenske matice (1921) gora poimenovana Spodnji vrh.

Dolska planina – Dellacher Alm (nem.) | Planina pod Poludnikom na višini 1365 m; imenuje se po vasi Dole (Dellach), od koder prihaja živina.

Planina Macesnik – Casera Mezesnik (it.) | Planina nad Ukvami, 1416 m, Mesesnik po Luki Kravini (Višarski 1956).

Bistriška planina – Freistritzer Alm (nem.) | Planina na južnem pobočju Ojstrnika, 1720 m; v lasti pašne skupnosti Bistrica na Zilji (Feistritz an der Gail).

Ukva (Na Ukvah) – Valle di Ugovizza (it.) | Dolina Ukva nad istoimensko vasjo; po njej teče potok Ukva.

Ravna – Rauna (it.) | Stranska dolina Ukve.

Vilca – Valle Filza (it.) | Stranska dolina Ukve.

Pleče – Plécia (it.) | Potok (pritok Ukve) in prehod na višini 1616 m.

Na Žebranju – Madonna della Neve (it.), Maria Schnee (nem.) | Kraj, kjer stoji kapela Marije Snežne, 1750 m (*žebrati* = 'moliti').

Na Žebranju, kapela Marije Snežne.
Foto Janez Turk, 20. 10. 2002

Vršič – Monte Acomizza (it.), Schönwipfel (nem.) | 1813 m visok vrh južno od Ojstrnika; v Atlasu Slovenije je gora označena kot Zahomec, L. Višarki (1956) pa goro imenuje Vršič.

Vrtinjlogarski »graben« – Val Bártolo (it.), Bartolograben (nem.). | Soteska med Vršičem in Velikim Kopinjem.

Vrtinji log – Prati del Bárto (it.), Bartolowiesen (nem.) | Dolina, kjer so senožeti žabniških kmetov.

Stobovce – Sella di Bártolo (it.) | 1175 m visok prehod iz Žabnic (Kanalska dolina) na Bistrico in v Zahomec (Ziljska dolina); najnižji preval med obema dolinama v grebenu Karnijskih Alp.

Črni vrh – Monte Nero (it.) | Poraščen vrh nad Trbižem, kota 1359 m.

Zahomska planina – Achomitzer Alm (nem.) | Planina pod Vršičem na višini 1712 m; v lasti pašne skupnosti Zahomec (Achomitz).

Mulejev vrh – Cima Muli (it.), Mulikopf (nem.) | Gora, 1743 m; lastniško (posestniško ime), na vzhodni strani gore tudi Mulejev potok.

Kališče – Calisca (it.) | Senožet na južnih pobočjih Mulejevega vrha.

Mirnik – Mirnig (it.) | Gozdnat vrh, kota 1397 m.

Bélica – Torrente Fella (it.) in Rio Filza (it.) | Goro Mirnik na severni in južni strani omejujeta dva potoka, oba z imenom Bélica; Luka Kravina (Višarski 1956), rojen v Žabnicah, pravi, da je pravilno ime obeh potokov Vilca.

Lomek – Monte Lomeg (it.) | Vzpetina med Žabnicami in Ukvami, kota 1209 m.

Obvas – Monte Obuas (it.) | Kota 1116 m, med Žabnicami in Ukvami; ob vznožju tega hriba naredi cesta skozi dolino ovinek, torej hrib »obvozi« (Višarski 1956).

Suhi vrh – Vetta secca (it.) | Kota 1270 m, nad Ukvami.

Kuk – Alpe Piccola (it.), Kleine Alpelspitze (nem.) | 1304 m visoka gora nad Šenkatrijo.

Kuk – Monte Cucco (it.) | 1598 m visoka gora, severno od kote 1304 m (prav tako Kuk). Na karti Slovenske Matice je kot Kuk imenovana le kota 1304 m (glej zgornji toponim), kota 1598 m pa ni poimenovana; v bližini je planina Malga Cucco.
Kok (Kuk) – Monte Cocco (it.) | 1941 m visoka kopasta gora; Kok pravijo Kanalci, Kuk pa Ziljani.
Lepi Vršič (Lepi vrh) – Cima Bella (it.), Schönwipfel (nem.) | Travnata gora, kota 1911 m.
Konjščica (tudi Krošove skale) – Monte Sagran (it.), Zagranberg (nem.) | 1931 m visok mejni vrh; Ukljani jim po domačinu Krošu (domače ime), ki ima pod vrhom svojo planino, rečejo Krošove skale (Vovk 1960).
Starhand – Starhand (nem.) | 1968 m visoka ošiljena gora, znano je le nemško ime.
Ojstrnik – Monte Osternig (it.), Oisternig (nem.) | 2050 m visoka gora.
Mrzli studenec – Forcella di Fontana Fredda (it.), Kalten Brunner (nem.) | 1693 m visoko sedlo med Lepim Vršičem in Konjščico.
Dolinice – Dolinza Alm (nem.) | Planina med Starhandom in Ojstrnikom.
Lom – Sella Lom (it.), Lom Sattel (nem.) | Prehod (1499 m) iz Ukovske doline na ziljsko stran (na planino Dolinice). Luka Kravina piše sedlo Dolince, toponima Lom naj bi domačini ne poznali (Višarski 1956), vendar se ime Lom (Lom Sattel) na nemških kartah (Siegl 1890; glej tudi Geyer 1898) pojavlja že vsaj leta 1890.
Naborješka grapa – Vallone di Malborghetto (it.) | Grapa severno od Naborjeta.
Koroški vrh – Brenaca Alta (it.), Hoch Brenah (nem.) | Kota 1562 m med Ukovško dolino in Naborješko grapo; na zemljevidu Slovenske matice (1921) se gora imenuje Požganje, kar pa je po Vovku (1960) napačno.
Stabet (Koroški Špik?) – Stabet (nem., it.) | 1627 m visok ošiljen vrh, poraščen z gozdom. Luka Kravina ga imenuje Stabet (Višarski 1956), isto ime napisano na zemljevidu Slovenske matice (1921) in nemških zemljevidih (Siegl 1890); v Atlasu Slovenije (1992) označen kot Koroški Špik.
Čurčeljni – Ciurciule (it.) | Planina na koncu Naborješke grape, poimenovana po prvotnem gospodarju Čurčelju iz Ukev.
Veliki Kopinj (Atlas Slovenije), Kapin (Višarski, 1956) – Monte Capin di Ponent (it.), Kapinberg (nem.) | 1736 m visoka vzpetina nad Trbižem s pašniki na temenu.
Gorjanski vrh – Monte Goriane (it.), Goriacher Berg (nem.) | Najbolj vzhodna gora v Karnijskih Alpah, 1693 m, imenovana po vasi Gorjane (Göriach).

Zgoraj so našteti le toponimi, ki jih omenjata Viktor Vovk in Luka Kravina, na območju pa so še številni drugi toponimi slovenskega izvora. V pričujočem prispevku je slabo obdelana predvsem severna, ziljska stran pogorja. Na planinskih kartah so napisani še številni drugi, prav tako popačeni (ponemčeni) slovenski toponimi, ki čakajo na ovrednotenje jezikoslovcev ob pomoči lokalnega prebivalstva. Glavni namen prispevka je bil na enem mestu zbrati vse slovenske toponime, ki jih je v svojih razpravah navedel Viktor Vovk. To bo morda nadaljnje delo jezikoslovcev nekoliko olajšalo, hkrati pa sem želel opozoriti na pogosto zanemarjeno problematiko gorskih toponimov. Prav bi bilo, da bi se slovenski toponimi uporabljali tudi v poljudni literaturi. V zadnjem času se je pojavilo precej poljudnih (planinskih) knjig in prispevkov o obravnavanem območju, v katerih avtorji navajajo številne nemške in italijanske popačenke, saj očitno ne vedo za obstoj slovenskih krajevnih imen.

Viri in literatura

ATLAS SLOVENIJE, 1 : 50.000. Ljubljana: Geodetski zavod Slovenije, Založba Mladinska knjiga in Geodetski zavod (zasnova Vili Kos), 1992.

FRECH, Fritz: Aus den Karnischen Alpen. V: Johannes Emmer (ur.), *Zeitschrift des Deutschen und Oesterreichischen Alpenvereins* 1890(21), Dunaj, 1890: 373–418.

GARIUP, Mario: Il santuario di Monte Lussari in Val Canale. Čedad: Società Cooperativa Editrice Dom, 1991.

GEYER, Georg: Uber die Hauptkette der Karnischen Alpen. V: Heinrich Hess (ur.), *Zeitschrift des Deutschen und Österriechischen Alpenvereins* 1898(29), München 1898: 280–326.

MELIK, Anton: *Slovenski alpski svet*. Ljubljana: Slovenska matica, 1954.

ILEŠIČ, Svetozar: Planine od dolenji Zilji. *Geografski vestnik* 1931: 120–146.

ILEŠIČ, Svetozar: Slovenska Ziljska dolina. *Planinski vestnik* 1939: 149–166.

MÖDERNDORFER, Vinko: Živino ženejo v Pudnik. *Planinski vestnik* 1957: 654–657.

OREL, Tine: Vejica na grob dr. Viktorja Vovka. *Planinski vestnik* 1968: 547–553.

PLATAN, Ivan: V Garniških skalah. *Planinski vestnik* 1904: 190–195.

SIEGL, Julius: Rundschau von Luschariberge. V: Johannes Emmer (ur.), *Zeitschrift des Deutschen und Oesterreichischen Alpenvereins* 1890(21), Dunaj, 1890, priloga: zemljevid.

TABACCO, Carta topografica per escursionisti (1: 25:000). Alpi Carniche orientali Canal del Ferro, list 018.

TABACCO, Carta topografica per escursionisti (1: 25:000). Alpi Carniche Carnia centrale, list 09.

TUMA, Henrik.: *Imenoslovje Julijskih Alp*. Ljubljana: Tuma, 2000.

VIŠARSKI, L.: Kanalska dolina. *Planinski vestnik* 1965a: 368–374.

VIŠARSKI, L.: Kanalska dolina. *Planinski vestnik* 1956b: 422–428.

VOVK, Viktor: Karnijske Alpe in Karnija (I. Med dolinama Kanalsko in Ziljsko). *Planinski vestnik* 1960: 588–605.

VOVK, Viktor: Karnijske Alpe in Karnija (VIII. Koritniki in Monte Zermula). *Planinski vestnik* 1964a: 248–256.

VOVK, Viktor: Karnijske Alpe in Karnija (Iz Studene na Prihod). *Planinski vestnik* 1964b: 295–301.

VOVK, Viktor: Karnijske Alpe in Karnija. *Planinski vestnik* 1964c: 343–348.

VOVK, Viktor: Karnijske Alpe in Karnija (VIII. Koritniki in Monte Zermula). *Planinski vestnik* 1964d: 445–453.

VOVK, Viktor: Karnijske Alpe in Karnija. *Planinski vestnik* 1965a: 106–108.

VOVK, Viktor: Karnijske Alpe in Karnija (VIII. Koritniki in Monte Zermula). *Planinski vestnik* 1965b: 61–64.

VOVK, Viktor: Karnijske Alpe in Karnija (VIII. Koritniki in Monte Zermula, IX. Gora Zermula in njeni Razgledi). *Planinski vestnik* 1965c: 353–360.

ZORZUT, Ludvik: Petinsedemdesetletniku dr. Viktorju Vovku duhteč planinski šopek. *Planinski vestnik* 1968: 227–229.

WRABER, Tone: Gornik dr. Viktor Vovk – 40 let po smrti. *Planinski vestnik* 1999: 114, 20–21.

Zemljevid slovenskega ozemlja [Kartografsko gradivo] / izdelal s sodelovanjem Matice Slovenske Vojaški geografski zavod na Dunaju. Ljubljana: Slovenska Matica, 1921 (1: 20.000).

Avguštin Malle[1]

BOJ ZA JAVNOST IN USMERITEV: NEPRETRGANOST IN PRELOMI

Politična situacija pred letom1934 in slovenska periodika

Politično usmeritev koroških Slovencev, ki so bili kot družbeno podrejena skupnost pod vplivom večinskega prebivalstva, so v tridesetih in štiridesetih letih 20. stoletja zaznamovali nepretrganost in prelomi. Če upoštevamo celotno slovensko govoreče prebivalstvo, potem je treba poudariti, da je odsevala ves spekter političnih usmeritev večinskega prebivalstva. Nacistični agitatorji so se julija 1934 čudili, kako vnemo so deli slovensko govorečega prebivalstva zgornjega Roža sodelovali pri nacističnem puču, navdušeno »hajlali«, zraven pa govorili v slovenskem narečju.

Pri prebiranju koroške slovenske periodike iz tridesetih let 20. stoletja smo soočeni z vprašanjem, ali in v kolikšni meri uvodniki in politična poročila izražajo politično usmerjenost narodno zavednega slovenskega prebivalstva na Koroškem. Raziskovalci menijo, da sta bili v Političnem in gospodarskem društvu za Slovence na Koroškem prisotni dve struji: katoliško-konservativna in »liberalna«. Zadnja v *Koroškem Slovencu*, glasilu društva, ni prihajala do izraza. To velja za čas po letu 1930, še bolj pa po oktobru 1934, ko je prenehal delovati zadnji demokratično izvoljeni deželni zbor oziroma tisti njegov večinski del, ki je po maju 1933, ko je zvezni kancler Dollfuß ukinil parlament, še životaril. 1. novembra 1934 je začela veljati ustava krščanske in stanovske zvezne države. Še manj možnosti artikulacije so imeli slovensko govoreči Korošci, ki so se nagibali h komunistični partiji ali bili v vrstah avstrijske socialdemokratske stranke. *Koroški Slovenec* je bil najpozneje od leta 1930 v rokah verbalno bojevitih mladcev iz vrst slovenskih članov Katoliške akcije.

Koroški Slovenci so pred drugo svetovno vojno prebirali tudi verski mesečnik *Nedelja*. Ta je pomembna za analizo verskega življenja in dobrodelnosti med koroškimi Slovenci. Pomembni so tudi prispevki cerkvenega zgodovinarja Štefana Singerja. Število tistih koroških Slovencev, ki so prebirali *Koroško domovino – Kärntner Heimat*, glasilo Koroške domovinske zveze, ni znano. List, ki je od leta 1927 lahko izhajal le z izdatno pomočjo Urada zveznega kanclerja na Dunaju, je tiskala tiskarna Leon v

1 Dr. Avguštin Malle, rojen leta 1944 v Brodeh, je po maturi na Slovenski gimnaziji v Celovcu na Dunaju študiral zgodovino, publicistiko in germanistiko. Od leta 1975 je vodja Slovenskega znanstvenega inštituta v Celovcu. Leta 1979 je zasnoval in do leta 1989 urejal knjižno serijo *Disertacije in razprave – Dissertationen und Abhandlungen*. V številnih člankih, razpravah, monografijah in zbornikih je pisal o razvoju slovenskega koroškega tiska, šolstva, kulture, zadružništva in bančništva, cerkvenega življenja, manjšinske organiziranosti ter raznarodovalne politike. Med letoma 1975 in 1978 je bil podpredsednik Zveze slovenskih organizacij, od leta 1991 je predsednik Slovenskega šolskega društva. Bil je urednik pri *Naših razgledih* in *Enciklopediji Slovenije*, še vedno pa je član uredniškega odbora *Razprav in gradiva*, ki jih izdaja Inštitut za narodnostna vprašanja v Ljubljani, in *Prispevkov za novejšo zgodovino*, ki jih izdaja Inštitut za novejšo zgodovino v Ljubljani.

Celovcu. Subvencije so bile znane tudi političnemu društvu. O slovenski periodiki, ki je prihajala med koroške Slovence iz Slovenije oziroma Jugoslavije, danes ne moremo razpravljati. To bi lahko resno storili le po natančnem študiju virov, ki jih v fondih okrajnih glavarstev hrani Koroški deželni arhiv. Okrajna glavarstva so v sodelovanju s poštno upravo in z zaupniki Koroške domovinske zveze zbirala podatke o abonentih periodike iz Slovenije. Njihovo število je bilo vsekakor pomembno.

Koroški Slovenec je bil agitacijski list Koroške slovenske stranke in organizator vsega slovenskega družbenega življenja. Brez njega si ne moremo zamišljati uspešnega delovanja številnih slovenskih prosvetnih društev in krajevnih kreditnih zadrug ter delovanja političnega društva. Zanimivo je, da je redko polemiziral s *Koroško domovino – Kärntner Heimat.* Ta ga je, ker ga je tiskala tiskarna dunajskih Čehov, ponavadi posmehljivo naslavljala *Čeherl.* Bralci *Koroškega Slovenca* in *Koroške domovine – Kärntner Heimat* so se razlikovali zlasti po svoji socialni pripadnosti, skupen pa jim je bil slovenski pogovorni jezik oziroma slovenska koroška narečja. List Koroške domovinske zveze so razširjali premožnejši kmetje in drugi njeni agitatorji, zlasti učitelji in uradniki. Naletimo pa tudi na znake nezadovoljstva organizacije s svojimi zaupniki in pristaši. Nekateri naj bi namreč hranili zaloge »zabojev« z neodprtimi izdajami. Naklada je po podatkih poročil, ki jih je Koroška domovinska zveza posredovala Uradu zveznega kanclerja, znašala med 2.000 in 4.000 izvodi, kar naj bi bila tudi naklada *Koroškega Slovenca.* Tega naj bi po istih informacijah docela financirala »ljubljanska vlada«, list pa naj bi brali predvsem mali ali revnejši kmetje.

Koroški Slovenec je pod vplivom političnega razvoja v Avstriji od leta 1930 pogosto pisal o preživelih oblikah demokracije. Vnemal se je za stanovsko ureditev države, in menil, da bo ustava, ki je deklarativno temeljila na katoliški veri in bogu, priznala enakopravnost koroškim Slovencem. Avstrijska stanovska država, ki jo številni zgodovinarji označujejo kot klerofašistično, je stanovska zastopstvo udejanila le za kmete in uradnike, vsi drugi »stanovi« pa so v času njenega obstoja ostali brez zastopstva. Tisti del slovenskih funkcionarjev, ki se je deklariral po *Koroškem Slovencu,* je od stanovske države pričakoval zlasti ureditev šolstva na način, ki bi odgovarjal potrebam manjšine.

20. novembra 1932 je še neustanovljena Kmečka zveza na prvih kmečkozborskih volitvah požela velik uspeh. Njena »uradna ustanovitev« je sledila februarja 1933. Ta organizacija je imela od vseh slovenskih organizacij na Koroškem najkrajšo življenjsko dobo. Kajti že marca 1933 so stekla pogajanja za »enotno Kmečko zvezo« vseh koroških kmetov, ki jo je režim krščanske in stanovske zvezne države potem uresničil. Na naslednjih volitvah oktobra 1936, tokrat v stanovsko Koroško kmečko zvezo, so koroški Slovenci prav na občinski ravni izgubili številne pozicije, ki so jih osvojili na demokratičnih volitvah leta 1932. Stanovske oblasti so uveljavile skupne liste, na katerih so dobili svoja mesta številni nekdanji člani landbunda, ki jih volilci leta 1932 niso podprli. Neuspešna šolska pogajanja in posegi oblasti na volitvah v stanovsko kmečko zastopstvo

so bili dejavniki, ki so streznili najbolj vnete pristaše stanovske ureditve države v vrstah koroških Slovencev.

Vinko Zwitter – glavni uvodničar

Če analiziramo uvodnike *Koroškega Slovenca*, globoki politični prelomi med letoma 1930 in 1937 niso dosti vplivali na politično usmeritev glavnega uvodničarja. Ta je svoje prispevke podpisoval z inicialkama »*-ro*«. Usmeritev Vinka Zwittra je izhajala iz načel Rimskokatoliške cerkve oziroma smernic avstrijskega episkopata. Razvil je poseben glosar o minulem idiličnem slovanskem vaškem življenju, zagovarjal stanovsko ureditev države, povzdigoval vlogo kmeta in slovenske žene kot varuhinje in nosilke družinskega in narodnega življenja. Rad je govoril o »mladih narodih«, katerih da je prihodnost. Mednje je prišteval tako slovenski kot ruski narod. Pričakoval je, da se bodo nezavedni, pri tem je mislil na delavce, »skesani« vrnili v vrste narodno zavednih Slovencev.

Družinske večernice 1940

Vinko Zwitter je ob božiču leta 1940 uredil knjižico *Družinskih večernic,* izdala pa jo je Slovenska prosvetna zveza. Decembra 1940 je bila zadnja božičnica Slovenske prosvetne zveze, ki se je je uradno udeležil zastopnik vermahta. Knjižica naj bi povezala vse raztresene člane narodne skupnosti od Narvika preko Poljske do Francije. To je edini namig na vojno in opozorilo na dejstvo, da so bili številni koroški Slovenci v enotah nemške vojske. Upoštevati moramo, da je bil ves koroški slovenski tisk od marca 1938 pod strogo cenzuro. Preseneča, da je Zwitter v knjižico spravil nekaj upornega duha, sicer pa je ostajal v svojih ozkih ideoloških pogledih in je v soglasju s politično usmeritvijo drugih manjšinskih voditeljev govoril o lojalnosti do države. V sozvočju z avstrijskim episkopatom je nacizmu priznaval nekatere pozitivne elemente na področju družinske in socialne politike – pomislimo le na slovesno izjavo avstrijskega episkopata za glasovanje 10. aprila 1938.

V uvodu brošure je urednik Vinko Zwitter govoril o »zdravi slovenski družini«, o »zemlji in krvi«, o »narodu« in »Bogu«. Svoje uvodne misli je razpredal tudi v naslednjih poglavjih. Lahko bi rekli, da so ta izvajanja povzetki uvodnikov *Koroškega Slovenca* preteklega desetletja. Misel o slovenskem kot »mladem narodu« vsebujejo številni uvodniki in poročila lista, prav tako misel o številčnosti in vzajemnosti slovanskih narodov. Slednje v koroškem primeru preseneča, vendar Velika Nemčija še ni bila v vojni s Sovjetsko zvezo, kar so morali upoštevati tudi koroški cenzorji. Mati se pojavlja kot »nadmati«, ohranja družino in dom, skrbi za očeta/moža in ima še čas za nadnaravne stvari. Avtor idealizira domačijo, dom, kjer sta doma svoboda in vera, ter meni, da bi se srečnim stalnim

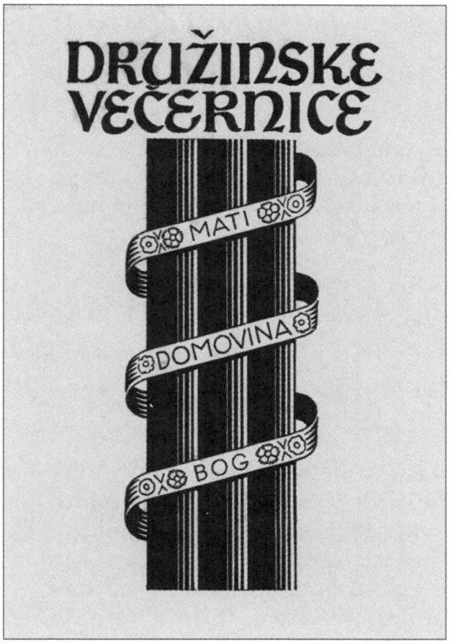

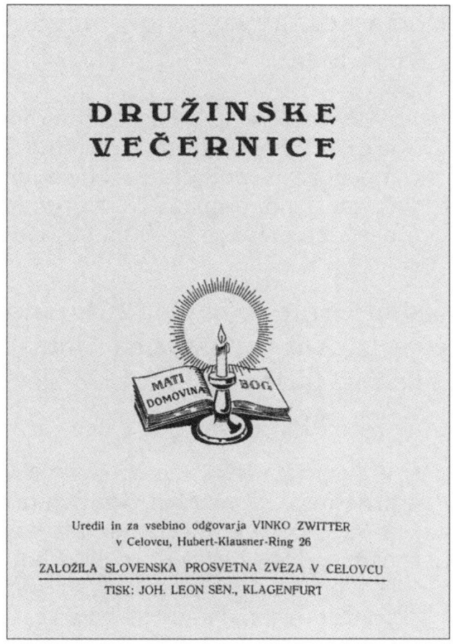

Naslovnica in prva stran *Družinskih večernic*, ki jih je leta 1940 uredil Vinko Zwitter.
Vir: Študijska knjižnica, Celovec

kmečkim domovom morali pridružiti prav tako srečni delavski domovi. Dom in vaška povezanost stojita nasproti »mrzlemu, tujemu svetu«. Poslanstvo žene vidi v tem, da rodi in daje novo življenje, zato zagovarja družine s številnimi otroki, ki so za starše v veliki meri božji blagoslov in narodna dolžnost. S tega zornega kota ocenjuje politiko Velike Nemčije:

> Države z večjim pribitkom rojstev pa so predložile svojo zahtevo za primernim življenjskim prostorom, kjer bo dovolj kruha in obstoja za sedanji in bodoči rod. Izredno skrb za številno zdravo potomstvo posveča Velika Nemčija, katere socialna politika v prilog mnogoštevilnim družinam je uprav vzorna in hvalevredna. Nemala zasluga narodnega socializma je, da se je Evropa takorekoč v dvanajsti uri zavedla strahotnih posledic umetnega omejevanja rojstev.

Kmetu in zemlji posveča urednik novo poglavje, kjer spet naletimo na znane misli. Kmet je tisti, ki zna ravnati z zemljo, ki njega in njegovo družino nagrajuje s svojimi sadovi. Kmečko življenje močno idealizira, govori o vzrokih kmetijske krize, se vrača k idili vaške skupnosti, ki v vzajemnosti išče svojo rešitev, ter nakaže kmetijsko politiko velikih držav. V poglavju Narod urednik razpravlja o narodni zavesti, o slovenski poštenosti in značajnosti in se loteva vprašanja narodne zvestobe in lojalnosti do države:

> Je li mar samo slučaj, da so zavedne slovenske družine zdrave, mnogoštevilne, da so slovenski gospodarji mojstri pluga in slovenski delavci mojstri krampa in lopate, da so slovenska posestva razmeroma najmanj obremenjena in najbolj intenzivno zastavljena, da so slovenski fantje krepki, čvrsti vojaki? En sam korak je od narodne zvezstobe do državne lojalnosti. Kdor ceni narodno družino, bo cenil tudi državno družino.

Dolžnostim državljanov, tudi Slovencev, postavlja nasproti dolžnosti države in meni:

> Za našo državljansko zvestobo pa zahtevamo Slovenci od države, naj nam vzgaja našo slovensko mladino v slovenskem narodnem duhu, naj nam omogoča in podpira naš svobodni kulturni razvoj ter naj ne ovira zdrave slovenske narodne rasti. Kajti nikdar ne bomo izgubili izpred oči cilja naše narodne politike: Zavedni Slovenci – dobri državljani!

Osrednje mesto namenja slovenščini in njeni ohranitvi in se pri tem sklicuje na Antona Martina Slomška in velikane slovenske pisane besede, nakar se povrne k liku koroške Slovenke, ki da ji je odvratna emancipiranost, in pravi:

> V gospodinjstvu, v oskrbi svojcev z vsakdanjimi potrebščinami, v pripravi prijetnega, domačega ognjišča tekmuje domala z Nemko, ki slovi s svojim, moderno vodenim gospodinjstvom. Njena moč pa je v duševnem in duhovnem. ... Najsilnejša pa je naša žena v duhovnosti. Kar je med nami vere, kar je v nas otroškega zaupanja v vsedobrega Očeta, kolikor ima naš rod one svete pokorščine, ki je dika vsakega katoliškega ljudstva, to ima od naše žene. Kljub nespornim prednostim koroške Slovenke pa so ji lastne še druge uprav ženske lastnosti. Svojemu možu je zvesta žena in življenjska tovarišica, svojim otrokom ljubeča mati. Velika je v trpljenju in potrepljenju. ... Da bi ostala še v bodoče, kakršno želimo: vsa Slovenka, vsa Slovanka! Žena in mati, tovarišica in gospodinja, umetnica in duhovnica, varuhinja družinskega in narodnega občestva!

Brošuro je urednik končal s poglavjem Bog. V poglavja Družina, Kmet in zemlja in Narod je urednik vključil krajšo prozo in nekaj lirike, katerih vsebina je deloma v ostrem nasprotju s toliko poudarjeno vrlino pokorščine ne le slovenske Korošice. Da sta Župančičevi pesnitvi *Vprašanje* in *Naša beseda* prestali celovško cenzuro, lahko razlagamo le tako, da cenzorji njune vsebine niso razumeli oziroma je niso znali interpretirati. V določeni meri velja to tudi za delni ponatis *Miklove Zale*. Med fotografijami so portreti Vinka Poljanca, Jožefa Vintarja in Franca Ksaverja Meška. Med ljudstvom je krožila vest, da je Poljanec umrl za posledicami zastrupitve, ker so mu med njegovim priporom v hrano primešali strup. Jožef Vintar ob izidu *Družinskih večernic* ni več živel, gestapo pa ga je zasledoval zadnje mesece življenja. Franc Ksaver Meško je bil pri koroških oblasteh zapisan kot tisti duhovnik, ki je bil med organizatorji »iredente« v Jugoslaviji. Nekaj bodic na račun režima si je urednik torej konec leta 1940 še lahko privoščil.

Ugibanja o prihodnosti

S temi bodicami je bilo konec 6. aprila 1941, ko se je Vinko Zwitter z drugimi slovenskimi odborniki in odbornicami znašel v celovških zaporih. Svoje zaporniške tedne je opisal v prispevku Celica št. 80 v novih *Družinskih večernicah*, ki jih je izdala in založila z odobrenjem kn. šk. krškega ordinariata v Celovcu leta 1948 Družba sv. Mohorja v Celovcu. Vinko

Družinske večernice Družbe svetega Mohorja iz leta 1948 prinašajo institucionalno obnovo konservativne miselnosti.
Vir: Študijska knjižnica, Celovec

Zwitter ni odobraval komunizma, vendar je zapisal, kdaj so slovenski jetniki zaslutili, da se bo »divji ples« končal z zmago zapornikov:

> Nekega večera čujemo živahno hojo po hodniku. Nekdo se ustavi pred našo celico in po kratkem odmoru telefonira skozi ključavnico novico: Rusija se nahaja v vojni z Nemčijo! Kot bi trenil, se zbistrijo naši obrazi, naša ugibanja o bodočnosti dobijo odslej določeno smer. Končati more divji ples samo z zmago nas v zaporih. Med pazniki se pojavijo nekateri novi prijatelji.

V uvodu in sklepni besedi povojne večernice navezujejo vsebinsko na one iz božičnih dni leta 1940. V knjižici so tudi daljši prispevki o pregnancih, o trpljenju selske fare in o usodah nekaterih slovenskih duhovnikov ter laikov v času nacizma. Oboroženega odpora proti nacističnemu režimu večernice ne tematizirajo, povsem izogniti pa se mu tudi niso mogle. Kako bi bilo sicer mogoče opisati dogodke v Selah in na Obirskem? Velikonočni partizanski nastop na Obirskem je doživel prav Aleš Zechner, prvi povojni predsednik Mohorjeve, in ga zabeležil v kapelški farni kroniki.

Prelomi, zareze in nepretrganost

Koroški Slovenci so se po porazu nacistične Nemčije in obnovi Avstrije znašli v novem položaju. Čeprav so bili po nasilnem izgnanstvu oropani svojega vodstva, številni odborniki političnega društva, lokalnih slovenskih prosvetnih društev in kreditnih zadrug pa so bili v taboriščih v nemškem rajhu, so se pridružili Osvobodilni fronti. Pričakovanja, da bo po vojni mogoče uresničiti Temeljne točke Osvobodilne fronte, so se razblinila, ko so Združene države Amerike in Združeno kraljestvo zahtevali in uresničili umik jugoslovanske armade. Ideje svobode in odpora je osvobodilno gibanje v znatni meri širilo s pomočjo ilegalnega tiska, ki je poudarjalo povsem druge vrline, kot so prihajale do izraza v *Koroškem Slovencu* in v božičnih *Družinskih večernicah*. Po osvoboditvi Avstrije je obstajala realna nevarnost, da koroški Slovenci ostanejo brez tiska. Pokrajinski odbor Osvobodilne fronte za slovensko Koroško je praznino do junija 1946, ko je izšla prva številka *Slovenskega vestnika*, premagoval z občasnimi tiski. Katoliško-konservativni del, ki je na državnozborskih volitvah leta 1930 uveljavil s pomočjo pritiska krškega ordinariata, da se je Politično in gospodarsko društvo za Slovence na Koroškem izreklo za podporo krščanskih socialcev – odločitev je sprejel zelo ozek krog odbornikov – je ostal vse do obnovitve Družbe svetega Mohorja v Celovcu oziroma Narodnega sveta koroških Slovencev brez svojega glasila. O *Koroški kroniki*, ki jo je izdajala Britanska obveščevalna služba, bomo še spregovorili. Uvod v institucionalno obnovo konservativne miselnosti so *Družinske večernice Družbe svetega Mohorja* leta 1948, sledil je mesečnik *Družina in dom* s podnaslovom *List Družbe svetega Mohorja*. Ta se je že po enem letu preimenoval v *Vero in dom*: *List za Katoliško mladino in versko obnovo*. V njem se je s svojimi prispevki spet razživel Vinko Zwitter, vendar sedaj ni več hvalil socialne, kmetijske in družinske politike Velike Nemčije, opustil je tudi razmišljanja o krvi in zemlji, ni več razmišljal o »mladih narodih«, temveč o »mladem rodu«, ki ga je treba spet približati vrednotam krščanstva. Pot institucionalne obnove konservativne politične miselnosti med koroškimi Slovenci se je končala ob deželno- in državnozborskih volitvah 9. oktobra 1949. V *Našem tedniku*, glasilu Krščanske ljudske stranke, sta Jožko Tischler in Ivan Starc pozivala rojake, da v deželni zbor volijo kandidate Krščanske ljudske stranke, pri državnozborskih volitvah pa oddajo svoje glasove Avstrijski ljudski stranki. Starc je odločitev utemeljeval podobno kot leta 1930:

> V teh velikih trenutkih dokažemo našo politično zrelost s tem, da volimo v drž. zbor ÖVP. Sklepi velesil o naših državnih mejah so za nas politična realnost in našo lojalnost potrdimo s tem, da damo svoje glasove v državni zbor stranki, ki je nosilka avstrijske državne ideje. S tem volimo katoliško krilo te avstrijske stranke in se zavestno odmaknemo od skrajne desnice in levice.

Z nobeno besedo Ivan Starc ni omenil pastirskega pisma avstrijskega episkopata, ki se je v njem jasno opredelil za konservativno stran in spomnil katoličane na njihove dolžnosti.

Prva številka *Slovenskega vestnika*, Glasila Slovenske Koroške, je izšla 14. junija 1946 na Dunaju. V uvodniku Verujmo v zmago pravice ni nobene zahteve po združitvi koroških Slovencev z matičnim narodom. Po kratkem orisu velenemške miselnosti in nacističnega brezobzirnega iztrebljanja slovenskega naroda na Koroškem je uvodničar v smislu frontnega gibanja zapisal:

> Tedaj se je zdramilo to pohlevno in potrpežljivo slovensko ljudstvo, ki je vedno neomajno verovalo v pravico: spoznalo je, da bodo zatirani dosegli svojo pravico samo z odločno in nepopustljivo borbo. Spoznalo je tudi, da je to boj vseh zatiranih za pravice in življenje, ne glede na narodnost, ki jih združuje ena sama skupna volja: upor proti fašističnemu nasilju!

Na tem izhodišču govori o sodelovanju z vsemi resnično demokratičnimi Avstrijci, zahteva kaznovanje vseh vojnih zločincev in iztrebitev nacistične miselnosti iz javnega življenja ter spominja na zavezništva:

> Koroški Slovenci so se v najtežjih dneh prestane vojne borili na strani zaveznikov, ker so bili uverjeni, da bo s skupnimi napori najhitreje zlomljeno nacistično nasilje. Prav tako so tudi danes uverjeni, da bi iskreno sodelovanje med zavezniki v miru najhitreje zacelilo vse rane, ki jih je človeštvu prizadejala ta strašna vojna. Zato tudi želijo kot enakopravni sodelovati pri obnovi in izgradnji boljšega sveta.

Ob prvi obletnici izhajanja je *Slovenski vestnik* posvetil za kulise realnega političnega dogajanja. Menil je, da odgovorne zavezniške in avstrijske oblasti Osvobodilni fronti kljub prizadevanjem niso dovolile lastnega glasila. Slovenskemu ljudstvu torej niso dovolile niti političnega orožja iz osvobodilne borbe – tiskane besede, hotele so obsoditi slovensko ljudstvo na molk. Na pomoč je priskočil zasebnik, in list, nikakor še glasilo Osvobodilne fronte, je postal informator za mednarodno javnost in odločilni borec za zahtevo po združitvi koroških Slovencev z matičnim narodom. Ocena glasila je bila pozitivna: »*Slovenski vestnik* tako v resnici skuša nadomeščati glasilo OF in na znotraj in na zunaj ljudstvu pomaga pri ohranitvi pridobitev narodnoosvobodilne borbe in pri uresničevanju njenih ciljev.« Preseneča, da sodelavci *Slovenskega vestnika* niso spoznali problematičnosti pojma »priključitev« prav v avstrijskem okolju in z znanimi zahtevami po »anšlusu« Avstrije nemškemu rajhu. Neprestano so poročali in pisali o »priključitvi«, čeprav so ključne vloge in spomenice Osvobodilne fronte in drugih organizacij in združenj ter zasebnikov uporabljale v smislu slovenskega nacionalnega programa iz leta 1848 in Temeljnih točk Osvobodilne fronte pojem »združitev«. *Slovenski vestnik* prav nič ni spominjal na *Koroškega Slovenca*. Skušal je krepiti samozavest svojih bralcev. Pomemben element njegovega poročanja so bili dogodki narodnoosvobodilne borbe vsega slovenskega naroda, v prvi vrsti seveda koroških Slovencev ter pregnanstva. Sprva je tej borbi posvetil posebno rubriko Koroška v borbi. Pokrajinski odbor Osvobodilne fronte za Slovensko Koroško je v nemščini izdajal *Pressedienst*, ki je danes precej podcenjen, vendar prvovrsten zgodovinski vir.

Konec leta 1948 je Slovenska prosvetna zveza začela izdajati mesečnik (dvomesečnik) *Svoboda*. Ni povsem jasno, ali je SPZ hotela s svojim listom prehiteti Družbo svetega Mohorja, za katere izdajateljske načrte je gotovo vedela. Mesečnika si v ničemer nista podobna. Izhajanje lista so v prvi številki pozdravili Oton Župančič, Lovro Kuhar - Prežihov Voranc, Fran Saleški Finžgar in Miško Kranjec. V Uvodni besedi je izdajatelj poudaril žilavost, borbenost ter samoraštništvo koroških Slovencev in zapisal:

> *Svoboda* bo zato zavestno črpala iz bogate dediščine naše borbene preteklosti in gradila na zdravih osnovah nove slovenske stvarnosti. Na najbolj izpostavljenem koncu slovenske zemlje, na skrajnem robu slovenstva, na valovitem križišču starega, imperialističnega in novega, naprednega sveta bo našemu človeku kazala pot v lepšo in pravičnejšo bodočnost, ki jo z nepojmljivim delavnim zanosom ustvarja naš narod v svobodi. Z osvetljevanjem političnih, gospodarskih in predvsem kulturno-prosvetnih problemov obrobne slovenske zemlje bo krepila narodno in napredno zavest koroških Slovencev in jih na ta način uvajala v novo slovensko stvarnost.

»Koroška kronika«: zunaj slovenskega okvira in vendar slovenska

Koroška kronika ima v slovenski publicistiki na Koroškem posebno mesto. List so v pretežni meri pisali kvalificirani slovenski novinarji in izobraženci, vsebino lista pa je od nastanka do svojega odhoda marca 1948 določal britanski častnik Gerald Sharp. Zaslužil bi, da bi mu kdo namenil obširnejšo razpravo, pa tudi dosedanje vedenje o njegovem delu navaja k zaključku, da je bil izjemen človek. Ni bil prijatelj komunističnih eksperimentov, ponosen pa je bil na svoje angleške socialiste, nadvse je cenil protifašistični odpor slovenskega naroda. Čeprav je redko nastopal v vlogi zmagovalca, je le znal uveljaviti voljo zasedbenih oblasti. Nekateri funkcionarji Pokrajinskega odbora Osvobodilne fronte za slovensko Koroško so z njim zašli v konflikt, drugi spet so cenili njegov pozitiven odnos do partizanskega gibanja. Do razprtij med Sharpom in Pokrajinskim odborom je prišlo v prvi vrsti zaradi radijskih oddaj, pri katerih je sodelovala sprva Slovenska prosvetna zveza. Mirt Zwitter je kot tajnik Slovenske prosvetne zveze skušal po navodilih Pokrajinskega odbora uveljaviti v oddajah več partizanskih pesmi, česar Sharp ni sprejel. Oster je bil tudi do avstrijskih zveznih in deželnih politikov, in je to javno utemeljeval. Tako je cenzuriral radijske govore namestnika deželnega glavarja, Hansa Ferlitscha, in direktorja Urada koroške deželne vlade, Karla Newoleja. Seveda si s tem ni pridobil prijateljev. Precej ostro je reagiral tudi na obisk notranjega ministra Oskarja Helmerja na Koroškem in izjave zunanjega ministra Karla Gruberja glede števila koroških Slovencev. Koroškim politikom je prekipelo, ko je pripravil slikovni Album Koroške z naslovom Slovenska Koroška v sliki z Zemljevidom južne Koroške s slovenskim območjem. V uvodu je izrekel še priznanje partizanskemu odporu. Koroška deželna vlada ga je zatožila nadrejenim in dosegla, da so ga odpoklicali. Gerald Sharp je bil poučen o avstrijskih razmerah in o narodnostnem položaju na Koroškem še preden je z 8. Britansko armado prestopil avstrijsko-italijansko mejo in se med svojim delovanjem na Koroškem naselil na Žihpoljah.

Izdajatelji so bralcem sporočili:

> Z objavo tega tednika v slovenskem jeziku želijo izdajatelji v skromni meri prispevati k obnovi miroljubnih in znosnih razmer v Evropi, tej od druge svetovne vojne tako trpinčeni zemlji. Koroški Slovenci, ki se nanje obrača pričujoč list, so morali mnogo pretrpeti pod nacističnim jarmom, in vneto so se udeleževali boja, ki je bil končno po skupnih naporih evropskih narodov zma-

govito zoper Hitlerja dobojevan. Osvoboditvena vojna na Daljnem vzhodu še traja, ali že je bilo mogoče, v obnovi Evrope znatno napredovati – tudi pri nas na Koroškem, kjer je nekoč Hitler gospodaril. Poleg gmotnih dobrin, ki jih je vojna vihra upropastila, velja danes obnoviti tudi duhovne vrednote, in sicer tako, da bo vsem ljudem znova omogočeno, brez vnanje prisilnosti misliti, govoriti in brati. Ta misel svobode vodi izdajatelje – misel, ki šteje k osnovnim »štirim svobodščinam«, kakor jih je preminuli predsednik Roosevelt svojčas v Atlantik-Charti formuliral. Izdajatelji bi radi nudili slovenski govorečim Korošcem priliko, da v domačem jeziku berejo novice iz vseh krajev sveta in pa tudi vesti o lastnem kulturnem in gospodarskem življenju v kolikor bodo ta dopuščala za sedaj še skromna sredstva, ki jih imajo izdajatelji na razpolago.

Pri listu so sodelovali pripadniki slovenske politične emigracije, česar Pokrajinski odbor Osvobodilne fronte nikakor ni odobraval. Med drugimi so to bili: Ludvik Puš, Jožef in Rudolf Čuješ in Marko Bajuk, ki pa niso pisali političnih člankov in z nobeno besedo niso smeli tematizirati domobranstva. Rubriko Koroški gospodar, ki je prinašala predvsem članke in novice s področja kmetijstva in gospodarstva, so oblikovali kvalificirani agronomi – emigranti. Med prvimi sodelavci so bili koroški duhovniki Valentin Podgorc, Tomaž Orasch, Hani Maierhofer in Alojzij Nadrag. Kot občasnega sodelavca moramo omeniti Jožka Tischlerja, ki je pisal o šolstvu in pregnanstvu. V prvi fazi je prispevek o avstrijskih bataljonih v sestavu jugoslovanske armade napisal Rudolf Cefarin. Bolj presenečajo prispevki Trude Polley in Lorenza Maka, kar navaja k sklepu, da Sharp ni poznal njihove vpletenosti v nacistični sistem. To sicer velja za »zasedbeno oblast« v celoti, če pomislimo le na kadrovsko sestavo šolske komisije, ki naj bi preverjala vsebino učbenikov in v katere vrstah je bilo kar nekaj nacistov. Dokler je list urejal Sharp, je o slovenski politični emigraciji uporabljal pojme taboriščniki, preseljene osebe in begunci.

Koroška kronika je bila pod odgovornim uredništvom Geralda Sharpa sprva pravi politični organ. Približno po enem letu je Sharp naznanil, da se bo list posvečal predvsem kulturnim temam. Namere Sharp ni mogel uresničiti, kajti kmalu je spoznal, da je bila vsaka slovenska beseda v koroški javnosti eminentno politična. List je začel izhajati 20. julija 1945. Kmalu po uvedbi prvih slovenskih radijskih oddaj, ki jih je odločno zahteval dopisnik iz vrst koroških Slovencev, je Gerald Sharp povedal, da britanske oblasti stremijo k temu, »da se kulturno življenje Slovencev na Koroškem poživi«. Ocenil je, da časopis in radio prispevata k temu namenu. V posebnem radijskem nagovoru je britanske vojake seznanil z zgodovino in s položajem koroških Slovencev. Orisal je zatiranje slovenskega prebivalstva v nacističnem času in napore režima, da iztrebi vsako sled slovenščine, ter menil, da je stopnjevani pritisk pripravljenost Slovencev k aktivnemu odporniškem gibanju le še povečal. V duhu Sharpovih razmišljanj je napisan tudi uvodnik v začetku aprila 1946. V njem avtor razmišlja o sožitju obeh narodov na Koroškem, o nezaupanju med njima ter obstoječem preziranju slovenskega. Uvodnik končuje takole:

> Kaj pomaga, da z ene strani očitajo Slovencem protidržavno delovanje, če jim pa na drugi strani odrekajo najosnovnejše pravice. Ali mislite, da bi škodovalo skupnosti, če bi na primer pred Št. Jakobom pisalo na tabli razen »St. Jakob im Rosental še Št. Jakob v Rožni dolini«. Gotovo nič. Tudi stroški ne bi bili veliki, ker bi to ljudje sami radi napravili. Na drugi strani bi pa to veliko pomenilo, ker bi Slovenci videli, da jih nima nihče namena izbrisati iz zemlje, marveč jim dati vse možnosti za svoboden razvoj v bodočnosti. In ko bi enkrat imeli Slovenci vse, kar jim pripada, takrat bi rad poznal tistega, ki bi mu lahko upravičeno očitali protidržavno politiko. Dokler pa manjšina v državi ne dobi svojih pravic, je pa vsekakor upravičena in ji tega ne more nihče šteti v zlo, če si v zunanjem svetu išče zaščitnikov.

V isti številki uredništvo citira Sharpa, ki je menil, da bo življenje na Koroškem znosno šele takrat, »če bosta oba naroda drug drugega spoštovala«, in menil, da se morajo vsi Avstrijci povrniti k tisti znosnosti, »o kateri tako veliko govorijo, a je v praksi na Koroškem ni videti«. V listu so objavljeni kritika obiska avstrijskega notranjega ministra Oskarja Helmerja na Koroškem in izjave zunanjega ministra Karla Gruberja, ki je menil, da je na Koroškem le šest odstotkov Slovencev, od katerih si pa večina zaradi gospodarskih interesov želi ostati v Avstriji. Člankar se sprašuje, kako se med tako število Slovencev lahko proda deset tisoč izvodov *Koroške kronike*, pri čemer so begunci še izvzeti, in meni, da bodo točnejše starejše statistike, ki govorijo o tem, da je na Koroškem med 80.000 in 100.000 Slovencev. Spominja na novembrsko predvolilno prepoved zasedbene sile, da stranke ne tematizirajo mejnega vprašanja, čigar rešitev je pridržana izključno mirovni konferenci. Pravi:

> Če so se pred volitvami morale vse stranke obvezati, da ne bodo razpravljale o koroškem obmejnem vprašanju, zakaj se tega ne držijo? Ali morda misli kdo, da koroški Slovenci ne bi mogli dobiti na Dunaju človeka ki bi govoril ravno v nasprotnem smislu, kot so prejšnje dni govorili razni socialistični govorniki na Koroškem? Če si lahko to nekateri dovolijo, zakaj bi se drugi ne smeli. Gotovo tudi britanska vojaška vlada ni pri odklonitvi razpravljanj o meji mislila, da česar ne smejo Korošci, lahko delajo drugi. Gotovo je najbolj pošteno da to, kar je dovoljeno enim, tudi drugim ni prepovedano. Tako smo vsaj navajeni v demokraciji in tako predstavo o demokraciji imajo tudi koroški Slovenci. ... Ni dovolj samo Slovencem zabičevati, da morajo spoštovati sosednji narod. V sedanjem času bi bilo to umestneje povedati Nemcem, med katerimi jih je še veliko, ki se na noben način ne morejo otresti nacistične ideje o nadčloveku. Misliti je treba nekako naprej. Po mirovni konferenci bo meja na Koroškem določena, vendar s tem pravica Slovencev in Nemcev ne bo prenehala.

Obletnica zmage nad nacistično Nemčijo je Sharpu ponudila priložnost, da je spregovoril o položaju pred zasedbo Koroške, o delu zasedbene oblasti v prvem letu, predvsem pa o zavezništvu s partizani. List je dodal, kako je potekala zasedba Celovca. O zavezniškem prodiranju v Avstrijo je zapisal:

> Lansko leto je napravil pohod 8. Britanske Armade 8. maja konec nacističnemu režimu. ... Predno je 8. Armada prekoračila mejo, so vkorakale tudi še jugoslovanske čete, da doprinesejo svoj delež k uničenju fašizma na avstrijski zemlji. Te so že dalj časa podpirali koroški partizanski borci, katerim so pri-

> padali tudi Avstrijci nemškega jezika. Da je bilo več predelov v koroški mejni deželi, kamor se ni upala nobena vojaška edinica, se je zahvaliti le junaškemu delovanju teh koroških partizanov. Ta okoliščina je bila tembolj razveseljiva, če pomislimo, kako globoko je bil nacistični duh vkoreninjen ravno v obrobnih conah velikonemškega rajha, kakor na Koroškem in na Štajerskem.

Glavni članek govori o strahu nemške vojske in prebivalstva Celovca, da Celovec pred Britanci zasedejo Jugoslovani:

> Ko se je razvedelo, da se bližajo Celovcu edinice Jugoslovanske Armije, se je napetost v mestu še povečala. Nemška vojska, ki je bila pripravljena, brezpogojno se predati britanskim vojaškim silam, je videla na drugi strani v vojski maršala Tita še vedno svojega sovražnika, proti kateremu bi se borila tudi brez slehernega izgleda na zmago. Predobro so se zavedali Nemci grozodejstev, ki so jih izvajali nad narodi Jugoslavije, da sedaj ne bi pričakovali upravičenega povračila za svoje zločine.

O samem 8. maju in zasedbi Celovca poroča list:

> Dne 8. maja so vkorakale čete Jugoslovanske Armije z juga v mesto. Istočasno se je začulo iz smeri Glavnega trga veselo vzklikanje. Ljudje so pozdravljali oklopne vozove 8. Britanske Armije. ... Britanske in jugoslovanske vojaške skupine so pazile, da je vladal v mestu red in mir. Patrulje so hodile po cestah in vsa važna poslopja so bila zastražena. Pred mnogimi zgradbami se je videlo na eni strani vhoda jugoslovanskega partizana, na drugi strani britanskega vojaka. Bila je to slika, ki je potrdila zavezništvo dveh narodov v vojni in dveh zmagovalcev v miru.

List nato piše o ukrepih za popravo škode, ki je bila prizadejana Slovencem v času nacističnega režima, in pravi, da dobro ve, da marsikaj še ni storjenega, da slovenščina ni priznana kot uradni jezik, da so napisi domala izključno v nemščini in da vlada mnenje, kdor raje govori slovensko, tisti ni dober Avstrijec. Meni, da avstrijske ozkosrčnosti ni bilo mogoče odpraviti v letu dni in da bo še trajalo, preden se Avstrijci povrnejo k nekoč splošno priznani spravljivosti. Sharp je odločno branil slovenske radijske oddaje, ki so jih kritizirali nekateri Nemci. Poudaril je: »Mi, kar nas je od britanske zasedbene sile, smo od vsega pričetka mnenja, da sta slovenščina in slovenska kultura vredni poživljanja in gojitve.« Odločno je zavrnil trditev, da koroški Slovenci ne bi razumeli slovenščine in kot protidokaz navedel spet visoko naklado *Koroške kronike*, kajti nemogoče se mu je zdelo, da bi kupovali ljudje list, ki ga ne razumejo. Računal je z odporom določenih elementov proti slovenskim oddajam. Neko protestno pismo iz Beljaka proti slovenskim oddajam in »indijanski glasbi« je označil kot »spomenik pangermanističnega mišljenja«. Zanikal je mnenje, da bi pisec zastopal beljaške poslušalce in spraševal: »Ali je to duh, ki vlada eno leto po vojaškem porazu velikonemškega rajha, v drugem največjem mestu Koroške?« V spomin mu je zavrtel posnetek z navdušenega sprejema firerja v koroškem glavnem mestu, in menil, da je naloga vsakega poštenega človeka, »da zlomi ta duh, kjerkoli se pojavi«. Cilj zasedbene oblasti je opisal takole:

> Na Koroškem žive pač tako Korošci nemškega jezika, kakor Korošci slovenskega jezika in med slednjimi jih je na tisoče, ki raje govorijo svojo materinščino. Mi potrebujemo pomoč vseh, ki imajo dobro voljo, da dajo Slovencem nazaj to, kar jim je po krivici in s silo vzel velikonemški duh in njegov zagrizeni zastopnik Adolf Hitler. Zakaj, v deželi hočemo imeti mir, da bomo mogli obnoviti Koroško.

Dolgo preden je Sharp pripravil Album Koroške, je v *Koroški kroniki* objavil zemljevid dela Koroške z obmejnimi ozemlji Italije in Jugoslavije. Na njem je krajevna imena na koroškem območju poimenoval nemško in slovensko, na slovenskem v slovenščini in nemščini, na italijanskem pa deloma trojezično – italijansko, nemško in slovensko. Ni znano, da bi se bil kak koroški politik glede tega razburjal ali interveniral. *Koroška kronika* je govorila o uradno priznanih slovenskih imenih, ki imajo zgodovinsko podlago. Kraje na Zemljevidu Koroške s slovenskim območjem je zapisal le v slovenščini, in le kraje s sedežem okrajnega sodišča tudi dvojezično. Ob sicer negativni oceni beljaškega kritika slovenskih radijskih oddaj je Gerald Sharp bralce lista opomnil, da je med nemško govorečimi veliko ljudi, ki so pripravljeni prispevati tudi svojo pomoč in podporo pri obnovi slovenske kulture na Koroškem. To je storil ob prvi obletnici *Koroške kronike*, ko je pisal o delu v tiskarni in na radijski postaji. Opisal je razmere v tiskarni Carinthia, ki so jo maja zaplenile britanske oblasti, že januarja 1946 pa spet predale v avstrijske roke. V tiskarni je bilo le nekaj sodelavcev, ki so obvladali slovenščino, in zato je bil tisk slovenskega glasila posebna naloga. Sharp je menil, da tiskarna in tiskarji radi opravljajo delo, obenem pa zagotovil, da imajo tudi Britanci navado postavljati zahteve. Pohvalil je tudi tehnike radijske postaje, ki da vestno izpolnjujejo vse naloge in zagotavljajo realizacijo slovenskih oddaj. Med koroškimi Slovenci ni našel človeka, ki bi bil imel kakršnokoli izkušnjo z radiem, »kajti še nikoli v zgodovini ni bilo slovenskih oddaj v celovškem radiu«. Ob drugi obletnici *Koroške kronike* je Gerald Sharp v listu podal pregled dela slovenske sekcije Britanske obveščevalne službe, s katerim je začela julija 1945. Povedal je, da je *Koroška kronika* naletela na večje težave, kot bi jih sicer bilo pričakovati:

> Nacisti so bili zastavili vse svoje sile, da iztrebijo vse sledove slovenskega jezika in slovenske kulture na Koroškem. Kar je bilo slovenskih knjig, so požgali in uničili in Slovenci, ki bi bili zmožni časnikarskega in kulturnega dela, so bili deloma še razkropljeni po izseljeniških taboriščih v Nemčiji, deloma so bili zaposleni z obnovo svojih domov in eksistenc, a deloma so z nezaupanjem gledali novega »okupatorja«, tako da je manjkalo tudi uredniškega osebja.

Kljub vsem težavam je list začel izhajati in sekcija je konec leta izdala še slovenski stenski koledar v nakladi 6.000 izvodov. Na radiu je začela oddajati 6. januarja 1946, in to z dnevnimi poročili v obsegu petih minut, od 3. marca 1946 pa je radio dvakrat tedensko oddajal še po pol ure glasbenih oddaj. Pri glasbenih oddajah je poudaril sodelovanje Slovenske prosvetne zveze in izrazil upanje, da bo po prekinitvi tega sodelovanja spet prišlo do obnove plodnega dela. 9. septembra 1946 se je slovenski spored še razširil. Celovška radijska postaja je začela prinašati četrturne jutranje oddaje z izvlečki iz svetovnega tiska, predavanja o slovenski zgodovini, nasvete za gospodinje, itd. Nedeljska poročila je nadomestila oddaja Iz slovenske kulturne zakladnice. Kot drugo posebno izdajo sekcije je omenil zemljevid Južne Koroške z obmejnimi deli Jugoslavije in Italije, in povedal, da je bila sekcija deležna z gotove strani sumničenja, »da zasledujemo s tiskanjem tega zemljevida mračne politične namere, vendar je bilo to prav tako neizogibno kakor brez vsake podlage«. Sharp je nato omenil še natis voščilnic za božič in veliko noč, natis koledarja za leto 1947 in knjižnega koledarčka z ilustracijami ter natis raznih knjig. Zlasti je omenil ponatis Cankarjevega *Križa na gori.* Ker je sekcija ugotovila, da koroški Slovenci potrebujejo knjige in po njih tudi segajo, je stopila v kontakt s Trstom, kjer je Zavezniška vojaška uprava izdajala šolske knjige v slovenščini. Zaključil je:

> S tem pregledom sem hotel prikazati, na koliko načinov smo skušali doprinesti h kulturni poživitvi slovenske Koroške. Vse naše delovanje je imelo samo ta namen, kajti kultura je srce in mozeg vsakega naroda. ... Minuli dve leti sta bili zelo zanimivi. Ponosni smo v prepričanju, da smo morda le doprinesli skromen delež k slovenski kulturi na Koroškem in obenem se veselimo, da lahko drugim prepustimo delo političnega razgrajanja. Mogoče bo kmalu konec tega razgrajanja, a slovenske besede, slovenske pesmi in slovenske knjige ne more biti več konec na Koroškem. Važni nismo mi, temveč dobrobit koroških Slovencev. Skušali smo jim služiti in služiti jim bomo skušali tudi v bodoče.

Tretje obletnice izhajanja *Koroške kronike* Gerald Sharp ni več doživel na Koroškem. Uredništvo se je od šefa Britanske obveščevalne službe za Koroško poslovilo s toplimi besedami, in menilo, da koroški Slovenci ne izgubljajo le človeka, »ki se je ves in povsod zavzemal za naše upravičene težnje. Izgubili smo mnogo več, namreč pravega in resničnega prijatelja.« Odhodu Geralda Sharpa je takoj sledila globoka zareza v usmerjenosti *Koroške kronike.* Iz polemičnih zapisov *Slovenskega vestnika* vemo, da so pri listu sodelovali pripadniki slovenske politične emigracije. Njim Sharp nikakor ni dopuščal, da bi v listu v katerikoli obliki izražali svoje politične poglede in napadali politične nasprotnike; usmerjenost lista je bila jasna. Sharp je zagovarjal demokratične vrednote in visoko cenil antifašistično zavezništvo in antifašizem posameznikov. Tako je list še pod njegovo odgovornostjo objavil celostranski prispevek o usodi Vinka Poljanca, svoje spomine na preganjanje v času nacizma je prvič prav v *Koroški kroniki* objavil Alojzij Nadrag, župnik iz Škofič. O prekopu partizanov na šentrupertsko pokopališče je list prinesel obširno poročilo, in še bi lahko naštevali. Čim je Sharp odšel, je list objavil uvodnik o komunizmu, česar Sharp v tej obliki ne bi bil nikdar dopustil, preveč je namreč cenil delavski razred oziroma britanske delavce in delavke. Uvodničar M.-ič. se je s sveto jezo razpisal proti materializmu, menil, da vsa krščanska načela in vso krščansko kulturo ogrožajo nasprotniki, kot najnevarnejšega nasprotnika vseh kulturnih vrednost, ki jih je tekom tisočletij ustvarilo krščanstvo, pa razkril marksizem, »katerega najskrajnejša in najbolj surova oblika je – komunizem.« Avtor citira okrožnico Divini Redemptoris, ki da poudarja, da je komunizem nekaj bistveno slabega, »zato prav v nobeni reči ne bi z njim sodeloval, komur je mar krščanske kulture ...« List je zašel na področje, ki se mu je Sharp izogibal, na področje strankarstva, čeprav so uredniki ob tretji obletnici izhajanja trdili, da je *Koroška kronika* edini slovenski list v Srednji Evropi, »ki ni političnega značaja ...« Uredniki so še zapisali, da je tretja obletnica *Koroške kronike* kulturni spomenik, »ki ga je v čast demokratičnim načelom postavila koroškim Slovencem Britanska obveščevalna služba«. Zapis ob četrti obletnici izhajanja lista je glede nadaljnjega obstoja lista še zelo optimističen. Svojevrstna je interpretacija odločitve Britanske obveščevalne službe, da izda slovenski list. Retrogradno je avtor odločitvi dodal še »krščansko« komponento, ki je bila tuja motivom Geralda Sharpa:

> Ko so leta 1945 utihnili v Evropi topovi in se je zrušil »tisočletni rajh«, ki je prizadel koroškim Slovencem toliko gorja in škode, a obenem ponovno potrdil staro resnico, da na podlagi surove sile ne obstaja nobena država dolgo in končno zmagajo vedno le načela človečanstva, ki temeljijo na božjih zakonih, je zasijal nov žarek miru. Britanske oblasti, ki so prevzele težko odgovornost izgraditve tega težko priborjenega in vroče zaželenega miru, so si zadale nalogo dati tudi koroškim Slovencem možnost, da v svoji materinščini čitajo zopet vesti o svetovnih dogodkih in na ta način zopet dobijo vero v pravico in resnico. Ustanovili so zato list »Koroška kronika«.

Sharp nikoli ne bi bil napisal, da se je »tisočletni rajh« zrušil, govoril bi o veliki zmagi Angležev in zaveznikov. Nikoli ni pisal o tem, da bi načela človečanstva temeljila na božjih zakonih. Slavnostni zapis je v senci kričečega poročila o Obsodbi komunizma, papeškem odloku s konca junija 1949, o kateri list pravi: »Z odločbo Vatikana se prične nova doba, v kateri bodo morali biti ločeni duhovi.« Deklarirani protikomunisti so se že ob konfliktu Komunistične partije Jugoslavije z drugimi evropskimi partijami otročje veselili. Da bi zagodli »Titovini«, so v *Koroški kroniki* objavili kar integralno besedilo resolucije Informbiroja. Angleška zasedbena oblast je leta 1950 našla prevzemnike za svoj list, ki je po Sharpovem odhodu postopoma prešel na pozicije, ki sta jih zastopala novoustanovljeni Narodni svet koroških Slovencev in glasilo *Naš tednik*.

Viri in literatura

Družina in dom (*Vera in dom*) I/1949–II/1950.
Družinske večernice. Celovec: Družba sv. Mohorja v Celovcu, 1948.
Koroška kronika I/1945–V/1949.
Koroški Slovenec X/1930–XVI/1936.
Naš tednik I/1949.
Slovenski vestnik I/1946–IV/1949.
Svoboda I/1948 – III/1950.
ZWITTER, Vinko (ur.): *Družinske večernice*. Celovec: Slovenska prosvetna zveza, 1940.

Bojan-Ilija Schnabl[1]

DVOJEZIČNA USTAVA KOROŠKE IN DEŽELNI GLAVAR JANEZ NEPOMUK ŠLOJSNIK

Naše razumevanje zgodovine in interpretacije preteklosti so pogosto rezultat naših pričakovanj, te pa so v dobri meri izraz sočasnih družbenih razmer. Kar je povsem razumljivo za posameznika, velja tudi za zgodovinopisje: nekateri segmenti zgodovinskih izkušenj in starega znanja gredo v pozabo, znanost pa ponekod očitno brez pravega razloga na zgodovinskem atlasu pušča nekatere bele lise, ki bi se, če bi bile raziskane, lahko kosale z današnjimi pričakovanji.

Tako se je očitno zgodilo tudi s skoraj pozabljeno Ustavo Koroške iz leta 1849, ki je bila avtentična, to pomeni pravno veljavna tudi v slovenščini. V njenem 3. členu so bili Slovenci opredeljeni kot enakopraven konstitutivni narod. Premalo znan je tudi njen imenitni izvajalec, 'cesarski namestnik' (nemško *Statthalter*) v funkciji deželnega glavarja, baron Janez Nepomuk Šlojsnik, ki je – če se slikovito izrazimo – postavljal pravno pomembne dvojezične napise po celotnem Koroškem celo do Svete krvi preko Krke tja do Kotarč.

Raziskovanja v okviru nastajajoče *Enciklopedije slovenskega jezika in literature od začetkov do leta 1938*, projektom pod vodstvom Katje Sturm-Schnabl, so priložnost, da to izredno zanimivo vrzel v znanju dopolnijo in s tem obogatijo kolektivno znanje. Na ta način zgodovinopisje postaja zanimiv vir razumevanja temeljev sedanjosti in podlaga za soustvarjanje prihodnosti.

Prelomni dogodki v prvi polovici 19. stoletja

Sredina 19. stoletja je bila v Evropi v mnogem prelomna. Stari fevdalni sistem ni več ustrezal novim družbenim razmeram, izhajal je namreč iz srednjeveških oblastniških konceptov in iz od boga danega absolutizma. Nove tehnologije so se razvijale hkrati z meščanstvom in poleg stare gospode, ki

1 Bojan-Ilija Schnabl, rojen leta 1965 na Dunaju, je sin koroških Slovencev. Obiskoval je francosko šolo in gimnazijo na Dunaju, odraščal je štirijezično (slovensko, nemško, francosko in srbohrvaško) med Dunajem in Svinčo vasjo na Celovškem polju. Na Dunaju, v Parizu in Celovcu je študiral pravo, tolmačenje (mag. phil.), upravljanje v javnem sektorju (MAS). Med drugim je bil asistent v Evropskem parlamentu v Bruslju, uradnik za demokratizacijo misije OVSE [Organizacija za varnost in sodelovanje v Evropi, tudi OSCE / OSZE] v BiH (www.osce-bih.org) v šestih 'terenskih pisarnah' (*Field Office / Terenski ured / Terenska kancelarija* Bosanska Gradiška, Banja Luka, Drvar, Livno, Sanski Most, Doboj) in predstojnik treh od njih, trener za področje organizacijskega razvoja ter sodelavec v raznih znanstvenih projektih. Trenutno sodeluje v projektu univ. prof. dr. Katje Sturm-Schnabl *Enciklopedija slovenskega jezika in slovstva na Koroškem od začetkov do leta 1938*, ki ga financira Avstrijski sklad za pospeševanje znanstvenih raziskav (FWF). Je avtor številnih razprav s področja evropskih integracij in manjšinskih vprašanj, v okviru Enciklopedije pa je izdelal okoli 40 gesel zlasti o sociolingvističnih, terminoloških in pravno-zgodovinskih temah. Je avtor pesniško-pravljične izvirne petjezične zbirke *Potovanja ljubezni*, ki je leta 2007 izšla v BiH ter tudi nekaj pesmi in pravljic s Celovškega polja, ki so bila objavljena zlasti v *Nedelji*.

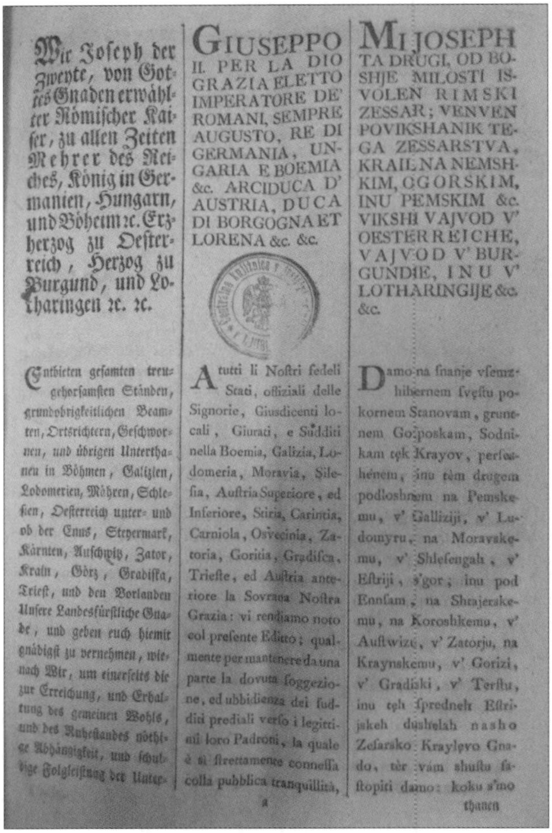

Wir Joseph der Zweyte, von Gottes Gnaden erwählter Römischer Kaiser, zu allen Zeiten Mehrer des Reiches, König in Germanien, Hungarn, und Böheim ꝛc. Erzherzog zu Oesterreich, Herzog zu Burgund, und Lotharingen ꝛc. ꝛc.

Entbieten gesamten treugehorsamsten Ständen, grundobrigkeitlichen Beamten, Ortsrichtern, Geschwornen, und übrigen Unterthanen in Böhmen, Galizien, Lodomerien, Mähren, Schlesien, Oesterreich unter- und ob der Enns, Steyermark, Kärnten, Auschwitz, Zator, Krain, Görz, Gradiska, Triest, und den Vorlanden Unsere Landesfürstliche Gnade, und geben euch hiemit gnädigst zu vernehmen, wienach Wir, um einerseits die zur Erreichung, und Erhaltung des gemeinen Wohls, und des Ruhestandes nöthige Abhängigkeit, und schuldige Folgleistung der Unter-

GIUSEPPO II. PER LA DIO GRAZIA ELETTO IMPERATORE DE' ROMANI, SEMPRE AUGUSTO, RE DI GERMANIA, UNGARIA E BOEMIA &c. ARCIDUCA D' AUSTRIA, DUCA DI BORGOGNA ET LORENA &c. &c.

A tutti li Noſtri fedeli Stati, offiziali delle Signorie, Giudicenti locali, Giurati, e Sudditi nella Boemia, Galizia, Lodomeria, Moravia, Sileſia, Auſtria Superiore, ed Inferiore, Stiria, Carintia, Carniola, Osvecinia, Zatoria, Goritia, Gradiſca, Trieſte, ed Auſtria anteriore la Sovrana Noſtra Grazia: vi rendiamo noto col preſente Editto; qualmente per mantenere da una parte la dovuta ſoggezione, ed ubbidienza dei ſudditi prediali verſo i legittimi loro Padroni, la quale è sì ſtrettamente conneſſa colla pubblica tranquillità,

MI JOSEPH TA DRUGI, OD BOSHJE MILOSTI ISVOLEN RIMSKI ZESSAR; VENVEN POVIKSHANIK TEGA ZESSARSTVA, KRAIL NA NEMSHKIM, OGORSKIM, INU PEMSKIM &c. VIKSHI VAJVOD V' OESTERREICHE, VAJVOD V' BURGUNDIE, INU V' LOTHARINGIJE &c. &c.

Damo na ſnanje vſemzhihernem ſvęſtu pokornem Stanovam, gruntnem Goſposkam, Sodnikam tęk Krayov, perſeshenem, inu tèm drugem podloshnem na Pemskemu, v' Galliziji, v' Ludomyru, na Moravskemu, v' Shleſengah, v' Eſtriji, s'gor; inu pod Ennſam, na Shtajerskemu, na Koroshkemu, v' Auſtwize, v' Zatorju, na Kraynskemu, v' Gorizi, v' Gradiski, v' Terſtu, inu tęh ſpredneh Eſtrijskeh dushelah nasho Zeſarsko Kraylęvo Gnado, tèr vám shuſtu ſaſtopiti damo: koku s'mo thanen

Listina cesarja Jožefa II. z dne 1. septembra 1781.
Vir: Centralna pravosodna knjižnica, Ljubljana, signatura B8/3

vseh svojih virov niti ni znala več izrabiti, si je svojo pot do družbenega priznanja utiral nov družbeni sloj vse bolj samozavestnega visokega meščanstva. Meščanstvo je po malem oponašalo plemstvo, kar poznamo pod pojmom »bidermajer«. Ob družbenem vzpenjanju so se širili kolektivni psihološki pojavi, katerih dolgoročne posledice so se kazale tudi v narodnostnem vprašanju. Toda država, ki je bila še dolgo zapisana fevdalnemu redu in stanovom, svojega mesta v mednarodnem sklopu držav, ki so tekmovale s kolonijami in težile k nadvladi, brez vzpenjajočih se družbenih slojev ni mogla več zagotoviti. Na enem mestu so sovpadali miselni modeli absolutizma in novi družbeni trendi. Med takšne strukturne prelomnice v gospodarskem, političnem in narodnostnem razvoju spada tudi gradnja železniške povezave med Dunajem in Trstom (železniška proga do Celja je bila odprta 2. junija 1849, do Ljubljane 18. avgusta 1849 in do Trsta 27. julija 1857). Mesta so postajala vse bolj privlačna, hkrati pa so se razvijala v prisilna bivališča obubožanega podeželskega prebivalstva, ki je ob hitrem demografskem razvoju potreboval nov dom, kapital pa, da bi si zagotovil rast, poceni delovno silo. Tudi vprašanja narodnosti in jezika so dobivala v tem času nove razsežnosti, saj je razsvetljenstvo po francoski revoluciji, ki je sicer zagovarjala princip države – nacije, v kateri naj bi ne bilo prostora za razlikovanje med narodnostmi – vzbujalo upanje tudi posameznim narodom. Zlasti pri Slovencih so vidni sledovi Napoleonovih Ilirskih provinc. Slovenščina je takrat postala uradni in učni jezik verjetno iz dveh temeljnih razlogov: zaradi pragmatičnega priznanja povsem živega jezika in z namenom utrjevanja francoske nadvlade. Stari družbeni red se je še dolgo, kolikor je le mogel, branil pred postopnim in počasnim rušenjem, kar je v naslednjih desetletjih terjalo v masovnih klavnicah tako regionalno omejenih kot svetovnih vojn še mnogo življenj. Pot upanja na pravičnejši in bolj demokratičen svet se je izkazala za izredno dolgo in bolečo, odvijala pa se je v več fazah.

Metternichov režim, ki je bil od restavracije starih državnih struktur po končnem padcu Napoleonovega režima leta 1815 prispodoba za policijsko represijo, se je sicer dolga leta držal na oblasti, a ni mogel trajno usklajevati državne kontrole in razvoja države. Cena rasti kapitala in s tem utrjevanja mednarodne vloge države je bila dopuščanje razvoja novih družbenih slojev (novega meščanstva, proletariata, študentov). Državni kancler Klemens W. L. Metternich (1773–1859) sam je postal ovira za razvoj države. Vse od francoske revolucije leta 1789 se je na široko razvijala zamisel o ustvarjanju ustavnega reda, v katerem bi bile zapisane pravice in dolžnosti družbenih akterjev in omejitve oblastniške samovolje, ki jo je poosebljal prav Metternich. Zlasti pa je stari režim zaviral gospodarski razvoj, kar je dokazala še pretežno agrarno usmerjena habsburška monarhija, ki je znatno zaostajala za razvojno dinamiko v Veliki Britaniji.

Tako je revolucionarna ihta iz leta 1848 imela visoke cilje in zahteve. Nekatere lahko združimo v kontekst ideje o človekovih pravicah, med drugimi svobodo tiska in izražanja ter odpravo cenzure. Druge zahteve so bile usmerjene v gospodarstvo, navidezno v interesu nižjega meščanstva, vendar hkrati v interesu visokega kapitala. Z današnjega vidika je treba zato na ustavno gibanje gledati diferencirano, saj je, povsem logično, zastopalo tudi določene interese. Prva ustava iz te dobe, t. i. 'zgodnjekonstitucionalna ustava kanclerja Franca Pillersdorfa' (nem. *Pillersdorfsche Verfassung*), ki je bil sicer znan Metternichov nasprotnik, ni ustrezala ne revolucionarjem ne oblasti. Razglašena je bila 25. aprila 1848, že 16. maja razglašena kot provizorij, julija pa povsem razveljavljena. Veljala naj bi le za »dedne dežele« brez Madžarske in italijanskih provinc. Toda zaradi dogodkov v madžarskem delu monarhije je intervenirala vojska, kar je na Dunaju sprožilo vstajo in podporo delavcev in študentov. V teh nemirih, znanih pod imenom dunajske oktobrske revolucije leta 1848, je bil javno linčan vojni minister Latour, vlada je zbežala v moravski Olomouc, ostanek parlamenta, Poslanski dom, je zbežal v Kromeržič, prav tako na Moravskem, in tam nadaljeval s pisanjem ustave. 'Kromeržiški osnutek' (nem. *Kremsierer Entwurf*) iz leta 1848 je zastopal sodobne ustavnopravne principe. Ker je temeljil na suverenosti ljudstva in delitvi oblasti, ga pripisujemo t. i. visokemu konstitucionalizmu, za katerega je značilno, da je poleg cesarja nosilec oblasti tudi ljudstvo. Ustava naj bi veljala le za Cisleithanijo, vendar je predvidevala možnost, da se pozneje vanjo vključi tudi Madžarsko in Lombardsko – Benečijo.

Oktroirana marčna ustava od 4. marca 1849

Toda mlademu cesarju, pravkar kronanemu 18-letnemu Francu Jožefu I. (oziroma družbenemu redu, ki ga je ta predstavljal), kromeržiški osnutek ni ustrezal, zlasti ne glede ljudske suverenosti, zato je 4. marca 1849 razglasil t. i. 'oktroirano marčno ustavo' (nem. *Oktroyierte Märzverfassung*). Marčna ustava, ki je v največjem delu posnemala osnutek iz Kromeržiča, je veljala le do njene razveljavitve 31. decembra 1851 s t. i. »silvestrskim patentom«. S tem datumom se je tudi uradno začela t. i. neoabsolutistična doba.

V pravni in politični zgodovini celotne monarhije zaradi kratkega obdobja formalne veljavnosti marčne ustave ta velja le za eno med ustavami. Nekateri zgodovinarji njeno veljavnost poenostavljeno postavljajo celo pod vprašaj. Celo v slovenski pravni zgodovini nima tistega mesta, ki bi si ga zaslužila, saj je imela zelo pomembne strukturne posledice. Upam si trditi, da je ustava pravnoformalno veljala in je imela deloma daljnosežne posledice.

Tudi marčno ustavo zaradi poudarjene legitimnosti cesarja uvrščamo med zgodnjekonstitucionalne ustave. Vsebuje pa tudi številne elemente liberalnega, demokratičnega in federalnega ustroja: delitev zakonodaje med cesarstvo in dežele, pri sprejemanju državne zakonodaje sodelovanje cesarja in 'parlamenta' (nem. *Reichstag*), pri sprejemanju deželne zakonodaje sodelovanje cesarja in deželnih parlamentov, izvolitev spodnjih domov državnega parlamenta in deželnih parlamentov v neposrednih ljudskih volitvah, obtožbe ministrov in človekove pravice.

Vsekakor pa hkrati tudi drži, da ustava nikdar ni povsem zaživela, zlasti zato, ker niso izvedli volitev in ker je celotna zakonodaja slonela na določbi o provizorični zakonodaji (člen 120 ustave). Zato pravna zgodovina to dobo označuje tudi kot »navidezno ustavno«, saj je bila že med njeno veljavnostjo postopoma izvotljena. Od 13. aprila 1851 je bila vlada odgovorna le še cesarju, 20. avgusta 1851 pa je parlament postal le še svetovalni organ cesarja in krone.

Marčni ustavni sveženj je bil sestavljen iz manifesta o razpustitvi parlamenta iz Kromeržiča, ki hkrati najavlja novo ustavo ter ustavo samo. Zlasti pa so stopili v veljavo trije osrednji spremljajoči zakoni, to je Patent o temeljnih (človekovih) pravicah, Patent o zemljiški odvezi ter Zakon o uvedbi državnega zakonika in uvedbi deželnih zakonikov.

Ustava je pustila trajne sledi v številnih zakonih: odpravljeno je bilo patrimonialno (fevdalno) sodstvo, prišlo je do ločitve uprave in sodstva, uvedli so nov upravni red, prvič pa je bil vzpostavljen enotni upravni sistem s političnimi okraji, kot jih v bistvu poznamo še danes, uvajale so se avtonomne, samoupravne občine, itd.

Izredno pomembna so bila gospodarsko-politična določila, saj so bila temelj vzpostavitve pravnega reda, ki je ustrezal potrebam industrijske revolucije. V celotni monarhiji so uvedli skupni davčni in gospodarski prostor in zagotovili prost pretok ljudi, prepovedali so vsako obliko tlačanstva ali podložništva, zagotovili zasebno lastnino in svobodo nakupa nepremičnin ter svobodo oziroma pravico do premoženja. Marčna ustava iz leta 1849 se bere kot niti ne tako daljni prednik sodobnih evropskih določil skupnega trga in svoboščin – v dobrem in v zlu. R. Malli opozarja na to, da je imelo obdobje bega s podeželja in industrializacije različne jezikovno-sociološke posledice v raznih slovenskih deželah. V Trstu se je med letoma 1880 in 1890 število Slovencev podvojilo, na Koroškem je (uradno) nazadovalo.

Z vidika pravne in politične zgodovine pa je imela marčna ustava poleg patenta o državnem in o deželnih zakonikih še dva aspekta, ki so osrednjega pomena za slovensko zgodovino. Prvič je tu notranje protislovje v sami ustavi: v 1. členu še govori o Kraljevini Iliriji, ki združuje slovenske dežele Koroško, Kranjsko, Goriško-Gradiško, Istro in Trst (brez Štajerske), kar bi v principu ustrezalo tedanji zahtevi po združitvi Slovencev v skupni upravni enoti znotraj monarhije, t. i. Zedinjeni Sloveniji. Hkrati pa institucionalno krepi zgodovinske kronovine v 2. členu ustave. To pomeni, da so vladajoče elite lahko upravno-formalno ožigosale Slovence kot »manjšine« celo v deželah oziroma na strnjenem ozemlju, kjer so bili dejansko večina (97,5 odstotka prebivalstva na področju utrakvističnega šolstva). S sredstvi pravne države je marčna ustava tako strukturno omogočala politično dejanje zunaj meja politične etike in kulture, kot si jih je sama zastavila v katalogu človekovih pravic oziroma celo v njenem 5. členu, kjer piše:

> Alle Volksstämme sind gleichberechtigt, und jeder Volksstamm hat ein unverletzliches Recht auf Wahrung und Pflege seiner Nationalität und Sprache. / Vsi narodi (!) so enakopravni in vsak narod ima nedotakljivo pravico ohranjanja in negovanja narodnosti in jezika.

Drugič je marčna ustava predvidevala (členi 77 do 83) razglasitev deželnih ustav. Te naj bi si bile povsem podobne in naj bi zagotovile enovitost državnega ustroja ter »uspešnejše« centralistično vodenje. Vsekakor pa je marčna ustava pravno dokončno premostila nekdanji dualistični fevdalni red, kot je bil zapisan v starih stanovskih redih dežel, kar so materialno potrdile deželne ustave.

Državni zakonik – v slovenščini[2]

Med pomembne novosti oktroirane marčne ustave šteje uvedba splošnega 'državnega zakonika' (nemško *Reichsgesetzblatt*), in to v desetih prvotno enako avtentičnih jezikih. Ustrezen zakon je bil razglašen istega dne kot sama ustava, je pa ostal formalno – sicer s spremembami – mnogo dlje v veljavi (do konca monarhije). Sodobno centralistično vodenje države je terjalo tudi premostitev t. i. kameralistike, to je netransparentnosti zakonodaje, saj je le takšno fevdalno vladanje krepilo pravne neskladnosti znotraj države in močno oviralo njen sodoben gospodarski razvoj. Enako pa je večja transparentnost ustrezala sočasnim zahtevam po pravni državi in temeljnim principom enakosti v ustavno zagotovljenih svoboščinah. Izdaja skupnega zakonika je torej ustavnopravni in upravni dosežek – v smislu sodobnega managementa državnih nalog. Posebnost, tudi v kontekstu takratnega časa, pa je vsekakor določba, da zakonik izhaja v desetih enako avtentičnih jezikih, zlasti ker nekateri med njimi še niso imeli ustaljene pravne terminologije. Ti jeziki so bili: 1. nemščina, 2. italijanščina, 3. madžarščina, 4. češčina (hkrati »moravščina« in slovaščina«), 5. poljščina, 6. ukrajinščina (v nemškem besedilu piše »in ... ruthenischer ...

2 Patent 4. 3. 1849 über die Einrichtung des Reichs-Gesetz-Blattes / Čez uredbo deržavnega zakonika (= Einleitung S. I–VII). V: RGBl, Jg 1849, Wien 1850 / Občni državni zakonik in vladni list za avstrijsko cesarstvo, leto 1850, Na Dunaju 1850, Nr./številka 153, str. 173.

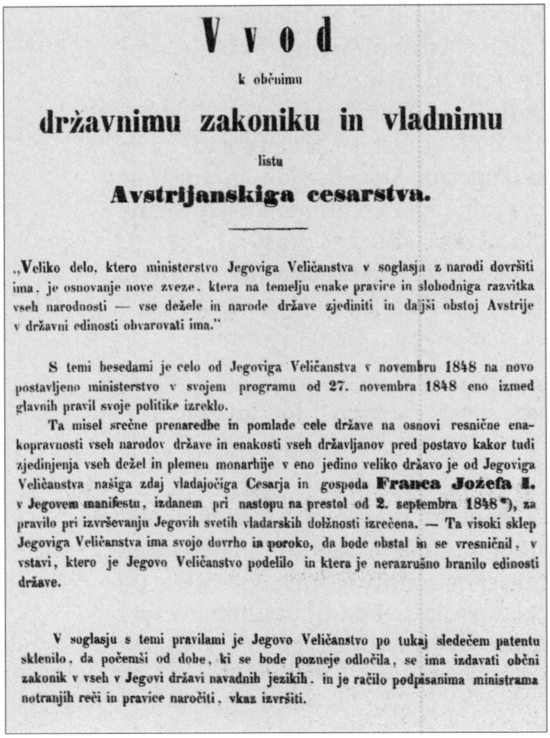

Vvod

k občnimu

državnimu zakoniku in vladnimu

listu

Avstrijanskiga cesarstva.

„Veliko delo, ktero ministerstvo Jegoviga Veličanstva v soglasju z narodi dovršiti ima, je osnovanje nove zveze, ktera na temelju enake pravice in slobodniga razvitka vseh narodnosti — vse dežele in narode države zjediniti in daljši obstoj Avstrije v državni edinosti obvarovati ima."

S temi besedami je celo od Jegoviga Veličanstva v novembru 1848 na novo postavljeno ministerstvo v svojem programu od 27. novembra 1848 eno izmed glavnih pravil svoje politike izreklo.

Ta misel srečne prenaredbe in pomlade cele države na osnovi resnične enakopravnosti vseh narodov države in enakosti vseh državljanov pred postavo kakor tudi zjedinjenja vseh dežel in plemen monarhije v eno jedino veliko državo je od Jegoviga Veličanstva našiga zdaj vladajočiga Cesarja in gospoda **Franca Jožefa I.** v Jegovem manifestu, izdanem pri nastopu na prestol od 2. septembra 1848*), za pravilo pri izvrševanju Jegovih svetih vladarskih dolžnosti izrečena. — Ta visoki sklep Jegoviga Veličanstva ima svojo dovrho in poroko, da bode obstal in se vresničnil, v vstavi, ktero je Jegovo Veličanstvo podelilo in ktera je nerazrušno branilo edinosti države.

V soglasju s temi pravilami je Jegovo Veličanstvo po tukaj sledečem patentu sklenilo, da počemši od dobe, ki se bode pozneje odločila, se ima izdavati občni zakonik v vseh v Jegovi državi navadnih jezikih, in je račilo podpisanima ministrama notranjih reči in pravice naročiti, vkaz izvršiti.

Uvod v državni zakonik.

Sprache«), 7. slovenščina (v nemškem besedilu piše »in slowenischer, zugleich windischer und krainischer Sprache«), 8. srbščina (v nemškem besedilu piše »in serbisch-illyrischer Sprache mit serbischer Zivilschrift« (torej v cirilici)), 9. hrvaščina (v nemškem besedilu piše »in serbisch-illyrischer (zugleich croatischer) Sprache mit lateinischen Lettern«) ter 10. romunščina (v nemškem besedilu piše »in romanischer (»moldauisch-wallachischer«) Sprache«).

V državnem zakoniku je torej zapisana slovenščina kot uradni jezik, besedi *windisch* in *krainisch* ('kranjski jezik') pa sta jasno definirani kot zastarela regionalna pojma. Prvotni avtentični slovenski naslov je *Občni državni zakonik in vladni list Avstrijanskega cesarstva,* leta 1851 in 1852 pa je zakonik izhajal pod rahlo spremenjenim naslovom *Občni deržavni zakonik in vladni list za avstrijansko cesarstvo.*

Še leta 1849 je bila ustanovljena državna komisija za izdelavo pravne terminologije. Njeni slovenski člani so bili Fran Miklošič (1813–1891), tudi predstavnik novoustanovljene katedre za slavistiko na dunajski univerzi (danes, po 150 letih, nova Avstrija na Dunaju še vedno ni uspela ustanoviti katedre za slovenščino!), Matija Dolenc in Matej Cigale. Med redaktorji in prevajalci zakonika pa so bili poleg Miklošiča in Cigaleta še Karl Štrekelj, Fran Vidic in Luka Svetec.

Dokončna terminologija je bila skupaj s hrvaško in srbsko terminologijo izdelana leta 1853, saj je bil njen cilj harmonizacija pravne terminologije znotraj sklopa južnoslovanskih jezikov ter z nemščino, pri čemer je imela slovenščina najdaljšo tradicijo, saj prvi prevodi zakonov (t. i. »currend« in »patentov«) v slovenščino v raznih slovenskih kronovinah, tudi na Koroškem, datirajo že v 17. in 18. stoletje. Prvič se je smatralo, da je dežela v veliki meri slovenska – nekateri njeni deli pa povsem slovenski, in drugič, ljudje enostavno niso znali nemško, dvojezičnosti v današnjem smislu pa ni bilo.

Zanimivo je, da je to delovanje omogočilo daljnosežne rezultate. Takrat sta bila na podlagi dogovora med uglednimi strokovnjaki hrvaške in srbske narodnosti (v glavnem Hrvatov, podpisnik Dunajskega dogovora je bil Hrvat Dimitrije Demeter) prvič skupno normirana srbski in hrvaški jezik. Po drugi strani pa je minister za šolstvo Thun-Hohenstein odredil, da je tako ustaljen jezik tudi podlaga za šolski jezik in učbenike. **Pravno je bilo torej povsem jasno, da je bila slovenščina enoten in skupen jezik vseh slovenskih kronovin,** in so torej vse govorice o nekem vindišarskem jeziku tudi po tej plati znanstveno povsem neutemeljene.

Navsezadnje so zaostanki in problemi pri kakovosti prevodov v prvi fazi pripeljali do tega, da je prišlo konec leta 1852 do pomembnih sprememb. Za nazaj se je določilo, da je edini avtentičen jezik prvotnih letnikov nemščina. Zakonik je od leta 1853 izhajal le še v nemščini, zato pa so državni zakoni v uradnem prevodu izhajali v deželnih zakonikih, ki so bili prav tako osnovani v zakonu, sprejetem 4. marca 1849. (O deželnem zakoniku glej spodaj.)

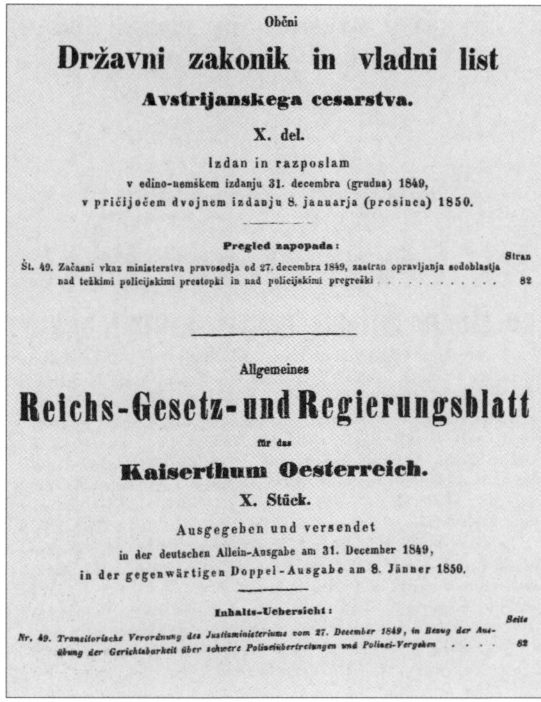

Občni

Državni zakonik in vladni list

Avstrijanskega cesarstva.

X. del.

Izdan in razposlam
v edino-nemškem izdanju 31. decembra (grudna) 1849,
v pričijočem dvojnem izdanju 8. januarja (prosinca) 1850.

Pregled zapopada:

	Stran
Št. 49. Začasni vkaz ministerstva pravosodja od 27. decembra 1849, zastran opravljanja sodoblastja nad težkimi policijskimi prestopki in nad policijskimi pregreški	82

Allgemeines

Reichs-Gesetz- und Regierungsblatt

für das

Kaiserthum Oesterreich.

X. Stück.

Ausgegeben und versendet
in der deutschen Allein-Ausgabe am 31. December 1849,
in der gegenwärtigen Doppel-Ausgabe am 8. Jänner 1850.

Inhalts-Uebersicht:

	Seite
Nr. 49. *Transitorische Verordnung des Justizministeriums vom 27. December 1849, in Bezug der Ausübung der Gerichtsbarkeit über schwere Polizeiübertretungen und Polizei-Vergehen*	82

Primer dvojezičnega slovensko-nemškega državnega zakonika.

Šele decembrska ustava iz leta 1867, katere nekateri deli veljajo še danes, ponovno postavlja vprašanje jezikov državnega zakonika, saj naj bi bili narodi na podlagi njenega člena XIX enakopravni. Od leta 1870 je torej izhajal državni zakonik v osmih jezikih (nemškem, italijanskem, češkem, poljskem, ukrajinskem, slovenskem, hrvaškem in romunskem), vendar je bila le nemščina avtentičen jezik. Takratni slovenski naslov je bil *Državni zakonik za kraljevine in dežele v državnem zboru zastopane* oziroma med letoma 1896 in 1918 *Državni zakonik za kraljevine in dežele, zastopane v državnem zboru.*

Slovenska koroška deželna ustava iz leta 1849[3]

Koroška deželna ustava oziroma deželne ustave avstrijskih kronovin iz leta 1849 oziroma začetka leta 1850 so v pravnozgodovinski literaturi le redko omenjene. O njih je zapisano kvečjemu, da niso stopile v veljavo in da so po strukturi primer za poznejše ustave iz časa po neoabsolutizmu

3 RGBl, Jg. 1850 Nr. 8, Kärntner Landesverfassung vom 30. 12. 1849, dvojezično v: LGBl/DvzK, Jg./leto 1850, Klagenfurt/v Celovcu, štev. 63, str. 51–70.

Državni zakonik in vladni list
Avstrijanskega cesarstva.
V. del.
Izdan in razposlan
v edino nemškem izdanju 9. januarja 1850,
v pričijočem dvojnem izdanju 15. maja (velkega travna) 1850.

8.
Cesarski patent 30. decembra (grudna) 1849,
po kterem se izda in razglasi deželna ustava za vojvodstvo Koroško z dotičnim volitnim redom za deželni zbor.

Mi Franc Jožef Prvi,
po Božji milosti cesar Avstrijanski;
kralj Ogerski in Česki, kralj Lombardski in Beneški, Dalmatinski, Hrvaški, Slavonski, Gališki, Vladimirski in Ilirski, kralj Jeruzalemski, nadvojvoda Avstrijanski, velki vojvoda Toskanski in Krakovski; vojvoda Lotarinski, Solnograški, Štajerski, Koroški, Krajnski in Bukovinski; velki knez Erdeljski; mejni grof Moravski; vojvoda Gornje- in Dolnje-Siležki, Modenski, Parmezanski, Piacenski in Kvastalski, Osvetimski in Zatorski, Tešinski, Friulski, Dobrovaški in Zadarski; pokneženi grof Habsburški, Tirolski, Kiburški, Goriški in Gradiškanski, knez Tridentinski in Briksanski; mejni grof Gornje- in Dolnje-Lužiški in Istrijanski; grof Hohenembski, Feldkirchski, Bregenski, Sonnenberški i. t. d. gospod Tržaškega mesta, Kotora in Slovenske meje; velki vojvoda vojvodine Srbske i. t. d. i. t. d.
smo v izpolnjenje §§. 77 — 83 državne ustave po nasvetu Svojega ministerskega svetovavstva spoznali za dobro, za vojvodstvo Koroško sledečo deželno ustavo in nji priloženi volitni red za deželni zbor razglasiti in jima moč podeliti:

Deželna ustava
za
vojvodstvo Koroško.
I. Od dežele.
§. 1. Vojvodstvo Koroško je neločljiv skladen del avstrijanske dedne monarhie in tega cesarstva kronovina.
§. 2. Razmera med vojvodstvom Koroškim in vesoljno monarhio je ustanovljena v državni ustavi.

Koroška deželna ustava od 4. marca 1848, prva stran s slovensko avtentično inačico.

(1851/52-1860/61-1867). Nemška literatura pa skoraj nikjer ne omenja, da so bile te ustave v slovenskih deželah vključno s Koroško in Štajersko razglašene tudi v avtentični slovenski verziji (nisem naletel niti na dvojezični citat naslova). Z omenjenim vprašanjem se preprosto nihče ni ukvarjal. Avstrijska nacionalna knjižnica je sicer digitalizirala večji del takratnih deželnih zakonikov, slovenske izdaje koroškega zakonika pa (še) ne. Toda marsikaj kaže, da slovenska koroška deželna ustava formalno ni bila le v veljavi, ampak da je tudi imela pravne posledice. Pravzaprav zgleda, kot da je tu zgodovinopisje v nekakšni zadregi. Toda pojdimo korak za korakom.

Ustava za kronovino vojvodine Koroške od 30. decembra 1849 je bila razglašena 9. januarja 1850 v državnem zakoniku 1850, štev. 8, ter 15. maja 1850 v deželnem zakoniku 1850, štev. 63 pod avtentičnim dvojezičnim naslovom *Landesverfassung für das Herzogthum Kärnten samt der dazu gehörenden Landtags-Wahlordnung / Deželna ustava za vojvodstvo Koroško z dotičnim volilnim redom za deželni zbor.*

Na podlagi 3. člena omenjenega zakona o zakoniku je ustava stopila v veljavo 30. dan po razglasitvi. Njena pravna podlaga so členi 77 do 83 oktroirane marčne ustave oziroma interemistične zakonodaje ustavnega člena 120, ki je dal cesarju možnost, da do vzpostavitve rednih zakonodajnih organov razglaša zakone. O avtentičnosti slovenske verzije pa 1. člen zakona o zakoniku govori, »... da so teksti v raznih jezikih enako avtentični. Nenemškim tekstom pa bo priložen nemški prevod«. (!)

Podobne ustave so bile razglašene tudi za preostale slovenske dežele, pri čemer le v tržaški ustavi ni uzakonjena enakopravnost konstitutivnih narodov, kot to piše v vseh členih treh deželnih ustav drugih slovenskih dežel.

Koroška deželna ustava ima 65 členov (v šestih poglavjih) ter 83 členov (v 10 poglavjih) volilnega reda. Po mnenju nekaterih to sicer niso bile ustave v prvotnem pomenu, temveč le deželni statuti. Deželne ustave so vsekakor zgodnjekonstitucionalne. Deželni zbor je (naj bi bil) predstavnik stanov na podlagi neenakega kurijskega volilnega sistema z različnimi »cenzusi« oziroma s predstavniki družbenih redov, ki so podložni različnim davčnim stopnjam. V tem naj bi deželni zbori predstavljali družbeno ureditev zgodnjeindustrijske dobe, ko razredne razlike še niso premoščene. Ker so deželne ustave spodrinile zamisel o Zedinjeni Sloveniji, so v kombinaciji s kurijskim volilnim redom zagotovile nemški oligarhiji in eliti nadvlado zlasti na Koroškem in Štajerskem. K temu so pripomogli tudi realni politični dogodki, saj je bila Koroška že 11. marca 1849, torej samo nekaj dni po razglasitvi oktroirane marčne ustave, na podlagi ministrskega odloka izločena iz Ljubljanskega gubernija. Predhodno peticijo pa je vnesel koroško-slovenski poslanec Matjaž Rulic/Rulitz(!).

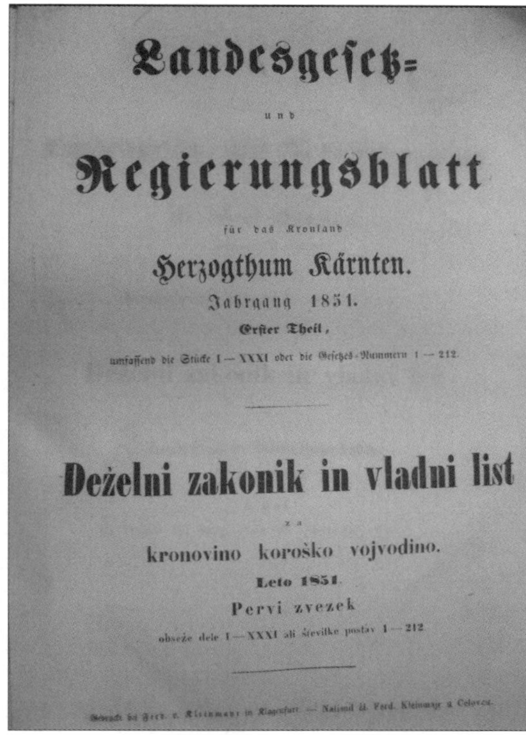
Landesgesetz-

und

Regierungsblatt

für das Kronland

Herzogthum Kärnten.

Jahrgang 1851.

Erster Theil,

umfassend die Stücke I — XXXI oder die Gesetzes-Nummern 1 — 212.

Deželni zakonik in vladni list

za

kronovino koroško vojvodino.

Leto 1851.

Pervi zvezek

obseže dele I — XXXI ali številke postav 1 — 212

Gedruckt bei Ferd. v. Kleinmayr in Klagenfurt — Natisnil Ferd. Kleinmayr v Celovcu.

Primer prve naslovnice dvojezičnega koroškega deželnega zakonika iz leta 1851.

Deželna ustava je bila sestavljena iz več poglavij: I. splošna fundamentalna določila, II. o deželnem predstavništu na splošno (kompetence), III. o deželnem zboru, IV. o vladi ter V. o razširjeni vladi.

Zanimivo je zlasti prvo poglavje, saj določa samostojnost dežele znotraj celotne monarhije (čl. 1), podrejenost državni ustavi (čl. 2), spremembo meja le na podlagi zakona (čl. 4), člena 5 in 6 pa potrjujeta zastavo in grb ter glavno mesto Celovec.

Hkrati pa je med konstitutivnimi temeljnimi določili določilo 3. člena o enakopravnosti konstitutivnih narodov. Glasi se:

> Die im Lande wohnenden Volksstämme sind gleichberechtiget, und haben ein unverletzliches Recht auf Wahrung und Pflege seiner (sic!) Nationalität und Sprache / Narodi, kteri v deželi prebivajo, so enakopravni, in imajo nedotakljivo pravico, svojo narodnost in svoj jezik braniti in izobraževati.

Medtem ko nemška verzija uporablja zastarel pojem o »narodnih plemenih«, slovenska verzija kaže, da ne gre za vrednotenje, temveč zastarelo nemško terminologijo. Pravna opora, ki je potrjevala politično realnost ločitve Koroške od Ljubljanskega gubernija ter pokopala vizijo Zedinjene Slovenije, je prav v koroški deželni ustavi. Če to drži, potem je pravno relevantno tudi dejstvo, da so bili Slovenci na Koroškem v tej ustavi enakopravni konstitutivni »narod« in ne manjšina. Prav v zgoraj omenjeni zadregi morda tudi tiči razlog, da se tej ustavi pravna zgodovina ni preveč posvečala. Zlasti pa je deželni glavar Šlojsnik svoje celotno vladanje zaznamoval z doslednim upoštevanjem prav tega določila ustave (o tem v nadaljevanju).

Jasno federalistično zasnovane pristojnosti dežele so, kot bo to pozneje potrdila stoletna tradicija, omejene in negativno formulirane v 8. členu: »Vse kar ni po državni ustavi ali z državnim zakonom določeno kot deželna kompetenca, je v kompetenci države«. Tam torej ostajajo deželna kultura, javne zgradbe, zgrajene iz deželnih sredstev, dobrodelne ustanove, deželni proračun ter izvedbena določila o občinah, cerkvenih in šolskih zadevah ter nekatere obveznosti glede vojske. Deželno zakonodajo skupaj ustvarjata cesar in deželni zbor. Deželni zbor naj bi imel 30 članov in naj bi se sestajal vsako leto novembra za šest tednov. 'Vlada' (nemško *Landesausschuss*) naj bi bila sestavljena iz petih članov.

Tudi deželni volilni red, ki je predvideval štiriletni mandat, ni bil udejanjen. V njem je bil skozi kurijski volilni sistem privilegiran stari družbeni red. Ta neenaki volilni sistem, kot je bil pozneje dejansko uveljavljen, pa je po zgodovinarju Vasiliju Meliku v vseh večnacionalnih deželah jasno favoriziral ali nemško ali pa v Istri in Dalmaciji italijansko nadvlado. Volilni red je predvideval tri volilne razrede po deset poslancev: tiste z najvišjo davčno stopnjo (1), mesta, trge in industrijske kraje (2) ter podeželske občine (3). Za najvišjo davčno stopnjo pa je bila cela dežela eno volilno okrožje. Po enega poslanca naj bi imeli mesti Celovec in Beljak, po enega skupnega predstavnika pa mesta Trg in Šentvid, Velikovec, Železna Kapla, Pliberk, Volšperk, Šentlenart v Labotski dolini, Šentandraž, Šentpavel in Dravograd, Breže, Hittenberg, Stari Dvor in Strasburg, Špital ob Dravi, Sovodenj (Gmünd), Greifenburg, Zgornji Dravograd, Trbiž, Šmohor in Naborjet v Kanalski dolini ter končno še Plajberk in Rute pri Plajberku. Vsak od sedmih političnih okrajev je za podeželske občine predstavljal en volilni okraj.

Formalno je Koroška deželna ustava svojo pravno oporo izgubila z že omenjenim silvestrskim patentom od 31. decembra 1851. Čeprav niso zaživela vsa njena določila, je gotovo veljala v letih 1850 in 1851. Nekatera njena določila pa so veljala dolgoročno.

Slovenski (dvojezični) koroški deželni zakonik

Med pravno relevantnimi posledicami, ki kažejo, da sta deželna in državna ustava zaživeli v praksi, je prav objava slovensko-nemškega oziroma nemško-slovenskega koroškega deželnega zakonika v desetletju 1850–1859. Če je državni zakon odredil princip večjezičnosti deželnih zakonikov, potem je bilo lahko definirano le na podlagi deželne ustave, katere jezike bodo pri tem upoštevali.

Prvotni dvojni in enako avtentičen naslov je bil: *Landes-Regierungsblatt für das Kronland Kärnthen / Deželni vladni list za kronovino koroško vojvodino.* V letih 1851 in 1852 je bil naslov rahlo spremenjen, vendar je bil še vedno enako avtentičen: *Landesgesetz- und Regierungsblatt für das Kronland Herzogthum Kärnten / Deželni zakonik in vladni list za kronovino koroško vojvodino.* Leta 1853 sta bila naslov ter vzporedni naslov *Landes-Regierungsblatt für das Kronland Herzogthum Kärnten / Deželni vladni list za kronovino Koroško vojvodino,* v obdobju 1854 do 1859 pa *Landes-Regierungsblatt für das Herzogthum Kärnten / Deželno-vladni list za Koroško vojvodino.*

Ustavnopravna podlaga so omenjeni oktroirana marčna ustava in Zakon o državnem in raznih deželnih zakonikih, Patent o osnovnih svoboščinah ter deželna ustava glede določbe o jeziku. 4. člen zakona o zakoniku se glasi: »V vsaki kronovini bode deželni zakonik v jezikih dežele z nemškim prevodam pri strani na svitlo izhajal.« Iz tega lahko torej sklepamo, da zakonski sveženj izhaja iz dejstva in zagotavlja slovenščini status deželnega in uradnega jezika.

Običajna legisvakanca, to je rok med objavo zakona in dnevom, ko dejansko stopi v veljavo, je pri deželnih zakonih 15 dni (pri državnih 30). Medtem ko mora vsebovati deželni zakonik temeljne podatke o državnih zakonih, zlasti številko in dan objave, morajo biti deželni zakoni objavljeni v celoti, enako kot uredbe in druga podobna določila deželnih uradov. S 1. januarjem 1853 je sicer slovenščina izgubila status avtentičnega jezika, hkrati pa je novo določilo slovenščino potrdilo kot deželni jezik. To je bilo še zlasti zanimivo prav od trenutka, ko je prenehal izhajati državni zakonik v slovenščini in ko se je začelo objavljati državne zakone v deželnem zakoniku, ki je imel dva dela. V »prvem delu« so slovenski prevodi državnih zakonov, v »drugem delu« pa deželni zakoni v obeh jezikih. Očitno je s tem deželni glavar Šlojsnik na pravni način potrjeval bikonstitucionalnost narodov dežele. Leta 1859 je izšel zadnji celotni letnik v dvojezični izdaji. Po cesarskem patentu s 1. januarjem 1860 dosledna izdaja vseh zakonov ni več potrebna. Cigale ugotavlja, da se je leta 1860 le še prevajalo 72 zakonodajnih tekstov v slovenščino; tako se je prekinilo dosledno prevajanje zakonika v slovenščino. Od janurja do aprila 1861 so objavili redke koroške zakone v zakoniku pod naslovom »Ukazi deželnih oblasti za zedinjene kronovine Štajersko in Koroško«, saj je bila takrat Koroška za kratek čas podrejena Štajerski. Iz nadaljnjih virov pa je razvidno, da se je deželni zakonik, ki se je razmnoževal litografsko, prevajal še do leta 1873, vendar le za nekatere občine, ki so to posebej zahtevale. Takrat se pojavi danes znani argument, da znajo itak vsi deželani nemško. Sicer pa je to vprašanje deželni zbor obravnaval še enkrat 16. januarja 1886, in sicer na podlagi peticij občin Libuče, Libeliče, Bistrica v Rožu, Svetna vas, Tolsti vrh, Sele in Rožek ter Škocjana in Jezerskega. Slovenski poslanci Andrej Einspieler, Hermann Merlitsch (Merlič), Albert Pucher in Franc Muri so to zahtevo podprli, prav tako kot nemška poslanca Jessernigg in Canaval, proti pa je bil med drugim ziljski poslanec slovenske narodnosti Matej Abuja. Zahteva v deželnem zboru ni dobila večine.

Deželni glavar Janez Nepomuk Šlojsnik.
Vir: 13. zvezek *Zgodovine slovenskega naroda* Josipa Mala. Celje: Družba sv. Mohorja, 1935, str. 763.

Deželni glavar Janez Nepomuk Šlojsnik

Janez Nepomuk Šlojsnik (v nemških besedilih Johann Nepomuk Schloissnig ali Schloissnigg, v vseh svojih slovenskih tekstih pa Šlojsnik), rojen 24. februarja 1809, umrl 4. februarja 1883, je med imenitnimi osebnostmi svojega časa, ki ga je zgodovinopisje malce izrinilo iz zavesti. Med svojo celotno politično kariero je bil namreč očitno neutruden zagovornik Slovencev. Rodil se je Dunaju, njegova družina pa je izvirala iz t. i. Notranje Avstrije; tako lahko samo domnevamo, da je bil morda po rodu celo Slovenec (V nekem blogu reče neka gospa, da je na Zilji (pri Šmohorju) več ljudi s tem imenom). Vsekakor je Šlojsnik dobro znal slovensko in se zavzemal za Slovence in slovenščino. Med letoma 1835–37 je bil Okrajni sekretar v Celovcu, med letoma 1838–40 sekretar, in med letoma 1841–46 gubernijski svetnik pri Ilirskem guberniju v Ljubljani. Leta 1847 je prišel v Celovec in leta 1849 postal 'glavar okrožja' (nemško *Kreishauptmann*) ter bil 8. decembra 1849 imenovan za 'cesarskega namestnika' (nemško *Statthalter*) Koroške, na funkcijo, ki jo je uradno nastopil 2. januarja 1850 in bil na njej vse do druge polovice leta 1860. Njegovo vladanje sovpada z izdajo slovenskega / dvojezičnega deželnega zakonika. Bil je tudi vodja komisije za zemljiško reformo. Zgodovinar Apih pa ugotavlja, da je bil v deželi deležen precejšnjega odpora s strani nemških uradnikov in nemške elite. Tako sovpada konec njegovega mandata s podreditvijo Koroške Štajerski, čemur je ostro nasprotoval. Koroška je z njim izgubila imenitnega deželnega glavarja, ki bi si zaslužil večjo pozornost zgodovine.

Med letoma 1862 in 1865 je bil z nazivom 'deželni namestnik' (nemško *Statthalter*) deželni predsednik Kranjske. Zaradi nemških pritiskov je bil s tega mesta odstavljen po padcu Belcredijeve vlade. Že leta 1864 je postal poslanec slovenske Narodne stranke v Deželnem zboru Kranjske. Po zgodovinarju Josipu Malu se je uprl centralizmu in zlasti nemški usmer-

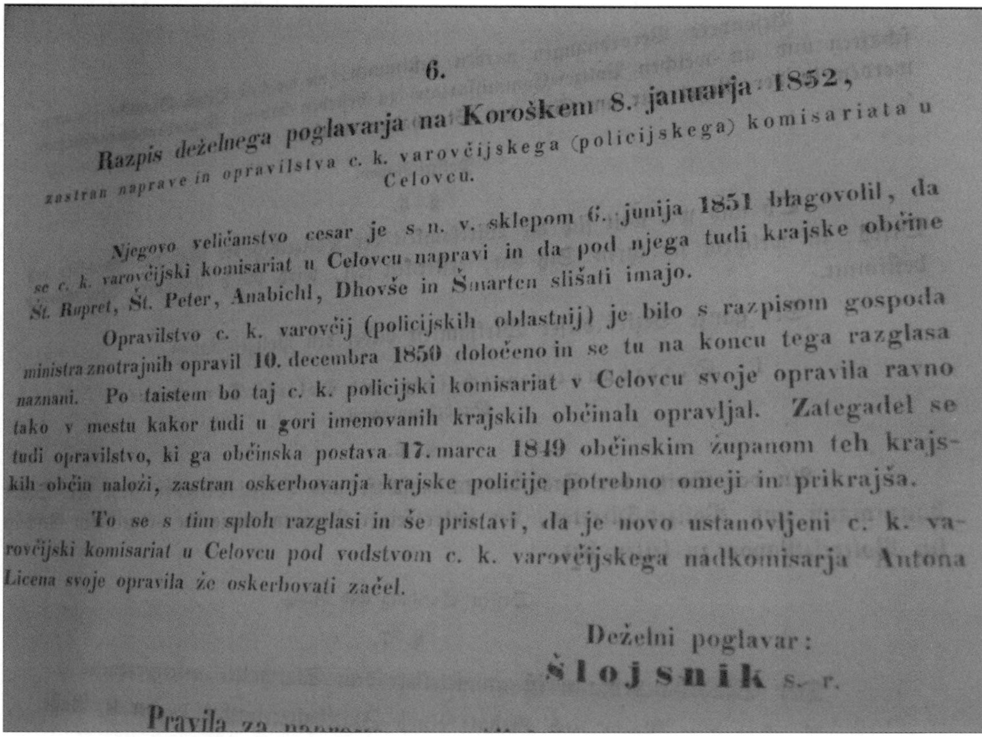

6.

Razpis deželnega poglavarja na Koroškem 8. januarja 1852,

zastran naprave in opravilstva c. k. varovčijskega (policijskega) komisariata u Celovcu.

Njegovo veličanstvo cesar je s n. v. sklepom 6. junija 1851 blagovolil, da se c. k. varovčijski komisariat u Celovcu napravi in da pod njega tudi krajske občine *Št. Rupret*, Št. Peter, Anabichl, Dhovše in Šmarten slišati imajo.

Opravilstvo c. k. varovčij (policijskih oblastnij) je bilo s razpisom gospoda ministra znotrajnih opravil 10. decembra 1850 določeno in se tu na koncu tega razglasa naznani. Po taistem bo taj c. k. policijski komisariat v Celovcu svoje opravila ravno tako v mestu kakor tudi u gori imenovanih krajskih občinah opravljal. Zategadel se tudi opravilstvo, ki ga občinska postava 17. marca 1849 občinskim županom teh krajskih občin naloži, zastran oskerbovanja krajske policije potrebno omeji in prikrajša.

To se s tim sploh razglasi in še pristavi, da je novo ustanovljeni c. k. varovčijski komisariat u Celovcu pod vodstvom c. k. varovčijskega nadkomisarja Antona Licena svoje opravila že oskerbovati začel.

Deželni poglavar:
Šlojsnik s. r.

Šlojsnikova odredba o policijskem komisariatu v Celovcu od 8. januarja 1852.
Vir: Deželni zakonik 1852, izdan in razposlan 20. januarja 1852, II. del, str. 8

jenosti grofa Auersperga. Zahteval je uvedbo slovenske materinščine v osnovnih in srednjih šolah. Njegova kritika na račun volilnega reda je celo privedla do predčasne razpustitve deželnega zbora. Nato se je umaknil iz javnega življenja.

Šlojsnik je uredil celovški proračun, zgradil cesto na Ziljo ter cestno in železniško infrastrukturo, se aktivno udeleževal slovenskega kulturnega življenja v Ljubljani in podpiral Slovensko matico.

Dvojezična krajevna imenika za celo Koroško iz let 1850 in 1854

Deželna uredba 1850:[4] Šlojsnik je predsedoval Politični uravnavni komisiji dežele, to je komisiji, ki je izvajala upravno reformo, kot so jo predvidevali oktroirana marčna ustava ter izvedbeni zakoni. Ker je usta-

1 Currende der politischen Organisirungs-Commission für Kärnten vom 23. Dezember 1849. Über die Eintheilung, den Umfang und Beginn der politischen Behörden im Kronlande Kärnten/Razglas politiške uravnavne komisije na Koroškem od 23. decembra 1849, Razdelik, obseg in začetek politiških oblastnij u koroškej kronovini. Schloißnigg, Commissions-Vorstand/Šlojsnik, komisijski predsednik. V: Landesgesetz- und Regierungsblatt für das Kronland Kärnten. II. Stück/Deželni zakonik in vladni list za koroško kronovino. II. del. Klagenfurt, 16. 3. 1850, str. 15–36.

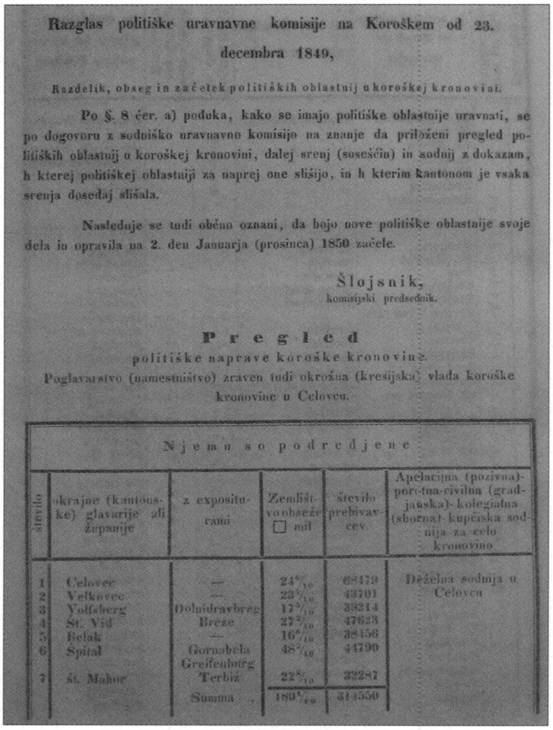

Razglas politiške uravnavne komisije na Koroškem od 23. decembra 1849,

Razdelik, obseg in začetek političkih oblastnij u koroškej kronovini.

Po §. 8 čer. a) poduka, kako se imajo politiške oblastnije uravnati, se po dogovoru z sodniško uravnavno komisijo na znanje da priloženi pregled političkih oblastnij u koroškej kronovini, dalej srenj (soseščin) in sodnij z dokazam, h kterej političkej oblastniji za naprej one slišijo, in h kterim kantonom je vsaka srenja dosedaj slišala.

Nasleduje se tudi občno oznani, da bojo nove politiške oblastnije svoje dela in opravila na 2. den Januarja (prosinca) 1850 začele.

Šlojsnik,
komisijski predsednik.

Pregled
politiške naprave koroške kronovine.
Poglavarstvo (namestništvo) zraven tudi okrožna (kresijska) vlada koroške kronovine u Celovcu.

Njemu so podredjene					
število	okrajne (kantonske) glavarije ali županije	z expositurami	Zemlištvo obseže □ mil	število prebivavcev	Apelacijna (pozivna)-porotna-civilna (gradjanska)-kolegialna (sborna)-kupčiska sodnija za celo kronovino
1	Celovec	—	$24^{0}/_{10}$	68479	Deželna sodnija u Celovcu
2	Velkovec	—	$23^{5}/_{10}$	43701	
3	Volfsberg	Dolnidravbreg	$17^{5}/_{10}$	39214	
4	St. Vid	Breze	$27^{3}/_{10}$	47623	
5	Belak	—	$16^{0}/_{10}$	38456	
6	Špital	Gornabela Greifenburg	$48^{7}/_{10}$	44790	
7	št. Mahor	Terbiž	$22^{5}/_{10}$	32287	
		Summa .	$180^{4}/_{10}$	314550	

Razglas Politične uravnavne komisije Koroške od 23. decembra 1849, prva stran.

va predvidela avtonomne samoupravne občine ter politične (upravne) okraje, kot to poznamo še danes, je morala komisija zlasti odrediti oziroma zapisati, katera vas pripada kateri občini in katera občina kateremu upravnemu okraju, itd. In tudi tu se je izkazala – tako lahko domnevamo – imenitna poteza barona Šlojsnika. Prva uredba, ki je bila na podlagi provizoričnega občinskega zakona v nemščini izdana že 17. marca 1849, je pravzaprav materialno dokončno uredila zadevo. Toda Šlojsnik je do 23. decembra 1849 kot predsednik uravnavne komisije izdelal isto pravilo v obliki *Currende* ('odredbe', 'razglasa'), in to dvojezično! Odredba je bila objavljena 16. marca 1850, po tem, ko je začela formalno veljati deželna ustava, ki je, kot vemo, potrjevala konstitucionalnost obeh narodov v deželi. Naslov odredbe je bil: *Currende ... über die Eintheilung, den Umfang und Beginn der politischen Behörden im Kronlande Kärnten / Razglas ... Razdelik, obseg in začetek političkih oblastnij u koroškej kronovini.* Razglas je bil torej avtentičen v obeh jezikih, pa tudi krajevna imena so vsa pravno avtentično dvojezična.

Celotno besedilo je dvojezično nemško in slovensko, in sicer sta obe inačici zapisani vzporedno v isti vrstici ter z isto številko strani. V prvem delu so navedeni politični (upravni) okraji Celovec, Velikovec, Volšperk (ekspozitura Dravograd), Šentvid (ekspozitura Breže), Beljak, Špital (ekspoziture Zgornja Bela in Greifendurg) ter okraj Šmohor (ekspozitura Trbiž). Med naloge okrajnih glavarstev štejemo statistiko prebivalstva, nabor, zadeve potnih listov, žendarmerijo, obrtniške zadeve in zadeve sanitete, občinske zadeve, cerkvene in šolske zadeve, fundacije (sklade), deželne ceste ter kmetijstvo. Okrajna glavarstva so začela delovati 1. januarja, medtem ko so okrajna sodišča začela delovati 1. julija, okrajni davčni uradi pa 1. februarja istega leta.

V drugem delu razglasa so po političnih (upravnih) okrajih objavljene vse katastrske občine po nemškem abecednem redu obenem z nekdanjimi političnimi okraji in gospodo. Ker je nastal na pravni podlagi tako marčne državne ustave kot tudi deželne ustave, razglas ni razlikoval med nemško govorečimi kraji in kraji na strnjenem slovenskem ozemlju. Ker

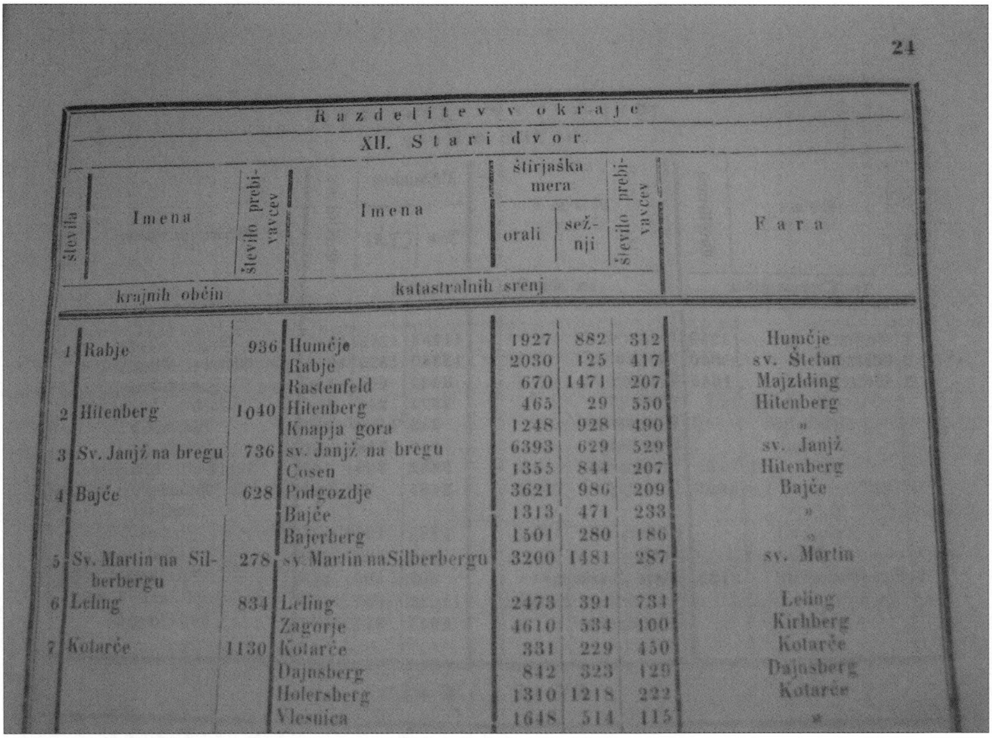

24

Razdelitev v okraje

XII. Stari dvor.

Števila	Imena krajnih občin	Število prebivavcev	Imena katastralnih srenj	Štirjaška mera: orali	Štirjaška mera: sežnji	Število prebivavcev	Fara
1	Rabje	936	Humčje	1927	882	312	Humčje
			Rabje	2030	125	417	sv. Štefan
			Rastenfeld	670	1471	207	Majzlding
2	Hitenberg	1040	Hitenberg	465	29	550	Hitenberg
			Knapja gora	1248	928	490	»
3	Sv. Janjž na bregu	736	sv. Janjž na bregu	6393	629	529	sv. Janjž
			Cosen	1355	844	207	Hitenberg
4	Bajče	628	Podgozdje	3621	986	209	Bajče
			Bajče	1313	471	233	»
			Bajerberg	1501	280	186	»
5	Sv. Martin na Silberbergu	278	sv. Martin na Silberbergu	3200	1481	287	sv. Martin
6	Leling	834	Leling	2473	391	734	Leling
			Zagorje	4610	534	100	Kirhberg
7	Kotarče	1130	Kotarče	331	229	450	Kotarče
			Dajnsberg	842	323	129	Dajnsberg
			Holersberg	1310	1218	222	Kotarče
			Vlesnica	1648	514	115	»

Deželna uredba Koroške 1854, stran 24 v slovenščini.

sta bila oba naroda konstitutivna (po 5. členu marčne ustave in po 3. členu deželne ustave), je bil tudi celoten imenik dvojezičen. Poleg jezikoslovnega pomena za krajevna imena, ki jih npr. Zdovc v svojih knjigah več ne navaja, ker niso bila omenjena v časopisih 20. stoletja, so imena pravno relevantna, saj so bila uzakonjena z uredbo. Seveda so med njimi tudi t. i. kalk prevodi za kraje, ki niso bili (več) slovenski (Unterbreitenegg/*Spodni Brajtenek* ali Schönweg/*Šenveg* [Semiče]), seveda pa isto velja za številne kraje na današnjem južnem Koroškem, ki so bili povsem slovenski in kjer je bila nemščina kvečjemu nekakšna *lingua franca*, kot je to še danes na Madžarskem: To so npr. Dolintschtschach, Goritschitschen, Drobollach, Dolina, Obitschach, Sekirn in drugi. In če je takrat kak grof imel tam imetje ali je tam celo bival, kraji vsekakor še dolgo niso bili »dvojezični«.

Ministrska uredba 1854:[5] Leta 1854 je prišlo do političnih sprememb, neoabsolutizem se je vedno bolj utrjeval, temu pa je sledila upravna re-

2 Verordnung der Minister des Innern, der Justitz und der Finanzen vom 5. Februar 1854 betreffend die politische und gerichtliche Organisirung des Herzogthumes Kärnten / Ukaz ministrov notranjih zadev, pravosodja in dnarstva 5. februarja 1853 (sic!), s kterim se razglašuje politična in sodna uredba vojvodstva Koroškega. V: Landes-Regierungs-blatt für das Herzogthum Kärnten / Deželno-vladni list za koroško vojvodino, Jg./leto 1854, I. Abtheilung/razdel, II. Stück/del, 11. 4. 1854, str. 74 ff.

forma, s katero se je zlasti ponovno združevalo upravo in sodstvo na nižji stopnji v t. i. 'mešanih okrajnih uradih' (nemško *gemischte Bezirksämter*). To področje je urejala Uredba ministrov za notranje zadeve, sodstvo in finance od 5. februarja 1854. Za slovensko pravno zgodovino pa je zanimivo, ker je bila na podlagi določil o razglaševanju zakonov od 27. decembra 1852 11. aprila 1854 v obeh deželnih jezikih ponovno objavljena v *Deželno vladnem listu za Koroško vojvodino*. To pomeni, da ustreza principu konstitucionalnosti obeh narodov v deželi, kot je bil zapisan v deželni ustavi, čeprav je po mnenju nekaterih ta izgubila pravno podlago z razveljavitvijo marčne ustave s silvestrskim patentom decembra 1851. Vsekakor se moramo tudi za to zahvaliti baronu Šlojsniku. Prav to upravno reformo ukinja zakon iz leta 1868 na podlagi decembrske ustave 1867, ki dokončno uvaja okrajna glavarstva današnjega tipa.

Deželna uredba 1854:[6] Na podlagi ministrske uredbe iz meseca februarja je Šlojsnik nato 3. oktobra 1854, ponovno, kot že leta 1850, izdal tabelarični prikaz upravne ureditve. V njem je bilo objavljenih 29 okrajev (namesto dotedanjih sedem, pet s petimi ekspoziturami). Obseg je bil dvakrat 18 strani. Zanjo pa po analogiji velja isto kot je povedano že zgoraj.

Dvojezični imenik krajevnih imen Koroške iz leta 1860[7]

Med izredno zanimive vire tega časa štejemo dvojezični imenik krajevnih imen Vojvodine Koroške iz leta 1860. V vrsti krajevnih imenikov je prvi, ki ni več povsem dvojezičen, kot domala vsi imeniki prej, lahko bi rekli v duhu deželne ustave iz leta 1849. Imenik razlikuje med kraji, ki so navedeni le v nemščini, in kraji, navedenimi v obeh deželnih jezikih, in sicer neodvisno od etimologije. Imenik je bil sicer naveden v nekem seznamu imenikov, nisem pa o njem našel širše razprave, tako da to področje ponuja široko raziskovalno polje in so rezultati takorekoč preliminarni. Imenik ima letnico 1860, torej zadnje leto Šlojsnikovega vladanja na Koroškem. Šele dodatno arhivsko delo bi lahko povsem razjasnilo, ali je bil Šlojsnik vpleten v nastanek imenika in do katere mere, saj je bil na Koroškem verjetno do oktobra 1860. V samem imeniku ni nobene razla-

3 Erlaß der k. k. Organisirungs-Commission für Kärnten vom 8. September 1854, betreffend die neue Landeseintheilung des Herzogthums Kärnten/Razpis c. k. Uravnavne deželne komisije na Koroškem 8. septembra 1854, zastran novega razdelka Koroške vojvodine, V: Landes-Regierungsblatt für das Herzogthum Kärnten/Deželni vladni list za koroško vojvodino, Jg./leto 1854, II. Abtheilung/razdel, IV. Stück/del, 3. 10. 1854, str. 13.

4 Alphabetisches Verzeichniß sämmtlicher Orte im Herzogthume Kärnten mit Bezeichnung ihrer Eigenschaft, Angabe der Häuser- und Seelen-Zahl, dann mit der Darstellung ihrer Einreihung in katastral- und Ortsgemeinden, Pfarr-Sprengel, Bezirks-Aemter und Untersuchungs-Gerichte, Klagenfurt 1860, 321 str.
Za kolegialni znanstveni dialog in pojasnila se zahvaljujem mag. Silvu Torkarju z ZRC SAZU v Ljubljani, in sicer za naslednja krajevna imena: Bukovje (Zabukovje), Cobrc, Kneževa, Lešnik [Lieš], Male Čepe (Na Hovzah), Malo Bukovje, Mičiče, Moše, Na Micah (Mirče), Na Rišovce (Nereševica), Nežkova vas (Nežka), Pičev, Posovo, Rožna vas, Rožnek, Skočiles (Očelaz), Sokova (Zolkava), Sovodnje, Trovaska vas, Vašenšči Grad (Bošniški Grad), Venčinje, Vočiče, Za Pucah (Rotišče), Zvirče.

ge, razen zelo obširnega naslova, ki pove, da je to abecedni imenik, v katerem so navedeni vsi kraji na Koroškem z dodatkom o številu hiš in prebivalcev, ter da so uvrščeni po katastrskih občinah, (političnih) občinah, župnijah, okrajnih uradih in sodnih okrajih. Vsekakor je tako obsežno delo lahko samo rezultat daljšega dela in načrta, tako da vsekakor lahko domnevamo, da je plod prizadevanj še med Šlojsnikovem službovanjem na Koroškem. Vsekakor si lahko pomagamo z analogijo z uradnim državnim imenikom iz leta 1880, kjer je zapisano, da so le takšni kraji zapisani v obeh deželnih jezikih, kjer je drugi jezik (slovenščina) tudi 'lokalno običajen' (*ortsübich*).

Kraje, pri katerih je zapisano tudi slovensko ime [za oba jezika velja tedanji zgodovinski pravopis], lahko razvrstimo v naslednje kategorije: v prvi so vsi kraji danes uradno dvojezičnega območja, ki je bilo nekoč strnjeno slovensko ozemlje in ki ga zlasti upošteva tudi Pavle Zdovc v svojih imenikih (tu je le nekaj izjem zaradi uporabljene metodologije), dodatno pa tudi vsi kraji, ki so danes v Italiji in Sloveniji. V drugo kategorijo lahko prištevamo večja središča na severnem Koroškem, kjer so se tradicionalno ohranila slovenska imena, kot na primer Krka, Šentvid, Stari Dvor ali Kotarče, pa tudi takšna z obrobnega območja, ki so ali so bila nekdaj slovenska, ki pa imajo vsekakor tudi v nemščini tako slovensko zveneče ime, da v slovenščini skoraj ne moremo drugače kot da, če imamo količkaj jezikovne kulture, uporabljamo slovensko različico. Mednje bi štel Koče, Tigrče, Gospo Sveto ali Krivo Vrbo; in te navaja tudi Zdovc.

Zadnja kategorija pa je znanstveno najbolj zanimiva, ker je še skoraj neobdelana in terja nadaljnje raziskave. Ponovno bi ju razdelil na dve podkategoriji: Najprej so tu slovenska imena krajev, za katere se v glavnem ve oziroma je znanstveni konzenz, da so bili še v 19. stoletju slovenski ali dvojezični. To so zlasti vsa slovenska krajevna imena z Možberško-Trškega gričevja severno od Vrbskega jezera in z Gosposvetskega polja. Pravzaprav jih lahko enačimo z delom cone B plebiscita iz leta 1920. Druga podkategorija pa so vsa slovenska imena krajev, za katere na podlagi današnjih pričakovanj niti ne bi mislili, da so morda še imeli živo slovensko ime. To so območja zgornje Ziljske doline do Koč, Višprijske doline in morda celo Lesne doline, kraji v okolici Trga, v bližini Šentvida, Svinca in Mostiča. Zanimivo pri tem pa je, da seznam zelo diferencira od vasi do vasi. Nekatera imena imajo očitno slovensko poreklo, pa niso navedena dvojezično, druga imajo slovensko ustreznico na strnjenem območju, pa niso navedena (edina vas v Višprijski dolini, ki ni navedena v obeh jezikih, je Lassendorf, ki pa obstaja tudi na Celovškem polju in ji tam rečemo Vasja vas). V obeh deželnih jezikih pa so navedene tudi vasi, ki imajo očitno nemški izvor (nekdanje fevdalne gospode, ki se je naselila na slovenskem območju), tako da so objavljeni slovenski t. i. kalk prevodi omenjenih vasi (Grünburg/Grinburg, Freudenberg/Frajnberk). Zanimivo pa je, da nekatere vasi blizu še dvojezično navedenih vasi, ki imajo očitno slovensko etimologijo, niso navedene: tako npr. Windischbach ali Windischbach Gegend blizu Marije v Smrečju, danes že v občini Glanegg. V [oklepaju] zgodovinski zapis imena vasi, kadar obstaja novejša varianta oziroma kadar je novejši pravopis povsem jasen. Z * so označena redka imena na podlagi etimoloških raziskav, za katere je današnja pisava nejasna.

V Lesni dolini (Lesachtal) so Lesje (Liesing) (zapisano je, da je vas nekoč spadala pod Koče), Marija v Logu (Maria Luggau) in Šentlovrenc (Sankt Lorenzen). V Kočah so Burmle (Würmlach), Dober (tudi v nemščini mikrotoponim Dober za geografsko območje sicer zapisano pri Ratendorfu/Radnji vasi, morda današnja vas z nemškim imom Dobra), Koče (Kötschach) in Rute (Kreuth). V današnji občini Kirchbach, ki je zapisana Cirkovice, za katero pa sem našel tudi ime Cirkno, pa so še: Bajdek (Waidegg), Dobernica (za katero sem našel tudi slovensko enačico Debrevnica), ki pa zajema obe vasi, Oberdöbernitzen in Unterdöbernitzen, Rajže (Reisach), Tramunje (Tramun) ter Turn (za kraj z zgodovinskim imenom Thurn zu Kirchbach). V občini Dellach im Gailtal je zapisan »St. Daniel« (Šentanel) poleg nemškega imena St. Daniel. V Višprijski dolini oziroma v občini Gitschtal pa so v obeh jezikih zapisana naslednja imena: Golč (Golz), Jaderska vas [piše Jaderskaves] (Jadersdorf), Ledenica (Leditz), Regit (Regitt), Šentlovrenc [St. Lorenc] (St. Lorenzen im Gitschtal), Studenc (Brunn), Višprije (Weißbriach), Velika Trata [Velkatrata] (Wurzeltratten).

Nekatere vasi so geografsko v Višprijski dolini, spadajo pa pod (staro) občino Šmohor: Aigen (Aigen), Burgštal (Burgstall), Dober (glej zgoraj Koče, morda pa lokalni mikrotoponim), Dobja Meja [Dobja meja] (Aichleiten), Dobrava na Radencah (Forst bei Radnig ali Radninforst), Dropole (tudi Dobropolje) (Tröpolach), Granična vas [Granicnaves] (Granitzengraben, sedaj verjetno mikrotoponim), Grinburg (Grünburg), Gugenberg (Guggenberg), Jejnig (Jenig), Kamerca (Kameritsch), Krnica [Kernica] (Karnitzengraben pri Modrinji vasi), Kraže (tudi Krošani) (Kraschach), Kras (Kraß pri Mošah), Lešnik [zapisano Lieš] (Liesch), Mala Gora (Bergl), zapisane so tudi Male Tinje [Maletinje] (Malenthein, ruševina gradu v Modrinji vasi), Modrinja vas (Möderndorf), Melinje (nem. Mellin pri Beli v Mošah, domačini kraj verjetno poznajo), Mičiče [zapisano včasih Nicice] (Mitschig), Na Postrane (danes nemško Postran), Na Radencah [na Radencah] (Rading), Oželca (Oßelitzen, morda danes le še mikrotoponim), Pri Kovaču (Schmidt), Prižanek (nem. piše Prißaneg, posestvo v Modrinji vasi oziroma v Mošah), Ratendorf (Rattendorf), Rut (Kreuth, pri Gugenbergu), Rut ali Rute (Kreuth ob Möschach), Rute (Greuth ob Rattendorf), Skobiče [Skovče] (Kühweg), Spodnje Moše [piše sp. Mežiče ali Mežice, verjetno zastarelo ali napaka] (Untermöschach), Turn (Thurnhof), Vočiče (narečni zapis) [piše Blače] (Watschig), Zgornje Moše [piše zg. Mežiče ali Mežice, verjetno zastarelo ali napaka] (Obermöschach), Zelenica [zapisano Zlanica] (Schlatnitzen).

V Čajni na Zilji pa je na poti v Plajberk še zapisana vas Na Rutah (Hermsberg).

Zanimiva in brez dodatne razlage so tudi omenjena krajevna imena severno in zahodno od Beljaka ter v mestu samem. Tako so v današnji občini Bad Bleiberg naslednja slovenska imena: Kaduča (Kadutschen) in Rute (Kreuth).

Verjetno nepričakovana so tudi številna imena v dolini Gegendtal, za katero danes niti nimamo več slovenskega imena (dolina, ki povezuje Dravsko dolino in Gegendtal, pa se še danes imenuje Krastal, kar je verjetno slovenskega izvora). V današnji občini Afritz najdemo zapisano krajevno ime *Koberca*, zgodovinsko verjetno **Zabrdce*, novejši zapis Cobrc (nem. Afritz) in Taše (Tassach). V občini Arriach pa naslednja slovenska krajevna imena: Arije (Arriach), Bukovje (Hinterbuchholz) ter Pasja vas [Pazjaves] (pa tudi Pesje, nem. Hundsdorf). V današnji občini Feld am See najdemo naslednja imena: Ovšje (Erlach), Podjezeram ali Spodnje jezero [sp. jezer] (Untersee), Polje (Feld am See), Zgornje jezero (za nem. Feld am See in Feldsee ali Brennsee).

Kraj Trebinja, ki je tudi v Zdovčevih seznamih, je danes središče občine Treffen am Ossiacher See. V imeniku so še naslednja krajevna imena: Brdiče [Berdiče] (Verditz), Bukovje (Buchholz, Vorderbuchholz), Dobje (Eichholz), Dobrice (Töbring), Dolnja vas [Dolnjaves] (Niederdorf), Polanje (Pölling), Predhumcam (Vorderbuchholz) (danes tudi v nemščini verjetno le še mikrotoponim), Puščava (Äußere Einöde), Puščava [Pusova] (Innere Einöde), Sedlo [na Sedle] (Sattendorf), Senčni kraj [Sencikraj] (Sattenberg), Trebinja [Trebno] (Treffen), Trebinja [Trebno] (Alt-Treffen tudi za grad), Vogliče (Winklern) ter Zgornja vas [Zgornaves] (Oberdorf).

V Beljaku so med drugim številna slovenska krajevna imena, od katerih so se nekatera ohranila, druga ne: Log (Auen), Beljak (Untere Vorstadt), Beljak (Obere Vorstadt), Goriče (Goritschach), Laže (Grossvassach), Lipje (Lind), Pogorje [Pogorie] (Pogöriach, zapisano v stari občini in fari Šmartin), Sovodnje ali Zagata [Sveta Agata] (St. Agathen), Spodnji Volanik (Unterwollanig), Suha (Zauchen), Sv. Duh (tudi Podgorje, nem. Heiligengeist), sv. Martra (Heiligenkreuz), Sveto Mesto (Heiligen Gestade), Šentandraž [St. Andrej] (St. Andrä), Šentjanž [St. Janiž] (St. Johann, zapisano v stari občin in fari Šmartin), Šentjur [St. Jurj] (St. Georgen), Šentrupert [St. Rupert] (St. Ruprecht), Šmartin pri Beljaku [St. Martin] (St. Martin), Zgornja Bela (Obervellach), Zgornji Volanik (Oberwollanig).

Na območju Trško-Možberškega gričevja severno od Vrbskega jezera najdemo številna krajevna imena: V Krivi Vrbi (Krumpendorf) mikrotoponim Blata [Blatta] (Platten), Čajnče (Tultschnig), Dražinca (Drasing), Goriče (Görtschach), Pričice (Pritschitz), Žale (Srallach). Dodatno najdemo Kurlice (nem. Hornstein, verjetno napaka namesto nem. Gurlitsch) ter Kutnorf (nem. Gurlitsch, verjetno napaka namesto Škrbin). V Porečah (Pörtschach am Wörther See) najdemo: Goriče [Goričah] (Görtschach, verjetno danes kraj v Krivi Vrbi), Slovenjo goro [Slovenjagora] (Windischberg) in Zadole (Sallach). V občini Teholica (Techelsberg am Wörther See) najdemo še Karov (Karl) in »na Paforu« (Pavor) ter (verjetno zgodovinski) mikrotoponim Na Gori (nem. Paredia). Za Osoje v slovenščini najdemo v nem. Ossiach in Alt-Ossiach. V občini Blatograd, tudi Možberk (nem. Moosburg), kjer je maševal Urban Jarnik in Anton Martin Slomšek pridigal v slovenščini, so zapisana številna krajevna imena: Borovčiče [Borovcžiče] (Bärndorf), Budanja (Vögelitz), Dole (Dellach), Frajdenberk [Frajdenberg] (Freudenberg), Gradnica (Gradenegg), Gumno (Stallhofen), Hojovče (nem. Hohenfeld ali Hojawitsch), Knezoviče [Knežiže] (Knasweg), Pod Lipo [pod Lipo] (Unterlinden), Prosinčiče [Pražinčice] (Prosintschach), Prekop (Kreggab), Raznica (Ratzenegg), Spodnje Gorje (Untergöriach), Šentpeter pri Blatogradu [St. Peter] (St. Peter bei Moosburg), Tigrče (Tigring), Tuderšče (Tuderschitz), Venčinje [Vecinje] (Rosenau), Zgornje Gorje (Obergöriach), Zimizlav (Simislau), Zovasja vas [Zovasjaves] (Ziegelsdorf), Žihpolje [Žihpole] (Seigbichl),

V Celovcu, zlasti v stari občini Golovica (Wölfnitz), ki je danes mestni okraj, najdemo bogat zaklad krajevnih imen, od katerih so se nekatera tudi ohranila v vsakdanjem jeziku: Belcenek [Belčenek] (Welzenegg), Cikula (Zigguln), Dhovše (Lendorf), Dole (nem. Dellach v Dhovšah), Dole (nem. Großponfeld), Dražnja vas [Drazjaves] (Drasendorf), Eibišhof (posest, nem. Eibishof), Erental (posest in vas, nem. Ehrental), Gabrijel [Gabrielj] (posest in kraj, Gabriel), Golovica [Volovca, Galovica] (Wölfnitz), Gorice (grad in vas, nem. Pichlern), Goriče [Gorice] (stara občina Dhovše, fara Čajnče, nem. Görtschach), Goričica (Goritschitzen, stara občina Dhovše, fara Blatograd, zato morda že zgoraj omenjena vas), Goričice (tako zapisano, Obergoritschitzen), Gorinčice (Gorintschach), Halek (Halegg), Harbah (Harbach), Koselca (Gösling), Magerek (Mageregg), Mala Gorica [Malagorica] (Ameisbichl), Male Dole (St. Martin am Ponfeld ali Kleinponfeld, glej tudi Šmartin), Marola (Marolla), Na Gori [Na Gore] (Bergl ali Winklern), Na Rišovce (nem. Nessendorf, narečni zapis Nereševica), Nagra (Nagra), Na Micah [Namicah] (narečno Mirče, nem. Mörtschen), *Nežkova vas* [Nežkole] (najdemo tudi *Nežka*, nem. Neschka), *Očelaz* [Otčelaz in Mčelaz] (etimološko od ledinskega imena **Skočiles*, nem. Otschelas ali Atschelas), Pičev (zapisane so tudi narečne oblike *Pecelj*, *Pecov* in *Pecova*, nem. Pitzelstätten), Račica (Retschach), Rožnek [Rožneci] (slov. narečna varjanta, nem. Rosenegg, danes verjetno le še ime soseske in ceste v Šentpetru v Celovcu), Spodnja Goričica [Sp. Goričica tudi samo Goričica] (Untergoritschitzen), Vrese [na Vrezah] (Unterhaidach), Stokl (Ehrenbichl), Sv. Martra (Kalvarienberg v Šentmartinu), Šentandraž [St. Andrej] (mikrotoponim, St. Andrä), Šentjur (Sandhof), Šmartin (Ponfeld-St. Martin), Steniče [Štenice] (Tentschach), Tesnja vas [Tesnaves] (Tessendorf), Tratiče (morda Tratnice, nem. Trettnig), Trnja vas (Annabichl kakor tudi Terndorf), Vašenšči Grad [Važenščigrad] (narečno Bošniški Grad, nem. Ehrenhausen), Važenše [tudi Važenšče] (Feschnig), Vogliče (Winklern ali Berg v katastrksi občini Nagra), Vorovnica (Worunz), Zvirče (nem. zapisano kot Witschach, Wietschach ali Wörtschach v katastrski občini Malo Bukovje v Šentpetru blizu Krnskega Gradu, morda samo še mikrotoponim), Žalem (Seltenheim). Za Malo Bukovje najdemo tako v slovenščini kakor v nemščini več variant: v slovenščini [Malobukale, Malobukovje] (Kleinbuch), ki pa je tudi zapisano za nem. Großbuch, v slovenščini Bukovje (zapisano tudi Zabukale ali Sabucale). Kraj Vesca (nem. Oberdörfl) očitno danes ni več zapisan.

V Gospe Sveti: Breznica (Wrießnitz), Bučinja vas [Bučinjaves] (Wutschein), Dobrava [zapisano kot na Pivže in na Dobrija] (Hart, tudi za Oberhart in za Unterhart), Dole (Dellach), Kadina (Kading), Gospa Sveta [Gospa sveta] (Maria Saal), Gosposvetsko polje (Zollfeld), Groblje [Grobljaves] (Gröblach), Krnski Grad [Karnbursi, gotovo tipkarska napaka] (Karnburg), Lipje (Lind), Modrinja vas [Modrinjaves] (Möderndorf), Na Gori [Na Gore] (Bergl), Na Hovzah [na Hovzah] (Meiselberg, verjetno Meilsberg, potem z narečno obliko Male Čepe), Podpole (Poppichl), Poreče (Pörtschach am Berg), **Posovo* [Pošev] (Possau), Racja vas [piše Racjaves, najdemo tudi Podkanja vas] (Ratzendorf), Rožna vas (zapisano Rožendorf pa tudi *Rožna ves*, nem. Rosendorf), Selo [v Seli, zapisano kot vas pri Podkrnosu] (Zell), Šmihel na Gosposvetskem polju [St. Mihel] (tudi Nemški Šmihel, nem. St. Michael am Zollfeld), Štegna vas [Štegnaves] (Stegendorf), Teleče (Töltschach), Turn (Thurn), Vabča vas [Vabčaves] (Walddorf, Janko Zerzer ima zapisano Vavčja vas za nem. Waltendorf), Varpovče [Verpjaves] (Arndorf), Vogliče (Winklern), Za Pučah [za Pučah] (tudi narečna varianta *Rotišče*, nem. Rotheis), Zagrad (Sagrad), Židovšče [Zeduškaves] (Judendorf).

V Trgu: Gradiž (vas in grad, Gradisch), Šenturh (St. Ulrich), Na Bregu (Unterrain) ter Trg (Feldkichen). V občini Glanegg naselji Blače (Flatschach) in Marija v Smrečju [Maria v smrečju] (Maria Feicht) ter v občini Liebenfels vas Pri Dveh Cerkvah [Dvecerkvi] (Zweikirchen).

V občini Štalenska gora: Groblje (staro ime za vas, ki so jo zaradi bližine vasi Groblje pri Gospe Sveti preimenovali v Štalenska Gora, nem. Gröblach/Magdalensberg), Jamnica (Leimgrube, mikrotoponim v Svinči vasi, ki ga domačini skoraj ne poznamo več), Ličje [zapisano Ličja in v Nizah, sp. Niče] (Oberleibnitz in Unterleibnitz, na kartah najdemo pogosto samo Leibnitz), Mižlja vas [Mizlaves] (Gammersdorf), Na Veselih [na Vselih] (Frölach, mikrotoponim na Otmanjah), Rotmana vas [Rotmanaves] (Rotmannsdorf, leta 1963 združena z Otmanjami), Sekov (nem. Skukau, del vasi Loče), Smolje (Kronabeth), Spodnje Loče [sp. Loče, Loče] (Unterlatschach), Trovaska vas (narečno Trebeša vas, nem. Treffelsdorf).

V Svincu (Eberstein): v obeh jezikih tudi Kuča (Gutschen), Visoka Bistrica [visoka Bistrica, Bistrica] (Hochfeistritz) in Mirnik (Mirnig). Na obronkih Svinje in v Labotski dolini so vključeni v dvojezični seznam: Čritesa (Tschrietes, mikrotoponim v Golovici v občini Grebinj), Jelenik [Selenik] (posestvo, nem. Hirschenau), Na Štriti (Streitberg v občini Šentandraž), Prebelj (Prebl v Volšperku), Šmarno (St. Marein danes v Volšperku), Zupot (Zuepoth, mikrotoponim v Korpičah na Važenberku v Velikovcu).

Nekaj krajevnih imen najdemo tudi povsem ločenih od dvojezično zapisanih krajev: Breže (Friesach), Hlince [Glodniča] (Glödnitz), Kotarče (Guttaring), Krka (Gurk), Motnica (Metnitz), Sokova [Zknezava] (Gnesau), Sovodnje [Savodje] (Gmünd), Šentlenart (danes Bad Sankt Leonhardt), Stari Dvor [Stari dvor] (Althofen) ter Sv. Šteben za nem. Sankt Stefan [Sankt Stefan im Lurnfeld] v občini Lurnfeld.

Ne najdemo pa na primer krajev Špartjan (Paternion) ali Požarnica (Pussarnitz) ter po Francu Kukovici imena Bistrica (Liebenfels), Semiče (Schönweg), Sokova (Himmelberg), Podvinje (Tiffen), Radoljče (Radweg), Šentdonat (St. Donat) ali Žirovnica (Sirnitz).

Slovenski nadškof in knezoškof iz Tinj: Frančišek Ksaver Lušin

Med znamenite slovenske osebnosti obravnavanega obdobja prištevamo tudi Frančiška Ksaverja Lušina iz Tinj na Celovškem polju. Rodil se je 3. decembra 1781, umrl pa je 2. maja 1854 v Gorici (nad Trstom). V Celovcu je obiskoval normalko in gimnazijo. Zaradi nemirov po francoski revoluciji je študij za dve leti celo prekinil. 26. avgusta 1804 je bil posvečen za duhovnika, med letoma 1806 in 1808 pa je bil kaplan celovške mestne fare Šentilj. Obenem je nadaljeval študij orientalskih jezikov, hebrejščine, arabščine in starosirščine ter biblijskih ved. Leta 1813 je doktoriral na dunajski univerzi. Leta 1808 je bil imenovan za profesorja za levantinske jezike in biblijo v Gradcu ter leta 1819/20 za direktorja filozofskih študij. Leta 1820 je bil kot svetnik gubernija poklican v Innsbruck, 12. novembra 1823 pa za **Tridentinskega škofa in knezoškofa**, kar je papež Leo XII. potrdil 24. maja 1824. 3. oktobra 1824 je bil posvečen za škofa v Salzburgu. V Trentu je pripravljal poznejši konkordat iz leta 1855, ki ga razumemo v kontekstu zgoraj opisanega konzervativnega neoabsolutizma. Hkrati pa je bil Lušin zelo dejaven na socialnem področju, kamor je vlagal tudi svoj lastni denar.

Leta 1834 je bil imenovan za nadškofa v Lvivu in je tako postal **primas Galicije in Lodomerije oziroma primas Poljske**. Toda kmalu je prosil za premestitev in je že 9. januarja 1835 postal **Goriški nadškof** in hkrati **knezoškof** in **Primas Ilirije**, pri čemer mu je pomagalo znanje treh jezikov. Tudi to imenovanje je moral potrditi papež, tokrat Gregor XVI. Svoje najdaljše službovanje je nastopil 22. avgusta 1835; v tem času se je moral leta 1848 soočiti tudi z revolucionarnimi neredi. Skupaj s škofi Primorske in Kranjske je 17. decembra 1848 v memorandumu, ki ga je poslal parlamentu v Kromeržiču, zahteval neodvisnost in avtonomijo Cerkve, in to tako v organizacijskem kot tudi teritorialnem smislu. Leta 1852 je bil nagrajen z velikim križem Leopoldovega reda. Tudi v Gorici je deloval na karitativnem področju in tudi tam je vanj vložil ves svoj denar. Povsem obubožan je 2. maja 1854 umrl v Gorici. Ljudske množice, za katere se je zavzemal, so mu svoje spoštovanje izrazile na pogrebu.

Anton Martin Slomšek je v nekrologu, objavljenem v celovških *Drobtinicah za novo leto 1855*, opisal Lušinovo podporo celovški Mohorjevi. Poudaril pa je tudi, da je bil **Frančišek Lušin prvi slovenski (knezo-)škof, po rodu s Koroške**!

Sklepi

Frančišek Ksaver Lušin, Knezoškof Gorice.
Fotografija s spletne strani Goriške škofije

Raziskovalno delo v okviru nastajajoče *Enciklopedije slovenskega jezika in literature od začetkov do leta 1938*, projektom pod vodstvom Katje Sturm-Schnabl, se je tako pokazalo kot izredno plodno, polno precej novih dognanj, ki omogočajo sintezo obstoječega znanja.

Koroška deželna ustava iz leta 1849 je osrednjega pomena za slovensko – in koroško – pravno zgodovino. Čeprav so bili nekateri njeni principi uresničeni šele pozneje, pa je bila v marsičem, zlasti glede statusa slovenščine in Slovencev v deželi udejanjena – čeprav so politični dogodki po njej kazali, da ni bila vsem po volji. Vsekakor je deželni glavar, baron Janez Nepomuk Šlojsnik, med svojim celotnim mandatom zlasti uresničil – morda (le) po svojih možnostih – ustavno določilo o konstitutivnosti obeh narodov v deželi, za kar mu pripada posebno mesto v slovenskem in evropskem humanističnem zgodovinopsju – tudi koroškem.

Njegov deželni zakonik v obeh deželnih jezikih oznanja pravno-etične standarde, ki jih Avstrija po tistem ni nikoli več dosegla. Če je takratna država – ob vseh pomislekih – uspela ustanoviti za tiste čase sodobno katedro za slovanske vede, potem bi danes pričakovali, da je sposobna ustanoviti katedro za konstitutivno narodno skupnost, za Slovence v Avstriji. Konstitutivno zato, ker je člen 7 Avstrijske državne pogodbe konstitutiven člen (kot sta 5. člen marčne ustave in 3. člen deželne ustave) in torej temelj sodobne države in državnosti.

Imeniki krajevnih imen, ki so sicer stranski rezultat upravnih reform, vsebujejo bogato jezikovno dediščino kot tudi številne kalk prevode v en in drug jezik. Kažejo, da je bilo ustavno določilo o bikonstitucionalnosti dežele vodilo v pravnih zadevah. Mnoga vprašanja odpira seznam iz leta 1860, v zadnjem letu Šlojsnikovega delovanja na Koroškem. Je bil on iniciator, ga je on koncipiral? Po notranji strukturi – in po analogiji s seznamom iz leta 1880 – daje misliti, da je z dvojnimi imeni krajev verjetno tudi zapisal ozemlje, kjer je bila slovenščina relevanta. Vsekakor terja dokument dodatne arhivske raziskave.

S Frančiškom Lušinom pa imamo v tej dobi prvega slovenskega škofa s Koroške, knezoškofa Tridentinskega, primasa Poljske in Ilirije in knezoškofa Gorice, torej Slovenca na najvišjih cerkvenih častnih položajih; tudi njega verjetno premalo poznamo. Tudi njemu bi morali, tako kot Šlojsniku, v Celovcu ali kjerkoli v deželi, postaviti spomenik.

Vsekakor opisani rezultati kažejo, da se raziskovalcem odpira široko polje tem, ki so lahko vir inspiracije za nadaljni razvoj. Mirno lahko zapišemo, da so po celotnem Koroškem že celo desetletje stali (pravni) dvojezični napisi.

Literatura

APIH, Josip: *Slovenci in 1848. leto*. Ljubljana: Matica slovenska, 1888.

AVSTRIJSKI biografski leksikon, http://www.oeaw.ac.at/oebl/.

BRAUNEDER, Wilhelm: *Österreichische Verfassungsgeschichte*. Dunaj: Manz, [11]2009.

DINKLAGE, Karl: *Kärnten*. V: Johannes Gründler (ur.): *100 Jahre Bezirkshauptmannschaften in Österreich*. Jubilejni zbornik. Dunaj: Samozaložba, 1970.

ENCIKLOPEDIJA Slovenije. Ljubljana: Mladinska knjiga, 1997.

HOKE, Rudolf: *Österreichische und deutsche Rechtsgeschichte*. Dunaj e. a., 1992.

MALLI, Rüdiger: Die Sozialstruktur und das nationale Erwachen der Slowenen. *Österreichische Osthefte* 20(1), 1978: 284–291.

MELIK, Vasilij: *Volitve na Slovenskem*. Ljubljana: Slovenska matica, 1965.

PLETERSKI, Janko: *Narodna in politična zavest na Koroškem, Narodna zavest in politična orientacija prebivalstva slovenske Koroške v letih 1848–1914*. Ljubljana: Slovenska matica, 1965.

SLOVENSKI biografski leksikon, http://nl.ijs.si:8080/fedora/get/sbl:sbl/VIEW/.

VILFAN, Sergij: *Pravna zgodovina Slovencev*. Ljubljana: Slovenska matica, 1961 (ponatis 1996).

Brigitte Entner[1]

NOV ZAČETEK ALI IGRA NA ČAS
Nekdanji »izseljenci« v prvem povojnem letu

Že na svoji prvi seji 8. maja 1945 se je provizorična deželna vlada pod točko 10 dnevnega reda ukvarjala z ukrepi nacističnega režima, ki so bili usmerjeni proti slovenskemu prebivalstvu. Tako je poudarila, da je treba preklicati izselitev in povrniti nastalo škodo, ustrezni odloki nacističnega režima o razlastitvi pa so bili razveljavljeni. Cilj je bila kar najhitrejša vrnitev nepremičnin njihovim zakonitim lastnikom in lastnicam.[2] Ker pa so bili v tistem trenutku na Koroškem samo nekateri brez odškodnine razlaščeni »izseljenci«, aktivne pobude za njihovo vrnitev na dnevnem redu provizorične deželne vlade zaenkrat ni bilo.

Britanska vojaška vlada, ki bi že na podlagi svojih pooblastil to nalogo lahko aktivno prevzela, pa je bila neposredno po svojem vkorakanju na Koroško soočena s povsem drugimi težavami: Najprej je bila tu Jugoslovanska armada, ki je prav tako težila k zasedbi in s tem postavljala pod vprašaj britansko zasedbeno in upravno suverenost. Kot velik logističen problem se je izkazalo dejstvo, da je bilo ob koncu vojne na Koroškem skoraj dvakrat toliko ljudi kot pred vojno. Kdo so bili ti ljudje? Poleg tistih mož, žena in mladih, ki so jih nacistične oblasti med vojno pripeljale na Koroško kot prisilne ali »tujske« delavce, kot vojne ujetnike ali pa kot internirance v koncentracijskem taborišču na Ljubelju ter v Lendorfu, ter številnih beguncev, ki so pred bombami zbežali iz večjih mest tedanjega nemškega rajha, je proti koncu vojne predvsem z jugovzhoda v deželo sililo na tisoče vojaških in civilnih oseb. To so bili poleg enot nemškega vermahta, na primer Heeresgruppe E in raznih esesovskih enot ter zasedbenega in upravnega osebja, tudi enote armad zavezniških fašističnih sil osi, ki se niso hotele predati ne Rdeči armadi ne Jugoslovanski armadi in so od zahodnih sil oziroma Britancev pričakovale, da bodo z njimi bolje ravnale.

13. maja 1945 so na Koroškem našteli nad 125.000 pripadnikov samo nemške armade. Tem je treba dodati še Hrvate, Srbe in Slovence, ki so se bojevali proti Titu in so jih Britanci imenovali *Anti-Tito Yugo-Slavs*, ter njihovi civilni svojci. Hrvaška ustaška armada je bila s svojimi več kot 300.000 pripadniki najmočnejša skupina. Prišteti jim je treba še okoli 9.000 Madžarov ter številčno neevidentirane Beloruse in dve diviziji Kozakov.[3]

1 Mag. Brigitte Entner, roj. leta 1963, je na dunajski univerzi končala študij zgodovine, politologije in teorije znanosti. Področja njenega delovanja so koroški Slovenci, britanska zasedba Koroške, prisilno odpeljani (»odvlečeni«) in zgodovina turizma, o čemer samostojno ali skupaj z drugimi avtorji tudi objavlja. Bila je sodelavka Avstrijske zgodovinske komisije, sedaj pa je lektorica za sodobno zgodovino na Univerzi Alpe-Jadran v Celovcu. Od leta 2009 je kot zgodovinarka zaposlena na Slovenskem znanstvenem inštitutu v Celovcu.

2 Kärntner Landesarchiv (KLA), Landesamtsdirektion (LAD), 1, Regierungssitzungsprotokoll, 8. 5. 1945; prim. tudi *Kärntner Zeitung*, 9. maj 1945: 1.

3 National Archives (NA), War Office (WO) 170/4404, 1 Guards Brigade, Sitrep. 32, 13. 5. 1945.

Najprej je bilo treba vse te uniformirane in še vedno oborožene vojake razorožiti in zbrati v lastnih taboriščih, tudi zato, da bi preprečili oblikovanje oboroženih fašističnih odporniških skupin. Poleg tega bi lahko obstoječa nacionalna in politična nasprotovanja vsak trenutek povzročila tudi fizične spopade. Na Koroškem pa so se skušali skriti tudi vojni zločinci. Ta skrajno eksplozivna mešanica je nekega visokega britanskega oficirja na Koroškem spodbudila, da je označil Koroško kot *the sump of Europe* / 'greznico Evrope'.[4] Britanska vojaška vlada je videla svojo prvo nalogo v tem, da poleg vojaščine registrira tudi tako imenovane *displaced persons* (DP) / 'pregnance', zagotovi njihovo neposredno oskrbo, predvsem pa, kolikor je le mogoče, organizira njihovo vrnitev domov. Precej hitro so ugodili prošnjam za izročitev, tako na primer ustašev, četnikov in domobrancev, ki so pribežali na Koroško, ali Kozakov, ki so bili nastanjeni na Zgornjem Koroškem.[5]

V tem kontekstu je mogoče podoživeti, čeprav to moralno z vidika prizadetih ni bilo razumljivo, da vrnitev deportiranih koroških družin in s tem sprejemanje novih skupin ljudi nista mogla biti prednostna cilja britanske zasedbene politike. Ko je 17. julija končno prispel večji transport povratnikov z nekoč prisilno pregnanimi možmi, ženskami in mladimi, se je zdelo, da so bili odgovorni zastopniki britanske vojaške vlade precej presenečeni in nanje nepripravljeni. Vendar so bili vodilni oficirji najpozneje od 24. maja 1945 informirani o zaplembah slovenskega premoženja in o nacističnih deportacijah. Neposredno po umiku Jugoslovanske armade je dr. Franc Petek, predsednik 16. maja 1945 izvoljenega Pokrajinskega narodonoosvobodilnega odbora (PNOO), v dveh pogovorih zastopnike britanske vojaške vlade seznanil z brezodškodninskimi razlastitvami, katerih žrtve so bili tako številni koroški Slovenci kot tudi slovenske ustanove.[6] Petek je od vodilnega oficirja britanske vojaške vlade, D. G. H. H. Smitha, izvedel, da se bo vojaška vlada posvetila tej zadevi, in je prosil, da se pripravi seznam prizadetih nepremičnin.[7] Hkrati pa je bil obveščen, da bo proces vračanja zahteval nekaj časa, da pa je samovoljno prevzemanje s strani nekdanjih lastnikov striktno prepovedano.[8] Pri tem stališču je SMGO Smith dosledno uporabljal oznake »Jugoslovani« oziroma »jugoslovanska lastnina«. To nas pripelje do vprašanja, ki je zavezniške oblasti še dolgo zaposlovalo: Kdo so bili ti oškodovani Slovenci? So pripadali Avstriji ali Jugoslaviji? Nekateri so imeli pred tako imenovanim anšlusom leta 1938 avstrijsko državljanstvo, drugi pa jugoslovansko ali pa so bili sploh brez državljanstva.

Pregnance, pa tudi nekdanje internirance v koncentracijskih taboriščih, ki so se med transportom domov označevali kot Slovenci, so pone-

4 NA, WO 170/4404, 1 Guards Brigade, Sitrep. 29, 10. 5. 1945.

5 Pravna podlaga teh izročitev je bil odstavek Moskovske deklaracije, ki pravi, da je treba vojne zločince poklicati na odgovornost na kraju dogajanja. Rezultate konference zavezniških zunanjih ministrov, ki je bila oktobra 1943 v Moskvi, so objavili 1. 11. 1943.

6 NA, Foreign Office (FO), 1020/2821, 22, Subject: Interview, 6. 6. 1945.

7 NA, FO, 1020/2821, 22, Intervju z dr. Petkom, 25. 5. 1945.

8 NA, FO, 1020/2821, 22, Predmet: Povzetek intervjuja z dr. Pezkom (sic!), 24. 5. 1945.

kod dodelili v Jugoslavijo namenjenim transportom ali pa so jih, ko so prispeli na Koroško, izgnali v Slovenijo.

Toda šele po Izjavi o slovenskem vprašanju, ki jo je 13. junija 1945 sprejel Konzultativni deželni odbor, po nadaljnji intervenciji provizoričnega deželnega glavarja Hansa Piescha in po izčrpnem pogovoru z njim 22. junija, so bolj resno razpravljali o vprašanju pregnancev in njihove nekdanje lastnine, v proces pa so vključili tudi nadrejena mesta.[9] Konzultativni deželni odbor je v svoji izjavi ugotavljal, da se »upravičene zahteve« slovenskih prebivalcev izpolnijo.[10] Navedli so pet točk: preklic izselitev in vrnitev posestev pregnancem oziroma njihovim družinam, ponovna vzpostavitev slovenskih kulturnih in gospodarskih ustanov, ustavitev umetnega vdiranja priseljencev iz nemškega rajha v jugovzhodno Koroško, ponovna vzpostavitev slovenskega šolstva na podlagi utrakvistične šole, in pravico, da je vsakemu državljanu dovoljeno pred oblastmi govoriti v svojem jeziku in dobiti odgovore na svoje vloge – brez škode za prosilca – v izbranem jeziku.

Deželni odbor ima, tako je rečeno v izjavi, izpolnitev teh zahtev za častno dolžnost demokracije. Priznava velike zasluge, ki si jih je pridobil slovenski del ljudstva na Koroškem v boju proti nacionalsocialistični vladavini in izreka svoje občudovanje za junaško osvodobilno borbo jugoslovanskega ljudstva. Deželni odbor bo naredil vse, kar bo v njegovih močeh, da bodo avstrijski državljani slovenskega jezika v demokratični Avstriji deležni polne enakopravnosti.[11]

Kot reakcijo na to izjavo je britanska vojaška vlada najprej od Konzultativnega deželnega odbora zahtevala natančne sezname k prvim trem točkam (razlaščena slovenska posest, slovenska združenja, ki naj bi jih oživili, ter vdiranje državljanov nemškega rajha). Glede šolskega vprašanja so sporočili, da pogajanja že tečejo. Svobodno izbiro jezika pri stiku strank z deželno vlado so odklonili.[12]

Že 6. julija je deželni svetnik Ferlitsch predložil seznam razlaščenih koroških Slovencev.[13] V tem trenutku je že bil sklenjen zakonski osnutek o kmetijskih nepremičninah, ki ga je izdelal dr. Hans Amschl.[14] Na ta način naj bi naredili prostor za tiste priseljence iz Kanalske doline in za politično neoporečne avstrijske zakupnike, ki naj bi se umaknili vračajočim se Slovencem. Na seji 22. junija je edini slovenski predstavnik v Konzultativnem deželnem odboru, Tomaž Suppanz, poleg tega zahteval kar najhitrejšo repatriacijo nekdaj prisilno pregnanih družin. Hkrati je poudaril, da bi bilo treba tiste, ki se morajo umakniti, že zdaj

9 NA, FO, 1020/2821, 57, Predmet: Slovenes evicted by Nazis in Kärnten, 27. 6. 1945.

10 KLA, AKL, LAD 1, 3. Sitzung des Konsultativen Landesausschusses, 13. 6. 1945.

11 KLA, AKL, LAD 1, 3. Sitzung des Konsultativen Landesausschusses, 13. 6. 1945; Erklärung des Konsultativen Landesauschusses, Juni 1945, in: Kärntner Landesregierung.

12 KLA, AKL, LAD 1, 7. Sitzung des Konsultativen Landesausschusses, 27. 6. 1945.

13 KLA, AKL, LAD 1, 9. Sitzung des Konsultativen Landesausschusses, 6. 7. 1945.

14 KLA, AKL, LAD 1, 5. Sitzung des Konsultativen Landesausschusses, 20. 6. 1945 und 6. Sitzung des Konsultativen Landesausschusses, 22. 6. 1945.

pozvati, naj si najdejo novo bivališče.[15] Nadalje so britansko vojaško vlado zaprosili, naj naredi vse za kar najhitrejšo repatriacijo vsaj tistih koroških Slovencev, ki so nastanjeni v taboriščih v Thüringenu.[16] Toda trajalo je še tedne, preden je bilo tako daleč.

Razočaranje ob vrnitvi

Medtem je posameznikom že uspelo na lastno pobudo priti na Koroško. Med njimi so bili tisti, ki so že bili izpuščeni iz taborišč, vendar je zanje še veljal pregon iz gaua ali okrožja in se torej po izpustitvi še niso smeli vrniti domov. Mednje spadajo tudi tiste družine, ki so bile izpuščene po intervenciji inž. Hansa Marescha, nekdanjega lastnika gozdne in rentne uprave Humperk. Maresch je, potem ko se je družina Waldhauser iz Kotmare vasi obrnila nanj, izposloval izpustitev okoli 30 družin. Zato pa se je moral pred režimom obvezati, da bo izpuščenim družinam priskrbel delovna mesta in stanovanja. Zaposlil jih je večinoma na svojih lastnih posestvih v Nižji Avstriji, deloma pa tudi v drugih obratih.[17]

Tudi iz taborišč samih so se posamezniki že maja odpravili na pot domov, tako na primer boroveljski gostilničar Anton Smeričnik, p. d. Winkelwirt, ki je, vračajoč se iz Frauenauracha že 19. maja prispel na Koroško. Njegovo posestvo je deloma prevzela občina Borovlje, deloma pa neki Kanalčan; na svojo posest se je lahko vrnil šele 22. julija.[18]

20. maja se je logovaški zakonski par Kobenschitz, ki je prej prav tako imel gostilno, vrnil iz taborišča Eichstätt; Hilde Kobenschitz je lahko takoj spet začela upravljati svoj penzion. Kanalčan, kot lastnik vpisan v zemljiško knjigo, se je umaknil in si poiskal novo gradbeno parcelo.[19] Prav tako netežavna je bila vrnitev za družino Samič, p. d. Volčič v Malih Djekšah. Sedmega junija se je vrnila iz kraja Würmel v Nižji Avstriji, kamor je prišla zahvaljujoč intervenciji Hansa Marescha junija 1944. Zakupnica njene domačije je bila mati nekdanjega lastnika. Posestvo je bilo po oceni prevzemajočih uradnikov Deutsche Ansiedlungsgesellschaft za Kanalčane namreč neprimerno, ker je ležalo neposredno ob Dravi, bilo oddaljeno od prometnih poti in zelo staro.[20]

V večini primerov pa novi gospodarji niso bili pripravljeni zapustiti domačije; tako tudi pri družini Lombar v Cirkovčah. Anton Lombar je 16. junija iz nižjeavstrijskega Königstettna prišel na Koroško. V prvi sve-

15 KLA, AKL, LAD 1, 6. Sitzung des Konsultativen Landesausschusses, 22. 6. 1945.

16 KLA, AKL, LAD 1, 7. Sitzung des Konsultativen Landesausschusses, 27. 6. 1945.

17 Augustin Malle u. a., Vermögensentschädigung, Rückstellung und Entschädigung am Beispiel von Angehörigen der slowenischen Minderheit, ihrer Verbände und Organisationen (Veröffentlichungen der Österreichischen Historikerkommission. Vermögensentzug während der NS-Zeit sowie Rückstellungen und Entschädigungen seit 1945 in Österreich 23/1), Wien – München 2004, 118–122.

18 KLA, AKL, Slowenenaussiedlung und Wiedergutmachung (SuW) 01/02, R 1003.

19 KLA, AKL, SuW 33/50, R 1018, Niederschrift, 7. 9. 1945.

20 KLA, AKL, SuW 29/45, K 558, Übernahmeprotokoll, 6. 5. 1942.

tovni vojni je izgubil nogo, pozneje pa pri delovni nezgodi tri prste. Malo posestvo, hišo z nekaj gozda, je novembra 1943 kupil neki Kanalčan. Ta najprej Lombarjevega posestva ni hotel zapustiti in je še 26. junija na deželni vladi zaprosil za dodelitev enakovrednega posestva. Medtem si je morala družina poiskati zavetje pri svojcih v Libučah. Šele po komisijskem pregledu domačije 27. avgusta 1945 in tedaj določenem roku izpraznitve je lahko družina Lombar spet prevzela svojo hišo.[21]

Za vračajoče se družine je bil položaj, ko so se po več kot treh letih končno vrnile domov, v svoj dom pa niso mogle, neznosen. Britanske oblasti so se seveda ozirale tudi na položaj novih lastnikov. Krivice niso hoteli nadomestiti z novo krivico, kakor se je izrazil neki zastopnik vojaške vlade.[22] Večina je namreč zapustila svoje nekdanje domove in si je tu hotela ustvariti novo eksistenco. Kaj naj bi se z njimi zgodilo in predvsem, kako naj bi nadomestili njihovo kupnino, je bilo junija še popolnoma nejasno.

Hkrati so junija prispele že prve provizorične zahteve koroških Slovencev po odškodnini, ki so nakazovale, da dejanska škoda daleč presega »golo« razlastitev. Ko je Kristina Hribernik – njenega moža so iz taborišča Frauenaurach vpoklicali v nemško vojsko – s svojimi sedmimi otroki, starimi med 5 in 15 let, prišla v Tuce, je bila njena domačija pri Boštjanu en sam bunker. Zadnjega zakupnika, nekega nacionalsocialista iz Deutsch Griffna, pozneje vodjo deželne straže in krajevnega kmečkega vodje, so avgusta 1944 po večkratnih opozorilih ustrelili partizani.[23] Njegov sin, ki ga je nasledil na domačiji, je bil pri SS in je padel aprila 1945. Nato je zakupnikova žena, preden je domačijo zapustila, to popolnoma izpraznila. Gospa Hribernik je župana obvestila o manjkajočih strojih in živini, ne pa tudi o hišnem inventarju, krmi in živilih. Župan je v svojem poročilu okrajnim oblastem 28. junija dodal pripombo, da je škoda daleč večja, kot jo je ženska prijavila: »Družina se je vrnila v hišo groze.« Nekdanjim nacionalsocialistom je ukazal, naj iz poslopja odstranijo vsaj bunkerje.[24] S tem majhnim korakom bi vsaj malo ustregli ženski, ki v tem trenutku ni niti vedela, ali njen mož še živi. Ker se je domov vrnila že maja, je lahko, kot pripoveduje v *Spurensuche*, še sejala ajdo in ječmen in pripravila drva za zimo. Toda prve tri mesece je morala z otroki stanovati pri svojem bratu, saj je bilo vse razbito in poškodovano, tudi streha. Čeprav spet v lastni hiši, so morali v začetku spati na tleh.[25]

21 KLA, AKL, SuW 19/31, K 510; Arhiv Zveze slovenskih izseljencev (AZSI), Mapa Lombar.

22 NA, FO 1020/2821, 57, Schreiben von Col. Ian G.H. Campbell MGHQ an A/Cdre C. E. Benson, DSO, 24. 6. 1945.

23 Marjan Linasi, *Koroški partizani: Protinacistični odpor na dvojezičnem Koroškem v okviru slovenske Osvobodilne fronte*. Celovec, Ljubljana in Dunaj, 2010, 585, 611.

24 KLA, AKL, SuW 11/18, K 617; Malle u. a. 2004, 142.

25 Kristina Hribernik, Wird der noch nicht gehen? in: *Spurensuche: Erzählte Geschichte der Kärntner Slowenen*. Hg. v. Dokumentationsarchiv des österreichischen Widerstandes, Klub Prežihov Voranc und Institut za proučevanje prostora Alpe-Jadran, Wien 1990, 182–186, 185–186.

Obotavljanje Britancev

Toda Britanci pri svojih odločitvah o repatriaciji koroških Slovencev, predvsem o javnem stališču do vprašanja pregnancev, niso bili zadržani samo zaradi pričakovanih dodatnih stroškov, ki bi jih imeli z odškodnino nekdanjim pregnancem. Pred očmi niso imeli samo zahtev oškodovancev na Koroškem. Kot del zavezniških zasedbenih sil so bili soočeni z dejstvom, da so v zasedeni Evropi poleg koroških Slovencev obstajale še druge skupine, ki so jih nacisti razlastili in deportirali, na primer Judje.[26]

Strah pred precedenčnim primerom, ki bi povzročil nadaljnje finančno in organizacijsko nerešljive zahteve, je bil velik. To zaznavanje je privedlo do znotrajbritanskega interesnega konflikta glede potrebne reakcije na položaj na Koroškem. Medtem ko so organi v Vidmu, Rimu, na Dunaju in v Londonu stavili na generalno rešitev in predvsem na dejavnik časa in so svojim zastopnikom na Koroškem prepovedali vsakršno samostojno akcijo, pa so ti videli nujnost problema.[27]

Ni šlo samo za usode posameznikov, temveč za splošno politično vzdušje na Koroškem, ki so mu dajale pečat razmejitvene zahteve Jugoslavije, vedno močnejše gibanje za priključitev in slabitev britanske avtoritete.[28] Niso samo zastopniki koroških Slovencev težko sledili obotavljivi drži Britancev, temveč tudi Konzultativni deželni odbor.[29] Šele po 9. juliju je britanska vojaška vlada končno objavila dolgo pričakovano izjavo, s katero je kot dejstvo priznala »izselitev« in razlastitev pod nacističnim režimom. Hkrati pa je prizadete pozvala, naj pravice ne jemljejo v svoje roke, ker bi bilo to po pravu vojaške vlade kaznivo dejanje.[30]

Organizirani transporti v domovino

Toda realnost ni dopuščala, da bi igrali na čas, saj je vedno več pregnancev zahtevalo vrnitev domov. Četrtega julija je Hans Amschl poročal Konzultativnemu deželnem odboru, da je v Dravogradu 128 koroških Slovencev, ki hočejo domov.[31] Ti so, odpuščeni iz pregnanskih taborišč, dočakali konec vojne v Nižji Avstriji in na Dunaju in so se zdaj s pomo-

26 NA, FO 1020/2821, 58, SMGO Smith an MG Staff Austria, 30. 6. 1945; FO 1020/307, 1a-b, Brigadier B. P. Hughes an Chief Secretary ACA/BE, 2. 7. 1945.

27 NA, FO 1020/307 ter tam posebej A. G. Miller ACA/BE, C. M. F. naslovniku B. P. Huges, ACA, Att. AMG Main Eight Army.

28 Malle idr. 2004, 142–143; prim. tudi Lipej Kolenik (idr.), *Von Neuem. Die Kärntner Slowenen unter der britischen Besatzungsmacht nach 1945. Zeitzeugen, Beiträge und Berichte*, Klagenfurt/Celovec, 2008.

29 KLA, AKL, LAD 1, 8. Sitzung des Konsultativen Landesausschusses, 4. 7. 1945; 10. Sitzung des Konsultativen Landesausschusses, 11. 7. 1945.

30 NA, FO 1020/307, 20 c, Press and Wireless Announcement, oD.

31 KLA, AKL, LAD 1, 8. Sitzung des Konsultativen Landesausschusses, 4. 7. 1945.

čjo Jugoslovanske misije vračali domov.[32] Sklep o ustanovitvi lastne repatriacijske službe, ki naj bi skrbela za omenjene zadeve, je Konzultativni deželni odbor že davno sprejel, ni pa bila ustanovljena, zato so ob tej priložnosti ponovno urgirali. Ponovili so tudi prošnjo britanski vojaški oblasti, naj pregnancem, ki so bili še v Nemčiji, omogoči vrnitev domov

V primeru Koroščev v Dravogradu so britanski zastopniki poudarjali, da je treba njihovo vrnitev na višji ravni izpogajati z jugoslovansko vlado. Po njihovem je bil samovoljni prehod meje, ki so ga organizirali nekateri prizadeti, nelegalen in bi ga bilo treba prijaviti britanskim oblastem.[33] Ta nečloveška birokratska drža je razburila zastopnike Konzultativnega deželnega odbora. Toda zgodilo se je še nekaj hujšega: 16. in 17. julija so transporti iz Memmingena (35 koroških Slovencev) in Hesselbacha (273 oseb) prispeli na zahodni kolodovor v Beljaku. Ameriške oblasti britanskih oblasti o tem niso obvestile.[34] Reakcije so bile za povratnike vse drugo kot razveseljive. Prvi transport so usmerili naprej neposredno na jugoslovansko mejo, in od tam, saj je šlo brez izjeme za nekdaj avstrijske državljane, spet nazaj v Beljak, kjer so jih odpeljali v taborišče za folksdojčerje. Drugi transport je prišel v Beljak v torek ob 9. uri zjutraj. Odhod v Celovec so od ure do ure odlagali, končno pa so po 12 urah brez kakršnekoli oskrbe z živili priklopili vlaku še dva vagona s folksdojčerji. Med povratniki je nastala panika, kot je Joško Tischler zapisal v svojem poročilu britanski vojaški vladi.

Ker so se bali, da bodo transport obrnili nazaj proti Nemčiji, so ljudje v nekaj minutah zapustili vlak in sedli na perone. Da bi izsilil vrnitev v vlak, je dežurni britanski oficir uporabil oborožene policijske enote. Toda povratniki so se uprli. Šok je bil velik, saj so policijske enote orožje uperile celo proti okoli 140 otrokom v starosti od štirih tednov do 14 let. Prišlo je do hudih demonstracij, med katerimi so Britanci avstrijski policiji orožje spet odvzeli in umirili položaj.[35] Zjutraj 18. julija je sledil nadaljnji transport s 113 osebami iz Eichstätta. Dežurni oficir je dogodke na beljaškem kolodvoru nekaj dni pozneje takole komentiral:[36]

> At no time during their stay here were the refugees roughly handled, although at times our patience was sorely tried. These people were a nuisance and a menace to health while on the station, the place stank while they were here. / V nobenem trenutku njihovega postanka tukaj niso grobo ravnali z begunci, čeprav je bilo na trenutke naše potrpljenje na hudi preizkušnji. Ti ljudje so bili nadlega in grožnja za zdravje, saj je kraj, dokler so bili tukaj, smrdel.

32 *Rod pod Jepo*. Kronika Franca Resmana, Tratnikovega očeta / Familienchronik des Franc Resman, Celovec, Ljubljana in Dunaj 2005, 191–192.

33 KLA, AKL, LAD 1, 10. Sitzung des Konsultativen Landesausschusses, 11. 7. 1945.

34 Poročilo dr. Joška Tischlerja o povratku pregnancev (avgust 1945), v: Malle Avguštin in Valentin Sima (ur.), *Narodu in državi sovražni. Pregon koroških Slovencev 1942 / Volks- und staatsfeindlich. Die Vertreibung von Kärntner Slowenen 1942*. Klagenfurt/Celovec 1992, 476–479.

35 Poročilo dr. Joška Tischlerja, 1992, 476–479.

36 NA, FO 1020/2821, 73, Report J. F. Longmuir, W.O.11. RTO. Villach West, 23. 7. 1945.

Po pogovorih dr. Tischlerja in Konzultativnega deželnega odbora z Lt. Col. A. J. W. Clarkom je bilo mogoče doseči zagotovitev nadaljnjega prevoza v Celovec. Odklonili pa so tako željo dr. Tischlerja po dostojanstvenem sprejemu v Celovcu, ki naj bi ustrezal sprejemu povratnikov iz Dachaua, kot željo, da bi družinam omogočili takojšnji prevoz v domače kraje.[37] Slovenski zastopniki so na to odklonitev in na obet, da bodo morali nekdanji pregnanci prebiti še eno noč v Celovcu, reagirali precej ogorčeno.[38] Še isto popoldne so povratniki končno prispeli v Celovec – pa so jih takoj spet internirali v zbombardirano nekdanjo jezuitsko kasarno, ki je stala na mestu današnjega Domplatza. Kasarne nihče ni smel zapustiti, večina je morala spati na golih tleh brez odej. Za 400 oseb sta bili na razpolago samo dve uporabni stranišči. Toda ta večer so prvič po več dneh spet dobili topel obrok. Razočaranje je ostalo, kajti oskrbe ni bilo mogoče primerjati s taboriščno oskrbo, ki so jo doživeli po osvoboditvi pri Američanih. Po petih nočeh in ponovni internaciji v Celovcu so taborišče lahko zapustile vsaj tiste družine, katerih hiše so že bile prazne. Druga polovica je morala prebiti še dve dolgi noči v kasarni, preden so 25. julija lahko odšli k svojim sorodnikom.[39]

Povsem drugačna je bila vrnitev tistih, ki so morali nanjo najprej čakati v Dravogradu. Po dolgotrajnih pogajanjih se je njihov vlak 12. julija preko Maribora odpeljal v Ljubljano. Tam so spet morali čakati nekaj dni, vendar so se lahko svobodno gibali, srečevali prijatelje in celo obiskovali koncerte. Ko so končno prispeli v Podrožco, jih je dežurni britanski seržant odpustil in jih ni ponovno interniral.[40]

Vračanje posestev

25. julija 1945 so ustanovili Provizorično deželno vlado, ki ji je britanska vojaška vlada podelila obširne pristojnosti tudi v vprašanju repatriacije. V roku nekaj dni je sestavila osnutek odredbe o vprašanju repatriacije in odškodnine; odredbo so sprejeli 1. avgusta 1945. Ker so na nadrejenih položajih na Dunaju in v Londonu britanski vojaški vladi prepovedali vsakršno dejavnost v tej zadevi, te odredbe formalno ni bilo mogoče potrditi. Vodilni oficirji pa so se nujnosti vračila vsekakor zavedali, in tako so našli tipično avstrijski kompromis: Odredbe formalno sicer niso potrdili, koroške oblasti pa so lahko ob toleranci vojaške vlade ukrepali, kakor je bilo predvideno v osnutku.[41] 'Komisije za pregled domačij' (*Hof-*

37 NA, FO 1020/2821, 71, Record on Interview – Dr. Petek, Dr. Zwitter, Suppanz, Lt. Col. A. J. W. Clark, Sgt. Interpreter (Boam), 18. 7. 1945; KLA, AKL, LAD 1, 12. Sitzung des Konsultativen Landesausschusses, 18. 7. 1945.

38 NA, FO 1020/2821, 71, Precis on Conversation – Col. Clarke, 3 Representatives of Slovenes in Kärnten Dr. Petek, Suppanz, Dr. Zwitter, 18. 7. 1945.

39 Poročilo dr. Joška Tischlerja o povratku pregnancev (avgust 1945), v: Malle, 1992, 476–479.

40 *Rod pod Jepo*, 2005, 192–193.

41 Odredba od 1. avgusta 1945, v: Malle idr., 2004, 578–580.

begehungskommissionen) so začele delati že 3. avgusta. V najboljšem primeru so bile sestavljene iz po enega zastopnika deželne vlade, Slovencev in občine ter oškodovanca in zadnjega upravitelja nepremičnine.[42] Pri komisijskem pregledu naj bi po uredbi prišlo do predaje domačije slovenskemu posestniku. Pri tem ni šlo za zemljiškoknjižni povratni prenos, temveč najprej samo za predajo nepremičnine v upravljanje.

Če so dosedanji upravitelji še živeli na domačiji, so pri pregledu določili rok za izpraznitev. Do oktobra 1945 je bila pretežna večina nepremičnin spet v upravljanju prvotnih posestnikov oziroma njihovih dedičev. Za zemljiškoknjižni povratni prenos je bilo mogoče zaprositi pred povračilno komisijo na deželnem sodišču šele na podlagi 3. povračilnega zakona iz leta 1947.[43] Postopki so bili razmeroma hitri in nezapleteni. Na podlagi omenjenega zakona so tudi Kanalčani lahko zahtevali vračilo kupnine za nepremičnine, ki so jih kupili in ponovno vrnili. Plačali so jo iz sredstev tako imenovanega »nemškega premoženja«.

V odredbi od 1. avgusta je bilo nadalje določeno, da nekdanji posestniki po vrnitvi ne dobijo povrnjene samo domačije, temveč da jih je treba pri morebiti nastali škodi tudi odškodovati. Zato je komisija na podlagi prevzemnih protokolov Nemške naselitvene družbe (DAG) iz leta 1942 v zapisnik vnesla tudi spremembe na domačiji, okvare ali zmanjšanje vrednosti, izgubo živine, inventarja in zalog ter posekov. Hkrati so ugotavljali morebitne zahteve vmesnih upraviteljev in jih zapisali v zapisnik. Na začetku leta 1946 je bilo znanih zahtev v višini približno 2,9 milijona šilingov; ker niso imeli sredstev za izplačilo, je novoizvoljena vlada stavila na čas. Od 3 milijonov šilingov, ki jih je dajalo do konca oktobra na razpolago finančno ministrstvo, so oškodovancem 500.000 šilingov prvič izplačali šele maja 1946. Večino denarja so izplačali šele tik pred sklenitvijo zakona o zaščiti denarja 9. decembra 1947.[44]

Nezaželeno spominjanje

Prvega februarja 1946 so naposled kot lasten zastopniški organ ustanovili Zvezo slovenskih izseljencev (ZSI). Pa tudi tu je oblast – tokrat društvena oblast – stavila na čas. Kmalu po tem sta tudi Zveza politično preganjanih in interniranih iz slovenske Koroške ter Zveza bivših partizanov, obe ustanovljeni 9. februarja, oblast zaprosili za dovoljenje. Medtem ko je britanska vojaška vlada partizansko zvezo takoj prepovedala, pa zvezi žrtev mesece dolgo nista dobili dovoljenja avstrijskih oblasti. Pri ustanovni skupščini ZSI v gostilni Roth v celovški Pfarrgasse je bilo prisotnih 246 zastopnikov pregnancev. Dr. Mirt Zwitter je imel izčrpen referat o okoliščinah in posledicah prisilne izselitve aprila 1942. Med dru-

42 Malle idr., 2004, 151–153.
43 Bundesgesetz über die Nichtigkeit von Vermögensentziehungen. BGBl. 1947/54.
44 Malle idr., 2004, 172–177.

gim je predstavil statistiko oseb: po njej je bilo prizadetih 1.138 ljudi, med njimi 123 otrok, mlajših od petih let, najmlajši je bil star tri dni, 253 otrok je bilo starih med 5 in 14 let. 86 oseb je bilo starejših od 60 let, najstarejši je imel 86 let. 86 moških so iz taborišča vpoklicali v vermaht, 63 oseb so v taboriščih aretirali, nekatere med njimi pa premestili v koncentracijska taborišča. Po Zwitru je življenje izgubilo 74 oseb, devet oseb pa so aprila 1946 še pogrešali. Zwitter je tudi obžaloval, da nemški mediji, kot *Volkszeitung* ali *Neue Zeit,* niso poročali ne o človeških tragedijah ne o gmotni škodi pregnancev. Pri ustanovni seji so med drugim sklenili, da naj bo 15. april spominski dan.[45]

Za 15. april 1946 so načrtovali veliko spominsko proslavo, ki so jo 28. marca prijavili pri oblasteh. Proslavo so prepovedali, ker Zveza kot prireditelјica dotlej ni bila potrjena. Dejstvo, da so oblasti zavlačevale potrditev, so koroški Slovenci razumeli kot taktičen manever. Splošno mnenje je bilo, da naj bi tako preprečili, da bi se videl prevladujoči delež slovenskih žrtev za osvoboditev Koroške. Nato je organizacijo prireditve prevzela osvobodilna fronta (OF). Ker prireditve sedaj formalno ni bilo več mogoče preprečiti, so policijske oblasti s šikanami skušale kar najbolj znižati število udeležencev. Vse policijske in žandarmerijske postaje na dvojezičnem ozemlju so dobile ustrezna navodila. Zgodaj zjutraj 15. aprila so se začele na vseh cestah, mostovih, železniških in avtobusnih postajah nadvse natančne kontrole dokumentov. Predvsem prehode na zaprtem območju ob meji so natančno pregledovali. Avtobusi so deloma zavračali potnike. Udeležence, ki jim je uspelo priti naprej, so na celovških vpadnicah ponovno kontrolirali. Deloma so jim odvzeli dokumente in ovirali nadaljevanje njihove vožnje. Tako so na primer župnika Janka Mikulo, ki je bil predviden kot slavnostni govornik, za krajši čas aretirali. V stolnici predvideno spominsko mašo za žrtve je škof tik pred začetkom prepovedal.[46]

Oblasti so domnevale, da bo OF prireditev spremenila v politično manifestacijo. Kljub vsem šikanam je v Celovec prišlo na stotine mož, žensk in mladih. Prireditelji so govorili o 3.000 udeležencih, *Volksstimme* je pisala o 2.000 obiskovalcih, pri čemer so jih samo v stolnici našteli 1.200, avstrijske in britanske oblasti so govorile o več kot 1.000 obiskovalcih. Šikane so udeležence zelo razburile. Kljub temu so tako britanski opazovalci kot tudi avstrijske oblasti poudarjali, da so se udeleženci vedli disciplinirano. Namesto spominske maše v stolni cerkvi so zmolili rožni venec. Tiha povorka po koncu prireditve naj bi spomnila na marš na železniško postajo aprila 1942, v Šentrupertu pa naj bi bila zaključna manifestacija. Za povorko so udeleženci pripravili transparente z napisi, na katerih je pisalo »Smrt fašizmu« ali pa so bila na njih imena krajev z vsakokratnim številom žrtev. Ker so, ko se je povorka začela pomikati,

45 AZSI, Zapisnik ustanovnega občnega zbora Zveze slovenskih izseljencev, 1. 2. 1946.

46 NA, FO 1020/1077, 8, Memorandum der Kärntner Slowenen an den Alliierten Kontrollrat für Österreich in Wien. Der 15. April 1946. Ein Hinweis dafür, was die Kärntner Slovenen vom neuen Österreich zu erwarten haben.

spustili zapornice železniškega prehoda in z lokomotivami zaprli prehod, je povorka ubrala naporno pot po stopnicah mostu čez tračnice. Na drugi strani so čakali policisti, ki so povorko ustavili in s silo ukrepali proti demonstrantom, brez ozira na to, ali je šlo za otroke, ženske, stare ali invalide. Uporabili so vodomete, pretepali udeležence in aretirali 79 Slovencev. Dva udeleženca, nekdanjega pregnanega trgovca Jožefa Čimžarja iz Kotmare vasi in Milana Wieserja iz Slovenjega Plajberka so tako pretepli, da sta morala v bolnico. Vodja slovenskega oddelka britanske informacijske službe, gospod Gerald Sharp, ki je opazoval in dokumentiral prireditev, je bil šokiran nad ravnanjem avstrijske policije. Nemški dnevniki so z izjemo *Volkswille*[47] policijsko nasilje zamolčali. V poročilu za vodstvo vojaške vlade je Gerald Sharp zapisal, da govori slovenskih zastopnikov, ki jih je zabeležil, nikakor niso opravičevali takšnega preganjanja.[48]

V memorandumu o 15. aprilu 1946 so formulirali domnevo, da so preprečevalni ukrepi med drugim rabili tudi temu, da bi potisnili v pozabo žrtve koroških Slovencev. Ta cilj so, kot kaže, končno skoraj dosegli. Mirt Zwitter je v svojem govoru 1. februarja 1946 navedel, da je 79 pregnancev izgubilo življenje in da jih je devet v tem trenutku še pogrešanih. Seznam imen se ni ohranil. Medtem so v nekaterih publikacijah, med drugim tudi v spominih Franca Resmana,[49] navedena imena smrtnih žrtev, ki pa po večini ne presegajo števila 40. V projektu za evidentiranje nacističnih žrtev med koroškimi Slovenci, ki ga aktualno obdelujemo na Slovenskem znanstvenem inštitutu, smo doslej zabeležili imena 52 v aprilu 1942 pregnanih mož, žensk in otrok, ki so izgubili življenje v taboriščih VOMI oziroma v oskrbovalnih ustanovah (23), v zaporu (2), v koncentracijskih taboriščih (3) ali pri delovni nezgodi (5), ki psihičnega napora internacije niso več zdržali in so si vzeli življenje (1), ki so po izpustitvi umrli v tujini ali na poti domov (7), in tisti, ki so jih iz taborišč vpoklicali v vermaht in so padli (11). Projekt »Wer war Klara aus Šentlipš« bo končan junija 2012. Vesela bom vsake dodatne informacije.[50]

V imenu vseh navajam imena nekaterih maloštevilnih znanih žrtev:

> Še 25. januarja 1945 so zakupnika **Jakoba Dolinška** (6. 7. 1904–31. 3. 1945), rojenega v Remšeniku, iz Frauenauracha vpoklicali v vojsko; padel je dva meseca pozneje in zapustil dve majhni hčerki.
>
> **Jožefa Eichner** (19. 3. 1877–junij 1944) je bila doma iz Brodi. Kot bolniška sestra je nekaj let preživela na Južnem Tirolskem, dokler si ni v Kamnu pri

47 *Volkswille* 18. april 1946: 3, Gedenktag für die Opfer des Naziterrors in Klagenfurt. Polizei und Feuerwehr gegen Antifaschisten – Zwei Schwerverletzte ins Krankenhaus eingeliefert.

48 NA, FO 1020/2890, Subject: OF Meeting, 29. 4. 1946.

49 *Rod pod Jepo*, 2005, 223–224.

50 Informacije naslovite na e-naslov b.entner@szi.at ali SZI, Mikschalle 4, 9020 Klagenfurt/ Celovec ali na telefon 0463/319222-15.

Vetrinju kupila majhne hiše. Po intervencijah so jo leta 1943 s prepovedjo vrnitve v gau odpustili iz taborišča Weissenburg. Umrla je leta 1944 v Bad Ischlu.

Bilčovski šolar **Jozi Ogris** (19. 3. 1929–20. 7. 1945) je bil s svojimi starši na poti iz Fürtha v Nižji Avstriji v domovino. Blizu Slovenj Gradca je umrl, star šestnajst let.

Mladi Ločan **Hanzej Šavnik** (20. 11. 1926–12. 2. 1943) je bil s svojimi starši v taborišču Eichstätt, ko ga je na poti z dela v Siegendorfu povozil vlak.

Globaški žagarski delavec **Johann Vrhnjak** (6. 4. 1888–17. 3. 1944) je bil aretiran v Frauenaurachu in 1. oktobra 1943 prepeljan v koncentracijsko taborišče Dachau. S transportom Slovencev je 11. januarja 1944 prišel v Lublin in tam izgubil življenje.

Mala **Danica Urank** je bila 16. avgusta 1942 rojena v taborišču Hesselberg; kmalu nato je umrla.

Nekdanja kmetica **Margarethe Hafner** (6. 6. 1867–1944) z Bistrice pri Pliberku je bila pregnana z družino svoje hčerke, po intervencijah pa so jo še v taborišču Žrelec izpustili, vendar se v domačo hišo ni več smela vrniti. Svoja zadnja leta je preživela pri svoji drugi hčerki v Rudi, kjer je tudi umrla.

Iz nemščine prevedel Peter Wieser

Vera Klopčič[1]

SLOVENIJA IN NARODNE MANJŠINE

Uvod

Spoštovanje manjšinskih pravic v pravni ureditvi in zanimanje različnih znanstvenih disciplin in strokovne javnosti za to področje ima v Sloveniji dolgo tradicijo, ki se kaže v številnih objavljenih publikacijah, raziskavah in razpravah. Celotno delovanje že leta 1925 ustanovljenega Inštituta za narodnostna vprašanja (INV) v Ljubljani je usmerjeno v preučevanje položaja manjšin v Sloveniji in svetu, zlasti v sosednjih državah, ter v izboljšanje položaja manjšinskih skupnosti.

Naj naštejem le nekaj pomembnejših slovenskih dosežkov mnogostranskega delovanja za izboljšanje položaja manjšin v Evropi in svetu: v obdobju med obema svetovnima vojnama je bil predsednik Evropskega združenja manjšin Josip Vilfan, pripadnik slovenske manjšine v Italiji, strokovno podlago delovanja pa je takrat pripravljal Manjšinski inštitut v Ljubljani.[2] INV je pripravil tudi temeljno gradivo za Seminar Organizacije združenih narodov o človekovih pravicah v večnacionalnih skupnostih (Ljubljana, 1965), ki je bil prvi splošni seminar o človekovih pravicah. Sodelavci INV so pripravili temeljno gradivo za Seminar Organizacije združenih narodov (OZN) o utrjevanju pravic manjšin (Ohrid, 1974), prvo konferenco o izobraževanju v večnacionalnih skupnostih (Ljubljana, 1985) pa so organizirali v sodelovanju z Organizacijo za gospodarsko organizacijo in razvoj (OECD).

Pravni in drugi strokovnjaki ter diplomati iz Slovenije so aktivno sodelovali pri pripravi besedila Deklaracije OZN o pravicah pripadnikov narodnih ali etničnih, verskih in jezikovnih manjšin.[3] Prof. dr. Danilo

1 Dr. Vera Klopčič je višja znanstvena sodelavka na Inštitutu za narodnostna vprašanja v Ljubljani. Deluje na področju pravnega varstva človekovih in manjšinskih pravic na nacionalni in mednarodni ravni. Sodeluje v projektih in dejavnostih na področju varstva človekovih pravic vseh ranljivih skupnosti, boja proti diskriminaciji, ozaveščanja ter odprave predsodkov in razvoja mehanizmov za spodbujanje spoštovanja človekovih pravic ter kulturne in jezikovne raznolikosti. Diplomirala in doktorirala je na Pravni fakulteti v Ljubljani. V letih 1992–1998 je bila direktorica Inštituta za za narodnostna vprašanja v Ljubljani, kot prva ženska-direktorica te ustanove, ki deluje od leta 1925. V letih 1994–1995 je bila članica odbora strokovnjakov CAHMIN, ki je pripravil osnutek teksta Okvirne konvencije Sveta Evrope za varstvo narodnih manjšin, sedaj pa je članica Odbora strokovnjakov Sveta Evrope za nadzor nad izvajanjem Listine o regionalnih ali manjšinskih jezikih. Med drugim je tudi članica odbora za preučevanje narodnih manjšin, ki deluje v okviru Slovenske akademije znanosti in umetnosti. Je avtorica dveh znanstvenih monografij: *Mednarodnopravne razsežnosti pravnega varstvo manjšin Sloveniji.* Ljubljana: Inštitut za narodnostna vprašanja, 2006 in *Položaj Romov v Sloveniji: Romi v Gadže.* Ljubljana: Inštitut za narodnostna vprašanja, 2007, ter (so)urednica številnih publikacij o položaju manjšin, zlasti v Sloveniji in v sosednjih državah.

2 Od leta 1956 Inštitut za narodnostna vprašanja (INV).

3 Leta 1980 je INV na Brdu pri Kranju organiziral posvet z mednarodno udeležbo o vsebini že doseženega konsenza v besedilu Deklaracije OZN. Izsledki so objavljeni v tematski številki *Razprav in Gradiva* 11/1980.

Türk je bil med drugim predsednik Podkomisije OZN za varstvo manjšin in preprečevanje diskriminacije, prof. dr. Silvo Devetak je bil član odbora Komiteja za preprečevanje rasne diskriminacije (CERD), ki deluje v okviru nadzora nad izvajanjem Mednarodne konvencije za odpravo vseh oblik rasne diskriminacije, sama pa sem kot ekspert sodelovala pri pripravi teksta Okvirne konvencije Sveta Evrope za varstvo narodnih manjšin, itd.

Glede na specifične zgodovinske okoliščine, ki so v preteklosti narekovale aktivno zavzemanje za položaj slovenskih manjšin v zamejstvu, je slovenska doktrina tehtno prispevala k analizi mednarodnih standardov in oblikovanju pravnih podlag ter strokovne interpretacije temeljev pravnega varstva slovenskih manjšin v zamejstvu, zlasti v Avstriji in Italiji. Omenim naj le prispevke dr. Boruta Bohteta, dr. Lava Čermelja, dr. Janka Jerija, dr. Dušana Nečaka, dr. Ernesta Petriča, dr. Janka Pleterskega, Janeza Stergarja, dr. Borisa Jesiha, dr. Mirjam Škrk, dr. Danila Türka in drugih.[4]

Po osamosvojitviji Slovenije smo sodelavci INV sodelovali pri pripravi najpomembnejših besedil o sodelovanju z državami,[5] kjer živijo slovenske manjšine, in pravnih podlag za varstvo manjšinskih skupnosti v Sloveniji.

Slovenci zunaj Slovenije in slovenske manjšine v drugih državah

V Sloveniji kot matični domovini vseh pripadnikov slovenskega naroda poznamo različne kategorije in opredelitve statusa Slovencev, ki živijo zunaj meja Slovenije. To so: slovenske manjšine v zamejstvu, zdomci in izseljenci. V strokovni in širši javnosti, znanosti in literaturi je najbolj prisotna zavest o zgodovinski povezanosti in vlogi slovenskih manjšin v zamejstvu, zlasti v Avstriji, Italiji, malo manj na Madžarskem. O tem obstajata obsežna literatura in skrbno obdelano dokumentacijsko gradivo, ki ga zlasti INV v Ljubljani in zamejski inštituti že desetletja zbirajo in urejajo.

V pričujočem prispevku želim opozoriti na razmeroma neraziskano in novo vprašanje urejanja položaja Slovencev v državah, ki so nastale na območju nekdanje Jugoslavije (zunaj Slovenije) kot poseben segment tega varstva in ustavne skrbi za Slovence po svetu. Nekatera področja so v strokovni in znanstveni literaturi že podrobno obdelana, na primer položaj Slovencev v Bosni in Hercegovini ter položaj Slovencev v Beogradu in Zagrebu, nekatera področja pa so še neraziskana in neznana širši javnosti.

4 Prim.: Janez Stergar (1995) ter seznam literature v publikaciji *Koroški Slovenci v Avstriji včeraj in danes* (1984).

5 Npr. pri pripravi Sporazuma o zagotavljanju posebnih pravic slovenske narodne manjšine v Republiki Madžarski in madžarske narodne skupnosti v Republiki Sloveniji, kjer sta sodelovala kolega dr. Miran Komac in dr. Mitja Žagar.

Med Slovenci v državah, ki so nastale na območju nekdanje Jugoslavije, imajo le Slovenci na Hrvaškem na območju tradicionalne poselitve, zlasti ob meji s Slovenijo, skladno z Zakonom o odnosih Republike Slovenije s Slovenci zunaj njenih meja v odnosu do matične države opredeljen status »slovenske manjšine v zamejstvu«, vse druge skupine pa sodijo v kategorijo »Slovencev po svetu« oziroma izseljencev. Ugotovimo lahko, da se je v najnovejšem obdobju v Sloveniji utrdila zavest o pomenu sistematične skrbi za položaj Slovencev, ki živijo na območju držav, ki so nastale na območju nekdanje Jugoslavije. So namreč del slovenskega kulturnega prostora in terjajo ustrezno varstvo, pomoč in pozornost matične države. To je pomembno tudi zato, ker smo si ves čas bivanja v skupni državi kot sodržavljani delili usodo in ohranjali redne stike.

Kljub številni literaturi o posameznih segmentih življenja Slovencev, ki živijo v državah, nastalih na območju nekdanje Jugoslavije, in o njihovem prispevku k razvoju na posameznih področjih družbenega življenja in kulturno-umetniškega ustvarjanja, šele sedaj nastajajo strokovne podlage za primerjalno empirično preučevanje njihovega položaja kot narodne skupnosti / manjšine.[6] Na njihov položaj vplivajo številni raznovrstni dejavniki, na primer razlogi za odhod iz Slovenije, naseljenost v urbanem ali ruralnem okolju, organizirano naseljevanje ali naseljevanje iz osebnih razlogov.

Organizirano in v večjem številu so se na primer v Slatini v okolici Banja Luke med fašizmom naseljevali zlasti Slovenci iz Italije in ostali tam kompaktno naseljeni do danes. Na to območje so se Slovenci priseljevali že od leta 1926, zato mnogi Slovenci Slatino in njeno širšo okolico imenujejo »Slovenska Slatina«. Oblasti v tedanji Jugoslaviji so to naseljevanje spodbujale in novim naseljencem pri naselitvi nudile določene ugodnosti.

V pričujočem prispevku sem se omejila na skupne značilnosti položaja Slovencev v državah na območju nekdanje Jugoslavije kot narodnih manjšin ter na tista vprašanja nadaljnjega urejanja, ki so jih predstavniki slovenskih društev s teh območij po razpadu skupne države večkrat poudarjali kot temeljna za svoj obstoj. S tem pristopom želim doseči čim širši krog bralcev in spodbuditi zanimanje za življenje in težave Slovencev, ki živijo na območju nekdanje skupne države, saj je bila do sedaj ta tematika pogosto raziskovana in predstavljena slovenski javnosti bolj fragmentarno po posameznih vsebinskih ali geografskih sklopih. Ker se je dinamika preučevanja skoncentrirala na posamezna območja, so v obdobju treh let izšle kar tri obsežne monografije o Slovencih iz Bosne in Hercegovine,

6 Na INV poteka projekt »Slovenci na območju bivše Jugoslavije, izven Slovenije«, v okviru katerega je nosilka dr. Vera Kržišnik-Bukić opravila pionirsko delo pri uvajanju interdisciplinarnega pristopa in dolgoročno zasnovanega raziskovanja, v katerem strokovnjaki (zgodovinarji, demografi, pravniki, geografi, jezikoslovci in sociologi) sodelujejo skupaj s predstavniki slovenskih skupnosti na območju nekdanje Jugoslavije (zunaj Slovenije). Rezultati preučevanja nekaterih vidikov položaja Slovencev na Hrvaškem in v Bosni in Hercegovini so že objavljeni v dveh znanstvenih publikacijah. Glej: Vera Kržišnik-Bukić (ur.) (1995 in 2007).

ki vsebujejo tako izsledke študij in raziskav kot tudi osebna pričevanja Slovencev iz te nekdanje jugoslovanske republike ter prispevke avtorjev iz vrst večinskih narodov. Vse tri monografije so rezultat dolgoletnega raziskovalnega dela slovenskih avtorjev, ki so določeno obdobje ali pa celo svoje življenje do srede devetdesetih let preživeli v Bosni in Hercegovini ter zaradi vojne v tej državi doživeli in preživeli najhujše izkušnje.

S tematiko in težavami Slovencev, ki živijo na območju nekdanje skupne države, sem povezana tako poklicno kot osebno.[7] V začetku in sredi devetdesetih let prejšnjega stoletja sem bila predsednica komisije pri Ministrstvu za kulturo Republike Slovenije za Slovence po svetu, tako da poznam nekatere težave ustanavljanja in delovanja društev Slovencev, ki živijo na območju nekdanje skupne države. V tem začetnem obdobju je bilo v Sloveniji prisotno določeno nerazumevanje za njihov specifični položaj in potrebe, tudi zato, ker so se Slovenci iz držav na območju nekdanje skupne države med vojnimi spopadi iz eksistenčnih razlogov pogosto obračali na matično državo; v borbi za golo preživetje pa so v matični domovini naleteli na številne birokratske ovire. V drugih okoljih, ki niso bila vpletena v vojne spopade, članstvo v večini slovenskih društev ni bilo omejeno samo na etnične Slovence, cilja društev pa sta bila v prvi vrsti medsebojno druženje in ohranjanje kulture in slovenskih običajev.

Zvezna in republiške ustave iz leta 1974 so pred razpadom nekdanje Jugoslavije zagotavljale »enakopravnost narodov in narodnosti in njihovih pripadnikov« na celotnem območju skupne države.[8] Ker so bili tam živeči Slovenci državljani skupne države, so imeli enake statusne in politične pravice do participacije v političnem in družbenem življenju kot pripadniki večinskih narodov ali drugih narodnosti. Poleg tega so bili na ozemlju posameznih republik pripadnikom drugih narodov in narodnosti, ki so to želeli, zagotovljeni pogoji za izražanje narodnostnih značilnosti in identitete ter šolanje v maternem jeziku.

V sklopu varstva človekovih pravic in svoboščin so bile za pripadnike narodov in narodnosti pod določenimi pogoji zagotovljene pravice do rabe jezika, izobraževanja in ustanavljanja organizacij. V celotnem sistemu pravnega urejanja v nekdanji Jugoslaviji je bil status »pripadnika drugega naroda ali narodnosti« pravno zavarovana kategorija in je vključeval upravičenost do izobraževanja v maternem jeziku in možnosti za ohranjanje kulture. Načelo »enakopravnosti narodov in narodnosti in njihovih pripadnikov« je bilo temeljito pokrito z normativnimi zagotovili, skupinske pravice pa so se izvajale na narodnostno mešanih območjih. Ta model varstva in pozitivne ocene v mednarodnih krogih so spodbudile nekdanjo skupno državo, da je pripravila predlog za urejanje pravic manjšin tudi na mednarodni ravni in pripravila osnutek Dekla-

7 Rojena sem v Beogradu, kjer sem končala osnovno in deloma tudi srednjo šolo. V tretjem in četrtem razredu osnovne šole sem obiskovala pouk v slovenskem jeziku. Po končanem študiju na Pravni fakulteti v Ljubljani sem v Beogradu magistrirala s področja mednarodnega prava.

8 Glej: Ustavi i Ustavni zakoni (1974).

racije OZN o pravicah pripadnikov narodnih oziroma etničnih, verskih in kulturnih manjšin. Postopek usklajevanja besedila je bil dolgotrajen, vmes pa je posegla ironija usode. V Združenih narodih je bila Deklaracija OZN o pravicah pripadnikov narodnih oziroma etničnih, verskih in kulturnih manjšin sprejeta leta 1992, ko je v državi predlagateljici prav zaradi omenjenih vsebin že prišlo do razpada oziroma vojnih spopadov.

Zaznavanje lastne etnične identitete v omenjenih razmerah se je v novih, samostojnih državah v posameznih delih izkazovalo tudi z občutki ogroženosti in nezaupanja do »drugih«. Slovenci v državah nekdanje skupne države so čez noč spremenili svoj status in državljanstvo. Njihova narodnostna pripadnost je ostala slovenska, vendar se v konfliktnih razmerah etničnega poenotenja na celotnem območju skupne države niso bili vedno pripravljeni kot Slovenci tudi javno izrekati. Upoštevati je treba tudi sociološko-psihološko ozadje, saj pojem Slovenec/Slovenka v državah nekdanje Jugoslavije vsebuje zelo različne situacije in življenjske okoliščine. Nekateri med njimi vse do takrat sploh niso razmišljali o pomenu posebne identitete, saj so živeli v narodnostno mešanih okoljih, v odprtih in številnih kontaktih z večinskim narodom. V spremenjenih okoliščinah je postalo izražanje slovenskega porekla včasih celo nezaželeno, kar se še danes zrcali tudi v razkoraku med številkami opredeljenih Slovencev v podatkih popisa in ocenami o njihovem dejanskem številu. Na splošno lahko ugotovimo, da so vprašanja, povezana z osebnim opredeljevanjem, izražanjem identitete v javnosti in ugotavljanjem narodnostne pripadnosti izredno občutljiva, kar dokazujejo nasprotujoča si mnenja demografske stroke o načinih in smotru zbiranja omenjenih podatkov ob popisih prebivalstva in vodenju drugih podatkovnih baz.

Z nastankom novih držav so v njih nastajala nova društva Slovencev, ponekod pa so ponovno zaživela tista, ki so delovala še pred drugo svetovno vojno. Tako so bila na primer na Hrvaškem pred letom 1991 dejavna le tri slovenska društva, sedaj pa jih je že 16. Delovanje društev Slovencev na Hrvaškem in v Bosni in Hercegovini je bilo v začetku iz razumljivih razlogov usmerjeno predvsem v reševanje z vojnih območij; takrat so se le nekateri za stalno vrnili v Slovenijo. Kmalu se je društveno delovanje preneslo v humanitarno sfero. Slovenija je pomagala pri ustanavljanju slovenskih društev in šol ter pri organizaciji dopolnilnega pouka slovenskega jezika, pri sprejemu na študij v Sloveniji, delovanju pevskih zborov, in to z namenom, da bi se tam živeči Slovenci čim uspešneje vključili v življenje lokalnih skupnosti in obenem ohranili svojo identiteto. Na dolgi rok cilji delovanja slovenskih društev sledijo podobnemu trendu kot društva slovenskih izseljencev po svetu. Glavna razlika je v tem, da imajo Slovenci v zamejstvu in izseljenstvu na drugih geografskih območjih že zgrajeno infrastrukturo in stabilne ustanove, v primeru ustanavljanja in delovanja društev Slovencev, ki živijo na območju nekdanje skupne države, pa je večina začela iz nič, tako da še danes za večino društev Slovenija krije materialne stroške, najemnine, itd.

V Sloveniji že od začetka devetdesetih let pri določanju ciljev narodnomanjšinske politike Republike Slovenije poteka razprava o pravnem statusu teh skupnosti, kar pa v praksi ne vpliva na izvajanje ukrepov državne pomoči in podpore v skladu z Zakonom o odnosih Republike Slovenije s Slovenci zunaj njenih meja, ne glede na to, ali so Slovenci kot manjšina priznani v notranjih ureditvah držav, v katerih živijo. Položaj slovenskih manjšin, ki živijo na območju nekdanje skupne države, opredeljuje splošni pristop k urejanju položaja novih in tradicionalnih manjšin na nacionalni in regionalni ravni ter kvaliteta dvostranskih odnosov Slovenije s temi državami.

Odnos matične domovine do Slovencev na območju nekdanje skupne države je v prvih letih po osamosvojitvi Republike Slovenije včasih spremljalo določeno nelagodje v političnem pristopu za zavarovanje njihovih pravic, saj so jih obravnavali kot dediščino skupne države, do katere so na splošno imeli ambivalenten ali v celoti odklonilen odnos. Za slovenski narod je pomenila ustanovitev lastne države uresničitev pravice do samoodločbe, skrb za sonarodnjake zunaj njenih meja pa je bila v začetnem obdobju po osamosvojitvi namenjena zlasti ponovnemu vključevanju emigrantov in izseljencev iz bolj oddaljenih dežel v slovenski kulturni prostor in v družbenopolitično življenje nove države. Skrb za Slovence zunaj meja Slovenije, ki temelji na etnični povezanosti, je namreč deklarirana ustavna obveznost Republike Slovenije. Kar nekaj časa pa je ostalo odprto vprašanje, kako umestiti sklop Slovencev na območju nekdanje skupne države v celoto tematike povezanosti z rojaki v zamejstvu in svetu, in to ob upoštevanju njihovega dejanskega položaja, želja in potreb.

Slovenci na območju nekdanje skupne države od matične države pričakujejo, da jim bo omogočila sodelovanje na vseh področjih, pričakujejo pa tudi pomoč pri ohranjanju identitete in delovanju kulturnih ustanov ter razumevanje specifičnosti njihovega položaja. Danes so njihov položaj in posebne pravice opredeljeni z Zakonom o odnosih Republike Slovenije s Slovenci zunaj njenih meja, z določili Zakona o državljanstvu in drugih zakonov, ki predvidevajo ugodnejšo obravnavo Slovencev brez državljanstva pred drugimi tujci v Sloveniji. Dolgo so Slovenci na območju nekdanje skupne države kot eno temeljnih vprašanj poudarjali težave in dolgotrajne postopke za pridobitev slovenskega državljanstva. S sedanjo pravno ureditvijo je v Sloveniji močno poenostavljen postopek pridobitve slovenskega državljanstva za Slovence, ki živijo zunaj meja Slovenije, in za njihove družinske člane. Uredba o merilih za ugotavljanje nacionalnega interesa pri sprejemu v državljanstvo Republike Slovenije na podlagi 13. člena Zakona o državljanstvu Republike Slovenije (Ur. l. RS, št. 41/2007 in 45/2010) dodatno določa, da je izredna naturalizacija iz nacionalnih razlogov mogoča, če: 1) je prosilec slovenski izseljenec oziroma njegov potomec do četrtega kolena v ravni vrsti ali pripadnik avtohtone slovenske narodne skupnosti v zamejstvu (prosilec je po poreklu Slovenec) in 2) prosilec izkazuje aktivno vez z Republiko Slovenijo ali izkazuje večletno aktivno delovanje v slovenskih društvih, šolah slovenskega jezika ali drugih slovenskih izseljenskih, zdomskih ali manjšinskih organizacijah.

Urad za Slovence v zamejstvu in po svetu financira infrastrukturo in dejavnosti slovenskih društev na območju nekdanje skupne države, Ministrstvo za kulturo v okviru financiranja kulturnih programov za Slovence po svetu financira kulturno dejavnost teh društev in programe sodelovanja, Ministrstvo za šolstvo in posamezne nevladne organizacije pa omogočajo izvajanje dopolnilnega pouka slovenskega jezika ter štipendirajo tiste, ki se odločijo za študij v Sloveniji.

Status Slovencev v državah nekdanje Jugoslavije je v notranjih ureditvah posameznih držav različno urejen, izvajanje pa je odvisno od sistemskega pristopa k varstvu manjšin in konkretnih okoliščin, tako da je težko najti skupni imenovalec, ki bi zajel vse skupine Slovencev. Zgledna normativna ureditev nam sama po sebi ne pove dovolj. Tako je bistvena značilnost pravne ureditve v Bosni in Hercegovini njena utemeljenost na urejenih razmerjih med tremi konstitutivnimi narodi, Slovenci kot manjšina pa so zajeti in omenjeni v skupini narodnih manjšin. Narodne manjšine kot celota imajo marginalno vlogo na političnem prizorišču, saj morajo biti najpomembnejše državne funkcije razdeljene med tri narode po za to vnaprej posebej določenem nacionalnem ključu. Na Hrvaškem, kjer živi največje število Slovencev, imajo ti priznan status narodne manjšine in s tem povezano politično participacijo, kljub temu pa se je število opredeljenih Slovencev v popisih prebivalstva na Hrvaškem od leta 1991 do popisa leta 2001 skoraj prepolovilo.

Čeprav v vseh omenjenih državah Slovencem priznavajo status narodne manjšine, je pomen tega dejstva predvsem v simbolni naravi priznanja manjšinske identitete. Uresničevanje manjšinskih pravic v praksi je zagotovljeno le pod določenimi pogoji, in to na različnih ravneh, saj je odvisno od interpretacije koncepta manjšinskega varstva, v veliki meri pa tudi od političnega pragmatizma. Ne glede na to, da so se vse navedene države zavezale spoštovanju manjšinskih pravic, je raven varstva zelo različna, saj temelji na individualnih in le delno tudi na kolektivnih pravicah. Dejstvo je, da bi delovanje večine slovenskih društev na območju nekdanje skupne države kljub zagotovljenemu pravnemu statusu brez finančne podpore matične države v kratkem času zamrlo. Glede zagotovljenih kolektivnih pravic in politične participacije imajo Slovenci na Hrvaškem in v Srbiji najvišjo raven pravic, ki se uresničujejo tudi v praksi.

Potreba po ustanavljanju in organiziranju Slovencev, ki živijo na območju nekdanje skupne države, na nacionalni osnovi se je jasno izrazila šele po razpadu skupne države, saj so se svojih korenin bolj zavedli med medetničnimi spopadi na območju nekdanje Jugoslavije, ko so se znašli v novem položaju manjšinske skupnosti. Ti dogodki so spodbudili procese iskanja identitete in ohranjanja kulture. V mnogih primerih je bil razlog za osebno opredelitev o narodnostni pripadnosti v iskanju možnosti pridobitve slovenskega državljanstva kot zatočišča med vojnimi spopadi.

Pravno urejanje položaja v Sloveniji živečih manjšin

Slovenija diferencirano obravnava individualne in kolektivne pravice posameznih skupnosti, ki jih opredeljuje kot avtohtone narodne skupnosti, etnične skupnosti, nove manjšine ali narodne skupnosti; v praksi pomenijo različna poimenovanja tudi različen obseg varstva. Samo v Sloveniji živeči Italijani in Madžari imajo polnopravni status narodne manjšine / narodne skupnosti v Republiki Sloveniji, saj že Ustava Republike Slovenije določa njihov poseben status kot avtohtone italijanske in madžarske narodne skupnosti. Posebni položaj opredeljujejo njihova tradicionalna prisotnost, zgodovinski razlogi in raven pridobljenih pravic. Obsežen 64. člen v Ustavi RS vsebuje seznam posebnih pravic obeh skupnosti za ohranjanje narodne identitete na področju vzgoje in izobraževanja, na področju javnega obveščanja in založništva, pravico do uporabe nacionalnih simbolov kot tudi pravico za ustanavljanje organizacij ter pravico gojiti odnose s svojima matičnima narodoma in njunima državama. Zlasti so pomembne določbe o politični participaciji, saj imajo pripadniki obeh manjšin dvojno volilno pravico. Poleg splošne volilne pravice, ki jo imajo kot državljani Slovenije, imajo še dodatno pravico voliti svoje zastopnike za predstavniške organe lokalne samouprave in državni zbor. Imajo tudi pravico veta, saj zakone in druge zakonodajne akte, ki obravnavajo zgolj izvajanje nekaterih posebnih pravic narodne skupnosti, ni mogoče sprejeti brez soglasja narodne skupnosti. Ustava tudi določa, da država Slovenija »gmotno in moralno podpira uveljavljanje teh pravic«, kar pomeni, da se dvojezično izobraževanje ali izobraževanje v jeziku italijanske narodne skupnosti, dvojezično delovanje organov na narodnostno mešanih območjih ter kulturne dejavnosti, itd., financirajo iz državnega proračuna.

Posebne pravice so zagotovljene na podlagi avtohtone poselitve obeh skupnosti, ne glede na število članov obeh skupnosti. Skladno s teritorialnim načelom se posebne pravice uveljavljajo na narodnostno mešanih območjih, kjer živita italijanska (na območju treh obalnih občin – Koper, Izola, Piran) in madžarska narodna skupnost (v petih občinah v Prekmurju – Lendava, Dobrovnik, Hodoš, Šalovci, Moravske Toplice). Pri Vladi Republike Slovenije deluje poseben Urad za narodnosti, ki usklajuje in zagotavlja izvajanje ustavnih obveznosti do narodnih skupnosti in romske etnične skupnosti v Sloveniji.

Romska skupnost je opredeljena kot posebna etnična skupnost.[9] Zanjo se merila tradicionalne poselitve uporabljajo šele v zadnjem desetletju, od sprejema Zakona o spremembah in dopolnitvah Zakona o lokalni upravi (2002), ki našteva 20 občin, kjer je romska skupnost tradicionalno naseljena. Pravna podlaga za urejanje zaščite romske skupnosti z zakonom

9 Skladno z Ustavo RS v besedilu uporabljam izraz Romi. Ta je tudi usklajen s sklepi prvega Svetovnega romskega kongresa, ki je potekal leta 1971 v Londonu in ki je predlagal poimenovanje »Romi« za označitev različnih skupin, kot so Romi, Sinti, Potujoči, itd.

je določena v 65. členu Ustave Republike Slovenije, ki določa, da položaj in posebne pravice romske skupnosti, ki živi v Sloveniji, ureja zakon. V primerjavi z ustavno ureditvijo položaja in posebnih pravic italijanske in madžarske narodne skupnosti, ki jih taksativno našteva 64. člen Ustave RS, je določba skromna, saj ne določa kolektivnih in individualnih pravic romske skupnosti in njenih pripadnikov, temveč nadaljnje urejanje v celoti prepušča zakonodajalcu. Ta ustavna določba se je vse do leta 2007 v pravni stroki tolmačila na dva načina: kot pooblastilo, da se sprejme poseben zakon o romski skupnosti ali pa kot možnost, da se položaj ureja s posameznimi členi v področnih zakonih. Glavni izziv na tem področju je, kako s posebnimi ukrepi pomagati Romom pri njihovi integraciji, upoštevaje razlike glede drugačnega načina življenja, tradicije in kulture Romov.

Določbe o pravnem varstvu in vključevanju Romov so zajete v sistemskem Zakonu o romski skupnosti (2007), ki opredeljuje naloge državnih organov in organov samoupravnih lokalnih skupnosti pri uresničevanju in financiranju posebnih pravic romske skupnosti ter ureja organiziranost romske skupnosti na državni in lokalni ravni.[10] V drugem členu Zakon navaja, da imajo pripadniki oziroma pripadnice romske skupnosti zaradi posebnega položaja njihove skupnosti v Republiki Sloveniji za uspešno vključevanje v slovensko družbo poleg pravic in obveznosti, ki pripadajo vsem državljanom oziroma državljankam Republike Slovenije, zagotovljene še posebne z zakonom določene pravice. Določbe o posameznih delih varstva pa so zajete v štirinajstih zakonih, ki urejajo izobraževanje, kulturo, politično participacijo, itd. Za izboljšanje njihovega položaja je Vlada Republike Slovenije sprejela celovit nacionalni program za Rome 2010–2015, katerega cilj je vključevanje Romov, zajema pa dejavnosti različnih državnih organov.

Ob ratifikaciji Okvirne konvencije Sveta Evrope za varstvo narodnih manjšin je Vlada Republike Slovenije podala izjavo, da bo skladno z Ustavo RS in notranjo zakonodajo uporabljala določbe Okvirne konvencije Sveta Evrope za varstvo narodnih manjšin za avtohtono italijansko in madžarsko narodno manjšino in smiselno tudi za v Sloveniji živečo romsko skupnost.

Varstvo drugih narodnih ali etničnih skupin

Čeprav podatki o etnični strukturi v Sloveniji odražajo bolj heterogeno etnično strukturo, pripadniki drugih narodnih ali etničnih skupin, razen italijanske in madžarske narodne skupnosti ter romske skupnosti, nimajo statusa narodne manjšine v smislu kolektivnega nosilca pravic. Pravni red sicer ureja nekatera pomembna vprašanja skupnega življe-

10 Pri pripravi osnutka Zakona o romski skupnosti smo aktivno sodelovali sodelavci INV: dr. Miran Komac, dr. Irena Šumi in avtorica pričujočega prispevka.

nja različnih etnij in kultur na ravni zagotavljanja individualnih pravic, enake obravnave vseh državljanov in prepovedi diskriminacije. 14. člen Ustave RS določa, da so v Sloveniji vsakomur zagotovljene enake človekove pravice in temeljne svoboščine, ne glede na narodnost, raso, spol, jezik, vero, politično ali drugo prepričanje, gmotno stanje, rojstvo, izobrazbo, družbeni položaj ali katero koli drugo osebno okoliščino.

Skladno z večkulturno podobo Slovenije so načela spoštovanja različnosti, vzgoja za medsebojno strpnost in ustvarjanje enakih možnosti opredeljena med splošnimi cilji vzgoje in izobraževanja v Sloveniji.[11]

Kategorija pripadniki drugih narodnih ali etničnih skupin je zelo heterogena. Potrebo po ureditvi statusa in položaja so do sedaj najbolj izpostavili Nemci oziroma pripadniki nemško govoreče skupnosti in državljani z območja nekdanje jugoslovanske države (Albanci, Bošnjaki, Črnogorci, Hrvati, Makedonci, Srbi). Ne glede na to, da imajo skladno z ustavo zagotovljene individualne pravice za ohranjanje svoje narodne identitete, spodbujanje kulture in uporabe jezika in pisave, so predstavniki omenjenih skupnosti opozorili na diferencirano obravnavo etničnih in narodnih manjšin, kar velja zlasti za normativno urejanje kolektivnih pravic ter za pomanjkanje možnosti politične participacije in institucionalnega sodelovanja »drugih« manjšin v medijih. Na to nesorazmerje v obsegu zagotovljenih posebnih pravic je opozorila tudi mednarodna skupnost v postopkih nadzora nad izvajanjem dokumentov s področja varstva človekovih pravic in varstva manjšin, zlasti v Evropski komisiji za boj proti rasizmu in nestrpnosti, v Svetovalnem odboru za nadzor nad uresničevanjem Okvirne konvencije za varstvo narodnih manjšin ter v Odboru OZN za nadzor nad uresničevanjem Mednarodne konvencije za odpravo vseh oblik rasne diskriminacije.

Skladno s priporočili mednarodnih organizacij, predlogi strokovnjakov, pripadnikov drugih manjšinskih skupnosti in nevladnih organizacij se v Sloveniji postopoma uveljavljajo politične opcije za prožnejše varstvo manjšin. Februarja 2011 je Državni zbor sprejel Deklaracijo o položaju pripadnikov narodnih skupnosti pripadnikov narodov nekdanje SFRJ v Republiki Sloveniji, ki jo je podprlo 63 poslank in poslancev Državnega zbora.[12] Najpomembnejše sporočilo Deklaracije je, da poleg že doslej priznanih individualnih pravic za pripadnike teh skupnosti nalaga Vladi,

11 Tako se Zakon o organizaciji in financiranju vzgoje in izobraževanja (2007) vsaj načelno zavzema za toleranten odnos do vseh kultur in med cilji izobraževanja *inter alia* navaja: i) zagotavljanje optimalnega razvoja posameznika ne glede na spol, socialno in kulturno poreklo, veroizpoved, narodno pripadnost ter telesno in duševno konstitucijo, ii) vzgajanje za medsebojno strpnost, razvijanje zavesti o enakopravnosti spolov, spoštovanje drugačnosti in sodelovanje z drugimi, spoštovanje otrokovih in človekovih pravic in temeljnih svoboščin, razvijanje enakih možnosti obeh spolov ter s tem razvijanje sposobnosti za življenje v demokratični družbi ter zagotavljanje enakih možnosti za vzgojo in izobraževanje otrok iz socialno manj spodbudnih okolij.

12 Vsebinska podlaga za Deklaracijo je nastala v okviru projekta »Albanci, Bošnjaki, Črnogorci, Hrvati, Makedonci in Srbi v Republiki Sloveniji: ABČHMS v RS: Položaj in status pripadnikov narodov nekdanje Jugoslavije v Republiki Sloveniji« (2003). V okviru pričujočega projekta sem predlagala sprejem posebne Resolucije v Državnem zboru o položaju teh skupnosti. Pobuda je bila realizirana po sedmih letih.

da začne urejati tudi njihove kolektivne pravice ter da preuči možnosti politične participacije teh manjšin v posebnem posvetovalnem telesu – Sosvetu pri Vladi RS.

To je nedvomno kvalitativen premik, ki je postavil temelje za nadaljnje urejanje pravnega položaja »novih«, »drugih« in vseh etničnih manjšin, ki živijo v Sloveniji. Več kot dvotretjinska podpora poslank in poslancev Državnega Zbora pa dokazuje, da se postopoma gradi politični konsenz o razumevanju kulturne in etnične raznolikosti kot vrednote celotne družbe.

Namesto sklepa

Kot dolgoletna sodelavka Inštituta za narodnostna vprašanja, ki se ukvarja s temeljnimi in z razvojnimi vprašanji varstva človekovih pravic, sem povabilo za pripravo pričujočega prispevka v *Koroškem koledarju* sprejela kot izziv za predstavitev položaja Slovencev v državah na območju nekdanje skupne države in novih usmeritev v Sloveniji. O navedenih temah sem že večkrat pisala v posameznih vsebinskih sklopih, sedaj pa se mi je ponudila priložnost, da nekatere ugotovitve strnem v celoto, in to kot spodbudo za razmišljanje in nadaljnje preučevanje in medsebojno spoznavanje ter kot podlago za vzporednice s položajem in percepcijo drugih manjšinskih skupnosti. Za dosego tega cilja pa je bilo nujno izstopiti iz zgolj ene sfere, npr. pravnega urejanja ali politične doktrine, saj so v socio-psihološke procese v zvezi z narodnostno identiteto vpletena tako čustva in osebna prepričanja kot tudi skupno zgodovinsko in kulturno izročilo. Prav to ohranja to področje vedno živo, nepredvidljivo in zanimivo za vse družbene in humanistične vede.

Po razpadu Jugoslavije so se prej jasno opredeljenim kategorijam manjšin in etničnih skupin v notranji ureditvi in zamejcem, zdomcem in izseljencem v tujini kot »nove« manjšine kar naenkrat pridružili pripadniki drugih narodov in narodnosti. V novo nastalih državah so se pri urejanju medetničnih odnosov na javnem prizorišču prepletali vplivi širših mednarodnih tokov in še zlasti vplivi vojn, prisilnih migracij in razseljevanja. Percepcija lastne etnične identitete v takih razmerah se je v posameznih okoljih izkazovala tudi z občutki ogroženosti in nezaupanja do »drugih«. Nekatera vprašanja identifikacije z matičnim narodom ali pa s skupnostjo narodov ter nestrpnost do drugačnosti v večnacionalni skupnosti pa so prisotna tudi v drugih okoljih.

Poudarila sem nekatere okoliščine, ki po mojem mnenju odločilno vplivajo na procese asimilacije ali nadaljnje narodnostne emancipacije Slovencev, ki živijo na območju nekdanje skupne države, ter pripadnikov vseh manjšinskih skupnosti, ki živijo v Sloveniji. Vsebinsko je to tudi prispevek k razpravi o pravnem statusu »novih« manjšin v Sloveniji, saj so se s tem vprašanjem na različne načine soočile vse navedene države, vključno s Slovenijo.

Teoretično-strokovni in praktični problem je v tem, da pojem manjšine na mednarodni ravni ni jasno definiran. Zato prihaja do razlik med tem, kako nove države obravnavajo nove manjšine na svojem območju in v drugih državah ter do dvojnih meril pri določanju ravni varstva, ki ga zahtevajo za svoje sonarodnjake, ki živijo v drugi državi, in ravni, ki so jo same pripravljene zagotoviti manjšinskim skupnostim znotraj svojih meja.

Viri in literatura

DEVETAK, Silvo (ur.), Vera Klopčič (ur.) in Sonja Novak-Lukanovič (ur.): Vzgoja in izobraževanje v večkulturnih družbah = Education in multicultural societies. *Razprave in gradivo* 18, 1986, 441 str.

KLOPČIČ, Vera: *Mednarodnopravne razsežnosti pravnega varstva manjšin v Sloveniji*. Ljubljana: Inštitut za narodnostna vprašanja, 2006, 253 str.

KLOPČIČ, Vera: Slovenci v državah nekdanje Jugoslavije v Bosni in Hercegovini, Črni gori, Hrvaški, Makedoniji in Srbiji. *Novi razgledi* 2(16), 24. september 2010: 1–16.

KLOPČIČ, Vera: Pravno urejanje položaja manjšin v Sloveniji. *Svobodna misel* 20(13), 8. julij 2011: 8–9.

Koroški Slovenci v Avstriji včeraj in danes: Zbornik znanstvenih in strokovnih prispevkov. Ljubljana: ČZDO Komunist, TOZD Komunist; Celovec: Založniška in tiskarska družba Drava, 1984.

KRŽIŠNIK-BUKIĆ, Vera (ur.): *Slovenci v Hrvaški: Zbornik skupine avtorjev*. Ljubljana: Inštitut za narodnostna vprašanja, 1995, 415 str.

KRŽIŠNIK-BUKIĆ, Vera, Vera Klopčič in Miran Komac: *Albanci, Bošnjaki, Črnogorci, Hrvati, Makedonci in Srbi v Republiki Sloveniji: ABČHMS v RS: Položaj in status pripadnikov narodov nekdanje Jugoslavije v Republiki Sloveniji*. Ljubljana: Inštitut za narodnostna vprašanja, 2003, 334 str.,

KRŽIŠNIK-BUKIĆ, Vera (ur.): *Slovenci v Bosni in Hercegovini skozi pričevanja, spomine in literarne podobe 1831–2007*. Ljubljana: Inštitut za narodnostna vprašanja, 2007, 648 str.

Moja Slovenija.net.

slovenci.si/sl/index.aspx.

Sporazum o zagotavljanju posebnih pravic slovenske narodne manjšine v Republiki Madžarski in madžarske narodne skupnosti v Republiki Sloveniji, *Uradni list RS*, št. 23/93 z dne 7. maja 1993.

STERGAR, Janez: Sedem desetletij ljubljanskega Inštituta za narodnostna vprašanja. Ljubljana: INV, 1995.

Ustavi i Ustavni zakoni. *Informator*, Zagreb, 1974.

uvn.gov.si/fileadmin/uvn.gov.si/pageuploads/pdf_datoteke/Raziskava_Polozaj_in_status_pripadnikov_narodov_nekdanje_Jugoslavije_v_RS.pdf.

Danijel Grafenauer[1]

ORGANIZIRANOST NEMŠKO GOVOREČE ETNIČNE SKUPINE PREBIVALCEV V SLOVENIJI PO LETU 1991

Uvod

Sovražen odnos do Nemcev in njihova sovražna podoba sta v slovenski zgodovinski zavesti posledici gledanja na zgodovino z nacionalnimi očali. Dejstvo je, da se ta podoba v zadnjem času spreminja. V ospredje se poleg zgodovine Slovencev postavlja tudi zgodovina slovenskega ozemlja, ki je imela in ima različne identitete; slovenska tako oblikuje eno med njimi.[2]

V prispevku želim na kratko predstaviti statistično podobo Nemcev[3] v Sloveniji ter orisati delovanje društev, ki združujejo nemško etnično skupino prebivalcev v Sloveniji. Skupni imenovalec vseh društev je, da si prizadevajo za uradno priznanje »nemške manjšine« v Sloveniji, zasidranje njenih pravic z zakoni in ustavo ter izenačitev z avtohtonima italijansko in madžarsko narodno skupnostjo. S kulturnim sporazumom med Slovenijo in Avstrijo (2001) omenjena društva niso zadovoljna. Z najrazličnejšim lobiranjem in mreženjem so predstavniki društev uspeli svojo problematiko predstaviti slovenskim, avstrijskim in nemškim sogovornikom ter širše v evropskem prostoru. Imajo dobre odnose z nekaterimi avstrijskimi evropskimi poslanci, ki ob različnih priložnosti in na različnih gremijih na ravni Evropske unije in Sveta Evrope sprožajo vprašanja o položaju Nemcev v Republiki Sloveniji.

Društva, ki so nastajala od devetdesetih let 20. stoletja, imajo nekoliko različne vzroke nastanka in oblike delovanja. Ta kompleksnost in v prvih letih neorganiziranost sta v Sloveniji pripomogli k pogosti zmedenosti in nerazumevanju njihovega delovanja s strani javnosti. Društva so reden

13 Dr. Danijel Grafenauer, rojen leta 1976, se je po diplomi na Oddelku za zgodovino Pedagoške fakultete Univerze v Mariboru prav tako v Mariboru vpisal na podiplomski študij zgodovine na Filozofski fakulteti, kjer je leta 2009 doktoriral s temo Dr. Julij Felaher in koroški Slovenci. Od novembra 2005 je zaposlen na Inštitutu za narodnostna vprašanja v Ljubljani, kjer se ukvarja predvsem z vprašanji, povezanimi s koroškimi Slovenci, koroškimi Slovenci – begunci po plebiscitu, ki so si našli svoj drugi dom v matični Sloveniji, z organizacijami koroških Slovencev v Sloveniji in drugimi manjšinskimi vprašanji. S Koroško ga povezujejo družinske vezi; njegov ded Ludvik Grafenauer iz Blač v Ziljski dolini je moral po izgubljenem plebiscitu šolanje nadaljevati v Sloveniji, kjer se je pozneje tudi za stalno naselil.

14 Peter Štih, Nacionalizacija zgodovine in nastanek sovražnih predstav o sosedih: Slovensko-nemški (avstrijski) primer. V: Ferdinand Mayrhofer-Grünbühel in Miroslav Polzer (izd.), *Avstrija–Slovenija: Preteklost in sedanjost.* (Ljubljana: Cankarjeva založba; Celovec: Založba Wieser, 2002), str. 45.

15 V prispevku uporabljam izraz Nemci. S tem mislim nemško govorečo etnično skupino prebivalcev na Slovenskem, ki jo sestavljajo osebe avstrijske in nemške narodnosti ter osebe z nemškim maternim jezikom glede na popise prebivalstva v obeh Jugoslavijah in Sloveniji od leta 1921 do leta 2002 (op. p.).

sogovornik predvsem avstrijskih in tudi nemških predstavnikov oblasti in njihov vir informiranja o stanju in pravicah nemško govoreče etnične skupnosti v Sloveniji. Tudi to je ena med vidnimi demonstracijami, da Avstrija uveljavlja interes po priznanju obstoja »nemške manjšine« v Sloveniji, ki jo slovenska stran v Sporazumu o sodelovanju v kulturi, izobraževanju in znanosti iz leta 2001 označuje kot »nemško govorečo etnično skupino prebivalcev«. Nekatera društva nemško govorečih prebivalcev v Sloveniji tako Avstrija priznava kot uradne zastopnike »*der deutschsprachigen Volksgruppe*« v Sloveniji, kot je zapisano v avstrijski različici Sporazuma.

Vprašanje obstoja »nemške manjšine« v Sloveniji je v veliki meri skonstruirano, če pogledamo nekatere izjave in literaturo prizadetih Nemcev samih in nemških diplomatov v Jugoslaviji, ki v svojih delih, vse tja do leta 1992, ugotavljajo, da v Sloveniji/Jugoslaviji praktično ni več nemške narodne manjšine.[4] Hans Ulrich Wehler tako po izselitvah v petdesetih letih 20. stoletja govori le še o »maloštevilni, raztreseni nemško govoreči« skupini prebivalcev v Jugoslaviji, in ugotavlja, da so zato Nemci v Jugoslaviji praktično prenehali obstajati.[5]

Pri slovensko-avstrijskih odnosih po mednarodnem priznanju Slovenije je treba zapisati, da je Avstrija pomembno podprla Slovenijo pri njenem vključevanju v mednarodne integracije, tudi Evropsko unijo. Prav tako pa je Avstrija že zelo zgodaj uveljavljala določene zahteve v odnosu do Slovenije, deloma že pred njenim mednarodnim priznanjem.

Prispevek predstavlja »oživljanje«[6] nemške etnične skupine prebivalstva po letu 1991 s posebnim ozirom na popis prebivalstva leta 2002 ter razmah društvenega organiziranja in prizadevanja za novo ureditev pravnega položaja nemško govorečega prebivalstva v Sloveniji.

Medvojna in povojna usoda Nemcev v Sloveniji

Raven manjšinskih pravic Nemcev se je v jugoslovanski Sloveniji med obema svetovnima vojnama zmanjševala. V dvajsetih letih 20. stoletja je zaradi tega prišlo do intervencij predstavnikov nemške manjšine v Sloveniji pri odločujočih političnih krogih v Celovcu, da bi ti z ureditvijo položaja koroških Slovencev prispevali k izboljšanju položaja nemške

16 Johann Wüscht, *Die deutsche Volksgruppe in Jugoslawien: Handbuch der europäischen Volksgruppen.* (Dunaj in Stuttgart: Wilhelm Braumüller, 1970), str. 389–407.

17 Hans-Ulrich Wehler, *Nationalitätenpolitik in Jugoslawien: Die deutsche Minderheit 1918–1978.* (Göttingen: Wandehöck und Ruprecht, 1980), str. 8 in 94.

18 Franc Petek, *Iz mojih spominov.* (Ljubljana: Slovenska matica; Borovlje: Drava, 1979), str. 127; Janez Stergar, *Sedem desetletij ljubljanskega Inštituta za narodnostna vprašanja.* (Ljubljana: Inštitut za narodnostna vprašanja, 1995), str. 10–18; Tone Zorn, Kulturna avtonomija za koroške Slovence in nemška manjšina v Sloveniji med obema vojnama. *Zgodovinski časopis* (*ZČ*) XXVIII(3–4 (1974), str. 347–366.

manjšine v osrednji Sloveniji.[7] V tem času je odnose med Avstrijo in Jugoslavijo označevalo manjšinsko vprašanje. Ko so v letih 1924/25 jugoslovanske oblasti izvedle več ukrepov proti nemški manjšini,[8] so si začeli njeni predstavniki prizadevati za čim hitrejšo ureditev manjšinskega vprašanja v Sloveniji in Avstriji po načelu reciprocitete. Ta posredovanja segajo že v leto 1924, ko je predstavnik Nemcev iz Jugoslavije, dr. Stephan Kraft, predlagal takratnemu slovenskemu poslancu v rimskem parlamentu, dr. Josipu Wilfanu (Vilfan), skupen obisk h koroškim Slovencem, da bi tako prispevali k boljšemu sožitju na podlagi enakega ravnanja s slovensko manjšino na Koroškem in z nemško v Sloveniji. Pogajanja s koroškimi Slovenci je po uspehih in padcih nemška stran 17. maja 1929 pretrgala, vendar je neuspešnost pripisala odporu dr. Franca Petka in slovenski strani, ki je zahtevala vključitev utrakvističnih šol v slovensko skupnost. V naslednjih letih je sledilo še nekaj bolj ali manj neuspešnih poskusov.[9] O neuspehu teh pogajanj in o položaju slovenske manjšine v Avstriji in nemške manjšine v Jugoslaviji je ob proračunski debati v senatu Kraljevine Jugoslavije 26. marca 1933 razpravljal tudi dr. Valentin Rožič. V odgovoru na pritožbe Nemcev v Jugoslaviji je v daljšem govoru primerjal položaja obeh manjšin in ugotavljal neprimerno slabši položaj koroških Slovencev v Avstriji glede na nemško manjšino v Jugoslaviji.[10] Svoja izvajanja je podkrepil s podatki, ki mu jih je posredoval Manjšinski institut v Ljubljani.[11]

Izbruh sovraštva med Nemci in Slovenci med drugo svetovno vojno in po njej je bil posledica strahotnih represalij in vojnih grozot, ki jih je nemški okupator s sodelavci (med katerimi je bilo prav tako veliko t. i.

7 Razpust osrednje nemške kulturne organizacije Schwäbisch-deutscher Kulturbund z obrazložitvijo, da je to povračilni ukrep zaradi preganjanja Slovencev na Koroškem ter zaplemba njenega premoženja, prevzem Celjske oziroma Nemške hiše v Celju, razpust šolskega in čitalniškega društva v Kočevju, itd.; Mitja Ferenc in Božo Repe, Nemška manjšina v Sloveniji med obema vojnama. V: Dušan Nećak idr. (ur.), *Slovensko-avstrijski odnosi v 20. stoletju/Slowenisch-österreichische Beziehungen im 20. Jahrhundert*, Historia 8. (Ljubljana: Oddelek za zgodovino Filozofske fakultete, 2004), str. 151.

20 Dušan Biber, *Nacizem in Nemci v Jugoslaviji 1933–1941.* (Ljubljana: Cankarjeva založba, 1966), str. 103–105; Arnold Suppan, Zur Lage der Deutschen in Slowenien zwischen 1918 und 1938. Demographie – Recht – Gesellschaft – Politik. V: Helmut Rumpler in Arnold Suppan (ur.), *Geschichte der Deutschen im Bereich des heutigen Slowenien 1848–1941 / Zgodovina Nemcev na območju današnje Slovenije 1848–1941.* (Dunaj: Verlag für Geschichte und Politik; München: Oldenbourg, 1988), str. 222–224; prim. še npr. Kočevski Nemci – Koroški Slovenci. *Ponedeljski Slovenec* 49, 7. december 1936, str. 4.

21 Valentin Rožič, *Položaj nemške manjšine v Jugoslaviji in položaj Slovencev v Avstriji: Iz govora senatorja dr. Valentina Rožiča v senatu Kraljevine Jugoslavije dne 26. marca 1933 v načelni proračunski debati.* (Beograd: Narodna štamparija, 1933); knjižica je izšla istega leta tudi v nemškem jeziku; Nemci v Jugoslaviji in Slovenci v Avstriji. *Jutro* XIV(73), 28. marec 1933, str. 2.

22 Prim. Danijel Grafenauer, *Življenje in delo Julija Felaherja in koroški Slovenci* (doktorska disertacija). (Filozofska fakulteta Univerze v Mariboru, 2009), str. 25–28.

23 Tone Ferenc, Nemci na Slovenskem med drugo svetovno vojno. V: Dušan Nećak (ur.), *»Nemci« na Slovenskem 1941–1955.* (Ljubljana: Znanstveni inštitut Filozofske fakultete, 1998), str. 114–125. Prim. tudi Tone Ferenc, *Nacistična raznarodovalna politika v Sloveniji v letih 1941–1945.* (Maribor: Obzorja, 1968).

»domačih« Nemcev in avstrijskih Nemcev) zagrešil nad Slovenci.[12] Na odnos oblasti po drugi svetovni vojni do slovenskih Nemcev je odločilno vplivala njihova politična opredelitev za nacionalsocializem po nastopu nacizma v Nemčiji,[13] ki ga je delno pogojeval tudi neprijazen odnos slovenskih oblasti do Nemcev po letu 1918. Zato je bilo že med drugo svetovno vojno predlagano in sklenjeno, tudi v sklopu politike, ki so jo zavezniki oblikovali do Nemcev že med vojno, da bodo nove oblasti vprašanje »Nemcev« na Slovenskem rešile »enkrat za vselej«. Pri Predsedstvu SNOS (Slovenski narodnoosvobodilni svet) je delovala študijska komisija, ki je na svoji 10. seji 27. novembra 1944 sklenila, da bodo po vojni izgnani skoraj vsi Nemci oziroma »vsa nemška manjšina«, razen tistih, ki so sodelovali v NOB ali ga podpirali.[14] Zanimivo je, da so takšen sklep predlagali izobraženci z veliko moralno integriteto, kot so bili dr. Fran Zwitter, dr. Luka Sienčnik, Lojze Ude, dr. Lavo Čermelj in drugi. Verjetno iz zunanjepolitičnih razlogov tega sklepa nato Predsedstvo SNOS ni izoblikovalo v odlok. Medtem je namreč predsedstvo Protifašističnega sveta narodne osvoboditve Jugoslavije (AVNOJ) v Beogradu 21. novembra 1944 sprejelo znameniti odlok o zaplembi premoženja »/.../ nemškega rajha in njegovih državljanov na ozemlju Jugoslavije, vsega imetja oseb nemške narodnosti razen tistih Nemcev, ki so se borili na strani NOG in se niso vedli sovražno do NOB«. Treba je dodati, da so za nameravani izgon Nemcev vedeli in ga predvideli tudi zahodni zavezniki, ki so bili glede na elaborate, ki jih je dobivala jugoslovanska begunska vlada v Londonu, seznanjeni z razmerami v Sloveniji.

Zaradi vojnih grozot in evforije po koncu vojne na kaj drugega manj radikalnega kot na izgon nemških naseljencev ni nihče mislil.[15] Treba je upoštevati tudi dejstvo, da je bilo za kočevske Nemce jasno, da zaradi požigov in rušenja, ki ju je zagrešila italijanska vojska poleti in jeseni 1942 (roška ofenziva), njihova vrnitev na Kočevsko tudi dejansko ni bila mogoča.

Nacionalsocialistična Nemčija je s svojo genocidno politiko izbrisa slovenskega naroda z obličja zemlje povzročila, da je Nemce na Slovenskem zajela »/.../ nemesis zgodovine in večni bog pravice v zemlji, katero so (Nemci op. p.) pomagali zaigrati v roke tujcu in do katere niso znali najti odnosa, ki bi temeljil na duhu časa in nravstvenem odnosu do sočloveka /.../«, kot je zapisal dober poznavalec spodnještajerskega nemštva, profesor Franjo Baš.[16]

24 Prim. Marjan Žnidarič, Nemška manjšina – okupatorjeva zvesta služabnica. *Svobodna misel* 35(23), 12. december 1997, str. 15–18; isti, Zgodovinski konstrukt ali resnica. *Svobodna misel* 35(21), 14. november 1997, str. 12–13; Božo Repe, »Nemci« na Slovenskem po drugi svetovni vojni. V: Dušan Nećak (ur.), *»Nemci«...*, str. 145.

25 Tone Ferenc, Nemci ... str. 114–125 in Božo Repe, »Nemci« ..., str. 146–150.

26 Tone Ferenc, Nemci ..., str. 126.

27 Prav tam, str. 119–120.

16 Dušan Nećak, »Nemci« v Sloveniji 1938–1948. V: Dušan Nećak idr. (ur.), *Slovensko-avstrijski ...*, str. 363.

Večina slovenskih Nemcev je Slovenijo skupaj z umikajočo se nemško vojsko zapustila še pred koncem vojne.[17] Jasno je, da se je večina Nemcev, ki so se počutili ogrožene zaradi svoje vloge med samo vojno, pravočasno umaknila na varno v Avstrijo. Umik Nemcev iz Štajerske, Posavja in Obsotelja po koncu vojne je po do sedaj dosegljivih virih potekal dokaj neorganizirano in nenačrtovano. Vse pristojnosti obravnave Nemcev je prevzela OZNA (Oddelek za zaščito naroda), ki so ji s podatki pomagali zlasti Komisija za ugotavljanje zločinov okupatorjev in njihovih pomagačev za Slovenijo s svojimi podružnicami, odbori Osvobodilne fronte in drugi organi vzpostavljajoče se oblasti.[18]

Izgon Nemcev iz Slovenije po drugi svetovni vojni se je začel na naselitvenem območju ob Savi in Sotli, kjer so pričakovali skorajšnjo vrnitev slovenskih izgnancev; ti so se vrnili poleti 1945. Treba je dodati, da so nove oblasti pripravile natančne načrte o sistematičnem čiščenju posameznih z Nemci naseljenih območij. Praviloma so Nemcem, ki so jih izgnali oziroma pošiljali čez mejo v Avstrijo, odvzeli vse, »/…/ razen kolikor so nesli v culah s seboj /…/.« Način izgona je bil podoben nemškemu ravnanju ob izselitvah slovenskih družin.[19]

Večina Nemcev iz Slovenije je bila izgnanih preko baz, ujetniških ali preiskovalnih taborišč na Spodnjem Štajerskem. Najprej so izgnali kočevske Nemce, od septembra 1945 tudi tiste, ki so bili v zaporih in taboriščih (nekateri so prišli pred vojaška sodišča in bili justificirani). Pri precejšnjem delu Nemcev in slovenskih simpatizerjev nemštva so povojne oblasti skušale ugotoviti individualno krivdo in jih obravnavati skladno z njo. To velja predvsem za tiste, ki so bili osumljeni vojnih zločinov in drugih kaznivih dejanj.[20] Od decembra 1945 do srede leta 1946 so izgnali še tiste Nemce (tudi nemške in avstrijske državljane), ki so do takrat še ostali na Slovenskem. Verjetne številke o izseljenih Nemcih iz Slovenije se gibljejo okoli 9.500.[21] Ravnanje nemške manjšine med drugo svetovno vojno so slovenske oblasti po vojni izkoristile za dokončni obračun z nemštvom na Slovenskem. To dejanje so razumeli kot dejanje pravice, kot povračilni ukrep proti nemški manjšini, ki je sodelovala pri »uničevanju« slovenskega naroda.[22]

Po begu in izgonu Nemcev iz Slovenije v letih 1945 in 1946 in drugih ukrepih so Nemci v Sloveniji in širše v Jugoslaviji praktično nehali obstajati, zato niso uživali pravic in zaščite svojega kulturnega razvoja in uporabe svojega jezika, kot ga je določal 12. člen slovenske ustave iz leta 1947. Uradne številke o tem, koliko Nemcev je bilo pred drugo svetovno

29 Tone Ferenc, Nemci …, str. 120–144.

30 Prav tam, str. 125–128.

31 Dušan Nećak, »Nemci« …, str. 363–364.

32 Prim. Tone Ferenc, Nemci …, str. 138 in Božo Repe, »Nemci« …, str. 155–156.

33 Božo Repe, »Nemci« …, str. 145–146.

1 Prim. Dušan Nećak, Nekaj osnovnih podatkov o usodi nemške narodnostne skupnosti v Sloveniji po letu 1945. *Zgodovinski časopis* 47(3) (1993), str. 441 in Božo Repe, »Nemci« …, str. 150 in 157.

vojno v takratni jugoslovanski Sloveniji, se precej razlikujejo. Uradno jugoslovansko štetje jih je po načelu maternega jezika leta 1931 naštelo 28.998, interne ugotovitve statističnega urada Kulturbunda v Sloveniji pa so januarja 1941 naštele 28.075 Nemcev – volksdeutscherjev.[23] Rezultatov ljudskih štetij nemška publicistika ni priznavala ter je cenila, da je bilo med obema vojnama v Sloveniji še 50.000 do 70.000 Nemcev, med njimi na Kočevskem med 14.000 in 20.000. Na podlagi zasebnih štetij iz leta 1928 naj bi bilo na slovenskem Štajerskem okoli 32.578 Nemcev, od tega 10.000 v Mariboru in npr. 4.800 v Apaški kotlini.[24] Leta 1948 je bilo na območju Slovenije naštetih le še 1.824 Nemcev.[25]

Glede na prej omenjeno število izseljenih Nemcev v letih 1945 in 1946 (9.500) se ponuja število med 15.000 in 16.000 kot tisto, ki naj bi ustrezalo številu pobeglih Nemcev iz Slovenije še pred koncem druge svetovne vojne. Števila tistih Nemcev iz Slovenije, ki so izgubili življenje med vojno ali neposredno po njej (zunajsodni poboji, justifikacije, pomanjkanje in kruto ravnanje),[26] ni mogoče natančno ugotoviti (verjetno okoli 1.500),[27] vsekakor pa ne 6.000 in več, kot navajajo nekateri nemški in avstrijski viri.[28] Največ t. i. folksdojčerjev (Nemcev iz Jugoslavije) se je naselilo v Avstriji in Nemčiji, po letu 1952 tudi v ZDA in Kanadi. Kmalu so se začeli organizirati, pri čemer jim je pomagalo tudi avstrijsko notranje ministrstvo. Ustanovljena so bila karitativna društva za pomoč folksdojčerjem s podzdruženji – Landmanschafti (za Slovenijo so bili celjski, ptujski, itd.). Ustanovljeno je bilo tudi interesno združenje iz domovine pregnanih folksdojčerjev s sedežem na Dunaju in z deželnimi odbori v Gradcu, Celovcu, Linzu in Salzburgu. Od začetka šestdesetih let 20. stoletja so te organizacije organizirale tudi večja zborovanja npr. kočevskih Nemcev, celjskih Nemcev, itd. Slovenski organi za notranje zadeve so imeli dober pregled nad njihovim delovanjem in so konec šestdesetih let 20. stoletja ocenjevali, da njihova »politična sovražna dejavnost /.../ za Slovenijo ne predstavlja posebnega političnega pomena«.[29] Ne glede na to pa je USDV (Uprava službe državne varnosti) vse do leta 1986 spremljala aktivnost izseljenih Nemcev v Avstriji in doma, češ da so te organizacije, kakor

2 Dušan Biber, *Nacizem ...*, str. 15–29.

3 Samo Kristen, Nemci v Sloveniji po letu 1945 (Statistični oris). *Razprave in gradivo* 26–27 (1992), str. 277.

4 V zadnjih letih je tudi v Sloveniji več objavljenega o taboriščih ter pobojih nemškega civilnega prebivalstva leta 1945 (op. p.).

5 Avstrijski zgodovinar Stefan Karner na podlagi virov nemških pregnancev, ki jih slovenskih zgodovinarji ocenjujejo za nenatančne in tendenciozne, navaja, da je to število večje. Stefan Karner, Die »Deutschen« Sloweniens als Teil der Geschichte und Kultur des gemeinsamen Raumes. V: Stefan Karner (ur.), *Kärnten und die nationale Frage* = Stefan Karner in Janez Stergar (izd.), *Kärnten und Slowenien – »Dickicht und Pfade«*, zvezek 5. (Celovec: J. Heyn; Celovec, Ljubljana in Dunaj: Mohorjeva, 2005), str. 263–299, tu 281–288.

6 Prim. Božo Repe, »Nemci« ..., str. 158–159.

7 Prav tam, str. 168–169.

8 AS (Arhiv Slovenije), 1931, škatla 1105, mapa »Nemčurji«. Dokumente mi je prijazno odstopila ga. Doris Debenjak, za kar se ji na tem mestu lepo zahvaljujem.

tudi posamezniki, »baza« za tuje obveščevalne službe in širijo sovražno propagando proti SFRJ. Leta 1986 je USDV predlagala Republiškemu sekretariatu za notranje zadeve, da se nadzorovanje konča, ker naj bi njihove aktivnosti ne predstavljale več večje nevarnosti. Delovanje omenjenih organizacij naj bi se omejilo na »organizacijo spominskih prireditev, sestajanje na občnih zborih in organiziranje izletov«. Kot je razvidno iz arhivskega materiala, je USDV spremljala tudi prihode posameznikov ali skupin na območje Kočevja. Na Kočevskem (npr. Mošnjice) so spremljali »kočevarske« družine, ki so živele na tem območju, in o njih poročali. Gre za natančna poročila o posameznikih, njihovem odnosu do oblasti, njihovem socialnem, ekonomskem in tudi zdravstvenem statusu.[⊠]

Popis prebivalstva po drugi svetovni vojni

Mitja Ferenc na podlagi temeljite analize popisov prebivalstva med letoma 1948 in 1991 ne uvršča večine prebivalstva avstrijske in nemške narodnosti med ostanke predvojne nemške narodne manjšine na Slovenskem, saj se je po popisu leta 1991 50 odstotkov ali 368 oseb, ki so se opredelile za avstrijsko in nemško narodnost, priselilo iz tujine. Kar 64 odstotkov ali 995 oseb z nemškim maternim jezikom je bilo rojenih v tujini.[30] Nemci nikjer niso prebivali strnjeno. Njihova koncentracija v nobeni občini ne dosega niti enega odstotka celotnega prebivalstva. Poleg maloštevilnosti je naslednja značilnost Nemcev tako po narodnosti kot po maternem jeziku razdrobljenost po vsem slovenskem ozemlju, torej drugače kot pri pripadnikih italijanske in madžarske manjšine. Pregled števila obeh skupin na območjih, kjer so bili Nemci med obema vojnama močneje zastopani, nam pokaže, da jih je na nekdanjih agrarnih poselitvenih območjih ostalo malo, medtem ko jih je bilo več v mestih. Da velik del obravnavanih skupin ni imel značaja avtohtonosti, dokazujejo že omenjene selitvene značilnosti. V veliki večini gre za priselitev iz Avstrije in Nemčije.[31]

Prvi povojni popis prebivalstva je leta 1948 na takratnem ozemlju LRS naštel 1.824 Nemcev in 582 Avstrijcev, skupaj torej 2.406 oseb, kar je le nekaj več kot 8 odstotkov prebivalstva, ki je leta 1931 kot svoj materni jezik navedlo nemščino. Leta 1948 je bilo od vseh povojnih popisov vse do danes naštetih največje število oseb avstrijske ali nemške narodnosti.[32] Po izselitvi Nemcev v letih 1945 in 1946 so na Slovenskem ostali le še »ostanki ostankov« nemške narodnostne manjšine. Nemško skupnost v Sloveniji (osebe avstrijske in nemške narodnosti ter osebe z nemškim

9 Podatki so preračunani po metodologiji popisa iz leta 1991, kjer so bili všteti t. i. »zdomci«. Metodologija Popisa 2002 »zdomce« odšteva od skupnega števila prebivalcev po narodni pripadnosti in nemškem maternem jeziku (op. p.).

10 Samo Kristen, *Nemci* ..., str. 276–286; Mitja Ferenc, »Nemci« ... V: Dušan Nećak (ur.), »*Nemci*«..., str. 271–293.

11 Mitja Ferenc, »*Nemci*«..., str. 271–322.

maternim jezikom) označujejo vse obdobje po drugi svetovni vojni malo-številčnost, razpršenost in v pretežni meri neavtohtonost.[33]

Popis	Avstrijci		Nemci		Avstrijci in Nemci		Nemški materni jezik		Slovenija
Leto		%	Število	%	Število	%	Število	%	Število
1921	–	–	–	–	–	–	41.514	3,94	1.054.919
1931	–	–	–	–	–	–	28.998	2,53	1.144.298
1948	582	0,04	1.824	0,13	2.406	0,17	–	–	1.391.873
1953	289	0,02	1.617	0,11	1.906	0,13	2.590	0,17	1.466.425
1961	254	0,02	732	0,05	986	0,06	–	–	1.591.523
1971	266	0,02	400	0,02	666	0,04	–	–	1.679.051
1981	146	0,01	309	0,02	455	0,02	1.023	0,05	1.838.381
1991	126	0,01	298	0,02	424	0,02	1.093	0,05	1.913.355
2002	181	0,01	499	0,03	680	0,03	1.628	0,08	1.964.036

Tabela: Razvoj prebivalstva Slovenije po narodnostni pripadnosti[34] in nemškem maternem jeziku (1921–2002)

Popis 2002 in nadaljnji razvoj

Podobne ugotovitve veljajo tudi za Popis 2002. Ta je naštel glede na narodno pripadnost 181 Avstrijcev in 499 Nemcev ter 1.628 prebivalcev, ki so kot svoj materni jezik navedli nemščino. Podatki nam povedo, da se je tedaj padanje števila pripadnikov nemško govoreče etnične skupnosti ustavilo, da je celo naraslo. Vzroke iščemo v intenzivnejšem priseljevanju iz ekonomskih in drugih razlogov.

Podatki popisa 2002 kažejo na določeno povezanost med narodno pripadnostjo in ekonomsko aktivnostjo. Delež posamezne kategorije ekonomsko aktivnih oseb je odvisen od starostne sestave pripadnikov določenih narodov. Delež aktivnega prebivalstva je pri Avstrijcih in Nemcih v primerjavi s povprečjem nižji, saj je starostna sestava pri njih zelo neugodna (prevladuje ostarelo prebivalstvo).

Od števila oseb, ki so se glede na narodno pripadnost v popisu leta 2002 opredelili za Nemce, jih okoli četrtina živi v Ljubljani in Mariboru. Četrtina vseh tistih, ki so se opredelili za Avstrijce, je živela v Ljubljani. Prebivalstvo po maternem jeziku po občinah za leto 2002 kaže na podobne podatke kot popis leta 1991. Največ oseb, ki so navedle nemščino kot svoj materni jezik, je živelo v Ljubljani (284), Mariboru (234), Kopru (42), Gornji Radgoni (36) in Celju (36). Za osebe z nemškim maternim jezikom (1.628) rezultati popisa kažejo, da je bilo med njimi kar 1.126 ali 69,2 odstotka priseljencev. 30,8 odstotka oseb (502) z nemškim maternim

12 Mitja Ferenc, *Kočevska – pusta in prazna* (Ljubljana: Modrijan, 2005), str. 288.

13 Podatki so preračunani po metodologiji Popisa 2002, in sicer tako, da so odšteti t. i. zdomci. Statistični urad Republike Slovenije, *Popis prebivalstva, gospodinjstev in stanovanj 2002, Statistične informacije* 92.

jezikom ni bilo priseljenih iz tujine oziroma so bili avtohtoni. Ti so živeli v občinah Maribor (102), Ljubljana (80), Gornja Radgona (17), Celje (14), Rogašovci (11), Šentilj (11), Koper (10). Prebivalci z nemškim maternim jezikom, ki niso bili priseljeni iz tujine, so živeli še v 103 občinah (skupaj 250 oseb). Od skupnega števila deklariranih Nemcev (499) je bilo 388 ali 77,7 odstotka priseljencev, od skupnega števila Avstrijcev (181) je bilo 132 ali 72,9 odstotka priseljencev. Nemcev, ki so imeli prvo prebivališče v Sloveniji, je v Ljubljani 16, v Mariboru pa 26. Družin, kjer sta oče in/ali mati nemške narodnosti, je bilo v Sloveniji 160 oziroma 0,03 odstotka.[35]

V večjih mestih, še zlasti v Ljubljani, gre večji delež Nemcev pripisovati ekonomski priselitvi. Iz popisa 2002 izhajajo nekatere ugotovitve, ki so večinoma opazne že v popisu leta 1991. Tako nemško govorečo etnično skupnost zaznamuje nesorazmerje med spoloma (prevlada žensk), majhno število otrok, nadpovprečno visoka starost, velik delež začasno bivajočih zunaj Slovenije, redka uporaba nemščine kot občevalnega jezika v družini, veliko število narodnostno mešanih (slovensko-nemških) družin, velika razpršenost poselitve z nekaj večjimi koncentracijami prebivalstva (Ljubljana, Maribor, Koper).[36]

Prognoze za popis 2011 bi verjetno kazale na povečanje števila Avstrijcev in Nemcev ter oseb z nemškim maternim jezikom. Priseljevanje iz Avstrije in Nemčije se je še zlasti začelo povečevati v devetdesetih letih 20. stoletja, ko so se številne osebe, katerih prvo prebivališče je bilo v tujini, priselilo v Slovenijo iz držav, v katere so odhajali Slovenci na začasno delo (Nemčija 1.300, Avstrija 600). Med letoma 2000 in 2001 se je iz Avstrije v Slovenijo priselilo 354 oseb, iz Nemčije pa 410. Leta 2008 se je priselilo iz Avstrije 187, iz Nemčije pa 399 oseb. Zasledovanje migracij v zadnjem desetletju kaže na naraščanje števila nemško govorečih ljudi, ki prihajajo v Slovenijo predvsem iz ekonomskih razlogov.[37]

Kot vzrok za priseljevanje navajam primer avstrijskih investicij v Sloveniji. Uprave velike večine večjih podjetij, ki imajo sedež v Avstriji, sestavljajo državljani Republike Avstrije. Kot zanimivost naj navedem, da pri podjetjih z najmanj 150 zaposlenimi ni šlo v nobenem primeru brez sodelovanja pripadnikov slovenske manjšine v Avstriji.[38]

Drugače pa navaja avstrijski zgodovinar Stefan Karner, ki sicer akceptira štetja prebivalstva v Sloveniji, vendar 1.813 osebam, ki so leta 1991 navedle nemščino kot materni jezik, doda 2.000 oseb (ali okoli 2,2 odstotka od tistih, ki se pri popisu leta 1991 niso deklarirali glede narodne pripadnosti). Tako dobi številko 3.800 kot tisto, ki naj bi ustrezala številu

14 Statistični urad Republike Slovenije; za podatke se zahvaljujem mag. Danilu Dolencu, vodji Oddelka za demografsko statistiko na SURS.

15 Statistični urad Republike Slovenije, *Popis* ... Statistične informacije 92.

16 Statistični urad Republike Slovenije, *Statistični letopis RS 2009* (Ljubljana, 2009).

17 Bojan Brezigar, Strategija za novi čas, V: Sonia A. Avguštin in Luka Klopčič (ur.), *Ko ni več meja, Zbornik predavanj* (Ljubljana, 2005), str. 21–26 in Jernej Zupančič, Vloga in pomen narodnih manjšin v čezmejnem sodelovanju. Primer manjšin v Sloveniji in Slovencev v sosednjih državah. *Razprave in gradivo* 47 (2000), str. 26–41.

nemško govoreče narodne skupnosti v Sloveniji, čeprav že sam opozori na problematičnost izračuna te številke.[39] Vsekakor pa je treba opozoriti, da je Karner pri svojem preučevanju Nemcev v Sloveniji te »našel« in potrdil, da v Sloveniji obstaja nemška manjšina, pa čeprav še tako majhna. Ob tem je treba poudariti pomen te študije pri »lobiranju« in prizadevanju Avstrije, da bi Slovenija uradno priznala nemško manjšino v Sloveniji.

Društva nemško govorečih prebivalcev v Sloveniji[40]

Društvo Kočevarjev staroselcev / Gottscheer Altsiedler Verein

Po letu 1991 in osamosvojitvi Slovenije so nemško govoreči Kočevarji v okolici Kočevskih Poljan, Črmošnjic in Planine na vzhodu nekdanjega naselitvenega ozemlja Kočevarjev ustanovili Društvo Kočevarjev staroselcev. Društvo združuje torej tiste Kočevarje iz nekdanjega novomeškega okraja, ki se konec leta 1941 niso preselili in ki še danes večinoma živijo v dolini med Kočevskimi Poljanami in Srednjo vasjo pri Črmošnjicah (tudi v Dolenjskih Toplicah, Straži, Uršnih selih, itd.), ter njihove potomce in simpatizerje. Društvo je bilo na pobudo sedanjega predsednika, Augusta Grila, ustanovljeno leta 1992. Okoli leta 1996 je imelo društvo 70 članov, od katerih pa jih je samo polovica govorila domače kočevarsko narečje in ne nemškega knjižnega jezika.[41] Po nekaterih podatkih v društvu ni več kot 35 ljudi,[42] vendar vodstvo zatrjuje, da ima društvo okoli 200 članov.[43]

Namen in cilji društva, ki so zapisani tudi v njegovem statutu, so medsebojno sodelovanje pri ohranjanju jezikovnih, kulturnih, etničnih in arhitekturnih značilnosti »kočevarskega naroda« iz obdobja med letoma 1330 in 1941 ter ohranjanje njegove zavesti in identitete, ohranjanje kočevarske kulture in kočevarskega narečja med kočevarskimi staroselci in izseljenci. Občasno izdajajo glasilo *Bakh* (*Pot*). Med osrednjimi dejavnostmi društva je bilo v zadnjih letih vzdrževanje pokopališč in sakralnih objektov kot pomembnih pričevalcev nekdanje prisotnosti Kočevarjev na tem območju.

18 Stefan Karner, *Die deutschsprachige Volksgruppe in Slowenien: Aspekte ihrer Entwicklung 1939–1997.* (Celovec, Ljubljana in Dunaj: Mohorjeva, 1998), str. 170–183, tu 182–183.

19 Podatki o društvih so povzeti po raziskovalnem poročilu Danijel Grafenauer, *Nemci v Sloveniji – organiziranost nemško govoreče etnične skupnosti v Sloveniji* (Ljubljana: Inštitut za narodnostna vprašanja, 2010).

20 August Gril, Deutschsprachige Volksgruppe in Slowenien aus der Sicht der Volksgruppe. V: Karl Anderwald, Peter Karpf in Vladimir Smrtnik (izd.), *Kärnten Dokumentation*, zvezka 14 in 15 (Celovec: Dežela Koroška, 1997), str. 184–187.

21 Alenka Auersperger, *Iskalci grala: Poskus oživljanja nemške manjšine v Sloveniji.* (Ljubljana: Modrijan, 2004), str. 115.

22 Intervju s predsednikom društva Kočevarjev staroselcev Augustom Grilom in članico Doris Debenjak 22. januarja 2010.

V kočevarskem kulturnem centru v Občicah poteka pouk nemškega jezika in občasno kočevarskega narečja. Kulturni center so ustanovili leta 1998, ko so s pomočjo deželne vlade v Celovcu in avstrijske vlade kupili hišo. Obnovo hiše so končali leta 2003.

Društvo svoje namene in cilje uresničuje z izobraževanjem svojih članov, s kulturnimi prireditvami in z družabnim življenjem, z amatersko kulturno dejavnostjo, dokumentacijsko dejavnostjo, s skrbjo za urejenost in stalno dopolnjevanje muzejske zbirke v »spominski sobi« v Občicah, ki je organizirana kot muzej. Sodelujejo s sorodnimi društvi v državi in tujini (društvo tesno sodeluje s Kulturnim društvom nemško govorečih žena »Mostovi/Brücke« v Mariboru, še zlasti dobro so v preteklosti sodelovali in se povezovali z nekaterimi organizacijami koroških Slovencev v Celovcu in nekaterimi posamezniki (Marjan Pipp, Marjan Sturm), odlično je tudi sodelovanje z Južnotirolsko ljudsko stranko in Južnotirolsko deželno vlado).[44] Organizirajo gostovanja umetnikov in amaterskih skupin, obiske in predavanja strokovnjakov, prireditve, namenjene Kočevarjem doma in po svetu, in sodelovanja z njimi ter obiske in srečanja izseljencev v stari domovini. Skrbijo za ohranjanje in restavriranje spominskih obeležij in preostalih značilnosti, ki spominjajo na obstoj, kulturo in druge značilnosti življenja Kočevarjev, sodelujejo pa tudi s strokovnimi institucijami in Katoliško cerkvijo s ciljem ohranjanja dediščine Kočevarjev v sakralnih objektih.[45]

KULTURNO DRUŠTVO NEMŠKO GOVOREČIH ŽENA
»MOSTOVI« – MARIBOR
KULTURVEREIN DEUTSCHSPRACHIGER FRAUEN
»BRÜCKEN« - MARBURG
ZVEZA KULTURNIH DRUŠTEV MARIBOR

OB 150-LETNICI SMRTI
NADVOJVODE JANEZA
ZUM 150. TODESTAG VON
ERZHERZOG JOHANN
1859-2009

Prva stran publikacije, izdane ob koncertu, ki sta ga ob 150-letnici smrti nadvojvode Janeza priredila Kulturno društvo nemško govorečih žena »Mostovi« iz Maribora in Zveza kulturnih društev Maribor.
Vir: Knjižnica INV, Ljubljana

S predstavniki kočevskih Nemcev se je marca 2008 v Kočevju srečal tudi sedanji predsednik države, dr. Danilo Türk. Z njimi se je pogovarjal

23 Konec leta 2009 je Dežela Južna Tirolska podelila svojo prvo manjšinsko nagrado Augustu Grilu in društvu Kočevarjev staroselcev. V utemeljitvi so zapisali, da so Kočevarji v Sloveniji po drugi svetovni vojni veliko pretrpeli, da pa so tudi veliko prispevali k »/.../ utrjevanju miru v Evropi in zlasti v nekdanji Jugoslaviji /.../«. Opozorili so še, da so Kočevarji »izredno ogrožena manjšina«, da so prispevali pri povezovanju med Slovenijo in Deželo Južno Tirolsko, da so se zavzemali za zahteve slovenske narodne skupnosti na Koroškem ter da Dežela podeljuje nagrado v smislu podpiranja sožitja jezikovnih skupin. V svoji utemeljitvi izročitve nagrade je deželni glavar Južne Tirolske dr. Luis Durnwalder poudaril, da imajo Kočevarji v Sloveniji južnotirolske oziroma pustertalske gene in da je August Gril kot predsednik društva pokazal neumorno zavzemanje in veliko vztrajnost pri zastopanju potreb in želja Kočevarjev v Sloveniji. Gril je nagrado v višini 20.000,00 EUR prepustil Društvu Kočevarjev staroselcev. Doris Debenjak, Manjšinska nagrada Dežele Južne Tirolske, *Bakh-Pot* 19, november 2009, str. 3.

45 Intervju s predsednikom društva Kočevarjev staroselcev Augustom Grilom in članico Doris Debenjak 22. januarja 2010 in internetni vir http://www.gottscheer.net/dejavnost.html. Prim. Mitja Ferenc, *Kočevska ...*, str. 301–302.

Kulturni center Društva Kočevarjev staroselcev z muzejem v Občicah. Vir: Alenka Auersperger: *Iskalci grala: Poskus oživljanja nemške manjšine v Sloveniji.* Ljubljana: Modrijan, 2004, str. 217.

o njihovem položaju in njihovih pričakovanjih, predstavniki društev so predsedniku predstavili tudi mednarodna projekta ohranitve starih sadnih sort v Sloveniji in vzpostavitve rezervata za vzgojo avtohtone kranjske čebele na območju Kočevske Reke. Predsednik republike je poudaril, da je v interesu razvoja kakovosti življenja v Sloveniji tudi spoštovanje in ohranjanje naše celotne kulturne dediščine.[46]

Med organizacijami Kočevarjev v Avstriji, delno tudi v Sloveniji, obstaja t. i. žrtvena perspektiva, ki je postala v kočevarski kulturi spominjanja po letu 1945 osrednja pripoved in je prekrila druge razsežnosti njihove zgodovine.[47]

Oktobra 2009 so se predstavniki Društva Kočevarjev staroselcev pogovarjali z Odborom ekspertov Sveta Evrope za izvrševanje Evropske listine o regionalnih ali manjšinskih jezikih in skupaj z njimi ugotavljali, da Slovenija ni izvršila nobenega od priporočil glede ohranjanja kočevarskega narečja, niti ni navezala nikakršnih stikov z Društvom Kočevarjev staroselcev, nič pa se ni premaknilo niti pri uvedbi nemščine kot prvega tujega jezika na OŠ v Dolenjskih Toplicah in Semiču (območje, kjer so nemščino tradicionalno govorili). Ob izmenjavi mnenj in predlogov z Odborom ekspertov so poudarili, da bi bilo treba za ohranitev nemščine in kočevarskega narečja urediti otroški vrtec v Kočevskih Poljanah in Občicah. Zavzeli so se tudi za postavitev dvojezičnih krajevnih napisov na sklenjenem območju v Črmošnjiško-Poljanski dolini, od koder se leta 1941 veliko kočevarskih družin ni izselilo. Dvojezične napise naj bi ne glede na današnji delež nemško govorečih postavili v naslednjih vaseh:

- občina Dolenjske Toplice: Kočevske Poljane/Pöllandl, Občice/Krapflern, Stare žage/Altsag, Mali Rigelj/Kleinriegel, Hrib/Büchel;
- občina Semič: Črmošnjice/Tschermoschnitz, Srednja vas/Mitterdorf.

Izrazili so tudi željo po postavitvi informacijskih tabel povsod, kjer so bile nekoč kočevarske vasi.[48]

46 Sporočilo za javnost: Predsednik republike dr. Danilo Türk na srečanju s predstavniki kočevskih Nemcev. Vir: http://www.up-rs.si/up-rs/uprs.nsf/dokumentiweb, 9. 2. 2010.

47 Georg Marschnig, Die Gottscheer als Teil der europäischen Erinnerungsgemeinschaft? V: Peter Karpf, Thomas Kassl, Werner Platzer in Udo Puschnig (izd.), *Kärnten Dokumentation*, zvezek 26 (Celovec: Dežela Koroška, 2010), str. 97–113, tu 104 in 112.

48 Intervju s predsednikom društva Kočevarjev staroselcev Augustom Grilom in članico Doris Debenjak 22. januarja 2010 in Pisni komentarji društva Kočevarjev staroselcev na Poročilo odbora strokovnjakov o uporabi Evropske listine o manjšinskih ali regionalnih jezikih v Sloveniji.

Društvo Kočevarjev staroselcev je polnopravni član FUENS (Federalne unije evropskih narodnih skupnosti). Je tudi ustanovni član Zveze kulturnih društev nemško govoreče etnične skupnosti v Sloveniji. Januarja 2006 je Zveza, ki ji predseduje August Gril, kot edina reprezentativna organizacija avtohtonih nemško govorečih državljanov Slovenije poslala na naslove pomembnejših političnih institucij in predstavnikov Memorandum za pravno ureditev statusa nemško govoreče skupnosti v Republiki Sloveniji. V Memorandumu so utemeljevali svojo avtohtonost in opozorili na dejstvo, da kot nepriznana skupnost nimajo nikakršne kolektivne zaščite. Vlado RS so pozvali, naj sprejme ustrezno zakonodajo za primerno pravno ureditev statusa in zaščite etnične skupnosti Nemcev v Sloveniji ter manjšini nameni določena sredstva za njeno financiranje (ne zgolj po projektih, temveč tudi za kritje sprotnih stroškov, štipendij, spomenikov, itd.).[49]

Slovensko kočevarsko društvo »Peter Kosler«

Slovensko kočevarsko društvo »Peter Kosler« je bilo ustanovljeno leta 1994. Ime društva je bilo izbrano prav zaradi velikih zaslug Petra Koslerja za slovenski narod.[50] Društvo združuje Kočevarje, ki živijo v Ljubljani in v okolici mesta Kočevje. Območje delovanja je celoten nekdanji nemški jezikovni otok na Kočevskem. Društvo ima od 30 do 50 članov,[51] vendar je njihovo število naraščalo zelo počasi. Tako naj bi jih bilo leta 1997 samo 10, pozneje je število nekoliko naraslo. Predsednik društva je Erik Krisch.

Glavna naloga društva je (podobno kot pri društvu Kočevarjev staroselcev) ohranjanje in restavriranje kočevarske kulturne dediščine (predvsem materialnih spomenikov in ostalin na pokopališčih in v cerkvah) in maternega jezika. Društvo v svojem statutu posebej poudarja prizadevanje za preseganje travm preteklosti, za odpravljanje predsod-

49 Memorandum za pravno ureditev statusa nemško govoreče skupnosti v Republiki Sloveniji, ki ga je Zveza kulturnih društev nemško govoreče etnične skupnosti v Sloveniji dne 31. 1. 2006 poslala vsem pomembnejšim političnim inštitucijam in politikom v Sloveniji. *Bakh-Pot* 18, december 2006, str. 13–17.

50 Peter Kozler (tudi Kosler) (Koče, Kočevje, 16. 2. 1824–16. 4. 1879), pravnik, geograf, politik nemškega rodu. Leta 1864 je v Ljubljani ustanovil pivovarno, leta 1866 z bratoma kupil Cekinov grad. Kot član društva Slovenija je na Dunaju zastopal idejo Zedinjene Slovenije. Kozler se je poistovetil s slovensko kulturo in z narodnostnim bojem ter se zavzemal za enakopravno sobivanje nemških in slovenskih kulturnih društev. Domneva se, da je skupaj z A. Globočnikom določil barve slovenske zastave. Bil je zagovornik ilirizma, poudarjal je slovenskost Istre, zahteval za Slovenijo dele Štajerske in Koroške, Kranjsko, itd. Raziskoval je slovenske etnične meje, pripravil prvi zemljevid vseh slovenskih dežel z etničnimi mejami (Zemljovid Slovenske dežele in pokrajin, 1853). Med letoma 1868–77 je bil namestnik deželnega glavarja Kranjske; zavzemal se je za uvedbo slovenščine v šole. Bil je tudi dejaven gospodarstvenik. *Osebnosti: Veliki slovenski biografski leksikon. Od A do L. Ljubljana.* (Ljubljana: Mladinska knjiga, 2008), str. 542 in Poročilo o delu predsednika Slovensko kočevarskega društva »Peter Kosler« Erika Krischa iz septembra 2009.

51 Intervju s predsednikom društva »Peter Kosler« Erikom Krischem 22. 1. 2010 in Anja Moric, *Usoda kočevskih Nemcev: Ohranjanje identitete kočevskih Nemcev* (diplomska naloga). (Univerza v Ljubljani, 2007), str. 45. Prim. še Anja Moric, Ohranjanje kočevarščine, narečja kočevskih Nemcev, v Sloveniji, Avstriji, Nemčiji, Kanadi in ZDA. *Razprave in gradivo* 61 (2010), str. 92–119.

2003 obnovljeni Kulturni dom dr. Josefa Matla v Apačah s sedežem KD »Apaško polje«.
Vir: Knjižnica INV, Ljubljana

kov in za spoštovanje temeljnih človekovih pravic ter popravo storjenih krivic, kjer je to še mogoče. Sodelujejo tudi pri organizaciji kulturnih večerov, v preteklosti so se lotili tudi založniške dejavnosti s ciljem ohraniti kočevarsko narečje. Tako so leta 2002 izdali CD *Večer Kočevarskih pesmi*, istega leta tudi pesmarico starih kočevarskih pesmi v kočevarskem narečju (*Domovina je ena sama*) v štirih jezikih; pesmarico so ponatisnili leta 2006. Leta 2003 so izdali skripto za tečaj kočevarskega narečja, ki je potekal oktobra 2003 na Gimnaziji v Kočevju. Leta 2004 je društvo izdalo knjigo *Kočevski Nemci – partizani* avtorja Zdravka Trohe. V letu 2006 so izdali nov CD *Pain Roashnprünn – Pri rožnem studencu* vokalne skupine »Cantate Domino« iz Kočevja, na katerem je devet kočevarskih pesmi in devet pesmi v slovenskem jeziku. Vrhunec sodelovanja s to skupino je bil njen nastop na srečanju kočevskih Nemcev Severne Amerike v Torontu (Kanada) septembra 2005.[52]

Kulturno društvo Apaško polje

Kulturno društvo »Apaško polje« je bilo ustanovljeno leta 2002 v okviru prizadevanj Avstrije po priznanju nemške manjšine v Sloveniji.[53] Apaško polje je poleg Kočevskega drugi ruralni otok nekdanje nemške avtohtone poselitve v Sloveniji. Predsednica je vse od ustanovitve Rozalija Verbošt. Društvo združuje potomce nemških staroselcev z Apaškega polja, vključeni pa so tudi drugi.[54] Jedro društva naj bi bilo še vedno (po različnih ocenah) nekaj deset nemško govorečih družin na Apaškem polju. Društvo prireja tečaje nemščine in slovenščine ter razne druge dejavnosti (npr. tečaje računalništva, itd.). V Apačah so poleg cerkve in župnišča odkupili propadajočo hišo, ki so jo leta 2003 delno preuredili v Kulturni dom dr. Josefa Matla. Finančna sredstva za ta projekt so prispevali avstrijski javni (avstrijski zvezni deželi Štajerska in Koroška) in zasebni viri. Dobre stike imajo z društvi v avstrijskem Ehrenhausenu (Ernovž), kjer se je naselilo določeno število izseljencev / pregnancev z Apaškega polja po letu 1945.[55]

Društvo poudarja dvojezičnost in pomen miru ter sožitja. Ob odprtju kulturnega doma je prišlo do določene napetosti, vendar so ljudje novi kulturni dom sčasoma sprejeli. Njihovi cilji so dolgoročni. V neurejeni zgradbi poleg kulturnega doma želijo urediti prostore za turistično

52 Intervju s predsednikom društva »Peter Kosler« Erikom Krischem 22. 1. 2010.

53 Elisabeth Schober, *After the Expulsion: Intergenerational Memory and Silence amongst »German« expellees from Apaško polje, Yugoslavia living in Austria* (Budimpešta: Central European University, 2006), str. 8.

54 Mitja Ferenc, Božo Repe, Slovensko-avstrijski odnosi ..., str. 653.

55 Intervju z Rozalijo Verbošt dne 18. 1. 2010 in 23. 2. 2010.

dejavnost. Društvo sodeluje z lokalno skupnostjo in občino. Z uradno ustanovitvijo društva je bila na tem območju priznana neka oblika dvojezičnosti. Društvo pestijo nekatere podobne težave kot druga društva nemško govorečih prebivalcev v Sloveniji: nezainteresiranost mladih, brezperspektivnost in nerazvitost regije kjer je vidna depopulacija. Društvo podpira prizadevanja Zveze kulturnih društev nemško govoreče etnične skupine prebivalcev v Sloveniji,[56] ki si prizadeva, da bi bili Nemci priznani kot manjšina in tako deležni pravic, kot jih v Sloveniji uživata madžarska in italijanska narodna skupnost.[57]

Mednarodno društvo »Most svobode – Freiheitsbrücke – Freedomsbridge«
Ustanovni zbor mednarodnega društva »Most svobode – Freiheitsbrücke – Freedomsbridge« je bil 16. decembra 1990. Predsednik društva je že od vsega začetka mariborski odvetnik Dušan Ludvik Kolnik. V statutu društva je zapisano, da je prostovoljno združenje oseb, ki se nepridobitno zavzemajo za človekove pravice, s posebnim poudarkom na manjšinskih vprašanjih in kulturnem sodelovanju med narodi, posebno Slovenci in Nemci.

Kolnik si je že pred ustanovitvijo društva prizadeval za formalno priznanje nemške manjšine. Novembra 1990 je v dopisu Komisiji za ustavna vprašanja pri Skupščini Republike Slovenije neuspešno predlagal, da se 63. člen v osnutku ustave (danes to vprašanje ureja 64. člen Ustave RS), ki je določal posebne pravice italijanske in madžarske narodne manjšine, dopolni tako, da bo vpisana tudi nemška manjšina. Predlog je podkrepil z razlago nekaterih zgodovinskih dogodkov.

Društvo se šteje za reprezentativno društvo Nemcev v Sloveniji in deluje predvsem na političnem področju in ne na področju ohranjanja lastne (nemške) kulturne dediščine.[58] Treba je dodati, da v društvu niso člani samo Nemci. Še v letu 1997 je Kolnik navajal, da je bilo v društvu okoli 300 članov.[59] Aktivnosti društva v zadnjem času ponehujejo. Kot prvo organizirano društvo nemške narodnostne skupine ga je v praksi priznala tudi Avstrija. Pri ustanovitvi omenjenega društva gre (predvsem) za prizadevanja posameznikov in Avstrije po priznanju nemške manjšine v Sloveniji, prav tako pa si društvo prizadeva za vrnitev premoženja pripadnikom nekdanje nemške manjšine v Sloveniji, ki so se po drugi svetovni vojni izselili ali bili izgnani. Izseljeni pripadniki nekdanje nemške manjšine s pomočjo mariborskega odvetnika Kolnika redno preverjajo in preizkušajo možnosti za vračilo imetja (denacionalizacijo).[60]

56 Zveza je bila ustanovljena leta 2005. Zvezo sestavljata dve društvi: Kulturno društvo nemško govorečih žena »Mostovi« iz Maribora in Društvo Kočevarjev staroselcev iz Občic.

57 Intervju z Rozalijo Verbošt dne 18. 1. 2010 in 23. 2. 2010.

58 Mitja Ferenc, *Kočevska ...*, str. 299.

59 Prim. Silvester Šurla, Nemci. *MAG* 3(45), 5.november 1997, str. 32–34.

60 Prim. *Der Untersteirer* 38(4), 2005, str. 5–6 in Protokoll 4. Generalversammlung des Vereines »Grenzüberschreitendes Regionalmuseum mit historischen Archiv Steiermark/Štajerska«. *Untersteirer – Geschichts- und Kulturspiegel* 3(1) (Ehrenhausen, 2007), str. 3–4.

Društvo nemško govorečih žena »Mostovi / Brücken«
Kulturno društvo nemško govorečih žena Mostovi je bilo na pobudo v Mariboru in okolici živečih nemško govorečih prebivalcev in po avstrijskem namigu, da bi bilo morda preudarno kulturno-jezikovna prizadevanja žena ločiti od denacionalizacijskih odvetniških teženj odvetnika Dušana Kolnika, ustanovljeno 1. decembra 2000. Namen društva je ohranjanje jezikovnih, etničnih in kulturnih značilnosti nemško govorečih prebivalcev v Mariboru in okolici. V tem smislu društvo poglablja in širi stike med nemško govorečimi in njihovimi potomci ter si prizadeva ustvariti in negovati vezi tudi z drugimi narodnostmi na območju Republike Slovenije in tudi preko meja. Od leta 2005 ima društvo svoje prostore v Barvarski ulici 5 v Mariboru; nakup in obnovo je omogočila Avstrija, točneje: koroška in štajerska deželna vlada ter graško društvo Südmark. Predsednica »Mostov« je že od vsega začetka Veronika Haring. Ob tradicionalnih božičnih praznovanjih, prireditvah, jezikovnih počitnicah, izletih, ekskurzijah in likovnih tečajih je najdejavnejša literarna skupina. Njeni izdelki izhajajo v dvojezičnih letnih zbornikih *Vezi med ljudmi – Zwischenmenschliche Bindungen*, precej pa je povezana z Mariborsko literarno družbo, ki jo je ustanovil Marjan Pungartnik. Društvo ima okoli sto članov. Člani društva imajo svoje korenine med nemško govorečimi in njihovimi potomci ali pa so zgolj simpatizerji društva.[61]

Društvo organizira in izvaja tečaje nemškega jezika in druge oblike jezikovnega učenja. Organizirano zbira dokumente ter zgodovinsko gradivo o nemško govorečih v preteklosti in sedanjosti, doma in v izseljenstvu, in sicer o narodnostnih, jezikovnih, kulturnih, socialnih, ekonomskih in pravnih vprašanjih. Organizira in izvaja kulturne prireditve z družabnim življenjem in amatersko kulturno dejavnostjo za člane. Društvo ima tudi dobro odnose z vsemi drugimi društvi nemško govorečih v Sloveniji, še zlasti z Društvom Kočevarjev staroselcev, kateremu bi ob morebitnem prenehanju delovanja pripadlo vse premoženje.[62] Še zlasti so v društvu ponosni na vsakoletne božične prireditve v mariborski Kazinski dvorani, ki se jih udeležujejo najvišji predstavniki kulture, gospodarstva in politike iz Slovenije, Avstrije in Nemčije. Društveni prostori trenutno zadostujejo za potrebe društva (tečaji nemščine, debatni klub, literarne dejavnosti, itd.). Ob različnih priložnostih jih obiskujejo tudi nekateri visoki predstavniki Avstrije in Nemčije. Večkrat jih obiščejo študenti iz nemško govorečih držav, sodelujejo pa tudi v raznih avstrijskih in nemških projektih. Predstavniki društva redno obiskujejo kongrese evropskih narodnih manjšin, ki jih letno prireja Dežela Koroška.[63] Društvo se vključuje tudi v Zvezo kulturnih društev Slovenije, kjer v večkulturnih projektih uspešno predstavljajo nemško/avstrijsko kulturno dejavnost. Pomembna

61 Internetni vir: http://www.drustvo-mostovi.si/podatki-o-drustvu.html in intervju z Veroniko Haring dne 19. 1. 2010.

62 Statut društva. Vir: http://www.drustvo-mostovi.si/statut.html.

63 Intervju z Veroniko Haring dne 19. 1. 2010. Prim. Iz zgodovine društva 2002–2003. Dostopno na: http://www.drustvo-mostovi.si/2002-2003.html.

je tudi povezanost z nemškimi manjšinskimi društvi v drugih državah Evrope. Haringova se udeležuje tudi simpozijev o narodnih skupnostih, ki jih organizira Organizacija nemških pregnancev v Avstriji.[64]

Društvo »Mostovi« je v oktobru 2009 priredilo Srečanje kultur – Treffen der Kulturen,[65] ki pa je bilo zaradi prisotnosti članov še skrajnejših organizacij, kot sta omenjeni dve (npr. Verband der Kameradschaft IV der Waffen-SS), problematizirano tudi v slovenskih medijih. Prireditev je bila mišljena kot podpora projektu koroške konsezne skupine »Koroško na novo misliti – Kärnten neu denken« in je bila posvečena 150. obletnici smrti nadvojvode Janeza in 150. obletnici prenosa sedeža Lavantinske škofije v Maribor.

Zaključek

Vprašanje ureditve statusa nemško govorečih prebivalcev RS je avstrijska stran uradno postavila leta 1992, leto po osamosvojitvi Slovenije. Ob tem (12. 6. 1992) je izročila Sloveniji Memorandum o »nemško govoreči narodnostni skupini v RS«.[66] Zanimivo je, da pred tem v vsej zgodovini po drugi svetovni vojni Avstrija tega vprašanja v odnosu do Jugoslavije ni načela. Zvezna Republika Nemčija je to vprašanje na nek način »spremljala« z uradno objavo dokumentacije o pregonu nemške manjšine s strani Jugoslavije po drugi svetovni vojni.[67]

Z izročitvijo prej omenjenega Memoranduma Avstrije Sloveniji je postalo vprašanje nemške narodnostne skupnosti v RS bolj ali manj stalnica v bilateralnih odnosih, saj ga avstrijska stran uvršča v širši strateški odnos do Slovenije.[68]

Neko obdobje intenzivne propagande, večkratnih javnih konfliktov v medijih in vztrajnih opozarjanj na prisotnost Kočevarjev, »Staroavstrijcev« in Nemcev v Sloveniji, še zlasti konec leta 1997 ob intenzivnjših procesih ob vstopanju Slovenije v evropske integracije,[69] se je simbolično končalo, ko je bil leta 2001 podpisan t. i. Kulturni sporazum med Slove-

64 Prim. 9. VLÖ-Volksgruppensymposium. V: *Lot und Waage, Zeitschrift des Alpenländischen Kulturverbandes Südmark*, Graz 56(4) (Gradec, 2009), str. 11–13.

65 Poročilo Veronike Haring o delu društva v letu 2009. Internetni vir: http://www.drustvo-mostovi.si/2009.html, 19. 9. 2011.

66 Prim. Dušan Nećak, Uvod. V: Dušan Nećak (ur.), »*Nemci*« ..., str. 8–9.

67 Več o genezi bilateralnih odnosov glede nemško govorečih prebivalcev RS glej Matjaž Jančar, *Slovenska zunanjepolitična razpotja*. (Ljubljana, Društvo 2000, 1996), str. 115–118.

68 Kronološko (do okoli leta 2000) so zapisana prizadevanja Avstrije po priznanju nemške manjšine v Sloveniji v Mitja Ferenc in Božo Repe, Slovensko-avstrijski odnosi ..., str. 635–642 in Stefan Karner, *Die deutschsprachige* ..., str. 195–208.

69 Omeniti je treba še konec leta 1997, ko je bila javnosti predstavljena študija avstrijskega zgodovinarja Stefana Karnerja, ki dokazuje obstoj »nemške manjšine« v Sloveniji ter odmeve nanjo v različnih slovenskih in avstrijskih medijih; študija je bila povod za »trdnejša« stališča Avstrije glede tega vprašanja. Prim. Nada Vilhar (ur.), Avstrijsko-slovenski odnosi s posebnim ozirom na vprašanje nemško govoreče manjšine v Sloveniji. *Članki v slovenskih periodičnih publikacijah v obdobju od septembra do decembra 1997*, 3. zvezki. (Ljubljana: Inštitut za narodnostna vprašanja, december 1997).

Festnummer anläßlich der 600-Jahrfeier.

Gottscheer Zeitung

Organ der Gottscheer Deutschen.

1330 - 1930

Willkommen!

Glasilo Kočevarjev *Gottscheer Zeitung* s pozdravnimi besedami ob srečanju volksdeutscherjev v Kočevju leta 1930.
Vir: Kjižnica INV, Ljubljana

nijo in Avstrijo, ki se v svojem 15. členu nanaša na vključevanje kulturnih, izobraževalnih, znanstvenih in drugih projektov nemško govorečih prebivalcev v Sloveniji v meddržavne odnose.[70]

Predstavniki nemško govoreče etnične skupnosti v Sloveniji redno zahtevajo ureditev svojega pravnega statusa. Nazadnje je delegacijo Zveze kulturnih društev nemško govoreče etnične skupnosti v Sloveniji 2. 2. 2011 sprejel predsednik Državnega zbora RS. Delegacija je izpostavila problem nepriznavanja nemško govoreče etnične skupnosti v Sloveniji kot avtohtone narodne skupnosti in izrazila željo po pravni ureditvi statusa, saj bi jim to olajšalo njihovo delovanje in kulturni obstoj.[71]

Priznanje »nemške manjšine«, ki da še vedno živi strnjeno na »zgodovinskih naselitvenih območjih« »Nemcev in Staroavstrijcev« v Sloveniji, zahteva tudi organizacija nemških pregnancev v Avstriji (Volksdeutsche Landsmanschaften Österreich),[72] občasno pa ga postavljajo tudi avstrijski politiki.[73] Latentno so prisotni poskusi dela avstrijske politike, da bi vprašanje priznanja »nemške manjšine« v Sloveniji povezali z ureditvijo manjšinskih pravic koroških Slovencev.[74]

Kot uspeh Avstrije lahko smatramo, da je Slovenija vprašanje obstoja nemške etnične skupine prebivalcev uredila v Kulturnem sporazumu. Sporazum je slovenski državni zbor »s stisnjenimi zobmi« sprejel očitno zaradi svojih prizadevanj za vključitev v Evropsko unijo. Vprašanje pravnega statusa nemško govoreče etnične skupnosti v Sloveniji je avstrijska politika ponovno poskušala aktualizirati,[75] ko so 56 let po podpisu Državne pogodbe o obnovi neodvisne in demokratične Avstrije letos na Koroškem postavljali nekaj deset novih dvojezičnih krajevnih napisov. Ob uveljavljenem pogoju 17,5 odstotka slovenskega prebivalstva v kraju za dosego manjšinskih

70 Sporazum med vlado Republike Slovenije in vlado Republike Avstrije o sodelovanju v kulturi, izobraževanju in znanosti. *Uradni list RS*, št. 20/2002 z dne 8. 3. 2002.

71 Internetni vir: http://www.drustvo-mostovi.si/dogodki.html, 18. 9. 2011.

72 Prim. Anerkennung für deutsch-altösterreichische Minderheit, *Gottscheer Zeitung* 108(95), maj 2011, str. 5.

73 Prim. Diskriminierte Altösterreicher, *Kleine Zeitung*, 20. avgust 2011, str. 18; Altösterreicher fordern Großzügigkeit, *Kleine Zeitung*, 5. september 2011, str. 16–17, itd.

74 FPÖ verknüpft Vertriebenenfrage mit der Ortstafelfrage, *Der Standard*, 26. marec 2011, str. 7, itd.

75 Strache & Ortstafeln, *Kärntner Tageszeitung*, 26. marec 2011, str. 8, itd.

pravic na Koroškem ter ob sklicevanju na recipročnost bi nemško govoreča etnična skupnost v RS težko pričakovala širitev manjšinskih pravic, ki jo njenim pripadnikom zagotavljajo 14., 61. in 62. člen Ustave RS.

Ob tem je treba zapisati, da bi lahko društva nemško govoreče etnične skupine prebivalcev v Sloveniji ob aktualnih dogodkih na Koroškem potrkala na vest in moralno odgovornost svojih prijateljev v Celovcu (npr. Heimatdienst), da bi ti pokazali velikodušnost pri rešitvah za koroške Slovence, ki so se sprejemale aprila 2011. Primeren zgled jim je lahko ravnanje slovenske manjšine na Koroškem, ki se ob podobnih dogodkih, ko gre za pravice deprivilegiranih in manjšin, praviloma vedno postavi na stran tako ali drugače zapostavljenih.

Po izselitvi Nemcev v letih 1945 in 1946 so na Slovenskem ostali le še »ostanki ostankov« nemške narodnostne manjšine. Nemško skupnost v Sloveniji (osebe avstrijske in nemške narodnosti ter osebe z nemškim maternim jezikom) označujejo vse obdobje po drugi svetovni vojni maloštevilčnost, razpršenost in v pretežni meri neavtohtonost.[76]

Glede na številčnost, skupinsko življenje in ohranjanje neke skupnosti ne kaže najbolje, da bi nemško govoreči dosegli pogoje za uspešno ohranitev. Vladimir Klemenčič in Jernej Zupančič ugotavljata, da ima sicer razpršeno poseljena skupnost Nemcev, Avstrijcev ter oseb z nemškim maternim jezikom »nekatere praktične priložnosti za ohranitev lastne etnične in kulturne podobe«. To podkrepita z možnostjo učenja maternega jezika za pripadnike nemško govorečega prebivalstva vse od osnovne šole, kjer je nemščina prvi, drugi obvezni ali izbirni jezik. Možnost učenja nemškega jezika obstaja bolj ali manj na celotnem državnem ozemlju. Ta praksa se nadaljuje tudi v srednjih šolah in na univerzah.[77]

Državne institucije morajo omogočiti, da se kulturna raznolikost in pestrost narodnostne sestave (npr. ostanki Kočevarjev in Nemcev) v Sloveniji ohrani in neguje.

76 Mitja Ferenc, *Kočevska* ..., str. 288.

77 Vladimir Klemenčič in Jernej Zupančič, O današnjem položaju »nemške manjšine« v Sloveniji. V: Karl Anderwald idr., *Kärnten Dokumentation* ..., str. 177.

Irena Destovnik

ZA DOBRE POLITIČNE ODLOČITVE SO POTREBNE DOBRE ZNANSTVENE ANALIZE

Nekaj dni po zadnji tiskovni konferenci Urada Vlade Republike Slovenije za Slovence v zamejstvu in po svetu (USZS) sem se pogovarjala z dr. Borisom Jesihom, ki med letoma 2008–2011 v obdobju mandata ministra dr. Boštjana Žekša na Uradu opravlja funkcijo državnega sekretarja.

Po njegovem trdnem prepričanju je bilo glavno merilo, da v mandatnem obdobju 2008–2011 opravlja funkcijo državnega sekretarja na Uradu RS za Slovence v zamejstvu in po svetu, oziroma da sta ga pred tremi leti minister Boštjan Žekš in zdaj že nekdanji predsednik Vlade Republike Slovenije, Borut Pahor, povabila k sodelovanju, njegovo skoraj 30-letno delo na področju raziskovanja manjšin. Kot raziskovalec je delal na ljubljanskem INV – Inštitutu za narodnostna vprašanja, s katerim je še vedno povezan in kamor se bo po vsej verjetnosti v začetku leta 2012 po nastopu nove vlade kot raziskovalec tudi vrnil. »Čas hitro teče, zdi se mi, kot da bi se pravkar srečali na prvi tiskovni konferenci, na kateri smo predstavili svoje načrte. Zadnja tiskovna konferenca pa je bila zaradi predčasnega padca slovenske Vlade že pred nekaj dnevi.«

Pretežni del njegovih raziskav na INV je bil povezan s Koroško, saj je tako magistriral kot doktoriral s temama, povezanima s Koroško,[1] raziskoval pa je tudi druge manjšine. S prihodom na Urad se je srečal z dvema zanj novima delovnima področjema, in sicer z zdomci in izseljenci, s katerima se kot raziskovalec ni ukvarjal, se je pa z njima na strokovni ravni srečeval kot nekdanji glavni urednik inštitutske znanstvene revije *RIG – Razprave in gradivo.*

»V prejšnjem mandatu je bil sprejet nov Zakon o Slovencih v zamejstvu in po svetu, po katerem je prvič predstojnik Urada postal minister brez listnice,[2] s čimer je to delovno področje dobilo novo kvaliteto in novo dodano vrednost. Čeprav minister brez listnice, je kot predstojnik Urada enakopraven član Vlade in kot tak laže uresničuje osnovne naloge Urada. Ena od osnovnih nalog Urada je koordiniranje dela, povezanega s Slovenci v zamejstvu in po svetu tudi na drugih ministrstvih. Marsikdo napačno predvideva, da je vse, kar se tiče Slovencev v zamejstvu in po svetu, skoncentrirano na Uradu, v resnici pa je to naloga celotne države. Urad res izvaja številne operativne naloge, vendar pa še za to področje ni edini odgovoren.«

1 Boris Jesih, Avstrijske politične stranke in manjšinsko vprašanje (magistrska naloga pri prof. Antonu Beblerju). (Ljubljana: Fakulteta za družbene vede v Ljubljani, 1992); Boris Jesih, *Med narodom in politiko: Politična participacija koroških Slovencev* (doktorska disertacija). (Ljubljana: Inštitut za narodnostna vprašanja; Celovec: Drava, 2007).

2 Minister brez listnice ali minister brez resorja je minister, ki opravlja samo politične naloge in je član ministrskega sveta, nima pa svojega uradnega ministrstva in se ne financira iz proračuna. Kot tak svetuje predsedniku republike in predsedniku vlade v zvezi z vprašanji s svojega področja dejavnosti.

Kako je doživljal prehod z raziskovalne na politično funkcijo? »Poenostavljeno bi temu lahko rekel, da sem na prejšnji ravni stvari dobro poznal od zunaj, zdaj pa sem prišel v samo drobovje obravnavane problematike. Da tu obstaja tudi kaj, česar se na zunaj ne vidi, sem vedel že prej, vendar pa po treh letih lahko rečem, da tudi tako imenovano drobovje ne odstopa od realnosti v tolikšni meri, da bi me podrobnejše spoznavanje delovnega področja močno presenetilo.«

Kot raziskovalec je bil kritičen do nekaterih političnih rešitev; kako pa o tem razmišlja sedaj? »Tako je, seveda sta to dva različna položaja. Zame je bila raziskovalna kritičnost velika prednost in sem jo skušal – vedno to v celoti ni šlo, ker je politika mnogo bolj pragmatična – tudi na novi funkciji čim bolj ohranjati. Ob zadnji večji obletnici INV sem v intervjuju za *Primorski dnevnik* izjavil, da so za dobre politične odločitve potrebne dobre znanstvene analize. V tem mandatu smo se tega pri najbolj ključnih vprašanjih na Uradu tudi držali oziroma smo se pri vseh odločitvah opirali na mnenja strokovnjakov.« Kot primer navede analizo tiskanih medijev in seveda tudi v času njegovega mandata najodmevnejše vprašanje postavitve dvojezičnih krajevnih napisov na Koroškem. »Tudi ob reševanju tega vprašanja smo se posvetovali s stroko, tako s tistimi njenimi predstavniki, ki so bili do danih rešitev kritični, kot tudi s tistimi, ki so bili bolj pragmatični in so rekli, da je rešitev, čeprav ni idealna, edina izvedljiva.«

Do katere mere so kot predstavniki slovenske politike lahko vplivali na odločitve avstrijske politike? Boris Jesih odgovarja, da neposrednega vpletanja v smislu, tako mora biti in nič drugače, ni bilo. So pa tako v pogovorih z manjšino kot s predstavniki avstrijskih oblasti vedno poudarjali, da je zanje sprejemljiva tista optimalna rešitev, s katero bo manjšina soglašala. Od tega do zadnjega trenutka niso odstopali in so se o vseh pomembnih odločitvah posvetovali z manjšino. Poudari, da nikoli niso zagovarjali mišljenja, da manjšina ne ve, kaj je dobro zanjo; so se pa pojavljali tako v Sloveniji kot na Koroškem tudi tovrstni poskusi. »Manjšina najbolje ve, kaj je zanjo dobro, in mi smo tukaj zato, da ji pri tem pomagamo. Mislim, da smo naredili velik korak in da smo ji pomagali v najboljši meri in največ, kar se je dalo, in to na vseh ravneh, ne samo na ravni Urada, temveč tudi zunanjega ministrstva in predsednika Vlade.«

Kaj pa bi odgovoril tistim precej številnim ljudem na Koroškem, ki so do omenjene rešitve zelo kritični? Državni sekretar odgovarja, da so to, da rešitev ni optimalna, vedeli od vsega začetka. »Ni bilo vprašanje, ali iti v optimalno rešitev, ampak iti v tako rešitev, ki bo sprejemljiva za manjšino. Ta rešitev pa je hkrati zaprla nekatere boleče točke in omogočila odprtje novih poglavij, enako ali celo bolj pomembnih, kot so vprašanja dvojezičnih krajevnih napisov. Sam sem srečal številne ljudi, ki so se z rešitvijo strinjali, ker so se zavedali, da so se s tem nekatera dolga leta odprta poglavja zaprla. Seveda bi bil tudi jaz kot znanstvenik do rešitve bolj kritičen. Posvetovali smo se z najboljšimi specialisti te stroke v Sloveniji, in vsi po vrsti so rekli, da rešitev seveda ni idealna, je pa treba to zgodbo enkrat končati. Najslabše se je postaviti na maksimalistične zahteve, od njih ne odstopati, pa tudi če nikoli ne prinesejo nobene rešitve.« Boris Jesih je trdno prepričan, da bi tudi avstrijska politika brez večjih težav lahko speljala za koroške Slovence ugodnejšo rešitev, ampak nanjo žal ni bila pripravljena. Bila pa je pripravljena narediti več kot njeni predhodniki v zadnjih desetletjih, in tudi zato se je manjšina odločila, da na to rešitev pristane.

Čeprav po eni strani govorimo, da se je s to rešitvijo poglavje o dvojezičnih krajevnih napisih zaprlo, pa je po drugi ostalo na nek način odprto, saj možnost postavitve dodatnih napisov v posameznih občinah z ničemer ni omejena. »Neizpodbitno dejstvo je, da se je zdaj vzdušje na Koroškem spremenilo, in to kljub nekaterim solističnim mazaškim akcijam iz zadnjih dni. V tem primeru ne gre za organiziran odpor, kot je to bilo v sedemdesetih letih, tako da je sankcioniranje stvar avstrijske pravne države.«

Razmišljanje, da avstrijska stran reševanje dvojezičnih krajevnih napisov povezuje z reševanjem statusa nemško govoreče etnične skupine v Sloveniji, se po mnenju Borisa Jesiha tako v Sloveniji kot v Avstriji pravzaprav zlorablja. Treba je namreč razumeti, da se je s sedanjo postavitvijo dvojezičnih krajevnih napisov strinjala tudi avstrijska skrajna desnica, ki za to svojo odločitev potrebuje nekako opravičilo. Tako avstrijska kot slovenska politika in nemška etnična skupina sama se zavedajo, da gre za številčno majhno skupnost, ki pa ji je vsekakor treba omogočiti ohranjanje lastne identitete. Prav zato je v letošnjem letu država Slovenija podvojila finančna sredstva za njeno delovanje. »Včasih se v politiki nemška etnična skupina v Sloveniji uporabi kot nekaka protiutež našim prizadevanjem za položaj koroških Slovencev.«

Nadaljuje, da bo morala manjšina v tem izboljšanem vzdušju poskrbeti še za ureditev drugih zadev, v času povečanega zanimanja za učenje slovenskega jezika predvsem za izboljšanje kakovosti jezikovnega poučevanja na ravni šolskega sistema. »Le čemu bi imeli dvojezične krajevne napise v vaseh, kjer nihče več ne bi govoril slovensko? Zanimanja za učenje slovenskega jezika ne opažamo samo na Koroškem, ampak tudi na Štajerskem, v Italiji in na Hrvaškem. Letos se je prvič k dopolnilnemu pouku slovenskega jezika v Varaždinu prijavilo okoli 600 otrok. Skrb za slovenski jezik je odgovornost države Avstrije, saj gre za njihove državljane in njihov šolski sistem, katerega so dolžni izvajati po zakonu, Slovenija pri tem lahko pomaga le v materialnem in strokovnem smislu.«

Na kaj bi morala biti slovenska narodna skupnost na Koroškem še pozorna? Jesih odgovarja, da je na nek način vse povezano z znanjem jezika, tako predšolsko varstvo, ljudske in višje šole ter zlasti slovenska glasbena šola, ki je že v nebo vpijoč primer. »Prav na tem primeru ob primerjavi financiranja deželne in slovenske glasbene šole lahko govorimo o pravi diskriminaciji slovensko govorečih učencev glasbene šole, ki so prav tako kot nemško govoreči avstrijski državljani. Rešitev za slovensko glasbeno šolo je več, manjšina bo morala pri iskanju najboljše izbrati tisto, ki bo ohranjala njeno avtonomijo znotraj avstrijskega glasbenega šolstva.«

Jesih nadaljuje, da je še veliko dela tudi na raziskovalnem področju, saj so tako koroški kot štajerski Slovenci z vsemi svojimi značilnostmi del

Državni sekretar Boris Jesih (levo) in minister za Slovence v zamejstvu in po svetu Boštjan Žekš.
Vir: USZS

avstrijske zgodovine in del avstrijskega prostora. Za vsem, o čemer je govoril, pa seveda tiči denar, tako da je njegova največja zamera Republiki Avstriji, da manjšini namenja zelo pičla sredstva. Brez velikih političnih ali finančnih težav bi ji lahko namenjala nekoliko več denarja in ji tako omogočila lažje preživetje in razvoj.

Nadaljuje, da je pri koroških Slovencih še precej odprtih vprašanj tudi na področju medijev. »Tudi te rešitve so odvisne od odločitev manjšine. Tednik koroških Slovencev *Novice* je tipičen primer nezavedanja o tem, da sta se tako svet kot manjšina spremenila. Tudi na pobudo Urada je bil ustanovljen programski svet, ki bo poskrbel tako za vsebinsko kot finančno prenovo časopisa.«

In kaj misli o organiziranju in odzivih mladih koroških Slovencev na aktualno dogajanje? »Bili smo veseli njihovega političnega aktiviranja, od njih samih pa je odvisno, v koliko meri bodo postali samostojen politični subjekt, ker bodo lahko le kot taki vplivali na spremembe, ki so v manjšini nujno potrebne; mladi so namreč lahko njihov pomemben generator. Ključnega pomena za preživetje manjšine pa je spremenjen pogled na sebe same. Stare vzorce v smislu: smo manjšina, ki se ji kršijo njene pravice, zanje se borimo in za svoje delovanje potrebujemo denar – je treba čim prej preseči. Iniciativ, ki so sposobne samorefleksije in gredo v smer razmisleka o tem, česa manjšina ne potrebuje več, razmišlja pa o današnji družbi prilagojeni vsebini, še vedno ni dovolj. Je pa to prav gotovo dolgotrajen proces in se sprememb ne da doseči čez noč. Kljub temu pa se danes postopno rešujejo vprašanja, o katerih se pred leti niti pogovarjati ni dalo. Tudi tako imenovana ideološka nasprotja znotraj manjšine so se zmanjšala, ljudje so kljub svojemu različnemu pogledu na svet sposobni medsebojne komunikacije in združevanja moči za dosego svojih idej in realizacijo svojih projektov.«

V preteklih treh letih se je Urad, preden so manjšinske organizacije na Koroškem »stopile skupaj«, največ ukvarjal z dvojezičnimi topografskimi napisi na Koroškem. Ukvarjali pa so se seveda tudi z drugimi narodnostnimi skupnostmi v drugih državah zunaj Republike Slovenije. Veliko novega se dogaja s Slovenci na območju nekdanje Jugoslavije, ki so po slovenski osamosvojitvi tako rekoč v »svoji domovini čez noč postali manjšina«. Po vseh nekdanjih jugoslovanskih republikah Slovenci, od katerih nekateri živijo v zelo hudih razmerah, ustanavljajo svoja društva, in to ne samo na Hrvaškem in v Bosni in Hercegovini, ampak tudi v Makedoniji in Srbiji.

Borisa Jesiha sta presenetila tudi živost druge in tretje generacije izseljencev, pa seveda zavedanje, da med izseljenci niso samo emigranti, ki so bili tako v pozivnem kot negativnem pomenu v javnosti še najbolje predstavljeni, ampak tudi ekonomski in drugi izseljenci, ki ohranjajo identiteto. »V Kanadi sem se v Winnipegu s predsednikom enega od slovenskih društev pogovarjal v angleščini, vse dokler nisem ugotovil, da odlično obvlada prekmursko; ker sem sam Prekmurec, sva cel dan ›gučila‹ po prekmursko.«

V zvezi s financiranjem Boris Jesih poudari, da bo denarja vedno manj. Zato je treba dobro razmisliti, da se ta, ki je oziroma bo na razpolago, čim bolj racionalno porabi in se ne financira vsebinsko že zdavnaj preživetih projektov.

In kaj se bo po decembrskih volitvah zgodilo z Uradom? Preden odgovori na to vprašanje, Boris Jesih poudari, da sta bila z ministrom Žekšem, ki je kot fizik realist in moder politik, in njim, ki je predvsem teoretsko podkovan, dober tim. »Če bodo v prihodnje želeli ukiniti ministra brez listnice kot predstojnika Urada in Urad priključiti kakšnemu drugemu ministrstvu, bodo morali najprej spremeniti Zakon o Slovencih po svetu, kar pa ni tako preprosto, ker je za spremembo Zakona potrebno dobiti soglasje parlamenta. Poudari, da je s tem, kar jim je na Uradu uspelo narediti v njihovem triletnem mandatu, zelo zadovoljen, saj so v bistvu naredili skoraj vse, kar so si zadali. »Škoda bi bilo, če bi se ta trend prekinil. Ker smo naredili kar nekaj korakom naprej, ker smo vodili modro politiko, ki se je zavedala tega, da se je svet spremenil. Vzpostavili smo tudi intenzivno bilateralno sodelovanje z Madžarsko in okrepili delovanje mešane komisije za Furlanijo Julijsko krajino; oboje se kljub nekaterim težavam izboljšuje. Problemi seveda so, politika pa je tu zato, da rešuje probleme, delala pa naj bi jih ne ...«

Je kakšna možnost, da po volitvah oba z ministrom Žekšem ostaneta na svojih položajih? »V Sloveniji se le malo politikov zaveda, da bi bilo pametno ljudi, ki so v svojem mandatu dobro delali, zaradi njihove strokovnosti zadržati tudi v naslednjem mandatu. Kdo bo državni sekretar v naslednjem mandatnem obdobju, je seveda odvisno od volilnega izida. Mandat nam namreč poteče tisti trenutek, ko bo oblikovana nova vlada. Po vsej verjetnosti se bom kot raziskovalec vrnil na INV, kot gostujoči profesor pa bom na celovški univerzi na Inštitutu za pedagogiko predaval o manjšinah v prostoru Alpe Jadran.«

Ob koncu doda: »Če bi se mi ponudila priložnost, bi to delo z veseljem opravljal še naprej, drugače pa se bom k svojemu raziskovalnemu delu vrnil z novimi spoznanji, ki sem se jih naučil med opravljanjem funkcije državnega sekretarja. Bom pa od zdaj na problematiko področja, s katerim se ukvarjam, gledal z drugačnimi očmi, tako na državno upravo kot tudi manjšine. Precej bolj bom kritičen.«

Marjeta Domej
Slovenska študijska knjižnica Celovec

KOROŠKA BIBLIOGRAFIJA ZA LETO 2010/2011

Pričujoča bibliografija popisuje publikacije, ki so izšle v letu 2010 in 2011, izjemoma pa tudi prej, ki jih je knjižnica prejela od 1. oktobra 2010 do zaključka redakcije 28. septembra 2011.

Bibliografija popisuje **serijske publikacije** (tj. časnike, časopise, koledarje, zbornike, almanahe, ki izhajajo vsaj enkrat letno) in **monografske publikacije** (to je knjige, videokasete, zvočne kasete, CD, DVD, slikovno gradivo, zemljevide), katerih avtor je koroški Slovenec, ki jih je založila koroška slovenska založba in so pisane v slovenščini ali pa obravnavajo koroško slovensko tematiko. Ne popisuje tistih publikacij, ki jih je sicer založila slovenska koroška založba, vendar pa niso v slovenščini, njihov avtor ni Slovenec in ne govorijo o Slovencih. Izjema so le publikacije, ki so izšle v šteti zbirki, ki večinoma prinaša koroško sloveniko. Upošteva tudi nekatere publikacije, ki govorijo o Slovencih na avstrijskem Štajerskem in v italijanski Kanalski dolini ter splošnejše publikacije, ki govorijo o manjšinskem vprašanju. Bibliografija beleži tako tiskane publikacije kot tudi polpublikacije, deloma drobni tisk in razmnožene tipkopise. Prinaša tudi **izbor člankov** iz časopisov, revij, koledarjev in zbornikov, predvsem z namenom, da bi bila v pomoč pri strokovnem delu. Članke v časnikih upošteva le izjemoma. Kot vsak izbor je tudi ta subjektiven in nepopoln. Popis je urejen na podlagi univerzalne decimalne klasifikacije (UDK). Dodano je naslovno, imensko in predmetno kazalo.

Bibliografijo sem sestavila na podlagi gradiva, ki ga SŠK pridobiva v z obveznim izvodom publikacij iz Republike Slovenije, z nakupi in darovi. Za izdelavo je bila uporabljena računalniška baza podatkov COBISS, vzajemna bibliografska in kataložna baza vseh slovenskih knjižnic, pri izgradnji katere od leta 1997 aktivno sodelujem. Prizadevala sem si narediti kar najbolj popoln pregled, vendar je možen tudi kakšen izpust zaradi tega, ker SŠK ne prejema celotnega slovenskega obveznega izvoda in ker so sredstva za nakup gradiva omejena. Posebno mogoče je, da sem spregledala kak članek, ki bi v bibliografijo sicer sodil, pa ga nisem mogla upoštevati, ker periodične publikacije ali zbornika SŠK nima, možnosti popisovanja v drugih knjižnicah pa so bile zaradi ostalih službenih dolžnosti zelo omejene.

Katalog Slovenske študijske knjižnice je dosegljiv na spletni strani knjižnice na Internetu, in sicer na naslovu **http://www.celovec.sik.si**, ali pa preko slovenskega vzajemnega kataloga na strani **http://www.cobiss.si/**. Tu naši člani lahko tudi naročajo želeno gradivo in podaljšujejo rok izposoje.

http://www.celovec.sik.si
E-mail: ssk@celovec.sik.si

0 SPLOŠNO. KULTURA. BIBLIOGRAFIJA. KORPORACIJE

1. **BLOHBERGER, Gudrun**
Die Gedenkstätte Peršmanhof / Gudrun Blohberger. – Ilustr. – Bibliografija: str. 30.
V: Kärnten, Slowenien, Triest / hrsg. von Tanja von Fransecky ... [et al.]. – Berlin ; Hamburg : Assoziation A, 2010. – ISBN 978-3-935936-92-7. – Str. 25–30.
COBISS.SI-ID 1974228

2. **DESTOVNIK, Irena**
Ta roka čuva svet, da ne osiromaši : 40-letnica Koroške likovne kolonije mladih / Irena Destovnik. – Ilustr. – Bibliografija na dnu str.
V: Koroški koledar .... – ISSN Y500-1811. – (2011), str. 183–187.
COBISS.SI-ID 1961940

3. **DOMEJ, Marjeta**
Koroška bibliografija za leto 2009/2010 / sestavila in uredila Marjeta Domej.
V: Koroški koledar .... – ISSN Y500-1811. – (2011), str. 232–252.
COBISS.SI-ID 1962708

4. **GRAFENAUER, Danijel**
Prežihov Voranc in Klub koroških Slovencev / Danijel Grafenauer. – Ilustr. – Opombe z bibliografijo na dnu str.
V: Koroški koledar .... – ISSN Y500-1811. – (2011), str. 38–57.
COBISS.SI-ID 1959380

5. **KOREN, Anton, 1949–**
Poročilo celovške Mohorjeve družbe za leto 2010 / Anton Koren.
V: Koledar Mohorjeve družbe v Celovcu. – ISSN 1024-1493. – (2011), str. 142–145.
COBISS.SI-ID 1972180

6. **MALLE, Avguštin**
Znanstveno delo: manjšina kot subjekt in objekt / Avguštin Malle. – Ilustr.
V: Novi razgledi. – ISSN 1855-7597. – Letn. 2, št. 17/18 (22. okt. 2010), str. 19–21.
COBISS.SI-ID 11797837

7. **MOHORJEVA družba (Celovec)**
Mohorjeva družba Celovec : bibliografija : 1851–2011 = Hermagoras Verlag Klagenfurt : Bibliographie : 1851–2011 / [urednik, Redakteur Roman Till]. – 1. izd. = 1. Ausg. – Celovec ; Ljubljana ; Dunaj : Mohorjeva = Klagenfurt ; Laibach ; Wien : Hermagoras, 2011 (v Celovcu : Mohorjeva družba = Klagenfurt : Hermagoras Verein). – 119 str. : ilustr. ; 20 cm
Nasl. na prelim. str., ov. in hrbtu: Bibliografija = Bibliographie. – 800 izv.
ISBN 978-3-7086-0623-1
COBISS.SI-ID 257533696

8. **PANDEL, Martin**
Med »etnostresom« in »dialogom« : novo oblikovanje obličja Koroške / Martin Pandel. – Ilustr.
V: Koledar Mohorjeve družbe v Celovcu. – ISSN 1024-1493. – (2011), str. 58–60.
COBISS.SI-ID 1966036

9. **SLOVENSKA prosvetna zveza (Celovec)** Delokrog Slovenske prosvetne zveze. – Klagenfurt = Celovec : Slovenska prosvetna zveza, 2010. – 47 str. ; 30 cm
COBISS.SI-ID 1965268

05 SERIJSKE PUBLIKACIJE

10. **ALMANAH slovenskega športa v Avstriji za leto ...** = Almanach des slowenischen Sports in Österreich . – Celovec : Slovenska športna zveza = Klagenfurt : Slowenischer Sportverband, 2008–. – 30 cm
Letnik. – Popis po 2009. – Ov. nasl. – Je nadaljevanje: Športni bilten
COBISS.SI-ID 11815501

11. **BILTEN KKZ** : informacije, servis, ozadja, prireditve / Krščanska kulturna zveza = Christlicher Kulturverband. – 1999, št. 1– . – Celovec : Krščanska kulturna zveza = Klagenfurt : Christlicher Kulturverband, 1999–. – 30 cm
Občasno. – Ov. nasl. – Popis po 2000, št. 6 (jul.)
COBISS.SI-ID 265940

12. **BISTRIČAN** = Der Feistritzer . – Bistrica nad Pliberkom = Feistritz ob Bleiburg : Enotna lista, [199–]–. – 30 cm
Občasno. – Čelni nasl. – Popis po letn. 2, izd. 2 (Jul. 1999). – Od št. = Nr. 1, marec 2008 založnik SIC Celovec. – Drugače povezano delo: Info
COBISS.SI-ID 314580

13. **BOROVELJSKI list** : VS informira = Ferlacher Zeitung : Informationen der WG. – Letn. 1, št. 1 (1985)– . – Borovlje : Volilna skupnost =Ferlach : Wahlgemeinschaft, 1985–. – 30 cm
Občasno
COBISS.SI-ID 29945089

14. **DIALOG**. – Letn. 1, št. 1 (1981)– . – Tinje = Tainach : Katoliški dom prosvete Sodalitas = Kath. Bildungsheim Sodalitas, 1981–. – 30 cm
Štirikrat letno
COBISS.SI-ID 30647041

15. **DOMOFON Slomškovega doma**. – 2001, [št. 1]– . – Celovec = Klagenfurt (Viktringer Ring 26) : vodstvo Slomškovega doma, 2001–. – 30 cm
Letnik. – Besedilo slov. ali nem. – Je nadaljevanje: Domofon
COBISS.SI-ID 1499092

16. **DVOJEZIČNA zvezna trgovska akademija (Celovec)**
Report / Zweisprachige Bundeshandelsakademie = Dvojezična zvezna trgovska akademija. – 1990/1991– . – Klagenfurt : Leitung der Zweisprachigen Bundeshandelsakademie = Celovec : Vodstvo Dvojezične zvezne trgovske akademije, [1991]–. – 23 cm
Letnik
COBISS.SI-ID 27091200

17. **EL Info**. – 2006, št. 1 – . – Celovec = Klagenfurt : SIC, 2006–. – 30 cm
Občasnik. – Čelni nasl. – Besedilo v nem. in slov. – Je nadaljevanje: Mi v občini
COBISS.SI-ID 1357524

18. **EL Info**. – 2009, december– . – Globasnitz : Einheitsliste = Globasnica : Enotna lista, 2009–. – 30 cm
Občasnik. – Je nadaljevanje: EL–Aktuell
COBISS.SI-ID 1871060

19. **EL info** : info list Enotne liste Železna Kapla–Bela = Info-Blatt der Einheitsliste Eisenkappel–Vellach. – Št. = Nr. 1 (marec = März 2008)– . – Celovec = Klagenfurt : SIC, 2008–. – 30 cm
Občasno. – Je nadaljevanje: Kapelčan
COBISS.SI-ID 1652948

20. **EL novice** : Enotna lista = EL news = EL Neuigkeiten. – [Let. 1, št. 1 (1990)– . – Suha = Neuhaus : [Enotna lista], 1990–. – 30 cm
Občasnik. – Besedilo slov. in/ali nem.
COBISS.SI-ID 31712513

21. **GWL-Info** . – 2002 (Feb.)– . – St. Kanzian = Škocjan : GWL, 2002–2007. – 30 cm
Občasnik. – Čelni nasl. – L. 2008 izšlo pod naslovom EL Info. – Je nadaljevanje: Naša občina : GL informira. – Nadaljuje se kot: EL Info
COBISS.SI-ID 849876

22. **INFO** / Eberndorfer Liste, Enotna lista. – Dobrla vas : EL = Eberndorf : Eberndorfer Liste, 2003–2007. – 30 cm
Občasno. – Popis po št. 2 (2003). – Od 2006 založnik SIC, Celovec. – Občasno dodatek k naslovu: Eberndorfer Nachrichten = Dobrolske novice. – Nadaljuje se kot: EL info
COBISS.SI-ID 1161428

23. **INFORMACIJE & komentarji** : tedenski info-bilten Slovenskega znanstvenega inštituta. – El. časopis. – Leto 28 (2008), št. 13– . – Celovec : Slovenski znanstveni inštitut, 2008–
Polni tekst. – Sistemske zahteve: Adobe reader. – Način dostopa (URL): http://mindoc.ikuc.at/login (Dostop do polnega teksta za naročnike). – Tednik. – Nadomesti tiskano obliko, dostopno samo naročnikom kot PFD dokument. – Je nadaljevanje: Informacije & komentarji
COBISS.SI-ID 1645780

24. **JEZIKOVNE počitnice (Novo mesto)**
Jezikovne počitnice ... . – [Novo mesto : Jezikovne počitnice], ?992–. – 30 cm
Letnik. – Jezikovne počitnice ustanovljene 1987
COBISS.SI-ID 38392320

25. **KOLEDAR Mohorjeve družbe v Celovcu**. – 1992– . – Celovec : Mohorjeva družba, 1991–. – 24 cm
Letnik. – Je nadaljevanje: Koledar Družbe sv. Mohorja
ISSN 1024-1493 = Koledar ... – Mohorjeve družbe v Celovcu
COBISS.SI-ID 6733

26. **KOROŠKI koledar ...** / Slovenska prosvetna zveza Celovec. – 1963– . – Celovec : Založba Drava, 1963–. – 24 cm

Letnik. – Leta 1964, 1968 in 1969 ni izšel!. – Je nadaljevanje: Koledar slovenske Koroške
COBISS.SI-ID 8089344

27. **LANDESSCHULRAT für Kärnten. Abteilung VII, Minderheitenschulwesen**
Jahresbericht über das Schuljahr ... / Landesschulrat für Kärnten, Abteilung VII, Minderheitenschulwesen. – [Klagenfurt] (10.–Oktober–Str. 24) : Landesschulrat für Kärnten, [1958/59–]. – 30 cm
Letnik. – Popis po letu 1998/99
COBISS.SI-ID 405972

28. **LETNO poročilo** : šolsko leto ... / Glasbena šola na Koroškem = Kärntner Musikschule. – Celovec : Glasbena šola na Koroškem = Klagengurt : Kärntner Musikschule, 1985–. – 21 cm
Letnik. – Popis po št. 8 (šol.leto 1992/93). – Ov. nasl. – Pred št. 8 format 30 cm
COBISS.SI-ID 28805377

29. **LETNO poročilo Zvezne gimnazije in Zvezne realne gimnazije za Slovence v Celovcu** : šolsko leto ... = Jahresbericht des Bundesgymnasiums und Bundesrealgymnasiums für Slowenen in Klagenfurt : Schuljahr ... – 1 (1957/1958)– . – Celovec (Janežičev trg 1) : Zvezna gimnazija in Zvezna realna gimnazija za Slovence = Klagenfurt : Bundesgymnasium und Bundesrealgymnasium für Slowenen, 1957/1958–. – 24 cm
Letnik
COBISS.SI-ID 32425729

30. **MISIJONSKA obzorja** : koroška priloga. – 1989, [1]– . – [Celovec : Dušnopastirski urad Krške škofije], 1989–. – 31 cm
Občasno
COBISS.SI-ID 30178817

31. **MLADI rod** : šolski list za koroško mladino. – Leto 1, št. 1 (1952)– . – Celovec = Klagenfurt (Postfach 210) : Društvo »Mladi rod«, 1952–. – 24 cm
Petkrat letno dvojna številka
ISSN 0462–9671 = Mladi rod
COBISS.SI-ID 29252097

32. **NAŠA občina** : bilčovski občinski list = Unsere Gemeinde : Ludmannsdorfer Gemeindezeitung. – [1979, št. 1]– . – Bilčovs = Ludmannsdorf : Enotna lista, 1979–. – 30 cm
Občasno. – Besedilo slov. ali nem.
COBISS.SI-ID 31784193

33. **NAŠA občina** : bistriški občinski list = Unsere Gemeinde : Feistritzer Gemeindezeitung. – Let. 1 (1980), št. 1– . – Bistrica v Rožu = Feistritz i. R. : Volilna skupnost, 1980–. – 30 cm
Četrtletno
COBISS.SI-ID 31780609

34. **NAŠA občina** : [glasilo Enotne liste Kotmara vas] = Unsere Gemeinde : Infoblatt der Einheitsliste Köttmannsdorf. – Št. 1, marec 2008– . – Klagenfurt = Celovec : SIC, 2008–. – 30 cm
Občasnik. – Čelni nasl. – Od št. 3 (dec. 2008) prevzame štetje letnikov po predhodniku. – Besedila v slov. in nem. – Je nadaljevanje: Naša občina Kotmara vas = Unsere Gemeinde Köttmannsdorf
COBISS.SI-ID 1651668

35. **NAŠA vas** : glasilo Slovenskega prosvetnega društva Radiše = Unser Dorf : Mitteilungsblatt des slowenischen Kulturvereines Radsberg. – Radiše : Slovensko prosvetno društvo = Slowenischer Kulturverein »Radiše«, 1990–. – 30 cm
Občasno. – Popis po let. 3, št. 6 (nov. 1992)
COBISS.SI-ID 33464832

36. **NEDELJA** : cerkveni list krške škofije. – Letn. 1, št. 1 (1926)– . – Celovec (Viktringer Ring 26) : Ordinariat krške škofije, Slovenski dušnopastirski urad, 1926–. – 32 cm
Tednik. – Ima priloge: Misijonski list; Misijonska obzorja; Let. 64 (1994) od št. 36 dalje Otroška stran – nadaljevanje Naše mavrice; Inpuncto; Štirinajst dni; Slomškov list
ISSN 1024-1485 = Nedelja (Celovec)
COBISS.SI-ID 24321280

37. **NOVA družinska pratika** : za navadno leto ... – 1951– . – Celovec : Mohorjeva družba, 1950–. – 15 cm
Letnik. – Ov. nasl. – Ob prestopnem letu podnasl.: za prestopno leto ...
ISSN 0546-7667 = Nova družinska pratika
COBISS.SI-ID 30791169

38. **NOVICE** : slovenski tednik za Koroško / [izdajatelj Narodni svet koroških Slovencev in Zveza slovenskih organizacij na Koroškem]. – Št. 1 (11.apr. 2003)– . – Celovec = Klagenfurt (Villacher Straße 127/I) : Slomedia, 2003–. – 35 cm
Tednik. – Ima suplement ali prilogo: Kultura. – Ima suplement ali prilogo: TAKe that
COBISS.SI-ID 1000660

39. **PLIBERŠKI časopis** : Info list Enotne liste Pliberk = Bleiburger Zeitung : Info-Blatt Einheitsliste Bleiburg. – Celovec = Klagenfurt : SIC, 1981–. – 30 cm
Občasnik. – Ov. nasl. – Opis po: št. 1 (marec 2008). – Je nadaljevanje: Naš pliberški časopis
COBISS.SI-ID 31789057

40. **PR' Zile** : Info list volilne skupnosti Straja vas in Bistrica na Zilji = Im Gailtal : Info-Blatt der Wahlgemeinschaft Hohenturm und Feistritz/Gail. – Št. = Nr. 1 (Dez. 2004)– . – Celovec = Klagenfurt : SIC, 2004–. – 30 cm
Občasnik. – Čelni nasl. – Opis po: št. 1 (marec 2008)
COBISS.SI-ID 1267668

41. **PREPIH** : list Mladinskega doma. – Letn. 1, št. 1 (junij 1982/1983)– . – Celovec = Klagenfurt (Mikschalle 4) : Mladinski dom Slovenskega šolskega društva, 1983–. – 21 cm
Letnik. – Občasno format: 15 x 21 cm
COBISS.SI-ID 43338240

42. **PRI nas v Galiciji** = Wir in Gallizien : EL Info. – 2005, št. 1– . – Galicija = Gallizien : EL, 2005–. – 30 cm
Občasnik. – Čelni nasl. – Besedilo v slov. in nem.
COBISS.SI-ID 1316308

43. **PRIREDITVENI koledar** / Krščanska kulturna zveza, Slovenska prosvetna zveza. – 2011– . – Celovec : Krščanska kulturna zveza : Slovenska prosvetna zveza, 2011–. – 17 cm
Letnik
COBISS.SI-ID 514625420

44. **RASTJE** : [literarno kritična revija Društva slovenskih pisateljev, publicistov in prevajalcev v Avstriji]. – 2007– . – Klagenfurt = Celovec (Tarviser Straße 16) : Društvo slovenskih pisateljev, publicistov in prevajalcev v Avstriji, 2007–. – 21 cm
Letnik
COBISS.SI-ID 1585108

45. **ROSEGGER Liste** = Rožeška lista : RL. – 2004– . – Rosegg : Rosegger Liste = Rožek : Rožeška lista, [2004]–. – 30 cm
Občasno. – Od 2006 založnik SIC, Celovec. – Deloma je nadaljevanje: Rožeške informacije = Rosegger Informationen
COBISS.SI-ID 1267412

46. **SIGNAL** : Jahresschrift des Pavel-Hauses = letni zbornik Pavlove hiše / Artikel-VII-Kulturverein für Steiermark = Kulturno društvo Člen 7 za avstrijsko Štajersko. – Laafeld : Pavelhaus = Potrna : Pavlova hiša, 1995–. – 30 cm
Letnik. – Podnasl. do l. 2003/2004: Zweisprachig ist besser = dvojezično je boljše. – Besedila v nem. in slov.
COBISS.SI-ID 60609792

47. **SKUPNOST** : informacijski list Skupnosti koroških Slovencev in Slovenk, Gemeinschaft der Kärntner Slowenen und Sloweninnen. – Št. 1 (nov. 2005)– . – Celovec (Novi trg 7) : Skupnost koroških Slovencev in Slovenk, 2005–. – 30 cm
Občasno
COBISS.SI-ID 1338324

48. **ŠPORTNI bilten** = Sport-Bulletin / Slovenska športna zveza = Slowenischer Sportverband. – 1997–2007. – Celovec : Slovenska športna zveza = Klagenfurt : Slowenischer Sportverband, 1997–2006. – 30 cm
Občasno. – Popis po 2002. – Ov. nasl. – Nadaljuje se kot: Almanah slovenskega športa v Avstriji za leto ...
COBISS.SI-ID 326612

49. **ŠTIRINAJST dni**. – 2007, september– . – Celovec : Ordinariat krške škofije, 2007–. – 30 cm
Štirinajstdnevnik. – Izmenično družinska ali kulturna priloga Nedelje
COBISS.SI-ID 1541332

50. **TAKe that** : šolski časopis Dvojezične trgovske akademije v Celovcu : Schülerzeitung der Zweisprachigen Handelsakademie in Klagenfurt. – 2010/2011– . – Klagenfurt = Celovec (Prof.-Janežič-Platz 1) : Tretji letnik Dvojezične HAK/TAK, 2011–. – 35 cm
Letnik. – Besedila slov. ali nem. – Suplement ali priloga k: Novice
COBISS.SI-ID 514655116

51. **ŽITRAJSKI list** : informacijski list = Sittersdorfer Zeitung = Informationsblatt

der EL Sittersdorf. – Žitara vas = Sittersdorf : EL–Žitara vas, [1979]–. – 30 cm
Občasno. – Popis po Let. 14, št. 1 (april 1992)
COBISS.SI-ID 31799297

1 FILOZOFIJA. PSIHOLOGIJA

52. JURIĆ-Pahor, Marija
»Komaj rojen, že goriš v ognju večera« (S. Kosovel). Razvojne poteze in učinki množičnih travmatizacij v primorski in koroški spominski literaturi v času prve svetovne vojne in po njej / Marija Jurić Pahor. – Bibliografija: str. 302–308. – Izvleček ; Sintesi ; Summary.
V: Acta Histriae .... – ISSN 1318-0185. – Let. 18, št. 1/2 (2010), str. 275–308.
COBISS.SI-ID 11631181

53. REBULA-Tuta, Alenka
Globine, ki so nas rodile / Alenka Rebula ; [spremna beseda Blaž Mesec]. – 2. ponatis 2. dopolnjene izd. – Celovec ; Ljubljana ; Dunaj : Mohorjeva, 2011 (v Celovcu : Mohorjeva družba). – 306 str. ; 23 cm
1.000 izv. – Otroci nas vabijo v prerojenje / Blaž Mesec: str. 303–306. – Bibliografija: str. 297–301
ISBN 978-3-7086-0468-8
COBISS.SI-ID 254507008

54. SCHNABL, Bojan-Ilija
Asimilacija in sindrom posttravmatskega stresa / Bojan-Ilija Schnabl. – Ilustr. – Bibliografija: str. 126–127.
V: Koroški koledar .... – ISSN Y500-1811. – (2011), str. 117–130.
COBISS.SI-ID 1960916

2 VERSTVO. RELIGIJA

55. OLIP, Ivan
Pfarrgemeinden als Kulturträger : seelsorgliche und kulturelle Initiativen am Beispiel der Pfarre Bleiburg = Župnija kot nosilka kulture : pastoralne in kulturne iniciative ob primeru župnije Pliberk / Ivan Olip. – Avtorj. sl., ilustr. – Besedilo v nem. in slov.
V: Jahrbuch der Diözese Gurk. – ISSN Y500-1307. – Jg. 34 (2011), str. 115–117 ; 118–119.
COBISS.SI-ID 1972948

56. WEINREB, Friedrich
Samozavest in depresija / Friedrich Weinreb ; [spremna beseda Jože Kopeinig ; iz nemščine prevedla Andrea Haberl-Zemljič]. – 1. izd. – Celovec : Mohorjeva, 2010 (v Celovcu : Mohorjeva družba). – 49 str. ; 19 cm
Prevod dela: Selbstvertrauen und Depression. – 300 izv. – Knjigi na pot / Jože Kopeinig: str. 5–8. – O avtorju na sprednjem zavihku ov.
ISBN 978-3-7086-0560-9
COBISS.SI-ID 252744192

30/31 DEMOGRAFIJA. STATISTIKA. SOCIOLOGIJA

57. VAVTI, Štefka
»Das hinterlässt jo a bei den Kindern die Spuren ---« [Elektronski vir] : eine Wiederbelebung der verlorenen slowenischen Identität / von Stefanie Vavti. – . – Način dostopa (URL): http://zeitdokument.at/ztdok/b_txzz22.html. – Popis vira z dne 8. 3. 2011.
V: Das gemeinsame Leben [Elektronski vir]. – Villach : Kunst- und Ideenfabrik Reinhard Eberhart, cop. 1990–2010.
COBISS.SI-ID 1988308

58. VAVTI, Štefka
Etnične identifikacije Slovencev na avstrijskem Koroškem : med angažmajem in odhajanjem / Štefka Vavti.
V: Svobodna misel. – ISSN 1318-0266. – Letn. 20, št. 14 (22. jul. 2011), str. 7–8.
COBISS.SI-ID 11999309

59. VAVTI, Štefka
Grenzen und Identitäten im Wandel der Zeit : Impressionen aus Südkärnten und dem Kanaltal = Meje in identitete – spremembe v času : vtisi iz južne Koroške in Kanalske doline / Stefanie Vavti. – Besedilo v nem., deloma tudi v slov. – Bibliografija: str. 128. – Zusammenfassung.
V: Grenzen : Grenzenlos – 1918/20 : 2010 / Herausgeber Peter Karpf, Werner Platzer, Udo Puschnig. – Klagenfurt am Wörthersee : Amt der Kärntner Landesregierung, Volksgruppenbüro, 2010. – (Kärnten Dokumentation ; Sonderbd. 03). – ISBN 3-901258-17-5. – Str. 113–128.
COBISS.SI-ID 1991380

60. VAVTI, Štefka
Med angažmajem in odhajanjem. Identitetni tipi pri mladih Slovencih in Slovenkah na dvojezičnem avstrijskem Koroškem / Štefka Vavti. – . – Dostopno tudi na: http://www.inv.si. – Bibliografija: str. 33–35 ; 7 opomb. – Abstract ; Povzetek.
V: Razprave in gradivo. – ISSN 0354-0286. – Št. 64 (2011), str. 8–35.
COBISS.SI-ID 11940941

61. VAVTI, Štefka
»Wir genießen lieber das Leben und haben es schön!« : slowenische Jugendliche im zweisprachigen Kärnten: Zwischen Lebenslust und Vergangenheitsinszenierung? / Štefka Vavti. – Bibliografija: str. 68–69, 17 referenc. – Povzetek v nem. in angl.
V: Razprave in gradivo. – ISSN 0354-0286. – Št. 62 (sep. 2010), str. 50–69.
COBISS.SI-ID 11766605

62. WINKLER, Rudolf
Im Dialog mit der eigenen Geschichte – eine spannende Geschichte : wenn man eingefahrene Konflikte anders lösen will, muss man neue Wege gehen / Rudolf Winkler. – Bibliografija: str. 125.
V: Volksgruppenfragen / Gerhard Hafner, Martin Pandel (Herausgeber, izdajatelja). – Celovec ; Ljubljana ; Dunaj : Mohorjeva = Klagenfurt ; Laibach ; Wien : Hermagoras, 2011. – ISBN 978-3-7086-0605-7. – Str. 109–125.
COBISS.SI-ID 2012116

32 POLITIKA. NARODNE MANJŠINE

63. GEMEINSAM 20 Jahre / Volksgruppenbüro = Skupno [20] let / Biro za slovensko narodno skupnost ; [Bildnachweis, slike Tomaž Ogris ... et al.]. – Klagenfurt am Wörthersee : Amt der Kärntner Landesregierung, Volksgruppenbüro, 2010. – 133 str. : ilustr. ; 26 cm
Besedilo v nem. in prevod v slov. – Volksgruppenpolitik mit Leidenschaft = Manjšinska politika s strastjo / Gerhard Dörfler: str. 4–5. – Zum Geleit = Knjigi na pot / Dieter Platzer: str. 6–7. – 20 Jahre Volksgruppenbüro = 20 let Biro za slovensko narodno skupnost / Pavel Apovnik: str. 8–11
ISBN 3-901258-16-7
COBISS.SI-ID 514621836

64. GRAF, Wilfried
Konfliktbearbeitung durch interkulturellen Dialog? : Gedanken zum laufenden Dialogprojekt »Kärnten neu denken« / Wilfried Graf. – Bibliografija: str. 136–137.
V: Grenzverkehr | ungen / Wintersteiner, Gombos, Gronold (Hg.). – Klagenfurt = Celovec : Wieser, cop. 2010. – (Wieser Wissenschaft). – ISBN 978-3-85129-880-2. – Str. 125–137.
COBISS.SI-ID 514616716

65. GRAFENAUER, Danijel
Oris politične organiziranosti koroških Slovencev / Danijel Grafenauer. – Ilustr. – Bibliografija v opombah na dnu str.
V: Novi razgledi. – ISSN 1855-7597. – Letn. 2, št. 17–18 (22. okt. 2010), str. 7–9.
COBISS.SI-ID 11796301

66. GRAFENAUER, Danijel
Die Slowenen im vereinten Europa: historische Erfahrungen und Entwicklungschancen der slowenischen Volksgruppen = Slovenstvo v zedinjeni Evropi: zgodovinske izkušnje in razvojne možnosti slovenskih narodnih skupnosti / Danijel Grafenauer. – Besedilo v nem. in slov. – Opombe z bibliografijo na dnu str.
V: Sind wir alle Europäer oder ist noch Platz für Volksgruppen? / – Klagenfurt am Wörthersee : Amt der Kärntner Landesregierung, Abteilung 1 – Landesamtsdirektion, Volksgruppenbüro, 2010. – (Kärnten Dokumentation ; Bd. 26). – ISBN 3-901258-15-9. – Str. 24–39, 40–53.
COBISS.SI-ID 1954772

67. INZKO, Valentin, 1949–
Skupna Koroška = Das gemeinsame Kärnten : govor ob 90. obletnici plebiscita v Veliki dvorani grbov v Deželnem dvorcu v Celovcu dne 8. oktobra 2010 / Valentin-Zdravko Inzko. – Ilustr.
V: Koledar Mohorjeve družbe v Celovcu. – ISSN 1024-1493. – (2011), str. 29–42.
COBISS.SI-ID 1963732

68. KÄRNTEN ist auch Koroška : Informationsbroschüre / [RedakteurInnen Eva Wohlfarter, Sebastjan Trampusch, Denise Branz]. – Celovec = Klagenfurt : Klub slovenskih študentk in študentov na Koroškem, [2010?] ([Celovec] : Drava). – 31 str. : ilustr. ; 21 cm
Bibliografija: str. 29
COBISS.SI-ID 1985236

69. KLEMENČIČ, Matjaž, 1955–
Die Kärntner Slowenen und die Zweite Republik : zwischen Assimilierungsdruck und dem Einsatz für die Umsetzung der Minderheitenrechte / Matjaž Klemenčič, Vladimir Klemenčič ; [aus dem Slowenischen übersetzt von Karel Smolle und Peter Fras]. – Celovec ; Ljubljana ; Dunaj : Mohorjeva = Klagenfurt ; Laibach ; Wien : Hermagoras, cop. 2010 (Celovec : Mohorjeva založba). – 666 str. : ilustr., zvd. ; 25 cm
O avtorjih: str. 663–666. – Bibliografija: str. 611–643 in v opombah na dnu str. – Summary ; Povzetek. – Kazali
ISBN 978-3-7086-0244-8
COBISS.SI-ID 11678029

70. MALLE, Avguštin
Osrednji dnevi in kraji spomina večine ter manjšine : koroški Slovenci ob koncu jubilejnega leta 1920 – 1945 – 1955 – 2010 / Avguštin Malle. – Ilustr.
V: Novi razgledi. – ISSN 1855-7597. – Letn. 2, št. 17–18 (22. okt. 2010), str. 4–6.
COBISS.SI-ID 11796813

71. MAURER-Lausegger, Herta
Sprachenvielfalt in Österreich : Minderheitenschutz auf europäischer und nationaler Ebene = Language diversity in Austria : protection of minorities on a European and national level / Herta Maurer-Lausegger. – Tokyo : Linguapax Asia, 2010. – Str. 19–35 : 1 zvd. ; 30 cm
Bibliografija: str. 31–35. – Povzetek v angl. in nem. – P. o.: Linguapax Asia: a retrospective edition of language and human rights issues
COBISS.SI-ID 2010068

72. MEMORANDUM betreffend zweisprachige »topographische Aufschriften«, die Amtssprache sowie Maßnahmen für die Zusammenarbeit mit der slowenischsprachigen Volksgruppe.
V: Volksgruppenfragen / Gerhard Hafner, Martin Pandel (Herausgeber, izdajatelja). – Celovec ; Ljubljana ; Dunaj : Mohorjeva = Klagenfurt ; Laibach ; Wien : Hermagoras, 2011. – ISBN 978-3-7086-0605-7. – Str. 245–252.
COBISS.SI-ID 2013396

73. OGRIS, Tomaž, 1946–
Kärnten : zwei Sprachen, eine Kultur = Koroška : dva jezika, ena kultura / Tomaž Ogris. – Ilustr. – Vzpor. besedilo v nem. in slov.
V: Gemeinsam 20 Jahre / Volksgruppenbüro / Biro za slovensko narodno skupnost. – Klagenfurt am Wörthersee : Amt der Kärntner Landesregierung, Volksgruppenbüro, 2010. – ISBN 3-901258-16-7. – Str. 27–133.
COBISS.SI-ID 1954516

74. OGRIS-Martič, Filip
O čem se sploh pogovarjamo? : Zveza slovenskih organizacij kot del avstrijske civilne družbe na univerzalističnem Koroškem / Filip Ogris Martič. – Ilustr. – Bibliografija: str.231.
V: Koroški koledar .... – ISSN Y500-1811. – (2011), str. 201–231.
COBISS.SI-ID 1962452

75. POLZER, Miroslav
Kärnten/Koroška im Europäischen Jahr der Kreativität und Innovation 2009 – gesellschaftliche Herausforderungen und Identitäten im Wandel der Zeit / Miroslav Polzer. – Graf. prikazi. – Bibliografija: str. 222–223.
V: Grenzverkehr | ungen / Wintersteiner, Gombos, Gronold (Hg.). – Klagenfurt = Celovec : Wieser, cop. 2010. – (Wieser Wissenschaft). – ISBN 978-3-85129-880-2. – Str. 210–223.
COBISS.SI-ID 514617228

76. SIND wir alle Europäer oder ist noch Platz für Volksgruppen? / Herausgeber Peter Karpf ... [et al.] ; Redaktion Sabine Frenzl, Martina Janja Ogris. – Klagenfurt am Wörthersee : Amt der Kärntner Landesregierung, Abteilung 1 – Landesamtsdirektion, Volksgruppenbüro, 2010. – 150 str. ; 24 cm. – (Kärnten Dokumentation ; Bd. 26)
Podatek o konferenci naveden v opombi pri vseh prispevkih. – Besedilo v nem. in prevod v slov., dve besedili samo v angl. – Bibliografija pri večini prispevkov
ISBN 3-901258-15-9
COBISS.SI-ID 514622092

77. VOLKSGRUPPENFRAGEN : Kooperation statt Konfrontation : Tainacher Veranstaltungsreihe, Veranstalter Katholisches Bildungshaus Sodalitas in Tainach/Tinje = Vprašanja manjšin : kooperacija namesto konfrontacije : tinjska serija predavanj, prireditelj: katoliški dom prosvete Sodalitas v Tinjah / Gerhard Hafner, Martin Pandel (Herausgeber, izdajatelja). – Celovec ; Ljubljana ; Dunaj : Mohorjeva = Klagenfurt ; Laibach ; Wien : Hermagoras, 2011. – 346 str. : ilustr. ; 23 cm
Nem., slov. ali angl. besedilo. – Bibliografija pri večini prispevkov
ISBN 978-3-7086-0605-7
COBISS.SI-ID 2009300

78. VOUK, Rudi, 1965–
Kurzanalyse des »Memorandums« vom 26. April 2011 / Rudi Vouk. – Tabele.
V: Volksgruppenfragen / Gerhard Hafner, Martin Pandel (Herausgeber, izdajatelja). – Celovec ; Ljubljana ; Dunaj : Mohorjeva = Klagenfurt ; Laibach ; Wien : Hermagoras, 2011. – ISBN 978-3-7086-0605-7. – Str. 223–244.
COBISS.SI-ID 2013652

79. VOUK, Rudi, 1965–
Synopse der amtlichen Vorschläge zur Regelung der zweisprachigen Topograhie in Kärnten / Rudi Vouk. – Tabele.
V: Volksgruppenfragen / Gerhard Hafner, Martin Pandel (Herausgeber, izdajatelja). – Celovec ; Ljubljana ; Dunaj : Mohorjeva = Klagenfurt ; Laibach ; Wien : Hermagoras, 2011. – ISBN 978-3-7086-0605-7. – Str. 223–244.
COBISS.SI-ID 2013140

80. ZEHN
10 Jahre Ortstafelerkenntnis : die zweisprachigen Aufschriften in Kärnten/Koroška – eine Information / [Herausgeber Arbeitsgruppe des Rates der Kärntner Slowenen zur »Zweisprachigen Topographie«, Delovna skupina Narodnega sveta koroških Slovencev »Dvojezična topografija«, Nanti Olip ... [et al.] ; Bildnachweis Privatsammlung Michael Koschat ... et al.]. – Celovec : Narodni svet koroških Slovencev = Klagenfurt : Rat der Kärntner Slowenen, cop. 2011. – 63 str. : ilustr., tabele ; 31 cm
Ov. nasl. – Avtorji navedeni v kolofonu. – Besedilo v nem., samo uvod tudi v slov. – Spoštovani gospe in gospodje! / Valentin Inzko: str. 4. – Sehr geehrte Damen und Herren! / Valentin Inzko: str. 5
– – Tabelle aller Ortschaften, die den Erkenntnissen des VfGH entsprechen sowie in amtlichen Vorschlägen enthalten sind. – 1 f. ; 42 x 59 cm, zganj. na 30 x 21 cm
ISBN 978-3-7086-0598-2
COBISS.SI-ID 514626700

81. ŽEKŠ, Boštjan
Koordinacija ali konfrontacija? : kako rešiti koroški problem? : stališče vlade Republike Slovenije / Boštjan Žekš.
V: Volksgruppenfragen / Gerhard Hafner, Martin Pandel (Herausgeber, izdajatelja). – Celovec ; Ljubljana ; Dunaj : Mohorjeva = Klagenfurt ; Laibach ; Wien : Hermagoras, 2011. – ISBN 978-3-7086-0605-7. – Str. 21–26.
COBISS.SI-ID 2010836

33 GOSPODARSTVO

82. HREN, Karl
Gospodarstvo in koroški Slovenci / Karl Hren. – Ilustr.
V: Novi razgledi. – ISSN 1855-7597. – Letn. 2, št. 17/18 (22. okt. 2010), str. 22–24.
COBISS.SI-ID 11798093

83. JARC, Bronja
Sodobno gospodarstvo. 1, Gospodarske dejavnosti : [za program ekonomski tehnik, ekonomski tehnik PTI] / Bronja Jarc, Andreja Markač Hleb, Janez Turnšek ; [poglavje Železniški promet je pripravila Albina Novak]. – 1. natis. – Celovec : Mohorjeva, 2010 (Celovec : Mohorjeva). – VI, 265 str. : ilustr. ; 30 cm. – (Srednješolski program Ekonomski tehnik)
Dodatek k nasl. naveden v kolofonu. – 1.500 izv. – Bibliografija: str. 264
ISBN 978-3-7086-0543-2
COBISS.SI-ID 251618560

84. VRČON-Tratar, Nataša
Sodobno gospodarstvo. 2, Razvoj in delovanje gospodarstva : [za programa ekonomski tehnik, ekonomski tehnik PTI] / Nataša Vrčon Tratar. – 1. natis. – Celovec : Mohorjeva, 2010 (Celovec : Mohorjeva). – V, 109 str. : ilustr. ; 30 cm. – (Srednješolski program Ekonomski tehnik)
Dodatek k nasl. naveden v kolofonu. – 1.200 izv. – Bibliografija: str. 108–109
ISBN 978-3-7086-0540-1
COBISS.SI-ID 251618816

85. ZIRNSTEIN, Elizabeta
Sodobno gospodarstvo. 3, Temelji pravne kulture, Pravnoorganizacijski vidiki poslovanja : [za programa ekonomski tehnik, ekonomski tehnik PTI] / Elizabeta Zirnstein, Silvo Tratar, Nataša Vrčon Tratar. – 1. natis. – Celovec : Mohorjeva, 2011 (Celovec : Mohorjeva). – 202 str. : ilustr. ;

30 cm. – (Srednješolski program Ekonomski tehnik)
Nasl. v kolofonu: Sodobno gospodarstvo 3 za vsebinska sklopa Temelji pravne kulture in Pravnoorganizacijski vidiki poslovanja. – Dodatek k nasl. naveden v kolofonu. – 1.000 izv. – Bibliografija: str. 202
ISBN 978-3-7086-0544-9
COBISS.SI-ID 255076096

34 PRAVO

86. FERK, Janko
Grundzüge des Unternehmens- und Vertragsrechts Österreich/Slowenien = Osnove podjetniškega in pogodbenega prava Avstrija/Slovenija / von Janko Ferk und Christof Pollak. – Klagenfurt : Hermagoras = Celovec : Mohorjeva, cop. 2011. – 148 str. ; 22 cm
Besedilo pretežno v nem., nekateri pojmi prevedeni v slov. – Bibliografija: str. 147–148
ISBN 978-3-7086-0606-4
COBISS.SI-ID 2009044

87. HAFNER, Gerhard
The Austrian state treaty (1955) = Der Österreichische Staatsvertrag (1955) / Gerhard Hafner.
V: Volksgruppenfragen / Gerhard Hafner, Martin Pandel (Herausgeber, izdajatelja). – Celovec ; Ljubljana ; Dunaj : Mohorjeva = Klagenfurt ; Laibach ; Wien : Hermagoras, 2011. – ISBN 978-3-7086-0605-7. – Str. 75–83.
COBISS.SI-ID 2011860

88. HOLZINGER, Gerhart
Die Rechte der Volksgruppen in der Rechtsprechung des Verfassungsgerichtshofes / Gerhart Holzinger. – Bibliografske opombe.
V: Volksgruppenfragen / Gerhard Hafner, Martin Pandel (Herausgeber, izdajatelja). – Celovec ; Ljubljana ; Dunaj : Mohorjeva = Klagenfurt ; Laibach ; Wien : Hermagoras, 2011. – ISBN 978-3-7086-0605-7. – Str. 47–66.
COBISS.SI-ID 2011348

89. VOUK, Rudi, 1965–
Iz pravnega kotička : komentarji na pravni položaj koroških Slovencev / Rudi Vouk. – 1. izd. – Celovec : Mohorjeva, 2010 (v Celovcu : Mohorjeva družba). – 219 str. : fotogr. ; 21 cm
700 izv. – Knjigi na pot / Janko Kulmesch: str. 5–6. – Pravnik Rudi Vouk – njegovi nasveti in uspehi / Zdravko Inzko: str. 7–9. – Samozavestni borec za slovenske pravice / Vladimir Smrtnik: str. 10–12. – O nekem zelo radovednem nekdanjem porednem dijaku / Jože Wakounig: str. 13–14. – O avtorju na sprednjem zavihku ov.
ISBN 978-3-7086-0494-7
COBISS.SI-ID 253433600

37 ŠOLSTVO

90. GASSER, Ingrid
Paša za oči 1 : [slikanica za rezanje in barvanje za LŠ 1. del] / [Ingrid Gasser, Regina Zachhalmel ; prevod, Übersetzung Gabi Frank ; ilustracije in fotografije Ingrid Gasser, Regina Zachhalmel, Alojzij Kalinšek]. – Klagenfurt : Hermagoras = Celovec : Mohorjeva, [2011], cop. 2008 (Klagenfurt : Hermagoras). – 64 str. : ilustr. ; 30 cm
Čelni nasl. – Nasl. na ov. in v kolofonu: Paša za oči. – Avtorici in dodatek k nasl. navedeni v kolofonu. – Na ov. in v kolofonu tudi: Zvezek 1. – »Številka šolske knjige, Schulbuchnummer: 140.194« --> kolofon. – Potiskana sprednja notr. str. ov. lista
ISBN 978-3-7086-0422-0
COBISS.SI-ID 1998292

91. GASSER, Ingrid
Paša za oči 1 : učbenik za 1. in 2. razred osnovne šole / Ingrid Gasser, Regina Zachhalmel ; [prevod Gabi Frank ; ilustracije in fotografije Ingrid Gasser, Regina Zachhalmel, Alojzij Kalinšek]. – 1. natis. – Celovec : Mohorjeva, 2011
ISBN 978-3-7086-0567-8
COBISS.SI-ID 252854016

92. GASSER, Ingrid
Paša za oči 1. Priročnik za učitelje likovne vzgoje v 1. in 2. razredu osnovne šole / [Ingrid Gasser, Regina Zachhalmel, Alojzij Kalinšek ; prevod Stanislav Maršič]. – 1. natis. – Celovec : Mohorjeva, 2011 (Celovec : Mohorjeva tiskarna). – 16 str. ; 30 cm
Avtorji navedeni v kolofonu
ISBN 978-3-7086-0613-2
COBISS.SI-ID 255563008

93. GASSER, Ingrid
Paša za oči 2 : [slikanica za rezanje in barvanje za LŠ 2. del] / [Ingrid Gasser, Regina Zachhalmel ; prevod, Übersetzung Gabi Frank ; ilustracije in fotografije Ingrid Gasser, Regina Zachhalmel, Alojzij Kalinšek]. – Klagenfurt : Hermagoras = Celovec : Mohorjeva, [2011], cop. 2009 (Klagenfurt : Hermagoras). – 64 str. : ilustr. ; 30 cm
Čelni nasl. – Nasl. na ov. in v kolofonu: Paša za oči. – Avtorici in dodatek k nasl. navedeni v kolofonu. – Na ov. in v kolofonu tudi: Zvezek 2. – »Številka šolske knjige, Schulbuchnummer: 145.042« --> kolofon. – Potiskana notr. str. ov. lista
ISBN 978-3-7086-0406-0
COBISS.SI-ID 1998548

94. GASSER, Ingrid
Paša za oči 2 : učbenik za 3. in 4. razred osnovne šole / Ingrid Gasser, Regina Zachhalmel ; [prevod Gabi Frank ; ilustracije in fotografije Ingrid Gasser, Regina Zachhalmel, Alojzij Kalinšek]. – 1. natis. – Celovec : Mohorjeva, 2011
ISBN 978-3-7086-0568-5
COBISS.SI-ID 252854272

95. GASSER, Ingrid
Paša za oči 2. Priročnik za učitelje likovne vzgoje v 3. in 4. razredu osnovne šole / [Ingrid Gasser, Regina Zachhalmel, Alojzij Kalinšek ; prevod Stanislav Maršič]. – 1. natis. – Celovec : Mohorjeva, 2011 (Celovec : Mohorjeva tiskarna). – 16 str. ; 30 cm
Avtorji navedeni v kolofonu
ISBN 978-3-7086-0614-9
COBISS.SI-ID 255563264

96. MEVES, Christa
Pogum za vzgojo : kako lahko poskrbimo za duševno zdravje naših otrok / Christa Meves ; [prevod Stanislav M. Maršič in Seta Oblak]. – 1. izd. – Celovec : Mohorjeva, 2010 (v Celovcu : Mohorjeva družba). – 143 str. ; 21 cm
Prevod dela: Mut zum Erziehen : seelische Gesundheit – wie könen wir sie unseren Kindern vermitteln?. – 1.200 izv. – O avtorici na zavihkih ov. – Bibliografija: str. 141–143
ISBN 978-3-7086-0541-8
COBISS.SI-ID 253210112

97. MOHAR, Andrej, 1957–
20 let [Videoposnetek] : Javna dvojezična šola 24 = 20 Jahre : Öffentliche zweisprachige Volkschule 24 / Autor, avtor Andrej Mohar. – Klagenfurt : Öffentliche zweisprachige Volkschule 24 = Celovec : Javna dvojezična ljudska šola 24 v Celovcu, 2011. – 1 video DVD (21 min, 21 sek) : barve, zvok ; 12 cm
Besedilo nem. ali slov. – Produkcija ORF Kärnten, Slowenisches Programm, Slovenski spored. – Bereta Andrej Mohar (slov. verzija), Mira Grötschnig-Einspieler (nem. verzija)
COBISS.SI-ID 514651788

98. ÖFFENTLICHE zweisprachige Volkschule 24 (Klagenfurt)
20 let = [20] Jahre / Öffentliche zweisprachige Volksschule 24, Javna dvojezična ljudska šola 24 ; [redaktionelle Konzeption, uredniška zasnova Brigitte Entner, Reinhard Schinner ; Fotos, fotografije Öffentliche zweisprachige Volksschule 24 in Klagenfurt und Elternverein der Öffentlichen zweisprachigen Volksschule 24 in Klagenfurt]. – Klagenfurt am Wörthersee : Öffentliche zweisprachige Volkschule 24 = Celovec ob Vrbskem jezeru : Javna dvojezična ljudska šola 24 v Celovcu, 2011 ([Celovec] : Mohorjeva). – 44 str. : ilustr. ; 24 cm
Vzpor. nem. in slov. besedilo. – Potiskana notr. str. ov. lista. – 500 izv.
COBISS.SI-ID 514651532

99. OGRIS, Tomaž, 1946–
Manjšinsko šolstvo ali več? / Tomaž Ogris. – Ilustr., tabele.
V: Novi razgledi. – ISSN 1855-7597. – Letn. 2, št. 17/18 (22. okt. 2010), str. 15–19.
COBISS.SI-ID 11797581

100. POLANŠEK, Marta
60 let ljudska šola na Obirskem = [60] Jahre Volksschule Ebriach : 1951–2011 / [pripravila in uredila Marta Polanšek ; slike so prispevali Helmut Božič ... et al.]. – [Ebriach = Obirsko : s. n.], 2011 (Celovec : Drava). – 34 str. : ilustr. ; 21 cm
Avtorica navedena v kolofonu. – Besedilo slov. in/ali nem. – Na hrbtu nasl. str.: 1951–2001 50 let/Jahre brošura I. del, Broschüre I; 1951–2011 60 let/Jahre, brošura II. del, Broschüre II. Teil
COBISS.SI-ID 2006228

101. WHAT'S up? / [Zeitung, časopis Sabina Zwitter-Grilc]. – Šentjanž = St. Johann : Projekt »Sporazumevanje – Verständigung – Kommunikation«, 2010. – 12 str. : ilustr. ; 30 cm
Besedilo v nem. ali slov.
COBISS.SI-ID 1938388

39 ETNOLOGIJA. ETNOGRAFIJA

102. HAZLER, Vito
Stavbe na odhodu / Vito Hazler. – Ilustr. – Bibliografija: str. 181–182.
V: Koroški koledar .... – ISSN Y500-1811. – (2011), str. 170–182.
COBISS.SI-ID 1961684

103. PIKO-Rustia, Martina
Slovenska ledinska in hišna imena v avstrijskem seznamu Unescove nesnovne dediščine / Martina Piko-Rustia. – Ilustr. – Bibliografija: str. 52–53.
V: Koledar Mohorjeve družbe v Celovcu. – ISSN 1024-1493. – (2011), str. 50–53.
COBISS.SI-ID 1964500

104. TILL, Jože
Božično razpoloženje / Jože Till. – Celovec : Mohorjeva, 2010 (Celovec ; Ljubljana : Dunaj : Mohorjeva družba). – 134 str. ; 21 cm
300 izv.
ISBN 978-3-7086-0570-8
COBISS.SI-ID 252804096

105. TILL, Jože
Weihnachtssehnsucht : besinnlich-nachdenkliche, kritisch-ironische Gedanken zur Advents- und Weihnachtszeit / Josef Till. – Celovec ; Ljubljana ; Dunaj : Mohorjeva = Klagenfurt ; Laibach ; Wien : Hermagoras, [2010] (Klagenfurt : Hermagoras Verein). – 217 str. ; 21 cm
O avtorju na zavihku ov.
ISBN 978-3-7086-0536-4
COBISS.SI-ID 1963220

5 PRIRODOSLOVNE VEDE

106. FUNDAK, Milena
Ekonomika poslovanja. 1, Statistična analiza pojavov, poslovno računstvo : [za program ekonomski tehnik, ekonomski tehnik PTI] / Milena Fundak, Majda Mohorič. – 1. natis. – Celovec : Mohorjeva, 2010 (Celovec : Mohorjeva). – III, 193 str. : ilustr. ; 30 cm. – (Srednješolski program Ekonomski tehnik)
Dodatek k nasl. naveden v kolofonu. – 1.000 izv. – Bibliografija: str. 193
ISBN 978-3-7086-0545-6
COBISS.SI-ID 251619072

107. OTTOWITZ, Niko
Oprijemljivi svet interaktivnih poskusov v EXPI centru = Begreifbare Welt der interaktiven Versuche im EXPI Center / [Niko Ottowitz]. – Celovec : samozal. Zvezna gimnazija in zvezna realna gimnazija za Slovence = Klagenfurt : Eigenverl. Bundesgymnasium und Bundesrealgymnasium für Slowenen, 2011. – 102 str. : ilustr. ; 21 cm
Nasl. na hrbtu: Oprijemljivi svet = Begreifbare Welt. – Avtor naveden na ov. – Vzpor. slov. in nem. besedilo. – Bibliografija: str. 93–102
COBISS.SI-ID 514660748

108. OTTOWITZ, Niko
Razumljiva matematika. 5 / [izdajatelj, Herausgeber Niko Ottowitz]. – Celovec : samozal. Zvezna gimnazija in zvezna realna gimnazija za Slovence = Klagenfurt : Eigenverl. Bundesgymnasium und Bundesrealgymnasium für Slowenen, 2011. – 52 str. : graf. prikazi ; 21 cm
Avtor naveden v kolofonu in na ov. – »Priročnik je izšel na osnovi učbenika Malle/ Woschitz/Koth/Salzger, Mathematik verstehen 5 ...« --> kolofon
COBISS.SI-ID 1994452

109. OTTOWITZ, Niko
Zur Theorie des Billardspieles / [izdajatelj, Herausgeber] Niko Ottowitz ; [ilustracije, Abbildungen Niko Ottowitz]. – Ponatis = Nachdruck. – Celovec : samozal. Zvezna gimnazija in zvezna realna gimnazija za Slovence = Klagenfurt : Eigenverl. Bundesgymnasium und Bundesrealgymnasium für Slowenen, 2011. – 103 str. : graf. prikazi ; 21 cm
Bibliografija: str. 103. – »Delo je nastalo leta 1986 ob profesorskem izpitu iz fizike na Tehniški univerzi na Dunaju« --> kolofon
COBISS.SI-ID 1994708

6 UPORABNE VEDE

110. GEREČNIK, Anton
Ekonomika poslovanja. 2, Temeljne računovodske informacije : [za program ekonomski tehnik, ekonomski tehnik PTI] / Anton Gerečnik. – 1. natis. – Celovec : Mohorjeva, 2010 (Celovec : Mohorjeva). – III, 133 str. : graf. prikazi, tabele ; 30 cm. – (Srednješolski program Ekonomski tehnik)
Dodatek k nasl. naveden v kolofonu. – 1.500 izv. – Bibliografija: str. 133
ISBN 978-3-7086-0546-3
COBISS.SI-ID 251619328

111. VOGLAUER, Olga
Kmečki koledar [Slikovno gradivo] = Bauernkalender : 2011 / besedila, Texte Olga Voglauer, Katharina Pegrin ; slike, Fotos Stefan Reichmann ; prevodi, Übersetzung Breda Gspan. – Tinje = Tainach : Kmečka izobraževalna skupnost, 2010 (Celovec : Mohorjeva = Klagenfurt : Hermagoras). – 1 koledar (14 listov) : barve ; 42 x 30 cm
Na hrbtni str. listov vzpor. besedilo v slov. in nem.
COBISS.SI-ID 1981652

7 UMETNOST. ARHITEKTURA. GLASBA. ŠPORT

112. BALIŠ (ansambel)
Novnos [Zvočni posnetek] / Bališ. – [S. l.] : Bališ, 2010. – 1 CD (38 min, 33 sek) ; 12 cm
COBISS.SI-ID 1974996

113. BERGER, Wilhelm, 1957–
Über die Zäune = O plotovih = Sui recinti / Wilhelm Berger, Werner Koroschitz, Gerhard Pilgram ; Herausgeber Universitätskulturzentrum UNIKUM, Kultuni [!] center univerze. – 1. Aufl. – Klagenfurt = Celovec : Drava, 2011 (Klagenfurt = Celovec : Drava). – 130 str. : ilustr. ; 23 cm
Nem. besedilo, deloma vzpor. slov. in it. prevod
ISBN 978-3-85435-648-6
COBISS.SI-ID 2004692

114. GREGORIČ, Janez, 1965–
España plus ultra [Zvočni posnetek] / Janez Gregorič, guitar. – Globasnitz = Globasnica : [samozal.] J. Gregorič, cop. 2011. – 1 CD (57 min, 27 sek) ; 12 cm
ST4-094-0211
COBISS.SI-ID 1993172

115. KUPPER, Lenčka
Prižgimo si lučke [Glasbeni tisk] / Lenčka Kupper ; [ilustracije] Peter Škerl. – 1. natis. – Celovec ; Ljubljana ; Dunaj : Mohorjeva družba, 2010 (Celovec : Mohorjeva družba). – 1 partitura (34 str.) : ilustr. ; 22 cm
800 izv.
ISMN 978-3-7086-0584-5
COBISS.SI-ID 253221632

116. LEBEN, Andrej
Pregled slovenskega gledališkega dogajanja na Koroškem v sezoni 2009/2010 / po objavah v koroških slovenskih časopisih zbral in uredil Andrej Leben.
V: Koroški koledar .... – ISSN Y500-1811. – (2011), str. 253–255.
COBISS.SI-ID 1962964

117. MISCHKULNIG, Walter
Walter Mischkulnig [Slikovno gradivo] : 2011 / fotografije, Fotos Tomo Weiss. – Klagenfurt = Celovec : Drava, cop. 2010 ([Celovec] : Drava). – 1 koledar (14 listov) : barve ; 42 x 31 cm
O avtorju Noel Durand na f. [14]. – Vzpor. besedilo v slov. in v nem.
ISBN 978-3-85435-640-0
COBISS.SI-ID 1985748

118. OMAN, Valentin
Nazaj / Valentin Oman ; [Fotoreproduktionen Ferdinand Neumüller, Ernst Prokop ; Übersetzungen Andreja Haberl-Zemljič (sl.), Maureen Devine (engl.)]. – Klagenfurt = Celovec : Hermagoras = Mohorjeva, 2010. – 206 str. : barvne ilustr. ; 28 cm
Vzpor. nem. besedilo ter prevod v slov. in angl. – Izšlo ob razstavi v treh delih Valentina Omana Nazaj v Beljaku. – Der Zeitenwanderer / Martin Traxl: str. 8–11. – Ecce Oman / Andrea Zsutty: str. 12–18
ISBN 978-3-7086-0563-0
COBISS.SI-ID 253611776

119. SYMPOSIUM zur Politik, Zeitgeschichte und Gesellschaftskritik in Johann Kresniks Werk (2009 ; Bleiburg)
»Ballett kann kämpfen« = »Balet se zna boriti« / Symposium zur Politik, Zeitgeschichte und Gesellschaftskritik in Johann Kresniks Werk ; Genia Enzelberger, Zdravko Haderlap (Hg.) ; [Herausgeber Stadtgemeinde Bleiburg ; Übersetzungen Peter Wieser]. – Wien ; Berlin ; Münster : Lit, 2009. – 130 str. : ilustr. ; 24 cm. – (Theaterwissenschaft ; Bd. 1)
Nem. besedilo in delni slov. prevod. – Opombe z bibliografijo pri enem prispevku
ISBN 978-3-643-50084-7
COBISS.SI-ID 2009812

120. TAMIKA
Ritem sveta [Zvočni posnetek] / Tamika. – Železna Kapla : SPD »Zarja«, [2010]. – 1 CD (65 min, 8 sek) ; 12 cm
Vsebina: Cherry pink and apple blossom white / Louiguy. Dan ljubezni / T. Hrušovar, D. Velkavrh. Prerano, prerano / D. Pavin, Z. Šljivac. Da te mogu pismom zvati /I. Badurina, F. Bilić. Zbog jedne divne crne žene / K. Slabinac. Mardjandja. Something stupid / C. C. Parks. Java / A. Toussaint, A. Hirt. Cvetje v jeseni / U. Koder. Slovenska lipa / L. Grojzdek, A. Krajnc. Pod Peco sem doma / A. Lipusch. Tonkaja rjabina. Katjuša / M. Blantner, M. Isakovskij. Nabucco / G. Verdi. Bilečanka / M. Apih. Na avtocesti / S. & V. Avsenik. Ritem sveta / Z. Runjić, M. Traunik
ST4-093-1010
COBISS.SI-ID 1965524

121. ZALA : Drama in sieben Bildern = drama v sedmih slikah : Simone Schönett & Harald Schwinger / [slike, Foto ROŽ arhiv, Hanzi Rehsmann, Hanzi Weiss]. – [Šentjakob v Rožu] : Teatr Trotamora, [2010] ([Celovec] : Drava). – [24] str. : ilustr. ; 21 cm
Ov. nasl. – Besedilo slov. in/ali nem. – Režiser Marjan Štikar, avtorja drame Simone Schönett in Harald Schwinger
COBISS.SI-ID 1938900

122. NEMEC Novak, Jasna
Pavle Kernjak / [avtorica Jasna Nemec Novak]. – 1. izd. – Celovec ; Ljubljana ; Dunaj : Mohorjeva družba, 2010 ([Ljubljana] : Littera picta). – 761 str. : ilustr. ; 25 cm + zvd.
Avtorica navedena v kolofonu. – Pavle Kernjak – knjigi na pot / Janko Zerzer: str. 11. – Pavle in Miro Kernjak / Nužej Tolmajer: str. 12–15. – Izdala Krščanska kulturna zveza v Celovcu. – 500 izv. – Objave skladb Pavleta in Mira Kernjaka v notnih zbirkah in revijah / zbral Ivo Jelerčič: str. 734–741. – Zusammenfassung / prevedel Martin Kuchling: str. 713–717. – Kazalo
ISBN 978-3-7086-0529-6
COBISS.SI-ID 251805440

80 JEZIKOSLOVJE

123. BUSCH, Brigitta
Slowenisch in Kärnten – Sprache jenseits ethnischer Kategorien / Brigitta Busch. – Graf. prikaz. – Bibliografija: str. 187–188.
V: Grenzverkehr | ungen / Wintersteiner, Gombos, Gronold (Hg.). – Klagenfurt = Celovec : Wieser, cop. 2010. – (Wieser Wissenschaft). – ISBN 978-3-85129-880-2. – Str. 174–188.
COBISS.SI-ID 514616972

124. DVO- in večjezičnost v družini : 12 spodbud za sožitje v družini = Zwei- und Mehrsprachigkeit in der Familie : [12] Impulse für Sprachenvielfalt in der Familie / [avtorji Martina Piko-Rustia ... [et al.] ; prevod Marjeta Wakounig, avtorji]. – 1. izd. = 1. Aufl. – Celovec ; Ljubljana ; Dunaj : Mohorjeva založba = Klagenfurt ; Laibach ; Wien : Hermagoras, 2011 ([Celovec] : Drava). – 35 str. ; 21 cm
Vzpor. slov. in nem. besedilo. – 2.000 izv. – Bibliografija: str. 33
ISBN 978-3-7086-0609-5
COBISS.SI-ID 255193344

125. GRENZVERKEHR | ungen : Mehrsprachigkeit, Transkulturalität und Bildung im Alpen-Adria-Raum = Ména | mejà : večjezičnost, transkulturnost in izobrazba = Confini | confronti : plurilinguismo, transculturalità e istruzione = Border dis | solutions : multiculturalism, transculturality and education / Wintersteiner, Gombos, Gronold (Hg.). – Klagenfurt = Celovec : Wieser, cop. 2010. – 357 str. : graf. prikazi ; 22 cm. – (Wieser Wissenschaft)
Besedila v nem., slov., angl., franc. ali it., uvod v nem. ter prevod v slov., it. in angl. – Prevod vseh besedil v angl. na CD-ROM-u. – »Die hier versammelten Aufsätze gehen auf eine internationale Konferenz zurück, die im Rahmen des EU-Jahres des Interkulturellen Dialogs und des UNESCO-Jahres der Sprachen 2008 an der Alpen-Adria-Universität Klagenfurt stattgefunden hat.« --> str. 23. – Bibliografija po večini prispevkov
– – Border dis | solutions [Elektronski vir] : multilingualismus, transculturality and education / Wintersteiner, Gombos, Gronold (eds). – 1 CD-ROM ; 12 cm
ISBN 978-3-85129-880-2
COBISS.SI-ID 11802701

126. MALLE, Avguštin
Alcune considerationi sulla lingua slovena in Carinzia / Avguštin Malle. – Bibliografija: str. 92–93.
V: Le comunità linguistiche di Alpe Adria / a cura di Adriana Janežič. – Udine : Societât filologiche furlane = Società filologica friulana, 2010. – ISBN 978-88-7636-140-1. – Str. 83–93.
COBISS.SI-ID 2006484

127. PFANDL, Heinrich
»Wie ist es bei den Slowenen lustig« : Slowenisches auf topographischen Ansichtskarten des Kronlandes Steiermark 1890–1918 = Kako je med Slovenci fletno : slovenščina na topografskih razglednicah kronovine Štajerske 1890–1918 / Heinrich Pfandl ; Übersetzung, prevod Sebastian Walcher. – Ilustr. – Besedilo v nem. in prevod v slov. – Bibliografija: str. 31.
V: Signal. – ISSN Y501-9427. – (2010/2011), str. 11–25; 27–32.
COBISS.SI-ID 1983444

128. POHL, Heinz Dieter
Zur Kärntner Namenlandschaft / Heinz-Dieter Pohl. – Zvd. – Bibliografija: str. 191–193.
V: Volksgruppenfragen / Gerhard Hafner, Martin Pandel (Herausgeber, izdajatelja). – Celovec ; Ljubljana ; Dunaj : Mohorjeva = Klagenfurt ; Laibach ; Wien : Hermagoras, 2011. – ISBN 978-3-7086-0605-7. – Str. 165–194.
COBISS.SI-ID 2012628

129. SLOVENŠČINA v družini = Familiensprache Slowenisch. – [Celovec : s. n., 2010]. – [24] str. : ilustr. ; 10 x 13 cm
Besedilo v slov. in/ali nem.
COBISS.SI-ID 514622860

130. ZAKLADNICA nesnovne dediščine koroških Slovencev / Martina Piko-Rustia, Teodor Domej, Vinko Wieser, Karl Hren, Nanti Olip. – Ilustr. – Bibliografija na dnu str.
V: Koroški koledar .... – ISSN Y500-1811. – (2011), str. 140–169.
COBISS.SI-ID 1961428

131. ZDOVC, Pavel
Slovenska krajevna imena na avstrijskem Koroškem : [slovar in jeziko(slo) vni komentarji] = Die slowenischen Ortsnamen in Kärnten : [Namenbuch und Sprach(wissenschaft)liche Kommentare] / Pavel Zdovc. – Razširjena izd. = Erweiterte Aufl. – Ljubljana : Slovenska akademija znanosti in umetnosti = Academia scientiarum et artium Slovenica, 2010 ([Ljubljana] : Littera picta). – 447 str. : tabele ; 25 cm. – (Razprave / Slovenska akademija znanosti in umetnosti, Razred za filološke in literarne vede = Dissertationes / Academia scientiarum et artium Slovenica, Classis II: Philologia et litterae, ISSN 0560-2920 ; 21)
Besedilo v slov. in (razen opomb) prevod v nem., delni prevod tudi v rus. – Bibliografija: str. 371–384. – Seznam avtorjevih člankov o zemljepisnih lastnih imenih: str. 443. – Povzetki že prej objavljenih člankov v nem., rus. ali eng.
COBISS.SI-ID 31970093

82 LEPOSLOVJE

132. ARKO, Andrej
Dom : iz spominov Ericha Schleimerja, lesnega industrialca v pokoju in posestnika z dvorca Grebenje nad Gručno vasjo : slovenske večernice / Andrej Arko. – Celje : Celjska Mohorjeva družba : Društvo Mohorjeva družba ; Celovec : Mohorjeva ; Gorica : Goriška Mohorjeva družba, 2010 (Ljubljana : Hren). – 250 str. ; 22 cm. – (Slovenske večernice / Celjska Mohorjeva družba ; 160) (Družinske večernice / Mohorjeva Celovec ; zv. 67)
6.000 izv.
ISBN 978-961-218-916-7 (Celjska Mohorjeva družba) ISBN 978-3-7086-0576-0 (Mohorjeva Celovec) ISBN 978-88-96632-11-6 (Goriška Mohorjeva družba)
COBISS.SI-ID 252839424

133. FRANČIČ, Franjo
Wo verstecken sich die Schmetterlinge vor dem Regen : Erzählungen 1984–2006 / Franjo Frančič ; Übersetzung aus dem Slowenischen, Nachwort und Anmerkungen von Erwin Köstler. – Klagenfurt ; Wien = Celovec ; Dunaj : Drava, cop. 2010 ([Celovec] : Drava). – 341 str. ; 22 cm
Prevod dela: Kam se skrijejo metulji pred dežjem
ISBN 978-3-85435-626-4
COBISS.SI-ID 1942996

134. GOOS, Michaela Maria
Pimpinela reši grad = Pimpinella rettet das Schloss / napisala, Text Michaela Maria Goos ; ilustrirala, Illustrationen [in prevod] Alenka Čuk. – Celje : Celjska Mohorjeva družba : Društvo Mohorjeva družba

; Celovec : Mohorjeva, 2011 (Maribor : Dravska tiskarna). – [31] str. : ilustr. ; 25 x 31 cm
700 izv. – Vzpor. besedilo v nem. in prevod v slov.
ISBN 978-961-218-905-1 (Celjska Mohorjeva družba) ISBN 978-3-7086-0601-9 (Mohorjeva Celovec)
COBISS.SI-ID 251929600

135. GRAFENAUER, Niko
Geheimnisse : Gedichte und Sprüche / Niko Grafenauer ; aus dem Slowenischen übertragen von Janko Ferk und Astrid Philippsen. – Klagenfurt ; Laibach ; Wien : Hermagoras =Celovec ; Ljubljana ; Dunaj : Mohorjeva, cop. 2010 (Klagenfurt : Hermagoras Verein =Celovec : Mohorjeva družba). – 80 str. ; 21 cm
Prevod dela: Skrivnosti. – Über Niko Grafenauer und seine offenen »Geheimnisse« / Janko Ferk: str. 72–78. – O avtorju: str. 79
ISBN 978-3-7086-0575-3
COBISS.SI-ID 7718050

136. HADERLAP, Maja
Engel des Vergessens : Roman / Maja Haderlap. – 2. Aufl. – Göttingen : Wallstein, 2011. – 287 str. ; 21 cm
ISBN 978-3-8353-0953-1
COBISS.SI-ID 2009556

137. HADERLAP, Maja
Engel des Vergessens : Roman / Maja Haderlap. – Göttingen : Wallstein, 2011. – 287 str. ; 21 cm
ISBN 978-3-8353-0953-1
COBISS.SI-ID 2008532

138. MESSNER, Janko
Ausgewählte Werke / Janko Messner ; [herausgegeben von Jozej Strutz]. – Klagenfurt : Drava, 2009–<2010>. – <5> zv. ; 22 cm
Besedilo v nem. ali nem. in slov. – Dosedanja vsebina: Bd. 1: Prosa 1. – 2009. – 223 str. – Einleitung / Jozej Strutz: str. 7–10. – Janko Messners Buch »Skurne storije« (Schiache Geschichten) / Josip Vidmar ; aus dem Slowenischen von Kristijan Močilnik: str. 219–223. – Izbor ali prevod besedil iz: Ansichtskarten von Kärnten; Skurne storije; Kärntner Triptychon ; Bd. 2: Prosa 2. – cop. 2009. – 253 str. – Über den Autor : Peter Turrini zu Janko Messner: str. 249–253. – Izbor ali prevod besedil iz knjig: Gorše storije; Kärntner Heimatbuch; Schwarzweiße Geschichten ; Bd. 3: Dramen & Satiren. – cop. 2010. – 191 str. – Ein unerhörter Skandal des ORF / Jozej Strutz: str. 182–187. – Prevod del: Vrnitev ; Pogovor v maternici koroške Slovenke ; Vprašanja koroškega otroka ; Koroški kravalet ; Božična zgodba ; Balada o pogrebu gospoda von Puksa. ; Bd. 4: Pesmi = Gedichte. – cop. 2010. – 159 str. – O liriki Janka Messnerja = Zu Janko Messners Poesie / Jozej Strutz: str. 152–159 ; Bd. 5: Pokržnikov Luka storije pravi = Geschichten des Herrn Luka von Pokerschnik / Illustrationen, ilustracije Marjan Manček. – cop. 2010. – 199 str. : ilustr. + 1 CD. – Beseda o Lukanovi govorici / Pavel Zdovc: str. 72–83. – Messners dritte Sprache / Edvard Trampusch: str. 180–188. – Wer ist Pokržnikov Luka / Theodor Domej: str. 189–192. – Gleichnis in derber Fügung / Josej Strutz: str. 193–196
– – Iz dnevnika Pokržnikovega Lukana [Zvočni posnetek] : 16 puglavij Pokržnikovega Lukana, pa tri njegove pesmi, ku jih Romana Verdela ansambel pvaje. – 1 CD ; 12 cm
ISBN 978-3-85435-571-7 (Bd. 1) ISBN 978-3-85435-572-2 (Bd. 2) ISBN 978-3-85435-573-1 (Bd. 3) ISBN 978-3-85435-574-8 (Bd. 4) ISBN 978-3-85435-613-4 (Bd. 5)
COBISS.SI-ID 1830100

139. MLINAR, Rudi
Šepetanje lip : roman o Francu Ksaverju Mešku / Rudi Mlinar. – 1. naklada. – Celovec : Mohorjeva družba, 2010. – 304 str. ; 22 cm
ISBN 978-3-7086-0558-6
COBISS.SI-ID 252358656

140. NÖSTLINGER, Christine
Franceve detektivske zgodbe / Christine Nöstlinger ; ilustracije Erhard Dietl ; [v slovenščino prevedla Lučka Jenčič]. – 1. izd. – Celovec : Mohorjeva, 2011 (v Celovcu : Mohorjeva družba). – 55 str. : ilustr. ; 21 cm. – (Vigred)
Prevod dela: Detektivgeschichten vom Franz. – Ilustr. na spojnih listov. – 1.000 izv.
ISBN 978-3-7086-0589-0
COBISS.SI-ID 255002368

141. POLANŠEK, Valentin, 1928–1985
Karantanske pesmi / Valentin Polanšek ; zbral, uredil in spremno besedo napisal Emil Cesar. – Klagenfurt ; Wien = Celovec ; Dunaj : Drava, cop. 2010 ([Celovec] : Drava). – 201 str. : avtorj. sl. ; 21 cm
O pesniku Valentinu Polanšku / Emil Cesar: str. 163–198. – Bibliografija: str. 199–200
ISBN 978-3-85435-636-3
COBISS.SI-ID 1948116

142. SCHULAK, Rosemarie, 1933–
Erinnerungen an Piran : Silbengedichte = Spomini na Piran : pesmi zlogomerjenke / Rosemarie Schulak ; Übersetzung ins Slowenische, iz nemščine prevedel Lev Detela ; [Zeichnungen, risbe Hans Krebitz]. – Klagenfurt : Hermagoras = Celovec : Mohorjeva, cop. 2011. – 95 str. : ilustr. ; 20 cm
Subtiles poetisches Wortgeflecht = Subtilni splet pesniških besed / Lev Detela: str. 80–87. – Vzpor. nem. besedilo in slov. prevod
ISBN 978-3-7086-0588-3
COBISS.SI-ID 2008788

143. ZDOUC, Nina
O iskanju sreče / Nina Zdouc ; ilustracije Natalia Ciccione. – Celovec : Zvezna gimnazija in zvezna realna gimnazija za Slovence = Klagenfurt : Bundesgymnasium und Bundesrealgymnasium für Slowenen, 2010 (Celovec : Drava). – 21 str. : ilustr. ; 21 x 21 cm
COBISS.SI-ID 1980372

82.0 LITERARNA VEDA

144. CESAR, Emil
Literarno ustvarjanje pesnika Mihe Klinarja / Emil Cesar. – Ilustr.
V: Koroški koledar .... – ISSN Y500-1811. – (2011), str. 76–85.
COBISS.SI-ID 1960148

145. LEBEN, Andrej
Slowenische Exilliteratur der Jahre 1945–1949 in Kärnten / Andrej Leben. – Ilustr. – Bibliografija: str. 47.
V: Zwischenwelt. – ISSN 1606-4321. – Jg. 28, Nr. 1/2 (Juni 2011), str. 43–47.
COBISS.SI-ID 2007764

146. SCHELLANDER, Nadja
Knjižne serije v otroški in mladinski literaturi : predstavitev in primerjava Anice Dese Muck in Mini Christine Nöstlinger kot knjižnih serij za začetniške bralce : Diplomarbeit zur Erlangung des akademischen Grades Magistra der Philosophie / Nadja Schellander. – Klagenfurt am Wörthersee : [N. Schellander], 2010. – 154 f. : ilustr. ; 30 cm
Bibliografija: f. 124–135. – Zusammenfassung. – Dipl. delo, univ. Celovec
COBISS.SI-ID 2003668

147. STURM-Schnabl, Katja
Prežihov Voranc (1893–1950) / Katja Sturm-Schnabl. – Ilustr. – Opombe z bibliografijo na dnu str.
V: Koroški koledar .... – ISSN Y500-1811. – (2011), str. 22–37.
COBISS.SI-ID 1959124

148. VONČINA, Simona
»Shtoria od enih starih bukovnikov ino visharjev« : bukovniki in vižarji iz zbirk Koroške osrednje knjižnice : [razstavišče Koroške osrednje knjižnice dr. Franca Sušnika, 17. december 2010–31. januar 2011] / Simona Vončina, Simona Šuler Pandev ; [fotografije Fototeka Koroške osrednje knjižnice dr. Franca Sušnika Ravne na Koroškem, Dobran Laznik, Tomo Jeseničnik]. – Ravne na Koroškem : Koroška osrednja knjižnica dr. Franca Sušnika, 2011 (Šmartno pri Slovenj Gradcu : Tiskarna Grešovnik). – 32 str. : ilustr. ; 21 cm
Drugi dodatek k nasl. naveden v kolofonu. – 1.000 izv. – Bibliografija: str. 31
ISBN 978-961-6706-04-9
COBISS.SI-ID 255444992

149. KUMER, Mirko
Da bi sonce posijalo --- / Mirko Kumer – Črčej ; uredila Anton Kumer in Valentin Kumer ; [slike Milan Piko, Janez Pernat]. – 1. izd. – Celovec : Mohorjeva, 2010 (Celovec : Mohorjeva družba). – 392 str. : ilustr. ; 24 cm
Bueh daj ano dvaro srečo! / Valentin Kumer: str. 7–11. – Od starejšega vola se mlajši uči oranja / Anton Kumer: str. 13–16. – Duhovna dediščina Mirka Kumra Črčeja / Martina Piko-Rustia: str. 17–19. – 800 izv. – Vsebina na nasl. str.: Vaška kronika ; Povesti in črtice z Blata in iz južne Koroške
ISBN 978-3-7086-0559-3
COBISS.SI-ID 252832256

150. PALČIČ, Igor
Smeš svet / Igor Palčič ; [risbe Mojca M. Pengov]. – 1. izd. – Celovec : Mohorjeva, 2010 (v Celovcu : Mohorjeva). – 52 str. : ilustr. ; 26 cm
700 izv.
ISBN 978-3-7086-0542-5
COBISS.SI-ID 252779776

902/904 ARHEOLOGIJA

151. STERBEN in St. Peter : das frühmittelalterliche Gräberfeld von St. Peter bei Spittal/Drau in Kärnten / herausgegeben von Kurt Karpf und Therese Meyer ; [Zeichnungen Dragica Knific Lunder und Brigitte Zmölnig]. – Spittal an der Drau : Stadtarchiv, 2010. – 287 str. : ilustr. ; 28 cm. – (Beiträge zur Kulturgeschichte Oberkärntens ; Bd. 6)
Bibliografija pri vseh prispevkih
ISBN 978-3-900835-11-8
COBISS.SI-ID 1973716

908 DOMOZNANSTVO

152. KAISER-Kaplaner, Ingrid
Durchs Bärental zur Klagenfurter Hütte : aus der Geschichte des Bärentales/Rute/Zavrh/Za Vrhom und der Klagenfurter Hütte, untermalt durch erzählte Erinnerungen von Zeitzeugen / Ingrid Kaiser-Kaplaner. – Klagenfurt ; Laibach ; Wien : Hermagoras = Celovec ; Ljubljana ; Dunaj : Mohorjeva, cop. 2010. – 168 str. : ilustr. ; 22 cm
Bibliografija: str. 159–168
ISBN 978-3-7086-0522-7
COBISS.SI-ID 1963476

153. KLAGENFURT am Wörthersee : Begegnung im Süden = Celovec ob Vrbskem jezeru : srečanje na južni strani = Klagenfurt am Wörthersee : incontri al sud = Klagenfurt am Wörthersee : an encounter in the south / [Fotos, fotografije, foto, photos Gert Eggenberger ... [et al.] ; Texte, besedila, testi, texts Veronika Meissnitzer, Iris Wedenig, Arnulf Rainer ; Redaktion, urednica, redazione, editor Karin Waldner-Petuschnig ; Übersetzungen, prevodi, traduzioni, translations Übersetzungsbüro Schweickhart]. – Klagenfurt = Celovec : J. Heyn, 2010. – 132 str. : ilustr. ; 28 x 30 cm
Besedilo v nem. ter prevod v slov., it. in angl.
ISBN 978-3-7084-0390-8
COBISS.SI-ID 1947092

154. LEEB, Gerhard
Karavanke brez meja : zgodovina in zgodbe, favna, flora, najlepše ture in izleti med Dravo in Savo ter Trbižem in Velenjem / Gerhard Leeb ; [iz nemščine prevedla Seta Oblak ; fotografije Gerhard Leeb, Adrian Kert ; posamične motive so prispevali Uroš Kotnik ... et al.]. – 1. izd. – Celovec : Mohorjeva, 2010 (Celovec : Mohorjeva). – 336 str. : ilustr. ; 21 cm
Prevod dela: Grenzenlose Karawanken. – Zvd. na notr. str. ov. – 1.000 izv. – Kazalo
ISBN 978-3-7086-0496-1
COBISS.SI-ID 253371648

155. MARKTGEMEINDE Velden am Wörther See : Geschichte, Kultur, Natur. – Klagenfurt : J. Heyn, 2010. – 478 str. : ilustr. ; 30 cm
Ilustr. na spojnih listih. – Bibliografija pri večini prispevkov
ISBN 978-3-7084-0409-7
COBISS.SI-ID 1970900

156. STRANNER, Edwin
Kärnten : eine himmlische Visitenkarte = Koroška : nebeška vizitka = Carinzia : un biglietto da visita celestiale = Carinthia : a heavenly visiting card / Edwin Stranner ; mit Texten, besedilo, testi di, with texts by Hermann Gabriel ; [Übersetzung, prevod, traduzione, translation Sonja Wakounig (slowenisch, slovensko), Chiara Percuzzi (italienisch, italiano), Anthony Hall (englisch, English)]. – Klagenfurt = Celovec : J. Heyn, 2010. – 192 str. : pretežno barvne ilustr. ; 28 x 30 cm
Besedilo v nem. ter prevod v slov., it. in angl.
ISBN 978-3-7084-0369-4
COBISS.SI-ID 1946836

91 GEOGRAFIJA

157. ATLAS der besonderen Orte = Atlas posebnih krajev = Atlante dei luoghi particolari / Herausgeber, izdajatelji, editori Universitätskulturzentrum Unikum, Kulturno društvo Opoka, Stazione di Topolò = Postaja Topolove ; [Übersetzungen, prevodi, traduzioni Silvia Biazzo ... et al.]. – 1. Aufl. = [1.] naklada = [1a] ed. – Klagenfurt = Celovec : Universitätskulturzentrum UNIKUM : Drava, cop. 2010 (Klagenfurt = Celovec : Drava). – 244 str. : ilustr. ; 35 cm
Beseda o čisto posebnem atlasu / Drago Jančar: str. 15–16. – Spremna beseda Draga Jančarja prevedena tudi v nem. in it., opisi krajev v nem., slov. in it., literarna besedila samo v izvirnem jeziku.
ISBN 978-3-85435-6295
COBISS.SI-ID 1964756

158. HREN, Karl
Znamenitosti ter domača gorska in ledinska imena na Obirju / Karl Hren. – Ilustr.
V: Koledar Mohorjeve družbe v Celovcu. – ISSN 1024-1493. – (2011), str. 54–57.
COBISS.SI-ID 1965780

159. SANKT
St. Margareten im Rosental [Kartografsko gradivo] = Šmarjeta v Rožu / sodelavci pri projektu Rosina Wernig ... [et al.] ; besedilo, Text Franc Wakounig ; slike, Fotos Franc Wakounig, Otmar Schabernig ; vnašanje podatkov in kartografija, Datenaufbereitung und Kartographie Geoinfo Informationssysteme. – 1:15.000. – [Šmarjeta v Rožu] : Kulturno društvo Šmarjeta-Apače ; [Celovec] : Slovenski narodopisni inštitut Urban Jarnik, 2011. – 1 zvd. : barve ; 66 x 71 cm na listu 67 x 80 cm, zložen na 17 x 9 cm
Nasl. na zloženki. – Zadaj o kraju in ledinskih imenih. – Slov. in nem. besedilo. – Vsebuje tudi zvd. vasi Šmarjeta in Kočuha v merilu 1:5.000, (27 x 31 cm), ter Apače (10 x 17 cm)
COBISS.SI-ID 514655884

929 BIOGRAFIJE

160. BEVC, Ferdinand
Življenje brez korenin : zgodba Josefa Vejnika in njegovih potomcev = Vom Stammbaum entfernt : die Geschichte von Josef Vejnik und seinen Nachfahren = Otorvannye ot rodnyh : istorija Iozefa Vejnika i ego potomkov / Ferdinand Bevc ; [izdajatelja Slovensko prosvetno društvo Zarja Železna Kapla [in] Slovenska prosvetna zveza Celovec, Herausgeber Slowenischer Kulturverein Zarja Bad Eisenkappel [und] Slowenischer Kulturverband Klagenfurt ; uredila, Redaktion Irena Destovnik ; slovenski prevod, slowenische Übersetzung Mirka Nečak ; ruski prevod, russische Übersetzung Štefan Pinter ; fotografije in razglednice, Fotos und Postkarten zasebna last družin Vejnik ...]. – [Celovec] : Drava, cop. 2010 (Celovec : Drava). – 182 str. : ilustr. ; 21 cm
Vzpor. besedilo v nem. ter prevod v slov. in deloma rus. – Lat. in cir. – Uvod = Vorwort = Vvdenie / Irena Destovnik: str. 9–12. – Knjiga ob razstavi v Forumu Zarja, Železna Kapla, 25. junij do 15. oktober 2010. – Bibliografija: str. 181–182
ISBN 978-3-85435-6394
COBISS.SI-ID 1991892

161. BUCHWALD, Sabine
Vojni dnevnik in spomini Franca Buchwalda / Sabina Buchwald. – Ilustr. – Bibliografija: str. 100–101.
V: Koroški koledar .... – ISSN Y500-1811. – (2011), str. 86–101.
COBISS.SI-ID 1960404

162. GRAFENAUER, Danijel
Lovro Kuhar – Prežihov Voranc kot predsednik Kluba koroških Slovencev v Ljubljani v letih 1946–1950 / Danijel Grafenauer. – Bibliografija: str. 167–169; 86 opomb. – Summary.
V: Prežihov Voranc – Lovro Kuhar / uredil Aleš Gabrič. – Ljubljana : Inštitut za novejšo zgodovino ; na Dunaju = Wien : Slovenski znanstveni inštitut = Slowenisches Wissenschaftsinstitut, 2010. – ISBN 978-961-6386-28-9. – Str. 147–170.
COBISS.SI-ID 11854669

163. JANŽEKOVIČ, Zora
Z britvijo na sam vrh opeklinske kirurgije / Zora Janžekovič ; uredila Marija Trop in Clemens Schiestl. – V Celovcu : Mohorjeva = Hermagoras, 2009 (v Celovcu : Mohorjeva družba). – 89 str., [9] str. pril. : ilustr. ; 23 cm
Izv. nasl.: Mit dem Rasiermesser zur Weltspitze in der Verbrennungschirurgie. – Prevajalka Romana Šifrer navedena na zadnji str. pril. – 500 izv. – Okronana z zlato britvijo / S. William A. Gunn: str. 2–3. – Življenje je rešila tisočerim bolnikom z opeklinami / Davin [!] N. Herndon in Ludwik K. Branski: str. 4–5
ISBN 978-3-7086-0510-4
COBISS.SI-ID 6991902

164. KUKOVICA, Slavka
Vojna, usodna za družino : spominski zapis doživetij v dveh desetletjih : spomini na doživljanje brezskrbnih otroških let pred vojno, na trpka doživetja med drugo svetovno vojno in po njej, na leta šolanja in učiteljevanje na Primorskem in v Sloveniji / Slavka Kukovica. – Klagenfurt ; Wien = Celovec ; Dunaj : Drava, cop. 2010 ([Celovec] : Drava). – 111 str. : ilustr., zvd. ; 21 cm
Slavkinim spominom na pot / mož Franci: str. 4–5. – Dodatek / Franc Kukovica:

str.102–109. – O avtorici na zavihku ov.
ISBN 978-3-85435-635-6
COBISS.SI-ID 1947860

165. LEBEN, Andrej
Publicistično in literarno delo Prežihovega Voranca in povojna avstrijska Koroška / Andrej Leben. – Ilustr. – Bibliografija: str. 129–130. – Summary.
V: Prežihov Voranc – Lovro Kuhar / uredil Aleš Gabrič. – Ljubljana : Inštitut za novejšo zgodovino ; na Dunaju = Wien : Slovenski znanstveni inštitut = Slowenisches Wissenschaftsinstitut, 2010. – ISBN 978-961-6386-28-9. – Str. 120–131.
COBISS.SI-ID 2003412

166. MALLE, Avguštin
Franc Aichholzer – svarilen zgled drugim učiteljem? / Avguštin Malle. – Ilustr.
V: Koroški koledar .... – ISSN Y500-1811. – (2011), str. 102–116.
COBISS.SI-ID 1960660

167. MARŠIČ, Stanislav M.
Franc Kattnig – poosebljena mohorska knjiga / Stanislav M. Maršič. – Ilustr.
V: Koledar Mohorjeve družbe v Celovcu. – ISSN 1024-1493. – (2011), str. 146–149.
COBISS.SI-ID 1972436

168. OLIP, Tomaž
Wie ein im Käfig eingesperrter Vogel : das Tagebuch des Thomas Olip / herausgegeben von Wilhelm Baum. – Klagenfurt ; Wien : Kitab, cop. 2010. – 159 str. : ilustr., faks. ; 24 cm
Nasl. na hrbtu in na prelim. str.: Das Tagebuch des Thomas Olip. – Vorwort / E. S.: str. 13–16. – Nach-Gedanken / E. S.: str. 87–92. – Der historische Kontext / Wilhelm Baum: str. 93–146. – Nachwort / Valentin Inzko: str. 149–152. – Bibliografija: str. 153–154. – Kazalo
ISBN 978-3-902585-56-1
COBISS.SI-ID 1952468

169. OPEKA, Pedro
Dnevnik spopada : misijonar na Madagaskarju / [Pedro Opeka v sodelovanju z Michelom Prévostom ; prevedla Tadeja Petrovčič Jerina]. – 2. ponatis. – Celje : Celjska Mohorjeva družba : Društvo Mohorjeva družba ; Celovec : Mohorjeva ; Gorica : Goriška Mohorjeva družba, 2011 (Ljubljana : Hren). – 190 str. ; 21 cm
Prevod dela: Journal de combat. – Avtor naveden na ov. in v kolofonu. – O avtorju na sprednjem zavihku ov. – 500 izv. – Opombe z bibliografijo na dnu str.
ISBN 978-961-218-759-0 (Celje) ISBN 978-3-7086-0413-8 (Celovec)
ISBN 978-88-87407-93-8 (Gorica)
COBISS.SI-ID 255137280

170. PIKO-Rustia, Martina
Knjiga ob stoletnici rojstva Mirka Kumra – Črčeja (1910–1981) / Martina Piko-Rustia. – Ilustr.
V: Koledar Mohorjeve družbe v Celovcu. – ISSN 1024-1493. – (2011), str. 129–130.
COBISS.SI-ID 1971412

171. PREZELJ, Domen, 1974–
Skladatelj Franc Rauter iz Roža / Domen Prezelj. – Ilustr.
V: Koledar Mohorjeve družbe v Celovcu. – ISSN 1024-1493. – (2011), str. 121–124.
COBISS.SI-ID 1967060

172. PREŽIHOV Voranc – Lovro Kuhar : pisatelj, politik, patriot / uredil Aleš Gabrič. – Ljubljana : Inštitut za novejšo zgodovino ; na Dunaju = Wien : Slovenski znanstveni inštitut = Slowenisches Wissenschaftsinstitut, 2010 ([Žirovnica] : Medium). – 185 str. : ilustr. ; 25 cm
500 izv. – Bibliografija in summary pri vseh prispevkih
ISBN 978-961-6386-28-9 (Inštitut za novejšo zgodovino)
COBISS.SI-ID 253145344

173. ZERZER, Janko
Dr. Janko Zerzer in koroška slovenska kultura v preteklega pol stoletja / Janko Zerzer ; [pogovarjala se je] Tatjana Lesják Klun. – Ilustr.
V: Novi razgledi. – ISSN 1855-7597. – Letn. 2, št. 17/18 (22. okt. 2010), str. 10–13.
COBISS.SI-ID 11797069

174. ZERZER, Janko
Podelitev Tischlerjeve nagrade Bernardi Fink / Janko Zerzer. – Ilustr.
V: Koledar Mohorjeve družbe v Celovcu. – ISSN 1024-1493. – (2011), str. 43–47.
COBISS.SI-ID 1963988

175. ZWEIG, Stefan, 1881–1942
Zvezdni trenutki človeštva : štirinajst zgodovinskih miniatur / Stefan Zweig ; [prevedel Stanko Jarc]. – 2. ponatis. – Celovec : Mohorjeva, 2011 (v Celovcu : Mohorjeva družba). – 240 str. ; 20 cm
Prevod dela: Sternstunden der Menscheit. – 200 izv. – Stefan Zweig v mojem življenju / Stanko Jarc: str. 231–238
ISBN 978-3-7086-0075-8
COBISS.SI-ID 256594688

93/99 ZGODOVINA

176. BAUM, Wilhelm
Die Freisler-Prozesse in Kärnten : Zeugnisse des Widerstandes gegen das NS-Regime in Österreich / Wilhelm Baum. – Klagenfurt ; Wien : Kitab, cop. 2011. – 300 str. : ilustr. ; 25 cm. – (Kitab Zeitgeschichte)
Bibliografija: str. 282–286. – Kazalo
ISBN 978-3-902585-77-6
COBISS.SI-ID 514651276

177. DESTOVNIK, Irena
Obnovitev bunkerja pod Arihovo pečjo / Irena Destovnik. – Ilustr. – Bibliografija: str. 70.
V: Koroški koledar .... – ISSN Y500-1811. – (2011), str. 59–70.
COBISS.SI-ID 1959636

178. Das ENDE der Erinnerung – Kärntner PartisanInnen = Konec spomina – koroški partizani in partizanke = The end of remembering – Carinthian partisans / [Redaktion] Ernst Logar ; [Texte Aleida Assmann ... [et al.] ; Übersetzungen Otmar Lichtenwörter, Emily Lemon, Sonja Wakounig ; Fotos Nadja Danglmaier, Ernst Logar]. – Klagenfurt = Celovec : Drava, 2011 (Wien : Berger). – 109 str. : ilustr. ; 24 cm + 1 video DVD
Ov. nasl. – Vzpor. nem. besedilo ter slov. in angl. prevod. – 500 izv. – Bibliografija pri nekaterih prispevkih
– – Das Ende der Erinnerung – Kärntner PartisanInnen [Videoposnetek] : Videointerviews 2005–2008 = Konec spomina – koroški partizani in partizanke : videointervjuji 2005–2008 / Maria Brumnik ... [et al.]. – 1 video DVD : barve ; 12 cm
ISBN 978-3-85435-6493
COBISS.SI-ID 2004436

179. ENTNER, Brigitte
»Die Angst war immer da.« Nationalpolitische Verfolgungsstrategien 1938–1945 und die versuchte Entschädigung nach 1945 / Brigitte Entner. – Ilustr. – Bibliografija: str. 142 in v opombah na str. 143–145.
V: Marktgemeinde Velden am Wörther See. – Klagenfurt : J. Heyn, 2010. – ISBN 978-3-7084-0409-7. – Str. 124–142.
COBISS.SI-ID 1971156

180. ENTNER, Brigitte
Kärnten frei und ungeteilt? / Brigitte Entner.
V: Kärnten, Slowenien, Triest / hrsg. von Tanja von Fransecky ... [et al.]. – Berlin ; Hamburg : Assoziation A, 2010. – ISBN 978-3-935936-92-7. – Str. 13–17.
COBISS.SI-ID 1968340

181. ENTNER, Brigitte
Slowenische Minderheit zwischen Verfolgung und Ausgrenzung / Brigitte Entner. – Bibliografija: str. 24.
V: Kärnten, Slowenien, Triest / hrsg. von Tanja von Fransecky ... [et al.]. – Berlin ; Hamburg : Assoziation A, 2010. – ISBN 978-3-935936-92-7. – Str. 19–24.
COBISS.SI-ID 1968596

182. ENTNER, Brigitte
Vergessene Opfer? : die »Verschleppten« vom Mai 1945 im Spiegel historischer Aufarbeitung und regionaler Geschichtspolitik = Pozabljene žrtve? : koroški »odvlečeni« iz majskih dni 1945 v zrcalu regionalnega zgodovinopisja in regionalne politike zgodovinopisja / Brigitte Entner ; Übersetzung, prevod Valentin Sima. – Besedilo v nem. in prevod v slov. – Opombe z bibliografijo na dnu str.
V: Signal. – ISSN Y501-9427. – (2010/2011), str. 203–209 ; 211–218.
COBISS.SI-ID 1984468

183. ENTNER, Brigitte
Verortung des slowenischen Widerstandes in Kärnten = Umestitev slovenskega odpora na Koroškem / Brigitte Entner. – Besedilo v nem. in prevod v slov. – Opombe z bibliografijo na dnu str.
V: Widerstand gegen Faschismus und Nationalsozialismus im Alpen-Adria-Raum / Brigitte Entner, Augustin Malle, Valentin Sima (izd./Hg.). – Klagenfurt ; Wien = Celovec ; Dunaj : Drava, cop. 2011. – ISBN 978-3-85435-650-9. – Str. 51–65 ; 212–224.
COBISS.SI-ID 1988052

184. GRAFENAUER, Danijel
Koroški Slovenci – begunci in njihova družbena integracija v osrednji Sloveniji / Danijel Grafenauer. – Bibliografija: str. 485–487. – Izvleček v slov.
V: Migracije in slovenski prostor od antike do danes / uredila Peter Štih in Bojan Balkovec. – Ljubljana : Zveza zgodovinskih društev Slovenije, 2010. – (Zbirka Zgodovinskega časopisa, ISSN 1408-3531 ; 39). – ISBN 978-961-6777-05-6. – Str. 474–487.
COBISS.SI-ID 11783245

185. GRAFENAUER, Danijel
Koroški Slovenci kot poplebiscitni begunci v osrednji Sloveniji / Danijel Grafenauer, Janez Stergar. – Ilustr. – Opombe z bibliografijo: str. 73–74.
V: Koledar Mohorjeve družbe v Celovcu. – ISSN 1024-1493. – (2011), str. 68–74.
COBISS.SI-ID 11840589

186. GRENZEN : Grenzenlos – 1918/20 : 2010 / Herausgeber Peter Karpf, Werner Platzer, Udo Puschnig. – Klagenfurt am Wörthersee : Amt der Kärntner Landesregierung, Volksgruppenbüro, 2010. – 143 str. ; 22 cm. – (Kärnten Dokumentation ; Sonderbd. 03)
Podatek o posvetovanju naveden na str. 142. – Besedilo prispevkov v nem., eden tudi deloma v slov. – Bibliografija pri vseh prispevkih
ISBN 3-901258-17-5
COBISS.SI-ID 1991124

187. GRIESSER-Pečar, Tamara
Die Stellung der slowenischen Landesregierung zum Land Kärnten 1918–1920 / Tamara Griesser-Pečar. – Klagenfurt ; Ljubljana ; Wien : Hermagoras =Celovec ; Laibach ; Dunaj : Mohorjeva, cop. 2010. – 525 str. ; 30 cm. – (Studia Carinthiaca ; Bd. XXX)
Bibliografija: str. 493–514
ISBN 978-3-7086-0537-1
COBISS.SI-ID 1047429

188. INTERNATIONALE Tagung Widerstand gegen Faschismus und Nationalsozialismus im Alpen-Adria-Raum (2011 ; Klagenfurt)
Widerstand gegen Faschismus und Nationalsozialismus im Alpen-Adria-Raum : internationale Tagung = Odpor proti fašizmu in nacizmu v alpsko-jadranskem prostoru : mednarodni posvet : Klagenfurt/Celovec 24.–25. 2. 2011 / Brigitte Entner, Augustin Malle, Valentin Sima (izd./Hg.) ; [prevajalci/prevajalke, Übersetzerinnen Marjeta Domej ... et al.]. – Klagenfurt ; Wien = Celovec ; Dunaj : Drava, cop. 2011 ([Celovec] : Drava). – 325 str. ; 24 cm
Nasl. na hrbtu: Widerstand = Odpor. – Besedila v nem., slov. ali angl. in prevodi v slov. ali nem. – Prireditelji posveta: Slovenski znanstveni inštitut v Celovcu, Institut für Geschichte der Alpen-Adria-Universität Klagenfurt/Celovec, Abteilung für Zeitgeschichte, Robert-Musil-Institut für Literaturforschung – Kärntner Literaturarchiv. – Bibliografija pri večini prispevkov
ISBN 978-3-85435-650–9
COBISS.SI-ID 1987028

189. KÄRNTEN, Slowenien, Triest : umkämpfte Erinnerungen / hrsg. von Tanja von Fransecky ... [et al.]. – Berlin ; Hamburg : Assoziation A, 2010. – 247 str. : ilustr.
Bibliografija pri nekaterih prispevkih. – Kazala
ISBN 978-3-935936-92-7
COBISS.SI-ID 1968084

190. KLAVORA, Vasja
Škabrijel : Soška fronta : 1917 / Vasja Klavora. – 1. ponatis. – Celovec : Mohorjeva, 2011 (Celovec : Mohorjeva družba). – 254 str. : ilustr. ; 25 cm
1.000 izv. – Spremna beseda / Branko Marušič: str. 253–254. – Bibliografija: str. 249–251
ISBN 978-3-85013-565-8
COBISS.SI-ID 240156416

191. KNIGHT, Robert, 1952–
A no-win situation? : Gerald Sharp and British policy towards the Carinthian Slovenes 1945–1960 = Brezizhoden položaj? : Gerald Sharp in britanska politika v zvezi s koroškimi Slovenci 1945–1960 / Robert Knight. – Besedilo v angl. in prevod v slov. – Opombe z bibliografijo na dnu str.
V: Widerstand gegen Faschismus und Nationalsozialismus im Alpen-Adria-Raum / Brigitte Entner, Augustin Malle, Valentin Sima (izd./Hg.). – Klagenfurt ; Wien = Celovec ; Dunaj : Drava, cop. 2011. – ISBN 978-3-85435-650-9. – Str. 84–96 ; 240–252.
COBISS.SI-ID 1988820

192. KONRAD, Christian
»Im Kampf, da warst du gleichberechtigt ---« : der bewaffnete Widerstand gegen den Nationalsozialismus in Kärnten und der Steiermark aus geschlechtergeschichtlicher Perspektive : Diplomarbeit zur Erlangung des akademischen Grades eines Magisters der Philosophie an der Karl-Franzens-Universität Graz / vorgelegt von Christian Konrad. – Graz : [C. Konrad], 2010. – 93 str. ; 30 cm – Dostopno tudi na: https://online.uni-graz.at/kfu_online/edit.getVollText?pDocumentNr=189507&cDDNr=17079&pFti=&pOrg=14129. – Bibliografija: str. 87–93. – Inštitut za zgodovino, univ. Gradec
COBISS.SI-ID 1939412

193. KOROSCHITZ, Werner
Lepi razgledi : nacionalizem in antisemitizem v koroških gorah / Werner Koroschitz ; [prevedla Mirka Nečak]. – Ilustr. – Bibliografija: str. 139.
V: Koroški koledar .... – ISSN Y500-1811. – (2011), str. 131–139.
COBISS.SI-ID 1961172

194. KOROSCHITZ, Werner
Zeichen setzen : NS-Opfer der Marktgemeinde Rosegg = Obudimo spomin na žrtve nacionalnega socializma tržne občine Rožek / [Autoren, avtorja Werner Koroschitz & Helge Stromberger ; Übersetzungen, prevodi Gabi Frank ; Herausgeber, izdajatelj Erinnern Rosegg, Rožek se spominja, Industriekultur und Alltagsgeschichte]. – Klagenfurt : Hermagoras = Celovec : Mohorjeva, 2010 ([Celovec] : Mohorjeva). – 88 str. : ilustr. ; 24 cm
Avtorja navedena v kolofonu. – Auf dem Weg = Brošuri na pot / Mirko Oraže: str. 4–5. – Vorwort = Uvodne besede / Elisabeth Prettner: str. 6–7. – Besedilo v nem. in prevod v slov. – Bibliografija: str. 88
ISBN 978-3-7086-0581-4
COBISS.SI-ID 1973204

195. KOSCHAT, Michael
Braune Flecken im Ortsbild : die Abwehrkämpferdenkmäler in St. Jakob/Št. Jakob und Rosegg/Rožek: Anmerkungen zum historisch-ideologischen Kontext und Gedanken zur Kärntner Gedächtniskultur und Erinnerungspolitik / Michael Koschat. – Klagenfurt ; Laibach ; Wien : Hermagoras = Celovec ; Ljubljana ; Dunaj : Mohorjeva, cop. 2010. – 231 str. : ilustr. ; 22 cm
Besedilo v nem. ali slov. – Dve poglavji v slov. prevedel Hanzi Filipič. – Bibliografija: str. 223–231 in v opombah na dnu str.
ISBN 978-3-7086-0539-5
COBISS.SI-ID 7184926

196. LE vkup le vkup uboga gmajna : preganjanje kmetov in kmečki upor v Sloveniji 1945–1955 / uredil Jože Dežman ; oblikovanje simbola projekta Črtomir Frelih. – 1. izd. – Celovec ; Ljubljana ; Dunaj : Mohorjeva družba, 2011 (v Celovcu : Mohorjeva družba). – 480 str. : ilustr. ; 22 cm
Potiskani zavihki ov. – 500 izv. – Bibliografija pri večini prispevkov
ISBN 978-3-7086-0533-3
COBISS.SI-ID 254152192

197. MALLE, Avguštin
»Jugoslovanska propaganda«, »iredentizem«, tuji tisk in mohorjevke / Avguštin Malle. – Ilustr.
V: Koledar Mohorjeve družbe v Celovcu. – ISSN 1024-1493. – (2011), str. 61–67.
COBISS.SI-ID 1966292

198. MALLE, Avguštin
Die Kärntner Slowenen und die politischen Emigranten aus Slowenien 1945–1949 / Augustin Malle. – Ilustr. – Opombe z bibliografijo: str. 52.
V: Zwischenwelt. – ISSN 1606-4321. – Jg. 28, Nr. 1/2 (Juni 2011), str. 47–52.
COBISS.SI-ID 2008020

199. MALLE, Avguštin
Der Widerstand der Kärntner Slowenen im historischen Gedächtnis / Augustin Malle = Odpor koroških Slovencev v zgodovinskem spominu / Avguštin Malle. – Besedilo v nem. in slov. – Opombe z bibliografijo na dnu str.
V: Widerstand gegen Faschismus und Nationalsozialismus im Alpen-Adria-Raum / Brigitte Entner, Augustin Malle, Valentin Sima (izd./Hg.). – Klagenfurt ; Wien = Celovec ; Dunaj : Drava, cop. 2011. – ISBN 978-3-85435-650-9. – Str. 66–83 ; 225–239.
COBISS.SI-ID 1988564

200. MALLE-Koncilia, Tatjana
Widerstandsforschung als Teil der Familiengeschichte = Raziskovanje upora kot del družinske zgodovine / Tatjana Malle-Koncilia. – Besedilo v nem. in slov. – Opombe z bibliografijo na dnu str.

V: Widerstand gegen Faschismus und Nationalsozialismus im Alpen-Adria-Raum / Brigitte Entner, Augustin Malle, Valentin Sima (izd./Hg.). – Klagenfurt ; Wien = Celovec ; Dunaj : Drava, cop. 2011. – ISBN 978-3-85435-650-9. – Str. 128–138, 280–288.
COBISS.SI-ID 1989588

201. MANNER, Udo
Der Verrat an der sichtbaren Zweisprachigkeit in Kärnten / Udo Manner. – Klagenfurt ; Laibach ; Wien : Hermagoras = Celovec ; Ljubljana ; Dunaj : Mohorjeva, cop. 2010 (Klagenfurt : Hermagoras Verein = Celovec : Mohorjeva družba). – 231 str. : ilustr. ; 22 cm. – (Studia carinthiaca ; Bd. 29)
O avtorju: str. 215–216. – Bibliografija: str. 222–231. – »... überarbeitete und erweiterte Diplomarbeit »Probleme der Kärtner Slowenen nach dem Österreichischen Staatsvertrag 1955 ...« --> str. 11
ISBN 978-3-7086-0447-3
COBISS.SI-ID 1946324

202. OGRIS, Tomaž, 1946–
Zwangsarbeiter und Zwangsarbeiterinnen in Südkärnten / Thomas Ogris = Prisilno delo na južnem Koroškem / Tomaž Ogris. – Besedilo v nem. in slov. – Opombe z bibliografijo na dnu str.
V: Widerstand gegen Faschismus und Nationalsozialismus im Alpen-Adria-Raum / Brigitte Entner, Augustin Malle, Valentin Sima (izd./Hg.). – Klagenfurt ; Wien = Celovec ; Dunaj : Drava, cop. 2011. – ISBN 978-3-85435-650-9. – Str. 139–147 ; 289–296.
COBISS.SI-ID 1989844

203. OMERZA, Igor
Od Belce do Velikovca ali Kako sem vzljubil bombo / Igor Omerza. – 1. izd. – Celovec : Mohorjeva, 2011 (v Celovcu : Mohorjeva družba). – 358 str. : ilustr. ; 24 cm
Nasl. na prelim. str.: Od Belce do Velikovca. – 1.500 izv. – Opombe z bibliografijo na dnu str. – Kazalo. – Vsebina: Tragično življenje Janeza Topliška ; Koroška v plamenih
ISBN 978-3-7086-0622-4
COBISS.SI-ID 256050176

204. PIRKER, Jürgen
Kärntner Ortstafelstreit – eine »(un) endliche« Geschichte? : juristische und historische Einblicke / Jürgen Pirker. – Bibliografija: str. 157–164.
V: Volksgruppenfragen / Gerhard Hafner, Martin Pandel (Herausgeber, izdajatelja). – Celovec ; Ljubljana ; Dunaj : Mohorjeva = Klagenfurt ; Laibach ; Wien : Hermagoras, 2011. – ISBN 978-3-7086-0605-7. – Str. 127–164.
COBISS.SI-ID 2012372

205. PIRKER, Peter, 1970–
»--- den Dreck unterschreib ich nicht!« : Anton Kutej, Štefan und Janko Messner – drei Entziehungsversuche aus der Wehrmacht / Peter Pirker. – Ilustr. – Opombe z bibliografijo: str. 115–116.
V: »Da machen wir nicht mehr mit ---« / Thomas Geldmacher ... [et al.] (Hg.). – Wien : Mandelbaum, 2010. – ISBN 978-3-85476-341-3. – Str. 103–116.
COBISS.SI-ID 1944020

206. PIRKER, Peter, 1970–
Gegen das »Dritte Reich« : Sabotage und transnationaler Widerstand in Österreich und Slovenien 1938–1940 / Peter Pirker. – Klagenfurt ; Wien : Kitab, 2010. – 280 str. : ilustr. ; 24 cm
Bibliografija: str. 267–275. – Kazalo
ISBN 978-3-902585-65-3 ISBN 3-902585-65-X
COBISS.SI-ID 255647232

207. PIRKER, Peter, 1970–
Widerstand und Volksgemeinschaft im deutschsprachigen Teil Kärntens = Odpor in narodna skupnost v nemškem predelu Koroške / Peter Pirker. – Besedilo v nem. in prevod v slov. – Opombe z bibliografijo na dnu str.
V: Widerstand gegen Faschismus und Nationalsozialismus im Alpen-Adria-Raum / Brigitte Entner, Augustin Malle, Valentin Sima (izd./Hg.). – Klagenfurt ; Wien = Celovec ; Dunaj : Drava, cop. 2011. – ISBN 978-3-85435-650-9. – Str. 97–116 ; 253–269.
COBISS.SI-ID 1989076

208. RETTL, Lisa
»Jetzt, da ich weiss, dass wir Slowenen unsere richtige Führung haben, wird mich der Hitler nicht mehr sehen!« : Desertion im Rahmen des Kärntner Partisanenkampfes / Lisa Rettl. – Ilustr. – Opombe z bibliografijo: str. 102.
V: »Da machen wir nicht mehr mit ---« / Thomas Geldmacher ... [et al.] (Hg.). – Wien : Mandelbaum, 2010. – ISBN 978-3-85476-341-3. – Str. 94–102.
COBISS.SI-ID 1943764

209. RULITZ, Florian Thomas
Die Tragödie von Bleiburg und Viktring : Partisanengewalt in Kärnten am Beispiel der antikommunistischen Flüchtlinge im Mai 1945 / Florian Thomas Rulitz. – Klagenfurt ; Laibach ; Wien : Hermagoras = Celovec ; Ljubljana ; Dunaj : Mohorjeva, cop. 2011 (Klagenfurt : Hermagoras Verein = Celovec : Mohorjeva družba). – 420 str. : ilustr., zvd. ; 25 cm
Bibliografija: str. 317–348
ISBN 978-3-7086-0616-3
COBISS.SI-ID 7570206

210. RUTAR, Borut
Krik mačehe : pripravljeni atentat primorske organizacije TIGR na fašističnega diktatorja Mussolinija v Kobaridu 20. septembra 1938 / Borut Rutar. – 1. izd. – Celovec : Mohorjeva, 2011 (v Celovcu : Mohorjeva družba). – 230 str. : ilustr. ; 24 cm
700 izv. – V imenu časti / Boris Pahor: str. 7–8. – Bibliografija: str. 229–230
ISBN 978-3-7086-0538-8
COBISS.SI-ID 254912512

211. SCHELLANDER, Julija
Auf den Spuren slowenischer Geschichte in Wien : Wiener Impressionen = Po sledovih slovenske zgodovine na Dunaju : dunajske impresije / Julija Schellander, Milan Obid. – 1. Aufl. – Wien : Wiener Volkshochschule, 2010. – 122 str. : ilustr. ; 21 cm. – (Wiener Impressionen = Dunajske impresije) (Edition Volkshochschule) (Wiener Kulturmosaik)
Besedilo v nem. in prevod v slov. – Für eine offene, internationale und weltbürgerliche Stadt / Hubert Christian Ehalt: str. 13–16. – Za odprto, mednarodno in svetovljansko mesto / Hubert Christian Ehalt: str. 77–80. – Bibliografija: str. 121
ISBN 978-3-900799-81-6
COBISS.SI-ID 1973972

212. SCHOBER, Franz Josef
Vom Leben an der Grenze = O življenju ob meji / Franz Josef Schober ; [prevod Barbara Predin]. – 1. Aufl. – Graz : Artikel-VII-Kulturverein für Steiermark ; Laafeld : Pavelhaus = Potrna : Pavlova hiša, 2009. – 2 zv. : ilustr. ; 21 cm. – (Wissenschaftliche Schriftenreihe des Pavelhauses = Znanstvena zbirka Pavlove hiše ; Bd. = knj. 13)
Bibliografija: str. 289–303. – Vsebina: Teil 1: 289 str. ; Teil 2: 307 str.
ISBN 978-3-900181-32-1
COBISS.SI-ID 63789569

213. SIMA, Valentin
Das Peršman-Massaker in der Erinnerungspolitik und seine justizielle Untersuchung = Pokol pri Peršmanu v politiki spominjanja in njegova sodnijska preiskava / Valentin Sima. – Besedilo v nem. in slov. – Bibliografske opombe.
V: Widerstand gegen Faschismus und Nationalsozialismus im Alpen-Adria-Raum / Brigitte Entner, Augustin Malle, Valentin Sima (izd./Hg.). – Klagenfurt ; Wien = Celovec ; Dunaj : Drava, cop. 2011. – ISBN 978-3-85435-650-9. – Str. 117–127, 270–279.
COBISS.SI-ID 1989332

214. STERGAR, Janez, 1948–
Die Auswanderung von Österreichern nach Jugoslawien nach der Kärntner Volksabstimmung 1920 / Janez Stergar, Danijel Grafenauer ; aus dem Slowenischen von Erwin Köstler. – Portreti. – Bibliografija: str. 32–33.
V: Zwischenwelt. – ISSN 1606-4321. – Jg. 27, Nr. 1/2 (2010), str. 29–33.
COBISS.SI-ID 11686989

215. ŠTIH, Peter
Knežji kamen kot simbol / Peter Štih. – Ilustr.
V: Koledar Mohorjeve družbe v Celovcu. – ISSN 1024-1493. – (2011), str. 95–97.
COBISS.SI-ID 1966804

216. WIESFLECKER, Peter
Zahomec – vas »za holmcem« : pripombe k zgodovini kraja v Spodnji Zilji / Peter Wiesflecker ; iz nemščine prevedla Andrea Haberl-Zemljič. – Ilustr. – Opombe z bibliografijo: str. 94.
V: Koledar Mohorjeve družbe v Celovcu. – ISSN 1024-1493. – (2011), str. 88–94.
COBISS.SI-ID 1966548

217. ZABLATNIK, Ana
Man soll das sein, was man ist : Ana Zablatnik im Gespräch mit Michael Kerbler. – Klagenfurt ; Celovec : Wieser, cop. 2010. – 48 str. ; 22 cm. – (Gehört gelesen ; 08)
– – Man soll das sein, was man ist [Zvočni posnetek]. – 1 CD (55 min, 16 sek) ; 12 cm
ISBN 978-3-85129-882-6
COBISS.SI-ID 1947604

NASLOVNO KAZALO

IMENSKO KAZALO

PREDMETNO KAZALO

VSEBINA